中国古代名著全本译注丛书

子不语全译

上

［清］袁枚　撰　申孟　甘林　校点
陆海明　等　译

图书在版编目(CIP)数据

子不语全译 / (清) 袁枚撰;申孟,甘林校点;陆海明等译. —上海: 上海古籍出版社, 2017.12 (2022.10重印)
(中国古代名著全本译注丛书)
ISBN 978-7-5325-8636-3

Ⅰ.①子… Ⅱ.①袁… ②申… ③甘… ④陆… Ⅲ.①笔记小说—小说集—中国—清代 ②《子不语》—译文 Ⅳ.①I242.1

中国版本图书馆 CIP 数据核字(2017)第 254666 号

子不语全译

[清] 袁 枚 撰

申 孟 甘 林 校点 陆海明等 译

上海古籍出版社出版、发行

(上海市闵行区号景路 159 弄 1-5 号 A 座 5F 邮政编码 201101)

(1) 网址: www.guji.com.cn

(2) E-mail: gujil@guji.com.cn

(3) 易文网网址: www.ewen.co

江阴市机关印刷服务有限公司印刷

开本 890×1240 1/32 印张 48.5 插页 10 字数 929,000

2017 年 12 月第 1 版 2022 年 10 月第 6 次印刷

印数: 10,501—13,600

ISBN 978-7-5325-8636-3

I·3222 定价: 168.00 元

如有质量问题,请与承印公司联系

前　言

志怪小说集《子不语》，正编二十四卷，续编十卷，为清代中叶文学巨子袁枚所著。全书共记一千余则故事。书名《子不语》是取用了“子不语怪、力、乱、神”（《论语·述而》）的典故，意即作者所述皆是圣人所讳言的怪异、强力、变乱、鬼神之事。《子不语》又名《新齐谐》，是袁枚避免与元人说部《子不语》（今佚）书名雷同而改的。“齐谐者，志怪者也”（《庄子·逍遥游》），意即此书是部荒诞不经之作。二名题意相近，然而习惯上还是用《子不语》者多。后人有把本书与蒲松龄的《聊斋志异》、纪昀的《阅微草堂笔记》合称为清代三大文言志怪小说集，尽管三书之思想价值与艺术成就不可相提并论。

袁枚字子才，号简斋，别号随园老人，浙江钱塘（今杭州市）人，生于1716年，卒于1797年，享年八十二岁。他身历四朝：生于康熙，长于雍正，仕于乾隆，殁于嘉庆；曾主盟一代文坛，上自朝廷公卿，下至市井负贩，皆知其名。他“身长鹤立，声若洪钟”（《文献征存录·袁枚》），双目有神，能言善辩。袁枚著作等身，有《小仓山房诗文集》、《随园诗话》、《随园随笔》、《小仓山房尺牍》、《子不语》等三十余种。其中《随园诗话》和《子不语》二书，影响尤大。前者“家喻户诵，深入人心，已非一日，自来诗话，无可伦比”（钱钟书《谈艺录》）；而《子不语》则自袁枚晚年编定问世后，二百年间，屡经翻刻，流传极广。

袁枚虽自谓此书乃“自娱”、“戏编”之作，实际却是用力甚勤，历时颇久。从始作到编定，前后半个世纪，几与袁枚整个创作生涯相终始。袁枚对志怪稗官小说的爱好，自幼养成，老而益嗜。他小时候就“好听长者谈古事”（《亡姑沈君夫人墓志铭》）。特别是他的姑妈沈氏经常给他讲各种故事和野史，“姑为捃摭史书稗官，儿所能解者，呢呢娓娓不倦。以故枚未就学，而汉、晋、唐、宋国号人物，略皆上口”（同上）。少年时代的袁枚，尤其喜读各种杂书，“我年十二三，爱书如爱命；每过书肆中，两脚先立定。苦无买书钱，梦中犹买归”（《对书叹》）。他在《子不语序》中说：

> 余生平寡嗜好，凡饮酒、度曲、樗蒱，可以接群居之欢者，一无能焉，文史外无以自娱。乃广采游心骇耳之事，妄言妄听，记而存之，非有所惑也。

这就很分明地告诉读者，《子不语》中所记存的奇闻异事，是他毕生搜聚的结晶。至于其中所志所述，多是子虚乌有，切勿信以为真而为其所惑。他生前爱远游，足迹遍及东南各处佳山秀水，所到之处，必不忘“广采游心骇耳之事”，《子不语》中故事写明流传地的不少，如天台、雁宕、黄山、匡庐、罗浮、桂林、南岳、潇湘、洞庭、武夷、丹霞、四明、雪窦等。袁枚可算是一个孜孜不倦的采风者。因此，《子不语》一书在内容上自有特点。它既不同于寄托孤愤、真幻结合的文言短篇小说集《聊斋志异》，也不同于儒者著书、以存风化、归于醇正的纪昀的《阅微草堂笔记》。《子不语》几乎无怪不志、无异不述、无奇不记，既博且杂，以才子之笔，存录了清代中叶传播于东南一带田夫野老口中的怪异故事，记叙了彼时士宦官绅唇吻间所流布、乐道的形形色色荒诞传闻。鲁迅评《子不语》“其文屏去雕饰，反近自然，然过于率意，亦多芜秽”（《中国小说史略》），可谓的论。而本书的这些优劣短长之处，恰恰是因其内容博杂以及“采风”式实录而造成的。可见，《子不语》一书除了在中国小说史上有其应获的一席位置外，还具有较高的民俗史、社会史研究价值。即或如此，《子不语》还是浸润着袁枚一以贯之的“倡性灵，反束缚，嘲道学，背传统”的思想光彩。如续卷五《麒麟喊冤》就是其中的代表作。全篇洋洋洒洒近三千言，通过从事考据之学的邱生与文明殿古衣冠者的一番对话，痛快淋漓地揭露了盲从汉学和宋学的陋儒、俗儒的流弊。文中让宋儒现出真身、说其口是心非之法：“俄见苍圣带领宋儒上殿，有褒衣博冠，手执太极圈者；有闭目指心，自称‘常惺惺’者；有拈花弄月，自号‘活泼泼地’者，”邱生最后喝了苍圣所赐的一杯山中云雾茶，终于茅塞顿开、若有所悟，但是对今后从事何学已无所措手足了，他对古衣冠者说：“如神人所言，某将弃汉学、宋学而从事于诗文，何如?”神回答他说：

> 子又误矣！人之资性，各有短长。著作之才，水也；果有本源，自成江河。考据讲学，火也；胸中无物，必附物而后有所表彰，如火之必附于薪炭也。子天性中本无所有，焉得不首鼠两端？

这简直是袁枚在直接地宣讲他的性灵诗学观了。《子不语》中类似《麒麟喊冤》之章，每卷多有之，不胜枚举。此外，该书中不乏揭露世风浇薄、吏治腐败、虐待女性、佞佛崇道、鱼肉百姓、趋炎附势等社会黑暗现象的作品。读《子不语》，不当为袁枚自谓的“自娱”、“戏编”字面所拘囿，而应从千百则怪异故事中爬剔出虽隐蔽、却又鲜明的进步思想倾向。袁枚在《子不语序》中明确地揭示过全书的旨意，即“以妄驱庸，以骇起惰”，前者喻世，后者则是警世和醒世。

袁枚毕竟是天才横溢的一代文豪，《子不语》也是彼时有数的传世之作。前引鲁迅评语中的“屏去雕饰，反近自然”，其实是对《子不语》整体风格相当高的评价。自然、平易、清新，是一种很高的散文境界。袁枚尤长骈文，抑扬跌宕，深得六朝体格。但在述异志怪时，他却又换了副笔墨。蒲松龄的《聊斋》以小说家的大手笔幻化出了一个个栩栩如生、呼之欲出的花妖狐魅，纪昀的《阅微草堂笔记》是以学者之笔时时表现着博学者的见识与反省，而袁枚的《子不语》则以才子之笔处处闪耀出个性光芒和斐丽文采。如续卷七《猎户说虎》写虎觅人情景：“俄顷虎至，觅郑不得。郑窘甚，足偶失，触枝动。虎仰视见郑，跃起扑郑，格巨枝而坠者再，树震撼叶叶有声。虎疮甚不能再跃，乃啮道旁石块尽碎，衔石而斃。”何等惊心动魄！又写虎吞物状：“虎食兔，入口即没。虎食鸡与鸠、雉，则入口上下腭一再合，即仰喷剩羽，如散花雨，周圜丈余。雉五色文散飞，最可观。”又是何等怪奇可怖！袁枚尤长写人物对话，虽寥寥数语，神情毕肖。不能因书中存有率意、荒秽之篇而否定了它的整体艺术成就和特色。《子不语》无疑是清代文言短篇小说中自具风格的佳构、力作。

本书用清乾嘉年间《随园三十种》本为底本，以光绪十八年上海图书集成书局印本校补，同时参校其他版本，改正错讹，以臻完善。原本卷二十一、卷二十四、续书卷九中的四篇，因涉淫秽，予以删去，存目。原书卷二十二中的二篇与卷十六重出，今亦删去。原书卷一至六由海明翻译，卷七至十二由丛远东翻译，卷十三至十八由李梦生翻译，卷十九至二十三由胡士明翻译，卷二十四由曹中孚翻译。续卷一至五由曹中孚翻译，续卷六至十由李祚唐翻译，特此致谢。

序

“怪、力、乱、神”，子所不语也。然“龙血”、“鬼车”，《系词》语之；玄鸟生商，牛羊饲稷，《雅》、《颂》语之。左丘明亲受业于圣人，而内外传语此四者尤详，厥何故欤？盖圣人教人文、行、忠、信而已，此外则“未知生，焉知死”，“敬鬼神而远之”，所以立人道之极也。《周易》取象幽渺，诗人自记祥瑞，左氏恢奇多闻，垂为文章，所以穷天地之变也。其理皆并行而不悖。

余生平寡嗜好，凡饮酒、度曲、樗蒱，可以接群居之欢者，一无能焉，文史外无以自娱。乃广采游心骇耳之事，妄言妄听，记而存之，非有所惑也，譬如嗜味者餍八珍矣，而不广尝夫蚳醢、葵菹则脾困；嗜音者备《咸》、《韶》矣，而不旁及于《侏儺》、《僸佅》则耳狭。以妄驱庸，以骇起惰，不有博弈者乎？为之犹贤，是亦裨谌适野之一乐也。昔颜鲁公、李邺侯功在社稷，而好谈神怪；韩昌黎以道自任，而喜驳杂无稽之谈；徐骑省排斥佛、老，而好采异闻，门下士竟有伪造以取媚者。四贤之长，吾无能为役也；四贤之短，则吾窃取之矣。

书成，初名《子不语》，后见元人说部有雷同者，乃改为《新齐谐》云。

【译文】

孔子从不谈论怪异、武力、悖乱、鬼神之事。但是“龙战流血”“鬼车鸟”之类，《周易·系辞》就有记载。至于简狄吞鸟卵而生商契，后稷出生后被弃小巷而受牛羊群庇护的传说，《诗经》的《雅》《颂》中都有记述。左丘明亲自受教于孔子，可他在《左传》《国语》里写到怪力乱神之处很多。这是什么原因呢？因为孔子教导人重在文献、德行、忠诚、守信诸方面，此外还说过“不知道生，怎会知道死”、“我对鬼神虽恭敬却不亲近”等话，凡此都是为了阐明人事、人伦和处世的最高准则。《周易》取用的卦象精深微妙，《诗经》自然多录吉祥之兆。左丘明博学宏识，所以他的传世文章才能写尽天地人事的种种变幻，但其中所包含的事理却与孔子所说的可以并行而不背离。

我平生很少有特殊的癖好，那些可以引发众人聚居时欢乐的喝酒、拍曲、博戏之类，一样也不会。平日除耽读文史典籍外，没有什么可以自娱自乐的。于是广集博采、潜心于那些耸人听闻的故事，说的人随便讲，听的人不妨听之，我则记录保存下来。这并不表明我被这些故事迷惑住了，倒是有点像美食家饱尝佳肴珍味后，如不吃些蚁卵酱、腌葵菜，就会坏胃口；爱乐者听遍尧乐《咸池》、舜乐《大韶》的古乐，如不兼听些四夷俗曲，就会听觉疲劳。用荒诞兴奋一下平庸，以狂言振作一下怠惰，这不也正如下一盘棋能使人获得游戏一下的效果吗？这种做法很好，犹如当年郑国大夫裨谌爱到清净的郊野去谋划国家大事一样地富有意趣啊！

从前颜真卿、李泌有功绩于国家，但爱听神怪故事；韩愈以卫道为己任，可喜闻驳杂的无稽之谈；徐铉排斥佛教和道教，却热衷于采录奇闻异事，以至于他的弟子竟胡乱编造了些来投其所好。这四位贤士的贤能，是我无法胜任的；然而，他们的短处，我则悄悄地在学着做了。本书编好后，起初名为《子不语》，后来发现在元人说部中已有同样的书名，于是就改题为《新齐谐》。

（译者：海明）

目　录

子不语卷一

子不语卷二

子不语卷三

子不语卷四

子不语卷五

子不语卷六

子不语卷七

子不语卷八

子不语卷九

子不语卷十

子不语卷十一

子不语卷十二

子不语卷十三

子不语卷十四

子不语卷十五

子不语卷十六

子不语卷十七

子不语卷十八

子不语卷十九

子不语卷二十

子不语卷二十一

子不语卷二十二

子不语卷二十三

子不语卷二十四

续子不语卷一

续子不语卷二

续子不语卷三

续子不语卷四

续子不语卷五

续子不语卷六

续子不语卷七

续子不语卷八

续子不语卷九

续子不语卷十

子不语卷一

李　通　判

广西李通判者，巨富也。家畜七姬，珍宝山积。通判年二十七疾卒。有老仆者，素忠谨，伤其主早亡，与七姬共设斋醮。忽一道人持簿化缘，老仆呵之曰："吾家主早亡，无暇施汝。"道士笑曰："尔亦思家主复生乎？吾能作法，令其返魂。"老仆惊奔，语诸姬，群讶然出拜，则道士去矣。老仆与群妾悔轻慢神仙，致令化去，各相归咎。未几，老仆过市，遇道士于途，老仆惊且喜，强持之请罪乞哀。道士曰："非我靳尔主之复生也。阴司例，死人还阳须得替代，恐尔家无人代死，吾是以去。"老仆曰："请归商之。"拉道士至家，以道士语告群妾。群妾初闻道士之来也甚喜，继闻将代死也皆恚，各相视噤不发声。老仆毅然曰："诸娘子青年可惜，老奴残年何足惜！"出见道士曰："如老奴者代可乎？"道士曰："尔能无悔无怖则可。"曰："能。"道士曰："念汝诚心，可出外与亲友作别，待我作法，三日法成，七日法验矣。"老仆奉道士于家，旦夕敬礼，身至某某家，告以故，泣而诀别。其亲友有笑者、有敬者、有怜者、有揶揄不信者。老仆过圣帝庙，素所奉也，入而拜且祷曰："奴代家主死，求圣帝助道士放回家主魂魄。”语未竟，有赤脚僧立案前叱曰：“汝满面妖气，大祸至矣。吾救汝，慎弗泄。”赠一纸包曰：“临时取看。”言毕不见。老仆归，偷开之，手爪五具，绳索一根，遂置怀中。俄而三日之期已届，道士命移老仆床，与家主灵柩相对，铁锁扃门，凿穴以通食饮。道士与群姬相近处筑坛诵咒。居亡何，了无他异。老仆疑之，心甫动，闻床下飒然有声。两黑人自地跃出，绿睛深目，通体短毛，长二尺许，头大如车轮，目睒睒视老仆，且视且走，绕棺而行，以齿啮棺缝，缝开，闻咳嗽声，宛然家主也。二鬼启棺之前和，扶家主出，状奄然，若不胜病者。二鬼手摩其腹，口渐有声。老仆目之，形是家主，音则道士，愀然曰：“圣帝之言，得无验乎?”急揣怀中纸，五爪飞出，变为金龙，长数丈，攫老仆于空中，以绳缚梁上。老仆昏然注目下视，二鬼扶家主自棺中出，至老仆卧床，无人焉者。家主大呼曰：“法败矣!”二鬼狰狞，绕屋寻觅，卒不得。家主怒甚，取老仆床帐被褥碎裂之。一鬼仰头见老仆在梁，大喜，与家主腾身取之，未及屋梁，震雷一声，仆坠于地，棺合如故，二鬼亦不复见矣。群妾闻雷往，启户视之，老仆具道所见，相与急视道士，道士已为雷震死坛所。其尸上有硫黄大书“妖道炼法易形，图财贪色，天条决斩，如律令”十七字。

【译文】

广西有个姓李的通判，是个大富豪。他有七个小老婆，奇珍异宝堆积如山。李通判年仅二十七岁就病死了。他家有个老仆人，向来忠厚老实，对主人早早去世很悲伤，就与李的小妾们请和尚设坛念经，祭奠亡灵。忽然有个道士手拿化缘簿子来求布施，老仆人呵斥道："我家主人不幸早亡，哪还顾得上来给你布施！"道士笑着说："你想让你家主人复活吗？我会作法术，能使你家主人还魂。"老仆人便急忙奔到内室，向小妾们说了此事，于是大家将信将疑地出来拜见道士，可道士已经走了。老仆人和小妾们都很后悔怠慢了这个活神仙，以致让他跑了，相互埋怨起来。没过几天，老仆上集市，在半路上恰巧又遇到了这个道士。老仆又惊又喜，硬拉住道士，一边赔礼，一边苦苦哀求道士让他主人复活。道士说："不是我不肯作法使你家主人复生，按照阴曹地府的规定，还阳一个死人，必须另有一人替代他死，我怕你家没人肯替代主人去死，所以那天我就不辞而别了。"老仆说："请您跟我一道回去商量这件事吧。"老仆拉着道士回到家里，把道士说的那番话告诉了主人的小妾们。小妾们一开始见着道士的到来很高兴，接着听到得有个人去代主人死都很气愤，你看看我，我看看你，一声不吭。这时，老仆人毅然说道："各位娘子年纪还轻，去替死很可惜，老奴我风烛残年的人有什么顾虑的！"说完，老仆走出内室，对道士说："如果由我老奴代死可以吗？"道士说："你只要不后悔、不害怕就可以。"老仆说："我能。"道士说："看你如此诚心，我就成全你。你现在可以去和亲朋好友诀别，让我作法。这法术三天就可作成，七天就灵验了。"于是，老仆把道士供养在家里，早晚请安问礼，不敢怠慢。他白天走家串户，向亲朋好友告诉这件事，流着眼泪诀别。他的亲朋好友中间，有笑他傻的，有钦佩他忠诚的，有同情他的，也有嘲笑他、表示不相信的。回家路过关帝庙，老仆向来信奉关帝，便进庙跪拜，祷告关帝说："老奴情愿替代我家主人死，恳求关圣大帝助道士作法成功，让我家主人还阳。"没等老仆说完话，忽见在香案前站着一个赤脚和尚，训斥说："我看你满面妖气，大祸马上就要临头了。我有办法救你，可千万不要泄露秘密。"随即送给老仆一个纸包说："到紧要关头就打开来看。"说完，那和尚就不知去向了。老仆人回到家里，偷偷地打开了纸包，只见包里有五根长长的手指甲，还有一副绳套，然后又包好，揣在怀里。转眼间，三日作法期已到，道士命人搬来老仆的床，放在与主人灵柩相对的位置上，紧锁门户，只在墙上开了个洞，好给他送饭送水。那道士却在小妾们的居室近处筑了个祭坛作法念咒。开始几天，没有发现特别的动静。老仆人有点起疑心了，才想翻动一下身子，忽听得床底下有飒飒飒的响声。不一会儿有两个黑鬼从地下跳了出来，绿眼睛，眼窝深陷，全身长满短毛，身高二尺左右，头有车轮一般大，目光闪闪死盯着老仆。边盯边走，绕着棺材转圈儿，并用牙齿咬棺材的缝道。缝道开了，老仆听到了几声咳嗽声，很像是自家主人的声音。两个鬼打开了棺材的前端部分，把主人扶出棺材。主人一副气息奄奄的模样，好像不堪忍受病魔的折磨。两个鬼按摩主人的腹部，于是主人慢慢地开口说话了。老仆人再定睛一看，形体虽是自家主人的，可是说话的声音却是道士的。老仆人又气又恨，心想："关圣帝的话，现在不是真的得到验证了吗?"老仆人急忙打开藏在怀中的纸包，只见五根指甲凌空飞出，变成五条金龙，每条有几丈长，把老仆抓举到空中，用绳子把他拴在梁上。老仆从梁上昏昏然地朝下面俯看，只见两个鬼把"主人"从棺中扶到老仆睡觉的床上，却发现床上并没有人，"主人"突然大叫一声："我的法术被破坏了!"两个鬼便凶相毕露，满屋子乱找一通，结果什么也没找到。这时，"主人"大怒，将老仆床上的帐子、被子撕扯得粉碎。忽然有一个鬼抬头看见老仆原来藏在梁上，开心极了，就与"主人"一起纵身飞跃而上，来抓老仆，还未摸到屋梁，突然间一声雷响，老仆掉落在地，棺材闭合得跟原来一样，两个鬼也无影无踪了。小妾们听到屋内雷响就开门进去，看到底发生了什么事。老仆人向她们一一诉说了所看到的一切。大家急忙去看那道士，道士已被响雷震死在祭坛上。道士的尸体上有硫磺写的十七个大字："妖道炼法易形，图财贪色，天条决斩，如律令。"就是说，这个邪恶道士作法施展调包计，企图占人钱财和女妾，犯了天条，被处死刑，现在按照法律已经执行了。

蔡书生

杭州北关门外有一屋，鬼屡见，人不敢居，扃锁甚固。书生蔡姓者，将买其宅，人危之，蔡不听。券成，家人不肯入，蔡亲自启屋，秉烛坐。至夜半，有女子冉冉来，颈拖红帛，向蔡侠拜，结绳于梁，伸颈就之，蔡无怖色。女子再挂一绳，招蔡，蔡曳一足就之，女子曰："君误矣。"蔡笑曰："汝误，才有今日，我勿误也。"鬼大哭，伏地再拜去。自此怪遂绝，蔡亦登第。或云即蔡炳侯方伯也。

【译文】

杭州北关门外，有一间房屋，时常闹鬼，没人敢住，屋门常年紧锁着。有个姓蔡的书生，要买这所房子。旁人把这间屋子的可怕情况告诉蔡生，可是他不听。买房的契约签订好之后，蔡的家人不肯搬进去住。蔡生就亲自开了屋门住进去，晚上点着蜡烛一人独坐。到了半夜里，见有一个女子慢悠悠地走过来，脖子上挂着红布，走到蔡生跟前向他行了拜礼，然后就在梁上结了绳套，还把头颈伸到这绳套中去。蔡生看着一点也不觉得害怕。那女子便在梁上又结了一个绳套，招呼蔡生照样套上，蔡生却把一只脚伸进了那绳套中。女子说："你错了。"蔡生笑着对她说："是你错了，所以才有今天。我可没有错呵！"那女鬼听了大哭起来，伏倒在地，又向蔡生拜了一拜，走了。从此之后，这间屋子再也不闹鬼了。后来蔡生考上了进士。有人说，这位蔡生就是布政使蔡炳侯。

南昌士人

江西南昌县有士人某，读书北兰寺，一长一少，甚相友善。长者归家暴卒，少者不知也，在寺读书如故。天晚睡矣，见长者披闼入，登床抚其背曰："吾别兄不十日，竟以暴疾亡，今我鬼也。朋友之情，不能自割，特来诀别。"少者阴噎不能言，死者慰之曰："吾欲害兄，岂肯直告？兄慎弗怖。吾之所以来此者，欲以身后相托也。"少者心稍定，问托何事。曰："吾有老母，年七十余，妻年未三十，得数斛米足以养生，愿兄周恤之，此其一也；吾有文稿未梓，愿兄为镌刻，俾微名不泯，此其二也；吾欠卖笔者钱数千，未经偿还，愿兄偿之，此其三也。"少者唯唯。死者起立曰："既承兄担承，吾亦去矣。"言毕欲走。少者见其言近人情，貌如平昔，渐无怖意，乃泣留之曰："与君长诀，何不稍缓须臾去耶？"死者亦泣，回坐其床，更叙平生数语，复起曰："吾去矣。"立而不行，两眼瞠视，貌渐丑败。少者惧，促之曰："君言既毕，可去矣。"尸竟不去。少者拍床大呼，亦不去，屹立如故。少者愈骇，起而奔，尸随之奔；少者奔愈急，尸奔亦急。追逐数里，少者逾墙仆地，尸不能逾墙而垂首墙外，口中涎沫与少者之面相滴涔涔也。天明，路人过之，饮以姜汁，少者苏。尸主家方觅尸不得，闻信，舁归成殡。识者曰："人之魂善而魄恶，人之魂灵而魄愚。其始来也，一灵不泯，魄附魂以行。其既去也，心事既毕，魂一散而魄滞。魂在则其人也，魂去则非其人也。世之移尸走影，皆魄为之，惟有道之人为能制魄。"

【译文】

江西南昌有两个书生，一起在北兰寺读书，一个年长，一个年少，相处很好。一日，年长的书生回家后突然去世了，那年少的不知道，还像平日一样在寺里读书。到了天晚睡觉时分，那年长的书生推开门走了进来，上床抚摩着年少书生的背说："我离开你不到十天，不料得了急病而死，现在我成了一个鬼。你我朋友之间情谊很深，我实在是割舍不下，所以特地前来与你告别。"年少的书生被吓得开不了口。年长的安慰他说："我如果想害你，岂肯将实情原原本本告诉你？你千万不用害怕。我之所以到你这儿来，是想将几件身后之事托付给老弟。"年少的此时才稍稍有点定心，问年长的有何事要交托。年长的说："我有个老娘，七十多岁了。我的妻子，年纪还不满三十。她们一年只要有十几斗米就可维持生活了，求你能周济她们，这是第一件事。我有一部文稿尚未交付出版，求你能代为刻印，以使我的微名不致被泯灭，这是第二件事。最后是我还欠那卖笔的几千文钱，来不及还了，求你代还掉，这是第三件事。"年少的听着连连答应。年长的便起身告辞，说，"承蒙老弟答应了这三件事，我就走了。"说完就要离开。那年少的见他说话很近人情，外表也和往日没有什么两样，渐渐地不再害怕了，于是就哭着挽留他，说："这次是与兄永别，何不多留一会儿再去呢？"死者也哭了起来，重新坐到床边，又叙谈了几句生前旧事，然后再次站起身说："我要走了。"但却站立着不动，双眼圆睁直看着他，外貌愈变愈难看。年少的十分害怕，催他说："兄长的话已说完，现在可以走了。"那年长者的尸体还是直挺着不去。年少的敲床大叫，那尸体还是不动，照样挺着。年少的更加害怕起来了，起身朝外就跑，不料那尸体紧跟在后；年少的跑得愈快，尸体追得也愈紧。如此追逐了有几里路，年少的翻墙时摔倒在地上，那尸体不会跳墙，只把头耷拉在墙外，流出的口水直滴在年少者的脸上，湿漉漉的。天亮以后，过路人发现了年少的，就给他灌了姜汤，他这才苏醒了过来。年长的家属此时正在到处寻找死者尸体，听到消息，急忙赶到，把尸体抬回家去安葬了。见多识广的人评论这件事说："人的魂是善良的，而魄却是邪恶的；人的魂是聪明的，而魄却是愚笨的。年长的死者一开始来的当儿，他的灵魂还未完全泯灭，魄依附着灵魂的指向行动。等到要离别的时候，他的心事没有了，灵魂也就失散，可魄却留下来了。灵魂在的时候，是个人；灵魂没有了，就不是人了。人世间的那批行尸走肉，都是魄在指使，只有那些有道德的人，才能控制住自己的魄。”

曾虚舟

康熙年间有曾虚舟者，自言四川荣昌县人，佯狂吴楚间，言多奇中。所到处老幼男妇环之而行，虚舟嬉笑嫚骂，所言辄中人隐。或与人好言，其人大哭去；或詈骂人，人大喜过望。在问者自知之，旁人不知。杭州王子坚先生知泸溪县事。罢官后，或议其祖坟风水不利，子坚意欲迁葬而未果。闻虚舟来，走问之。适虚舟持棒登高阜，众人环挤，子坚不得前。虚舟望见子坚，遥击以棒骂曰：“你莫来，你莫来，你来便想抠尸盗骨了，行不得，行不得！”子坚悚然而归。后子坚子文璿官至御史。

【译文】

清代康熙年间，有个名叫曾虚舟的人，自称是四川荣昌县人，浪迹在江浙和湖广地方，装疯卖傻，爱发奇谈怪论，可都说得很准。每到一个地方，男女老少往往围着他凑热闹，曾虚舟或是嬉笑，或是怒骂，无意之间往往说中了他人的隐私。有时候，见他跟人在说些吉利好话，可是那听的人却大哭着走了；有时候，见他在呵斥人、打骂人，可是那被打骂的人却像遇到意外喜事高兴极了。这在他们本人自然是知道其中的缘由的，只是边上的人不知道罢了。杭州王子坚先生曾作过湖南泸溪县令，被罢官后，听人说这是因为他家祖坟风水不好的缘故。王子坚虽也想迁葬祖坟，却老定不下来。听到曾虚舟来了，就找去问他。这时曾虚舟正拿着一根棍子站在一个土堆上，被众人团团围住，王子坚没法走近他。此时，曾虚舟却瞥见了他，于是用棍子远远地敲打他，又骂道："你别来，你别来，你来还不是想挖尸盗骨、掘祖坟，这件事万万做不得，做不得!"直把个王子坚吓得回了家。后来，王子坚家官运又亨通起来，他的儿子王文璿还做到御史。

钟孝廉

余同年邵又房，幼从钟孝廉某，常熟人也。先生性方正，不苟言笑，与又房同卧起。忽夜半醒，哭曰："吾死矣!"又房问故，曰："吾梦见二隶人从地下耸身起，至榻前，拉吾同行。路泱泱然，黄沙白草，了不见人。行数里，引入一官衙，有神，乌纱冠，南向坐。隶掖我跪堂下，神曰：'汝知罪乎?'曰：'不知。'神曰：'试思之。'我思良久，曰：'某知矣，某不孝，某父母死，停棺二十年，无力卜葬，罪当万死。'神曰：'罪小。'曰：'某少时曾淫一婢，又狎二妓。'神曰：'罪小。'曰：'某有口过，好讥弹人文章。'神曰：'此更小矣。'曰：'然则某无他罪。'神顾左右曰：'令渠照来。'左右取水一盘，沃其面，恍然悟前生姓杨，名敞，曾偕友贸易湖南，利其财物，推入水中死。不觉战栗，匐伏神前曰：'知罪。'神厉声曰：'还不变么?'举手拍案，霹雳一声，天崩地坼，城郭、衙署、神鬼、器械之类，了无所睹，但见汪洋大水，无边无岸，一身渺然，飘浮于菜叶之上。自念叶轻身重，何得不坠，回视己身，已化蛆虫，耳目口鼻悉如芥子，不觉大哭而醒。吾梦若是，其能久乎？”又房为宽解曰：“先生毋苦，梦不足凭也。”先生命速具棺殓之物，越三日，呕暴血亡。

【译文】

我的同科邵又房，从小跟一位姓钟的举人读书。钟先生是常熟人，生性耿直，认真严肃，与邵又房同住一室。一天半夜，钟举人忽地醒来，哭着说：“我要死了！”邵又房忙问是怎么回事，钟举人说：“我梦见两个当差的从地下冒出来，走到床前，拉着我一起走。那条路宽广无边，遍地是黄沙和白草，见不到人烟。走了几里路，我被带进衙门，有一个鬼神爷，头戴乌纱，面南而坐。两个当差的各挟持着我的一只手臂，按我跪在堂下。那鬼神爷说：‘你知罪吗？’我说：‘不知。’鬼神爷说：‘再想一想。’我想了很久，说：‘我知罪了。我不孝，我父母死了有二十年，因无钱安葬，父母的灵柩一直停放到现在。我罪该万死。’鬼神爷说：‘这是小罪。’我说：‘我年轻时曾奸淫过一名婢女，又与两个妓女厮混过。’鬼神爷说：‘这也是小罪。’我说：‘我有出口伤人的毛病，特别喜欢讥笑指责别人的文章。’鬼神爷说，‘这个罪更小了。’我说：‘此外我再没有犯过其他的罪。’那鬼神爷便对左右两个差人说：‘让他清醒一下。’当差的取来一盆水，往我脸上一浇，我这才恍然大悟，我原是一个杨姓的人托生的，本名叫杨敞，曾同一位朋友去湖南做生意，我贪图他的财物，就把那位朋友推入河中淹死了。一想到这件事，我不禁浑身发抖，伏倒在鬼神爷面前说：‘我知罪。’鬼神爷厉声呵斥说：‘你还不变么？’举手猛拍了一下桌子，只听霹雳一声响，像是天崩地裂，什么城墙、衙门、神鬼、刑具之类，全不见了，但见一片汪洋大水，无边无际，独自一身，飘浮在一张菜叶上面。我想，这菜叶那么的轻，而身体那么的重，怎么能寄身在上面却不掉进水里的呢？回头看看自己的身子，竟已变成了一条蛆虫，耳、目、口、鼻都只有芥菜般大小，禁不住大哭起来，梦也就醒了。我做了这么个梦，难道还活得久吗？”邵又房安慰他说：“先生何必自寻烦恼，梦不过是梦，不足为信。”可是钟先生却马上叫人预备好了棺材和殡葬物品。过了三天，钟举人突然吐血身亡。

南山顽石

海昌陈秀才某，祷梦于肃愍庙。梦肃愍开正门延之，秀才逡巡。肃愍曰："汝异日我门生也，礼应正门入。"坐未定，侍者启：汤溪县城隍禀见。随见一神峨冠来，肃愍命陈与抗礼，曰："渠属吏，汝门生，汝宜上坐。"秀才皇恐而坐，闻城隍神与肃愍语甚细，不可辨，但闻"死在广西，中在汤溪，南山顽石，一活万年"十六字。城隍告退，肃愍命陈送之。至门，城隍曰："向与于公之言，君颇闻乎?"曰："但闻十六字。"神曰："志之，异日当有验也。"入见肃愍，言亦如之。惊而醒，以梦语人，莫解其故。陈家贫，有表弟李姓者，选广西某府通判，欲与同行，陈不可，曰："梦中神言'死在广西'，若同行，恐不祥。"通判解之曰："神言'始在广西'，乃始终之始，非死生之死也。若既死在广西矣，又安得'中在汤溪'乎?"陈以为然，偕至广西。通判署中西厢房，封锁甚秘，人莫敢开。陈开之，中有园亭花石，遂移榻焉，月余无恙。八月中秋，在园醉歌曰："月明如水照楼台。"闻空中有人拊掌笑曰："月明如水浸楼台，易'照'字便不佳。"陈大骇，仰视之，有一老翁，白藤帽、葛衣，坐梧桐枝上。陈悸，急趋卧内，老翁落地，以手持之曰："无怖，世有风雅之鬼如我者乎?"问："翁何神?"曰："勿言，吾且与汝论诗。"陈见其须眉古朴，不异常人，意渐解。入室内，互相唱和。老翁所作字，皆蝌蚪形，不能尽识。问之，曰：“吾少年时，俗尚此种笔画，今颇欲以楷法易之，缘手熟，一时未能骤改。”所云少年时，乃娲皇前也。自此每夜辄来，情甚狎。通判家僮常见陈持杯向空处对饮，急白通判，通判亦觉陈神气恍惚，责曰：“汝染邪气，恐‘死在广西’之言验矣。”陈大悟，与通判谋归家避之。甫登舟，老翁先在，旁人俱莫见也。路过江西，老翁谓曰：“明日将入浙境，吾与汝缘尽矣，不得不倾吐一言。吾修道一万年，未成正果，为少檀香三千斤刻一玄女像耳。今向汝乞之，否则将借汝之心肺。”陈大惊，问：“翁修何道？”曰：“斤车大道。”陈悟“斤车”二字合成一“斩”字，愈骇，曰：“俟归家商之。”同至海昌，告其亲友，皆曰：“肃愍所谓‘南山顽石’者，得毋此怪耶？”次日老翁至，陈曰：“翁家可住南山乎？”翁变色，骂曰：“此非汝所能言，必有恶人教汝。”陈以其语语友，友曰：“然则拉此怪入肃愍庙可也。”如其言，将至庙，老翁失色反走。陈两手夹持之，强掖以入，老翁长啸一声，冲天去，自此怪遂绝。后陈生冒籍汤溪，竟成进士，会试房师乃状元于振也。

【译文】

海昌有个姓陈的秀才，一次到于肃愍庙中去求梦，卜问前程吉凶。他梦见于谦（肃愍）打开正门接待他，陈秀才反倒局促不安起来，走了几步又停住了。于公说：“你是我未来的门生，按礼应该从正门进来。”才坐定，就有差人来报告：汤溪县的城隍爷求见。

随后只见一位戴着高帽的神走了进来，于公就叫陈秀才与城隍行对等之礼，说：“他是我下吏，你是我门生，你应该坐上座。”陈秀才不安地入座，只见城隍与于公在轻声地说话，也听不清他们说些什么，隐约间只听到十六个字：“死在广西，中在汤溪，南山顽石，一活万年。”城隍告辞时，于公叫陈秀才送送他。城隍说：“刚才我与于公的谈话，你听到了吗?”陈秀才回答：“只听到十六个字。”城隍说：“记住它，将来一定会验证的。”回来再见于公时，于公又说了与城隍同样的一番话。陈秀才惊醒以后，将梦中情景告诉别人，可谁也不懂这话中的具体含义。陈秀才家里很贫困。他有个姓李的表弟，被选派到广西某府任通判，就请陈秀才陪他一起去。陈秀才不同意，说：“梦中城隍说过‘死在广西’的话，如果与你同去广西，恐怕不吉利。”李通判对他解释说：“城隍说的是‘始在广西’，是始终的‘始’字，并不是生死的‘死’。如果是说‘死在广西’，那么又怎么会接着说‘中在汤溪’呢?”陈秀才见他说得有理，就陪他一起到了广西。李通判所在公署有间西厢房，一直紧紧地锁着，没有人敢打开它。陈秀才开了此门，进去一看，里面居然有亭园，假山、花木，于是索性搬进去住了。一个多月过去，什么事也没有发生。八月中秋那夜，陈秀才在花园里喝醉了酒，唱起歌诗：“月明如水照楼台。”忽然听得空中有人拍掌笑道：“‘月明如水浸楼台’才是佳句。刚才把‘浸’字换了个‘照’字，就不妥当了。”陈秀才大吃一惊，抬头一看，见有一个老头，头戴白藤帽，身穿葛布衣，坐在梧桐树枝上。陈秀才吓坏了，急忙回身朝房内走去。那老头儿一下子跳到地上，拉住他说：“不要怕，你听人说过有我这样风雅、有文采的鬼怪吗?”陈秀才问：“公公是哪路神仙?”老头说：“暂时不说这个。我与你先讨论讨论诗道吧。”陈秀才见老头颜面长得很古朴，与平常人没有什么不一样，慢慢地不再害怕了。两人进得房内，互相歌诗唱和。老头所写的字，形状像蝌蚪，陈秀才不全辨识。他问老头怎会如此写字，老头说：“我年轻时，流行用这种写法，现在很想用楷体的笔法把它改过来，只是写惯了，一时不能改掉。”老头所说的“少年时”，竟是指女娲氏以前的远古时代。从此以后，老头每夜都到陈秀才住处来，互相十分亲昵。李通判的书僮常常看到陈秀才举着酒杯朝着空中敬酒对酗，急忙去告诉李通判。李通判也觉得陈秀才神色恍恍惚惚，很不正常，就责怪他说："你已经染上了邪气，只怕要应了'死在广西'的那句话了。"陈秀才此刻恍然大悟，就与李通判谋划，如何才能赶快回家，避过此难。陈秀才急忙乘船回家，可是才上船，见老头儿已坐在船上了，只是边上的人都看不见。船快过江西时，老头对陈秀才说："明天就要进入浙江省地界了，我与你的缘分算是尽了。我现在有句话不得不向你说清楚。我修道已有一万年了，可是直到现在未能修成正果，原因是缺少三千斤檀香木刻的一尊九天玄女像。今天我求你为我办完这件事，不然的话，我就要借你的心肺派个用处。"陈秀才又惊又怕问："公公修的是什么道？"老头说："斤车大道。"陈秀才懂得，"斤车"二字合成一起正是个"斩"字，就更加怕了起来，说："等我回家以后再商办此事。"就与那老头一起回到了海昌。陈秀才将这件事告诉了亲朋好友，他们都道："于肃愍公所说的'南山顽石'，莫不就是这个老妖怪。"第二天，老头又来到陈秀才家。陈秀才说："公公的家是不是住在南山？"老头听罢此问，立刻变了脸色，骂道："这话不是你所能说的，一定是有坏人在教唆你。"陈秀才又把老头的话讲给朋友听，朋友给他出了个主意，说："不妨把这个老妖怪拉到肃愍庙里去。"陈秀才就照了朋友的话做了，当他把那老头快带近庙时，老头大惊失色，掉头便走。陈秀才用两手挟持住老头，强把老头拉进庙里。老头大叫一声，冲天逃去，从此之后这妖怪就绝迹了。后来，陈秀才改冒籍贯为汤溪人，到底考中了进士。会试时，录取他的阅卷老师，正是一位姓于名振的状元。

酆都知县

四川酆都县，俗传人鬼交界处。县中有井，每岁焚纸钱帛镪投之，约费三千金，名纳阴司钱粮。人或吝惜，必生瘟疫。国初知县刘纲到任，闻而禁之，众论哗然。令持之颇坚，众曰："公能与鬼神言明乃可。"令曰：

“鬼神何在?”曰:“井底即鬼神所居。”无人敢往,令毅然曰:“为民请命,死何惜?吾当自行。”命左右取长绳缚而坠焉。众持留之,令不可。其幕客李诜,豪士也,谓令曰:“吾欲知鬼神之情状,请与子俱。”令沮之,客不可,亦缚而坠焉。入井五丈许,地黑复明,灿然有天光,所见城郭宫室,悉如阳世。其人民藐小,映日无影,蹈空而行,自言在此者不知有地也。见县令,皆罗拜曰:“公阳官,来何为?”令曰:“吾为阳间百姓请免阴司钱粮。”众鬼啧啧称贤,手加额曰:“此事须与包阎罗商之。”令曰:“包公何在?”曰:“在殿上。”引至一处,宫室巍峨。上有冕旒而坐者,年七十余,容貌方严,群鬼传呼曰:“某县令至。”公下阶迎,揖以上坐,曰:“阴阳道隔,公来何为?”令起立,拱手曰:“酆都水旱频年,民力竭矣。朝廷国课尚苦不输,岂能为阴司纳帛镪,再作租户哉?知县冒死而来,为民请命。”包公笑曰:“世有妖僧恶道,借鬼神为口实,诱人修斋打醮,倾家者不下千万。鬼神幽明道隔,不能家喻户晓,破其诬罔。明公为民除弊,虽不来此,谁敢相违?今更宠临,具征仁勇。”语未竟,红光自天而下,包公起曰:“伏魔大帝至矣,公少避。”刘退至后堂。少倾,关神绿袍长髯,冉冉而下,与包公行宾主礼,语多不可辨。关神曰:“公处有生人气,何也?”包公具道所以。关曰:“若然,则贤令也,我愿见之。”令与幕客李惶恐出拜,关赐坐,颜色甚温,问世事甚悉,惟不及幽明之事。李素戆,遽问曰:“玄德公何在?”关不答,色不怿,帽发尽指,即辞去。包公大惊，谓李曰："汝必为雷击死，吾不能救汝矣。此事何可问也？况于臣子之前呼其君之字乎？"令代为乞哀，包公曰："但令速死，免致焚尸。"取匣中玉印，方尺许，解李袍背印之。令与幕客李拜谢毕，仍缒而出。甫至酆都南门，李竟中风而亡。未几，暴雷震电绕其棺椁，衣服焚烧殆尽，惟背间有印处不坏。

【译文】

四川酆都县，民间传说是一个人鬼交界的地方。县中有一口井，老百姓烧纸钱物品投入井中，为此每年花费约三千两银子，名为纳阴司钱粮，稍有一点怠慢，就会流行瘟疫。清朝初年，刘纲出任酆都知县，一听说此事，就下令禁止，这一下可是舆论哗然了。刘纲却坚持要禁，毫不动摇。大家对他说："老爷若能向鬼神讲明缘由，那倒是禁也无妨。"刘纲问："鬼神在什么地方？"众人说："这井底下就是鬼神的住所，可没有人敢下井去。"刘纲毅然地说："只要能为民请命，就是死了也没有什么可惜。我一定亲自下去一趟。"说完，就叫差役拿来长绳，缚住腰身，准备下井。众人忙劝留刘纲，他不听。他有一个幕客叫李诜，是一位豪杰之士，就对刘纲说："我想见识见识鬼神的模样，请让我与你一起下去。"刘纲不同意，可是李诜一定要去，也只好让他与自己一起下井。入井大约五丈深的地方，原本黑洞洞的地下忽而重新变得明亮起来，而且灿烂得有如天光照耀，眼前见到的城墙、宫廷、房屋，全与阳世一样。只是人生得都很矮小，日光照着他们的身子也不留下影子，走起路来双脚腾空，自称这里的人不知道有什么天地之分。见到刘纲，众鬼都围绕着下拜，说："老爷是阳世的官，到这里来做什么？"刘纲说："我是为请求阴世免去百姓的纳贡钱粮而来的。"鬼听了都连连称赞这个县令的贤明，用手加额表示敬意，说："这件事一定要和包阎罗商量才行。"刘纲说："包公在什么地方？"众鬼说："在阎罗大殿。"于是带他们到一座堂堂皇皇的宫殿，殿上高高坐着一位头戴华贵礼冠的人，有七十多岁，容貌端庄严肃。此时两旁的群鬼一起传呼起来："酆都县令到！"包阎罗就走下台阶迎接刘纲，作揖行礼，让了上座，说："阴阳两地，通道阻隔，不知刘公到此有何要事？"刘纲站起身来，拱着双手对包公说："酆都县这几年来水灾、旱灾接连不断，民间财力耗尽了。朝廷每年下派的课税都苦于交纳，哪里再有能力为阴司交钱粮，负担两份租税呢？本县冒死而来，目的就是为民请命。"包公笑着说："世上就是有一些坏和尚和恶道士，打着鬼神的名号，诱骗百姓斋祭、布施，因此而倾家荡产的何止成千上万。只是因为鬼神所居的阴司与阳间道路阻隔，所以不能揭露这些招摇撞骗的行径，使人们家喻户晓。明公为百姓除去此弊，就是不到阴司来计议，难道也会有人胆敢违抗吗？今天你特地光临敝府，更是表现了你的大德大勇。"话未说完，一道红光从天上降下，包公起身说："伏魔大帝到了，请明公稍稍回避一下。"刘纲就退到后堂等候。不一会儿，关帝爷身穿绿袍，飘拂着须髯，慢慢下殿，与包公行了宾主之礼，至于他们之间的谈话却听不清楚。关帝爷说："明公这里有一股生人气，不知什么道理？"包公就将事情的经过详细说了一遍。关帝爷说："这么说来，还是一位贤明的县令，我倒愿意见见他。"包公就叫刘纲与幕客李诜一起出来会见。关公请刘、李入座，态度十分温和，详细地问了阳间的情况，惟独不谈阴司之事。李诜为人一向憨直，突然发问："玄德公刘备如今在什么地方？"关帝不回答，神色很是不高兴，怒发冲冠，立刻辞别而去。包公见此大吃一惊，对李诜说："你一定要被雷电击死，我也救不了你。你刚才怎么可以用这种语气、提这种问题呢？又怎么能在一个臣子面前，直呼他帝君的字号呢？"刘纲代李诜求情、请罪，包公说："既然如此，就让李诜快死，否则连尸体都会焚烧掉。"说完从匣中取出一方玉印，约有一尺见方，解开李诜的袍子，在他背上印了一下。刘纲与李诜向包公行过拜谢礼后，仍从井里出来。才走到酆都城南门，李诜就中风死了。过了没几天，有暴雷震电专绕着李诜的棺材轰击，尸体上的衣服全部被烧光了，惟独脊背间打过印的地方，那块衣片没有被烧坏。

骷髅报仇

常熟孙君寿，性犷恶，好慢神虐鬼。与人游山，胀如厕，戏取荒冢骷髅，蹲踞之，令吞其粪，曰："汝食佳乎？"骷髅张口曰："佳。"君寿大骇，急走，骷髅随之，滚地如车轮然。君寿至桥，骷髅不得上。君寿登高望之，骷髅仍滚归原处。君寿至家，面如死灰。遂病，日遗矢，辄手取吞之，自呼曰："汝食佳乎？"食毕更遗，遗毕更食，三日而死。

【译文】

常熟人孙君寿，为人残忍凶狠，特别喜欢戏弄鬼神。一次，他跟别人一起去游山。途中，他忽觉腹部闷胀，要上厕所。孙君寿恶作剧起来，从荒野坟山间取来一个骷髅，蹲在上面大便，让骷髅吞其粪便，还问："你吃得味道好吗？"骷髅忽然开口答话："味道好。"孙君寿大吃一惊，拔脚就走，骷髅紧随在他后边，在地上如车轮一般地滚动。直到孙君寿上了一座桥，那骷髅才没法跟上来。孙君寿登在高处看着，见骷髅仍旧滚回到原来的地方。孙君寿回到家里，吓得面如死灰，生了病。每天大便时，就用手取了往嘴里吞，一边自己叫问："你吃得味道好吗？"吃完又拉，拉完又吃，过了三天就死了。

骷髅吹气

杭州闵茂嘉好弈，其师孙姓者常与之弈。雍正五年六月，暑甚，闵招友五人，循环而弈。孙弈毕，曰："我倦，去东厢少睡，再来决胜。”少顷，闻东厢有叫号声，闵与四人趋视之，见孙伏地，涎沫满颐，饮以姜汁，苏。问之，曰：“吾床上睡未熟，觉背间有一点冷，如胡桃大，渐至盘楪大，未几而半席皆冷，直透心骨，未得其故。闻床下咈咈然有声，俯视之，一骷髅张口隔席吹我，不觉骇绝，遂仆于地。骷髅竟以头击我，闻人来始去。”四人咸请掘之，闵家子惧有祸，不敢掘，遂扃东厢。

【译文】

杭州人闵茂嘉爱好下棋，他的一位姓孙的老师经常同他对局。雍正五年的六月，天特别热。闵茂嘉招来了师友五人，轮流下棋。孙先生下完一局以后，说：“我累了，上东厢房去小睡一下，回头再来决一胜负。”过了一会儿，听得东厢房内有吼叫声。闵茂嘉与其他四人一起进房去，看出了什么事。只见孙先生伏倒在地，口沫涎水满面。弄来姜汁灌他，孙先生这才醒来。大家问他，他说：“我上了床，还未入睡，觉得背部有一点点冷，开始时冷的面积不过胡桃般大小，慢慢地扩展到有盘子般大，隔不多久，半边全冷了，冷得直透心骨，我也不知道是什么道理。又听得床下有‘咈咈咈’的声音，俯身下看，原来是一具骷髅隔着席子在对着我身子吹气，我害怕极了，就跌倒在地上。那骷髅还不罢休，竟用那头来撞我，直听到有人来才走。”闵茂嘉的四个朋友都建议掘地，挖掉骷髅，闵家人怕招来灾祸，不敢掘，后来就把东厢房锁了起来。

赵大将军刺皮脸怪

赵大将军良栋，平三藩后，路过四川成都。川抚迎之，授馆于民家。将军嫌其隘，意欲宿城西察院衙门。抚军曰：“闻此中关锁百余年，颇有怪，不敢为公备。”

将军笑曰："吾荡平寇贼，杀人无算，妖鬼有灵，亦当畏我。"即遣丁役扫除，置眷属于内室，而己独占正房，枕军中所用长戟而寝。至二鼓，帐钩声铿然，有长身而白衣者，垂大腹障床面，烛光青冷。将军起，厉声喝之。怪退行三步，烛光为之一明，照见头面，俨然俗所画方相神也。将军拔戟刺之，怪闪身于梁，再刺，再走，逐入一夹道中，隐不复见。将军还房，觉有尾之者，回目之，此怪微笑蹑其后。将军大怒，骂曰："世那得有此皮脸怪耶?"众家丁起，各持兵仗来，怪复退走。过夹道，入一空房，见沙飞尘起，簇簇有声，似其丑类共来格斗者。怪至中堂，挺然立，作负嵎状。家丁相视，无敢前。将军愈怒，手刺以戟，正中其腹，膨亨有声，其身面不复见矣。但有两金眼在壁上，大如铜盘，光睒睒射人。众家丁各以刀击之，化为满房火星，初大后小，以至于灭。东方已明，将军次日上马行，以所见语阖城文武，咸为咋舌，终不知何怪。

【译文】

大将军赵良栋，在平定三藩叛乱后的归途中，路过四川成都。四川巡抚亲自迎接他，把赵将军一行安顿在一所民宅中。赵将军嫌房子太小，想住到城西都察院衙门的大院去。巡抚就告诉他说："听说那院子已关锁了一百多年，常常有妖怪作祟，所以不敢让将军去住。"将军笑着说："我才平定了匪贼，作我刀下之鬼的人不知有多少，那妖怪倘若有灵性的话，也应当怕我才是。"于是立刻派家丁、差役把那大院打扫干净，把家属安置在内室，自己独自一人住了正房，用打仗的兵器长戟作枕头睡觉。到半夜二鼓时分，听得帐钩叮当作响，只见有一个身子长长、穿白衣裳的人，挺着便便大腹，把整个床面都挡住了，连烛光也被遮掩得冷幽幽了。赵将军起得身来，大声呵斥那鬼怪。鬼怪这才退后了三步，烛光顿时一亮，照清楚鬼怪的面目，很像民间图画上所画开路神的狰狞模样。赵将军拔戟就刺，那鬼怪一闪身躲到梁柱间。再刺他，他再躲，后来逐渐逃入一条夹道当中，隐没不见了。赵将军转身回房时，发觉后面有人尾随着，回头一看，原来这鬼怪一边笑、一边蹑手蹑脚跟在赵将军身后。赵将军大怒，骂道："世上哪有像你这样厚脸皮的妖怪！"此时，家丁们也闻声赶来，人人手中拿着兵器，那妖便步步退走，退入原来的夹道中，进了一间空房，但见尘土飞扬，还发出"簇簇簇"的响声，像是要召集同类妖怪一道来参加格斗。那白衣妖怪站在房间当中，挺身而立，准备负隅顽抗。家丁们你看看我、我看看你，无一人敢上前去较量。赵将军见此情景更加怒不可遏，用戟猛刺，正中那妖怪的腹部，听得"膨亨"一声响，妖怪又不见了。只见两只金光灿灿的眼睛留在壁上，每只足有铜盘般大，目光闪闪逼人。众家丁就用刀劈击它，那眼睛就化成了一房间的火星，开始大，然后小起来，最后熄灭掉。这时，天已亮了。第二天赵将军在上路前，将昨夜发生之事说给全城的文武官员听，无不惊讶得直伸舌头，可是谁也说不出那到底是个什么妖怪。

狐生员劝人修仙

赵大将军之子襄敏公，总督保定。夜读书西楼，门户已闭，有自窗缝中侧身入者，形甚扁。至楼中，以手搓头及手足，渐次而圆。方巾朱履，向上长揖拱手曰："生员狐仙也，居此百年，蒙诸大人俱许在此。公忽来读书，生员不敢抗天子之大臣，故来请示。公必欲在此读书，某宜迁让，须宽限三日；如公见怜，容其卵息于此，则请扃锁如平时。"赵公大骇，笑曰："尔狐矣，安得有生员？"曰："群狐蒙太山娘娘考试，每岁一次，取其文理精通者为生员，劣者为野狐。生员可以修仙，野狐不许修仙。”因劝赵公曰：“公等贵人，可惜不学仙耳。如某等学仙最难：先学人形，再学人语；学人语者，先学鸟语；学鸟语者，又必须尽学四海九州之鸟语，无所不能，然后能为人声，以成人形。其功已五百年矣。人学仙较异类学仙少五百年功苦，若贵人、文人学仙，较凡人又省三百年功苦。大率学仙者千年而成，此定理也。”公喜其言，即于次日扃西楼让之。此二事得于镇远太守讳之坛者，即将军之孙；且曰：“吾父后悔未问太山娘娘出何题目考狐也。”

【译文】

大将军赵良栋的儿子谥襄敏，官做到保定总督。一天夜里，赵襄敏在西楼读书，内外门窗全部关上。忽有一个形体扁扁的东西从窗缝中间侧着身子，进入楼内，然后用手从头搓到脚，整个身子也就渐渐圆满起来。戴方巾、穿红靴，一副读书人打扮，朝着赵襄敏作了一个长揖，拱着手说：“在下是个狐仙秀才，住在这楼中已有一百年了，承蒙各位大人恩准，一直过得很安定。现在明公到这楼中来读书，作为一个秀才不敢不服从天子派来的大臣，所以特地前来请示。如果明公一定选中这座楼作为读书的地方，那么在下一定迁让，只是请求能给予三日的期限；明公如果爱怜生员，准许我在此栖息，那么还望像往日一样紧锁上楼门。”赵襄敏听罢吓了一跳，笑着说：“你等是狐狸精，怎么中间还会有秀才名目?”狐仙说：“太山娘娘对所有的狐狸每年要举行一次考试，把那些文理精通的狐狸录取为生员，考得差等的被列入野狐一类。被录取为生员的，可以修仙，而野狐则不许修仙。”接着，这生员狐仙还劝赵襄敏说：“像明公这样的贵人不学仙，真是太可惜了。而我等学仙可说是难极了：先要学会能变成人形，而后再学人说话。在学人话之前，先要学会鸟语。学鸟语时，又得要学尽九州四海各种各样鸟的语言，无一不会，然后才能学讲人话，真正地变成人形。单单上面说的过程，就得花五百年的工夫。人若修仙，比起异类来就可省下这五百年的苦功。假若贵人和文人学士修仙，比一般的人又可省掉三百年的练功时间。大凡修炼成仙要花一千年左右的时间，这是一条不可更改的定理。”赵襄敏很高兴地听了生员狐仙说的一番话，就在第二天把西楼紧锁，让给了那狐仙。《赵大将军刺皮脸怪》和《狐生员劝人修仙》这两则故事，我都是从赵大将军的孙子、镇远太守赵之坛那儿听来的。赵之坛曾对我说：“我父亲很后悔没有向生员狐仙问，太山娘娘考狐狸时出的是什么题目。”

煞神受枷

淮安李姓者，与妻某氏，琴瑟调甚。李三十余病亡，已殓矣，妻不忍钉棺，朝夕哭，启而视之。故事，民间人死七日则有迎煞之举，虽至戚皆回避。妻独不肯，置子女于别室，己坐亡者帐中待之。至二鼓，阴风飒然，灯火尽绿。见一鬼，红发圆眼，长丈余，手持铁叉，以绳牵其夫，从窗外入，见棺前设酒馔，便放叉解绳，坐而大啖。每咽物，腹中啧啧有声。其夫摩抚旧时几案，怆然长叹，走至床前揭帐，妻哭抱之，泠然如一团冷云，遂裹以被。红发神竞前牵夺，妻大呼，子女尽至，红发神踉跄走。妻与子女以所裹魂放置棺中，尸渐奄然有气，遂抱置卧床上，灌以米汁，天明而苏。其所遗铁叉，俗所焚纸叉也。复为夫妇二十余年。妻六旬矣，偶祷于城隍庙，恍惚中见二弓丁舁一枷犯至。睁之，所枷者即红发神也。骂妇曰：“吾以贪馋，故为尔所弄，枷二十年矣。今乃相遇，肯放汝耶？”妇至家而卒。

【译文】

江苏淮安有个姓李的人，与妻子生活得很恩爱美满。李某才三十多岁就得暴病死了，尸体虽已入殓，可是他妻子仍不肯让人把棺材钉死。她从早哭到晚，还时常打开棺材看看丈夫的遗体。民间有个相沿成习的风俗，就是人死后的第七天要举行一次迎接煞神的仪式，到时即使是最密切的亲戚、家属都得回避。可是，李妻偏偏不肯回避。她把子女安置在别的房里，自己坐在死者的帐床里等候。到二鼓时分，阴风阵阵，冷飒飒地吹来，周围点的油灯也全变成了绿光。只见一个红发圆眼、身高一丈多的鬼，一手握着铁叉，一手用绳牵着她的丈夫，从窗外进来。那鬼见棺材前摆着酒肴菜果，便放好铁叉，解开绳套，坐着大吃一通。那鬼在狼吞虎咽食物时，腹中还发出"啧啧"的怪声。而她的丈夫抚摩着生前用过的书桌、茶几，悲伤地叹着气。当他走到床前撩开帐子时，妻子就哭着抱住了他。她感觉到她丈夫的身体冷冰冰的，如一团冷云，于是就用被子替他裹了起来。此时，红发鬼就上前来又拽又夺，李妻大声喊叫起来，子女闻声全都赶来，红发鬼只得踉踉跄跄地跑走了。李妻及其子女就将所裹的尸魂放进棺材中，只见那尸体慢慢地透出了生气，于是就将其躯体从棺材里抱到了床上，用米汤汁灌他。天亮时，李某醒来了。原来，那个红发鬼所留下的铁叉，就是祭祀时烧用的纸叉。就这样，他们又做了二十多年的夫妻。一转眼，李妻已满六十岁了。有一次偶然到城隍庙去祈祷烧香，迷迷糊糊地看见两个弓着腰的小鬼拉着一个披着枷锁的犯人进来。仔细一看，那个带枷锁的犯人就是红发鬼。红发鬼骂李妻说："都怪我嘴馋贪吃，才上了你的当，我已被上枷二十多年了。今天到底碰见你了，这次无论如何不会放过你了。"李妻回到家里，就死了。

张　士　贵

直隶安州参将张士贵，以公廨太仄，买屋于城东。俗传其屋有怪，张素倔强，必欲居之。既移家矣，其中堂每夜闻击鼓声，家人惶恐。张乃挟弓矢，秉烛坐。至夜静时，梁上忽伸一头，睨而相笑，张射之，全身坠地，短黑而肥，腹大如五石匏。矢中其脐，入一尺许。鬼以手摩腹，笑曰："好箭！"复射之，摩笑如前。张大呼，家人齐进，鬼升梁而走，詈曰："必灭汝家。"次日天明，参将之妻暴卒；天暮，参将之子又卒。张棺殓毕，悲悔不已。居月余，闻复壁中有呻吟声，往视，即其所殡之妻、子也。饮以姜汁，扬扬如平生。问之，皆曰："吾未尝死，但昏昏如梦，见两大黑手掷我于此。"开棺视之，荡然无有。方知人死有命，虽恶鬼相怨，亦仅能以幻术挪揄之，不能杀也。

【译文】

直隶安州府参将张士贵，嫌所居官署太小，就在安州城东买了一所房屋。听人说，这屋里有鬼怪。张参将向来脾气倔强，一定要搬进去住。住进去后，每到夜里，中间厅堂里会莫名其妙地传出阵阵击鼓声，家里人十分害怕。张参将就挟了弓箭，点起蜡烛坐候鬼怪。到夜深人静时，忽见屋架上伸出一个头来，斜看着他讪笑，张参将一箭射去，鬼怪全身落地，长得又矮、又黑、又胖，肚子大得如盛五担水的大瓢。那支箭正好射在鬼怪肚脐处，深一尺多。鬼怪一边用手摩着腹部，一边笑着说："好箭法！"张参将又射了一箭，鬼怪照样边摩腹、边笑谈。参将大呼一声，家里人全都拥入厅堂，鬼怪跃上屋梁而逃，嘴里骂道："我一定要灭掉你的家！"第二天早晨，张参将的妻子突然去世；到晚上，他的儿子又死了。参将葬毕妻与子，悲伤后悔不已。隔了一个多月，忽听得隔屋墙内有呻吟声。拆墙一看，竟是他那已经入殓的妻子和儿子。赶紧用姜汁灌饮，二人又意气扬扬，和平时一样。问是怎么回事，都说："我并未死，只觉昏昏然，像在梦中，看见有两只大黑手把我投摔在隔墙里。”参将打开棺材再看看，里面空荡荡什么也没有。他这才知道，人的死生有命，虽然得罪了恶鬼，恶鬼也只能耍点小魔术捉弄人，到底不能真的杀人。

杜工部

四川杜某，乾隆丁巳进士，为工部郎。年五十余，续娶襄阳某氏。婚夕，同年毕集，工部行礼毕，将入房，见花烛上有童子长三四寸，踞烛盘以口吹气，欲灭其火。工部喝之，应声走，两烛齐灭。宾客惊视，工部变色，汗如雨下。侍妾扶之登床，工部以手指屋之上下左右云：“悉有人头。”汗愈甚，口渐不能言，是夕卒。襄阳夫人出轿时，见有蓬发女子迎问曰：“欲镌图章否?”夫人怪其语不伦，不之应。及工部死，始知揶揄夫人者，即此怪也。工部卒后，附魂于夫人之体，每食必搤其喉，悲啼曰：“舍不得!”同年周翰林煌正色责之曰：“杜君何愦愦，尔死与夫人何干，而反索其命乎?”鬼大哭绝声，夫人病随愈。

【译文】

四川有个姓杜的，乾隆二年考中进士，做了工部员外郎。五十多岁时死了妻子，续娶了一位湖北襄阳籍的女子。成婚那天晚上，同科好友齐来道喜。婚礼仪式结束，杜工部就进入洞房。他看见房内花烛上有一个三四寸长的小人儿，正蹲在烛盘上朝着蜡烛吹气，想吹灭烛光。杜工部朝着他大喝一声，那小人应声而逃，两支红烛同时熄灭了。宾客见此情景，惊得说不出话来，杜工部吓得变了脸色，汗如雨下。一名侍妾扶着他上了床，他用手指着房内上上下下、左左右右说："到处都有人头。"汗愈出愈多，说话也慢慢地困难了，当天晚上就死了。杜工部的这位襄阳夫人忽然回忆起来，成亲那天下轿时，看见有个蓬头散发的女子冲着她便问："夫人想刻一枚图章吗?"她嫌这位女子说话语无伦次，没理睬。等杜工部一死，方知道害死丈夫的正是起先她下轿时来搭讪的那个鬼怪。杜工部死后，他的魂灵一直依附在襄阳夫人的身上不散，每到吃饭时，就扼住她的喉部，一边悲伤地哭着说："舍不得你!"与杜工部同科的翰林周煌见此情状，就板着面孔斥责鬼魂说："杜君怎么如此糊涂，你的死与夫人有什么相干，怎么反倒要索讨她的命!"那鬼痛哭失声而消失了，襄阳夫人的病随着也好了。

胡求为鬼球

方阁学苞有仆胡求，年三十余，随阁学入直。阁学修书武英殿，胡仆宿浴德堂中。夜三鼓，见二人舁之阶下。时月明如昼，照见二人皆青黑色，短袖仄襟。胡恐，急走，随见东首一神，红袍乌纱，长丈余，以靴脚踢之，滚至西首；复有一神如东首状貌衣裳，亦以靴脚踢之，滚至东首，将胡当作抛球者然。胡痛不可忍。五更鸡鸣，二神始去，胡委顿于地。明旦视之，遍身青肿，几无完肤，病数月始愈。

【译文】

内阁学士方苞有个仆人胡求，三十多岁，时常跟方苞到宫内值班。方苞在武英殿修书时，胡求就住在浴德堂里。一日夜里，约三更时分，有两个人将胡求抬到了厅堂的台阶下。这天夜里的月光亮如白昼，胡求看到这两个人通体青黑颜色，穿着短衫窄褂。胡求很害怕，急忙逃走。刚想走，抬头就见东边站着一个鬼神，穿红袍、带乌纱，有一丈多高，那鬼神用鞋子对准胡求就是一脚，胡求被踢到西边；而西边又有一个同样长相和打扮的鬼神，也用靴子踢了他一脚，胡求重新被踢回东边。这两个鬼神把胡求当作一个球一样玩耍。胡求痛得不能忍受。直到五更鸡叫时，两个鬼才丢下胡求走了。胡求瘫软在地上。白天检查了一下，见胡求遍身全是乌青的肿块，找不出一块完整的皮肤。过了好几个月，胡求才得康复。

江中三太子

苏州进士顾三典，好食鼋，渔者知之，每得鼋，必售顾家。顾之岳母季氏，夜梦金甲人哀求曰："吾江中三太子也，为尔婿某所获；幸免我，必不忘报。"次早，遣家人驰救，则厨人已解之矣。是年进士家无故火自焚，图史散尽。未焚之夕，家畜一犬，忽人立，以前两足擎双盂水献主人；又见屋壁上有历代祖宗状貌如绘。识者曰："此阳不藏阴之象也，其将火乎？"已而果然。

【译文】

苏州进士顾三典，喜欢吃癞头鼋。捕鱼的人知道后，凡捉到这种鼋，必定卖给顾家。一天夜里，顾三典的岳母季氏，梦见一个身穿金色铠甲的人苦苦地哀求她："我是江神的三太子，现在正落在你女婿的手里。若能救我一命，我一定不会忘记报答你。"第二天一清早，季氏就派家丁急赶到顾家救那只鼋的命，可是已被厨子宰杀了。就在这一年，顾三典家无缘无故地失火了，图书典籍几乎全被烧光。在失火的前夜，顾家养的一条狗，忽地像人一样站立起来，用两只前脚捧着两盆水献给主人；又发现墙壁出现顾家历代祖宗的肖像，就像一幅幅画似的。见多识广的人预言说："这是阳不藏阴的兆头，顾家莫非要有火灾吗？"不久，果然如此。

田 烈 妇

江苏巡抚徐公士林，素正直。为安庆太守时，日暮升堂，月色皎然，见一女子以黑帕蒙首，肩以上眉目不可辨，跪仪门外，若诉冤者。徐公知为鬼，令吏卒持牌喝曰："有冤者，魂许进。"女子冉冉入，跪阶下，声嘶如小儿。吏卒不见，但闻其声。自言姓田，寡居守节，为其夫兄方德逼嫁谋产，致令缢死。徐公为拘夫兄，与鬼对质。初讯时，殊不服，回首见女子，大骇，遂吐情实，乃置之法。一郡哗以为神。公作《田烈妇碑记》以旌之。时泰安赵相国国麟为巡抚，责徐公，谓此事作访闻足矣，何必托鬼神以自奇。徐公深以为愧。然其事颇实，不能秘也。徐公未遇时，往京师，路上有同行客，忽称背痛，跪地叩首，曰："我响马贼也，利公之财，将手剑公；忽有金甲神以捶击我，遂仆于地，公日后非凡人也。"言毕死。

【译文】

江苏巡抚徐士林，为人一向正直。他在任安庆太守时，一天晚上升堂审案。那夜月光皎洁，忽见有个女子，头上蒙着一块黑布，看不见她双肩以上部分。她跪在大堂门口，像有冤枉要申诉。徐士林知道来了个鬼，就下令差役举牌高喊："若有冤，准你鬼魂上堂！"那女子慢慢进入大堂，跪在台阶下，说话声音像小孩子。至于差役和小吏们，根本看不见这女鬼的模样，只听得她的声音。女鬼自述，她本姓田，是个寡妇，守节在家。她的夫兄方德，为了夺取家产，就逼她改嫁。田氏不肯，方德就逼她悬梁自尽。徐士林听毕立刻将方德拘捕到堂，与女鬼当面对质。开始审讯时，方德很不老实，等一回头见到田氏，惊怕之极，于是吐露了真情。徐士林依法处置了方德。这件事一传开去，安庆全城百姓，都称赞徐士林断案如神。徐士林亲自写了一篇《田烈妇碑记》，表彰田氏。当时安徽巡抚是泰安人赵国麟。他听说此事后，就指责徐士林说，这种事情最多只能当件传闻听听，怎么可以借托鬼神之事来抬高自己的身价。徐士林受到巡抚指责，感到非常惭愧，只是这件事实实在在是有的，怎么能让人秘而不传呢？当初，徐士林还未步入仕途时，一次在往京师去的途中，有个同路的人忽然大叫背脊疼痛，跪在地上朝他叩头，说："我本是个强盗，贪你的财，准备用剑在背后刺死你，恰在此时，突然有位身披金甲的神仙爷，用锤子敲我的背，于是被击倒在地。明公您日后一定是非同寻常的人啊！"说完，此人就死了。

鬼着衣受网

庐州府舒城县乡民陈姓者妻，忽为一女鬼所凭，或扼其喉，或缚其颈，旁人不能见。妇甚苦之，时将手抓领内，多出麻草绳索。夫授以桃枝一束，曰："来即击之！"鬼怒，闹更甚。夫无可奈何，乃入城，求叶道士，赠以二十金，延之家中。设坛作法，布八卦阵于四方，中置小瓶，以五色纸剪成女衣十数件，置瓶侧，道士披发持咒。漏三下，妇人曰："鬼来矣，手持猪肉。"夫以桃枝迎击之，果空中坠肉数块。道士告妇人曰："如彼肯穿我纸衣，便好拿矣。"少顷，鬼果取衣，妇故意喝曰："不许窃衣！"鬼笑曰："这样华服，理该我着。"乃尽服之。衣化为网，重重包裹，始宽后紧，遂不能出其阵中。道士书符作咒，以法水一杯当头打去，水泼而杯不破。

鬼在东，杯击之于东；鬼在西，杯击之于西。杯碎而鬼头亦裂矣。随即擒纳瓶内，封以法印五色纸，埋桃树下。复以二符入绛香末，搓为二团，付妇人曰："此鬼亦有丈夫，半月内必来复仇，以此击之，可无患矣。"越数日，果有男鬼狰狞而来，妇如其法，鬼乃逃去。

【译文】

庐州府舒城县，有个姓陈的乡民。他的妻子忽被一个女鬼缠住了，那鬼有时用手扼她的喉咙，有时用草绳缚她的头颈。她身边的人没法看见作祟的鬼。他的妻子被折磨得痛苦不堪，时时用手向衣领内扒，扒出不少麻草编的绳子。陈某就给他的妻子一束桃树枝，说："女鬼再来，就用这打她！"不料，女鬼大怒，闹得比过去更凶了。他走投无路，就进城去求一个姓叶的道士，送给他二十两银子，把他请到家中。陈某在家中搭了祭坛，叶道士作起法术，朝着东南西北四方布下了八卦阵，祭坛中央放着一只小鹿，瓶的边上有用红、黄、蓝、白、黑五种颜色纸剪成的女人穿的衣服十多件。那道士散着头发，念起咒来。到半夜三更光景，陈妻说："鬼来了，手里还拿着猪肉。"陈某用桃树枝迎上去就打，空中果然掉下几块肉。这时，道士告诉陈妻说："如果能让女鬼穿我剪的纸衣，那就容易捉拿住了。"过了一会儿，女鬼果然去取五色纸衣穿，陈妻故意喊叫："不许偷衣！"女鬼笑着说："这么好看的衣服，理应由我来穿。"于是，女鬼把这些纸衣全部穿在身上。这些衣服立刻化作了重重罗网，将女鬼层层裹了起来，一开始宽，后来愈抽愈紧，女鬼怎么也逃不出道士布下的八卦阵。叶道士又画符念起咒语，用一杯法水对准女鬼投掷过去，水泼在女鬼头上，可杯子毫不破损。女鬼逃到东，杯子击到东；女鬼躲到西，杯子击到西。杯子碎了，那女鬼的头也裂开了。叶道士马上将女鬼捉住放在坛上的小瓶中，封上五色纸条，盖上法印，把瓶埋在桃树下面。道士再用二道法符烧的灰和绛香的末子搓成二个小团子，交给陈妻，说："这个女鬼也有丈夫，半个月内一定会来报仇，到时你用这二个小团子投击他，就可以没事了。”过了几天，果然有个面目狰狞的男鬼来了，陈妻照道士的办法做了，男鬼果然逃走了。

阿　龙

苏州徐世球，居木渎，幼入城中，读书于韩其武家。韩有仆曰阿龙，年二十，侍书室颇勤。一夕，徐读书楼上，命阿龙下取茶。少顷，阿龙失色而至，曰：“某见一白衣人，在楼下狂走，呼之不应，殆鬼耶？”徐笑而不信。次夕，阿龙不敢上楼，徐命柳姓者代其职。至二更，柳下取茶，足有所触，遂仆地，视之，阿龙死于阶下。柳大呼，徐与韩氏诸宾客共来审视，见阿龙颈下有手搦痕，青黑如柳叶大，耳目口鼻尽塞黄泥，尸横而气未绝。饮以姜汁，乃苏，曰：“吾下阶时，昨白衣者当头立，年可四十余，短髯黑面，向我张嘴，伸其舌长尺许，吾欲叫喊，遂为所击，以手夹我喉。旁有一老者，白须高冠，劝曰：‘渠年少，未可欺侮。’我尔时几欲气绝，适柳某撞我脚上，白衣者冲屋去矣。”徐命众人扶之登床，床上鬼灯数十，如极大萤火，彻夜不绝。次日，阿龙痴迷不食，韩氏召女巫眕之，巫曰：“取县官堂上硃笔，在病者心上书一‘正’字，颈上书一‘刀’字，两手书两‘火’字，便可救也。”韩氏如其言，书至左手“火”字，阿龙张目大叫曰：“勿烧我！我即去可也。”自此，怪遂绝。阿龙至今犹存。

【译文】

苏州木渎有个徐世球，从小进了城里，在韩其武家读书。韩家有个仆人阿龙，二十岁，在韩家书楼侍候，十分勤快。一天晚上，徐世球在楼上书房读书，叫阿龙下楼取茶。不一会他上来了，被吓得脸也变了色，说："我看见一个穿白衣服的人，在楼下不停地狂奔，喊他也不应声，莫非碰见鬼了？"徐世球听完笑了，不相信有此事。第二天夜里，因为阿龙不敢上楼侍候，徐世球叫了一个姓柳的替代。到二更时分，柳某下楼去取茶，忽觉得脚下踩着了什么东西，一跤被绊倒在地。一看，原来是阿龙横倒在台阶下。柳某高声喊叫起来，徐世球和韩家的人以及其他宾客都闻声赶到，见阿龙头颈上有被人抓扼过的伤痕，青黑色，一条条如柳叶形状，眼、耳、鼻、口里全被塞满黄泥，人虽僵硬，气却未绝，忙用姜汤灌醒了他。阿龙说："我走下客厅台阶时，迎面碰到了昨天见过的白衣鬼，年约四十多岁，短胡须，黑面孔，张着嘴，尺把长的舌伸在外边。我想喊叫，他就把我打倒在地，并用手扼住我的喉咙。边上有个老头，白胡须，戴顶高帽，劝白衣鬼说：'他还年小，别欺侮他。'我这时快要断气了，正碰上柳某绊在我脚上，白衣鬼就冲出屋外逃了。"徐世球叫人扶阿龙到床上，只见床四周几十盏鬼灯闪亮起来，那光如大萤火虫发出的差不多，通夜不灭。第二天，阿龙还是迷迷痴痴地躺在床上，什么也不吃。韩家就招来一个巫婆探察。巫婆说："只要求取县官审堂时用的朱笔一枝，在阿龙手掌心上写一个'正'字。头颈上写个'刀'字，手臂上写两个'火'字，他就有救了。"韩家照巫婆的话办了，当写到左手臂上的"火"字时，见阿龙张大眼睛，高声叫喊："别再烧我，我立刻走就是了。"从此以后，韩家再没有闹过鬼。阿龙现在还活着。

大乐上人

洛阳水陆庵僧，号大乐上人，饶于财。其邻人周某，充县役，家贫，承催税租，皆侵蚀之。每逢比期，辄向上人借贷，数年间积至七两。上人知其无力偿还，不复取索，役颇感恩，相见必曰：“吾不能报上人恩，死当为驴马以报。”居无何，晚有人叩门甚急，问为谁，应声曰：“周某也，来报恩耳。”上人启户，了不见人，以为有相戏者。是夜，所畜驴产一驹。明旦访役，果死。上人至驴旁，产驹奋首翘足，若相识者。上人乘之一年，有山西客来宿，爱其驹，求买之。上人弗许，不忍明言其故，客曰：“然则借我骑往某县一宿可乎？”上人许之。客上鞍，揽辔笑曰：“吾诈和尚耳。我爱此驴，骑之未必即返，我已措价置汝几上，可归取之。”不顾而驰。上人无可奈何，入房视之，几上白金七两，如其所负之数。

【译文】

洛阳水陆庵有个和尚，法号大乐上人，很有些钱财。他有个邻居姓周，在衙门当差，家里很穷。那差役主管催收租税，一有机会就从中揩油。每到汇总上交时，往往要向大乐和尚借钱补足缺数，几年当中共欠和尚七两银子。和尚知道他无力偿还，也不向他要了。周某因此很感恩，见了和尚总是说：“我活着报不了法师的恩典，死了一定变作驴马相报。”过不多久，一天晚上和尚忽听有人在急急地敲庵门，忙问是谁，门外应声说：“隔壁邻居周某，向法师报恩来了。”和尚开了门，见根本没有人，认为是有人跟他开玩笑。可就在这一夜，和尚所养的一匹驴子产了一头小驴。第二天天明去看看邻居周某，果然死了。和尚来到驴子旁边，刚生下的那头小驴又是抬抬头，又是跷跷脚，像是认识的一般。后来，小驴渐大，和尚就用它做坐骑，骑了一年。一天，有位山西客人投宿水陆庵，非常喜爱这头小驴，要求买下它。和尚不答应，但又不忍心讲明其中的缘故。山西客人就说：“你不卖也就算了，只是借我骑着这头小驴上某县过一个夜晚，好不好？”和尚答应了。那山西客人骑上驴背，牵着辔绳笑着对法师说：“我是骗你的呵。我既喜爱这头驴，骑走了就未必就会回来。我已算了个价格，已把买驴钱放在你的茶几上，你回房去取就是了。”说完，山西客人头也不回就急驰而去。和尚对此奈何不得，回房一看，茶几上有白银七两，这正好是周某欠和尚的那笔钱的数目。

山西王二

熊翰林涤斋先生为余言：康熙年间，游京师，与陈参政仪、计副宪某，饮报国寺。三人俱早贵，喜繁华，以席间不得声妓为怅，遣人召女巫某，唱秧歌劝酒。女巫唱终半席，腹胀将溲焉，出至墙下。少顷返，则两目瞪视，跪三人前呼曰：“我山西王二也。某年月日，为店主赵三谋财杀死，埋骨于此寺之墙下，求三长官代为伸冤。”三人相顾大骇，莫敢发声。熊晓之曰：“此司坊官事，非我辈所能主张。”女巫曰：“现任司坊官俞公，与熊爷有交，但求熊爷转请俞公到此掘验足矣。”熊曰：“此事重大，空言无信，如何可行？”巫曰：“论理某当自陈，但某形质朽烂，须附生人而言，诸位老爷替我筹之。”言毕，女巫仆地，良久醒，问之，茫然无知。三公谋曰：“我辈何能替鬼诉冤？诉亦不信，明日盍请俞司坊官共饮此处，召女巫质之，则冤白矣。”次日，招俞司坊至寺饮，告之故。召女巫，巫大惧，不肯复来。司坊官遣役拘之，巫始至，未入寺门，言状悉如昨日。司坊官启巡城御史，发掘墙下，得白骨一具，颈下有伤。询之土人，云从前此墙系山东济南府赵三安歇客寓之所，某年，卷店逃归山东。乃移文专差关提至济南，果有其人。文到之日，赵三一叫而绝。

【译文】

翰林编修熊涤斋先生曾对我说过这么一个故事。康熙年间，熊涤斋住在北京城里。一日，他与参政陈仪、副都御史计某，在报国寺饮酒。这三个人都是早年得志，喜欢热闹和铺张，都觉得宴席上没有歌妓陪酒是个缺憾，于是就派人召来一个相识的女巫，唱唱秧歌助助酒兴。女巫一曲唱完，三人酒兴正起，那女巫却感到小腹有点胀，要小解了，就离席到寺墙偏僻处去了一次。过一会儿回来时，女巫两只眼睛直呆呆地瞪着，并跪倒在三人面前说："我是山西人王二。某年某月某日，我被店主赵三抢了钱财杀死，尸体就埋在这寺院的墙下，求三位老爷为我申冤。"三人见此情状都面面相觑，非常害怕，无人敢说话。最后还是熊涤斋开导她说："这事属于司坊官管，不是我们三人所能做主的。"女巫说："现在这一任的司坊官俞公，与您熊老爷有交情，但求熊老爷转请俞公到这寺院墙下来验尸取证，我已很心满意足了。"熊涤斋说："这件事很重大，听你空说一通，又无证据，我去转告怎么可以?"女巫说："按理我应当亲自陈述冤情，只是我躯体已经腐朽了，必须依附在一个活人身上方能说话，务求三位老爷替我出出主意。"说完，女巫就栽倒在地，很久才醒来，问起她刚才发生的事，什么也不知道。三个人商量了一下，都认为："我等不能替鬼申冤，就是申诉了怕也没人相信。还是明天去请俞司坊老爷到此饮酒，同时再召唤女巫来当面质问，如此才能弄清冤案。"第二天，三人就约了俞司坊到报国寺饮酒。饮酒时，就告诉他昨日所遇的事情。于是，派人再去召唤女巫来，那女巫害怕之极，不肯再来。俞司坊官就派差役将她拘捕到寺，就在女巫已到寺院门口、却还未踏进寺内的那一刻，忽又开口诉起冤来，所说一切与昨日相同。司坊官将此案报告了巡城御史，然后到寺院墙下掘地挖尸。挖得一副白骨，见颈骨下处确有伤痕。问了当地居民，居民说："从前这寺墙的地方是山东济南府人赵三开的一个安顿旅客的小旅店，某年，这赵三忽然弃店逃回山东去了。”俞司坊就发公文，并专派关提官到济南府，一查果然有这个人。就在拘捕公文到的那天，赵三忽然大叫一声，气绝而死。

大福未享

苏州罗姓者，年二十余。元旦梦其亡祖，谓曰：“汝于十月某日将死，万不能免，可速理后事。”醒后，语其家人，群惊怖焉。至期，众家人环而视之，罗无他恙，至暮如故，家人以为梦不足信。二更后，罗溲于墙，久而不反，家人急往视，衣离其身矣。取灯照之，裸死于墙东，去衣服十余步。心口尚温，不敢遽殓。次夜，苏，告家人曰：“冤业耳！我奸妻婢小春，有胎不认，致妻拷掠而亡。渠诉冥司，亲来拘我，适我至墙，渠以手剥我衣，如我曩时淫彼之状。我昏迷不省，遂同至阴司城隍衙门。正欲讯鞫，适渠亦以前生别事发觉，为山西城隍所拘，阴官不肯久系狱囚，故仍令还阳，恐终不免也。”罗父问曰：“尔亦问阳间事乎？”曰：“我自知死不可逭，恐老父无养，故问管我之隶，吾父异日何如？隶笑曰：‘念汝孝心，尔父大福未享。’”家人闻之，皆为老翁喜，翁亦窃自负。未逾月，罗父竟以膨胀亡，腹大如匏，始知“大福”者，“大腹”之应。其子又隔三年乃死。

【译文】

苏州有个姓罗的人，二十多岁。大年初一那天夜里，梦见他死去的祖父，对他说：“你将在今年十月某日死，绝对逃不过这一关，现在你可以抓紧办理后事了。”醒来后，将梦告诉家里人，大家又惊又怕。到了十月的这一天，全家人都围在他身边看着他，罗某安然无恙，直到傍晚还是没事，大家认为梦中的话不足为信。半夜二更过后，罗某到屋外墙角边去小便，去了很久，不见回来。家里人赶忙出去寻找，一看，罗某身上的衣服被剥光在一边，赤身裸体，死在墙的东边，衣服与身体相隔十来步。仔细探视，心口尚有余温，所以不敢马上入棺安葬。第二天夜里，罗某忽然活过来了。他对家里人说：“真是冤家路窄！我曾奸污过我妻子的婢女小春，致使小春怀了胎，而我却不承认，小春因此被我妻子毒打而死。她死后向阴间衙门投诉，并且亲自来拘捕我。我正好在墙东首小便，她剥掉我身上的衣服，像我当初奸淫她时的情状一样。我当时吓得不省人事，迷迷糊糊地与她一起到了阴间的城隍衙门。城隍爷正要审讯我时，这小婢由于受生前另一件大案的牵连，被山西地界的城隍派来的差役拘捕了。阴间的官老爷不肯让我久关牢中，所以仍旧使我回到阳世。看来我这次是难免一死了。”罗某的父亲就问他：“你在阴间时难道一点也不关心阳间的事吗？”他回答说：“我自知这次必死，但担心老父无人赡养，所以问看管我的那位差役，我父亲今后吉凶如何。差役笑着说：‘难得你一片孝心，你父大福未享。’”家里人听了罗某这番话，都为罗父高兴。罗父也暗自庆幸。不到一个月时间，罗父突然得臌胀病死去，腹部肿得像个大水瓢，此时众人才知道，前说的“大福”，原来是“大腹”之意。他那儿子过了三年也死了。

观音堂

余同官赵公讳天爵者，自言为句容令时，下乡验尸。薄暮，宿古庙。梦老妪，面有积尘，发脱左鬓，立而请曰：“万蓝扼我咽喉，公为有司，须速救我。”赵惊醒张目，灯前隐隐犹有所见，急起逐之，了无所得。次早闲步，见庙侧有观音堂，旁塑一老妇，宛如梦中人。堂前沟巷狭甚，为民房出入之所。呼庙僧问曰："汝里中得毋有万蓝乎？"僧曰："在观音堂前出入者，即万蓝家也。"唤蓝至，问："尔屋祖遗乎？"曰："非也。此屋本从前观音堂大门出入之地。今年正月，寺僧盗售于我，价二十金。"赵亦不告以梦，即捐二十金，为赎还基址，加修葺焉。是时赵年四十余，尚无嗣，数月后，夫人有身。将产之夕，梦老妪复来，抱一儿与之。夫人觉，梦亦如公。遂产一儿。

【译文】

我的同僚赵天爵，亲口对我说过一件事。他在做句容县令时，一次下乡去验尸。天黑以后，投宿在一座古庙里。夜里梦见一个老太，满面尘垢，左鬓头发全落光了。她站在面前说："万蓝正扼住我的咽喉处，老爷是当官的，一定要快点救我命！"赵天爵被这梦惊醒，睁开双眼，隐隐约约地看见油灯前有个人影儿，急起直追，什么也没有。次日早晨，赵天爵出来散步。看见庙旁有座观音堂，堂的边上塑着一个老妇人的立像，活像梦中的老太。观音堂前有条小巷道，特别狭窄，是居民必经之地。赵天爵就叫来庙里的和尚问道："你们这一带里巷中有一个叫万蓝的吗？"和尚说："在观音堂前的那小道口，就是万蓝的家。"赵天爵又叫人把万蓝找来，问："你的房子是祖传的吗？"万蓝说："不是的。这间屋过去是通向观音堂大门口的一块出入之地。今年正月，庙里和尚夺得后卖给了我，开价二十两银子。"赵天爵不告诉他梦中之事，就自己掏出二十两银子给了万蓝，赎还了这块宅基地，并作了整修。这时，赵天爵四十出头，还没有儿子。几个月后，他夫人就怀孕了。临产那夜，赵天爵作了一个梦，梦见老太又来，并抱了个男孩子给他。夫人醒来时说她也做了一个相同的梦，结果真的生下一个儿子。

常格诉冤

乾隆十六年八月初三日，阅邸抄，见景山遗失陈设古玩数件，内务府官疑挑土工人所窃，召执役者数十人立而讯之。一人忽跪诉曰："我常格也，系正黄旗人，年十二岁，赴市买物，为工人赵二图奸不遂，将刀杀死，埋我于厚载门外堆炭地方。我家父母某，尚未知也。求大人掘验伸冤。"言毕仆地，少顷复跃而起曰："我即赵二，杀常格者我也。"内务府大人见其状，知有冤，移交刑部掘验，尸伤宛然。访其父母，曰："我家儿遗失已一月，尚未知其死也。"随拘询赵二，尽吐情实。刑部奏：赵二自吐凶情，迹似自首，例宜减等；但为冤鬼所凭，不便援引此例，拟斩立决。奉旨依议。

【译文】

乾隆十六年八月初三日，我从邸报上读到一则奇案，说的是景山皇宫内遗失了几件古玩陈设，内务府官员怀疑是挑土工人偷的，就把几十名民工全都唤来，让他们站在一旁，逐一查问。其中有一个人忽然跪倒在地，申诉说："我名叫常格，是正黄旗人，十二岁。到集市去买东西时，工人赵二企图强奸我，见不能成功，就用刀将我杀死，把我埋在厚载门外堆放煤炭的地方。我家的父母，还不知道我的下落。恳求大人掘地验尸，为我申冤。"说完，立刻扑倒在地。不久，此人又跳跃而起，说道："我就是赵二，杀常格的人就是我。"内务府大人见此情状，知道一定有冤，便将案犯移交刑部，刑部掘地验尸，果见被害者尸体刀伤犹在。然后，再去访问常格父母，其父母说："我家儿子走失已有一个月，我们还不知道他已经死了。"于是，立刻拘捕、审讯赵二，赵二交代全部实情。刑部报奏皇上：赵二自己主动交代犯罪事实，似乎可算自首，按刑律可以减轻一等判处；可是，赵二的招供是在被害者冤魂附身告状之后，所以不能照首例判刑，拟判斩首，立即执行。皇上准了刑部的奏议。

蒲州盐枭

岳水轩过山西蒲州盐池，见关神祠内塑张桓侯像，与关面南坐，旁有周将军像，怒目狰狞，手拖铁链，锁朽木一枝，不解何故。土人指而言曰："此盐枭也。"问其故，曰："宋元祐间，取盐池之水熬煎，数日而盐不成。商民惶惑，祷于庙，梦关神召众人，谓曰：'汝盐池为蚩尤所据，故烧不成盐。我享血食，自宜料理。但蚩尤之魄，吾能制之，其妻名枭者，悍恶尤甚，我不能制。须吾弟张翼德来，始能擒服。吾已遣人自益州召之矣。'众人惊寤，旦即在庙中添塑桓侯像。其夕风雷大作，朽木一根已在铁索之上。次日取水煮盐，成者十倍。"始悟今所称盐枭，实始于此。

【译文】

岳水轩路过山西蒲州盐池，见当地的关帝庙里，供着张飞的塑像，与关公塑像一起面南而坐。旁边有周仓将军的像，怒目圆睁，形象吓人，手里拖着的铁链条上，锁着一段朽木，岳水轩弄不清楚这朽木的来历。居民指这段朽木说："这就叫盐枭。"他继续问这盐枭的故事，居民说："宋朝元祐年间，蒲州出过一件怪事。老百姓用盐池的水煎熬盐块，接连煎熬了几天也不出盐。百姓和盐商都感到迷惑害怕，就到庙里祈祷。回去后，大家都做了个相同的梦。梦中，关帝召见众人说：‘你们这里的盐池被蚩尤霸占了，所以烧不出盐。只有我的弟弟张翼德到此，方能擒服蚩尤。我已派人到益州去请他了。’大家被这梦惊醒后，马上就在庙里添塑了一尊张飞像。立像的那天夜里，狂风、雷电大作，这段朽木就在这时被套锁在这铁链条上了。第二天再从盐池取水煮盐，烧成的盐竟比平日多了十倍。”岳水轩这才明白，现在通行的“盐枭”这个恶名，出典就在此处。

灵壁女借尸还魂

王砚庭知灵壁县事，村中有农妇李氏，年三十许，貌丑而瞽。病臌胀十余年，腹大如豕。一夕卒。夫入城买棺，棺到将殓，妇已生矣，双目尽明，腹亦平复。夫喜，近之，妇坚拒，泣曰：“吾某村中王姑娘也，尚未婚嫁，何为至此？吾之父母姊妹，俱在何处？”其夫大骇，急告某村，则举家哭其幼女，尸已埋矣。其父母狂奔而至，妇一见泣抱，历叙生平事，皆符合。其未婚之家亦来眕视，妇犹羞涩，赤见于面。遂两家争此妇，鸣于官，砚庭为之作合，断归村农。乾隆二十一年事。

【译文】

王砚庭作过灵壁县令。该县某村有个农妇李氏，三十来岁，长相丑陋，双目失明，并患了十多年臌胀病，腹部大得如猪肚。一天夜里，李氏死了。李氏的丈夫进城去买棺材，等棺材运到准备大殓时，不料这农妇又活转过来，双目复明，腹部也正常了。丈夫很高兴。但是，当他要靠近她时，妇人把他推开，哭着说：“我是某村的王姑娘，还未出嫁，怎么会到这里来的？我的父母姊妹，他们现在在什么地方？”李氏的丈夫十分害怕，马上到某村王家去报告此事。一到王家，只见全家在哭那死去的最小的女儿，而且连尸体也安葬了。王姑娘的父母听完李氏丈夫的报告，疯也似的奔到他家，哪知李氏一见王姑娘父母，就哭着抱成一团，相互叙谈生前之事，全都符合不错。王姑娘订婚的夫家闻讯也来慰问，李氏怕难为情，脸也红了起来。于是，王、李两家为争这个农妇，告到官府。王砚庭为这件事做主，将农妇判给原李氏的丈夫。这是乾隆二十一年的事。

汉高祖弑义帝

山东驿盐道卢宪观暴卒，已而复苏，云前身本九江王英布也，弑义帝乃高祖使之，非项羽所使也。高祖阴弑义帝，嫁名项羽，而伪与诸侯讨弑义帝者。羽讼于上帝，须布为质，质明，果系高祖所弑。陈平六出奇计，此其一也。故卢死而复苏。问何以迟二千年而谳始定？曰：“羽以坑咸阳卒二十万，上帝震怒，戮于阴山，受无量罪，今始满贯，方得诉冤。”按王阮亭《池北偶谈》载张巡妾报冤事，亦迟至千年。盖张以忠节，故而报复难；项以惨戮，故而申诉亦难也。

【译文】

主管山东驿亭盐务的道员卢宪观突然间暴死，没多久竟又活了过来。据他说，他前身是项羽手下的九江王英布，义帝被杀是汉高祖刘邦干的，不是项羽指使的。刘邦暗地里派人杀了义帝，却又把这罪名转嫁给了项羽，而且还虚伪地要与各路诸侯联合讨伐项羽。项羽不服，告到了上帝那儿。上帝认为，这件事必须要英布当面对质，才可判断曲直。一对质，事实就清楚了，义帝果然是刘邦所杀。这是陈平替刘邦策划的六项妙计奇策之一。所以，我卢某突然死去，是到阴间去作人证，作毕人证又生还到人世间来了。有人问他，为何这个案子拖了两千年之久方才结案？卢宪观说："项羽因为当年在咸阳活埋了二十万俘虏，所以触怒了上帝，被杀死在阴山，吃了无数的苦。现在项羽死刑期满，才准许他申诉这项冤案。"查检王渔洋《池北偶谈》所记载的唐将张巡杀妾一案，也拖了将近一千年。这大概是由于张巡有个"忠节"的封号，所以很难告倒他；而项羽由于得了个极坏的罪名和惩处，所以要为自己申诉冤情也是很难的。

地 穷 宫

保定督标守备李昌明暴卒，三日尸不寒，家人未敢棺殓。忽尸腹胀大如鼓，一溺而苏，握送殓者手曰："我将死时，苦楚异甚，自脚趾至于肩领，气散出不可收。既死，觉身体轻倩，颇佳于生时。所到处，天色深黄，无日色，飞沙茫茫，足不履地，一切屋舍、人物，都无所见。我神魂飘忽，随风东南行，许久，天色渐明，沙少止。俯视东北角，有长河一条，河内牧羊者三人，羊白色，肥大如马。我问家安在，牧羊人不答。又走约数十里，见远处隐隐宫殿，瓦皆黄琉璃，如帝王居。近前，有二人靴帽袍带立殿外，如世上所演高力士、童贯形状。殿前有黄金扁额，书'地穷宫'三字。我玩视良久，袍带者怒来逐我，曰：'此何地！容尔立耶？'我素刚，不肯去，与之争。殿内传呼曰：'外何喧嚷！'袍带者入，良久出曰：'汝毋去，听候谕旨。'二人环而守之。天渐暮，阴风四起，霜片如瓦，我冻久战栗，两守者亦瑟缩流涕，指我怨曰：‘微汝来作闹，我辈岂受此冷夜之苦哉！’天稍明，殿内钟动，风霜亦霁。又一人出曰：‘昨所留人，着送归本处。’袍带者拉以行，仍过原处，见牧羊人尚在，袍带者以我授之曰：‘奉旨交此人与汝，送他还家，我去矣。’牧羊人殴我以拳，惧而坠河，饮水腹胀，一溺遂苏。”言毕后，盥手沐面，饮食如常。后十余日仍卒。先是，李之邻张姓者，睡至三更，床侧闻人呼声，惊起，见黑衣四人，各长丈余，曰：“为我引路至李守备家！”张不肯，黑衣人欲殴之，惧而同行。至李门，先有二人蹲于门上，貌更狞恶，四人不敢仰视，偕张穿篱笆侧路以入，俄而哭声内作。此事傅卓园提督所言，李其友也。

【译文】

保定府绿营统兵官李昌明，突然死去，可是到了第三天，尸体还未僵冷，家里人不敢装棺入殓。又见尸体腹部胀大得像鼓一样，撒了一尿，竟活过来了。他握着送葬亲友的手说：“我临死时，特别痛苦，只觉从脚趾头一直到肩领，体内气息不停地外散，留不住。死了以后，反倒觉得整个身子轻松自如，比活着时的感觉还好。凡所到之处，天色深黄，看不到日光，只见茫茫飞沙。我腾空而行，什么房屋、人物，全看不到。我的灵魂就这样飘飘荡荡，随风飘向东南方。飘了很久，天才亮了起来，飞沙也慢慢地停了。我俯看东北角里，有一条长河，河边有三个牧羊人。羊毛雪白，像马一样肥大。我问牧羊人家住哪里，他们不回答。又飘行了几十里路，隐隐约约地看到前面有座宫殿，黄色的琉璃瓦，像是帝王住处，走到近处，有两个穿靴、戴帽、着袍、系带的人，守立在殿外，那样子跟戏台上的高力士、童贯差不多。大殿前挂着黄金铸成的匾额，上写‘地穷宫’三个字。我看了半天，守立在殿外的那两人怒冲冲地过来赶我走，说：‘这是什么地方！谁容许你在此站着？’我生性倔强，不肯离开，就与这两个人争吵起来。只听殿内高声传出话来：‘外面为何吵吵嚷嚷？’那两人进殿去了，隔了很久，出来对我说：‘你别走，听候圣旨发落。’于是他们站在我两旁。天渐渐黑了，阴风四起，下的雪片竟有瓦一般大。我冻得发抖，两个守卫也缩成一团，直流鼻涕，指着我埋怨说：‘都是因为你来搅乱，不然我们怎么会受这种寒夜的罪！’天快亮时，殿内响起钟声，风雪也停了。只见殿内走出一个人来，对守卫说：‘昨天拘留的那个人，命你们送他回原地。’两个守卫拉着我走，仍到原来的地方。守卫看到牧羊人还在，就把我交给他们说：‘奉上帝之命，把这个人交付给你们，送他回家去，我等告辞了。’牧羊人用拳头打我，我一吓，就掉进河里，口中进水，腹部胀大，小便后，才活过来。”说完，李昌明漱口、洗手脸，吃饭饮水，跟平日一样。可是，过了十多天，李昌明还是死了。就在他第二次死去的前夜，李昌明的邻居张某，睡到半夜三更，听到床边有人在呼喊。惊起一看，见有四个穿黑衣的人，各有一丈多高，说：“快把我们带到李昌明守备的家里！”张某不肯，黑衣人就要打他，张某怕了，只得带他们一起去。走到李家门前，看到已有两个人蹲守在门口，样子长得更凶更怕人。这四个黑衣人不敢抬头看他们，就和张某从后院篱笆边的一条小路进入李家。一会儿，李宅内就有了哭声。这件事是傅卓园提督说的，他是李的朋友。

狱中石匣

越州周道澧，以难荫选陕西陇州知州，抵署后，循例按狱。狱中有石匣，长尺许，封锁甚固。周欲开视，狱吏固持不可，曰：“相传自明季即有此匣，不知所藏何物，但记有道人云：开则不利于官。”周素愎，必欲开视，乃斧其匣，得人影半幅，赤身带血，面目模糊，冷气袭人。周谛视未毕，有硫黄气自匣中起，卷幅烧毁，纸灰腾空而去。周大悸，得病卒于陇。竟不知何怪。周兰坡学士为余言，州牧即其从孙也。

【译文】

绍兴人周道澧，因祖上有人死于国难，所以根据荫功授官的规定，选派为陕西陇州知州。他抵达知州衙门后，照惯例，先巡视一下监狱状况。发现狱中有一个石匣，约有一尺来长，密封得很紧，还上了锁。周道澧想打开它看一看，守监狱的小吏坚持不肯打开，说："相传从明朝末年就有这只匣子，里面不知藏着什么东西，只记得有个道人说过：'谁打开此匣，谁的官运就不吉利。'"周道澧向来自以为是，一定要打开看。于是用斧头砍开匣子，里面有半幅人像，赤裸的身上流着血，面目模糊不清，一股寒气逼人。周道澧还未看完，一阵硫磺气从匣内散出，那卷画幅烧了起来，纸灰直飘空中，不知去向。他受此惊吓，终于病死在陇州任上，最终也不知这匣中是什么鬼怪。这则故事是学士周兰坡告诉我的，周道澧就是他的从孙。

（卷一译者　海明）

子不语卷二

张　元　妻

河南偃师县乡人张元妻薛氏，归宁母家返，小叔迎之。路过古墓，树木阴森，薛氏将溲焉，牵所乘驴与小叔，使视之，而挂所衣红布裙于树。溲毕返，裙失所在。归家与夫宿，侵晨不起，家人撞门入，窗牖宛然，而夫妇有身无首。告之官，不能理。拘小叔讯之，具道昨日失裙事。迹至墓所，墓旁有穴，滑溜如常有物出入者。窥之，红布裙带在外，即其嫂物。掘之，两首具在，并无棺椁。穴甚小，仅容一手。官竟不能谳也。

【译文】

河南偃师县乡民张元的妻子薛氏，一次走娘家回门时，由小叔子去接归。半路上经过一处古墓地，林木阴森。这时，薛氏想小便，就将骑的驴子交给小叔子看管，自己从身上解下红布裙挂在树枝上，权作屏障。薛氏小便后回看，那红布裙忽然不见了。回家后，夜里薛氏与丈夫上床睡觉了。第二天天大亮，家里人见夫妻俩没一个起来，就闯进房里看出了什么事。只见窗门关闭正常，而床上夫妻俩身躯虽在，两颗人头却不见了。告到衙门，官府一时无法审理。于是，就把小叔子拘捕到府，进行审问，他就将昨天半路丢失红布裙的经过详细地叙述了一遍。办案人就来到古墓现场察看一番，见墓边有一个洞，洞穴很光滑，像是常有东西拉进拖出似的。

走进一看，见有一条红布裙的裙带露在洞口，正是薛氏所丢失的。再挖进洞里，就发现了张元与薛氏的两个人头，洞内并无棺材。奇怪的是，这个洞穴很小，仅仅能伸进一只手。官府始终不能解开此案之谜。

蝴蝶怪

京师叶某，与易州王四相善。王以七月七日为六旬寿期，叶骑驴往祝。过房山，天将暮矣。一伟丈夫跃马至，问将何往，叶告以故。丈夫喜曰："王四吾中表也。吾将往祝，盍同行乎？"叶大喜，与之偕行。丈夫屡蹑其背，叶固让前行，伪许而仍落后。叶疑为盗，屡回顾之。时天已黑，不甚辨其状貌，但见电光所烛，丈夫悬首马下，以两脚踏空而行。一路雷与之俱，丈夫口吐黑气，与雷相触，舌长丈余，色如硃砂。叶大骇，卒无奈何，且隐忍之，疾驱至王四家。王出与相见，欢然置酒。叶私问与路上丈夫何亲，曰："此吾中表张某也。现居京师绳匠胡同，以镕银为业。"叶稍自安，且疑路上所见眼花耳。酒毕，叶就寝，心悸不肯与同宿，丈夫固要之，不得已，请一苍头伴焉。叶彻夜不寐，而苍头酣寝矣。三鼓，灯灭，丈夫起坐，复吐其舌，一室光明，以鼻嗅叶之帐，涎流不已，伸两手，持苍头噉之，骨星星坠地。叶素奉关神，急呼曰："伏魔大帝何在？"忽訇然有钟鼓声，关帝持巨刃排梁而下，直击此怪。怪化一蝴蝶，大如车轮，张翅拒刃。盘旋片时，又霹雳一震，蝴蝶与关神俱无所见。叶昏晕仆地，日午不起。王四启门视之，具道所以。地有鲜血数斗，床上失一张某与一苍头矣。所骑马宛然在厩，急遣人至绳匠胡同踪迹张某，张方踞炉烧银，并无往易州祝寿之事。

【译文】

京城里有个姓叶的人，与易州人王四很要好。这年七月七日，是王四的六十岁生日。叶某骑着驴子前去祝寿。到房山县时，天已黑了。突然间有个高大汉子骑马过来，问他去何处，叶某如实告诉了他。汉子听后很高兴，说："王四是我表兄，我正要去祝寿，我俩何不一起走?"叶某大喜，就和他同行。路上，叶某见这汉子总是脚步轻轻地走在他背后。他多次让他走前面，汉子嘴上答应，实际上还落在他后边。叶某疑心碰上了强盗，所以常回头探看。因为天黑，叶某辨不清汉子的面貌。正在此时，雷鸣电闪起来，借着闪电，叶某见那汉子把头倒悬在马肚下，双脚腾空走路。响雷一个接一个地追着汉子轰打，汉子吐出阵阵黑气回击雷击，伸着一丈多长的舌头，颜色红得像朱砂。叶某又惊又怕，只因无可奈何，暂且忍着，急忙奔到王四家。王四会见了叶某、汉子，备酒招待。席间，叶某问王四，那汉子是他什么亲戚。王四说："是我表弟张某，住在城里绳匠胡同，靠化炼银子为生。"这时叶某才稍稍放下心来，心想路上所见或许是自己眼花的错觉。用完酒饭，叶某准备睡觉。由于心有余悸，因此不肯与汉子同睡一屋。可是那汉子硬是要与叶某同住，叶某实在没办法，就找了个干粗活的仆人作伴壮胆。这一夜，叶某怎么也睡不着，做伴的仆人倒床就睡熟了。三更时分，屋里油灯忽地熄灭，汉子从床上起来，伸出红红的长舌头，顿时通屋明亮。汉子直用鼻子在叶某床帐上嗅，口水流个不停，然后用双手抓着仆人就吞嚼起来，啃剩的骨头散落满地。叶某向来信奉关帝神，见此情景忙高喊："伏魔大帝，你在哪里?"这时隆隆地响起钟鼓声，关帝手执大刀顺梁而下，对准汉子劈头一刀。汉子变作一只蝴蝶，有车轮般大，张开双翅抵挡关帝的刀。经过片刻较量，听得霹雳一声，蝴蝶与关帝都不见了。叶某被吓昏在地，到中午还未醒。王四进门救醒叶某，叶某告诉他昨夜所见的一切，发现地上淌流的血有几斗之多，张某与仆人已不在床上。汉子骑的那匹马却仍在马棚。王四赶忙派人到绳匠胡同探察张某行踪，看到张某正蹲在炉子边化银作业，根本没有上易州祝寿这回事。

白二官

常州王姓者，以幕游为业，岁暮归里，慕张氏青山庄园林之美，襆被往游。遇白二官于园中，素所狎戏旦也。甚喜，游毕同宿于园。王神思恍惚，不能成寝。见白二官伸头吹灯，灯离白所卧处二丈余，而白伸头亦长二丈余，吹灯而灭。王大骇，以被裹首而寝。白至其床前，揭被以手上下量之，所按处其冷如铁。王惊呼，无人答应。忽窗西有一黑物，猪脸毛爪，从外跳入，与白二官对搏甚凶，不知胜负。俄而天明，地上见鲜血一片，死蟒一条。急往白二官家询之，二官得蛊疾半年，一旦而愈。其疾愈之时，即王姓遇白二官之时也。

【译文】

常州人王某，以在官府当幕客谋生。他年底回到家乡，因为喜欢当地张家的青山庄园林美景，带了行李就住在这青山庄里，尽情游玩。一日，在园里遇见了他一向所要好的唱花旦的白二官。王某很是高兴，游玩之后就和他一同住在园中。这一夜王某神思恍恍惚惚，总不能入睡。忽见白二官从被子里伸出头来要吹灭油灯，油灯离他床头足有二丈多远，白二官的头颈居然也能伸到二丈多远处将油灯吹灭。王某害怕至极，用被子蒙着头睡，再不敢看。白二官走到王某床前，揭开被子，用手将王某上上下下计量了一下，凡被他按过的身体部位冷得像铁块。王某惊叫起来，也没有人应。突然间，西窗口跳进来一个猪脸毛爪的黑色怪物，与白二官激烈地搏斗起来。王某不知道二者之间谁胜谁负。不久，天亮了，只见地上淌着一摊鲜血，还有一条死去的蟒蛇。王某忙赶到白二官家看个究竟。这白二官患精神错乱的病已有半年了，突然之间全好了。白二官病好的那天，正是王某在青山庄碰到他的时候。

关东毛人以人为饵

关东人许善根，以掘人参为业。故事，掘参者须黑夜往掘。许夜行劳倦，宿沙上，及醒，其身为一长人所抱。身长二丈许，遍体红毛，以左手抚许之身，又以许身摩擦其毛，如玩珠玉者然。每一摩抚，则狂笑不止。许自分将果其腹矣。俄而抱至一洞，虎筋、鹿尾、象牙之类，森森山积。置许石榻上，取虎鹿进而奉之。许喜出望外，然不能食也。长人俯而若有所思，既而点首，若有所得。敲石为火，汲水焚锅为烹，熟而进之，许大啖。黎明，长人复抱而出，身挟五矢，至绝壁之上，缚许于高树。许复大骇，疑将射己。俄而，群虎闻生人气，尽出穴，争来搏许。长人抽矢毙虎，复解缚，抱许曳死虎而返，烹献如故。许始心悟长人养己以饵虎也。如是月余，许无恙，而长人竟以大肥。许一日思家，跪长人前，涕泣再拜，以手指东方不已。长人亦潸然，复抱至采参处，示以归路，并为历指产参地，示相报意。许从此富矣。

【译文】

关东人许善根，靠挖掘人参谋生。按照规矩，挖参的人一定要在夜深人静时，才能上山挖掘。这一天，许善根赶夜路累得疲倦不堪，躺在沙地上就睡，等到醒来时，他的身体已被一个毛人抱着。这个毛人足有二丈高，遍体长满红毛。毛人用左手抚摩许善根的身体，又用许的身子摩擦他自己身上的毛，像是在玩弄珠子、玉石一般。每抚摩、擦玩一次，就不停地狂笑。许善根暗想这次难免要被这毛人吃掉了。过了一会儿，毛人将许抱进一个洞里，里面有老虎筋、鹿尾、象牙之类东西，黑压压地堆积如山。毛人把许善根放在石榻上，取来老虎筋、鹿尾给他吃。许善根对毛人的这种善待喜出望外，可是他实在无法生吃下这些东西。毛人俯身，低头，像在思索着什么，随后点了点头，像是想出了什么办法似的，就击石取火，打水，烧起锅子，煮起虎筋、鹿尾来。烧熟了再请许善根吃，许大嚼一通。天亮了，毛人又把许善根抱出洞外，身上挟带着五支箭，爬到一座山的绝壁上，毛人便将许善根绑在最高的那棵树上。许大惊失色，以为毛人要把自己射死。不久，一群老虎闻到有生人气味，全都从洞中走出，争先恐后地来扑抓许善根。这时，毛人拔箭射死了老虎，再解开许身上的绳索，抱着许善根以及死老虎返回洞中。毛人将虎肉煮熟给许吃。许善根这才明白，毛人养着自己的目的，是为了诱猎老虎。一个多月过去，许善根安然无恙，而毛人却特别地肥胖起来。一天许善根想回家了，就跪在毛人跟前，边哭边拜，不停地用手指着东方。毛人也伤心得流下泪来，把许善根重新抱回他采参的地方，并指示他回家的方向，还将山上产参的地方一一指给他看，表示回报。许善根从此以后就富裕起来了。

平　阳　令

平阳令朱铄，性惨刻，所宰邑别造厚枷巨梃，案涉妇女，必引入奸情讯之。杖妓去小衣，以杖抵其阴，使肿溃数月，曰：“看渠如何接客!”以臀血涂嫖客面。妓之美者加酷焉，髡其发，以刀开其两鼻孔，曰：“使美者不美，则妓风绝矣。”逢同寅官，必自诧曰：“见色不动，非吾铁面冰心何能如此！”以俸满，迁山东别驾。挈眷至茌平旅店，店楼封锁甚固，朱问故，店主曰：“楼中有怪，历年不启。”朱素愎，曰：“何害？怪闻吾威名，早当自退。”妻子苦劝不听。乃置妻子于别室，己独携剑秉烛坐。至三鼓，有扣门进者，白须绛冠，见朱长揖。朱叱：“何怪！”老人曰：“某非怪，乃此方土地神也。闻贵人至，此正群怪殄灭之时，故喜而相迎。”且嘱曰：“公少顷怪至，但须以宝剑挥之，某更相助，无不授首矣。”朱大喜，谢而遣之。须臾，青面者、白面者以次第至。朱以剑斫，应手而倒。最后有长牙黑嘴者来，朱以剑击，亦呼痛而陨。朱喜自负，急呼店主告之。时鸡已鸣，家人秉烛来照，横尸满地，悉其妻妾子女也。朱大叫曰：“吾乃为妖鬼所弄乎？”一恸而绝。

【译文】

平阳县令朱铄，性情残忍刻毒，在他的官衙中，专门制作了加厚的枷锁和特粗的梃杖。凡是涉及到妇女的案子，硬是要引到奸情上去盘问。拷打妓女就剥去她内衣，用刑杖抵她阴部，使她下身又肿又烂几个月，还说：“看她再怎么接客！”朱铄还用妓女臀部的血涂抹嫖客的脸。如果长得漂亮的妓女，朱铄对她更加残酷，先剃光头发，再用刀剪开两个鼻孔，说：“使漂亮的人都不漂亮，那么嫖妓之风就绝迹了。”碰到同僚，必定自我标榜一通：“见了美色不动心，不是像我这样铁面冷心的人，有谁还能做到！”任期一满，朱铄升任山东别驾。赴任途中，他带着家眷投宿在茌平旅店。他见该店楼上客房紧紧锁着，问店主是什么道理。店主对他说：“这楼上有鬼怪，已有多年不打开了。”朱铄向来刚愎自用，说：“怕什么！鬼怪只要听到我的赫赫大名，早该自动退避了！”妻子在旁苦苦劝他别多事，朱铄只是不听。他把妻子安排在别的客房，自己独自一人佩着一把剑，在灯下独坐。到三更时分，有人开门进来。那人白胡须，戴一顶红帽子，见了朱铄，恭敬地作了个长揖。朱铄叱责道："你是何方鬼怪？"白胡须老人说："我不是鬼怪，是这里的土地神。贵人驾到之日，正是这里的鬼怪被消灭干净之时，所以我特意前来迎接。"还叮嘱他说："等一会儿鬼怪一来，明公只需挥动宝剑砍杀就是，我一定全力相助，定叫鬼怪乖乖交出首级。"朱铄大喜，道谢以后送走了他。一转眼，青面鬼、白面鬼一个接一个地来了。朱铄用剑砍去，个个仆跌倒地。最后来了个黑嘴长牙的鬼，朱铄用剑刺那鬼，那鬼也叫着痛而死了。朱铄自鸣得意，喜不自胜，迫不及待地招呼店主前来，告诉他自己的杀鬼事迹。当时，鸡才叫，天未大亮，店家的人拿着蜡烛灯进屋照着，只见满地尸体，竟全是朱铄的妻妾子女。朱铄大叫一声："我是被妖怪作弄了吗？"痛哭一声，气绝而死。

不倒翁

蒋生某往河南，过巩县，宿焉。店家有西楼，洒扫极净，蒋爱之，以行李往。店主笑曰："公胆大否？此楼不甚安。"蒋曰："椒山自有胆！"秉烛坐。至夜深，闻几下如竹桶泛水声，有跃出者，青衣皂冠，长三寸许，类世间差役状，睨蒋许久，叱叱而退。少顷，数短人舁一官至，旗帜车马之类，历历如豆。官乌纱冠危坐，指蒋大詈，声细如蜂虿，蒋无怖色。官愈怒，小手拍地，麾众短人拘蒋。众短人牵鞋扯袜，竟不能动。官嫌其无勇，攘臂自起，蒋以手撮之，置于几上。细视之，世所卖不倒翁也。块然僵仆，一土偶耳。其舆从俯伏罗拜，乞还其主。蒋戏曰："尔须以物赎。"应声曰："诺。"墙穴中嗡嗡有声，或四人辇一钗，或二人扛一簪，顷刻首饰金帛之属，布散于地。蒋取不倒翁掷与之，复能举动如初，然队伍不复整矣，奔窜而散。天渐明，店主大呼：“失贼！”问之，则楼上赎官之物，皆三寸短人所偷店主物也。

【译文】

书生蒋某到河南去，路过巩县，准备住一夜。他投宿的那家旅店的西楼客房，打扫得极干净，蒋某很喜欢，就带着行李想搬过去。店主笑着说：“先生胆子大吗？这个西楼不安全。”蒋某说：“明人杨椒山说，人各有胆，怕什么！”蒋某在西楼客房点起蜡烛，独自坐着。到夜深时，听到茶几下像有竹桶泛水的声音，一会儿跳出一个人来，青衣黑帽，三寸多长，打扮得像人间的差役模样，盯着蒋某看了很长时间，嘟嘟哝哝地退下去了。稍过一会儿，有几个小人抬着一个官来了，仪仗的旗帜和车马之类，每一样都跟豆粒差不多大小。那个头戴乌纱帽的官正襟危坐，指着蒋某大骂，声音轻得像蜜蜂叫，蒋某毫不害怕。这官愈加光火了，用小手拍了一下地板，指挥小人们拘捕蒋某。小人们又是拉蒋某的鞋子，又是扯他的袜子，却一点也搬不动蒋某。当官的嫌他们无用，亲自攘臂而起，前来较量。蒋某用三个手指把官撮取到茶几上。再仔细一看，原来是世上卖的玩具不倒翁。僵硬不动，一个泥人而已。这时，当官的轿夫及差役随从围着蒋某叩头求拜，要求放还他们的主人。蒋某开玩笑说：“你们必须用东西来赎取。”小人们齐声说：“是。”只听得墙缝深处的洞穴内嗡嗡有声，或是四个人搬着一枚钗，或是两个人扛着一根簪，一会儿工夫，金银首饰和布帛之类的东西，摆满一地。蒋某就取过不倒翁抛还给他们，这不倒翁又能像原来那样动作起来，只是小人们的队伍没法整齐了，各自奔窜逃命。天色渐明，店主大声呼喊：“有贼！”问清缘由，原来西楼上小人们搬来的赎官的东西，全是他们所偷的店主家物件。

算命先生鬼

平望周姓，以撑舟为业。舟过湖州桥下，篙触骨坛落水，至家而妹病，呼曰："我湖州算命先生徐某，在生时，督、抚、司、道贵人谁不敬我！汝何人，敢投我骨于水！"女素不识字，病后能读书，喜为人算命，写八字与之，其推排悉合世上五行之说，亦不甚验也。周具牒诉于城隍。女卧，一日醒曰："见二青衣拘一鬼，与我质于神前。鬼跪诉毁骨之事，神曰：'其兄触汝，而责之于妹，何畏强欺弱耶！汝自称能算命，而不能自护其朽骨，其算法不灵可知，生前哄骗人财物不知多少矣。笞二十，押赴湖州。'"女自此不复识字，亦不能算命矣。

【译文】

平望有个姓周的人，靠撑船为生。一次撑船过湖州桥下时，船篙触着了一只骨灰坛，那坛滚落到了河中。周某回到家里，见妹妹正在闹病，口中不停地喊叫："我是湖州算命先生徐某，在世时，连总督、巡抚、按察司、道台老爷这些贵人都敬重我！你是什么人，敢将我的骨灰投进水里！"他的妹妹本来不识字，这次病后居然能读书，喜欢替人算命，有人写生辰八字给她，她竟能推排得符合世上通行的阴阳五行之说，只是预言吉凶祸福还不太灵验。周某将他妹妹的前后变化情况写了一状，向城隍投诉。这以后，他妹妹又卧床不起。一天醒来，她对周某说："我梦见有两个穿青衣的差役拘押着一个鬼，与我在神前对质，那个鬼就向神诉说自己的骨灰坛如何被弄坏的事情。神说：'是她哥哥触犯了你，而你却归罪于他的妹妹，为什么如此欺弱怕硬！你自称能算命，怎么连自己的骨灰坛也守护不住，你的算命不灵也由此可见，你生前恐怕不知哄骗了多少人、多少财物呢。判鞭打二十，押回湖州。’”周某的妹妹病好后，既不能识字，也不会算命了。

鬼借力制凶人

俗传凶人之终，必有恶鬼，以其力能相制也。扬州唐氏妻某，素悍妒，妾婢死其手者无数。亡何暴病，口喃喃詈骂，如平日撒泼状。邻有徐元，膂力绝人，先一日昏晕，䶧呼叫骂如与人角斗者，逾日始苏。或问故，曰：“吾为群鬼所借用耳。鬼奉阎罗命拘唐妻，而唐妻力强，群鬼不能制，故来假吾力缚之。吾与斗三日，昨被吾拉倒其足，缚交群鬼，吾才归耳。”往视唐妻，果气绝，而左足有青伤。

【译文】

民间传说，凶恶的人临死时，阎王必派恶鬼来抓他，因为唯有这恶鬼才有力量制服这凶恶之人。扬州唐某的妻子，又凶悍，又妒忌，死在她手中的小妾和婢女不计其数。不多久，这个悍妇得了急病，口里却还不停地骂人，与平日撒泼时一样。唐家的邻居徐元，臂力超人，比这悍妇早一天昏倒在床，只是在床上他还在呼哧呼哧地喊叫怒骂，像在跟人打架。过了一夜，徐元醒来。有人问他是怎么一回事，徐元说：“我被一群鬼借去帮忙了。群鬼奉阎罗王之命拘捕唐妻，可是唐妻力气特别大，群鬼制服不了她，所以借用我的力量来擒缚她。我与她斗了整整三天，到昨夜才被我绊倒双脚，将她捆绑着交给了那群鬼，我才回来了。”大家再去看看唐妻，果真已气绝死了，她的左足上还留着一块乌青的伤痕。

马　盼　盼

寿州刺史刘介石，好扶乩。牧泰州时，请仙西厅。一日，乩盘大动，书“盼盼”二字，又书有“两世缘”三字。刘大骇，以为关盼盼也。问：“两世何缘?”曰：“事载《西湖佳话》。”刘书纸焚之，曰：“可得见面否?”曰：“在今晚。”果薄暮而病，目定神昏。妻妾大骇，围坐守之。灯上片时，阴风飒然，一女子容色绝世，遍身衣履甚华，手执红纱灯，从户外入，向刘直扑，刘冷汗如雨下，心有悔意。女子曰：“君怖我乎?缘尚未到故也。”复从户外出，刘病稍差。嗣后意有所动，女子辄来。刘一日寓扬州天宁寺，秋雨闷坐，复思此女，取乩焚纸，乩盘大书曰：“我韦驮佛也，念汝为妖孽所缠，特来相救。汝可知天条否?上帝最恶者，以生人而好与鬼神交接，其孽在淫嗔以上。汝嗣后速宜改悔，毋得邀仙媚鬼，自戕其命!”刘悚然叩头，焚乩盘，烧符纸，自此妖绝。数年后，阅《西湖佳话》，泰州有宋时营妓马盼盼，墓在州署之左偏；《青箱杂志》载，盼盼机巧，能学东坡书法。始悟现形之妖非关盼盼也。

【译文】

寿州知州刘介石，热衷于扶乩请仙。他在泰州任上时，常在西厅扶乩请仙。一天，刘介石见乩盘大动，先写出了“盼盼”两字，接着又写了“两世缘”三字。他暗自吃惊，以为是唐代名妓关盼盼与自己有什么缘分了。刘介石问乩仙：“乩盘上写的是哪两世姻缘？”乩仙说：“具体请看《西湖佳话》。”他又是烧纸符，又是做祈祷，问乩仙：“能与这位盼盼见一面吗？”乩仙说：“就在今晚。”当天傍晚，刘介石果真生病，双眼呆视，神志不清。他的妻妾十分害怕，围坐在床边守护着。天黑上灯后不久，阵阵阴风袭来，接着有个从头到脚都打扮得雍容华贵的绝代佳人，执着一盏红纱灯，走进屋内，直向刘介石扑来。刘介石吓得汗如雨下，心里开始后悔起来。那女子却说：“你怕我吗？只是我俩缘分还未到呢。”说完，就出门离去。刘介石的病也好起来。从此以后，只要刘介石意念中想着那女子，那女子就必定来与刘约会。一次，刘介石在扬州天宁寺投宿。秋雨绵绵，刘介石一人独坐，闷闷不乐。他又想着那个“盼盼”女子，又取出乩盘，烧起纸符。乩盘上用大字写道：“我是韦驮佛。看到你被妖怪迷惑住了，特地前来救你。你难道不知天条吗？天帝最忌恨的，莫过于世间活人专与鬼神交接的勾当，这种罪比一般的淫乱罪大得多。你今后必须赶快改过自新，再不要请仙媚鬼，否则只怕自己害了自己的命！”刘介石见字顿时毛骨悚然，只是叩头。于是烧了乩盘，弃了纸符，再不敢干这种事了。从此以后，倒也未见鬼怪出现。几年后，刘介石读《西湖佳话》，见书中写到宋代时的泰州，有一个官妓马盼盼，她的墓就在泰州府衙门的左边；又从《青箱杂志》读到，马盼盼此人，机灵聪敏，能写一手苏东坡体的字。刘介石这才明白，那个现形而来的妖怪根本不是关盼盼。

滇绵谷秀才半世女妆

蜀人滇谦六，富而无子，屡得屡亡。有星家教以厌胜之法，云：“足下两世命中所照临者，多是雌宿，虽获雄，无益也；惟获雄而以雌畜之，庶可补救。”已而绵谷生，谦六教以穿耳、梳头、裹足，呼为小七娘。娶不梳头、不裹足、不穿耳之女以妻之。果长大，入泮，生二孙。偶以郎名孙，即死。于是每孙生，亦以女畜之。绵谷韶秀无须，颇以女自居，有《绣针词》行世。吾友杨刺史潮观，与之交好，为序其颠末。

【译文】

四川人滇谦六，家里很富却没个儿子。他曾生过儿子，可是得一胎死一个，保不住。有个算命先生用一种阴阳压胜法教他，说："先生命里两代人的星宿之光，多属于雌性星宿，即使得了儿子，也没有用。唯有将出生的儿子当作女孩教养，也许可以弥补、挽救一下。"不久，滇谦六就生了绵谷。他给儿子穿耳眼，留女发，裹小脚，取了个女孩子的乳名"七娘"。他还为儿子娶了个不梳女发、不裹小脚、不穿耳朵的女子作童养媳。这个办法倒也灵验，滇绵谷果然长大成人了，还考中秀才，生了两个孙子。滇谦六偶一疏忽，又给孙子取了男孩的名字，孙子马上夭折。此后，凡生孙子，也当作女孩来抚养。滇绵谷长得俊美、清秀，不长胡须，举止言行以女性自居，爱好填词，有《绣针词》集子流传。我的朋友杨潮观知州，与绵谷是好朋友，为他的词集作了序，记叙了有关的故事本末。

炼丹道士

楚中大宗伯张履昊，好道。予告归，寄居江宁，入城时拥朱提一百六十万。有郎总兵者，公门下士也。荐朱道士，善黄白之术，寿九百余岁，烧杏核成银，屡试若神。道士说公烧丹，以白银百万，炼丹一枚，则长生可致。公惑之，斋戒三日，定坎离之位，每一炉辄下银五万两，炭百担。昼则公亲监之，夜则使人守之。银登时化为水，炼三月，费银八十万，丹无消息。公诘之，道士曰："满百万则丹成，成后含之，不饥不寒，可南可北，随意所之，无不可到。"公无奈何，复与十余万，然已觉其妄，道士溲溺，必遣人尾之。清晨，道士溲于园，尾者回顾，忽失道士所在。往视其炉，百万俱空矣。启道士行李，得书一封，云："公此种财，皆非义物也。吾与公有宿缘，特来取去，为公打点阴间赎罪费用，日后自有效验，幸毋相怪。"家人觇道士者皆云："每五万银下炉时，屋上隐隐有雷声，道士惶恐伏地，以朱符盖其头，其搬运实无痕迹。"

【译文】

礼部尚书湖北张履昊，热衷道术。辞官归田后，客住在江宁，进城时带有白银一百六十万两之多。有位总兵郎某，是他下属，向他推荐了一个姓朱的道士，说这个朱道士擅长于点化金银，已活了九百余岁，能把杏核烧炼成银子，试验多次，没有一次不成功。朱道士劝张履昊烧丹，说用一百万两银子炼成的一粒仙丹，服了可以长生不老。张某有点将信将疑。他沐浴斋戒了三天。朱道士选定了八卦中坎离二卦的方位，开始炼丹。每炼一炉，要投进五万两银子，烧掉一百担木炭。白天，张履昊亲自监督炼丹，夜里则派心腹看守。炼了整整三个月，投进炉内的白银立刻化为水，先后已投了八十万两银子，可连个仙丹影子也见不到。张履昊就责问朱道士，道士说："要投满一百万两，才能炼就仙丹。炼成后，你若将丹含在嘴里，可以不怕饿，不怕冷；出门时向北向南，随你之意，没有地方到不了。"此时他也无可奈何，于是又拿出十多万两银子交付道士炼丹，可是心里总觉得不对头，所以连道士大小便，也一定派人跟着。一日清晨，朱道士又去园子小便，跟随在他后边的差役偶然回头张望了一下，忽然朱道士已不知去向。张履昊再去探视炼丹炉，一百万两银子早已化为乌有。他打开道士丢下的行李，见有一封信，说："您这种钱财，都是不义之物。我与你有着一段旧时缘分，所以特地前来提取，为您以后到阴间地狱去时付作赎罪费。日后自然会有效验，请不要见怪。”张履昊府中曾监看道士炼丹的人都说：“每当把五万两银子投进炉里时，听到屋顶上隐隐约约地响着雷声。当时朱道士害怕得伏倒在地上，还用一张写着符咒的红纸盖在自己头上。朱道士搬运银子的痕迹一点也没留下。”

叶老脱

有叶老脱者，不知其由来，科头跣足，冬夏一布袍，手挈竹席而行。常投维扬旅店，嫌客房嘈杂，欲择洁地。店主指一室曰：“此最静僻，但有鬼，不可宿。”叶曰：“无害。”径自扫除，摊竹席于地。夜卧至三鼓，门忽开，见有妇人系帛于项，双眸抉出，悬两颐下，伸舌长数尺，彳亍而来。旁有无头鬼，手提两头，继至。尾其后者：一鬼遍体皆黑，耳目口鼻甚模糊；一鬼四肢黄肿，腹大于五石匏。相诧曰：“此间有生人气，当共攫之。”群作搜捕状，卒不得近叶。一鬼曰：“明明在此，而搜之不得，奈何?”黄胖者曰：“凡吾辈之所以能摄人者，以其心怖而魂先出也。此人盖有道之士，心不怖，魂不离体，故仓猝不易得。”群鬼方徬徨四顾，叶乃起坐席上，以手自表曰：“我在此。”群鬼惊悸，齐跪地下，叶一一讯之。妇人指三鬼曰：“此死于水者，此死于火者，此盗杀人而被刑者，我则缢死此室者也。”叶曰：“若辈服我乎?”皆曰：“然。”曰：“然则各自投生，勿在此作祟。”各罗拜去。迨晓，为主人道其事，嗣后此室宴然。

【译文】

有个名叫叶老脱的人，不知来自何方，绾结着头发不戴帽，赤着双脚不穿鞋，不管是冬天还是夏天，老穿着一身布袍，手挟着一领竹席走来走去。叶老脱曾经投宿在扬州一家旅店。但他嫌所住的那间客房太嘈杂，要店主换个清静房间。店主领他到一间空房说："这间客房最静僻，可是闹鬼，不能住人。"叶老脱说："没关系。"叶老脱亲自打扫房间，把竹席摊铺在地上。叶老脱睡到三更时分，房门忽被打开，先进来一个妇人，头颈里系着一条绸带，眼珠子突出眼眶，悬在腮帮，伸出尺把长的舌头，踩着小步，走走停停。跟着进来的是一个无头鬼，手里提着两个头。后面还有两个鬼，一个遍体黑色，连耳、目、口、鼻也模糊一团；另一个的手脚又黄又肿，腹部比五石水缸还大。四个鬼一进屋，就觉得奇怪，说："这屋里有生人气，大家一起抓住他。"群鬼开始在房内四处搜捕，可就是近不了叶老脱的身子。一个鬼说："生人明明在这屋里，却搜捕不到，怎么回事？"那个又黄又肿的鬼说："凡被我等捉住的那些人，往往是先吓得失了魂的；现在此人大概是个有道之士，见我等抓他硬是不怕，魂不离体，所以一下子不容易抓住。"正当鬼怪们犹豫不决、东张西望时，叶老脱霍地从席上坐了起来，指着自己说："我就在这里。"群鬼大吃一惊，一起跪倒在地。叶老脱就逐个地盘问起来。那女鬼指着其他三个鬼说："这个是死在水里的，那个是被火烧死的，另一个是杀人犯罪正在服刑的；我就是在这房内吊死的。"叶老脱问群鬼："你等服不服我？"群鬼齐声说："服。"叶老脱说："那么你等自谋出路去，别再在这里兴风作浪。"群鬼围着叶老脱拜了一拜，离屋散去。天一亮，叶老脱就给店主人讲了昨夜发生的故事。从此之后，这间客房一直太平无事。

苏耽老饮疫神

杭州苏耽老，性滑稽，善嘲人。人恶之，元旦，画疫神一纸厌其门。耽老晨出开门，见而大笑，迎疫神归，延之上座，与共饮酒而烧化之。是年大疫，四邻病者，争祀疫神。其病人辄作神语曰："我元旦受苏耽老礼敬，愧无以报；欲禳我者，必请苏君陪我，我方去。"于是祀疫神者，争先请苏，苏逐日奔忙，困于酒食。其家大小十余口，无一病者。

【译文】

杭州有个苏耽老，生性滑稽，喜欢嘲笑人。大家都讨厌他，年初一那天，不知是谁画了一张瘟神画像压在他家门口。苏耽老早晨出来开门，见了这像哈哈大笑，把瘟神像请了进来，并张放在上座，与它一起饮酒，而后焚化掉了。这一年流行瘟疫，苏耽老的四邻八舍都传染上了，各户人家都争先恐后祭祀起了瘟神。那些得着瘟疫的人，竟会代瘟神说起话来："我瘟神大年初一就受到了苏耽老的礼遇和款待，很惭愧，没有什么可回报；你等一定要我驱除疫病的话，那就请苏耽老陪着我，这样我才肯去。"于是那些祭祀瘟神的人家，争着请苏耽老吃饭。苏耽老天天忙个不停，见了酒食就犯愁。他的一家大小十多个人，没有一个得瘟疫的。

刘刺史奇梦

陕西刘刺史介石，补官江南，寓苏州虎丘。夜二鼓，梦乘轻风归陕。未至乡里，路遇一鬼，尾之，长三尺许，囚首丧面，狞丑可憎，与刘对搏。良久，鬼败，刘挟鬼于腋下而趋，将投之河。路遇余姓者，故邻也，谓曰："城西有观音庙，何不挟此鬼诉于观音，以杜后患？"刘然其言，挟鬼入庙。庙门外韦驮、金刚神皆怒目视鬼，各举所持兵器作击鬼状，鬼亦悚惧。观音望见，呼曰：

"此阴府之鬼，须押回阴府。"刘拜谢。观音目金刚押解，金刚跪辞，语不甚解，似不屑押解者。观音笑目刘曰："即著汝押往阴府。"刘跪曰："弟子凡身，何能到阴府？"观音曰："易耳。"捧刘面呵气者三，即遣出。鬼俯伏无语，相随而行。刘自念：虽有观音之命，然阴府未知在何处。正徘徊间，复遇余姓者，曰："君欲往阴府，前路有竹笠覆地者是也。"刘望路北有笠，如俗所用酱缸篷状，以手起之，洼然一井。鬼见大喜，跃而入，刘随之，冷不可耐。每坠丈许，必为井所夹；有温气自上而下，则又坠矣。三坠后，豁然有声，乃落于瓦上。张目视之，别有天地，白日丽空，所坠之瓦上，即王者之殿角也。闻殿中群神震怒，大呼曰："何处生人气！"有金甲者，擒刘至王前。王衮龙衣冕旒，须白如银，上坐，问："尔生人，胡为至此？"刘具道观音遣解之事。王目金甲神捽其面仰天，谛视之，曰："面有红光，果然佛遣来。"问："鬼安在？"曰："在墙脚下。"王厉声曰："恶鬼难留，着押归原处。"群神叉戟交集，将鬼叉戟上投池，池中毒蛇怪鳖争脔食之。刘自念：已到阴府，何不一问前生事。揖金甲神曰："某愿知前生事。"金甲神首肯，引至廊下，抽簿示之曰："汝前生九岁时，曾盗人卖儿银八两，卖儿父母懊恨而亡。汝以此孽夭死，今再世矣，犹应为瞽，以偿前愆。"刘大惊曰："作善可禳乎？"神曰："视汝善何如耳！"语未毕，殿中呼曰："天符至矣，速令刘某回阳，毋致泄漏阴司案件。"金甲神掖至王前，刘复跪求曰："某凡身，何能出此阴界？"王持刘背，吸气者三，遂耸身于井。三耸三夹如前，有温气自下而上。身从井出，至长安道上，复命于观音庙，跪陈阴府本末。旁一童子，嚅嚅不已，所陈语与刘同。刘骇视之，耳目口鼻，俨然己之本身也，但缩小如婴儿。刘大惊，指童子呼曰："此妖也。"童子亦指刘呼曰："此妖也。"观音谓刘曰："汝毋恐，此汝魂也。汝魂恶而魄善，故作事坚强而不甚透彻，今为汝易之。"刘拜谢。童子不谢，曰："我在彼上，今欲易我，必先去我，我去独不于彼有伤乎?"观音笑曰："毋伤也。"手金簪长尺许，自刘之左胁插入，剔一肠出，以腕绕之。每绕尺许，则童子身渐缩小，绕毕，掷于梁上，童子不复见矣。观音以掌扑案，刘悸而醒，仍在苏州枕席间，胁下红痕犹隐然在焉。月余，陕信至，其邻人余姓者亡矣。此语介石亲为余言。

【译文】

陕西人刘介石知州，在江南等候出缺，住在苏州虎丘。一天夜里，二更时分，刘介石梦见自己乘着一阵轻风回陕西，还未到家乡，就碰上了一个鬼。这鬼紧跟在他后面，身高三尺左右，发不梳，脸不洗，模样丑陋可怕。这鬼与刘介石搏斗起来，斗了好一会儿，鬼被斗败。刘介石将鬼挟在胳肢窝下急奔，准备把鬼投到河里去。路上遇到一个姓余的老邻居，对刘某说："城西有座观音庙，何不挟着这鬼向观音告一状，免得日后留着祸根。"刘某认为他说得有理，就挟着鬼进了庙。庙门外的韦驮和金刚神都圆睁怒目地看着鬼，还举着手里的兵器摆出打鬼的架势，这鬼很是害怕。观音见了刘某，说："这是阴间的鬼，必须押回到阴间去审判。"刘某拜谢了观音。观音示意金刚，派他押解。金刚跪在观音面前，婉言拒绝，金刚说的话，刘某听不大懂，大概是不屑押解这个鬼的意思。

观音看了看刘某，笑着说："就派你押到阴间去。"刘某跪着说："弟子是凡人，怎么能到阴间去?"观音说："这很容易。"观音捧着刘某的脸连呵了三口气，就让他出去了。那鬼低头躬身不说话，只是跟随在刘某后面走着。刘某暗想：我虽奉观音之命押鬼，可是不知阴间究竟在什么地方。刘某正在徘徊时，又碰上了姓余的邻居。他对刘某说："你要去阴间，前面有竹编斗笠盖着的地方便是入口。"刘某看到路的北面有个斗笠，形状就像农家用的酱缸盖。他用手将斗笠一掀，见有一口深井。鬼见了这口井大喜，一跃就跳进井内，刘某跟随在后。井内冷得人受不了。每下井一丈左右，就被井壁夹住，当刘某感到有一股暖气自上而下逼近时，便又下落了一丈。这样三次下落以后，刘某听得"啪"的一声，便停落在几片瓦上。他张大眼睛细看，白日彩云，别有天地。刘某停脚的几片瓦，就是阎罗殿的殿角。刘某忽听到阎罗殿内群神在大发雷霆，叫道："什么地方来的生人气!"这时一个身披金甲的神，擒住刘某带到阎罗王面前。阎王身穿龙袍，头戴王冠，银白色胡须，坐在殿上，问道："你是活人，为何到这里来?"刘某将观音派来押鬼的事说了一遍。阎王示意披金甲的神将刘某的脸仰天托起，然后仔细观察了一番，说："面有红光，果然是观音菩萨派来。"又问："押来的鬼在何处?"刘某说："在墙脚下。"阎王厉声喝道："恶鬼不能留，快快押回原地。"群神用叉和戟，将鬼挑起，投进一个池子，池中的毒蛇、怪鳖争相吞嚼鬼。刘某又想：既已到了阴间，何不问问自己前辈子的事。他向披金甲的神作了一个揖，说："我想知道自己上辈子的事。"披金甲的神点头同意，把刘某引到殿下，抽出一本簿子指给他看，说："你前生九岁时曾偷过人家卖儿的银子八两，后来这卖儿的父母又恨又悔而死。你就是因为这一罪孽而夭折。现在你虽然已经再次投生，可是注定要双眼失明，以偿还前辈子的罪。"刘某大吃一惊，问："多做善事可以消除这一报应吗?"披金甲的神说："这要看你行的是怎么样的善事了。"话未说完，听见殿内高声说道："上天命令已到，快让刘某回到阳间，免得泄漏阴间审案秘密。"披金甲的神把刘某带到阎王前，刘某又跪在地上求拜，说："我是凡人，如何才能走出阴间?"阎王用双手托住刘某的背部，对着他吸了三口气，就把他耸上了井。跟下井时一样，也要经过三耸三夹才能逐步上升，而不同的，上升时的暖气是自下而上的。刘某出了井，回到长安道，立刻到观音庙去汇报押鬼到阴间的经过。只见边上有一个小孩，嘴里说个不停，所说的内容，跟刘某汇报的相同。刘某惊怕地看着这个小孩，见他的耳、目、口、鼻跟自己长得一模一样，只是体形缩小得像个小孩。刘某更是大吃一惊，指着小孩说："他是个妖怪。"小孩也指着刘某说："他是个妖怪。"观音对刘某说："你不要怕，这是你的魂灵。你这个人魂恶而魄善，所以你干起事情来很坚定，可是并不了解所干事情的道理，现在让我替你将魂与魄相互掉换一下。"刘某拜谢观音，小孩却不谢，说："我的地位本来在他的上面，现在要换，肯定去掉我，去掉我难道不会对他有伤害吗?"观音笑着说："不会让他受伤的。"观音拿着一根一尺多长的金簪，从刘某的左胁下插进去，挑出一段肠子，然后用手腕绕成团儿。每绕一尺左右，那小孩就缩小一点，绕完肠子，向梁上投去，小孩也随着不见了。观音用手掌拍一下桌子，刘某一惊而醒。一看，自己原来仍旧在苏州寓所的枕席上睡着，见左胁下隐约可以看到一条红色的疤痕。过了一个多月，陕西派人送信来，说，刘某家的那个姓佘的邻居死了。这个故事是刘介石亲口对我说的。

赵 李 二 生

广东赵、李二生，读书番禺山中。端阳节日，赵氏父母馈酒殽为两生庆节，两生同饮甚乐。至二鼓，闻叩门声，启之，亦书生也。衣冠楚楚，自云：相离十里许，慕两生高义，愿来纳交。邀入坐，言论风生。先论举业，后及古文、词赋，元元本本，两生自以为弗及。最后论及仙佛，赵素不乐闻，而李颇信之。书生因力辨其有，且曰："欲见佛乎？此顷刻事也。"李欣然欲试之。书生取案几叠高五尺许，身踞其上，登时有旃檀之气氤氲四至；随取身上绢带作圈，谓二生曰："从圈入，即佛地也，可以见佛。"李信之既笃，见圈中观音、韦驮，香烟飘渺，即欲以头入圈；而赵望之，则獠牙青面、吐舌丈余者在圈中矣。遂大呼，家人共进。李如梦醒者，虽挣脱，而颈已有伤。书生杳然，不复可见。两生家俱以此山有邪，不可读书，各令还家。明年，李举孝廉，会试连捷，出授庐江知县。卒以被劾，自缢而亡。

【译文】

广东有赵、李两个书生，在番禺山中读书。端阳节那天，赵生的父母送来酒菜，让他们过节。两人对酌，十分快乐。到半夜二更时分，听到有敲门声，开门一看，也是个读书人。他穿得衣冠楚楚，自我介绍说，住在离他们十里左右的地方，因为仰慕赵、李二位的为人，所以特来拜访、结识。赵、李二人就邀请他入座，三人一起谈笑风生。那书生先发表了一通关于举业功名的高论，后来又谈到古文、词赋，说得头头是道，赵、李二人自叹不如。最后那书生讲到了神仙和佛，赵生向来不爱听，而李生很相信。那书生不但竭力说服赵生相信确有仙佛，而且还说："二位想见见佛吗？这是立刻可以办到的事。"李生听说，很高兴地要那书生试验一下。那书生将书桌、茶几堆到五尺多高，自己坐在上面，顿时便有一股股带有檀香气的雾从四面缭绕而来，然后取出身上的一根绢带，拴成一个套圈，对赵、李二人说："进入这圈内，便是佛界，就可以看见佛。"李生对他的话很信，看到圈内有观音，有韦驮，香烟弥漫，恨不得立刻把头伸进圈内。可是，赵生从圈内望去，全是些青面獠牙、伸着一丈多长舌头的鬼怪，于是大喊救命，赵家的人闻声都奔进了房内。这时，李生犹如大梦初醒，忙挣脱绢套，但脖子已受了伤。至于那个书生，早已不知去向，再也找不到他。赵、李的父母都认为这座山中有邪鬼，不能继续留在这里读书，就叫他们回家了。隔了一年，李生考取举人，会试又中进士，出任庐江知县。最后被人弹劾，悬梁自尽。

山东林秀才

山东林秀才长康，四十不第。一日有改业之想，闻旁有呼者曰：“莫灰心！”林惊问：“何人？”曰：“我鬼也。守公而行，并为公护驾者数年矣。”林欲见其形，鬼不可；再四言，鬼曰：“公必欲见我，无怖而后可。”林许之，遂跪于前，丧面流血，曰：“某蓝城县市布者也，为掖县张某谋害，以尸压东城门石磨盘之下。公异日当宰掖县，故常侍公，求为申冤。”且言公某年举乡试，某年成进士，言毕不复见。至期，果举孝廉，惟进士之期爽焉。林叹曰：“世间功名之事，鬼亦有不知者乎？”言未毕，空中又呼曰：“公自行有亏耳，非我误报也。公于某月日私通孀妇某，幸不成胎，无人知觉，阴司记其恶而宽其罪，罚迟二科。”林悚然，谨身修善。逾二科而成进士，授官掖县。抵任巡城，见一石磨，启之，果得尸；立拘张某，讯之，尽吐杀人情实，置之于法。

【译文】

山东有个秀才名叫林长康，到四十岁还未考中举人。一天，他刚冒出弃学改业的念头，突然听到有人叫道：“不要灰心！”林长康吃了一惊，问是什么人，只听得回答说：“我是鬼。我一直跟随着先生，替你守护、保驾已有几年了。”林想见一见这鬼的模样，鬼不肯；他再三要见，那鬼说：“你一定要见我也可以，可是见了我不要害怕。”林某答应。于是这鬼跪在他面前，一张哭丧脸上流着血，说：“我是蓝城县卖布的人，被掖县一个姓张的害死。他把我的尸体压在东城门的石磨盘下面。先生将来一定会当上掖县县令，所以我一直侍候着先生，只求能申冤报仇。”那鬼还预言了林长康将于某年中举人，某年中进士，说完再也不见踪影。到了某年，林长康果然中了举人。可是到了那鬼预言中进士的日期，他却未考中。林长康叹气说：“人世间功名的事情，难道鬼也说不准吗？”话未说完，只听空中又传来呼叫声：“这是因为先生品行上有污点，不是我误报。先生曾于某年某月某日与一个寡妇私通，幸而未曾有胎，所以没有人知道这件事。可阴间已记下了你犯的这次罪，并且予以从宽处理，罚你迟二科中进士。”林长康听了，十分害怕。从此言行谨慎，多做善事。隔了二科，考中进士，被授予掖县县令。他一到掖县上任，就巡视全城，在东城门见到一个石磨盘，推开磨盘，里面果然有一具尸体。他立刻将张某拘捕，坐堂审讯。张某招认了杀人的全部事实经过，终于被绳之以法。

秦中墓道

秦中土地极厚，有掘三五丈而未及泉者。凤翔以西，其俗人死不即葬，多暴露之，俟其血肉化尽，然后葬埋，否则有“发凶”之说。尸未消化而葬者，一得地气，三月之后遍体生毛，白者号“白凶”，黑者号“黑凶”，便入人家为孽。刘刺史之邻孙姓者，掘沟得一石门，开之，隧道宛然，陈设鸡犬，罍尊皆瓦为之。中悬二棺，旁列男女数人，钉身于墙，盖古之为殉者。惧其仆，故钉之也。衣冠状貌，约略可睹。稍逼视之，风起于穴，悉化为灰，并骨如白尘矣。其钉犹在左右墙上，不知何王之墓。亦有掘得土人作卧形者，有头角四肢，而无耳目，疑皆古尸之所化也。

【译文】

西北一带的土层极厚，挖了三五丈深还不见泉水，是常有的事。凤翔县以西，民间习俗，人死不立刻埋葬，而是将尸体露晒户外，等到尸体的肉血风化干净，然后再安葬；否则的话，传说就会“发凶”。尸体未风化而埋葬，一得着地气，三个月以后就会遍体生毛，生白毛的称为“白凶”，生黑毛的称为“黑凶”，都会闯到人家屋里去兴风作浪。刘知州有一个姓孙的邻居，掘沟时触到一扇石门，打开石门，有条隧道，里面摆设的鸡、狗以及酒器都是用陶土作的。隧道中央悬着两具棺材，两旁各排列着几名男女，身子被钉在墙上，推测是当初将他们殉葬时，怕他们的身子会仆倒，所以上了钉。这些被殉葬男女的服饰和面目，还可看出大概。但当人靠近前去细看时，洞穴内忽然刮起一阵阴风，这些男女全都化成了灰，连骨头也化为白灰，那一根根铁钉却还在左右两旁的墙壁上。谁也不知道这是哪个侯王的墓。据说，也有人掘到作卧倒姿势的土人，有长角的头和四肢，却没有耳朵和眼睛，恐怕这也是古尸风化的结果。

夏侯惇墓

本朝松江提督张勇生时，其父梦有金甲神，自称“汉将军夏侯氏”，入门随即生勇。后封侯归葬，掘地得古碑，隶书“魏将军夏侯惇墓”，字如碗大。阅二千年而骨肉复归其故处，亦奇。

【译文】

本朝松江提督张勇快出生时，他父亲梦见有一个身穿金甲的神，自称是“汉将军夏侯氏”，走进了他家的门，随即就生下了张勇。张勇死后被封侯，归葬故里。家人在掘墓穴时，挖到一块古碑，碑上用隶书体写着“魏将军夏侯惇墓”，每个字有碗口般大小。

隔了两千多年，夏侯惇的尸骨又重新葬归原地，也算得上是一件奇事了。

塞外二事

雍正时，定西大将军纪成斌，以失律诛在塞外，颇为祟。后接任将军查公辕下兵某，白日仆地，自称“纪大将军”，求索饮食。众皆罗拜，代为乞命。幕客陈对轩，豪士也，直前批其颊，骂曰：“纪成斌，尔征阿拉蒲坦，临阵退缩，以王法伏诛。鬼若有灵，尚宜自愧，何敢忝为厉鬼，作屠沽儿乞食状耶?”骂毕，兵蹶然起，不复痁语矣。自后凡有疫疠自称纪大将军者，称“陈相公来了”骇之，无不立愈。纪受诛时，家奴尽散，一厨者收其尸，亡何病死，常附病者身，自称“厨神”，曰：“上帝怜我忠心葬主，故命为群鬼长。”问：“纪将军何在?”曰：“上帝怒其失律，使兵民受伤数万，罚为疫鬼，受我驱遣。我以主人故，终不敢，然我所言无不听。”嗣后塞外遇将军为祟，先请陈相公，如陈不来，便呼“厨神”，纪亦去矣。

【译文】

雍正年间，定西大将军纪成斌，因为违反军纪被处死在塞外，他的鬼魂常在当地作怪。一次，后任将军查公的部下，有个士兵，大白天突然仆倒在地，口称自己是“纪大将军”，求吃讨喝。许多士兵都到查公处跪拜求情，代为请命。查公有位幕客陈对轩，是个豪杰之士，径直走到那个仆地的士兵旁，上前就是两记耳光，骂道："纪成斌，你带兵征讨阿拉蒲坦，临阵脱逃，所以按王法处死了你。你这鬼如若有灵性，应该自觉惭愧，为何还胆敢化为恶鬼，装出一副屠夫酒鬼讨饭吃的无赖相？"骂完，那个兵立刻从地上跃起，不再说胡话了。从此以后，凡有谁得了瘟病自称是"纪大将军"的，只要用"陈相公来了"这句话吓他，那么他的病立刻就好。纪成斌被正法时，家奴全部逃散，只有一个厨师留下来收他的尸。隔不多久，这个厨师病死了，他的鬼魂常常依附到病人的身上，自称是"厨神"，说："天帝爱怜我怀着忠心替主人收尸安葬，所以封我为鬼群中的长官。"有人问："纪将军在什么地方？""厨神"说："天帝对他违反军纪很光火，使几万兵民因此受了伤，所以罚他做疫鬼，受我的管派。他原是我的主人，我也不大敢管派他，可是我说的话他总听。"后来，塞外地方凡遇到纪将军的鬼魂兴风作浪，先请出陈相公，陈相公不在，就叫"厨神"，纪的鬼魂就会逃跑了。

关神断狱

溧阳马孝廉丰，未第时，馆于邑之西村李家。邻有王某，性凶恶，素捶其妻。妻饥饿，无以自存，窃李家鸡烹食之。李知之，告其夫。夫方被酒，大怒，持刀牵妻至，审问得实，将杀之。妻大惧，诬鸡为孝廉所窃，孝廉与争，无以自明，曰村有关神庙，请往掷杯珓卜之，卦阴者妇人窃，卦阳者男子窃。如其言，三掷皆阳，王投刀放妻归；而孝廉以窃鸡故，为村人所薄，失馆数年。他日有扶乩者，方登坛，自称"关神"。孝廉记前事，大骂神之不灵，乩书灰盘曰："马孝廉，汝将来有临民之职，亦知事有缓急重轻耶？汝窃鸡，不过失馆，某妻窃鸡，立死刀下矣。我宁受不灵之名，以救生人之命。上帝念我能识政体，故超升三级，汝乃怨我耶?”孝廉曰：“关神既封帝矣，何级之升?”乩神曰：“今四海九州，皆有关神庙，焉得有许多关神分享血食?凡村乡所立关庙，皆奉上帝命，择里中鬼平生正直者，代司其事。真关神在帝左右，何能降凡耶?”孝廉乃服。

【译文】

溧阳县举人马丰，未中举时，曾在本县西村的李家设馆教书。李家的邻居王某，性情凶狠恶毒，平时常对老婆拳打脚踢。王某的老婆经常忍饥挨饿，一次，实在支撑不住了，就偷了李家的一只烧鸡吃了。李家发现后，告诉了王某。王某正好喝醉了酒，一手持刀，一手牵着用绳捆绑的妻子来到李家，亲自审问实情，准备当众杀了她。王某的妻子吓得没了主意，就诬陷马丰是偷鸡贼。马丰与她争吵起来。马丰实在无法证明自己没有偷鸡，就说，村里有座关帝庙，到那里去用掷蚌壳的办法占卜，如果卦得阴的一面就是妇人偷鸡，倘若卦得阳的一面便是马丰所窃。众人都同意照马丰说的办法占卜，一连投掷三次，全是阳面。王某丢下了刀，放了妻子，一同回家。马丰却因此背了偷鸡的黑锅，被村里人瞧不起，有好几年没人请他教书。一次，有个扶乩的道人正在登坛请仙，他自称是“关帝神”。马丰想起了几年前被诬陷偷鸡之事，便大骂关帝神不灵验。此时，乩盘大动，灰盘上有字说：“马举人，你将来会有管理百姓的官职，你可知办事有轻重缓急吗?你背个偷鸡的恶名，不过失去教职。如果那王某之妻被查出偷鸡，就会立刻变成刀下之鬼。我宁可承受你说的不灵验的名声，只求能救人一命。天帝嘉奖我能分清治政的轻重缓急，终于让我连升了三级官，你怎么反倒责怪起我来了?”马丰说：“关爷已经封了帝神，为何还有升级之事?”乩神说：“如今在四海九州之地，都建造了关帝庙，一个关帝怎么可能分身出许多关帝到各地去接受祭祀?凡是各村各乡所建的关帝庙，都是奉了天帝的命令，挑选当地鬼中平生比较正直的，代理关帝履行职责。真正的关帝爷一直侍奉在天帝身边，怎么会下凡而来?”马孝廉听了这番话，也就心服了。

紫清烟语

苏州杨大瓢讳宾者，工书法。年六十时，病死而苏，曰：“天上书府唤我赴试耳。近日玉帝制《紫清烟语》一部，缮写者少，故召试诸善书人。我未知中式否，如中式，则不能复生矣。”越三日，空中有鸾鹤之声，杨愀然曰：“吾不能学王僧虔，以秃笔自累，致损其生。”瞑目而逝。或问天府书家姓名，曰：“索靖一等第一人，右军一等第十人。”

【译文】

苏州人杨大瓢，本名杨宾，擅长写字。六十岁时，一次病死后又活了过来，说：“天上的书学院召我去考试，近来玉皇大帝著了一部《紫清烟语》，由于抄写的人缺少，所以召唤许多擅长书法的人来参加考试。我不知道自己是否考中，如果考中，就不能再活了。”隔了三天，半空中传来鸾鸟、仙鹤和钟鼓的声音，杨大瓢悲伤地说：“我学不到像王僧虔那样，因为写一手好字而做了两朝的大官，相反我被几枝秃笔连累，以致送了命。”双目一闭，死了。曾经有人问他天上书学院的排名榜，他说：“索靖排在第一等第一名，王羲之排在第一等的第十名。”

顾尧年

乾隆十五年，余寓苏州江雨峰家。其子宝臣，赴金陵乡试，归家病剧。雨峰遍召名医，均有难色；知余与薛征君一瓢交好，强余作札邀之。未至，余与雨峰候于门，病者在室呼曰："顾尧年来矣！"连称"顾叟请坐"。顾尧年者，苏市布衣，先以请平米价，倡众殴官，为苏抚安公所诛者也。坐定，语江曰："江相公，你已中乡试三十八名矣。病亦无恙，可自宽解，赐我酒肉，我便去。"雨峰闻之，急入房相慰曰："顾叟速去，当即祭叟。"病者曰："外有钱塘袁某官，喧聒于门，我怖之，不能去。"又喈曰："薛先生到门矣。其人良医也，我当避之。"雨峰急出，拉余让路，而一瓢果自外入。即告以故，一瓢大笑，曰："鬼既避我二人，请与公同入逐之。"遂入房，薛按脉，余帚扫床前，一药而愈。其年宝臣登第，果如所报之名次。

【译文】

乾隆十五年，我客居在苏州江雨峰的家里。他的儿子江宝臣，到金陵参加乡试，一回到家就得了重病。江雨峰到处请名医诊治儿子的病，可是都表示无能为力。他知道我跟名医薛一瓢有交情，就一定要我写信请他来看病。那天薛一瓢将到，我与江雨峰在门口迎接，只听得他儿子在里边房里呼喊："顾尧年来了！"还连连招呼："顾老先生请坐。"顾尧年是苏州城内的一个平民，曾经因为要求官府平抑米价未成而带人殴打官吏，结果被苏州的安巡抚杀害了。他儿子又坐了起来，自己对自己说："江相公，你这次乡试已考中第三十八名举人了。这病不要紧，请放宽心。请相公赏顿饭吃，我就去。"江雨峰听了，急忙进房安慰道："顾老先生快离开吧，我马上备酒菜祭祀老先生。"生病的儿子说："外面有个做官的钱塘人袁子才，他正在门口嚷着，我怕他，走不出去。"接着又倒吸了一口气说："薛先生已到门口了。他是个良医，我应该赶快回避他。"江雨峰忙从房内出来，把我拉在一旁让条路出来，一瓢先生果然自外而入。我当即告诉他所发生的情景，薛一瓢哈哈大笑，对我说：“鬼既然怕我们二人，那就让我与先生一道进去把鬼赶掉。”于是到了雨峰儿子的内房，一瓢按脉诊断，我拿把扫帚在病床前扫地，一剂药服下，他儿子的病就好了。那一年，江宝臣乡试考中，所得名次果然是第三十八名。

妖道乞鱼

余姊夫王贡南，居杭州之横河桥，晨出遇道士于门，拱手曰：“乞公一鱼。”贡南嗔曰：“汝出家人吃素，乃索鱼肉耶?”曰：“木鱼也。”贡南拒之。道士曰：“公吝于前，必悔于后。”遂去。是夜，闻落瓦声，旦视之，瓦集于庭。次夜，衣服尽入厕溷中。贡南乞符于张有虔秀才家，张曰：“我有二符，其价一贱一贵。贱者张之，可制之于旦夕，贵者张之，现神获怪。”贡南取贱者，归悬中堂。是夜果安。越三日，又有老道士，形容古怪，来叩门。适贡南他适，次子后文出见，道士曰：“汝家日前为某道所苦，其人即我之弟子也。汝索救于符，不如索救于我。可嘱汝父，明日到西湖之冷泉亭，大呼‘铁冠’三声，我即至矣，否则符且为鬼窃去。”贡南归，后文告之。贡南侵晨至冷泉亭，大呼“铁冠”数百声，杳无应者。适钱塘令王嘉会路过，贡南拦舆口诉原委，王疑其痴，大被诟辱。是夜，集家丁雄健者数人，护守此符。五更，砉然有声，符已不见。旦视之，几有巨人迹，长尺许。从此每夜群鬼毕集，撞门掷碗，贡南大骇，以五十金重索符于张氏，悬后，鬼果寂然。一日，王怒其长男后曾，将杖之。后曾逃三日不归，余姊泣不已。贡南亲自寻求，见后曾徬徨于河，将溺焉。急拉上肩舆，其重倍他日。到家，两眼瞪视，语喃喃不可辨，卧席上，忽惊呼曰："要审，要审，我即去!"贡南曰："儿何去?我当偕去。"后曾起，具衣冠，跪符下，贡南与俱。贡南无所见，后曾见一神上坐，眉间三目，金面红须，旁跪者皆渺小丈夫。神曰："王某阳寿未终，尔何得以其有畏惧之心，便惑之以死?"又曰："尔等五方小吏，不受上清敕令，乃为妖道奴仆耶?"各谢罪，神予杖三十，鬼啾啾乞哀，视其臀，作青泥色。事毕，以靴脚踢，后曾如梦之初醒，汗浃于背。嗣后家亦安宁。

【译文】

我的姐夫王贡南，住在杭州横河桥，早晨外出时见一位道士立在门口，对他拱一拱手，说："向你讨一鱼。"贡南训斥说："你们出家人是吃素的，怎么讨鱼肉吃?"道士说："我讨的是木鱼。"贡南不肯。道士说："明公小气在先，将来一定要后悔。"说完，就走了。这一天夜里，贡南听到有落下瓦片的声音。第二天一看，庭院里尽是瓦片。隔了一天夜里，他的衣服全部被扔进了茅坑中。王贡南就到秀才张有虔的家里求驱鬼的符箓。张有虔说："我这里有两种符，一种便宜，一种贵。张挂便宜的那种，早晚就可太平；张挂贵的那种，就会有神仙来除掉妖怪。"贡南要了一张便宜的，回去挂在客堂里。当夜，果真很太平。过了三天，又来了个老道士，样子长得很古怪，敲着王家的门。这一日贡南正好有事外出，他的二儿子王后文出来开门，道士说："你家前几天让某道士害苦了，那个道士就是我的弟子。你求救于纸符，还不如向我求救。告诉你父亲，请他明天到西湖边上的冷泉亭，高声呼喊三声铁冠，我立刻便到。不这样做的话，你家张挂的符也将会被鬼偷去。"贡南回家，王后文就把刚才的事告诉了父亲。第二天清晨，贡南到了冷泉亭，连呼“铁冠”几百声，根本无人答应。正碰到钱塘县令王嘉会路过这里，贡南拦住轿子原原本本地申诉了这件事。王县令怀疑他是个痴子，大骂了他一顿。当天夜里，王贡南召集几个身强力壮的家丁，在客堂守护挂着的符。五更时分，只听“托”的一声，符已没有了。天亮以后查看，茶几上留有巨人的脚印，至少有一尺多长。从此以后，每天夜里，群鬼必到，撞门砸碗，贡南害怕极了，又到张有虔家花了五十两银子买了一张符，挂在客堂里，群鬼果然不来了。有一天，王贡南对着大儿子王后曾大发脾气，要用棍子打他。王后曾外逃三天不回家，我姐姐哭个不停。王贡南亲自去找，见王后曾在河边彷徨，准备投河而死。贡南急忙将他拉着上轿，抬轿的觉得他儿子体重比过去增加了一倍。到了家里，王后曾两眼瞪出，呆呆地直视，嘴里喃喃不休地不知在说些什么。他睡在席上，突然惊叫起来：“要开审了，要开审了，我马上去!”贡南说：“儿要到何处去？我一定陪你一起去。”王后曾从床上起来，衣冠穿戴整齐，跪在客堂的那张符下，王贡南也与他一起跪着。王贡南什么也未见着，王后曾却看见一个神坐在上面，三只眼睛，面色金黄，红胡须，边上跪着的全是矮小鬼。神说：“王某人阳寿未终，你们为何利用他的畏惧之心，迷惑他走上死路？”又说：“你们这些五方小吏，不接受天帝的指令，为何却反替妖道当奴仆？”小鬼们个个服罪，神吩咐对他们每人打三十大板。小鬼们“啾啾啾”地求饶、悲哭，被打得臀部肿痛发青。审判处罚结束，神用穿靴子的脚踢了踢王后曾，王后曾这才如梦初醒，汗流浃背。从此以后，王家一直很安宁。

尸行诉冤

常州西乡有顾姓者，日暮郊行，借宿古庙。庙僧曰：“今晚为某家送殓，生徒尽行，庙中无人，君为我看庙。”顾允之，为闭庙门，吹灯卧。至三鼓，有人撞门，声甚厉，顾喝问："何人？"外应曰："沈定兰也。"沈定兰者，顾之旧交，已死十年之人也。顾大怖，不肯开门，外大呼曰："尔无怖，我有事托君。若迟迟不开，我既为鬼，独不能冲门而进乎？所以唤尔开门者，正以照常行事，存故人之情耳。"顾不得已，为启其钥，砉然有声，如人坠地。顾手忙眼颤，意欲举烛。忽地上又大呼曰："我非沈定兰也。我乃东家新死李某，被奸妇毒死，故托名沈定兰，求汝伸冤。"顾曰："我非官府，冤何能申？"鬼曰："尸伤可验。"问尸在何处，曰："灯至即见，但见灯，我便不能言矣。"正匆遽间，外扣门者人声甚众，顾迎出，则群僧归庙，各有骇色，曰："正诵经送尸，尸隐不见，故各自罢归。"顾告以故，同举火，照尸有七窍流血者，奄然在地。次日，同报有司，为理其冤。

【译文】

常州西乡有个姓顾的人，一天从郊外回家途中，见天色已晚，就在一座古庙借宿。庙里和尚对他说："今天夜里我要去某家送殓，大小和尚全去，庙里没人，请你为我守庙。"顾某答应了，关上庙门，熄灯睡觉。到半夜三更，听到有人撞门，那声音又急又狠，顾某大声喝问："什么人？"门外回说："我是沈定兰。"沈定兰原是顾某的老朋友，已经死了十年。顾某很怕，不肯开门。门外又叫了起来："你别怕，我有事拜托你。若再迟迟不开，我既然是个鬼，难道就不能冲进门来吗？所以叫你开门，是想照常规办事，讲一点朋友的交情。"顾某不得已，替他下了锁。门才打开，"托"的一声，像有个人跌倒在地上。顾某手忙脚乱，眼也花了，想举起蜡烛照看，却听到地上又发出呼喊声："我不是沈定兰。我是东村刚死的李某，是被奸妇毒死的。我之所以假托你朋友沈定兰的名义，是为了求你替我申冤报仇。"顾某说："我又不是做官的，如何替你申冤?”鬼说:“有我尸体上的伤为证,不信可验。”顾某问鬼,他的尸体在何处。鬼说:“把灯移过来就可见到,只是见了灯,我就不能说话了。”就在这匆忙慌乱之时,又听到有敲门声和许多人说话声。顾某立刻开门,原来是和尚们回来了。只见他们每个人都带有害怕的神色,说:“我等正在念经替死人超度,忽然尸体不见了,所以大伙儿只好各自回家。”顾某就将刚才发生的事告诉了众和尚,和尚们一起举灯照看,发现了一具七窍流血的尸体,萎倒在地。第二天,顾某与和尚将此案报告了官府,终于为死者申了冤。

沭阳洪氏狱

乾隆甲子,余宰沭阳。有淮安吴秀才者,馆于洪氏,洪故村民,饶于财。吴挈一妻一子,居其外舍。洪氏主人偶馔先生并其子,妻独居于室。夜二更返,妻被杀死,刀掷墙外,即先生家切菜刀也。余往验尸,见妇人颈上三创,粥流喉外,为之惨然。根究凶手,无可踪迹。洪家有奴洪安者,素以左手持物,而刀痕左重右轻,遂刑讯之。初即承认,既而诉为家主洪生某指使,为奸师母不遂,故杀之。生即吴之学徒也。及讯洪生,则又以奴曾被笞,故仇诬耳。狱未具,余调江宁。后任魏公廷会,竟坐洪安,以状上。臬司翁公藻嫌供情未确,均释之,别缉正凶,十二年来未得也。丙子六月,余从弟凤仪自沭阳来,道有洪某者,系武生员,去年病死,尸柩未出,见梦于其妻曰:“某年月日,奸杀吴先生妇者,我也。漏网十余载,今被冤魂诉于天,明午雷来击棺,可速为我迁棺避之。”其妻惊觉,方议引辆之事,而棺前失火,并骨为灰烬矣；其余草屋木器，俱完好也。余方愧身为县令，妇冤不能雪，又加刑于无罪之人，深为作吏之累。然天报必迟至十年后，又不于其身，而于其无知之骸骨，何耶？此等凶徒，其身已死，其鬼不灵，何以尚存精爽于梦寐，而又自惜其躯壳者，何耶？

【译文】

乾隆九年，我任沭阳县令。淮安有个吴秀才，在姓洪的人家教书。这洪家世居当地，很富。吴秀才带着妻子和一个儿子，住在洪家外院。一次，洪家主人临时请吴秀才和他的儿子吃饭，吴妻独自一人在家。半夜二更时分，秀才和他的儿子回家，见妻子被人杀死，凶器弃在墙外，捡起一看，原是秀才自家的菜刀。我前去验尸，见那妇人头颈里有三处刀伤，咽喉外还流着粥粒，悲惨之极。究竟凶手是谁，一时没有线索。洪家有个仆人洪安，习惯用左手拿东西，而妇人颈处的刀痕正巧是左重右轻，于是拘捕、审讯他。洪安开始立刻承认自己就是凶手，后来又说是受了洪家儿子洪生指使杀的。洪生强奸师母不成，所以要杀她。洪生就是吴秀才的学生。待审讯洪生时，则说，奴才洪安曾被自己鞭打过，所以故意诬陷他。此案尚未了结，我被调任江宁县令。接替我的是县令魏廷会。他竟认为洪安是凶手，并把卷宗上报。江苏按察司翁藻看了卷宗，认为所供证词并不确凿，就将洪安等人全放了，另捉真正凶手。十二年过去了，一直没有捉到。乾隆二十一年元月，我的堂弟袁凤仪从沭阳来，说当地有个武生员洪某，去年病死，尸棺尚未落葬。一天夜里，洪某托梦给自己的妻子说："某年某月某日，强奸并杀死吴秀才妻子的，正是我。我逃脱法网已有十多年，现在吴妻的冤魂正在向天帝控告我，明天中午天帝就要打雷轰击棺材，请尽快替我把棺材换个地方藏起来。"洪某的妻子被这梦惊醒。她正在与家人商量如何用车载柩迁移一事时，棺材突然起火，棺内尸骨全部化为灰烬。而他家里的草屋和家具之类，却都完好无损。我听完此事后，感到非常惭愧，自己身为县令，既不能使这妇女的冤案得以昭雪，又对无罪之人妄加刑责。我深深感到做官的力不从心。上天报应凶手又要拖到十年以后，并且不直接加在他身上却惩罚他的无知无觉的尸骨，这是什么道理？这个凶暴之徒，躯体已死，他的鬼魂也必定冥顽不灵，却偏偏让他的精魂托梦给妻子，而且如此看重自己的躯壳，这到底又是什么道理呢？

雷公被绐

南丰征士赵黎村言：其祖某，为一乡豪士。明季乱时，有匪类某，武断乡曲，惯为纠钱作社之事，穷氓苦之。赵为告官，逐散其党。诸匪无所得，积怨者众，赵有膂力，群匪不敢私报。每天阴雷起，则聚其妻孥，具豚蹄祷曰："何不击恶人赵某耶？"一日，赵方采花园中，见尖嘴毛人从空而下，响轰然，有硫黄气。赵知雷公为匪所绐，手溺器掷之曰："雷公，雷公，吾生五十年，从未见公之击虎，而屡见公之击牛也，欺善怕恶，何至于此！公能答我，虽枉死不恨。"雷噤不发声，怒目闪闪，如有惭色；又为溺所污，竟坠田中，苦吼三日。其群匪啫曰："吾累雷公，吾累雷公。"为设醮超度之，始去。

【译文】

南丰征士赵黎村说，他祖父是乡里的一位英雄豪杰。明末动乱时，有一群土匪，在本乡横行霸道，打着各种为乡社办事的名义强行摊派，敲诈勒索，习以为常，穷困的百姓深受其苦。他祖父报告了官府，官府驱散了这群土匪。这些土匪没有了钱财来源，就愈来愈恨他祖父，只因他祖父体力过人，土匪们不敢暗算他。每当天色阴沉、电闪雷鸣时，土匪们携妻带子，聚在一起，备好了酒肉祭品，诅咒、求告："为什么上天不击死这个恶人赵某?"一天，他祖父在庭园里摘花，只见一个尖嘴巴、遍体生毛的人从空中而下，一声轰响，散发出一股硫磺气味。他祖父知道，天上的雷公已受了土匪的蒙蔽，于是随手把一个便壶向雷公投掷过去，说："雷公，雷公，我活了五十岁，从未看见你雷公击死过老虎，却常常见到有耕牛被你雷公击毙。欺负善良的，害怕凶恶的，你雷公为什么要如此倒行逆施？你倘能回答我这个问题，我纵然屈死了也毫无怨恨。"雷公被他问得不敢作声，怒目一闪一闪，像是感到有愧；又因被便壶污染，竟坠落在田野上，苦苦地吼叫了三天。土匪们都哀叹说："是我等害了雷公，是我等害了雷公。"于是，为雷公摆设香案祭祀，为雷公超度，雷公才得以离去。

鬼冒名索祭

某侍卫，好驰射，逐兔东直门，有翁蹲而汲水，马逸不止，挤翁于井，某大惧，急奔归家。是夜即见此翁排闼入，骂云："尔虽无心杀我，然见我落井，唤人救我，尚有活理，何乃忍心潜逃，竟归家耶?"某无以答。翁即毁器坏户，作祟不已。举家跪求，为设斋醮，鬼曰："无益也。欲我安宁，须刻木为主，写我姓名于上，每日以豚蹄享我，当作祖宗待，我方饶汝。"如其言，祟为之止。自此过东直门，必纡道而避此井。后扈从圣驾，当过东直门，仍欲纡道走。其总管斥之曰："倘上问汝何在，将何词以对？况青天白日，千乘万骑，何畏鬼耶?"某不得已，仍过井所，则见老翁宛然立井边，奔前牵衣，骂曰："我今日寻着汝矣。汝前年马冲我而不救，何忍心耶?”且詈且殴之，某惊遽哀恳曰：“我罪何辞，但翁已在我家受祭数年，曾面许宽我，何以又改前言?”翁更怒曰：“吾未死，何需汝祭！我虽为马所冲，失脚落井，后有过者，闻我呼救，登时曳出，尔何得疑我为鬼?”某大骇，即拉翁同至其家，共观木主，所书者非其姓名。翁攘臂骂，取木主掷之，撒所供物于地，举家惶愕，不解其故。闻空中有声，大笑而去。

【译文】

有个禁军侍卫，喜欢骑马射箭，一次，为了追猎一只野兔，驰马到了东直门，不巧有个老头蹲在井边打水，马狂奔失控，就把老头撞跌到井里。侍卫十分害怕，慌忙奔逃回家。当天夜里，侍卫看见井边老头推门进来，骂道：“你虽然不是存心害我，但见我掉在井里却不救。如果你立刻喊人救我，那我还有活的希望。你怎么能忍心潜逃，丢下我回家了呢?”侍卫无话可答。这老头又摔东西，又砸门窗，不停地捣乱。侍卫全家人都跪在地上求鬼，答应马上备斋祭祀，鬼说：“这些无用。若要我太平，必须刻个木头的神主牌位，写上我的姓名，每天用猪蹄子供我，当祖宗一样敬重，我才能饶过你们。”侍卫照鬼的话办了，这才太平无事。从此以后，侍卫凡路过东直门，一定要绕道而走，避开这口井。一回，护卫皇帝出巡，当经过东直门时，侍卫又想绕道。他的总管训斥说：“倘若圣上问你到哪里去了，我拿什么话回答?更何况现在是青天白日，又有千乘万骑人众，你怕什么鬼?”侍卫没办法，只好打路口井边走。侍卫忽然看见那老头就候在井边，见了侍卫，直奔到他跟前，拉着侍卫衣服骂道：“我今天总算找到你了。你前年骑马撞得我掉井不救，你为何这么狠心?”老头边骂边打。侍卫吓得苦苦哀求说：“我罪责难逃，可是公公已在我家受祭享供三年，也曾经当面答应宽恕我，你为何讲的话又不算数了呢?”闻听此言，老头更加光火了：“我没有死，不需要你祭我！我虽为马冲撞所逼，失足落井，可是正好有人路过，听到我呼救，将我从井里拉出。你凭什么疑心我是鬼呢?”侍卫听了大吃一惊，马上拉着老头一起到家，让他看神主牌位，原来牌位上写的不是这老头的姓名。老头骂着，挽袖伸膊，夺过木牌位就朝屋外扔，桌上供品撒了一地，侍卫家里人被吓怔了，不知道又发生了什么事。此刻，忽听半空中有声音传来，那冒名的鬼魂大笑而去了。

鬼畏人拼命

介侍郎有族兄某，强悍，憎人言鬼神事，每所居，喜择其素号不祥者而居之。过山东一旅店，人言西厢有怪，介大喜，开户直入。坐至二鼓，瓦坠于梁，介骂曰:“若鬼耶，须择吾屋上所无者而掷焉，吾方畏汝!”果坠一磨石。介又骂曰:“若厉鬼耶，须能碎吾之几，吾方畏汝!”则坠一巨石，碎几之半。介大怒，骂曰:“鬼狗奴!敢碎吾之首，吾方服汝。”起立，掷冠于地，昂首而待。自此寂然无声，怪亦永断矣。

【译文】

介侍郎的一位族兄，脾气强悍，最恨人谈论鬼神之事。外出投宿，他总喜欢找那些向来被人认为不吉利的地方住下。有一次投宿山东一家旅店，听人说西厢房有鬼怪，介某大喜，打开门就进去。他坐等到二更时分，忽听得有瓦片从梁上坠落下来，便骂道:“你这鬼听着，你如有本领去弄些这屋上没有的东西投下来，我才会怕你!”刚说完，果然见一块磨石投落在地。介某又骂起来:“你这恶鬼再听着，你假使能砸碎我的茶几，我才怕你!”于是，又落下一块巨石，把茶几的一半砸得粉碎。介某见了大怒，骂道:“你这鬼狗奴!你要是敢把我的头砸开了，我一定服你。”介某站了起来，把帽子扔在地上，昂首挺胸，等那鬼砸。不料，这一来反而毫无动静了。自此以后西厢房的鬼怪也绝迹了。

天　壳

浑天之说：天地如鸡卵，卵中之黄白未分，是混沌也；卵中之黄白既分，是开辟也。人不能游于卵壳之外，则道家三十三天之说，终属渺茫。秦中地厚，往往崩裂，全村皆陷。有冲起黑水者，有冒出烟火者，有裂而仍合者，惟所陷之人民家室，从无再出土者，亦不知何往矣。顺治三年，武威地陷。有董遇者，学炼形之术，能伏气沉海中不死。全家遭此劫，九日后，竟一身自地下起，云：初陷时，沉沉然，一日一夜，坠至于泉。其坠下之势，似飞非飞，似晕非晕，颇为顺适。犹与家人答问，一至于泉，则家口尽溺死。董伏气入水底千余丈，乃复干燥，觉四面纯黄色。已而渐明，下视苍苍然，有天在下，细听之，人民鸡犬之声因风而至。我意此是天壳之外天也，得落第二层天宫固佳，即落在人家瓦上，岂不敬我为天上人耶？因极力将身挣坠，为罡风所勒，兜卷空中，终不得下。俄而有古衣冠人，长二丈余，叱曰："此两天分界处，万古神圣不破此关，汝何人，作此妄想？速趁地未合时，仍归汝世界；否则大地一合，百万丈，汝能穿水，不能穿土，死矣。"语未毕，忽金光万道，自远而来，热不可耐。古衣冠者抚其背曰："速行，速行，日轮至矣！我且避去，汝血肉之身，不走将炽为飞灰。"董闻之悚然，即运气腾身而上，面目为水土所蚀，黑如焦炭，衣服肌肤，粘结一片，逾月始复人形，自称劫外叟。余按《淮南子》曰：“温带之下，无血气之伦。”日轮所近，即温带矣。

【译文】

古代解释天体的“浑天”学说，认为天地浑然一体，像个鸡蛋，蛋中的黄、白未分时，天地处于混沌状态；蛋黄与蛋白一旦分开，便是开天辟地了。人不能游离在这蛋壳之外。因此，道家那种天外还有三十三重天的说法，似乎有点不着边际。关中一带土层很厚，常发生地震土裂，使整个村子陷落。大地震动崩裂时，或有黑水直冲空中，或有喷烟冒火，或是先裂开随即又合拢。只是那些被沉陷的居民和屋舍，再也没法出土，也不知道这些人和房屋究竟到哪里去了。顺治三年，甘肃武威就发生过地裂村陷的惨剧。有个名叫董遇的人，专学修炼形体的道家法术。他能控制呼吸，沉入大海中而不死。在董遇一家遭到地裂被埋的九天以后，他竟独自从地下钻了出来。董遇说，刚刚陷进土里时，觉得整个身子一直在往下沉个不停，一天一夜以后，落进了地下泉中。在往下沉时，人的姿态似飞非飞，似转非转，很顺利、舒适，还可以与家里人说话。一落进泉水里，他家里人就全被淹死了。当时，董遇控制住呼吸，直沉到水底一千余丈处，顿觉周围又干燥起来，四面一片纯黄色。一会儿，天色渐亮，董遇往下一看，莽莽苍苍，天就在他的下面。侧耳细听，居民和鸡狗的声音随风飘来。董遇想，这大概是天壳之外的天了，若能下落到第二层天宫当然很好，即使降落在人家瓦屋顶上，那居民难道不是也要敬我为天上神仙了吗？于是，他竭尽全力将身子往下坠动，不料被旋风挡住，整个身子卷在半空直兜圈子，就是下不去。不久，出现了一个古装打扮的人，身高二丈，对董遇大声斥责说：“这是二重天的分界处，万古以来的神仙和圣人都不能破这分界线，你是什么人，竟如此胆大妄为？赶快趁地还未合拢时，仍旧回到人间去。否则，地壳一合拢，纵深百万余丈，你虽能穿水，却不会穿土，所以必死无疑。”话还未说完，见万道金光，正从远处射来，热不可挡。古装打扮的人抚着董遇的背说：“快走，快走，太阳已转过来了！连我尚且要避开，不要说你这凡人身躯了。你再不走，定将烧为飞灰。”董遇直听得毛骨悚然，立刻运气腾空而上。董遇的面目，因被水上侵蚀，黑得像焦炭，身上的衣服也与肌肤粘结着，直到一个月后，才恢复了原貌。打此以后，他自称“劫外叟”。我见到《淮南子》上说“温带下面，没有生灵之物”。照此看来，太阳附近，便是《淮南子》上说的“温带”了。

董贤为神

康熙间，从叔祖弓韬公为西安同知，求雨终南山。山侧有古庙，中塑美少年，金貂龙衮，服饰如汉公侯。问道士何神，道士指为孙策。弓韬公以为孙策横行江东，未尝至长安；且以策才武，当有英锐之气，而神状妍媚如妇女，疑为邪神。会建修太白山龙王祠，意欲毁庙，拆其木瓦，移而用之。是夕，梦神召见曰：“余非孙郎，乃汉大司马董圣卿也。我为王莽所害，死甚惨。上帝怜我无罪，虽居高位，蒙盛宠，而在朝未尝害一士大夫，故封我为大郎神，管此方晴雨。”弓韬公知是董贤，记贤传中有“美丽自喜”之语，谛视不已。神有不悦之色，曰：“汝毋为班固所欺也。固作《哀皇帝本纪》，既言帝病痿，不能生子，又安能幸我耶？此自相矛盾语也。我当日君臣相得，与帝同卧起，事实有之。武帝时，卫、霍两将军亦有此宠，不得以安陵、龙阳见比。幸臣一星原应天象，我亦何辞，但二千年冤案，须卿为我湔雪。”言未毕，有二鬼獠牙蓝面者，牵一囚至，年已老，头秃而声嘶，手捧一卷书，神指之曰：“此莽贼也。上帝以其罪恶滔天，贬入阴山，受毒蛇咀嚼久矣。今赦出，押至我所，司溷圊之事，有小过，辄以铁鞭鞭之。”弓韬公问囚手挟何书，神笑曰：“此贼一生信《周礼》，虽死犹抱持不放，受铁鞭时，犹以《周礼》护其背。”弓韬公就视之，果《周礼》也。上有“臣刘歆恭校”等字，不觉大笑，遂醒。次日，捐俸百金，葺其庙，祀以少牢。又梦神来谢，且曰：“蒙君修庙，甚感高义，但无人配享，我未免血食太孤。我掾史朱栩，义士也，曾收葬我尸，为莽所杀。我感其恩，奏上帝，荫其子浮为光武皇帝大司空，君其留意。”弓韬公即塑朱公像于董公侧，而兼塑一囚为王莽状，跪阶下。嗣后祈晴雨，无不立应。

【译文】

康熙年间，我的从叔祖袁弓韬在任西安同知时，曾上终南山求雨。山侧有座古庙，庙里有尊俊美少年塑像，身穿金色貂皮绣龙袍。从服饰上看去，像是汉代的一位公侯。弓韬问道士这是什么神，道士说是孙策。弓韬认为，孙策只在长江以东割据，从未到过长安，而且孙策的才能主要表现在武的方面，应有一股英勇锐气，而这塑像外貌俊美，犹如妇人，因此怀疑这是一尊邪神。当时正要在太白山上修建一座龙王庙，弓韬想拆掉山侧的这座古庙，把拆下来的木材、砖瓦，用到龙王庙上。当夜，弓韬梦见有神召见他说：“我不是孙策，是汉朝的大司马董圣卿。我被王莽杀害，死得很惨。天帝同情我无罪被害，而且生前虽身居高位，备受宠亲，可是从未加害过一个士大夫，所以封我为大郎神，专管这地方的晴雨。”弓韬这才知道这是董贤神像。《汉书》董贤的传记中有“美丽自喜”的话，弓韬因此凝视着神。这时，大郎神不高兴地说：“你别被班固所蒙蔽。班固写的《哀皇帝本纪》中，既说哀帝有阳痿之症，不能生育，又怎么可能宠幸我呢？班固的说法自相矛盾。当年哀帝与我君臣之间关系很好，同住同食，这也是事实。但汉武帝时，卫青、霍去病两位将军也跟我一样受宠，而他们怎么没被比作战国时专以男色取宠的安陵和龙阳之流呢。至于在天象上把我置在幸臣星座上，我也没有办法，但二千年来我蒙受的媚君冤案，求明公替我昭雪。”大郎神的话还未说完，见有两个蓝面獠牙的鬼，牵着一个囚犯来到。这囚犯年老，秃头，声音嘶哑，手里捧着一本书。大郎神指着他说：“这就是王莽老贼。天帝认为他罪恶滔天，所以把他贬谪到阴山，让毒蛇咀嚼了多年。现已赦免出山，押到我处，负责打扫厕所，如有出格，我就用铁鞭鞭打他。”弓韬问囚犯手里捧的是什么书，大郎神笑着说：“王莽这贼一生信奉《周礼》，虽然死了还是抱着不放，每当挨铁鞭打时，就用《周礼》挡护他的脊背。”弓韬走近一看，果然是《周礼》一书，书上还有“臣刘歆恭校”等字，禁不住大笑起来，于是就醒了。第二天，弓韬捐献出自己的俸禄银子一百两，修缮古庙，并以少牢礼祭祀董神。弓韬又梦见董神来道谢，而且说：“承蒙先生修庙，非常感激你的大义，只是无人陪我，受祭时感到太孤独。原本是我下属的朱栩，是位义士，曾为我收尸、安葬，后来也被王莽所杀。我为了报答他的恩情，向天帝奏明过他的功德，天帝荫庇他的儿子朱浮当了光武皇帝的大司空，这一点也请先生留意。”弓韬就塑了一尊朱栩像放在董贤像的边上，并再塑了囚犯模样的王莽像，让他跪在台阶下。从此以后，弓韬祈晴求雨，无不灵验。

三　头　人

康熙时，吴逆为乱，道路断绝。有湖州客张氏兄弟三人，在云南逃归，从蒙乐山之东步行十昼夜，遂迷失道，采木叶草根食之。晨行旷野，忽大风西来，如海潮江涛之声。三人惧，登高丘望之。见一黑牛，身大于象，兰单而过，草木为之披靡。暮无投宿所，望前大树下，若有屋宇者，趋之。屋甚宏敞，中一丈夫走出，身长丈余，颈上三头，每作语，则三口齐响，清亮可辨，似中州人音。问三人何来，俱以实告。三头人曰：“汝步行迷道，得毋饥乎?”三人拜谢。随呼其妹，为客煮饭，意颇殷勤。妹应声来，亦三头女子也。视张兄弟而笑，语其兄曰：“此三君，其长者可长寿，其两弟虑不免于难。”张兄弟饭毕，三头丈夫折树枝与之，曰：“以此映日影而行，可当指南车也。但此去所过庙宇，可住宿，不可撞其钟鼓，须紧记之。”三人遂行。次日入乱山中，有古庙可憩，三人坐檐下，乌鸦群飞，来啄其顶。张怒，取石子击之，误触庙中钟，铿然作声。两夜叉跳出，取其两弟，擘而食之。又将及张，忽闻风涛声，有大黑牛滚然而至，与两夜叉角斗。移时，夜叉败走。张乃脱逃，行数十日，始得归里。

【译文】

康熙年间，吴三桂叛乱，道路被阻绝。湖州客商三兄弟，姓张，从云南逃出来，沿着蒙乐山东边走了十天十夜，迷失了方向，只能采挖路边的草叶、树根充饥。一天清晨，三兄弟走在旷野上，忽然一阵大风从西边刮来，风声像是海潮和江涛的呼啸声。三兄弟怕了，就爬上土丘远望。只见一头黑牛，体大如象，踉跄奔来，所到之处，草木全被踏倒。天黑了，三兄弟正愁无处投宿安身，忽然发现前面一棵大树下，像有人家住，便走了过去。这人家很宽敞，里边走出一个男子，身高一丈多，头颈上长着三个头，说话时，三个嘴巴一齐发出声音，清楚响亮，像是中州人口音。三头人问三兄弟从何而来，他们如实告诉了。三头人说；“你们迷了路，肚子一定饿了吧?”三兄弟拜谢了他的关心。三头人立刻叫他的妹妹为客人烧饭，态度很客气。他妹妹应声前来，也长着三个头。三头女子看着张氏三兄弟而笑，对她的哥哥说："这三位先生，老大可以长寿，还有两个兄弟恐怕难免遭到不测。"张氏三兄弟吃完饭，三头人折了一根树枝给他们，说："根据这根树枝的日影，就可以选择方向，作用与指南车一样。一路上凡经过庙宇，可以投宿，却不可撞庙宇里的钟鼓，一定要牢牢记住。"张氏三兄弟又上路了。隔了一天，三兄弟走到一处乱山丛中，见有一座古庙可以歇脚，他们就在庙的屋檐下坐了下来。此时，飞来一群乌鸦，俯冲而下企图啄三兄弟的头顶。张氏兄弟大怒，捡起地上石子就朝乌鸦投掷，不料，误触了庙中的钟，响起了铿锵的钟声。顿时跳出两个夜叉，捉着两个弟弟，撕着吃掉，两个夜叉又准备过来抓老大，只听得一阵风涛般的呼啸声，有头大黑牛蹦跃而来，与两个夜叉角斗。一会儿，夜叉被斗败逃跑。老大才算逃脱险境。又走了几十天的路，他才回到湖州老家。

水鬼帚

表弟张鸿业，寓秦淮潘姓河房。夏夜如厕，漏下三鼓，人声已绝，月色大明。张爱月凭栏，闻水中砉然有声，一人头从水中出。张疑此时安得有泅水者，谛视之，眉目无有，黑身僵立，颈不能动，如木偶然。以石掷之，仍入于水。次日午后，有一男子溺死，方知现形者水鬼也。以此告同寓人。有米客因言水鬼索命之奇：客少时，贩米嘉兴，过黄泥沟，因淤泥太深，故骑水牛而过。行至半沟，有黑手出泥中，拉其脚。其人将脚缩上，黑手即拉牛脚，牛不得动。客大骇，呼路人共牵牛，牛不起，乃以火炙牛尾，牛不胜痛，尽力拔泥而起。腹下有敝帚紧系不解，腥秽难近，以杖击之，声啾啾然，滴下水皆黑血也。众人用刀截帚下，取柴火焚之，臭经月才散。

自此黄泥沟不复溺人矣。米客有诗纪其事云：“本欲牵人误扯牛，何须懊悔哭啾啾。与君一把桑柴火，暗处阴谋明处休。”

【译文】

我的表弟张鸿业，住在秦淮河边潘某的客房里。一个夏天的夜里，他去上厕所。时已三更，寂无人声，月光明亮。张鸿业倚着河边的栏杆欣赏月色，忽听水中砉地一声，有个人头从水中冒出。他有点不信，怎么这个时辰还有人在水中游泳。于是细细察看，见此人没有眉毛和眼睛，整个身体黑乎乎的，僵硬地直立水中，头颈不能转动，像个木偶。张鸿业用石块掷过去，这个木偶人就沉了下去。第二天的午后，张鸿业听说有个男子淹死在水里。他这才明白昨夜现身的木偶人是个水鬼，便将所见的一切告诉了住在同屋的人。这时，有个米商因此而讲了一个水鬼讨命的奇事。米商年轻时，到嘉兴去贩米，路过一条黄泥沟，因为沟中淤泥太深，所以借骑了一条水牛过沟。走到半沟时，有只黑手从淤泥中伸出来拉他的脚。米商就将脚缩起来，于是这只黑手就拉住牛脚，牛不能动了。米商很怕，就叫喊过路人一齐牵牛出沟，牛就是起不来。于是用火烤牛尾巴，牛痛得忍不住，竭尽全力从泥中拔起。大家发现牛肚下系着一把破扫帚，又腥又臭，无法靠近，用根棍子打它，还发出啾啾的叫声，同时还滴下黑色的血水。众人就用刀将系扫帚的绳子割断，并用柴火烧掉，余臭经过一个月才散发掉。从此以后，黄泥沟不再有淹死人的事。讲这个故事的米商还写了一首诗记述：“本欲牵人误扯牛，何须懊悔哭啾啾。与君一把桑柴火，暗处阴谋明处休。”

罗刹鸟

雍正间，内城某为子娶媳，女家亦巨族，住沙河门外。新娘登轿后，骑从簇拥，过一古墓，有飚风从冢间出，绕花轿者数次，飞沙眯目，行人皆辟易，移时方定。顷之，至婿家，轿停大厅上。嫔者揭帘，扶新娘出，不料轿中复有一新娘，掀帏自出，与先出者并肩立。众惊视之，衣妆彩色，无一异者，莫辨真伪。扶入内室，翁姑相顾而骇，无可奈何。且行夫妇之礼，凡参天、祭祖，谒见诸亲，俱令新郎中立，两新人左右之。新郎私念，娶一得双，大喜过望。夜阑携两美同床，仆妇侍女辈各归寝室，翁姑亦就枕。忽闻新妇房中惨叫，披衣起，童仆妇女辈排闼入，则血淋漓满地，新郎跌卧床外，床上一新娘仰卧血泊中，其一不知何往。张灯四照，梁上栖一大鸟，色灰黑，而钩喙巨爪如雪。众喧呼奋击，短兵不及，方议取弓矢长矛，鸟鼓翅作磔磔声，目光如青燐，夺门飞去。新郎昏晕在地，云："并坐移时，正思解衣就枕，忽左边妇举袖一挥，两目睛被抉去矣，痛剧而绝，不知若何化鸟也。"再询新妇，云："郎叫绝时，儿惊问所以，渠已作怪鸟来啄儿目，儿亦顿时昏绝。"后疗治数月，俱无恙。伉俪甚笃，而两盲比目，可悲也。正黄旗张君广基为予述之如此。相传墟墓间，太阴，积尸之气久，化为罗刹鸟，如灰鹤而大，能变幻作祟，好食人眼，亦药叉、修罗、薜荔类也。

【译文】

雍正年间，京城内有个富豪替儿子娶媳妇。女家也是名门望族，住在沙河门外。新娘上了轿，随从车马前呼后拥而行。路过座古墓时，有股狂风从墓中扬起，绕着花轿旋转多次，刮起的飞沙使人睁不开眼，路上行人纷纷躲开。一个时辰以后，风才止住。不久，轿子到了男家，停在大厅上。迎亲伴娘撩起轿帘，扶新娘出轿。不料轿中又有一个新娘，自己掀开轿帘出来，与先前的新娘并肩而立。众人惊奇地看着，见两人服饰、打扮甚至涂抹的脂粉颜色，无一点不同，难以辨出真假。于是，将两位新娘扶进内房拜见公婆叔姑，公婆叔姑见了都惊怕得面面相觑，无可奈何。接着举行婚礼。在拜天地、祭祖宗、参见诸亲好友等仪礼中，新郎立在当中，两个新娘分立左右。新郎暗想，娶一个老婆却得了一双，喜出望外。夜深人散，新郎与两位新娘同床，男女仆人们各自回房睡觉，公婆叔姑也就枕安寝。突然从新房中传出新媳妇的一阵惨叫声，宅内上下里外全被惊醒，披衣而起，连小孩、仆人和女眷们也都推门进去察看。只见满地鲜血淋漓，新郎已跌倒在床下；床上，一个新娘仰躺在血泊中，另一个不知去向。打着灯在房内四处探照，见梁上停着一只大鸟，灰黑毛色，尖利的钩嘴和巨大的两爪都是雪白色。众人一边高声喧呼赶鸟，一边奋击，只因手里拿的剑棍太短，打不着梁上的鸟。当大家正商量准备用弓箭长矛射杀这鸟时，听到一阵磔磔声，那鸟振翅而飞，目光闪闪像磷火，夺门飞了出去。新郎晕倒地上，醒后说："三人并肩坐了一个时辰，正准备解衣睡觉，左边的新娘举起袖管朝我面前一挥，我的两只眼睛已被挖去。一阵剧痛，我昏死过去，不知她什么时候变成了鸟。"再问新娘，说："新郎在痛叫时，我惊问他出了什么事，那女人已变作了一只怪鸟来啄取我的眼睛，我也顿时不省人事。"后来，夫妇俩治疗了几个月，都康复了。夫妇之间，伉俪情深，只是两个人都失去双眼，太令人同情和悲伤了。这个故事是正黄旗张广基给我讲述的。据说，废墟、坟墓之地，阴气极盛，尸气积的时间一长，就化变为一种罗刹鸟，形如大灰鹤，能变幻作怪，专爱吃人的眼睛，与药叉、修罗、薜荔等厉鬼恶怪同属一类。

（卷二译者　海明）

子不语卷三

烈 杰 太 子

湖州乌程县前有庙，神号烈杰太子。相传元末时，有勇少年纠乡兵起义，与张士诚将战死，土人哀之，为立庙。号烈杰者，以其勇烈而能为豪杰之意也。乾隆四十二年，邑人陈某，烧香庙中，染邪自缢。其兄名正中者，刚正士也，以为庙乃神灵所栖，不应居鬼祟。往询庙祝，云："今岁来进香者，先有二人缢死矣。"正中大怒，率家僮各持锄械，入庙毁其神像。众乡人大骇，嘈嘈然，以为得罪神明，将为邻里祸，遂投牒县中，控正中狂悖。正中具诉原委，且云："烈杰太子四字，不见史传，又不见志书，明系与五通、社鬼相同，非正神也。今正中已将神像拆毁，致犯乡邻怒，情愿出资将庙修好，另立关圣神像，为乡邻祈福。"县令某嘉其词正，批准允行销案。如是者两月，庙颇平安。忽孙姓家一女，年已将笄，染患邪病，目斜眉竖，自称烈杰太子，被恶人拆去神像，栖身无所，须与我酒食等语。其家进奉稍迟，则此女自批其颊，哀号痛苦。女父往正中家咎之。正中大怒，持桃枝径往女家，大呼而入，曰："冤有头，债有主，毁汝像者我也！我在此，汝不报仇，而欺人家小儿女，索诈酒食，何烈何杰，直是无耻小人！敢不速走！”女作惊惧声曰：“红脸恶人又来矣！我去，我去。”女登时苏醒。其父乃留正中住宿其家，女遂平安，正中偶然外出，鬼祟如故。于是正中与其父谋，择里中年少者嫁之。自此怪绝，而病亦愈。

【译文】

湖州乌程县有座庙，庙里供奉着名号叫烈杰太子的神像。相传元朝末年，有个勇敢的年轻人召集起本乡的兵民起义，最后在与张士诚的部将打仗时战死。当地人哀悼他，为他建了庙。称他为“烈杰”，是因为他英勇壮烈，无愧是豪杰的意思。乾隆四十二年，县里有个姓陈的人，到烈杰庙烧香，回家后中了邪，悬梁自尽。他的哥哥陈正中，是个刚强正直的汉子，认为庙应当是神灵所栖居的地方，不应该是鬼怪兴风作浪的场所。他便去问庙里的道士，回答说：“今年到这庙里进香的人中，已有两人上吊而死了。”陈正中大怒，带了仆人、书僮，拿着锄棍器械，跑到庙里把烈杰太子的神像砸了。乡里的百姓却惊慌起来，议论纷纷，认为得罪了神明，整个乡里都会遭殃，于是向乌程县衙门告了一状，控告陈正中大逆不道，砸神毁像。陈正中也向县衙门一一申诉了砸像的原因，并且说：“烈杰太子这四个字，既不见于史书传记中，又不载于县志等典籍中，明明属于五通神和社鬼一类，不是正统之神。现在，我陈正中已将烈杰太子神像拆毁，触怒了众乡邻，我情愿出钱将庙修好，另立关圣帝的神像，以替乡邻求福、消灾。”乌程县令认为陈正中说得很有道理，决定撤销此案。过了两个月，庙里平安无事。县里姓孙的人家有个女儿，年近十五，中了邪症，眼睛歪，眉毛竖，口中自称是烈杰太子，还说是有坏人拆去了神像，所以无处安身，必须供给酒食给他吃。孙某家里人上酒供菜稍稍晚了些，她就自己打自己耳光，一副悲伤痛苦的样子。孙某就跑到陈家责怪陈正中，陈正中大怒，手拿桃枝直奔孙家，声声地说：“冤有头，债有主，拆毁你像的人是我！我就住在本县，你不来报仇，却欺负人家小女孩，还索骗酒食，你烈在哪里、杰在何处？简直是无耻小人！你还不替我快快离开！”这时，孙某女儿又发出惊怕声说：“红面孔的恶人又来了！我走，我走。”说完，她又清醒如常人一样了。孙某请陈正中住在他家，他的女儿也不再中邪发病，陈正中稍一外出，鬼怪又附在孙某女儿身上兴风作浪。于是陈正中就与孙某商量，选中村里一个小伙子，把女儿嫁了给他。自这以后，鬼怪绝迹，孙某女儿的病也不复发了。

裘秀才

南昌裘秀才某，夏日乘凉，裸卧社公庙，归家大病。其妻以为得罪社公，即具酒食，烧香纸，为秀才请罪，病果愈。妻命秀才往谢社公，秀才怒，反作牒呈，烧向城隍庙，告社公诈渠酒食，凭势为妖。烧十日后寂然，秀才更怒，又烧催呈，并责城隍神纵属员贪赃，难享血食。是夜梦城隍庙墙上贴一批条云：“社公诈人酒食，有玷官箴，着革职，裘某不敬鬼神，多事好讼，发新建县责三十板。”秀才醒，心怀狐疑，以为己乃南昌县人，纵有责罚，不得在新建地方，梦未必验。未几，天雨，雷击社公庙，秀才心始忧之，不敢出门。月余，江西巡抚阿公，方入庙行香，为仇人持斧斫额。众官齐集，查拿凶人。秀才以为奇事，急往观探。新建令见其神色诧异，喝问何人，秀才口吃吃不能道一字，身著长衫，又无顶带。令怒，当街责三十板毕，始称“我是秀才，且系裘司农本家。”令亦大悔，为荐丰城县掌教。

【译文】

南昌有个秀才裘某，夏夜纳凉，光着身子在土地庙睡了一宿，回到家里生了大病。他的妻子以为丈夫得罪了土地公公，就准备了酒食，又是烧香，又是焚纸钱，代秀才请罪，裘某的病果然好了。妻子就叫秀才去拜谢土地公公，裘秀才大发起脾气，不但不去拜谢，反而写了状纸，到城隍庙去焚状控告，告土地神骗他家酒食吃，仗势作怪。裘秀才在城隍前连焚了十天状纸，毫无反应，他更生气了，又写了催办文件焚烧，在文件上指责城隍放纵下属贪赃枉法，不配受人祭祀。这一夜，裘秀才梦见城隍庙墙上贴着一张批条说："土地公公骗了酒食，违背了做官守则，应予革职，裘秀才既不敬鬼神，又多事好打官司，解往新建县去打三十大板。"裘秀才醒来，将信将疑，认为自己是南昌人，即使受处罚，也不该在新建境内。他想这梦不一定灵验。不多日，天下雨，雷电轰击了土地庙，裘秀才这时开始担心起来，不敢出门一步。一个多月后，江西巡抚阿大人，刚走进土地庙准备进香，不料就被仇人用斧头把额角砍伤了。当地官吏全部齐集，商议如何捉拿凶手。裘秀才认为这件事很新奇，急忙赶来探听。新建县令看他神色异样，便大声喝问，裘秀才吓得结结巴巴讲不出一句话来。县令见他身穿长衫，却没有顶戴，大光其火，当众打了他三十大板，直到最后一下板子打完，裘某才叫道："我是秀才，而且还是裘尚书的本家。"新建县令这才觉得自己鲁莽，有点后悔，于是将裘秀才推荐到丰城县去主管教育。

摸龙阿太

杭州少宰姚公三辰，以外科医术世其家。相传少宰之祖，半夜采药归，过西溪，醉坠于涧，以手据石，滑软有涎，旋即蠕蠕而动，惊以为蛇。少顷，负姚而上，两目如灯，照见头有须角，委姚地上，腾空去。始知乃龙也。两手触涎处，香数月不散，以之撮药，应手而愈。

子孙相传呼为“摸龙阿太”，又号曰“姚篮儿”，以其采药持篮故也。每愈人病，不受谢，故孙位至二品，人以为阴德之报。

【译文】

吏部侍郎姚三辰先生是杭州人，世代行医，擅长外科。传说，有一天半夜里，姚三辰的祖父采草药归来，路过西溪，醉倒在山沟边，手靠在一块石上，只觉得又滑又软，粘乎乎的，接着一伸一缩缓缓动了起来。他吃了一惊，以为是条蛇。过了不久，那物背着三辰祖父爬了起来，两只眼睛亮得像灯，头上有角有须，然后将他留在地上，腾空飞去。三辰祖父这才知道，这是一条龙。他的两手所碰到龙唾液的地方，香味几个月不散。他用手抓的药，病人一吃就好。从此，他的儿孙就叫他“摸龙阿太”。他还有一个外号“姚篮儿”，因为他采药总是拿着一只竹篮。他医德高尚，医好了别人病，却不接受病家馈赠，所以他的孙子姚三辰官做到二品，大家认为这是对他祖父所积阴德的回报。

水 仙 殿

杭州学院临考，诸廪生会集明伦堂，互保应试童生，号曰保结。廪生程某，在家侵晨起，肃衣冠出门，行二三里，仍还家，闭户坐，嚅嚅若与人语。家人怪之，不敢问。少顷又出，良久不归。明伦堂待保童生到其家问信，家人愕然。方惊疑间，有箍桶匠扶之而归，则衣服沾湿，面上涂抹青泥，目瞪不语。灌以姜汁，涂以硃砂，始作声曰：“我初出门，街上有黑衣人，向我拱手，我便昏迷，随之而行。其人云：‘你到家收拾行李，与我同游水仙殿，何如？’我遂拉渠到家，将随身钥匙系腰，同出涌金门，到西湖边。见水面宫殿，金碧辉煌，中有数美女，艳妆歌舞。黑衣人指向余曰：‘此水仙殿也。在此殿看美女，与到明伦堂保童生，二事孰乐？’余曰：‘此间乐。’遂挺身赴水。忽见白头翁在后，喝曰：‘恶鬼迷人，勿往勿往！’谛视之，乃亡父也。黑衣人遂与亡父互相殴击，亡父几不胜矣。适箍桶匠走来，如有热风吹入水中者。黑衣人逃，水仙殿与亡父亦不见，故得回家。”家人厚谢箍桶匠，兼问所以救之之故。匠曰：“是日也，涌金门内杨姓家唤我箍桶，行过西湖，天气炎热，望见地上遗伞一柄，欲往取之遮日。至伞边，闻水中有屑索声，方知有人陷水，扶之使起，而君家相公埋头欲沉，坚持许久，才得脱归。”其妻曰：“人乃未死之鬼也，鬼乃已死之人也。人不强鬼以为人，而鬼好强人以为鬼，何耶？”忽空中应声曰：“我亦生员，读书者也。书云：‘夫仁者，己欲立而立人，己欲达而达人。’我等为鬼者，己欲溺而溺人，己欲缢而缢人，有何不可耶？”言毕大笑而去。

【译文】

杭州学院每逢临近考试时，秀才们都要会集到明伦堂来，替应试的童生作担保，这种做法叫“保结”。有个姓程的秀才，早晨起身，穿戴好衣冠离开家，才走了二三里路，又回到家里，关门而坐，嘴里嘟嘟哝哝地像是在与人说话。家里人感到奇怪，却又不敢问他。过了一会儿，他又走出去了，好久不回来。一直在明伦堂等程秀才作担保的那个童生赶到程家来询问，家里人一愣。正在这惊疑之时，有个箍桶匠扶着程秀才回家，看他衣服都已湿透，脸上满是青泥，双目瞪出，只是不说话。家里人用姜汁灌他，还在他脸上涂了朱砂，他才开始说话了："我第一次出门时，街上有个穿黑衣服的人，向我拱了拱手，我就糊里糊涂地跟着他走了。黑衣人对我说：'你回家去收拾一下行李，跟我一起去水仙殿游玩，怎么样？'我就拉着黑衣人一起到家，取好钥匙系在腰上，又一道去涌金门。到了西湖边上，只见水面上座座宫殿金碧辉煌，殿上还有几个美女，浓妆艳抹，唱歌跳舞。黑衣人指着对我说：'这叫水仙殿。在这殿里看美女，与到明伦堂为童生担保相比，哪一件快乐？'我说：'在这里快乐。'于是我就准备挺身入水。这时，忽见有个白头老翁在我后面喝道：'这是恶鬼在迷人，别去别去！'仔细一看，是已故世的父亲。黑衣人就与亡父打斗了起来，正当亡父支撑不住的时候，走来这位箍桶匠。顿时我感到有阵阵热风在向水中吹。黑衣人见了就逃，水仙殿以及亡父也不见了，这才回家！"程秀才家人重谢了箍桶匠，同时问他救人经过，箍桶匠说："今天，涌金门内有个姓杨的人家叫我去箍桶，路过西湖时，天气热起来。看见前面地上有一柄伞，就想去拿来遮太阳。走到伞边，听得水中有窸窸窣窣的声音，才知道有人掉到水里，我就下水去把他托上来。当时你家相公定要埋头向水底里沉去，我坚持好多时间，才把他拖上岸，得以回家。"秀才娘子说："人是还没有死的鬼，鬼是已经死了的人。人从不勉强鬼做人，而鬼却专强拉人做鬼，不知这是什么道理？"忽听空中有鬼回答她说："我也是一个秀才，读书人。书上说：'有仁爱心的人，自己想要有所作为，必定也让人有所作为；自己想有所发展，必定也让人有所发展。'像我等这些做鬼的人，自己被淹死在水里，则也希望别人淹死在水里，自己吊死在梁上，希望别人也吊死在梁上，这有什么不可以的？"说完，那鬼大笑几声，离去了。

火烧盐船一案

乾隆丁亥，镇江修城隍庙，董其事者，有严、高、吕三姓，设簿劝化。一日早雨，有妇人肩舆来，袖中出银一封，交严，曰："此修庙银五十两，拜烦登簿。"严请姓氏府居，以便登记。妇曰："些微小善，何必留名，烦记明银数便了。"语毕去。高、吕二人至，严述其故，并商何以登写，吕笑曰："登簿何为？趁此无人知觉，三人派分，似亦无害。"高曰："善。"严以为非理，急止之，二人不听，严无奈何，去。高、吕将银对分。及工竣，此事惟严一人知之。越八年乙未，高死；丙申，吕继亡。严未尝与人谈及。戊戌春，患疾，见二差持票谓严曰："有一妇在城隍案下告君，我等奉差拘质。"问告何事，差亦不知。严与同行，到庙门外，气象严冷，不复有平日算命起课者在矣。门内两旁，旧系居人，此时所见，尽是差役班房。过仙桥，至二门，见一带枷囚，叫曰："严兄来耶？"视之，高生也。向严泣曰："弟自乙未年辞世，迄今四载受苦，总皆阳世罪谴。眼前正在枷满，可以托生，不料又因侵蚀修庙银一案发觉，拘此审讯。"严曰："此事已隔十数年，何以忽然发觉？想彼妇告发耶？"高曰："非也。彼妇今年二月寿终，凡鬼无论善恶，具解城隍府。彼妇乃系善人，同几个行善鬼解来过堂。城隍神戏问曰：'尔一生闻善即趋，上年本府修署，尔独惜费，何耶？'妇曰：'鬼妇当年六月二十日，送银五十两到公所，系一严姓生员接去，自觉些微小善，册上不肯留名，故尊神有所未知。'神随命瘅恶司细查原委，不觉和盘托出。因见有劝阻之言，故拘兄来对质。"严问："吕兄今在何处？"高叹曰："渠生前罪重，已在无间狱中，不止为分银一事也。”语未毕，忽二差至，曰：“老爷升座矣。”严与高等随差立阶下，有二童持彩幢引一妇上殿，又牵一枷犯至，即吕也。城隍谓严曰：“善妇之银可交汝手乎？”严一一从实诉明。城隍谓判官曰：“事干修理衙署，非我擅专，宜申详东岳大帝定案，可速备文书申送。”仍令二童送妇归。二差押严并高、吕二生出庙，过西门，一路见有男着女衣者，女穿男服者，有头罩盐蒲包者，有披羊狗皮者，纷纷满目。耳闻人语曰：“乾隆三十六年，仪征火烧盐船一案，凡烧死溺死者，今日业满，可以转生。”二差谓严曰：“难得大帝坐殿，我们可速投文。”已而疾走，呼曰：“文书已投，可各上前听点。”严等急趋，立未定，闻殿上判曰：“所解高某，窃分善妇之银，其罪尚小，应照该城隍所拟，枷责发落；吕某生前，包揽词讼，坑害良民，其罪甚大，除照拟枷责外，应命火神焚毁其尸；严某，君子也，阳禄未终，宜速送还阳。”严听毕惊醒，则身卧在床，家人皆已挂孝，曰：“相公已死三日矣。因心头未冷，故尔相守。”严将梦中事一一言之，家人未信。后一年八月夜，吕家失火，柩果遭焚。

【译文】

乾隆三十二年，镇江修城隍庙，由姓严、高、吕的三人主持这件事，建立账本，募集资金。一个下雨天的早晨，有个妇女坐轿而来，从袖中取出一封银子，交给严某，说：“这是修庙的银子五十两，拜托你登记一下。”严某请问妇女姓名和住处，以便登记。妇人说：“实在是微不足道的小善，不必留名，烦请记下银子数字就可以了。”说完就去了。高某和吕某来了，严某便将刚才妇人捐款一事告诉他俩，商量如何入账。吕某笑道：“何必登记？趁这件事没其他人知道，我们三个人平摊分掉，也没啥要紧。”高某说：“好。”严某认为这种做法无理，赶忙制止，高、吕二人不听，严某无可奈何，就离开了。于是，高、吕二人将五十两银子对半分掉。直到修庙竣工，这件事只有严某一人知道。过了八年，高某死了。隔一年，吕某也亡故。严某从未与人谈起高、吕私分捐银一事。乾隆四十三年春天，严某生病，见有两个差役手拿传票对严某说：“有一个妇人在城隍面前告你，我等奉命带你前去对质。”严某问差役是什么事，差役说不知道。于是严某与差役同去，走到庙门外，气氛肃穆、阴冷，平日那些算命、卜卦的人全没了。庙门内两旁，原为居民所住，眼下所见到的，只是差役、班房。过了仙桥，到庙的二门，忽见一个带枷的囚犯，对严某叫着：“是严兄吗？”一看，是高某。他向严某哭诉说：“小弟自乙未年死后，到现在已受苦四年，全是因为在阳间犯的罪被判刑、惩罚。眼看就要期满，可以托生，不料又为着侵吞修庙银事发，才押解到这里受审。”严某说：“这件事已隔了十多年，怎么又会突然案发？大概是那个妇人告发的吧？”高某说：“不是的。那妇人今年二月死的，凡鬼不管是好是坏，都要押解到城隍府来。那个妇人是一个善人，就与其他几个行善的鬼一起到城隍面前来过堂。城隍就开玩笑似地问她：‘你一生见有好事就要行善，好几年前本府修缮衙门，你偏偏舍不得捐钱，这是为什么呀？’妇人说：‘小妇人那年六月二十日，曾送银五十两到募捐公务所，是一个姓严的秀才接收的，自己觉得做这么一点点好事，算不了什么，不肯在账本上留名，难怪老爷有所不知。’于是城隍爷立刻下令憎恶司仔细查明事实，我只得将这件事全盘托出。当初，因为严兄有劝阻一事，所以叫你来对质。”严某问：“吕兄现在何处？”高某叹着气说：“他生前犯的罪重，已被关在无期徒刑的大牢中，不只是为分占银子事。”话未说完，两个差役来传话：“老爷升堂了。”严某与高某跟着差役立在台阶下，有两个童子举着彩色旗幡导引着一个妇人上殿，又牵着一个带枷锁的犯人进来，一看就是姓吕的。城隍对严某说：“善妇的银子是交在你手里的吗？”严某便一一据实相告。城隍对判官说：“这件案子涉及修理本府衙门一事，我不能擅自做主，应该将此案交付东岳大帝定案，你快准备文书案卷送去。”城隍又叫两个童子将妇人送走。两个差役押着严、高、吕等三人出城隍庙，路过西门，沿路看见有的男人穿着女人衣服，有的女人穿着男人衣服，有的头上罩着盐蒲包，也有身披羊皮狗皮的，来来往往，满眼尽是。严某耳边听到有人说：“乾隆三十六年，仪征有盐船火烧一案，凡在当时被烧死和淹死的，到今天都期满，可以轮回托生了。”两个差役说：“东岳大帝难得坐殿升堂，我们还是送文要紧。”送完案卷文书，两个差役急急忙忙地走了，一边对这三人说：“文书已送上，你们可以前去听候宣判。”严某等三人赶忙上前去，还未站稳，就听得殿上宣判说：“在押犯高某，私分善妇人捐银，其罪还算小，可按城隍原判，枷锁处置。吕某生前，包揽讼词，专门坑害无辜百姓，罪恶很大，除照原判枷锁服刑外，命火神焚毁他的尸体。严某是个君子，他的阳寿未满，应快送他还阳。”严某听完，惊醒过来，见自己睡在床上，家里人全披麻挂孝，说：“相公已死三天了。胸口尚有余温，所以守护在这里。”严某将梦见的事一一讲给家里人听，家里人还不大相信。一年以后八月的某夜，吕家失火，吕某的棺柩果然被烧掉了。

年　子

盐城东北乡草堰口小关营村民孙自成妻谢氏，除夕生子，因名年子。年十八，挑鸡入城，半途有旋风一阵，将笼内鸡尽吹出，腾空飞去。年子大惊，从此回家卧病，危急中，会其母将产，举家守生，无人见护。年子昏沉，身随风荡，忽从朱门之内堕于万丈深潭，恰无痛楚。只觉身子短小，不似平时，两目蔽涩难开，耳中所闻，仍似父母声音，以为梦中幻境，安心待之。其时孙见谢氏产儿安稳，偷暇趋视年子，则已死矣，不觉大哭。年子惊醒，不解其故，只闻母泣而数曰：“生此血泡，反将我成人长大的年子死了。”悲号不已。年子始知身已转生，恐母急坏，遂大声曰：“我即年子也，年子未死。”谢闻小儿言语，顿时惊风，数日而死。孙忧小儿无乳，哺以粥食，三月生齿，五月能履，取名再生，今年十六矣。此事盐城令阎公云。

【译文】

盐城东北草堰口乡小关营村，村民孙自成的妻子谢氏，有个儿子是大年夜生的，因此取名年子。年子十八岁那年，挑鸡进城，半路遇到一阵旋风。旋风将笼内的鸡全都卷了出来，鸡竟腾空飞掉了。年子受了惊吓，回家就病倒，病情很危急。这时正逢着他母亲又要生孩子了，全家都去照料她分娩，没人看护年子。年子成天昏昏沉沉，觉得整个身子在随风飘荡，忽然飘进一扇红漆大门，坠落在万丈深潭，毫不疼痛。但是觉得自己身体比平时矮小了好多，两只眼睛被什么东西蒙蔽住，难以睁开；耳中所听到的，却仍旧是父母的声音。他以为这是梦中幻觉，静心躺着等待。这时，孙自成见妻子平平安安地又生下了一个儿子，便抽空跑去看望年子，哪知年子已经死了。他大哭起来。年子被父亲的哭声惊醒，不明白其中缘故，只听得他母亲哭着说：“生了这个小肉团，却把我长大成人的年子折磨死了。”痛哭声不停。年子此时才知道自己的魂魄已转生到了母亲新生的小儿子身上。他怕母亲哭坏身体，就大声地说：“我就是年子，年子没有死。”谢氏见才出生的小儿子竟会讲话，顿时惊吓中风，没几天就死了。孙自成见小儿子没有母乳喂养，就用米粥哺育他。婴儿才三个月就长出牙齿，五个月就能走路。父亲给他取名为“再生”，今年已十六岁了。这个故事是盐城县令阎某讲述的。

狐撞钟

陈公树蓍，任汀漳道时，海上忽浮一钟至，大可容百石。人以为瑞，告之官，遂于城西建高楼，悬此钟焉。撞之声闻十里外，选里中老民李某掌守此楼。亡何，海水屡啸，陈公以为金水相应，海啸者，钟声所召也。命知县用印封闭此楼，并严谕李叟，不许人再撞。有美少年常来楼中，与李闲谈，偶需食物之类，往往凭空而至。李知为狐仙；忽起贪心，跪曰："君为仙人，何不赐我银物，徒以酒食来耶?"少年晓之曰："财有定数，尔命穷薄，不可得也；得且有灾，将生懊悔。"李固请不已，少年笑而应曰："诺。"少顷，见几上置大元宝一锭。嗣后，少年不至矣。李大喜，收藏衣箱中。一日，邑宰路过，闻撞钟声，怒李守护不谨，召而责之，笞十五板。李无以自明，归视印封，完好如故，然业已受笞，闷闷而已。未几，邑宰又过，楼上钟声乱鸣，遣役视之，并无一人。邑宰悟曰："楼上得毋有妖乎?"李无奈何，具以实告。命取元宝视之，即其库物也。持归旧所，钟不复鸣。

【译文】

陈树蓍在任汀漳做道员时，海面上忽然飘来一口大钟，大得足可容纳一百石米。大家都以为这是瑞祥之兆，报了官府，于是就在城西造了座高楼，专门悬挂这口大钟。钟声直传到方圆十里以外地方，还专门选了姓李的老头守楼管钟。过了没多久，这里常常发生海啸。陈树蓍认为这是金水相感应，海啸是钟声应召来的。于是命知县用封条封闭此楼，并且严厉警诫李老头，不许任何人再撞钟。有个英俊少年常到这楼中来，与李老头聊天。李偶尔想要吃些什么，少年常能凭空取来。李老头知道他是狐仙，忽然生了贪心，跪在地上说："先生是仙人，为何不送点金银财物给我，怎么光是给我吃些酒菜呢？"少年开导他说："钱财这东西是命中注定的，你的命本该穷，不可贪得。贪得必定有灾难，将来会后悔的。"李老头还是强讨不已，少年就笑着答应了，说："给你。"霎眼之间，就见茶几上放着一锭大元宝。从此以后，这少年就不到楼中来了。李老头大喜，就把大元宝收藏在衣箱中。一天，县令路过钟楼，忽听见撞钟声，就对李老头不认真守护钟楼很是恼火，将他唤来当面斥责，而且打了十五大板。李老头无法解释清楚这是怎么回事。回到钟楼看那封条，完好如故，想想自己挨了板子，心中闷闷不乐。不多时，县令又经过钟楼，又听见楼上钟声乱鸣，派差役登楼一看，一个人也没有。县令明白，问李老头："楼上莫不是有妖怪？"李老头无可奈何，将前事一一如实告诉县令。县令命人把大元宝取来察看，竟是县衙门库房之物，于是就把这元宝送回库中。从此，钟就不再无故鸣响了。

土地神告状

洞庭山棠里徐氏，家世富饶，起造花园，不足于地。东边有土地庙，香火久废，私向寺僧买归，建造亭台，已年余矣。一日，其妻韩氏，方梳头，忽仆于地，小婢扶之，亦与俱仆。少顷，婢起取大椅置堂上，扶韩氏南向坐，大言曰："我苏州城隍神也。奉都城隍神差委，来审汝家私买土地神庙事。"语毕，婢跪启太湖水神参见，又启棠里巡拦神参见。韩氏一一首颔之，最后曰："原告土地神来。"韩氏命徐家子弟奴婢听点名，分东西班侍立，有不听命者，持杖击之。唤买地人姓名，即其夫也。问价若干，中证何人，口音绝非平素吴音，乃燕赵间男子声。其夫惊骇伏地，愿退地基，建还原庙。韩氏素不识字，忽索纸笔，判云："人夺神地，理原不应，况土地神既老且贫，露宿年余，殊为可怜。屡控城隍，未蒙准理，不得已越诉都城隍。今汝既有悔心，许还庙宇，可以牲牢香火供奉之。中证某某，本应治罪，姑念所得无多，罚演戏赎罪。寺僧某，于事未发时业已身死，可毋庸议。"判毕，掷笔而卧。少顷起立，仍作女音，梳头如故。问其原委，茫然不知。其夫一一如所判而行。从此棠里土地神香火转盛。

【译文】

洞庭山棠里村有个姓徐的，世代都很有钱。他打算建造一座花园，只是土地还不够。棠里村东边有个土地庙，已好久没人进香祭祀了，他就私下向和尚买下了这块地，在这里建起亭台楼阁。这样，一年多过去了。有一天，徐妻韩氏正在梳头，突然倒在地上。一个小丫头去扶她，也同样倒地不起。过了一会儿，小丫头从地上起来，去搬了张大椅子放在客堂上，扶着韩氏面南而坐。韩氏口出大言，说："我是苏州城隍神。特奉京师城隍神的委派，到此来审理你家擅自购买土地庙地基一案。"说完，小丫头跪报，太湖水神求见。接着又报，棠里村的巡拦神求见。韩氏一一点头致礼，最后说："传原告土地神到此。"韩氏吩咐徐家子弟、奴婢前来点名，然后分东西二班侍立，谁不听从吩咐，就用棍棒责打。韩氏又传来买地人，就是她的丈夫徐某，问他地价多少，谁作证人担保。听口音，绝非韩氏平日所说的吴中方言，而是北方燕赵之地的男人声腔。徐某见此情景，吓倒在地，声明愿意退还地基，造还原土地庙。本来不识字的韩氏，这时忽然叫人拿来纸笔，写下判词："凡人强占神的地基，本来就无理，更何况土地神又老又穷，庙被拆后在外露宿了一年多，实在很可怜。土地神多次向本地城隍投诉，没有得到批准，不得已只好越级向京师城隍投诉。现在你既然有悔过之心，准许你归还庙宇，同时应该准备祭品，常年供奉香火。担保人某某，本应该治罪，但考虑到你所得的钱不多，罚你出资演戏赎罪。庙里和尚某某，在此案未发时已经死了，免予起诉。”判完，韩氏把笔一投，又倒地而睡了。不久，韩氏从地上站起，恢复了原来方言及女子声音，又梳起头来。问她刚才的情景，一点不知道。她的丈夫徐某不折不扣地遵照前面所判决事项执行。从此，棠里村土地庙的香火又旺盛起来。

鄱阳湖黑鱼精

鄱阳湖有黑鱼精作祟。有许客舟过，忽黑风一阵，水立数丈，上有鱼，口如臼大，向天吐浪，许客死焉。其子某，誓杀鱼以报父仇。贸易数年，资颇丰，诣龙虎山，具盛礼请于天师。时天师老矣，谓许曰：“凡除怪斩妖，全仗纯气真煞。我老病且死，不能为汝用，然感汝孝心，我虽死，嘱吾子代治之。”已而，天师果死。小天师传位一年，许又往请。小天师曰：“诚然，父有遗命，我不敢忘。然此妖者，黑鱼也，据鄱阳湖五百年，神通甚大。我虽有符咒法术，亦必须有根气仙官助我，方能成事。”箧中出小铜镜，付许曰：“汝持此照人，凡一人而有三影者，速来告我。”许如其言，遍照江西，皆一人一影。密搜月余，忽照乡村杨家童子有三影，告天师。天师遣人至乡，厚赠其父母，诡言慕神童名，请到府中试其所学。童故贫家，欣然而来。天师供养数日，随携许及童子同往鄱阳湖，建坛诵咒。一日者，衣童子衮袍，剑缚背上，出其不意，直投湖中。众人大骇，其父母号哭，向天师索命。天师笑曰：“无妨也。”俄而霹雳一声，童子手提大黑鱼头，立高浪之上。天师遣人抱至舟中，衣不沾湿，湖中水十里内，皆成血色。童子归，人争问所见。童子曰：“我酣睡片时，并无所苦。但见金甲将军提鱼头放我手中，抱我立水上而已。其他我不知。”自此鄱阳湖无黑鱼之患。或云：童子者，即总漕杨清恪公也。

【译文】

鄱阳湖里有条黑鱼精，常常兴风作浪。有位姓许的人乘船经过鄱阳湖，忽然湖面上刮起一阵黑风，顿时卷起几丈高的大浪，浪尖上有一条大鱼，嘴有舂米的石臼般大，朝着天喷吐水柱。姓许的就死在这次灾难中。他的儿子许某立誓要杀死这条黑鱼精为父报仇。许某做了几年生意，资财已很丰厚，就上访龙虎山，敬献盛礼，请求天师除害。这时，天师已经老了，对他说：“除怪斩妖，全靠血气刚纯。我年老多病，活不了多久，不能为你效劳，你的孝心使我很感动，我虽将死，但一定嘱托我儿子代我完成除害之事。”不久，天师果然死了，他儿子接了天师之位。一年以后，许某又前去拜请。天师说：“说真的，父亲交付给了我除害的遗命，我一天也不敢忘记。可是这个妖怪，是条黑鱼精，占据鄱阳湖已有五百年，神通广大。我虽有符咒法术，但还要一个功底非凡的人助我一臂之力，方能成功。”他从箱子里取出一面小铜镜，交给许某说：“你拿着这面镜子去照人，凡照出有三个影子的人，赶快来告诉我。”许某按他的话，拿着小铜镜几乎照遍了全江西的人，都是一人一影。许某又明察暗访了一个多月，忽然在乡村的杨姓人家，照见一个小孩有三个影子，马上报告了天师。天师派人到小孩家，给他父母上了一份厚礼，只是说，早就知道杨家出了神童，所以特地派人接他到府中测验一下。小孩家里很穷，父母也就同意了，高兴地陪着儿子上了山。天师让小孩调养了几天，就带着许某和小孩一道来到鄱阳湖边上，建了法坛，念起经咒。一天，天师给小孩穿上法衣礼服，将剑缚在他背上，趁他不注意，把他投入了湖中。众人大惊，小孩的父母又叫又哭，向天师索讨儿子性命。天师笑着说：“没事。”过了一会，听得霹雳一声，小孩手提一个很大的黑鱼头，耸立在巨浪尖上。天师派人去接抱到船上，见小孩连衣服也不曾沾湿。十里左右的湖面上，都泛起了血色。小孩回到家里，村人争着问他在水中见到些什么。小孩说：“我不过熟睡了片刻，并未受苦。只是看见有个身穿金甲的将军提着一只鱼头放在我手中，而后抱我立在水柱上。其他事我不知道。”从此以后，鄱阳湖再没有黑鱼精害人的事了。有人说，那个小孩，就是当朝的漕运总督杨锡绂。

鄱阳小神

江西新建县张某，生二女，同日出嫁。天大风，送亲及舁轿者，一时迷惑，将妹嫁其姊家，将姊嫁其妹家。成婚后一日，方知错误。两家父母以为天缘，亦各相安无异言。其小妹所嫁夫金某，买货过鄱阳湖，舟中忽谓其火伴曰：“我将作官，即日到任。”火伴咸笑之，以为戏语。行又数里，金欣然曰：“胥役轿马都来迎我，我不可以久留。”言毕，跃入水中死。是夕，近湖村人见一男子，昂然来立村前，曰：“我鄱阳小神也。应血食汝地方，可塑像祀我。”言毕不见。村人迟疑，未为立庙。已而头痛发热，口称小神为祟。众大骇，纠钱立庙祀之。凡有祈求，神应如响。未几，小神又至，曰：“岂可神明而无妃偶乎？汝等再塑立一娘娘像配我，不可缓也。”村人如其言塑之。金家闻水死之信，捞尸殡殓，举家成服。忽一日，其妻脱衰麻，换盛服，敷脂抹粉，扬扬得意。公姑怒责曰："此非孀妇所宜。"曰："我夫并未死，现在鄱阳外湖作官，差胥役夫轿迎我上任，都已在外伺候，我何为不吉服耶?"言毕，作上轿状，随瞑目矣。嗣后，鄱阳小神之名颇著，远近烧香者争赴焉。

【译文】

江西新建县张家，有两个女儿，同一天出嫁。当时正刮大风，送亲和抬轿的人，一时糊涂，将妹妹抬到了姐姐的夫家，将姐姐抬到了妹妹的夫家。成婚的第二天，才知道是弄错了。两方面的父母都觉得这是天赐的缘分，也就将错就错，不再说什么了。妹妹的丈夫金某，买货航行在鄱阳湖。金某忽然在船中对他的伙伴说："我马上要做官了，今天就要上任。"大伙都笑他，以为他在说笑话。船又行了几里路，金某高兴地说："差役和轿马都来迎接我了，我不可久留在这船上。"说完，跳进水里，就此死了。这一夜，就在金某溺死的近湖村子，村民看见一个男子，昂头挺胸立在村前，说："我是鄱阳湖的小神，将管理这一方水土，你村应该塑一尊像祭祀我。"说完，就不见了。村里人将信将疑，没有为小神建庙。不久，这村里的人都头痛发热起来，口中还叫着鄱阳湖小神的名号。村民十分害怕，马上集资建庙祭祀。村上凡有人去祈求，无不灵验。不久，小神又到村里，说："做神的人难道可以没有配偶吗?你们应当再塑一尊娘娘立像陪我，不可迟缓。"村人照小神的话塑了像。再说金家得知金某投水而死的消息，就派人捞尸安葬，全家披麻戴孝。一天，金某的妻子忽然脱掉蓑麻衣裳，换了盛装，涂脂抹粉，一副很高兴样子。公婆恼怒地斥责她说："这种样子不是寡妇所该有的。"金妻说："我丈夫并未死，如今在鄱阳外湖做官，派遣差役和轿马来迎我前去，此刻他们正在门外等候，我怎能不换上吉庆服饰呢?"说完，作出上轿的动作，然后闭上眼睛，死了。后来，鄱阳小神的名气很大，远远近近的人都争先恐后地来烧香求拜。

囊　囊

桐城南门外章云士，性好神佛。偶过古庙，见有雕木神像，颇尊严，迎归作家堂神，奉祀甚虔。夜梦有神，如所奉像，曰："我灵钧法师也。修炼有年，蒙汝敬我，以香火祀我，倘有所求，可焚牒招我，我即于梦中相见。"章自此倍加敬信。邻有女，为怪所缠，怪貌狞恶，遍体蒙茸，似毛非毛。每交媾，则下体痛楚难忍，女哀求见饶。怪曰："我非害汝者，不过爱汝姿色耳。"女曰："某家女比我更美，汝何不往缠之，而独苦我乎?"怪曰："某家女正气，我不敢犯。"女子怒，骂曰："彼正气，偏我不正气耶?"怪曰："汝某月日，烧香城隍庙，路有男子方走，汝在轿帘中暗窥，见其貌美，心窃慕之，此得为正气乎?"女面赤不能答。女母告章，章为求家堂神。是夜梦神曰："此怪未知何物，宽三日限，当为查办。"过期，神果至曰："怪名囊囊，神通甚大，非我自往剪除不可；然鬼神力量，终需恃人而行。汝择一除日，备轿一乘、夫四名、快手四名、绳索刀斧八物，剪纸为之，悉陈于厅。汝在旁喝曰：'上轿!'曰：'抬到女家!'更喝曰：'斩!'如此则怪除矣。"两家如其言。临期，扶纸轿者果觉重于平日，至女家，大喝"斩"字，纸刀盘旋如风，飒飒有声，一物掷墙而过。女身霍然如释重负。家人追视之，乃一蓑衣虫，长三尺许，细脚千条，如耀丝闪闪，自腰斫为三段。烧之，臭闻数里。桐城人不解囊囊之名，后考《庶物异名疏》，方知蓑衣虫一名囊囊。

【译文】

桐城南门外的章云士先生，平日信神奉佛。一次，偶尔路过一座古庙，看见有尊木雕的神像，神情尊严，就迎回家供作家堂神，祭祀、供奉得很虔诚。一天夜里，章云士梦见一神，样子就像自己正供奉着的那尊，说："我是灵钧法师，已修炼多年，承蒙你敬爱，用香火祭祀。假如你有什么要求，可以烧一张信牒叫我，我就会在梦中与你相见。"从此以后，章云士加倍地信奉和敬仰这尊神。章云士的邻家女子，被鬼怪纠缠。鬼怪的面目狰狞可怕，遍体毛茸茸的，像毛却又不是毛。每次同床时，那女的下体疼痛难熬，总是苦苦向鬼怪求饶。鬼怪说："我并非是要害你，不过是喜欢你漂亮。"女子说："某家的女儿比我更美，你怎么不去纠缠她，却单单折磨我呢?"鬼怪说："某家女正气，我不敢去冒犯。"女子发怒起来骂道："她正气，难道我不正气吗?"鬼怪说："你某月某日，到城隍庙烧香，路上有个男子正走着，你通过轿帘暗暗地瞧他，见他长得英俊，心里羡慕，这可以算是正气吗?"女子面红耳赤，无话可答。这女子的母亲将鬼怪作祟的事告诉了章云士。章就祈求灵钧神相助。当天夜里，他梦见灵钧神，神说："现在还未查明这是什么鬼怪，请再等三天，一定查办。"过了三天，灵钧神果然托梦说："鬼怪名叫囊囊，神通广大，非由我亲自除掉不可。可是，鬼神虽有威力，最后还要靠人力相助。你选定一个黄道吉日，用纸剪好轿子一乘、轿夫四名、打手四名、绳子刀斧等器械，全都布置在客厅上。你在一旁按顺序高喊：'上轿!' '抬到女家!'最后吆喝一声：'斩!'如此，妖怪必除。"两家人都照此要求作了准备。到了那一天，抬纸轿的果然觉得这轿的分量比平日重多了。轿到女家，章云士大喝一声："斩!"只见纸刀、纸剑盘旋得像风刮似的，又听得飒飒的一声响，看到有一样东西被投出墙外。此时邻家女顿觉如释重负，轻松许多。家人追出墙外一看，是条蓑衣虫，有三尺来长，近千条细足，闪闪发光，自腰以下已被斩成三段。家人焚烧了这条虫，散发出的臭味连几里路外都可以闻到。桐城人不知道这名叫“囊囊”的怪虫究竟属哪一类，后来翻查了《庶物异名疏》，才知道蓑衣虫的别名叫囊囊。

两神相殴

孝廉钟悟，常州人，一生行善，晚年无子，且衣食不周，意郁郁不乐。病临危，谓其妻曰：“我死，慎毋置我棺中。我有不平事，将诉冥王，或有灵应，亦未可知。”随即气绝，而中心尚温。妻如其言，横尸以待。死三日后果苏，曰：“我死后到阴间，所见人民来往与阳世一般。闻有李大王者，司赏善罚恶之事。我求人指引到他衙门，思量具诉。果到一处，宫殿巍峨，中坐尊官。我进见，自陈姓名，将生平修善不报之事，一一诉知，且责神无灵。神笑曰：‘汝行善行恶，我所知也。汝穷困无子，非我所知，亦非我所司。’问何神所司，曰：‘素大王。’我心知李者，理也；素者，数也。因求神送至素王处一问，神曰：‘素王尊严，非如我处无人拦门者。我正有事，要与素王商办，汝可随行。’少顷，闻呼驺声，所从吏役，皆整齐严肃。行至半途，见相随有沥血者，曰受冤未报；有嚼齿者，曰逆党未除；有美妇人而拉丑男者，曰夫妇错配。最后有一人，衮冕玉带，状若帝王，貌伟然，而衣履尽湿，曰：‘我周昭王也。我家祖宗自后稷、公刘，积德累仁；我祖父文、武、成、康，圣贤相继，何以一传至我，而依例南征，无故为楚人溺死？幸有勇士辛游靡，长臂多力，曳我尸起，归葬成周；否则徒为江鱼所吞矣。后虽有齐侯小白借端一问，亦不过虚应故事，草草完结。如此奇冤，二千年来绝无报应，望神替一查。’李王唯唯。余鬼闻之，纷纷然俱有怒色。钟方悟世事不平者，尚有许大冤抑，如我贫困，固是小事，气为之平。行少顷，闻途中喝道而至曰：‘素王来。’李王迎上，各在舆中交谈。始而絮语，继而忿争，哓哓不可辨，再后两神下车，挥拳相殴。李渐不胜，群鬼从而助之，我亦奋身相救，终不能胜。李神怒云：‘汝等从我上奏玉皇，听候处分！’随即腾云而起，二神俱不见。少顷俱下，云中有霞帔而宫装者二仙女相随来，手持金尊玉杯，传诏曰：‘玉帝管三十六天事，无暇听些些小讼。今赐二神天酒一尊，共十杯，有能多饮者，便直其事。’李神大喜，自称我量素佳，踊跃持饮，至三杯便捧腹欲吐。素神饮毕七杯，尚无醉色。仙女曰：‘汝等勿行，且俟我复命后再行。’须臾又下，颁玉帝诏云：‘理不胜数，自古皆然。观此酒量，汝等便该明晓，要知世上凡一切神鬼、圣贤、英雄、才子、时花、美女、珠玉、锦绣、名画、法书，或得宠逢时，或遭凶受劫。素王掌管七分，李王掌管三分。素王因量大，故往往饮醉，颠倒乱行。我三十六天日食、星陨，尚被素王把持擅权，我不能做主，而况李王乎？然毕竟李王能饮三杯，则人心天理、美恶是非，终有三分公道；直到万古千秋，绵绵不断。钟某阳数虽绝，而此中消息非到世间晓谕一番，则以后告状者愈多，故且开恩，增寿一纪，放他还阳。

此后永不为例。’”钟听毕还魂，又十二年乃死。常语人云：“李王貌清雅，如世所塑文昌神。素王貌陋，团团浑浑，望去耳目口鼻不甚分明。从者诸人，大概相似。千百人中亦颇有美秀可爱者，其党亦不甚推尊也。”钟本名护，自此乃改名悟。

【译文】

举人钟悟，是常州人，一生做好事，可直到晚年连个儿子也没有，吃穿还不周全。他心里总觉闷闷不乐。钟悟病危之际，对妻子说：“我死后，切勿将我放进棺里，我有不平之事要向阎王投诉，或许有灵验，也是说不定的。”随后气绝而死，胸口尚有余温。妻子听他的话，停尸守候着。三天以后，钟悟果然醒了，说：“我死后就到了阴间，所看到的来来往往人物与阳间没有什么两样。听说有个叫李大王的，专管赏善罚恶。我请人带我到李大王衙门，准备申诉。待到了目的地，只见宫殿高大雄伟，中间坐着一位高官。我进殿求见，自报了姓名，还一一诉说了自己平生行善却没有好报的情况，责怪神不灵验。神笑着说：‘你行善还是行恶，我是知道的。你穷困，没有儿子，我就不知道了，何况这也不是属于我所管的范围。’我问，这该由哪个神管，神说：‘素大王。’我心想，李者，不就是讲理吗；素者，就是有数。我求神把我送到素大王处，神说：‘素王府向来尊严，不像本府没有人拦住你进门。不过我正好有事，要去与素王商量，你可以跟我一起去。’一会儿，就听到车马声，李王的随从吏役，全都整齐严肃，等待出发。走到半路，见有很多人跟在后面，有正在流着血，说‘受了冤枉，未得昭雪’的：有咬牙切齿，说‘奸党恶人还在横行霸道’的；有漂亮女子拉着一个丑陋男人，说‘夫妇错配’的。跟在最后的一个人，穿龙袍，戴王冠，束玉带，相貌堂堂，像是帝王，可是浑身湿透，说：‘我是周昭王。我家的祖宗从后稷、公刘算起，代代积德积仁、我祖辈文王、武王、成王、康王，一个个都是圣贤君主。为何传到我这一代，在按惯例南巡时，无缘无故地被楚人淹死？幸亏有个勇士辛游靡，手长，力气大，将我尸体捞起，运回故国安葬。不然的话，我就白白地被江中大鱼吞吃了。此后，虽然齐桓公曾借机查问过这事，其实也是装装门面罢了，到头来还是草草了事。这桩特大奇案，两千年来居然毫无报应，请神替我查一查。’李大王连声说是，一定细查。其他鬼听了周昭王的诉说，个个都有怒色。我钟某这才知道，许许多多不公平的世事中，还有如此大的冤枉事。像我贫困潦倒，实在是小事，所以气慢慢地平了下来。又走了一会儿，听到路上有开路喝道的人来到，说：‘素王来到！’李王上前迎接，二车并排而行。李王与素王各自坐在车上交谈起来。开始是轻声轻语，接着争吵起来，彼此的抢白谁也听不懂。最后，两个神索性下车，拔拳打了起来。李王有点败阵的样子，众鬼上去相助，我也奋不顾身地前去相救，结果还是打不过素王。李王怒气冲冲地说：‘你等跟我一起到玉皇大帝处上诉，听候发落！’随即腾云而起，二神都不见了。不久，二神又从空中而下，云中还有两位披着彩衣、身穿宫廷服装的仙女跟在后面，手里拿着金尊玉杯，传玉皇大帝的诏书说：‘玉皇大帝管理着三十六重天上的大事，没有时间来处理区区小案。现在赐你二神天酒一樽，共十杯，谁能饮得多，谁就有权处理这些案子。’李神大喜，自以为酒量向来很好，赶忙上去拿过杯子就喝，不料，饮到第三杯便捧着肚子想呕吐了。素王连饮了七杯，一点也没有醉的样子。仙女说：‘你等别走，让我回复天帝后再定。’隔不多久，仙女下来宣读玉皇大帝诏书：‘理不胜数，从古就是如此。试看刚才二神的酒量，你等就该明白。要知道世上所有的一切神鬼、圣贤、英雄、才子、鲜花、美女、珠玉、锦绣、名画、法帖，有的机遇好，得宠了；有的却运道坏，遇害遭殃。素王掌管七分大事，李王只掌管三分。素王因酒量大，所以吃醉了酒，就要颠倒是非，胡来一通。我三十六重天的日食、星陨等事，现在都由素王掌握，连我也不做主，更何况你李王呢？但是，李王毕竟还能饮三杯，所以世上的人心天理、美恶是非，到底还有三分公道。千秋万世，这种状况还得绵绵不断地继续下去。尽管钟某阳寿已终，但刚才说的这些情况如果不让他到阳间去对大家开导开导，恐怕以后来告状的人会愈加多了。所以特地开恩，增加他十二年阳寿，放他还阳，但今后永远不许再开此例。’”钟悟听完了玉帝的诏书，还魂醒来，又活了十二年才死。钟某生前常对人说：“李王眉清目秀，好比世人所塑造的文昌神。素王外貌丑陋，团团浑浑，看上去连耳目口鼻等五官也不怎么清楚。他们的随从人员，大概也差不多。在这千百人当中，也有长得清秀可爱的，只是在他们中间不受尊重罢了。”钟某本来名叫护，经历这件事后才改名叫悟。

赌钱神号迷龙

李某，官缙云令，以赌博被参。然性好之，不能一日离，病危时，犹拍肘床上，作呼卢声。其妻泣谏曰：“气喘劳神，何苦如是！”李曰：“赌非一人所能，我有朋类数人，在床前同掷骰盆，汝等特未之见耳。”已而气绝。忽又苏醒，伸手向家人云：“速烧纸锞，替还赌钱。”妻问与何人决胜，曰：“阴司赌神，号称迷龙，其门下有赌鬼数千，皆受驱使，探人将托生时，便请迷龙作一花押，纳入天灵盖中。此人一落母胎，性便好赌，虽严父贤妻，万不能救。《汉书·公卿表》，以博揜失侯者十余人，可见此神从古有之。或且一心贪赌，有美食而让他人食，有美妻而让他人眠，皆迷龙作祟也。但阴间赌法与世间不同，其法聚十余鬼同掷十三颗骰子，每子下盆，有五采金色光者，便是全胜。群鬼以所畜纸锞，全行献上。迷龙高坐抽头，以致大富。群鬼赌败穷极，便到阳间作瘟疫，诈人酒食。汝等此时烧纸钱一万，可以放我生还。”家人信之，如其言烧与之，而李竟瞑目长逝。或曰：渠又哄得赌本，可以放心大掷，故不返也。

【译文】

缙云县令李某，因赌博被革了职。可他生性好赌，不能一天不赌，甚至病危时，还用胳膊肘在床上拍打、作出种种赌姿，嘴里还吆五喝六地叫着。他的妻哭着劝他："你又拍又叫，气喘吁吁，太劳神了，何苦这样！"李某说："一个人是赌不起来的，我有好几个朋友在床前与我一道掷骰子，只是你们看不见而已！"接着，李某气绝而死。一会儿，又醒了，伸着手对家里人说："赶快烧纸元宝，好替我还赌钱。"妻子问他，是在跟谁赌输赢，李某说："阴间的赌神名叫迷龙，他手下有几千个赌鬼，全听他派遣。赌鬼们一旦打听到其他鬼将托生人世时，就请迷龙签名画押，然后放进托生人的天灵盖中。这种人一出娘胎，生性就好赌，虽有严父管教，贤妻劝阻，也不可救药。据《汉书·公卿表》记载，因赌博而丢掉侯爵封号的就有十几个人，可见迷龙赌神，在古代就有了。有种人一门心思扑在赌上，宁可丢弃美食让别人吃，抛弃美丽的妻子陪他人睡，这全都是迷龙在兴风作浪。但是，阴间的赌法与阳间不一样，阴间的赌法是十几个鬼聚在一起，轮番掷同样的十三颗骰子，谁能在骰盆里掷到有金色底、五彩花纹的，便是全胜了。赌鬼往往将赌赢的纸元宝积起来，然后全部上交赌神。赌神迷龙坐享抽头，成为大富翁。赌输的群鬼实在穷得没法子，就到阳间去传播瘟疫，用这种方法骗人祭祀的酒食吃。你们现在只要烧满纸钱一万，赌神就会放我还阳。"家里人信以为真，照他的话烧了纸钱一万，可是李某还是闭目死去，并未还阳。有人说，李某骗到了这一大笔赌本后，大概又放心狂赌，不肯还阳了。

羊骨怪

杭人李元珪，馆于沛县韩公署中，司书禀事。偶有乡亲回杭，李托带家信，命馆童调面糊封信。家童调盛碗中，李用毕，以其余置几上。夜闻窸窣声，以为鼠来偷食也。揭帐伺之，见灯下一小羊，高二寸许，浑身白毛，食糊尽，乃去。李疑眼花，次日特作糊待之。夜间小羊又至，因留心细观其去之所在，到窗外树下而没。次日，告知主人，发掘树下，有朽羊骨一条，骨窍内浆糊犹在。取而烧之，此后怪绝。

【译文】

杭州人李元珪，在沛县知县韩公官署里做幕僚，负责文书事务。正好有个同乡人要回杭州去，李元珪请他带封家信，叫书僮用面粉调浆糊封信。书僮将调好的浆糊盛在碗里，李元珪用好后，那碗就留在茶几上。到夜里，他听到有窸窣作响的声音，以为是老鼠来偷吃碗中剩下的浆糊。于是掀开帐子暗中察看，见灯下有只二寸左右高的小羊，毛色雪白，把浆糊吃光后，就离开了。李元珪疑心自己是眼花，第二天专门调好一碗浆糊等候着。夜里那小羊又来了。李元珪留心细看小羊的去处，眼看小羊跳到窗外的一棵树下，便不见了踪影。第二天，李元珪将这件事告诉了韩公。韩公派人在树下挖掘，终于挖到已经腐朽了的一条羊骨，羊骨的洞孔内还有浆糊。仆人捡出并焚烧了羊骨，打这以后，羊骨怪就绝迹了。

夜叉偷酒

直隶永平府滦州河下，每年龙王造宫，有黄、白二龙，从古北口拔木运来。每木百枝，一夜叉管守之。其木在水中，皆直立而行，上挂一红灯为号。关外贩木商人，每年待龙发水，然后依附运行。偶失一枝，龙怒遣夜叉寻取，风雨大作，山石皆飞。村中民造酒八缸，一夜被夜叉偷饮立尽。惧其为患，为伐一木置水中，夜始平静。此石埭令郑公首瀛为余言。郑，滦州人。

【译文】

传说直隶永平府的滦州河底下，龙王每年要建造宫殿。到时，就有黄色和白色的两条龙，从古北口拔了树，从水路运来。每棵树木有一百枝条，由一个夜叉专门看守。水运的树木，都是直立着漂流而下，上面还挂一盏红灯作为记号。关外贩卖木材的商人，每年趁龙发水运木的机会，跟着运输木材。一次，龙发现所运的木材少了一根，便大发雷霆，命令夜叉必须找回，顿时风雨大作，山石飞滚。村民酿好的八缸酒，当夜就被夜叉喝个精光。村民害怕因此而惹祸，赶忙从山上伐了一株大树放在水中，这才平安无事。这个故事是石埭县令郑首瀛给我说的。郑首瀛就是滦州人。

披　麻　煞

新安曹媪有孙登官，定婚某氏。将娶有日，先期扫除楼房，待新妇居。房与媪卧阁相去十步许。日向夕，媪独坐楼下，闻楼上履声橐橐，意是丫鬟，不之诘也。久而声渐厉，稍觉不类，疑是偷儿。疾趋而掩执之，起推楼门，门开，举首见一人，麻冠麻鞋，手扶桐杖，立梯上层。见媪至，返身退走，媪素有胆，不计其为人为鬼，奋前相捉。其人狂奔新房，有窸窣之声，如烟一缕而没，始悟为鬼。急下楼，欲以语人；念明日婚期已届，舍此无从觅他室，隐忍不言。次夕，新妇入门，张灯设乐。散后，媪以前事在心，不能成寐。且觇新妇，则已靓妆坐床，琴瑟之好甚笃。媪意大安，易宅之念渐差，然终以前事，故常不欲新妇独登楼。一日者，妇欲登楼，问其故，以如厕对。劝其秉烛，以熟径辞。食顷不下，媪唤之不应，遣小鬟持灯上楼，亦不见妇。媪大惊，婢曰："是或往厨下乎？"媪谓："我坐梯次，未见他下来。"无可奈何，乃召婿，告以失妇状，举家大骇。婢忽在楼呼曰："娘在是。"众亟视之，则新妇团伏一小漆椅下，四肢如有捆扎之状。扶出，白沫满口，气息奄然，以水浆灌之，逾时甫醒。问之，云："遇一披麻人为祟。"媪乃哭曰："咎在我。"因备述前事，且告以不言之故。时夜漏将残，不能移宅，拥妇偃息在床，婿秉烛坐，双鬟立左右。至五更，侍者睡去，婿亦劳倦。稍一交睫，觉灯前有披麻人破户入，直奔床前，以指掐妇颈三五下。婿奔前救护，披麻人耸身从窗槅中去，疾于飞鸟。呼妇不应，持火视之，气已绝矣。或曰：此选日家不良于术，婚期犯披麻煞故也。

【译文】

新安县曹老太的孙子登官，与某氏订婚，离娶亲日子不远，家人已将楼上新房打扫干净，留待新娘入阁。新房离老太睡处只有十步路的距离。婚前一日黄昏，老太一人独坐新房楼下，听得楼上有橐橐的脚步声，她以为是丫头在上面，不去盘问。过了一些时间，楼上的声音渐渐响了起来，觉得不像是脚步声，老太疑心有小偷在楼上。她急忙起来堵住了通道口，推开楼门，门才开，抬头看见一个人，头戴麻布帽，脚穿麻布鞋，手里拄着桐木手杖，已经站在楼梯顶格了。一看到老太，那人转身就向后逃。老太一向胆子大，不管他是人是鬼，奋力上前捉拿。那人发疯似地奔进新房。在一阵窸窣声之后，麻衣人就像一缕烟般消失了。老太方知遇到鬼了。她本想下楼去告诉别人，又一想明天已是婚期，除此之外再找不到合适的新房，于是把这事藏在心里不向人说。第二天晚上，新娘进了门，里外张灯结彩，鼓乐声声。宾客散尽，老太因昨夜之事，放心不下，睡不着。她又窥视新娘，正穿着美丽的服饰坐在床上，与新郎很是亲热。老太以为太平无事，换房的念头淡了一点。但麻衣人一事终究还是老太的一件心事，所以平日家居，经常注意不让新娘一人单独登楼。一天晚上，新娘要一人上楼去。老太问她什么事，她说要解手。老太劝她拿枝蜡烛上去，新娘回说，新房已熟悉，不必了。可是，差不多有一顿饭时间过去，新娘还不下来，老太在楼下唤她，也无应声，就派小丫头拿着烛灯上楼看看。小丫头回说不见新娘，老太吃了一惊。丫头说："会不会在灶间?"老太说："我一直坐在楼梯边上，从未见她下楼来。"实在没有办法，就把新郎叫来，告诉他刚才之事，全家上下都不寒而栗。一会儿，丫头忽在楼上喊了起来："新娘在这儿!"大家赶忙上楼去看，只见新娘团缩在一把小漆椅的下面，手脚像是被捆住了。扶她起来，她满口吐白沫，气息奄奄。忙用汤水灌她，隔了一个时辰，新娘才醒来。问她，她说："是一个披麻衣的人在作怪。"老太听说后，哭着说："是我错。"就把前几天所见一切详细讲了一遍，还说明了为何不早讲的原因。这时候，正是半夜，换房也来不及，新郎就抱新娘上床休息。新郎手拿蜡烛坐着，两个丫鬟分立左右。到五更时分，丫鬟睡着了，新郎也疲劳不堪。霎时间，只觉灯前有个披麻衣的人开门而入，直奔到床前，用手指甲在新娘头颈掐了三五下。新郎赶忙上去营救，披麻人一耸身，就从窗口逃走了，速度比飞鸟还快。新郎连呼新娘，不见反应，拿灯靠近察看，新娘已气绝身亡。有人说，这是因为婚期没有挑准，正好撞上了披麻鬼。

瓜棚下二鬼

海阳邑中刘氏女，夏日在瓜棚下刺绣。薄暮，家人铺蒲席招凉，女忽于座间顾影絮语，众怪其诞，呵之，乃大声曰："唉！我岂若女耶？我为某村某妇，气忿缢死多年，欲得替人，故在此。"语毕大笑，举带自勒其颈。阖室尽惊，取米豆厌胜之，不退，乃哀求曰："我女年年为他人压金线，取钱易米，家贫可怜，与汝素无冤，幸相舍；不然天师将至，我当往诉。”鬼惧曰：“吓人，吓人。虽然，我不可以虚返，当思所以送我。”众曰：“供香楮何如？”不应。曰：“加斗酒只鸡何如？”乃有喜色，且颔之。如其言，女果醒。未三日，家人方相庆，女衣袖忽又翩舞，愤语曰：“汝等如此薄待我，回想不肯甘休，仍须讨替。”更作恶状，以带套颈。众察其音，不类前鬼。正惊疑间，俄闻瓜棚下綷綷履响，仍在女口叱曰：“鬼婢冒我姓名，来诈钱镪，辱没煞人，亟去，亟去！不然，我将讼汝于城隍神。”又劳问女家：“勿怕此无赖鬼，我在此，他不敢为厉。”言毕，其女颊晕红潮，状若羞缩者。食顷，两鬼寂然皆退。次日，其女依旧临镜。询其事，杳然如梦。

老人李某，海阳人，薄暮自邑中还家，觉腰缠重物，解视无有，勉荷而归，时已月上。家人闻叩扉声，走相问安，老人瞪目无言，为设酒脯，亦不食，愈益怪之。既而取布幅许悬梁间，作缢状，曰：“余缢死鬼也。今与汝翁作交代。”众惊，诘以前因，曰：“余为李氏，栖泊城中，曾至某家，祟其女于瓜棚下。因其家中哀求，我亦念伊女婉弱，是以舍去，别寻替代。奔及城门，有二大人司管甚严，不敢走过，以此日日受苦，一言难尽。”众家人曰：“城门大人既然拦阻，汝今日何能复来？”乃嘻嘻笑曰：“此实大巧事。今早乡人以粪桶寄门侧，大人者恶其臭也，两相谓曰：‘昨宵雨歇，城头山色当佳，盍一凭眺乎？’遂约伴登山去矣。余得乘间出城，遇汝翁归，附他腰带间，蒙其负荷，急于得生，故仍欲相借重耳。”众闻其言软，似可以情动者，乃哀求曰：“翁年老，墓木已拱，你不忍于弱女，宁独甘心于秃翁？如蒙哀怜，当为延名僧修法事，令你生天人境界，何如？”鬼拍手喜曰：“我前在瓜棚下，原欲挽彼作此功德，视其家贫，是以勿言。今众居士既能发大愿力，余又何求？虽然，世人惯作哄鬼伎俩，惟求居士勿忘此言。”众唯唯，鬼即作顶礼状。食顷，老人已起，索水浆饮矣。翌日，广延僧众，作七日道场，瓜棚下从此清净。

【译文】

海阳县城中有个姓刘的女子，夏天在瓜棚下刺绣。天色将晚，一家人在瓜棚下铺了草席乘凉。忽然，好端端坐着的刘女看着自己的影子，喋喋不休地自言自语起来。大家嫌她荒唐，呵斥她，不料她大声地说：“唉，我哪里是刘家女儿呢！我本是某村的某家媳妇，几年前因气愤悬梁自尽，现在想找个替身，所以到此。”刘女说完，又哈哈大笑，拿起一根带子就勒自己的头颈。全家人无不惊怕，取来米、豆驱邪，一边诅咒赶鬼，可是鬼还是不走，于是只得再苦苦哀求，说：“我家的姑娘一年到头为他人压金线、绣衣裳，赚几个钱换几斗米，家里穷得可怜。她与你一向无冤无仇，求你放了她吧。不然的话，待张天师一到，我们一定去投诉。”鬼有点怕了，说：“不要吓人，不要吓人。不过，我不能白跑一趟，你们考虑一下，该拿什么东西送我。”大家说：“用香和纸钱祭祀怎么样？”鬼不吭声。“再加一斗酒，一只鸡好不好？”鬼高兴了，点头答应。家人照说的办了，刘女果然醒来。才不过三天，家里人正庆幸驱鬼免灾，不料刘女却又甩着衣袖翩翩起舞，昏头昏脑地说：“你们太亏待我了，我回去一想，还是不肯罢休，所以再来讨替身。”说着，变本加厉地作出一副恶相，用带子直往头颈里套。众人细辨这鬼的声音，与前个鬼不一样。正在惊疑的时候，听得瓜棚下传出一阵窸窣脚步声，仍旧借刘女的口吆责说："鬼丫头，胆敢冒充我的姓名来诈骗钱物，真丢脸。快走，快走！否则，我要找城隍爷告你。"一边又安慰刘家人："你们不要害怕这个无赖鬼，我在这里，她不敢作恶。"说完，刘女的脸颊泛起一阵红晕，像害羞、畏缩的模样。一顿饭光景，两个鬼悄悄地退走了。第二天，刘女和平日一样梳妆打扮。问起她昨日的事情，什么也不知道，像是做了一个梦。

海阳县有个老人李某，一天傍晚，从县城回家。他走着，走着，觉得有件重东西缠在腰间，解开衣服一看，却什么也没有，只得勉强拖着步子负重而归，这时已明月当空。家里人听到敲门声，走去开门问安，老人却瞪着双眼，不说一句话。端上酒菜，他也不吃。家里人愈加觉得奇怪了。接着李某取一布条，挂在梁上，做出上吊自尽的动作，说："我是吊死鬼，现在捉你家老头作替身。"家里人一惊，问起前因后果，鬼借李某口说："我姓李，借住在县城里，曾经到刘家瓜棚下找他家女儿作替身。由于刘家人苦苦哀求，我也可怜她太柔弱，所以放了她，另外找替代。可是我奔到城门口，有两个大人看管极严，不让出城。从此以后，我天天受苦，一言难尽。"大家又问："既然有城门大人拦阻你，那么今日怎么又出来了？"鬼笑嘻嘻地说："说来也巧。今天早上，有个乡下人把一担粪桶寄放在城门边上，管城门的大人很讨厌这股臭味，两人商量说：'昨天晚上下过一阵雨，城头上的山景一定很美，何不一起去登临眺望？'于是结伴登山去了。我趁这空隙出了城，路上碰到你家老头回家，就搭在他腰带上，承蒙他将我带来。我急于托生，所以还是想借用一下李老作替身。"众人听这鬼说话口气比较软，似乎能用感情打动他，就哀求他说："公公年老，如活普通人的岁数，墓地上的树木也有一围粗了。你不忍心刘家的弱女子，难道就狠得起心肠害死一个老人吗？如果你放过他，我家一定请高僧为你超度，让你升入天人境界，怎么样？"鬼拍起手来，开心地说："我前次在瓜棚下，本想叫刘家作一次佛事，看着他家贫困，所以没有说。现在，各位居士既然能如此慷慨，我还有什么可要求的？尽管世人常常要些哄骗鬼的手法，可是我请各位居士别这样，不要忘了答应的诺言。"大家连连说是，鬼作出顶礼拜谢的动作。一顿饭的时间，李某已能从床上起来，要汤水喝了。第二天，李家请了不少和尚，连做七天道场，瓜棚下从此清静太平。

介 溪 坟

严介溪为其妻欧阳氏卜葬，召门下风水客数十人，嘱曰：“吾富贵已极，尚何他望？只望诸君择地，生子孙能再如我者而甘心焉。”诸客唯唯。未一月，有客来云：“某山有穴，葬之，子孙贵寿与公相埒。”介溪命群客视之。一客独曰：“若葬此，子孙虽贵，但气脉大迟，恐在六七世后耳。”俱以为然。介溪买成，开穴，中有古坟墓志，摩视之，即严氏之七世祖也。介溪大骇，急加封识。然自此严氏大衰，且籍没矣。此事严后裔名秉琏者所言。

【译文】

严嵩为他的妻子欧阳氏选择墓地，招来他门下几十位擅长风水的宾客，关照他们说：“我的富贵算是到顶了，还能有什么奢望？只希望诸位替我选一块风水宝地，使我的子孙能像我一样富贵，我也就甘心了。”这些门客连连答应。不到一个月，有一位门客来说：“某山有块墓穴，葬在那儿，明公的子孙一定富贵长寿，与您一样。”严嵩吩咐这些懂风水的门客一起去考察。其中有一位客人说：“如果葬在这地方，子孙虽然能富贵，可是气脉不长，最多只能保到六七世光景。”大家都认为这客人说得对。严嵩就将这块墓地买下，在开挖墓穴时，见穴中已有一块墓碑，刷抹干净一看，就是严嵩七世祖的墓志铭。严嵩大惊失色，赶忙封土填穴，作上标记。打此以后，严嵩家族顿时衰败下去，直到最后落个抄没家产的下场。这件事是严嵩的后裔严秉琏讲述的。

李 半 仙

甘肃参将李璇，自称李半仙，能视人一物，便知休咎。彭芸楣少詹与沈云椒翰林同往占卜。彭指一砚问之，曰："石质厚重，形有八角，此八座象也。惜是文房之需，非封疆之料。"沈将所挂手巾问之，曰："绢素清白，自是玉堂高品，惜边幅小耳。"正笑语间，云南同知某亦来占卜，取烟管问之，曰："管有三截，镶合而成，居官亦三起三倒，然否?"曰："然。"曰："君此后为人亦须改过，不可再如烟管。"问何故，曰："烟管是最势利之物，用得着他，浑身火热；用不着他，顷刻冰冷。"其人大笑，惭沮而去。逾三年，彭学差任满回京，李亦入都引见。彭故意再取烟管问之，曰："君又放学差矣。"问何故，曰："烟非吃得饱之物，学院试差非做得富之官。且烟管终日替人呼吸，督学终年为寒士吹嘘，将必复任。"已而果然。

【译文】

甘肃参将李璇，自称李半仙，只要看一看某人所指的一件东西，便知吉凶祸福。少詹彭芸楣和翰林沈云椒一起到李璇住处占卜。彭芸楣指着一方砚台求卜，李璇说："这方砚石，石质厚重，八角形状，这是八座尊位的象征，官可做到尚书、仆射的高位。可惜只是舞文弄墨的材质，不是封疆大吏的料子。"沈云椒指着房内挂着的一条手巾，请李一卜。李璇说："绢素清清白白，当然是朝廷中的品格高洁之官，可惜手巾边幅太小，格局不大。"三人正在说说笑笑，云南的一位地方官也来占卜，随手拿起一根烟管问卜。

李璇说："烟管是由三节材质镶合而成，老兄做官莫非也是三起三落，可对？"对方答说："对。"李璇又说："老兄今后为人应当闻过即改，不可再像烟管。"对方问其中道理，李璇说："烟管是最势利的东西，用得着时浑身火热；一旦用不着，立刻冰冷。"对方大笑之后，自觉惭愧，快快而去。过了三年，彭芸楣学政任满回到京师，李璇到京师述职。彭故意再拿出烟管问卜，李璇说："老兄又要外放做学政去了。"彭问这是什么道理，李说："吸烟不像吃饭可以饱腹，学院及主考也不是肥缺。烟管一天到晚不过为别人呼吸，学政一年到头不过是提携提携天下寒士。所以，老兄一定又要连任学政了。"不久，果然如李璇所说。

李香君荐卷

吾友杨潮观，字宏度，无锡人，以孝廉授河南固始县知县。乾隆壬申乡试，杨为同考官，阅卷毕，将发榜矣，搜落卷为加批焉。倦而假寐，梦有女子年三十许，淡妆，面目疏秀，短身，青绀裙，乌巾束额，如江南人仪态。揭帐低语曰："拜托使君，'桂花香'一卷，千万留心相助。"杨惊醒，告同考官。皆笑曰："此噩梦也。焉有榜将发而可以荐卷者乎？"杨亦以为然。偶阅一落卷，表联有"杏花时节桂花香"之句，盖壬申二月表题，即谢开科事也。杨大惊，加意翻阅。表颇华赡，五策尤详明，真饱学者；以时艺不甚佳，故置之孙山外。杨既感梦兆，又难直告主司，欲荐未荐，方徘徊间，适正主试钱少司农东麓先生，嫌进呈策通场未得佳者，命各房搜索。杨喜，即以"桂花香"卷荐上。钱公如得至宝，取中八十三名，拆卷填榜，乃商丘老贡生侯元标，其祖侯朝宗也。方疑女子来托者，即李香君。杨自以得见香君，夸于人前，以为奇事。

【译文】

我的朋友杨潮观，字宏度，无锡人，以举人资格做了河南固始县的知县。乾隆十七年乡试，杨潮观担任同考官，负责分房阅卷。阅卷结束，即将发榜，杨潮观便将落选的试卷汇总一起，加个批语。由于过度疲倦，他不脱衣就睡着了。梦中见一个三十岁左右的女子，化淡妆，眉清目秀，身材短小，着青衣红裙，用一条黑头巾束着额头，一副江南人的仪态。那女子掀开帐子，对杨潮观低声地说："拜托房官老爷，千万留心那张有'桂花香'句的试卷，恳请拜托。"杨潮观被这梦惊醒后，就将此事告诉了其他考官。他们听完，都笑了，说："这不过是个吓吓人的梦而已。哪里会在即将发榜的时候还会有推荐试卷的事情?"杨潮观也觉得大家说得有理。不料，他在随便翻阅一份落选的试卷时，正有"杏花时节桂花香"的句子，这年二月举行的乡试是庆祝太后寿筵的恩科，所以有这样的话。杨潮观见后很吃惊，特别留意地审读一遍，见谢表写得词意华美，五道策论尤其详实明晰，真是一个博学的书生，可惜八股文写得不太好，所以才名落孙山。杨潮观一方面觉得这试卷正应了梦中之事，另一方面却又很难向主考直说此事，真可谓是进退两难。正当他犹豫不决之时，恰好主考钱东麓侍郎对这一场考试中的策论都不中意，希望各房考官再仔细从落选卷中选拔一下。杨潮观心中暗喜，就将这份"桂花香"的卷子推荐上去。钱主考如获至宝，录取为第八十三名。待拆开试卷填写榜名时，方才知道作者是商丘的老秀才侯元标，他的祖上就是侯朝宗。杨潮观这才猜测那个梦中来求托的江南女子就是李香君。他自以为有幸见到李香君，所以常在人前夸说此事，作为他生平一大奇事。

道士取葫芦

秀水祝宣臣，名维诰，余戊午同年也。其尊人某，饶于财。一日，有长髯道士叩门求见，主人问：“法师何为来？”曰：“我有一友，现住君家，故来相访。”祝曰：“此间并无道人，谁为君友？”道士曰：“现在观稼书房之第三间。如不信，烦主人同往寻之。”祝与同往，则书房挂吕纯阳像，道士指笑曰：“此吾师兄也。偷我葫芦，久不见还，故我来索债。”言毕，伸手向画上作取状，吕仙亦笑以葫芦掷还之。主人视画上，果无葫芦矣。大惊，问：“取葫芦何用？”道士曰：“此间一府四县，夏间将有大疫，鸡犬不留。我取葫芦炼仙丹，救此方人，能行善者，以千金买药备用，不特自活，兼可救世，立大功德。”因出囊中药数丸示主人，芬芳扑鼻，且曰：“今年八月中秋月色大明时，我仍来汝家，可设瓜果待我。此间人民恐少一半矣。”祝心动，曰：“如弟子者，可行功德乎？”曰：“可。”乃命家僮以千金与之。道士束负腰间，如匹布然，不觉其重，留药十丸，拱手别去。祝举家敬若神明，早晚礼拜。是年夏间无疫，中秋无月，且风雨交加，道士亦杳不至。

【译文】

秀水人祝宣臣，名维诰，与我同是乾隆三年的乡试举人。他的父亲祝某，是个财主。有一天，有个长髯道士敲门求见，祝某问：

“法师有什么事吗?”道士说:“我有一位朋友,现在住在你家,所以来拜访他。”祝某说:“我这里没有道人住,请问哪位是你的朋友?”道士说:“我的朋友现在就在尊府的观稼书房的第三间里,你若不相信,烦请先生与我一起去寻访。”祝某与道士到了第三间书房,见墙上挂着吕纯阳的像,道士指着像,笑着说:“这是我的师兄。他偷了我的葫芦,好久不还,所以特地来问他讨还。”说完,道士伸手向画上做出取葫芦的动作,画上的吕纯阳竟然笑着将葫芦投还给了道士。祝某再仔细瞧画面上,果然没有了葫芦,不禁大吃一惊,问道士:“你要那葫芦有什么用处?”道士说:“此地一府四县,夏天将有大瘟疫流行,连鸡狗怕也难保性命。我取回葫芦去炼仙丹,救这一方的百姓。有做好事的人,如肯用一千两银子买了我的药备用,不光能救活自己,还可以救世上的人,积无量的功德。”随即从囊中取出几粒药丸给祝某,药香芬芳扑鼻,又说:“今年八月中秋明月当空时,我还要到你家来,别忘拿瓜果招待我,恐怕那时这里的百姓已减少了一半呢。”祝某的心有点被道士说动了,说:“像我这样的人,可以立功立德吗?”道士说:“可以。”祝某就唤家僮取一千两银子给道士。道士将银子束在腰里,像是缠了一幅布,一点不觉得有分量。他留下了十粒药丸,拱一拱手就走了。从此,祝某全家上下就把道士留下的十粒药丸看成是神丹灵药,早晚叩头礼拜。这一年夏天没有发生瘟疫。中秋节那天,不但没出月亮,而且风雨交加,那个道士也踪影全无。

火焚人不当水死

泾县叶某,与人贸易安庆。江行遇风,同船十余人,半溺死矣。独叶坠水中,见红袍人抱而起之,因以得免。自以为获神人之助,后必大贵。亡何,家居不戒于火,竟烧死。

【译文】

泾县有个姓叶的商人，与人合伙在安庆做生意。一次渡江时遇到了大风，同船的十几个人，被淹死一半。唯独叶某掉在水里以后，有一个身穿红袍的人将他抱到了岸边，才免于一死。叶某自以为有神仙相助，日后一定大富大贵。过不多久，由于他平日在家对火烛一直掉以轻心，结果在一次火灾中被烧死。

城隍杀鬼不许为聻

台州朱始女，已嫁矣，夫外出为业。忽一日，灯下见赤脚人，披红布袍，貌丑恶，来与亵狎，且云："娶汝为妻。"妇力不能拒，因之痴迷，日渐黄瘦。当怪未来时，言笑如常，来则有风肃然，他人不见，惟妇见之。妇姊夫袁承栋，素有拳勇，妇父母将女匿袁家，数日怪不来。月余，踪迹而至，曰："汝乃藏此处乎？累我各处寻觅。及访知汝在此处，我要来，又隔一桥，桥神持棒打我，我不能过。昨日将身坐在担粪者周四桶中，才能过来。此后汝虽藏石柜中，吾能取汝。"袁与妇商量，持刀斫之，妇指怪在西则西斫，指怪在东则东斫。一日，妇喜拍手曰："斫中此怪额角矣。"果数日不至。已而，布缠其额，仍来为祟。袁发鸟枪击之，怪善于闪躲，屡击不中。一日，妇又喜曰："中怪臂矣。"果数日不来。已而，布缠其臂，又来，入门骂曰："汝如此无情，吾将索汝性命。"殴撞此妇，满身青肿，哀号欲绝。女父与袁连名作状，焚城隍庙。是夜，女梦有青衣二人，持牌唤妇听审，且索差钱，曰："此场官司，我包汝必胜，可烧锡锞二千谢我。你莫嫌多，阴间只算九七银二十两。此项非我独享，将替你为铺堂之用，凭汝叔绍先一同分散，他日可见个分明。”绍先者，朱家已死之族叔也。如其言烧与之。五更，女醒曰：“事已审明，此怪是东埠头轿夫，名马大。城隍怒其生前作恶，死尚如此，用大杖打四十，戴长枷，在庙前示众。”从此妇果康健，合家欢喜。未三日，又痴迷如前，口称：“我是轿夫之妻张氏，汝父、汝姊夫将我夫告城隍枷责，害我忍饥独宿。我今日要为夫报仇。”以手爪掐妇眼，眼几瞎。女父与承栋无奈何，再焚一牒与城隍。是夕，女又梦鬼隶召往，怪亦在焉。城隍置所焚牒于案前，瞋目厉声曰：“夫妻一般凶恶，可谓一床不出两样人矣。非腰斩不可。”命两隶缚鬼，持刀截之，分为两段，有黑气流出，不见肠胃，亦不见有血。旁二隶请曰：“可准押往鸦鸣国为聻否？”城隍不许，曰：“此奴作鬼便害人；若作聻，必又害鬼，可扬灭恶气，以断其根。”两隶呼长须者二人，各持大扇，扇其尸，顷刻化为黑烟，散尽不见。囚其妻，械手足，充发黑云山罗刹神处，充当苦差。命原差送妇还阳，女惊而醒。从此朱妇安然，仍回夫家，生二子一女，至今犹存。鬼所云担粪周四者，其邻也。问之，曰：“果然可疑，我某日担空桶归，压肩甚重。”

【译文】

台州朱始的女儿，已经出嫁，丈夫一直外出谋生。一天晚上，朱女见灯下有个赤脚的人，身披红布袍，相貌丑恶，前来调戏、猥亵她，说：“我要娶你为妻。”朱女柔弱，无力抗拒。从此以后，朱女变得又痴又呆，一天比一天黄瘦。这赤脚怪不来时，她谈谈笑笑很正常。那怪一来，顿时刮起一阵阴风，别人看不见这鬼怪来，只有朱女能看见。朱女的姐夫袁承栋，一向练拳习武。朱女的父母就将她藏到姐夫家里，赤脚怪也就几天没出现。过了一个多月，赤脚怪竟跟踪而来，说：“你原来藏在这里，害得我到处找。得知你在这里，我正要来，又隔着一座桥，桥神用棒打我，我过不来。昨天将身子坐在挑粪人周四的粪桶里，才到得这里。从今以后，你即使藏到石头柜子里，我也找得到你。”袁承栋就与朱女商议如何除怪。袁决定先用大刀砍怪。朱女指着西，袁某砍向西；她指到东，袁某又砍到东。一天，朱女高兴地拍手说：“已经砍中了赤脚怪的额角了。”那怪果然接连几天没有来。过不久，赤脚怪用布包缠了额角，重来作恶。袁某就用鸟枪击怪，赤脚怪很会躲闪枪击，连打几枪打不中。一天，朱女又高兴地说：“打中这妖怪的手臂了。”那鬼又停了几天没来。不久用布包缠了手臂来了。进门就骂：“你如此无情，我来要你的命。”对着朱女又是打，又是撞，朱女满身青肿，哭得痛不欲生。朱女的父亲与姐夫袁承栋联名写了一张投诉状子，到城隍庙焚烧求告。这天夜里，朱女梦见有两个穿青衣的人，拿着传令牌来叫她去听审，而且还向她要钱，说：“这场官司，我包你打赢，你只要烧两千只锡箔元宝给我。你别嫌多，阴间仅仅得了九七成色的银子二十两罢了。这笔钱不是我等独吞，将为你打官司铺路用，剩下的由你的叔公朱绍先分发给大家，以后你自然会清楚。”绍先，就是已经死去的朱家族中的叔父辈人。朱家按照青衣人的吩咐，连夜烧了两千只锡箔元宝。五更时分，朱女醒来了，说：“案子已经审明，这个赤脚怪是东码头的轿夫，名字叫马大。城隍对他生前作恶，死后仍不悔改，十分愤怒，用大棒打了四十板，戴了长枷，在庙前示众。”这天以后，朱女开始正常了，合家很欢喜。哪知不到三日，朱女又像过去那样痴迷了，口里说着：“我是轿夫的妻子张氏，你的父亲、姐夫到城隍前告了我的丈夫，挨了板子，戴了长枷，害得我忍饥挨饿，独守空房。我今天要为丈夫报仇！”说完，用手指甲掐自己的眼睛，几乎被掐瞎。朱女的父亲与袁承栋无可奈何，只得再到城隍庙去焚了一张投诉状。当天夜里，朱女又梦见鬼将她召去，赤脚怪也在。城隍将投诉状摊在案桌上，瞪着眼睛，厉声斥责说："这对夫妻一样凶恶，真可以说是一床不出两样的人了。这次非将马犯腰斩不可。"命差役将马犯捆绑住，大刀一挥，斩成了两段，冒出一股黑气，既没有肠胃，也没有血。边上两个差役说："可不可以将马犯押解到鸦鸣国去做再死鬼?"城隍不同意，说："这个奴仆做了鬼就害人，若做再死鬼，一定会害鬼。只可将马犯尸首焚化后，彻底堙灭掉，以断祸根。"两个差役叫了两个长胡子的人来，各拿一把大扇子，对着马犯尸体搧，顷刻之间，便化为黑烟散尽，看不见了。然后，将马犯的妻子关进囚车，手与脚上了木械，发配到黑云山罗刹神那里去服苦役。城隍又命原来的差役，将朱女送还阳间。这时，朱女从梦中惊醒。从此之后，朱女才真正平安了，又回到夫家，生了两个儿子一个女儿，如今还健在。赤脚鬼所说的那个挑粪的周四，是她夫家的邻居。问起这件事，周四说："好像确实有此事。我那天挑了空粪桶回家，觉得肩上压得很重。"

（卷三译者　海明）

子不语卷四

吕蒙涂脸

湖北秀才钟某，唐太史赤子之表戚也。将赴秋试，梦文昌神召，跪殿下，不发一言，但呼之近前，取笔向砚上蘸极浓墨，涂其脸几满，大惊而醒。虑有污卷之事，意忽忽不乐。随入场，倦，在号檐中假寐。见有伟丈夫掀其号帘，长髯绿袍，乃关帝也。骂曰："吕蒙老贼，你道涂抹面孔，我便不认得你么?"言毕不见。钟方悟前身是吕蒙，心甚惶悚。是年获隽，后十年选山西解梁知县。到任三日，往谒武庙，一拜不起。家人视之，业已死矣。

【译文】

湖北有个姓钟的秀才，是翰林唐赤子的表亲。在即将参加乡试前夕，他梦见文昌神把他叫了去。他跪在文昌殿前，文昌神一句话也不说，只是示意他靠上前来，随手拿起笔在砚台上蘸了极浓的墨汁，朝他脸上就涂，几乎涂满一脸。钟某大吃一惊，从梦中醒来。他担心这是考试中将出现污卷的不祥兆头，心里闷闷不乐。钟某进了考场，一时困倦，就在自己的号房内小睡起来。忽然梦见有一个高大英武的男子汉掀开号房帘子进来，长长胡子，身穿绿袍，原来是关帝神。他见了钟某就骂："吕蒙你这老贼，你以为把自己的脸涂黑了，我便认不出你了吗?"说完，就没了踪影。钟某此时才知道，自己的前身是吕蒙，心里惊恐不安。这一年，钟某考中了举人。十年以后，他被派往山西解梁县任知县。上任后的第三天，钟某去参拜关帝庙，哪知才跪地一拜，就起不来了。家里人上前察看，钟某已经死了。

郑 细 九

扬州名奴多以细称。细九者，商人郑氏奴也。郑家主母病革，忽苏，矍然而起曰："事太可笑！我死何妨，不应托生于细九家为儿。以故我魂已出户，到半途，得此消息，将送我者打脱而返。"言毕，道口渴，索青菜汤。家人煮与之。咽少许，仍仆于床，瞑目而逝。须臾，郑细九来，报家中产一儿，口含菜叶，啼声甚厉。嗣后郑氏颇加恩养，不敢以奴产子待也。

【译文】

扬州人给奴仆取名，往往用个"细"字。细九，就是姓郑商人的奴仆。郑家的女主人病危将死。一日，突然醒来，很有精神地坐起在床上说："这件事实在太可笑！我死没有什么关系，只是不应当让我重新投胎到细九家里去做儿子。所以我的魂灵虽已离家，到了半路，得着这个消息，就将押送我的鬼差打跑，又回家来了。"说完，连叫口渴，要喝青菜汤。家里人煮了汤喂她，才喝了几口，就又倒在床上，闭上眼死了。过不多久，郑细九来向主人报告说，他家里生了个儿子，这小儿口中还含有青菜叶，哭得很厉害。从此以后，郑家对这个小儿倍加照顾和恩养，不敢因为他是奴仆生的而亏待他。

替鬼做媒

江浦南乡有女张氏，嫁陈某，七年而寡，日食不周，改适张姓。张亦丧妻七年，作媒者以为天缘巧合。婚甫半月，张之前夫附魂妻身曰："汝太无良，竟不替我守节，转嫁庸奴。"以手自批其颊，张家人为烧纸钱，再三劝慰，作厉如故。未几，张之前妻又附魂于其夫之身，骂曰："汝太薄情，但知有新人，不知有旧人。"亦以手自击撞，举家惊惶。适其时，原作媒者秦某在旁，戏曰："我从前既替活人作媒，我今日何妨替死鬼作媒。陈某既在此索妻，汝又在此索夫，何不彼此交配而退，则阴间不寂寞，而两家活夫妻亦平安矣。何必在此吵闹耶?"张面作羞缩状，曰："我亦有此意，但我貌丑，未知陈某肯要我否。我不便自言，先生既有此好意，即求先生一说何如?"秦乃向两处通陈，俱唯唯。忽又笑曰："此事极好，但我辈虽鬼，不可野合，为群鬼所轻。必须媒人替我剪纸人作舆从，具锣鼓音乐，摆酒席，送合欢杯，使男女二人成礼而退，我辈才去。"张家如其言，从此两人之身安然无恙。乡邻哄传某村替鬼做媒，替鬼做亲。

【译文】

南京江浦的南乡有个姓张的女子，嫁给陈某为妻。七年以后丈夫死了，张女成了寡妇，由于难以维持生计，就改嫁给同姓的张某为妻。这张某的妻子也死了七年，媒人认为这种巧合正是天赐良缘。不料结婚才半个月，张女前夫的鬼魂附在她身上说："你太没有良心，竟然不替我守节，改嫁给一个没出息的蠢材。”还用手打自己的耳光，张某家里的人为她的前夫烧了纸钱，再三的开导安慰，张女还是闹得很凶。没过几天，张某前妻的鬼魂又附在张某的身上，骂道：“你太无情义，心中只晓得有新人，不知道还有故人。”同样用手敲打自己的头。全家上下怕得不知如何才好。正在这时，原来做媒人的秦某在一旁半开玩笑、半认真地说：“我从前既然可以为活人做媒，那么今日不妨就替这两个死鬼做个媒吧。陈某既然在这里索讨妻子，张某的前妻又在这里索讨丈夫，为什么你俩不可以配成一对而离开呢，如此，你俩在阴间不冷清了，而阳间活着的夫妻也太平过日子了。何必在这里这般大吵大闹！”张某听了，脸上露出羞羞答答的样子，说：“我也有这个意思，不过我的长相难看，不知陈某肯要我吗？我不好意思自己开口说，先生既然有这番好意，就请求先生替我代说，怎么样？”秦某就给两人身上所附的鬼魂做媒、说合，双方都连连说是。张某忽然又笑着说：“这件事极好，但我们虽是鬼，也不可随便野合，免得被群鬼看轻。你媒人一定要替我俩剪好纸做的轿夫随从，准备好锣鼓音乐，摆桌酒席，让我俩举行完婚礼，你再离开，我们也回阴间去。”张某家里人就按照他所说的办了。从此之后，张女与张某两人太平无事。南乡地方的人得知此事，都传说开了，说某村某人替鬼做媒，某人家替鬼做亲。

鬼有三技过此鬼道乃穷

蔡魏公孝廉常言：“鬼有三技，一迷、二遮、三吓。”或问：“三技云何？”曰：“我表弟吕某，松江廪生，性豪放，自号‘豁达先生’。尝过泖湖西乡，天渐黑，见妇人面施粉黛，贸贸然持绳索而奔，望见吕，走避大树下，而所持绳则遗坠地上。吕取观，乃一条草索，嗅之，有阴霾之气，心知为缢死鬼，取藏怀中，径向前行。其女出树中，往前遮拦，左行则左拦，右行则右拦。吕心知俗所称‘鬼打墙’是也，直冲而行。鬼无奈何，长啸一声，变作披发流血状，伸舌尺许，向之跳跃。吕曰：‘汝前之涂眉画粉，迷我也；向前阻拒，遮我也；今作此恶状，吓我也。三技毕矣，我总不怕，想无他技可施。尔亦知我素名豁达先生乎？’鬼仍复原形，跪地曰：‘我城中施姓女子，与夫口角，一时短见自缢。今闻泖东某家妇，亦与其夫不睦，故我往取替代。不料半路被先生截住，又将我绳夺去，我实在计穷，只求先生超生。’吕问作何超法，曰：‘替我告知城中施家，作道场，请高僧，多念《往生咒》，我便可托生。’吕笑曰：‘我即高僧也。我有《往生咒》，为汝一诵。’即高唱曰：‘好大世界，无遮无碍，死去生来，有何替代！要走便走，岂不爽快！’鬼听毕，恍然大悟，伏地再拜，奔趋而去。后土人云：此处向不平静，自豁达先生过后，永无为祟者。”

【译文】

举人蔡魏公常说：“鬼有三样花招：一是迷惑人，二是阻拦人，三是吓唬人。”有人问：“这三样花招的具体表现如何？”蔡魏公就说了下面一个故事：“我的表弟吕某，是个秀才，松江人，性格豪放，自称‘豁达先生’。一次，经过泖湖西乡，天色渐渐地暗了下来。他忽然看见前面有个妇人，脸上涂脂抹粉，拿着一条绳子，慌慌张张地奔跑。她发现吕某，就逃到大树下躲避，原先拿在手里那条绳索掉在了地上。吕某捡起一看，原来是条草绳，用鼻子闻了一闻，绳子上有股阴湿晦气。他知道碰上了吊死鬼，就将草绳藏在怀中，一直向前走去。那妇人从树后走出来，上前拦住吕某去路。吕某往左走，她就在左边拦；吕某朝右边走，她就在右边拦。吕某心想这就是俗话说的‘鬼打墙’了，他索性向前直冲而过。那鬼无可奈何，长长地尖叫一声，变出一副披头散发、血流满面的模样，伸着尺把长的舌头，迎着吕某跳来跃去。吕某说：‘你开始是画眉毛、涂脂粉，想迷惑我；然后在前面挡住我去路，想阻拦我；现在作出一副怕人的丑恶样子，是为了吓唬我。你的三样花招已经用光，我仍旧不怕，想必你也没有其他招式可施展。你可知我就是那个大号叫作“豁达先生”的吗?’于是，那鬼现出原形，跪在地上说：‘我原住在城里，姓施，与丈夫争吵，一时想不通，就自缢而死。今天打听到泖湖东边某家的妇人，也与她的丈夫不和睦，所以我特地前去找她做我的替身。不料在半路上被先生截断了前路，又把我的绳子夺去，我实在已无花招可施，只是恳求先生帮助我超生。’吕某问鬼怎么个超生法，鬼说：‘替我向城里的施家告诉一声，请施家帮我做一次道场，请高僧多念几遍《往生咒》，我就可以托生了。’吕某笑着说：‘我就是高僧，我有《往生咒》，可以为你念诵一遍。’当即高声唱诵：‘多么大的一个世界啊，没有遮拦没有阻碍，死的死去生的生来，有什么必要托生替代！要走就快快走，岂不是爽爽快快!’鬼听完吕某的唱诵，恍然大悟，伏在地上，拜了又拜，急急忙忙地跑掉了。后来，当地人说，这一带原先一直不太平，自从豁达先生到过以后，就一直没有闹过鬼。”

鬼多变苍蝇

徽州状元戴有祺，与友夜醉玩月，出城步回龙桥上。有蓝衣人持伞，从西乡来，见戴公，欲前不前，疑为窃贼，直前擒问，曰：“我差役也。奉本官拘人。”戴曰：“汝太说谎，世上只有城里差人向城外拘人者，断无城外差人向城里拘人之理。”蓝衣者不得已，跪曰：“我非人，乃鬼也。奉阴官命，就城里拘人是实。”问：“有牌票乎?"曰:"有。"取而视之,其第三名,即戴之表兄某也。戴欲救表兄,心疑所言不实,乃放之行,而坚坐桥上待之。四鼓,蓝衣者果至,戴问:"人可拘齐乎?"曰:"齐矣。"问何在,曰:"在我所持伞上。"戴视之,有线缚五苍蝇在焉,嘶嘶有声。戴大笑,取而放之。其人惶急,踉跄走去。天色渐明,戴入城至表兄处探问,其家人云:"家主病久,三更已死,四更复活,天明则又死矣。"

江宁刘某,年七岁,肾囊红肿,医药罔效。邻有饶氏妇,当阴司差役之事。到期,便与夫异床而寝,不饮不食,若痴迷者。刘母托往阴司一查,去三日,来报曰:"无妨也。二郎前世好食田鸡,剥杀太多,故今世群鸡来啮,相与报仇。然天生田鸡,原系供人食者,虫鱼皆八蜡神所管,只须向刘猛将军处烧香求祷,便可无恙。"如其言,子疾果痊。一日者,饶氏睡两日夜方醒,醒后满身流汗,口呿喘不已。其嫂问故,曰:"邻妇某氏,凶恶难捉,冥王差我拘拿。不料他临死尚强有力,与我格斗多时,幸亏我解下缠足布,捆缚其手,裁得牵来。"嫂问:"现在何处?"曰:"在窗外梧桐树上。"嫂往视之,见无别物,只头发拴一苍蝇,嫂戏取蝇,夹入针线箱中。未几,闻饶氏在床上有呼号声,良久乃苏,曰:"嫂为戏大虐!阴司因我拿某妇不到,重责三十板,勒限再拿,嫂速还我苍蝇,以免再责。"嫂视其臀,果有杖痕,始大悔,取苍蝇付之。饶氏取含口中睡去,遂亦平静。自此不肯替人间查阴司事矣。

【译文】

徽州有位状元公戴有祺，他与朋友喝醉了酒，漫步赏月，出城来到回龙桥上。有个身穿蓝衣的人，手里拿把雨伞，从西乡那边走来，看到戴公，畏畏缩缩不敢过桥。戴公怀疑他是窃贼，上前将他抓住盘问。穿蓝衣的说："我是衙门差役，奉命拘捕人。"戴公说："你说了个大谎话，世上只有城里差人到城外去拘捕人的事，绝对没有城外差人走进城里来抓人的道理。"穿蓝衣的无可奈何，跪倒在地说："我不是人，是鬼。奉了阴间长官的命令，进城抓人。"戴公问："有传票吗?"蓝衣鬼说："有。"戴公一看，那传票上的第三名就是自己的表兄。他想救表兄的性命，心里又疑心蓝衣鬼所说的不是真话，便放他过了桥，自己坚守在桥上坐等。四更时分，蓝衣鬼果然来了，戴公问："要抓的人，全抓到了吗?"蓝衣鬼说："抓齐了。"戴公问他，抓到的那些人在哪里，蓝衣鬼说："就在我撑的这把伞上。"戴公看那把伞，见上面用线缚着五只苍蝇，还发出嘶嘶声。戴公哈哈大笑，拿过伞来就把五只苍蝇放走了。蓝衣鬼又怕又急，踉踉跄跄走了。天色慢慢亮了，戴公进城到表兄家探问情况。表兄的家人说："我家主人病了很久，昨夜三更时死去，四更时分曾活转过来，到天亮时又死去了。"江宁县有个姓刘的小孩，只有七岁，患了阴囊红肿的病，求医吃药都不见效。邻舍有个姓饶的妇女，常为阴间兼做差役，轮到去阴司值班时，就与丈夫分床而睡，不喝不吃，像个痴呆人。刘母就请求饶氏到阴间去查问一下自己儿子的吉凶。过了三天，饶氏来到刘家通报说："没有关系。你家二郎前生喜欢吃青蛙，剥杀得实在太多了，所以今世有成群的青蛙来咬二郎，为同类报仇。不过，这东西本来就是供人食用的。虫鱼之类都属于八蜡神管辖的，你们只要到刘猛将军的庙里去烧香祈祷，便可太平无事。"刘氏照着办了，儿子的病果真好了。有一回，饶氏睡了两天两夜才醒来，浑身流汗，气喘吁吁。饶氏的嫂子问她为何这般吃力，饶氏说："邻家有个女人凶狠泼辣，难以将她拘捕，阎王派我去捉拿。不料这女人临死时力气还很大，跟我格斗了好久，幸亏我把缠脚布解了下来，将她的手捆缚住，才牵了出来。"嫂子问："现在你将那妇人寄在什么地方?"饶氏说："就在窗外的那棵梧桐树上。"嫂子前去一看，并没有看见什么东西，只见树上有根头发丝拴住了一只苍蝇。嫂子觉到好玩，就把苍蝇取了下来，放在针线匣里。过不多久，只听得饶氏在床上发出阵阵叫喊声，好久才清醒过来，说："嫂子你这玩笑开得太残酷了！阴间长官怪我捉拿不到那妇人，重重地打了三十大板，规定期限勒令我将那妇人捉拿报到。嫂嫂快快还我那只苍蝇，免得我再挨板子。"嫂子见饶氏的臀部，果真有挨板子的伤痕，后悔极了，将苍蝇还给了饶氏。饶氏取过苍蝇，含在口中睡着了，于是恢复了平静模样。不过，从此之后，饶氏再也不肯替活人到阴间去查问吉凶的事了。

严　秉　玠

严秉玠作云南禄劝县，县署东偏有屋三间，封锁甚严，相传狐仙所居，官到必祭，严循例致祭。其妻某，必欲观之，屡伺门侧，不得见。一日，见美妇人倚窗梳头，妻素悍妒，虑惑其夫，率奴婢持棒冲入乱殴。美妇化作白鹅，绕地哀鸣。秉玠取印印其背，遂现原形，委地堕胎而死。胎中两小狐也，严取硃笔点其额，两小狐亦死。取大小狐投之火中。自此署中无狐，而严氏亦无恙。又一年，其妻怀孕，生双胞，头上各有一点红，如硃笔所点。妻大惊而殒，严以痛妻故，未几亦病亡，小儿终不育。

【译文】

严秉玠做了云南禄劝县的知县。县衙门东边有三间屋子，门锁得紧紧的，相传里面住着狐仙。上任的新官一到，必定先斋祭狐仙。严秉玠按惯例拜祭了狐仙。他的妻子非要看个明白不可，多次候在门边，却一无所见。一天，严妻忽见那屋有个漂亮女人倚靠在窗前梳头。她一向凶悍妒忌，担心这女人会迷惑住自己的丈夫，就带了丫头，拿了棍棒，冲进房内，将这女人胡乱打了一顿。这个漂亮女人立刻化作一只白鹅，在地上走来绕去，苦苦哀鸣。严秉玠拿大印在白鹅背上印了一下，白鹅现出了狐狸的原形，倒在地上，流产而死，胎中有两只小狐狸。严秉玠拿笔在小狐狸的额上各点一个朱红点，两只小狐也死了。于是，他就将大小三只狐狸投入火中焚化。从此，衙门中不再有狐仙出现，严妻也很太平。隔了一年，严妻怀孕，生了双胞胎，这两个婴儿额头上各有一个红点，就像是用朱笔点的。她见着大吃一惊，死了。严秉玠因痛悼妻子的死去，不久也生病去世，两个小儿最终也没活下来。

奉新奇事

江西奉新村民李氏妇，生产三日，胎不下。其姑率三女守之，以倦故，又请邻妇三人轮流守护。一妇姓孙，有儿尚襁褓，不能同往，乃交托外婆家，而率长子名钟者同往。钟已弱冠入学，虑夜间寂寞，乃持书一卷往。次日将午，其门内绝无人声，戚里疑之。打门入，则产妇死于床，七人死于地，七人中六人衣服面目无他异，惟气绝而已。独孙秀才身尚端坐，右手执书如故，其左臂自肩以下全身烧毁，直至脚底，黑如煤炭。合村大噪，鸣于官，急相验，命且掩埋，亦无从申报也。此事彭芸楣少司马为余言。

【译文】

江西奉新县村民李某的妻子难产，临产三日，胎儿还是生不下来。她婆婆带了三个女儿日夜守护，因为太困倦了，所以又请邻居的三个妇女轮流看护。其中有一个姓孙的妇女，有个儿子尚未断乳，不便带来，就托给了外婆暂领，自己带了大儿子孙钟同去。孙钟年满二十，已经是个秀才。他想，夜里看护太寂寞，便带了一卷书去读。第二天将近中午时分，李氏门内连一点动静也没有，邻居不免疑心起来，就破门而入，只见产妇死在床上，看护的七个人全死在地上，其中六个人的衣服与容貌没有什么反常，只是都断了气。唯独孙钟秀才还端坐着，右手照样拿着一卷书，从左臂肩下一直到脚底，全被烧毁，焦黑得如煤炭一般。全村因此大哗，人们到衙门去报官。县官赶忙派人前去验尸，结果验不出什么名堂，就命令埋葬了事，自然也无法向上司申报立案。这个故事是兵部侍郎彭芸楣给我讲述的。

智 恒 僧

苏州陈国鸿，彭芸楣先生丁酉乡试所取孝廉，性好古玩。家园内有种荷花缸，年久不起，陈命扛起，阅其款识，缸下又得一坛，黄碧色，花纹甚古，中有淤泥，朽骨数片。陈投骨于水，携坛入室。夜梦一僧来曰："我唐时僧智恒也。汝所取磁坛，乃我埋骨坛，速还我骨而土掩焉。"陈素豪，晓告友朋，不以为意。又三日，其母梦一长眉僧，挟一恶状僧至，曰："汝子无礼，贪我磁坛，抛撒我骨，我诉之不理，欺我老耳。我师兄大千闻之不平，故同来索汝子之命。"母惊醒，命家人遍寻所弃之骨，仅存一片。问孝廉，则已迷闷不省人事矣。未十日而病亡。

【译文】

苏州人陈国鸿，是彭芸楣先生主持乾隆四十二年乡试时录取的举人，喜欢收藏古玩。他家的园子里有一只种荷花的大缸，从未翻动过，陈国鸿就叫人将缸抬起，要看那缸底的题款印记。抬起缸，又在缸下挖到一只坛子，黄绿相间的颜色，花纹很古朴，坛中积有淤泥，泥中有几片腐烂了的骨头。他把朽骨扔在水里，将坛带到内室供着。当夜他梦见一个和尚来对他说："我是唐朝时候的和尚智恒。你所拿走的瓷坛，是我的埋骨坛，请赶快将我的骨头找来用土埋了。"陈国鸿向来豪犷，第二天还将梦中的事讲给朋友们听，根本不把它当回事。又过了三天，陈国鸿的母亲梦见一个长眉毛的和尚，带着一个样子很凶狠的和尚来到跟前，说："你的儿子太无礼，贪我的埋骨瓷坛还不算，又将我的骨头抛掉。我向他诉说却不理睬，大概是欺我老而无用。我的师兄大千和尚闻听此事很是不平，所以与我一起来要你儿子的性命。"陈母被这梦惊醒了，叫家里人到处去寻找被抛弃的骨片，最后只找到一片。再去问儿子，只见他已迷迷糊糊不省人事了。不到十天，陈国鸿就病死了。

三 斗 汉

三斗汉者，粤之鄙人也。其饭须三斗粟乃饱，人故呼为"三斗汉"。身长一丈，围抱不周，须虬面黑，乞食于市，所得莫能果腹。一日，之惠州，戏于提督军门外，双手挈二石狮去。提督召之，则仍双挈石狮而来。提督命五牛曳横木于前，三斗汉挽其后，用鞭鞭牛，牛奋欲奔，终不能移尺寸。提督奇其力，赏食马粮，使入伍学武。乃跪求云："小人食需三斗粟，愿倍其粮。"提督许之。习武有年，驰马辄坠，箭发不中，乃改步卒，郁郁不得志而归。游于潮州，值潮之东门修湘子桥，桥梁石长三丈余，宽厚皆尺五，众工构天架，数十人挽之莫能上。三斗汉从旁笑曰："如许众人，赪面汗背，犹不能升一条石块耶?"众怒其妄，命试之，遂登架独挽而上，众股栗。桥洞故有百数，辛卯年圮其三，郡丞范公捐俸倡修，见此人能独挽巨石，费省工速，遂命尽挽其余，赏钱数十千。不一月食尽去，莫知所之。或云饿死于澄江。

【译文】

“三斗汉”，是广东郊野人。他每顿饭要吃三斗粟才饱，人们因此叫他“三斗汉”。他身高一丈，腰粗得一人难以合抱，络腮胡子，乌黑面孔，终日流浪在街市上，靠讨饭过日子，常常连肚子也填不饱。有一天，三斗汉来到惠州，竟然在提督军门胡闹，两手提起提督府前一对石狮子，扬长而去。提督派人召唤他，三斗汉仍又提着两只石狮子来了。提督叫人将五条牛横套在一根长木上，叫三斗汉在后面拉住这根横木，同时命差役用鞭子抽打牛。牛奋力地想向前奔，结果连一尺一寸也挪不动。提督很欣赏三斗汉的力气，就赏他马匹军粮，让他加入到军队中学武。三斗汉跪在提督面前恳求说：“小人一顿饭要吃三斗粟，请大人将口粮加倍。”提督答应了。他练习武艺将近一年，可是骑在马上一奔跑就会掉下来，射箭也没一次射中。提督就让他改做步兵，三斗汉郁郁不得志，就干脆回家了。一次，三斗汉游荡到潮州，正好碰上潮州东门外在修湘子桥。桥的石梁有三丈多长，宽与厚各一尺五寸，民工们搭好起重的架子，几十个人提拉石梁上架，可就是上不去。三斗汉在旁见此情景便笑着说：“这么多的人，面孔涨得通红，汗流浃背，怎么连一条石梁都拉不上去呢?”民工认为他口出狂言，十分恼怒，就叫他试一试。三斗汉独自一人拉着石梁就登上了起重架，下面的民工见此都吓呆了，连脚也软了。湘子桥的桥洞有百来个，乾隆三十六年有三个桥洞倒塌了，地方长官范某捐出自己的俸禄，倡议修桥，见三斗汉能独自一人拉起大梁巨石，既省开支，又能加快进度，于是就将余下的活全让他包干了，最后给了他几十千钱。不到一个月，三斗汉将这些钱吃用完，离开了潮州，不知去向。有人说，他是在澄江饿死的。

苏南村

桐邑有苏南村者，病笃昏迷，问其家人曰：“李耕野、魏兆芳可曾来否?”家人莫知，漫应之。顷又问，答以未曾来，曰：“尔等当着人唤他速来。”家人以为谩语，不应，乃长叹欲逝。家人仓皇，遣健足奔市，购纸轿一乘。至则见舆夫背有李耕野、魏兆芳字样，乃恍然悟，急焚之，而其气始绝。舆夫姓字乃好事者戏书也，竟成为真，亦奇。

【译文】

桐乡人苏南村，患了重病，昏迷不醒。一天，忽然问他的家里人：“李耕野、魏兆芳是不是已经来了?”家里人听了莫名其妙，随便附和了他几句。过了一会，苏南村又问，家里人随口回答说李、魏两人还没有来，苏说：“你们应该派人叫他两人快来。”家里人以为他是在说胡话，没理他。苏南村长叹一声，似乎快要死了。家里人慌了，忙派善跑的人奔到集市上，买了一乘纸轿回家。一看，那纸做的轿夫的背上，居然写着李耕野、魏兆芳的名字。家里人这才恍然大悟，赶快焚烧了纸轿，这时苏南村也就断了气。其实，那纸做轿夫身上的姓名，原是喜欢多事的人写着玩的，哪知竟应了，也真可算是件奇事。

叶生妻

桐城邑西牛栏铺界叶生，笔耕糊口，父兄业农。乾隆癸卯春，佃其族人田于牌门庄，阖室移居于是。其妻年十八，素端重寡言，忽发颠谩骂，其音不一，惟骂李某丧绝天良，毁我辈十人冢，盖造房屋，好生受用，将我等骸骨践踏污秽。叶生不解，询邻老，始知房主李某于康熙时平坟架屋，事实有之。乃诘其妻云："平坟做屋，实李某事，于我何干？"妻答云："当时李某气焰甚高，我等忍气不言，多出游避之。今看尔家运低，故在此泄忿。"骂音中惟此厉声者最恶，其九音偶尔相间，亦略平和。生许以拆屋培冢，答云："屋有主人，尔不能擅拆，盍往商量？"生奔请李姓来，其妻引至堂西两正屋内，指示曰："此二椁也，此四坟也，其牖旁乃二女坟，我坟在床后墙下。"李问："尔何人？"答云："我阮姓孚名，年二十二，前明正德间儒生，读书白鹤观，戏习道教，竟成羽士。偶为贪色，逾墙被辱，自缢葬此。十人中惟我受践踏污秽更苦，故我纠合伊等同来。"李云："汝骨在何处？"答曰："正中一冢，掘下三尺，见棺黑色者，是我也。"李踌躇不敢掘，鬼骂不息。远近观者，络绎而至。有问必答，或烧纸钱求之，其九鬼亦从旁劝解，音皆自其妻口中出。缢鬼骂曰："汝等九个赌贼，得受叶家纸钱，彼此赶老羊快活，便来劝我么？"自是九鬼无声，惟缢鬼独闹。生请羽士禳解，属塾师陈某作荐送文。鬼大笑曰："不通之极，某故事用错，某处文词鄙俗，况送我文当求我，不应以威胁我。"塾师惭赧，唯唯而已。道士诵经略错，必加切责。生之戚有程氏者，家素丰，方到门，鬼曰："富翁来矣，当备好茶。"章孝廉甫与生有姻，将到，鬼曰："文星至矣，求为我作墓志。”章口占一律赠之曰：“当年底事竟投缳，遗体飘零瘗此间。茅屋安成将拆去，高封误毁已培还。从兹独乐安黄壤，还望垂怜放翠鬟。他日超升藉法力，直排阊阖列仙班。”鬼谢曰：“蒙奖太过，乎有风流罪过，安能排阊阖列仙班乎？惟五、六二语，见教极是，吾遵命去矣。”临去，呼叶生字告之曰：“吾不受道士忏悔，受文人忏悔，亦未忘结习故也。尔盍镌诗墓石，以光泉壤？”生妻瞑目无言，越一日，乃醒。

【译文】

桐城城西，近牛栏铺的地方，有个叶生，靠笔墨文书糊口。他的父亲和哥哥都务农为生。乾隆四十八年春天，叶家在牌门庄租了一家同族人的田种，全家也就搬到那里。叶生的妻子十八岁，平日沉默寡言，端庄自重。一天，突然颠三倒四地骂起人来，听她骂人的口气，不像是一个人，夹杂了好几个人的声音，但都骂李某人丧尽天良，毁了他家祖辈十个人的坟冢，造房建屋，你们李家住得舒适，我们十人的尸骨都被践踏，被污秽。叶生听了摸不着头脑，去请教当地父老，才知道他现在住的房子，原是李某所盖的。康熙年间，李某在此平了坟头，造起房子。他妻子所说的事，确是实有。叶生回家便责问附在妻子身上的鬼说：“平坟头造房子，是李某干的，与我有什么相干？”鬼借叶妻之口回答说：“当年李某有财有势，气焰嚣张，我们只好忍气吞声，出去东躲西藏，现在看你家运气不好，所以到这里来发泄怨气。”在骂声中，这个人的口气最厉害，最凶狠，其他九个人，不过偶尔插插嘴，口气也比较平和。叶生答应把这房子拆掉，重新培土修坟。妻子回答说：“这屋的主人还在，你不可自做主张拆屋，何不找他一起商量？”叶生赶忙跑去找了李某来。叶妻带他到了客厅西边的两间正屋中，边指边说：“这里原有两口棺材；这里原有四座坟墩；那边窗下是两座女人的坟头，我的坟在内室床后面的墙根下。”李某问：“你是什么人？”

叶妻回答说："我叫阮孚，死时二十二岁，是明朝正德年间的儒生，在白鹤观读书，原不过是好奇学点道术，不料后来竟当了道士。一次，因一时被女色所诱惑，爬墙头约会时被人羞辱了一顿，上吊自尽，葬在这里。十个坟中，我这座坟遭到的践踏和污秽最厉害，受苦最深，所以我纠集他们一同到此算账。"李某问："你的骨头埋在什么地方？"回答说："在当中的一座坟头里，掘进地下三尺，看见有个黑色的棺材，就是我的。"李某人还有点犹豫，不敢挖土，那鬼便不停地骂。远远近近闻讯前来看热闹的，络绎不绝。凡有人提问，必答。叶生烧起纸钱，恳求其他九个鬼劝阮孚不要再骂，其他九鬼果然劝解起阮孚。这九鬼的说话也全是借着叶妻的嘴说出来。阮孚不禁又骂了："你们这九个赌鬼，受了叶家的纸钱，彼此只图自己一时受用，反倒帮人家来劝我？"于是，九个鬼不说话了，只剩阮孚这个吊死鬼独闹。叶生就请道士作法，驱邪消灾，又请私塾先生陈某写了一篇送鬼文。阮鬼哈哈大笑，说："这篇文章不通到了极点，或者典故用错，或者文词粗俗，更何况送鬼文应当用恳求的笔调，不应当用威胁我的语言。"私塾陈先生被指责得面红耳赤，连连说对。道士诵念经文稍有差错，阮鬼立刻加以指正、斥责。叶生有个姓程的亲戚，家境丰裕，刚到叶家门口，阮鬼就借他妻嘴说："富翁来了，应准备好茶迎客。"叶生的姻亲举人章甫快到叶家时，鬼说："文曲星来了，请求他替我写篇墓志铭。"章甫当即作了一首律诗赠给阮鬼，大意是："当年你为何事竟去上吊自尽，落个遗体飘零，埋葬此地。造屋择地不当，可以拆掉；你的坟头被毁，重新建造就是了。从此你在九泉之下安居乐业，还望可怜叶妻让她早日清醒。今后定会靠你自己法力获得超升，步步高升名列仙道班头。"阮鬼听完，谢道："承蒙过分夸奖，我阮孚犯有风流罪过，怎会步步高升，名列仙道班头？只有那第五、第六两句，说得很对。我听你的话，马上离开此地。"临走时，叫叶生来，对他说："我不接受道士的忏悔经，却受文人的忏悔诗，这是因为我毕竟还有文人的习性。你把章甫的诗刻在墓碑上，让我在九泉之下沾点光。"叶生的妻子这才闭上眼睛沉默安静了。过了一天，就完全清醒了。

七盗索命

杭州汤秀才世坤，年三十余，馆于范家。一日晚坐，生徒四散，时冬月畏风，书斋窗户尽闭。夜交三鼓，一灯荧然，汤方看书，窗外有无头人跳入，随其后者六人，皆无头，其头悉用带挂腰间，围汤而各以头血滴之，涔涔冷湿。汤惊迷，不能声。适馆僮持溺器来，一冲而散，汤陨地不醒。僮告主人，急来救起，灌姜汤数瓯，醒，具道所以，因乞回家，主人唤肩舆送之。天已大明，家住城隍山脚下，将近山，汤告舆夫，不肯归家，愿仍至馆，云未至山脚下，望见夜中七断头鬼昂然高坐，似有相待之意。主人无奈何，仍延馆中。遂大病，身热如焚，主人素贤，为迎其妻来侍汤药。未三日卒，已而苏，谓妻曰："吾不活矣，所以复苏者，冥府宽恩，许来相诀故也。昨病重时，见青衣四人拉吾同行，云有人告发索命事。所到黄沙茫茫，心知阴界，因问吾何罪，青衣曰：'相公请自观其容便晓矣。'吾云：'人不能自见其容，作何观法？'四青衣各赠有柄小镜，曰：'请相公照。'如其言，便觉庞然魁梧，须长七八寸，非今生清瘦面貌。前生姓吴，名锵，乃明季娄县知县。七人者，七盗也，埋四万金于某所，被获后，谋以此金贿官免死。托娄县典史许某，转请于我。许匿取二万，以二万说我。我彼时明知盗罪难逭，拒之，许典史引《左氏》'杀汝，璧将焉往'之说，请掘取其金而仍杀之。我一时心贪，竟从许计，此时悔之无及。乃随四人，行至一处，宫阙壮丽，中坐衮袍阴官，色颇和。吾拜伏阶下，七鬼者捧头于肩，若有所诉，诉毕，仍挂头腰间。吾哀乞阴官，官曰：‘我无成见，汝自向七鬼求情。’吾因转向七鬼叩头，云：‘请高僧超度，多烧纸钱。’鬼俱不肯，其头摇于腰间，狞恶殊甚，开口露牙，就近来咬我颈。阴官喝曰：‘盗休无礼！汝等罪应死，非某枉法。某之不良在取尔等财耳。但起意者典史，非吴令，似可缓索渠命。’七鬼者又各以头装颈，哭曰：‘我等向伊索债，非索命也。彼食朝廷俸而贪盗财，是亦一盗也。许典史久已被我等咀嚼矣。因吴令初转世为美女，嫁宋尚书牧仲为妾，宋贵人，有文名，某等不敢近。今又托生汤家，汤祖宗素积德，家中应有科目，今年除夕，渠之姓名将被文昌君送上天榜，一入天榜则邪魔不敢近，我等又休矣。千载一时，寻捉非易，愿官勿行妇人之仁。’阴官听毕，蹙额曰：‘盗亦有道，吾无如何，汝姑回阳间，一别妻孥可也。’以此我得暂苏。”语毕不复开口。妻为焚烧黄白纸钱千百万，竟无言而卒。汤氏别房讳世昌者，次年乡试及第，中进士，入词林，人皆以为填天榜者所抽换矣。

【译文】

杭州秀才汤世坤，今年三十多岁，在范家的学馆里教书。一天夜里，学童散去，他一人独坐房中。当时正是寒冬腊月季节，汤某怕风，就把书斋的门窗全部关上。三更时分，一盏油灯亮着，汤世坤正在看书，突然有个无头人跳进屋内，后面跟着六个人，也全无头。他们七个人都用带子将头挂在腰里，围着汤某各用自己人头的鲜血滴他，将汤某滴得浑身湿透冰冷。汤某被吓得迷迷糊糊，不能说话。此时，学馆的书僮进房送夜壶来，群鬼才一冲而散。汤某倒在地上，不省人事。书僮报告主人，忙救起汤某，连灌了几碗姜汤，他才醒了。汤某将所见之事详细说了一遍，要求回家暂住几天，主人答应了，备轿送他。这时，天已大亮。汤某的家住在城隍山的脚下。轿子快近山脚时，汤某忽然告诉轿夫，不要抬他回家，仍旧抬回学馆居住，他说轿子虽未到山脚下，他却已经看见前面黑暗处七个断头鬼挺胸高坐，像在专门守候他。范家主人无可奈何，仍旧安排他在学馆住下。汤某经此周折，生起大病，发高烧，全身火烫。范家主人心地善良，就将他妻子也接到馆里来，煎药侍候。不到三日，汤某昏死了过去，不久又苏醒，对妻子说："我活不长了。这次醒来，是阎王爷的恩典，让我与你诀别。昨天病危时，见四个穿青衣服的人拉着我一起走，说有人告发我，要讨还命债。我到了一处遍地是茫茫黄沙的地方，才知道这是阴间，于是我问青衣人我到底犯了什么罪，青衣人说：'请相公等会儿看看自己的真面目就明白了。'我说：'人是看不到自己的前世面目的，你们有什么办法可以让我看到?'四个穿青衣的人每人送了我一面有柄的小镜子，说：'请相公自照。'果然像他所说，照见自己高大魁梧，胡须有七寸长，绝非现在清瘦的书生模样。前生我姓吴，名锵，是明朝时娄县的知县。这七个无头鬼，原本是七个强盗，藏了偷盗来的四万两银子在某地。七个强盗被抓获后，准备用这四万两银子贿赂官府，以求活命。他们托娄县的缉捕长官典史许某，向我求情。许某私自揩油了二万两银子，用剩下的二万两银子劝说我。我当时明知这些强盗犯的罪难以宽恕，拒绝了许某。许某引了《春秋左传》上'杀汝，璧将焉往'的话，意思说，先答应强盗请求，让他供出藏宝的地方，把银子挖掘出来，然后照杀不误。我一时心贪，竟听从了许某策划，现在后悔已来不及了。于是，我跟着四个青衣人继续走。又走到一个地方，宫殿壮丽雄伟，殿中央坐着一个身穿着龙袍的阴间长官，态度很和气。我跪倒在大殿台阶下，七个无头鬼将头捧得与肩平，像是在对阴间长官申诉，申诉完毕，仍将头挂在腰间。我苦苦哀求阴间长官宽恕，他说：'我没有意见，你自己向七个鬼求情。'我就转身向七个鬼叩头，说：'我到阳间一定请高僧为你等超度，多烧点纸钱给你们。’七个鬼不答应，挂在腰间的头也全摇了起来，显得特别凶恶，张开口，露出牙齿，过来要咬我头颈。此时，阴间长官大声喝道：‘众强盗休得无礼！你等罪该一死，并非是吴某错判。吴某存心不良的地方，是骗取了你等藏匿的银子。可是，第一个出这坏点子的是典史许某，不是县令吴某，所以吴某似乎可以判处缓期偿命。’七个无头鬼又全将头装在头颈上，哭着说：‘我等是向吴某讨银子债，不是要他的性命。吴某吃了朝廷的俸禄而贪钱盗财，也是一个盗贼。许典史早就被我等咀嚼吃掉了。只是因为吴县令第一次托生成了一个美女，嫁给宋牧仲尚书做小妾，宋尚书地位高、有文名，我等不敢近他身。这次吴某又托生到汤家，汤家祖上向来行善积德，他家应该有人中功名。今年除夕，汤世坤的名字将要被文昌君送上天榜；一入天榜，邪魔鬼怪又不敢近他身，我等就无计可施了。这次捉住汤某，实非易事，可说是千载难逢的一个机会，请求长官不要优柔寡断、像妇人那样软心肠，再放过这个罪人。’阴间长官听完，皱着眉头说：‘强盗说得也有道理，我也没有办法。汤某你姑且回阳间一次，与妻儿诀别吧。’所以我才得到苏醒片刻的机会。”说完，就不再开口。妻子为他焚烧了成千上万的黄白纸钱。汤某没说一句话，死了。汤家本族有个汤世昌，第二年乡试中榜，又成了进士，进了翰林院。人们都以为是天上文昌君在填天榜时抽调了姓名，将汤世坤的名字改成了汤世昌。

陈清恪公吹气退鬼

陈公鹏年未遇时，与乡人李孚相善。秋夕，乘月色过李闲话。李故寒士，谓陈曰：“与妇谋酒不得，子少坐，我外出沽酒，与子赏月。”陈持其诗卷，坐观待之。门外有妇人，蓝衣蓬首，开户入见陈，便却去。陈疑李氏戚也，避客故不入，乃侧坐避妇人。妇人袖物来，藏门槛下，身走入内。陈心疑何物，就槛视之，一绳也，臭有血痕。陈悟此乃缢鬼，取其绳置靴中，坐如故。少顷，蓬首妇出探藏处，失绳，怒，直奔陈前，呼曰：“还我物！”陈曰：“何物？”妇不答，但耸立张口吹陈，冷风一阵如冰，毛发噤龄，灯荧荧青色将灭。陈私念：“鬼尚有气，我独无气乎？”乃亦鼓气吹妇，妇当公吹处，成一空洞，始而腹穿，继而胸穿，终乃头灭，顷刻如轻烟散尽，不复见矣。少顷，李持酒入，大呼妇缢于床。陈笑曰：“无伤也，鬼绳尚在我靴。”告之故，乃共入解救，灌以姜汤，苏。问何故寻死，其妻曰：“家贫甚，夫君好客不已，头止一钗，拔去沽酒。心闷甚，客又在外，未便声张。旁忽有蓬首妇人，自称左邻，告我以夫非为客拔钗也，将赴赌钱场耳。我愈郁恨，且念夜深，夫不归，客不去，无面目辞客。蓬首妇手作圈曰：‘从此入，即佛国，欢喜无量。’余从此圈入，而手套不紧，圈屡散，妇人曰：‘取吾佛带来，则成佛矣。’走出取带，良久不来。余方冥然若梦，而君来救我矣。”访之邻，数月前果缢死一村妇。

【译文】

陈鹏年未做官时，与本乡人李孚很要好。一个秋夜，月色很好，陈鹏年乘兴到李孚家聊天。李孚是个穷书生，他对陈鹏年说：“我妻子说家里酒瓶早空了。老兄稍坐一会，让我出去买点酒，回来一起赏月。”陈鹏年拿起李孚写的诗卷，边读边等。忽然间有个身穿蓝衣，蓬头散发的女子推门进来，见陈鹏年在，退了出去。陈以为是李孚的亲戚，刚才是回避客人所以不进来，于是侧身而坐，礼让和回避她。这时，那女人又进了屋，从袖中掏出一样东西，藏在门槛下，而后走入内房。陈鹏年想看看那妇人所藏的是什么东西，就俯身靠近门槛看了看，见是一根绳子，有臭味，有血痕。陈鹏年知道这是个吊死鬼，就将绳子藏在靴子中，照旧坐着看书。隔不多久，蓬头妇走到门槛下探看，见没了绳，十分恼怒，直奔到陈鹏年面前，叫道："还我东西!"陈问："什么东西?"那妇人不回答，踮起脚尖，耸起双肩，张开口直朝陈鹏年吹气，吹出的气犹如一阵冰冷的寒风，使人毛发直竖，牙齿打颤，桌上的油灯也一闪一闪地快要熄灭。陈鹏年想："鬼尚且有气，难道我反倒没有气吗?"于是，他鼓足气吹蓬头妇，凡被吹到的身体部位，立刻成了空洞，陈鹏年先吹穿了妇人的腹部，接着吹透了她胸部，最后将她头也吹没了。顷刻之间妇人如同一股轻烟散尽，再不见踪影。过了不多一会，李孚买酒回来，忽然大声惊叫说，他的妻子吊死在床上了。陈笑着说："不要紧，蓬头鬼的绳子还藏在我靴子里。"同时告诉他刚才退鬼的经过。他们一起抢救，用姜汤灌，她终于醒了。问她为何要寻短见，她说："家里实在太穷，夫君又是如此好客，连我头上唯一剩下的一根银钗，也被他拔去换酒，心里闷闷不乐，客人又在外面坐着，不便声张咕哝。这时在我身边忽然出现了一个蓬头妇人，自称是隔壁邻居，告诉我说，夫君取走你银钗并非是为招待客人，其实是拿去作赌本了。我愈加觉得恼恨了，心想夜已深，丈夫尚未回家，客人又不走，我也没脸打发客人回去。蓬头妇人就用手比划出一个圆圈，说：'进入这圈中，就可到西天佛国，从此无比快乐。'我就将身子钻进这圈中，圈太小，两只手套不进去，套了几次，圈散掉几次，蓬头妇说：'我去拿根佛带来，你马上就可成佛。'蓬头妇便出去取带子，等了好久不见她回来。我迷迷糊糊地像在做梦，却被你们救醒了。"后来，李孚问了问邻居，才知几个月前村里果然吊死过一个妇女。

陈圣涛遇狐

绍兴陈圣涛者，贫士也。丧偶，游扬州，寓天宁寺侧一小庙，庙僧遇之甚薄。陈见庙有小楼扃闭，问僧何故，僧曰："楼有怪。"陈必欲登，乃开户入，见几上无丝毫尘，有镜架梳篦等物，大疑，以为僧藏妇人，不语出。过数日，望见美妇倚楼窥，陈亦目挑之，妇腾身下，已至陈所，陈始惊，以为非人。妇曰："我仙也。汝毋怖，为有夙缘故耳。"款接甚殷，竟成夫妇。每月朔，妇告假七日，云往泰山娘娘处听差。陈乘妇去，启其箱，金珠烂然，陈一丝不取，代扃锁如初。妇归，陈私谓曰："我贫甚，而君颇有余资，盍假我屯货为生业乎？"妇曰："君骨相贫，不能富，虽作商贾无益；且喜君行义甚高，开我之箱，分文不取，亦足敬也，请资君衣食。"自后陈不起炊，中馈之事妇主之。居年余，妇谓陈曰："妾所畜金已为君捐纳飞班通判，赴京投供即可选也。妾请先入京师，置屋待君。"陈曰："娘子去，我从何处访寻？"曰："君第入都，到彰义门，妾自遣人相迎。"陈如其言，后妇人两月入都，至彰义门，果有苍头跪曰："主君到迟，娘娘相待久矣。"引至米市胡同，则崇垣大厦。奴婢数十人皆跪迎叩头，如旧曾服侍者。陈亦不解其故。登堂，妇人盛服出迎，携手入房。陈问诸奴婢何以识我，曰："勿声张，妾假君形貌赴部投捐，又假君形貌买宅立契；诸奴婢投身时亦假君形貌以临之，故皆认识君。"因私教陈曰："若何姓，若何名，唤遣时须如我所嘱，毋为若辈所疑。"陈喜甚，因通书于家。明年，陈之长子来，知父已续娶后母，入房拜见。母慈恤倍至如所生，子亦孝敬不违。妇人曰："闻儿有妇，何不偕来？

明年可同至别驾任所。”长子唯唯，妇人赠舟车费，迎其妻入京同居。忽一日，门外有少年求见，陈问何人，少年曰：“吾母在此。”陈问妇人，妇人曰：“是吾儿，妾前夫所生也。”唤入拜陈，并拜陈之长子，呼为兄。居亡何，妇假日也，不在家，长子亦外出，妻王氏方梳妆。少年窥嫂有色，排窗入，拥抱求欢。王不可，少年强之，弛下衣以阴示嫂（删十二字），王愈畏恶，大呼乞命。少年惧，奔出，王之裙褶已毁裂矣。长子夜归，被酒，见妻容色有异，问之，具道所以。长子不胜忿，拔几上刀，寻少年，少年已卧，就帐中斫之，烛照，一狐断首而毙。陈知其事，惊骇，惧妇人假满归，必索其子命，乃即夜父子逃归绍兴。官不赴选，一钱不得着身，贫如故。

【译文】

绍兴人陈圣涛，是清贫的书生。他死了妻子，独自一人来到扬州，寄居在天宁寺边上的一座小庙里。庙里的和尚对他很冷淡。陈圣涛发现庙里有座小楼一直紧锁着，问和尚这是什么道理，和尚说：“楼上有鬼怪。”陈决意要上楼去看个究竟。和尚让他开了门进去，见茶几上干净得没有一点灰尘，上面摆着镜子、木梳、竹篦等东西。陈圣涛顿生疑心，以为这房是和尚私藏女人的地方。他一声不响离开了小楼。过了几天，陈某望见小楼上有个漂亮的女人倚在窗口正看着自己，他也挑逗地投了一眼。那个女人从窗口腾空跳下，到了陈某房里。陈某一惊，以为她不是人。妇人说：“我是仙人。你别怕，咱俩前世有缘分。”陈某很殷勤地款待了她。从此，他俩住在一起，就像夫妻一般。每到月初，妇人向陈某告假七天，说是要到泰山娘娘那儿去听命侍候。陈某趁她离开时，打开了她的箱子，里面亮闪闪全是金银珠宝。陈某丝毫不取，照原样关闭锁好。妇人回来，陈某对她说："我穷极了，而你很有些积蓄，何不借给我买些货物做生意呢。"妇人说："你生来就是一副穷相，命里注定富不了，就是做买卖也不会发家。我爱你品行和道德的高尚，开看了我的箱子，却分文不拿，实在可敬，我一定供给你衣食花费。"从此以后，陈某就不再开灶烧饭，饮食家务的事情全由那妇人包了下来。就这样过了一年多，妇人对陈某说："我已用所储蓄的钱财替你捐了个即刻授职的通判官，你只要到京城有关部门报到就可选官。让我先去京城，准备好房子，好等你来住。"陈问："你到了京城，我上那儿找你？"妇人说："你一到京城，就在彰义门等着，我会派人来迎接。"陈某照她的话做了，他比妇人后两个月到了京城，找到彰义门，果然有个老仆跪地迎接，说："老爷迟到了，娘娘等你很久了。"老仆将他迎到米市胡同，进了一座高墙大院内。一进门，就有几十个奴婢跪地叩头迎接，像是欢迎早就侍候过的旧主人到来。陈某看不懂其中的道理。到了厅堂，妇人盛妆出来迎接他，携手进入内房。陈某问妇人，那些丫头怎么会都认识我，妇人说："千万别声张，我变成了你的模样到部里去捐了官，又买了房子，立了契约。这些丫头来投靠时，我也变成了你的样子收留她们，所以你一到，就都认识你。"并且私下又教陈某说："丫头中谁姓什么，名叫什么，一定要照我预先介绍给你的呼唤，别弄错，免得被丫头们疑心。"陈某高兴地住下，还写了封信到家里。第二年，陈圣涛的大儿子就到京城探亲来了，他已知道父亲续娶了后母，进房行了拜见礼。那妇人对陈某的大儿子倍加慈爱和体贴，犹如亲生儿子一般；大儿子也很孝敬后母。一天，妇人说："听说我儿有了媳妇，何不将她带到京城？明年可以一起随你父亲赴任。"大儿子连连说是。妇人给了大儿子车旅费，大儿子就把妻子接到京城的父亲家里。有一天，门外忽然有个少年求见，陈圣涛问他是什么人，少年说："我母亲在这儿。"陈某去问妇人，妇人说："是我的儿子，是我前夫所生的。"她请少年进屋来拜见了陈某，还拜见了陈某的大儿子，以兄弟相称。过了几天，妇人又去度假，不在家里，大儿子也外出办事。一日，大儿子的妻子王氏正在房内梳妆，少年见嫂子长得有几分姿色，就推窗跳进房内，拥抱住王氏要求欢。王氏不肯，少年就企图强奸，解开下裳给嫂子看下身，王氏更是又怕又憎恶，大呼救命。少年害怕，逃走了。王氏的裙子已被扯破。夜里，大儿子回来，还有几分醉意，看见妻子神色异样，就问她，妻子将白天发生的事全告诉了丈夫。大儿子无比愤怒，拔出放在茶几上的腰刀，去寻少年报仇。那少年已经睡了。大儿子举起腰刀走近帐前，朝里砍了一刀，用烛光一照，床上躺着一只斩断了头的死狐狸。陈圣涛知道这件事后，非常害怕，怕那妇人假日一满回来，必定会索讨她儿子的性命。于是，父子俩连夜逃到绍兴老家。陈某自然不再到部里去报到候选，也未拿那妇人一分钱，还是跟过去一样清贫。

长鬼被缚

竹墩沈翰林厚余，少与友张姓同学读书。数日，张不至，问之，张患伤寒甚剧，因往问候。入门悄然，将升堂，见堂上先有一长人端立，仰面视堂上题额。沈疑非人，戏解腰带潜缚其两腿。长人惊，转面相视，沈叩以何处来，长人云："张某将死，余为勾差，当先来与其家堂神说明，再动手勾捉。"沈以张寡母在堂，未娶无子，胡可以死？恳画计缓之。长人亦有怜色，而谢以无术。沈代恳再三，长人曰："只一法耳。张明日午时当死，先期有冥使五人偕予自其门外柳树下入。冥中鬼饥渴久，得饮食即忘事。君可预设二席，置六人座，君候于门外柳树边，有旋风自上而下，即拱揖入门，延之入座，勤为劝酬，视日影逾午，则起散，张可以免。"沈允诺，即入语张家人，届期一一如所教。张至巳刻已昏晕，当午，惟存一息，外席散而神气渐复。沈大喜归。月余，夜梦前长人作痛楚状，攒眉告曰："前为君画策，张君得延一纪，入学且当中某科副车，举二子，而余以泄冥事，为同辈所告，责四十板，革役矣。余本非鬼，乃峡石镇挑脚夫刘先，今遭冥责，不复能行起，尚有三年阳数未终，须君语张君，给日用费，终我余年。”沈语张，张即持数十金，偕沈买舟访之，果得其人，方以瘫疾卧床，乃拜谢床下，以所携金赠之而返。张后一如梦中所语。

【译文】

翰林沈厚余，吴兴竹墩人，年轻时与一位姓张的朋友一起读书。一连几天，张某不来，沈厚余一问，原来他患了伤寒症，病得厉害，就前去问候。走进张家门，寂静无声。快到客厅时，看见有个高个子的人先到了，笔直地立在厅前，正仰起头在观看厅堂上的题额。沈厚余怀疑他不是人，顺手解开身上的腰带，偷偷地将高个子的两条腿缚住。高个子吃了一惊，转过身来，对着沈厚余打量，沈问高个子从何处而来，高个子说：“张某将死，我是勾人灵魂的当差，特地早到一步，以便与张某父母讲清楚，然后再动手勾捉。”沈厚余告诉高个子，张某的母亲是个寡母，而张某还未结婚生儿子，怎么能让他死？恳求当差的想个办法，缓一缓再说。高个子也很同情，只是一时想不出好办法，便谢绝了沈某请求。沈某再三恳求，高个子说：“现在只有一个办法。张某明天午时应该死，午时前阴间的五个差役，将会与我从门外的柳树下进入张家。阴间的鬼，早就又饿又渴。如果这时让鬼有吃有喝，就会延误他们勾捉的时辰。你可预先摆好两桌酒席，安排六张座位，同时等在门外柳树旁。到时如感觉有股自上而下的旋风吹来，马上就打躬作揖，将五鬼请进门，招待入座，殷勤劝酒，好好应酬，到太阳的影子过了午时光景，就可以散席。张某便能免于一死。”沈厚余答应照做。他马上进去告诉张某家人，到时要一一办妥。到了那一天，张某从早晨开始已昏迷不醒，到了中午时分，只剩下一口气。一直到外面酒席散了，张某的神志才渐渐恢复。事完后，沈厚余很高兴地回家了。过了一个多月，沈某夜里梦见了高个子，他苦不堪言，皱着眉头告诉沈某："一个月前我替你想了个计策，使张某多活十二年。他命中还能考取秀才并考中某科的副榜，该有两个儿子。可是，我自己却因为泄露了阴间秘密，被其他五个鬼差役告了一状，责打四十大板，连饭碗也丢了。我本来不是鬼，是峡石镇的挑担脚夫刘先，现在我被打伤，不能干活了。算起来我还有三年阳寿，请你转告张某，请他支付日常生活费，让我过完余年。"沈厚余将此梦告诉了张某，张某立刻拿了几十两银子，买了条船，与沈某一起到峡石镇寻访刘先，找到刘先，果真见他瘫卧在床上，二人就拜谢了刘先，将所带的银子送给他，而后回家。张某此后十二年的命运，果然全如梦中所预言的那样。

西园女怪

杭郡周姓者，与友陈某游邗上，主某绅家。时初秋，尚有余暑，所居屋颇隘，主人西园精舍数间，颇幽静，面山临池，二人移榻其中，数夜安然。一夕步月，至二鼓，入室将寝，闻庭外步屟声，徐徐吟曰："春花成往事，秋月又今宵。回首巫山远，空将两鬓凋。"两人初疑主人出游，既而语气不类，披衣窃视，见一美女背栏干立。两人私语，未闻主人家有此人，且装束殊不似近时，得毋世所谓鬼魅者此乎？陈少年，情动，曰："有此丽质，魅亦何妨！"因呼曰："美人何不入室一谈？"庭外应声曰："妾可入，君独不可出耶？"陈拉周启户出，不复见人，呼之，随呼随应，而人不可得。寻声以往，若在树间，审视之，则柳枝下倒悬一妇人首。二人骇极，大呼。首坠地，跳跃而来。二人急奔避入室，首已随至。两人关门，尽力抵之，首啮门限，咋咋有声。俄闻鸡鸣，首跳跃去，至池而没。两人迨天明，急移住旧所，各病疟数十日。

【译文】

杭州人周某与朋友陈某在扬州郊外的邗江上旅游，住在一位绅士家里。当时正是初秋时节，炎夏的暑气还未退尽，他俩嫌所住的一间屋子太狭小闷气，而主人家西面花园里有几间空关的很考究的房子，非常幽静，面山临水，于是两人就搬进去住了。几天下来，平安无事。一天晚上，周、陈二人在月下散步，到二更时分，回到房里，准备睡觉。忽听院子外有脚步声，而且有人还在慢慢地吟着诗句："春花烂漫已成往事，秋月皎洁就在今夜。回头望巫山云雨，远不可及，光阴虚度，空使两鬓染霜。"周、陈二人开始以为是主人在游园，再听那声音又不像，于是披了衣服出来察看，见有一个美女背靠栏杆站着。二人私议起来，说从未见过主人家有这么个人，打扮也不像是现在人的装束，莫不是平日人所常说的鬼怪？陈年纪较轻，见了美女有点心动，说："有这么好的身段，即使是鬼也没关系。"于是，就招呼她："小娘子，何不进屋来聊聊。"庭外的美女答道："叫我进屋，为什么你不可以走到屋外来呢？"陈某拉着周某开了门，走出庭院，却不见有什么人，陈某便叫了几声，随着听见应了几声，可是始终不见人影。陈、周二人随着应声的方向找去，这人好像是在树丛里，再仔细一找，只见细细柳枝间倒挂着一个妇人的头。陈、周害怕之极，就惊叫起来。这颗头便落到了地上，竟朝着他俩跳跃过来。两人急忙逃到屋内躲避，这妇人的头也紧追不放，两人关起房门，用全力抵住，这颗头就用牙齿咬门槛，发出咋咋咋的声音。不久，天明鸡叫，那颗头跳着离开了，到池子边消失不见了。周、陈二人就这样一直折腾到天亮，第二天搬回到原屋住。受此惊吓，两人都生了几十天的疟疾病。

雷诛营卒

乾隆三年二月间，雷震死一营卒。卒素无恶迹，人咸怪之。有同营老卒，告于众曰："某顷已改行为善。二十年前披甲时，曾有一事，我因同为班卒，稔知之。某将军猎皋亭山下，某立帐房于路旁。薄暮，有小尼过帐外。见前后无人，拉入行奸。尼再四抵拦，遗其裤而逸。某追半里许，尼避入一田家，某怅怅而返。尼所避之家，仅一少妇，一小儿，其夫外出佣工。见尼入，拒之，尼语之故，哀求假宿。妇怜而许之，借以己裤，尼约以三日后当来归还，未明即去。夫归，脱垢衣欲换，妇启箧，求之不得，而己裤故在，因悟前仓卒中误以夫裤借去。方自咎未言，而小儿在旁曰：'昨夜和尚来穿去耳。'夫疑之，细叩踪迹。儿具告和尚夜来哀求阿娘，如何留宿，如何借裤，如何带黑出门。妇力辩是尼非僧。夫不信，始以詈骂，继加捶楚。妇遍告邻佑，邻佑以事在昏夜，各推不知。妇不胜其冤，竟缢死。次早，其夫启门，见女尼持裤来还，并篮贮糕饵为谢。其子指以告父曰：'此即前夜借宿之和尚也。'夫悔，痛杖其子，毙于妇柩前，己亦自缢。邻里以经官不无多累，相与殡殓，寝其事。次冬将军又猎其地，土人有言之者。余虽心识为某卒，而事既寝息，遂不复言。曾密语某，某亦心动，自是改行为善，冀以盖愆，而不虞天诛之必不可逭也。"

【译文】

乾隆三年的二月里，打雷时震死了兵营里的一个士兵。这个士兵平日没有什么不轨之事，大家都认为这是件怪事。有位与这士兵同营的老兵，诉说了这个士兵的往事：这个士兵现在确实已经改好了。可是，二十年前他刚当兵时，曾出过一件事，我因为与他在一个班里，所以知道这事底细。一次，某将军在皋亭山下打猎，我们就在山下的路旁搭起了帐篷。傍晚时分，有个小尼姑路过帐外。他见前后无人，就将小尼姑拉入帐内，企图强奸。小尼姑拼死反抗，丢下裤子逃走了。他追了半里路光景，见小尼姑逃到一个农户的屋里，才懊丧地回到营里。小尼姑所躲的那个农家，只有一个农妇和一个小儿子，丈夫外出打工了。农妇看见小尼姑进屋，开始不肯接纳。小尼姑告诉了刚才发生的事，并要求借宿一夜，农妇同情她，就答应了，还将自己的裤子借给她，小尼姑约定三天以后一定还来。第二天天色还未大亮，小尼姑就离开了农家。第二天农妇的丈夫回家，脱掉了脏衣裤想换干净的，农妇打开箱子，找不到丈夫的裤子，而自己的裤子却还在，这才想起原来昨夜在慌里慌张之中竟将丈夫的裤子借给了小尼姑。正在暗暗自责粗心大意时，小儿子却在旁边说了："裤子给昨夜的和尚穿去了。"丈夫不禁怀疑起来，就对儿子细加盘问。儿子就告诉父亲，昨夜和尚怎么苦苦哀求阿娘，怎么借宿，怎么借裤子，怎么天尚未亮时出门。农妇反复申辩，借宿的是尼姑，不是和尚。丈夫不相信，开始骂，接着用棍子打。农妇将这件事告诉邻居，恳求他们帮助作证。邻居觉得这件事发生在夜里，便都推说不知道。农妇实在咽不下这口冤气，竟上吊自尽了。隔天早上，丈夫一开门，见一个小尼姑拿着裤子来还，并且还带了一小篮糕饼表示感谢。他的小儿子指着小尼姑说："这个就是前夜借宿的和尚。"丈夫十分后悔，痛打小儿子，将他打死在农妇的灵柩前。这丈夫自己也上吊自尽了。邻里乡亲害怕将此事报了官会招来牵连，就相互出钱安葬，马虎了事。第二年冬天，将军又到皋亭山下打猎，当地人讲起这件事。我虽然心里知道这是谁干的，可是因为事情已经平息，就不再报告。我私下曾悄悄地将此事告诉过这个士兵，他感到很不安，从此之后，改恶从善，希求能将功赎罪。没想到老天爷对该死的人一个也不会轻易放过的。

青龙党

杭州旧有恶少，歃血结盟，刺背为小青龙，号青龙党，横行闾里。雍正末年，臬司范国瑄擒治之，死者十之八九。首恶董超，竟以逃免。乾隆某年冬，梦其党数十人走告曰："子为党首，虽幸逃免，明年当伏天诛。"董惶恐求计，众曰："计惟投保叔塔草庵僧为徒，力持戒行，或可倖免。"董梦觉，访之塔下，果有老僧，结草棚趺坐诵经。董长跪泣涕，自陈罪戾，愿度为弟子。老僧初犹逊谢，既见其情真，乃与剪发为头陀，令日间诵经，夜沿山敲木鱼，念佛号。自冬至春，修持颇力。四月某日，从市上化斋归，小憩土地祠，朦胧睡去，见其党来促曰："速归，速归，今夕雷至矣！"董惊觉，踉跄归棚，天已昏黑，果有雷声。董以梦告僧，僧令跪己膝下，两袖蒙其顶而诵经如故。不数刻，电光绕棚，霹雳连下，或中棚左石，或中棚右树，如是者七八击，皆不得中。少顷，风雷俱止，云开见月，老僧谓难已过，掖以起曰："从此当无事矣。"董惊魂少定，拜谢老僧。出棚外，忽电光烁然，震霆一声，已毙石上。

【译文】

从前杭州有一伙流氓恶少，把牲畜血涂嘴上，发誓结盟，背上刺一条小青龙，号称青龙党，在乡里横行霸道。雍正末年，浙江按察使范国瑄捉拿这伙流氓，予以治罪，其中十之八九被杀了头。不料首恶分子董超，逃脱在外。乾隆某年的冬天，董超梦见他的几十个党徒赶来告诉他："你是青龙党的头目，现在虽然漏了法网，可是明年定将被天诛杀。"董超非常害怕，问有什么办法可免死，党徒说："只有一条计策，就是去投奔保叔塔附近的一座小庙，拜庙里和尚为师傅，守佛门法规，也许可以侥幸免死。"董超梦醒后，就去保叔塔附近，找到了小庙，庙里果然有个老和尚，正在打坐诵经。董超跪在老和尚面前，涕泪直流，自述所犯的罪行，表示愿意剃度，做老和尚的弟子。老和尚一开始还有谢绝的意思，看到他如此真情实意的要改过自新，于是就给他剃光了头发，当个行脚和尚，叫他白天念经，夜里沿着山边敲木鱼，边诵佛号。董超从冬天一直坚持到春天，修炼得很用功。四月的一天，董超从集市化缘回来的路上，到一座土地庙歇歇脚，竟迷迷糊糊地睡着了，梦见他的党徒来催他说："快回去，快回去，今夜要打雷了。"董超惊醒了，赶忙跌跌撞撞回到庙里。这时天已完全暗了下来，开始打雷。董超将梦中的事情告诉了老和尚，老和尚叫他跪在自己的膝前，用两手的衣袖遮住他头顶，照样念经。不多时，天上的闪电老绕着小庙的棚顶转，并且连打了几个响雷，或击中庙的左边大石，或者击中庙右的大树，就这样雷打电闪了七八次，都未击中董超。不久，风停雷住，云散月出，老和尚认为董超的难关已过，就把他从地上扶起说："从今以后太平无事了。"董超这才惊魂稍定，拜谢了老和尚。哪知他刚走到庙外，突然电光一闪，接着一声响雷，他就被击死在一块石板上。

陈州考院

河南陈州学院衙堂后，有楼三间封锁，相传有鬼物。康熙中，汤西崖先生以给谏视学其地，亦以老吏言，扃其楼如故。时值盛暑，幕中人多屋少。杭州王秀才焸、中州景秀才考祥，居常以胆气自壮，欲移居高楼。汤告以所闻。不信，断锁登楼，则明窗四敞，梁无点尘，愈疑前言为妄。景榻于楼之外间，王榻于楼之内间，让中一间为起坐所。漏下二鼓，景先睡，王从中间持烛归寝，语景曰："人言楼有祟，今数夕无事，可知前人无胆，为书吏所愚。"景未答，便闻楼梯下有履声徐徐登者。景呼王曰："楼下何响？"王笑曰："想楼下人故意来吓我耳。"少顷，其人连步上。景大窘号呼，王亦起，持烛出，至中间，灯光收缩如萤火。二人惊，急添烧数烛，烛光稍大，而色终青绿。楼门洞开，门外立一青衣人，身长二尺，面长二尺，无目无口无鼻而有发，发直竖，亦长二尺许。两人大声唤："楼下人来！"此物遂倒身而下。窗外四面啾啾然，作百种鬼声，房中什物皆动跃，二人几骇死。至鸡鸣始息。次日，有老吏言：先是，溧阳潘公督学时，岁试毕，明日当发案。潘已就寝，将二更，忽闻堂上击鼓声。潘遣僮问之，值堂吏云："顷有披发妇人从西考棚中出，上阶求见大人，吏以深夜不敢传，答曰：'吾有冤，欲见大人陈诉。吾非人，乃鬼也。'吏惊仆。鬼因自击鼓。"署中皆惶遽，不知所为。仆人张姓者，稍有胆，乃出问之。鬼曰："大人见我何碍！今既不出，即烦致语：我某县某生家仆妇也。主人涎我色，奸我不从，则鞭挞之。我语夫，夫醉后有不逊语。渠夜率家人杀我夫喂马。次早入房，命数人抱我行奸，我肆口詈之。遂大怒，立捶死，埋后园西石槽下。沉冤数载，今特来求申。"言毕大哭。张曰："尔所告某生，今来就试否？"鬼曰："来，已取在二等第十三名矣。"张入告潘公。公拆十三名视之，果某生姓名也，因令张出慰之曰："当为尔檄府县查审。"鬼仰天长啸去。潘次日即以访闻檄县，果于石槽下得女尸，遂置生于法。此是衙门一异闻，而楼上之怪，究不知何物也。王后举孝廉，景后官侍御。

【译文】

河南陈州学院衙门的客厅后面，有座小楼一直紧锁着，传说里面有鬼怪。康熙年间，汤西崖以御史官差往当地督学，听了试院老书吏的话，让这间楼屋照常锁着。当时正好是盛夏天气，衙门里人多屋少。杭州秀才王䁾、中州秀才景考祥，平日都自以为胆子大，要搬到楼上去住。汤西崖将听到的传说告诉他们，二人不相信。他们扭断门锁，登上了小楼，见房内明亮的窗户全部打开着，屋梁上一点灰尘也没有，便更加疑心以往人们传说的不可信。景睡在小楼外间，王在内房，留出中间一房作为起居休息室。二更敲过，景先躺下了，王从中间拿着蜡烛准备回房睡觉，对景说："人说这楼闹鬼，现在睡了几个晚上都很太平，可见前人胆子太小，上了老书吏们的当。"景某还未答话，就听到有人缓步上楼的声音。景就问王："楼下是什么声音?"王笑着说："大概是楼下的人故意吓吓我俩罢了。"不一会儿，听得楼下那人加快脚步上了楼。景急得大叫起来，王也起床，拿着蜡烛走出房门，到中间房内照看，忽然间，蜡烛光一点点地暗了下来，缩成萤火虫一般的微光。二人怕极，连忙再添点几支蜡烛，烛光才稍亮了些，可是烛光的颜色却始终是青绿色。这时，楼门大开，门外立着一个穿青衣的人，身长二尺，脸也有二尺长，无眼无口无鼻，却有头发，头发朝上直竖，也有二尺来长。景、王两人大声喊叫："楼下快来人啊!"这个怪物闻声倒在地上。随即从窗外四周传来啾啾声，约有一百来种鬼的叫声，同时见房内的家具什物都在跳动。景、王二人几乎被吓死。直到鸡叫，这声音才停息。第二天，有个老书吏讲述了曾经发生在小楼上的一件事：当初溧阳人潘某督学此地。岁试已结束，隔天就要发榜。潘某睡到将近二更时分，忽听得厅堂上有击鼓的声音。潘某被惊醒后，就派书僮去查房。值班的书吏说，刚才有个披头散发的女人从西边的一间考棚中走上台阶，要求见潘大人。书吏怕深夜扰醒大人，不敢传话。披发妇说："我有冤枉，要向大人投诉。我不是人，是鬼。"书吏被吓倒在地上。那鬼就自己敲起鼓来。衙门内一片惊慌，不知如何才好。有个姓张的仆人，稍有胆量，就走到厅堂，问那鬼有什么冤，那鬼说："大人见见我又有什么关系呢！现在大人既然不出来，就麻烦你转告，我是某秀才家的女佣人，主人见我长得好看，想强奸我。我坚决不从，主人就用鞭子打我。我将此事告诉了丈夫，丈夫因吃醉酒，说话冲撞了主人。主人当夜率领了家人杀死了正在喂马的丈夫。第二天早上主人进入我房内，叫几个人强架着我，奸污了我。我破口大骂，主人大怒，将我打死，把我的尸体埋在花园西边的石槽下面。我受了这么多年的冤枉，特地前来要求昭雪。”说完大哭起来。张某说：“你所告的那个秀才，这次也来参加考试吗？”女鬼说：“也来了，已经录取在第二等的第十三名了。”张某将这话告诉了潘督学。潘督学拆开第十三名的试卷一看，果然是这个秀才的姓名，于是再叫仆人张某出去安慰那个女鬼，告诉她说，潘督学一定替你发文给本府衙门审理此案。女鬼对着天长长地叫了一声，离去了。潘督学第二天发文给本县的县令，并要求他查办此事，后来果然在石槽下挖到了女尸一具，就将这个秀才拘捕正法。这不过是与此地衙门有关的一则奇闻。可是王、景两位秀才碰到的鬼怪，就说不清到底是怎么一回事了。这位杭州王秀才后来考中了举人，中州景秀才后来官做到监察御史。

符离楚客

康熙十二年冬，有楚客贸易山东，由徐州至符离，约二鼓，北风劲甚。见道旁酒肆灯火方盛，入饮即假宿焉。店中人似有难色，有老者怜其仓迫，谓曰：“方设馔以待远归之士，无余酒饮君，右有耳房，可以暂宿。”引客进。客饥渴甚，不能成寐，闻外间人马喧声，心疑之，起从门隙窥。见店中匝地皆军士，据地饮食，谈说兵间事，皆不甚晓。少顷，众相呼曰：“主将来矣！”远远有呵殿声，咸趋出迎候。见纸灯数十，错落而来。一雄壮长髯者，下马入店，上坐。众人伺立门外，店主人具酒食上，铺啜有声。毕，呼军士入曰：“尔辈远出久矣，各且归队，吾亦少憩，俟文书至，再行未迟。”众诺而退。随呼曰：“阿七来！”有少年军士，从店左门出，店中人闭门避去。阿七引长髯者入左门，门隙有灯射出。客从右耳房潜至左门隙窥之，见门内有竹床，无睡具，灯寘地上。长髯者引手撼其头，头即坠下，放置床上。阿七代捉其左右臂，亦皆坠下，分置床内外，然后倒身卧于床。阿七摇其身，自腰下对裂作两段，倒于地，灯亦旋灭。客悸甚，飞趋耳房，以袖掩面卧，辗转不能寐。遥闻鸡鸣一二次，渐觉身冷，启袖，见天色微明，身乃卧乱树中，旷野无屋，亦无坟堆。冒寒行三里许，始有店。店主人方开门，讶问客来何早，客告以所遇，并问所宿为何地。曰：“此间皆旧战场也。”

【译文】

康熙十二年的冬天，有个湖北商人到山东做生意，他途经徐州，到了符离，已是半夜二更时分，西北风吹得很紧。他看见路边有一家酒店灯火通明，就进去喝酒要求借宿，店主人觉得很为难。这时店内有个老人同情他旅途奔波劳累，对他说：“我们正在准备酒菜招待远征归来的将士，没有多余的酒请你，右边有间小厢房，你可以临时住一下。”接着，就把他领进房内。湖北商人由于饥渴过度，怎么也睡不着。忽听得外面传来人马喧闹声，他犯了疑心，就起床从门缝中察看动静。他看见外面密匝匝的人，都是当兵的。他们席地吃喝，谈论一些打仗的事，具体的听不清楚。过了一会儿，士兵们相互呼告说：“大将军到！”接着，从很远处传来了一阵阵喝道声，士兵们全出去迎接。一会儿，几十对纸灯，很有次序地导引而来，见从马上下来一位健壮高大、飘着长髯的将军，入了上座。众士兵在门外守候。店主人端上酒菜，将军豪咀大嚼，吃完，就招呼门外士兵进来，说：“你们远征很久，都回队休息去吧，我也要歇一歇，待公文到了再出发也不晚。”众士兵应声告退。将军又随叫了一声：“阿七过来!”此时，一位少年士兵从店的左门进来，店内的人给他关好门就各自回避，离开。阿七将长髯将军带进左边房间。见左房门的缝隙中有灯光射出，湖北商人就从右房走出，轻手轻脚走到左厢房门前，借着门缝观看。房内只有一张竹床，没有被褥、枕头，灯放在地上。长髯将军用手摇旋着自己的头，头就被摇了下来，放在床上。阿七帮他握住双臂，他耸耸身左右臂膀就落了下来，被安放在床的里外二侧，然后身子躺到床上。阿七也摇动自己的身子，从腰部对裂成两段，倒地睡了，灯随即熄灭。湖北商人见此景象心惊肉跳，急回房中，怕得忙用袖子遮了面孔而睡，可就是翻来覆去睡不着。好一会儿，才听到从远处传来一二声鸡叫，周身慢慢地感到发冷，拨开衣袖一看，天色有点亮了，发现自己睡在乱树丛中，四周一片荒野，既无房屋，也无坟堆。他冒着严寒，走了三里路光景，开始有了一家客店。店主人刚开门，见了他，很惊奇地问他为何来得这么早，他将昨夜所遇的事情告诉了店主人，并问自己昨夜所露宿的是什么地方。店主人说：“这一带原来都是古战场。”

徐氏疫亡

雍正壬子冬，杭城徐姓嫁女某家。杭俗：弥月行双回门礼。是日，婿饮于徐，徐为设榻厅楼下。婿就帐，未寝，闻楼梯有行步声，见四人下楼，立灯前，一纱帽朱衣，一方巾道服，余二人皆暖帽皮袍，相与叹息。少顷，有女装者五人亦来，掩泣于灯前。有高年妇人指帐中曰：“可托此人。”纱帽者摇手曰：“无济。”且泣曰：“吾当求张先生存吾门一线耳。”互相劝慰，或坐或行。婿悸极，不能出声。迨五鼓，方相扶上楼。桌下忽走出一黑面人，急上梯，挽红衣者曰：“独不能为我留一线耶？”红衣者唯唯。时鸡已鸣，黑面人奔桌下去。婿候窗微亮，披衣入内，叩楼上何人所居，曰：“新年供祖先神像，无人住也。”婿上楼观像，衣饰状貌与所见同，心不解所以，秘而不言。先是，徐家三子皆受业于张有虔先生。是年张馆松江，五月中以母病归，乞其弟子往权馆。徐故富家，皆不欲出，张强之，主人命第三子往。有阿寿者，奴产子也，向事张谨，因命同往。主仆出门，未二十日，杭州虾蟆瘟大作，徐一家上下十二口，死者十人，惟第三子与阿寿以外出故免。闻丧归，婿以所见语之。徐愕然，曰：“阿寿之父名阿黑，以面黑故也。君所见从桌下出者是矣。”

【译文】

雍正十年的冬天，杭州城里徐家女儿嫁到夫家已整整一个月，照杭城风俗，此时她要偕同新姑爷一起回娘家，行双回门礼。回门那天，徐家摆酒宴款待新女婿，还为他在楼下布置好了房间。新女婿揭开床帐躺下，还未睡着，忽听得楼梯上有脚步声。只见从楼上走下四人，站在灯前。一个头戴乌纱帽，身穿红衣裳；一个头戴方巾，道士打扮；其余两个头戴棉帽，身穿皮袍。四个人在唉声叹气。过了一会儿，又有五个穿女装的人下楼，在灯前掩着脸直哭。其中一个上了年纪的妇女，指着帐内说：“可以拜托这个人。”戴乌纱帽的摇了摇手说：“没用。”又哭着说：“我一定恳求张先生为我徐家留一条命根子。”他们相互劝慰，有的坐着，有的在房内来回踱步。新女婿害怕极了，不敢出声。到五更时分，他们才互相搀扶着，上楼而去。这时，忽从桌子底下钻出一个黑面孔的人，急忙踏着楼梯上楼，用手挽住戴乌纱帽、穿红衣服的说：“难道就不能替我留一条命根子吗？”穿红衣服的连连答应。这时鸡已叫了，黑面孔又奔回，钻到桌底下。新女婿等窗口透进亮光，就披了件衣服走到内室，问谁住在楼上，徐家人告诉他：“没人住，只有在新年供祭时把徐家祖先遗像挂在墙上。”新女婿上楼去看那挂着的遗像，服饰和外貌，与昨夜所见的相同，心里仍旧不明白是怎么回事，只是口中不再提起。徐家的三个儿子原先都是张有虔先生的学生。这一年，张先生在松江开馆授徒。五月中旬，张先生因母亲生病要回家，想请徐家三位公子中的一位暂到松江学馆代他主持教务。徐家向来有钱，三个儿子平日娇生惯养，都不肯出门。张先生坚持要派一人去，徐家主人就派第三个儿子去。有个仆人的儿子叫阿寿的，一直侍候张先生，因此就命他与三公子同去。主仆二人离家不到二十天，杭州流行了虾蟆瘟疫，徐家上下一共十二个人，死了十个，只有第三个儿子和阿寿因为出门去了松江，才未染瘟疫。后来，三公子回家治丧，新女婿也来帮忙。新女婿就将过去所看见的告诉了他，三公子听了很惊奇，说：“阿寿的父亲所以名叫阿黑，就是因面孔黑，你看见的从桌子底下钻出来的那个黑面孔正是阿黑了。”

蒋文恪公说二事

余座主蒋文恪公，居李广桥赐第，自言：少时读书平台，其地与他屋隔远，每夜坐呼人，辄有应声，而无人至。一夜欲溲，窗外月不甚明，又无相伴者，乃呼其所随僮名，应声答，令之入，卒不入。启户出，见一人方枕外墙门阈，以头向内而应。公初疑为某僮，醉骂之，其卧如故。公怒，行至阈边，思扑之。见所卧人长三尺，方巾皂衣，白须，如世所塑土地样。公喝之，其人冉冉没矣。

公父文肃公，戒子孙不得近优人，故终文肃之世，从无演戏觞客之事。文肃殁后十年，文恪稍稍演戏，而不敢蓄养伶人。老奴顾升，乘文恪燕坐，谈及梨园，怂恿曰："外间优人，总不若家伶为佳，且便于传唤。家中奴产子甚众，何不延教师，择数奴演之?"文恪心动，未答。忽见顾升惊怖，面色顿异，两手如受桎梏，身倒于地，以头钻入椅脚中，由一椅脚穿至第二椅脚，由第二椅脚穿至第三椅脚，自首至足，若纳于匣，呼之不应。公急召巫医，百计解救。夜半始苏，曰："怕杀，怕杀。方前言毕时，见一长人捽奴出，先老主人坐堂上，声色俱厉，曰：'尔为吾家世仆，吾之遗训，尔岂不知，何得导五郎蓄戏子？着捆打四十，活掩棺中。'奴闷绝，不知所为。最后闻远远有呼唤声，奴在棺中欲应不能，后稍觉清快，亦不知何以得出。"验其臀，果有青黑痕。

【译文】

我的主考官蒋文恪公，住在皇上恩赐的李广桥宅第。他讲过两个故事：少年时，蒋文恪在平台读书，这个地方与邻近的房子相隔较远。每当夜里有事呼唤书僮名字时，只听得有答应声音，却不见人来。一天夜里，他要小解，窗外月光不好，又无人做伴，便又呼叫起书僮的名字，听见他答应了一声，蒋文恪叫他快进来，可就是不见他进来。蒋文恪开门一看，看见有个人头枕着外墙门的门槛躺着，面孔的方向朝内，口中连作答应声。他开始以为是书僮，加上当晚喝了点酒，就骂了几声，那人照样躺着。蒋文恪发火了，走到门槛前，准备打他，这才看清原来躺着的不是书僮，却是一个三尺长、戴方巾、穿黑衣的白胡须老头，像庙里塑的土地公公模样。蒋文恪呵斥他，这人才慢慢地隐去了。

蒋文恪的父亲文肃公，平日告诫子孙不许接近唱戏的人，所以在文肃公生前，从来没有演戏侍宴的事。文肃公死后十年，文恪才开始演几场戏，却不敢在家里养梨园班子。他的老仆人顾升，趁文恪闲坐聊谈到戏文之事时，就在一旁怂恿说：“到外面请戏子，总不及自家的梨园班子强，而且呼唤起来也方便。家里奴仆的子女不少，为什么不请个教师来，挑几个人学演几出戏。”文恪听了有点心动，可是未答腔。这时，忽见顾升顿时变得又惊又怕，面色也走了样，两只手像上了枷锁，全身倒地，一头钻进椅子底下，整个身子从一只椅脚盘到第二、第三只椅脚，缩成一团，好像盘在一只匣子里。旁人叫他名字，也不应声。蒋文恪赶忙叫巫医来，要他千方百计抢救。到了半夜，顾升方才苏醒，说：“吓死我，吓死我！我刚对老爷讲完教戏的那番话，就有一个高大的汉子把我抓了出去，老主人文肃公坐在厅堂上，声色俱厉地说：‘你顾某在我家当了几代奴仆，我的遗训，难道还不知道？居然还唆使起我家五郎养戏班子！来人，捆起来打四十大板，扔在棺材里。’当时我闷得快要断气，不知怎么办。后来隐约地听到叫我的名字的声音，我在棺材里想应声却又喊不出。又过了一会才感到清醒、爽快，可不知是怎么从棺中出来的。”验看顾升的臀部，果然有一条条青黑色的鞭打伤痕。

猎户除狐

海昌元化镇，有富家，卧房三间，在楼上，日间人俱下楼理家务。一日。其妇上楼取衣，楼门内闭加橛焉。因思家中人皆在下，谁为此者？板隙窥之，见男子坐于床，疑为偷儿，唤家人齐上。其人大声曰：“我当移家此楼，我先来，家眷行且至矣。假尔床桌一用，余物还汝。”自窗间掷其箱箧、零星之物于地。少顷，闻楼上聚语声，三间房内老幼杂沓，敲盘而唱曰：“主人翁，主人翁。千里客来，酒无一钟。”其家畏之，具酒四桌置庭中。其桌即凭空取上，食毕，复从空掷下。此后亦不甚作恶。富家延道士为驱除，方在外定议归，楼上人又唱曰：“狗道，狗道，何人敢到。”明日，道士至，方布坛，若有物捶之，踉跄奔出，一切神像法器，皆撒门外。自此日夜不宁。乃至江西求张天师，天师命法官某来，其怪又唱曰：“天师，天师，无法可施。法官，法官，来亦枉然。”俄而法官至，若有人捽其首而掷之，面破衣裂。法官大惭，曰：“此怪力量大，须请谢法官来才可。”谢住长安镇某观中。主人迎谢来，立坛施法，怪竟不唱，富家喜甚。忽红光一道，有白须者从空中至楼，呼曰：“毋畏谢道士，谢所行法，我能破之。”谢坐厅前诵咒，掷钵于地，走如飞，周厅盘旋，欲飞上楼者屡矣，而终不得上。须臾，楼上摇铜铃，琅琅声响，钵遂委地，不复转动。谢惊曰：“吾力竭，不能除此怪。”即取钵走，而楼上欢呼之声彻墙外。自是作祟，无所不至。如是者又半年。冬暮大雪，有猎户十余人来借宿。其家告以借宿不难，恐有扰累。猎户曰：“此狐也，我辈猎狐者也。但求烧酒饮醉，当有以报君。”其家即沽酒具殽馔，彻内外燃巨烛。猎户轰饮大醉，各出鸟枪，装火药，向空点放，烟尘障天，竟夕震动。迨天明雪止，始去。其家方虑惊骇之，当更作祟，乃竟夕悄然。又数日，了无所闻。上楼察之，则群毛委地，窗槅尽开，而其怪迁矣。

【译文】

海昌元化镇上，有户富裕人家，住着一幢小楼，楼上是三间卧室。白天，家里人都在楼下料理家务。一天，女主人上楼去拿衣服，见楼上房门关着，而且上了门栓。心想，家里人都在楼下，究竟谁在房里呢？于是她从墙板缝隙看进去，只见有个男子坐在床边，她疑心是贼，就叫家里人一齐上楼。不料房内的男子突然大声说道：“我本来就应当搬到这楼上住，我先来一步，家眷马上要到了。暂借你床桌用一用，其他的东西还给你。”说完，就从窗口掷出箱子、杂物，散落一地。不久，听见楼上有许多人聚会谈笑的声音，三间房内住了不少男女老幼，有人敲着盘子唱道：“主人家，主人家，有客千里来，酒也无一杯。”主人听了害怕，就在庭院中摆了四桌酒。这四席酒席竟会腾空升上，鬼怪取吃完后，又从空中掷下来。此后也不太作祟折腾。这家主人决定请道士来驱邪除怪。主人刚议定此事从外面回家，楼上人又唱了起来：“狗道，狗道，谁敢来到。”第二天，道士来了，刚刚摆好法坛，就好像被什么东西在捶打似的，跌跌撞撞离开了法场，所带来的神像和作法的器具，全被扔到门外。从此之后，日夜不得安宁。主人就到江西去求救于张天师。张天师派一名作法官前往，楼上的鬼怪又唱道：“张天师，张天师，无法可施。法官，法官，总是白来。”不久作法官来了，他觉得好像有人揪着自己的头乱撞一通，脸破，衣裂，法官自觉惭愧，说：“这鬼怪力气大，一定要请谢法师来才能制住他。”谢法师住在长安镇的某一道观中。主人就把谢法师接来，搭坛作法，楼上鬼怪竟不唱了，家里人很高兴。正在这时，忽见一道红光闪过，有个白胡须长者从空中飘到楼上，叫道：“别怕谢道士，他做的法，我能破。”谢法师坐在厅堂前念起符咒，将钵抛在地上，那钵转得飞快，在厅中盘旋起来，几次眼看将要飞到楼上，结果还是上不去，顷刻之间，楼上摇响了铜铃，随着琅琅声起，法钵掉在地上，不再转动。谢法师吃了一惊，说：“我的法力已尽，制不了这鬼怪。”拿了法钵就走。楼上爆出了欢呼声，那声音响彻墙里墙外。打此以后，鬼怪兴风作浪，无恶不作。这样，又过了半年。一个冬天的晚上，下着大雪，有十几个猎人前来投宿过夜。主人告诉他们，借宿可以，只怕会受到骚扰。猎人们说：“捣乱的是狐狸精，我们正是捉狐狸的。只请主人煮点酒，让我们喝个痛快，我们一定会报答你们。”主人家赶忙烫酒备菜，屋内外点起大号蜡烛。猎人们吃得酩酊大醉，各自取出猎枪，装上火药，朝空中鸣放，只见满天烟雾弥漫，彻夜震响，直到天亮。这时，雪停了，猎人们也离去了。主人家里的人惊魂未定，余悸未消，以为鬼怪一定会捣乱得愈加厉害。可是相反，居然整夜安宁。这样又过了几天，仍然没一点动静。上楼一看，只见地板上留着许多狐毛，窗户全开着，鬼怪已搬走了。

（卷四译者　海明）

子不语卷五

城隍替人训妻

杭州望仙桥周生，业儒，妇凶悍，数忤其姑。每岁逢佳节，着麻衣拜姑于堂，诅其死也。周孝而懦，不能制妻，惟日具疏祷城隍神，愿殛妇以安母。章凡九焚，不应，乃更为忿语，责神无灵。是夕，梦一卒来曰："城隍召汝。"周随往，入跪庙中，城隍曰："尔妇忤逆状，吾岂不知？但查汝命只一妻，无继妻，恰有子二人。尔孝子，胡可无后？故暂宽汝妇。汝何哓哓！"周曰："妇恶如是，奈堂上何？且某与妇恩义既绝，又安得有嗣？"城隍曰："尔昔何媒？"曰："范、陈二姓。"乃命拘二人至，责曰："某女不良，而汝为媒，嫁于孝子，害皆由汝。"呼杖之。二人不服，曰："某无罪。女处闺中，其贤否某等无由知。"周亦代为祈免，曰："二人不过要好作媒，非贪媒钱作诳语者，与伊何罪？据某愚见，妇人虽悍，未有不畏鬼神念经拜佛者，但求城隍神呼妇至，示之惩警，或得改逆为孝，事未可定。"城隍曰："甚是。但尔辈皆善类，故以好面目相向；妇凶悍，非吾变相，不足示威，尔辈毋恐。"命蓝面鬼持大锁往擒其妻，而以袍袖拂面，顷刻变成青靛色，朱发睁眼；召两旁兵卒执刀锯者，皆狰狞凶猛，油铛肉磨，置列庭下。须臾，鬼牵妇至，觳觫跪阶前。城隍厉声数其罪状，取登注册示之，命夜叉拉下，剥皮放油锅中。妇哀号伏罪，请后不敢。周及两媒代为之请。城隍曰：“念汝夫孝，姑宥汝；再犯者，有如此刑！”乃各放归。次日，夫妇证此梦皆同。妇自此善视其姑，后果生二子。

【译文】

杭州望仙桥周生，是个守本分的读书人，他的老婆凶狠蛮横，常常冒犯婆婆。逢年过节，她故意身披麻衣到厅堂上去见婆婆，以此诅咒婆婆早点死。周生虽是个孝子，却很懦弱，没有办法管住妻子，只得每天写一份祝告文，求城隍神处死他老婆以让母亲安宁。周生焚了九次祝告文，仍见不应验，就愤愤不平地写呈状指责城隍神不灵验。当天夜里，周生梦见差役找他，说：“城隍召你去。”周生跟着差役去了，进入城隍庙，跪在地上。城隍对他说：“你老婆忤逆不孝的情况，我岂有不知的道理？只是你命中注定只有一个妻子，不能续娶，而且你应有两个儿子。你是孝子，怎么可以没有后代？所以暂且饶恕你老婆。你又何必不停地告状！”周生说：“我老婆如此凶狠，那我母亲怎么办？更何况我与这妇人恩绝义尽，又怎么还会有儿子？”城隍问：“过去是谁替你做的媒？”周生说：“是范、陈二位。”城隍命差役将范、陈两人拘到，指责说：“那女子不好，你们却替她做媒，嫁给孝子，全是你们害了周生。”城隍命差役打板子。范、陈不服气，说：“我等无罪。女子居住深闺，她是否贤惠，我们哪能知道呢？”周生也为范、陈二人求情，说，“范、陈二人也是因为与我要好才做媒的，并不是贪图钱财故意骗人的，不可将他俩治罪。依我看，这妇人虽凶狠，却不会不怕鬼神，平日她还念经拜佛，只是请求城隍老爷将她带来，警戒、教训她一顿，或许会改忤逆为孝顺，也是说不定的。”城隍说：“这话有理。你们都是善良之辈，所以我给你们好面孔看。那妇人凶狠，我如果不变出一副可怕相貌，就无法对她示威，你们等会儿见了别怕。”城隍叫蓝脸鬼带着大枷锁去捉周生老婆，城隍本人用袍袖朝脸上拂了几下，顷刻之间变出一副青蓝脸、红头发、怒目圆睁的相貌。两旁的差役手拿刀和锯，面目狰狞，凶猛无比。台阶下摆着油锅和磨盘。不久，差役将妇人带到。她跪在台阶前，浑身发抖。城隍高声指出她犯的罪状，拿出一本记录簿一条条核对给她看，接着命令夜叉将那妇人拉下去，剥下她的皮，放在油锅里炸。妇人苦苦哀求城隍，表示以后再不敢对婆婆凶悍。周生与两个媒人也代她求情。城隍说："考虑到你丈夫素来孝顺，姑且饶你一次，以后再犯，一定用此大刑！"于是将四人全部放回。第二天，周生与老婆互相对梦，内容完全相同。从此，那妇人对婆婆很孝顺，后来果然生了两个儿子。

文信王

湖州同征友沈炳震，尝昼寝书堂。梦青衣者引至一院，深竹蒙密，中设木床素几，几上镜高丈许。青衣曰："公照前生。"沈自照，方巾朱履，非本朝衣冠矣。方错愕间，青衣曰："公照三生。"沈又自照，则乌纱红袍，玉带皂靴，非儒者衣冠矣。有苍头闯然入跪，叩头曰："公犹识老奴乎？奴曾从公赴大同兵备道仕者也，今二百余年矣。"言毕泣，手文卷一册献沈。沈问故，苍头曰："公前身在明嘉靖间，姓王名秀，为大同兵备道。今日青衣召公，为地府文信王处有五百鬼诉冤，请公质问。老奴记杀此五百人，非公本意。起意者，乃总兵某也。五百人本刘七案内败卒，降后又反，故总兵杀之，以杜后患。公曾有手书劝阻，总兵不从。老奴恐公忘记此书，难以辨雪，故袖此稿奉公。"沈亦恍然记前世事，与慰劳者再。青衣请曰：“公步行乎？乘轿乎？”老仆呵曰：“安有监司大员而步行者！”呼一舆二夫，甚华，掖沈行数里许。前有宫阙巍峨，中坐王者，冕旒白须，旁吏绛衣乌纱，持文簿，呼兵备道王某进。王曰：“且止。此总兵事也。先唤总兵。”有戎装金甲者，从东厢入，沈视之，果某总兵，旧同官也。王与问答良久，语不可辨。随唤沈，沈至，揖王而立。王曰：“杀刘七党五百人，总兵业已承认，公有书劝止之，与公无干。然明朝法，总兵亦受兵备道节制，公令之不从，则平日懦恧可知。”沈唯唯谢过。总兵争曰：“此五百人，非杀不可者也。曾诈降复反，不杀则又将反。总兵为国杀之，非为私杀也。”言未已，阶下黑风如墨，声啾啾远来，血臭不可耐。五百头拉杂如滚球，齐张口露牙，来啮总兵，兼睨沈。沈大惧，向王拜不已，且以袖中文书呈上。王拍案厉声曰：“断头奴，诈降复反事有之乎？”群鬼曰：“有之。”王曰：“然则总兵杀汝诚当，尚何哓哓！”群鬼曰：“当时诈降者，渠魁数人；复反者，亦渠魁数人。余皆胁从者也。何可尽杀？且总兵意欲迎合嘉靖皇帝严刻之心，非真为国为民也。”王笑曰：“说总兵不为民，可也；说总兵不为国，不可也。”因谕五百鬼曰：“此事沉搁二百余年，总为事属因公，阴官不能断。今总兵心迹未明，不能成神去；汝等怨气未散，又不能托生为人。我将以此事状，上奏玉皇，听候处置。惟兵备道某所犯甚小，且有劝阻手书为据，可放还阳，他生罚作富家女子，以惩其柔懦之过。”五百鬼皆手持头叩阶，哒哒有声，曰：

"惟大王命。"王命青衣者引沈出，行数里，仍至竹密书斋。老仆迎出，惊喜曰："主人案结矣。"跪送再拜。青衣人呼至镜所，曰："公视前生。"果仍巾履，一前朝老诸生也。青衣人又呼曰："公视今生。"不觉惊醒，汗出如雨，仍在书堂。家人环哭，道晕去一昼夜，惟胸间微温。文信王宫阙扁对甚多，不能记忆，只记宫门外金镌一联云："阴间律例全无，那有法重情轻之案件；天上算盘最大，只等水落石出的时辰。"

【译文】

与我同时参加博学鸿词科考试的湖州人沈炳震，有一天在书房里午睡，梦见一个穿青衣的人将他带到一座庭院。庭院周围是密密的竹林，中央摆着一张木床和本色的茶几，茶几前架着一丈高的大镜子。青衣人说："请先生照一下前生。"沈炳震一照，镜中人头戴方巾，脚穿红靴，不是本朝人的服饰。正当他在迷惑惊讶时，青衣人说："请先生再照一下三世前身。"沈炳震又照了镜子，看见一个戴乌纱帽、穿红袍、系玉带，脚登皂靴的人，不再是个书生打扮了。这时，有个老仆闯到沈炳震身边跪下，叩头说："老爷还认识奴仆吗？老爷当年就任大同兵备道，奴仆一直跟随在老爷身边，这已经是二百多年前的事了。"说完哭了起来，手里捧着一卷文书献给沈炳震。沈问为何献此文书，老仆说："老爷前世在明朝嘉靖年间，姓王名秀，任大同兵备道。现在青衣人传唤老爷，是因为阴间文信王那儿有五百个冤鬼在投诉，要老爷去对质。奴仆记得，当初杀掉这五百个人，并非是老爷的本意。出这个点子的，是带兵的某总兵。这五百人原是刘七造反队伍中的败兵，投降官兵后又反叛了，所以某总兵将他们全杀掉了，为的是杜绝后患。当时老爷曾亲笔批示劝阻某总兵，可是总兵不听。奴仆怕老爷早已忘掉了这一批件，难以辩白，所以带来献给老爷。"沈炳震似乎也隐隐约约地记起了前世的这件事，对老仆的忠心耿耿一再表示感谢。青衣人请沈炳震赶快动身，说："先生步行去，还是坐轿去？"老仆在旁呵斥说："哪里有督察大员步行的道理？"青衣人招呼来一乘很讲究的轿子，两个轿夫抬着，扶沈上了轿，一直走了几里路，看见前面有座雄伟的宫殿。大殿中间坐着文信王，戴皇冠，穿龙袍，银须飘拂。他旁边有一位戴乌纱、穿紫衣的官吏，拿着一本公文簿，传叫兵备道王某进殿。文信王说："且慢，这是总兵的事。先传唤总兵。"只见有一位披甲戴盔的人，从东边门进殿，沈炳震一看，果然是某总兵，当年的同僚。文信王与总兵一问一答了很长时间。沈某听不清他们在讲些什么。接着传唤沈某进殿，沈某对文信王作了揖，站着。文信王说："杀死刘七党羽五百人，总兵已承认是他干的，你确有批示劝阻他，此事与你无关。可是，根据明朝的法律，总兵应该听从兵备道的指挥，你的命令他可以不服从，你的软弱无能也由此可知。"沈炳震连连道歉认错。总兵却在旁争辩说，"这五百人是非杀不可的。他们先假投降，后来又反叛；不杀掉，一定又会造反。我总兵是为国杀贼，并非为私仇杀人。"他的话还未说完，台阶下刮起一阵墨一般黑的阴风，从远处传来啾啾鬼叫声，一股血腥气臭不可闻。五百颗头像滚球似的拉杂而来，全都张口露牙，来咬总兵，同时还盯着沈炳震看。沈大惊失色，朝着文信王叩拜不停，而且从袖中取出文书呈给文信王。文信王拍着桌子，大声喝道："你们这些断头鬼，当初可有先假投降，后来又反叛的事吗？"群鬼答道；"有的。"文信王说："如此说来，总兵杀掉你们实属应该，还有什么愤愤不平的？"群鬼说："当初假投降，是几个头头的主意；后来反叛，也是他们几个头头的阴谋。我等都是被迫胁从的，为什么不区别对待、一律杀头？更何况这件事是总兵为了迎合嘉靖皇帝残忍刻薄的心态，并非真正为国为民。"文信王笑着说："说总兵不为民，还有点道理；如果说总兵不为国，是不对的。"接着又开导这五百个鬼说："这件事已过去了二百多年。性质又是属于公事，所以阴间的官吏不能了结此案。如今总兵因为杀人动机不清楚，所以不能成神；你等怨气不散，也不能去托生投胎。我准备将此事写个呈文，上奏给玉皇大帝，你们耐心等待处理。兵备道王某所犯的罪较小，而且有劝阻文书为证据，可以放他返还阳世，日后再投胎时，让他转为富贵人家的女子，以惩罚他太软弱无能。"五百个鬼全都用手拿着头在台阶上叩着，发出哒哒的声音，说："一切由大王做主。"文信王命青衣人带沈炳震离开阴间，走了几里路，仍旧回到竹林环绕的书斋里。老仆前来迎接，又惊又喜地说："老爷的案子总算了结。"跪在地上，拜了又拜。青衣人呼沈到镜子前，说："先生看看前世。"镜子里果然是方巾葛履模样，是前朝的一个老秀才。青衣人又招呼说："先生再看看今生。"正在此时，沈炳震惊醒了，浑身大汗淋漓，见自己仍旧睡在书房的床上。家里人正围在他身边痛哭，说沈某昏死了一天一夜，只是胸口还有点余温。沈炳震醒后，忆起文信王宫殿上匾额对联很多，可内容大多忘了，只记得宫门口刻着一副金字对联："阴间律例全无，那有法重情轻之案件；天上算盘最大，只等水落石出的时辰。"

吴三复

苏州吴三复者，其父某，饶于财，晚年中落，所存只万金，而负人者众。一日，谓三复曰："我死则人望绝，汝辈犹得以所遗资生。"遂缢死。三复实未防救。其友顾心怡者，探知其事，伪设乩仙位，而召三复请仙。三复往，焚香叩头。乩盘大书曰："余尔父也。尔明知父将缢死，而汝竟不防于事先，又不救于事后，汝罪重，不日伏冥诛矣。"三复大惧，跪泣求忏悔。乩盘又书曰："余舐犊情深，为汝想，无他法，惟捐三千金交顾心怡，立斗母阁，一以超度我之亡魂，一以忏汝之罪逆，方可免死。"三复深信之，即以三千金与顾，立收券为凭。顾伪辞让，若不得已而后受者。少顷，饮三复酒，乘其醉，遣奴窃其券焚之。三复归家，券已遗失，遣人促顾立阁，顾曰："某未受金，何能立阁?"三复心悟其奸，然其时家尚有余，亦不与校。又数年，三复窘甚，求贷于顾。顾以三千金营运，颇有赢余，意欲以三百金周给之。其叔某止之曰：“若与三百，则三千之说遂真矣。是小不忍而乱大谋也。”心怡以为然，卒不与。三复控官，俱以无券不准。三复怨甚，作牒词诉于城隍。焚牒三日，卒，再三日，顾心怡及其叔某偕亡。其夜，顾之邻人见苏州城隍司灯笼满巷。时乾隆二十九年四月事。

【译文】

苏州人吴三复，他父亲很有钱，可是到了晚年，家道开始衰落，家里只存有一万两银子，可是欠人家的债却很多。一天，父亲对吴三复说：“我一死，别人要债的念头也绝了。你等还可以靠我留下的银子度日。”于是就上吊自尽了。吴三复事前既不防范，出了事也不马上抢救。他有个朋友顾心怡，探听了吴三复父亲之死的前后内情，就故意摆好了乩仙的牌位，叫吴三复来请仙占卜。吴三复到后，焚香叩头。这时，乩盘抖动，写道：“我是你父亲。你明知父亲打算自尽，竟然事先不加防范，出了事又不抢救，你的罪很重，过不了几天将被阴间处死。”吴三复十分害怕，跪在地上一边哭，一边表示知罪改悔。这时乩盘又写道：“我到底还念父子之情，替你想想，现在只有一个办法，你捐三千两银子给顾心怡，建一座斗姆阁，一方面可以超度我的亡魂，另一方面也可以减轻你的罪孽，只有这样，才能免于一死。”吴三复深信不疑，马上就取了三千两银子交给顾心怡，顾写了收据作为凭证。起初顾心怡故意推辞，好像是实在没法推脱之后才收下的。接着，他留吴三复喝酒，乘他酒醉时，派仆人偷了收据烧掉了。吴三复回到家里，已找不到字据。当吴三复派人去催顾心怡建斗姆阁时，顾竟然说：“我没有收到你的钱，拿什么来建阁？”吴三复这才明白顾心怡的奸诈，不过当时家里还有点钱，就不再跟他计较了。又隔了几年，吴三复实在穷得过不下去了，就去向顾心怡借钱。再说顾心怡靠了从吴三复那儿诈骗来的三千两银子做生意，赚了不少钱，就想用三百两银子救济吴三复。可是，顾心怡的叔叔出来阻止说："如果你给了他三百两银子，那么等于承认了他给了你三千两银子。这叫小事不忍着点，就会坏大事啊！"顾心怡认为叔叔说得对，最后没有借钱给吴三复。吴三复被逼急了，就去官府控告顾心怡，可是到底拿不出字据，不准立案。吴三复怨恨极了，写了张状纸向城隍投诉。焚了呈状三天以后，吴三复死了。又过了三天，顾心怡和他的叔叔都死了。顾死的那夜，他的邻居看到苏州城隍庙内外挂满了灯笼，据说是城隍在审理这件案子。这是乾隆二十九年四月间的事。

影光书楼事

苏州史家巷蒋申吉，余年家子也。有子娶徐氏，年十九，琴瑟颇调。生产弥月，忽置酒，唤郎君共饮，曰："此别酒也。予与君缘满将去，昨日宿冤已到，势难挽回。谚曰：'夫妻本是同林鸟，大难来时各自飞。'我死后，君亦勿复相念。"言毕大恸，蒋愕然，犹慰以好语。氏忽掷杯起立，竖眉瞋目，非复平日容颜，卧床上，向西大呼曰："汝记万历十二年影光书楼上事乎？两人设计杀我，我死何惨！"呼毕，以手批颊，血出未已；又以剪刀自刺。察其音，山东人语也。蒋家人环跪哀求，卒不解，如是者三日。有某和尚者，素有道行，申吉将遣人召之。徐氏厉声曰："余，汝家祖宗也。汝敢召僧驱我乎？"即作蒋氏之祖父语，口吻宛然，呼奴婢名，一一无爽；责子孙不肖事某某，亦复似是而非，有中有不中。和尚至门，徐氏啫曰："秃奴可怖，且去，且去！"和尚甫出，则又詈曰："汝家媳妇房中能朝夕使和尚居乎？"

和尚谓申吉曰："此前世冤业，已二百余年，才得寻着。积愈久者报愈深，老僧无能为。"走出不肯复来，徐氏遂死。死时面如裂帛，竟不知是何冤。此乾隆二十九年二月事。

【译文】

苏州史家巷的蒋申吉，他父亲与我是同科的举人。蒋申吉的儿子蒋某，娶徐氏为妻，十九岁，小夫妻俩恩爱和谐。徐氏在儿子满月那天，突然备了一席酒，叫丈夫蒋某同喝，说："这是生离死别的酒。我俩的缘分已满，我快要离你而去。我过去的冤家昨天来了。这一次灾难，很难再挽回了。谚语说：'夫妻本是同林鸟，大难来时各自飞。'我死了以后，请不要想念我。"说完，她放声痛哭。蒋某虽然感到十分惊讶，可还是用好话劝慰她。不料，徐氏摔掉酒杯，从椅子上起立，横眉怒目，已完全不再是平日那副和颜悦色神态。她躺倒在床上，面对着西方大喊："你可记得万历十二年在影光书楼上干的好事吗？你们两人设了圈套杀我，我死得何等的惨呵！"叫喊完了，她用手打自己的面颊，打得口里鲜血直流；接着，又拿起剪刀朝自己身上刺。听徐氏说话的口音，竟是山东话。蒋某家人都围跪在徐氏面前苦苦哀求，还是没用。就这样闹了三天。这时，蒋申吉听人说有个和尚，很有法力，于是就派人去请。徐氏严厉地训斥蒋申吉："我是你家祖宗。你反倒叫和尚来赶我出去吗？"这时徐氏讲话完全是蒋某祖父的口吻，呼叫起奴仆、丫头的名字，没有一个搞错；指责起蒋家子孙中所干的那些触犯家规的事，又使人觉得有点似是而非，有的说中，有的没说中。不多久，蒋申吉请的和尚到了。徐氏见了和尚就叹气，说："这个贼秃真可怕，快走开，快走开！"和尚做完法事离开时，徐氏又骂道："你家媳妇的闺房里能让和尚一天呆到晚吗？"和尚见此情景，对蒋申吉说："这是前几世的冤业，离开现在已有二百多年，如今刚刚找到仇家。时间拖得愈长，这冤仇积得也愈深。我实在无能为力。"老和尚离开蒋家后再不肯来了。徐氏不久也死了。徐氏临死时，面孔像被撕裂的布帛一样可怕，谁也不知道徐氏说的影光书楼案到底是什么冤情。这是乾隆二十九年二月发生的事。

波儿象

江苏布政司书吏王文宾昼寝，闻书室有布衣猝缭声，视之，一隶卒也。见便昏迷，身随之行。至一处，殿宇清严，中坐两官：一白须年老者上坐；一壮年面麻而黑须者旁坐。阶下以金丝熏笼罩一兽，壮如猪，尖嘴绿毛，见王来，张嘴奋跃，欲前相啮。王惧，跪身向左，左一人，蓝缕枯瘠，状如乞丐，怒目睨王。白须官手招王跪近前，问曰："五十三两之项，汝曾记得乎？"王愕然不解。壮年者笑曰："长船变价案也，汝前生事耳。"王恍然悟是前明海运一案。前明海运既停，海船数百只，追价充公。王前世亦为江苏书吏，专司此案。运丁追比无出，凑银贿王，图准充销，为居间者中饱，案仍不结。此蓝缕者，乃追比缢死之运丁也。王悟前世事由，即侃侃实对。两官点头曰："冤既有主，当别拘中饱者治罪。汝可回阳。"命隶卒引出，黄埃蔽天，王知为泉下，问狱卒曰："彼乞丐睨我者，吾知为冤鬼矣。彼似猪非猪欲啮我者，是何物耶？"隶卒曰："此名波儿象，非猪也。阴间畜养此兽，凡遇案件，讯明罪重之人，即付彼吞噬，如阳间投畀豺虎故事。"王悚然，行至大河侧，被隶卒推入水，惊醒。妻子环榻而泣，昏沉者已三日。

【译文】

一天，在江苏布政使衙门里掌管文书的吏员王文宾，正在睡午觉，忽听书房里有人走路时发出的衣服摩擦声，一看，是一位差役，王文宾见到他便神智昏迷不清，身不由己地跟那差役走去。到了一个地方，殿堂屋宇严整、静穆，大殿中央坐着两个官：上座是一个白胡须的老头；旁边坐着一个中年汉子，麻脸，留着黑须。台阶下，用金属丝编成的熏笼里罩着一头野兽，猪一般肥，尖嘴巴，浑身长着绿毛，看到王文宾，张大嘴巴，用力跳跃，企图扑上前来咬他。王文宾很害怕，跪在地上的身子尽力向左边挪动，不料左边又站着一个衣衫破烂、骨瘦如柴的乞丐模样的人，用愤怒的目光斜视着他。白胡须的官向王文宾招手，要他向前跪靠，而后问他说："受贿五十三两银子的事，你还记得吗？"王文宾一听愣住了，摸不着头脑。边上那个中年的官儿笑着说："就是变卖公船一案，是你前世的事。"王文宾这才恍然大悟，原来是指明朝的海运一案。明朝有一个时期停止了海船运输业务，几百条海船作价卖给船员，限期交款，所收款项全部上缴官库。王文宾前世也在当时的布政使衙门任书吏，被派去处理这件案子。船员们过了期限交不出船款，为了免挨棒打，凑了五十三两银子贿赂王文宾，希望能准许延缓支付船款的期限，想不到这五十三两银子被中间人吞掉了，结果王文宾还是照催不误，毫不罢休。左边那个衣衫破烂的人，就是因为到期限付不出船款，挨了官府的棒打后上吊自尽的船员。王文宾将前生所经历的这件案子的前前后后，从容不迫地讲述了一遍。两个官听后，点点头说："冤案既然已弄清谁是主犯者，自然应该拘捕和问罪那个中饱私囊的家伙。你可以回到阳间去了。"两个官就命差役将王文宾带出殿堂。一出殿堂，他眼前只见黄沙遮天。王文宾知道自己是在九泉之下。他问差役说："那个斜看我的乞丐，我知道是个冤鬼。那个长相有点像猪、又不像猪，企图咬我的，到底是什么怪物？"差役说："这个怪物名叫波儿象，不是猪。阴间养这怪兽的目的是，凡在审案子时，查到了罪行特别重大的人，就投给这个怪兽吞咬掉。这好比你们阳间将极坏的人投掷给豺狼虎豹吃掉一样。"王文宾听了不觉毛骨悚然。当走到一条大河边上时，王文宾就被差役推进水里。突然间，王文宾从梦中惊醒。睁眼一看，妻子、儿女正围着他在哭。原来，王文宾昏迷不醒已有三天了。

斧断狐尾

河间府丁姓者，不事生业，以狎邪为事。闻某处有狐仙迷人，丁独往，以名帖投之，愿为兄弟。是晚狐果现形，自称愚兄吴清，年五十许，相得如平生欢。凡所求请，愚兄必为张罗。丁每夸于人，以为交人不如交狐。一日，丁谓吴曰："我欲往扬州观灯，能否?"狐曰："能。河间至扬，离二千里，弟衣我衣，闭目同行，便至矣。"从之，凭空而起，两耳闻风声，顷刻至扬。有商家方演戏，丁与狐在空中观。忽闻场上锣鼓声喧，关圣单刀步出，狐大惊，舍丁而奔。丁不觉坠于席上，商人以为妖，械送江都县，鞫讯再三，解回原籍。见狐咎之，狐曰："兄素胆小，闻关帝将出，故奔，且偶忆汝嫂，故急归。"丁问嫂何在，曰："我狐也，焉能婚娶?不过魇迷良家妇耳。邻家李氏女，即汝嫂也。"丁心动，求见嫂。狐曰："有何不可！但汝人身，无由入人密室。我有小袄，汝着之，便能出入窗户，如履无人之境。"丁如其言，竟入李家。李女久被狐蛊，状如白痴，丁登其床，女即与交。女为狐所染，气奄奄矣，忽近人身，酣畅异常，病亦渐愈。丁告以故，女秘之不言，而渐渐有乐丁厌狐之意。狐知之，召丁语曰："开门揖盗，兄之罪也。近日嫂竟爱弟而憎我，弟固两世人身，女子爱之诚宜。然非兄之丑，亦无由显弟之美也。"（删九十二字）丁闻之，愈自得也。狐妒丁夺妇宠，阴就女子之床，取小袄归。丁傍晓钻窗，窗不开矣，块然坠地。女家父母大惊，以为获怪，先喷狗血，继沃屎溺，针灸倍至，受无量苦。丁以实情告，其家不信，幸女爱之，私为解脱，曰："彼亦被狐惑耳，不如送之还家。"丁得脱归，将寻狐咎之，狐避不见。是晚，大书一纸，贴丁门曰："陈平盗嫂，宜有此报。从此拆开，弟兄分灶。"嗣后丁与女断，狐仍往。其家设醮步罡，终不能禁。女一胎生四子，面状皆人类，而尻多一尾，落地能行，颇尽孝道，时随父出采蔬果奉母。一日，狐来向女泣曰："我与卿缘尽矣。昨泰山娘娘知我蛊惑妇女，罚砌进香御路，永不许出境。吾将携四子同行。"袖中出一小斧，交其女，曰："四儿子尾不断，终不得修到人身。卿人也，为我断之。"女如其言，各拜谢去。

【译文】

河间府有个姓丁的人，不务正业，整天游荡鬼混。一次，丁某听得某处有狐狸精作怪，便独自找上门去，递上自己的名片帖子，表示愿意与狐仙结拜兄弟。当天晚上，狐仙果然化成人形，对丁某自称愚兄吴清。他五十多岁，与丁某一见如故，谈得很投机，还说，丁贤弟有什么事要帮忙，愚兄一定效力。丁某也常在人前夸口说，与人相交，还不如与狐做朋友。有一天，丁某对狐说："我想去扬州观灯，老兄可有办法？"狐说："有办法。从河间到扬州，有二千里路，贤弟只要穿上我的衣裳，闭着眼睛跟我一起走，很快就可以到了。"丁某照狐说的话做了，觉得自己的身子忽地腾空跃起，耳际听见风声阵阵，顷刻之间就到了扬州。扬州有个商人家里正在演戏，丁某与狐就在空中看着。突然间，从舞台上传来喧天的锣鼓声，关羽提着单刀从后台走出，狐一见吓坏了，丢了丁某就逃。丁某不由自主地从空中跌落到商人家的酒席上，商人以为是妖怪降临，给他戴上枷锁，送到江都县衙门，经过再三审问后，将丁某押回原籍河间。丁某见了狐仙就责怪起来，狐仙说："愚兄向来胆小，见舞台上走出关羽，所以逃了。再说，又思念起你嫂子，于是急急忙忙地先回来了。"丁某问狐，嫂子住在什么地方。狐说："我是狐狸，怎么能结婚？不过迷惑良家妇女罢了。隔壁的李氏女，就是你嫂子。"丁某听了狐仙的话，不觉心动，要求见一见嫂子。狐仙说："这没有什么不可以的！只是你是凡人，无法进入密室。我有一件小夹袄，你穿上它，就能从窗门自由进出，像入无人之境。"丁某听了狐仙的话，穿了小夹袄，竟然进了李家。李氏被狐精纠缠了很长时间，神态已像白痴。丁某上了床，李氏就与他交欢了。李氏被狐精蹂躏得已是气息奄奄了，忽然又接触了人的气息，周身觉得非常舒畅，病也渐渐地好了。丁某告诉了李氏女关于狐精的事，李氏女听着，口上不说什么，态度上却渐渐有了喜欢丁某而讨厌狐精的意思。狐精知道后，就把丁某叫来，说："我自己开了门，让盗贼进屋，这是愚兄自作自受。近日来，嫂子竟喜欢你而恨我，贤弟本来就是做了两世的人，那女子喜欢你也是当然。可是，要不是愚兄长得丑陋，也就无从对比出贤弟的美貌了。"丁某听了这番话，更加得意起来。狐精妒忌丁某夺取了自己宠爱的李氏女，趁丁某与李氏不备，稍稍地走近床边，把那件小夹袄拿走了。天快亮了，丁某走不出去，打算从窗口钻出去，可是窗又紧闭着，一失手反倒从窗沿摔到了地上。李氏的父母进房一见丁某，大吃一惊，以为是擒获了怪物，于是先朝丁某喷洒狗血，接着往他身上浇屎粪，再用针扎，用火熏。丁某吃尽了苦头。尽管丁某将实情告诉李家人，李家人就是不信，幸亏李氏还喜欢丁某，私下里为他开脱，说："他也是受了狐精蛊惑，与其留在家里，倒不如早日放他回去。"丁某一逃到家里，就去找狐精算账，狐精避而不见。当天夜里，狐精用大字写了一张纸，贴在丁某的门口。上面写着："你夺我李氏，好比陈平盗嫂，活该有此报应。从今以后，我与你不来往，弟兄情分一刀两断。"丁某于是与李氏女不再往来。狐精照常去李家。李家请了僧道诵咒、驱邪，就是没有用。后来，李氏怀了一胎，生了四个儿子，面孔像人，臀部却多了一根尾巴，一下地就会走路，并懂得孝顺李氏。他们时常跟狐精外出采集瓜果，回家后给母亲享用。一日，狐精对李氏说："我与你的缘分已到。昨天泰山娘娘已得知我在人间蛊惑良家妇女，要罚我修造上泰山进香的路，永远不准出境。我准备带四个儿子离开这儿。"狐精从袖中取出一把小斧头，交给李氏，说："四个儿子的尾巴不割掉，就永远修炼不到人身。你是人，可代我将儿子的尾巴割了。"李氏照办后，狐精和四个儿子一一拜谢了李氏，就此离去。

洗紫河车

四川酆都县皂隶丁恺，持文书往夔州投递。过鬼门关，见前有石碑，上书"阴阳界"三字。丁走至碑下，摩观良久，不觉已出界外。欲返，迷路，不得已，任足而行。至一古庙，神像剥落，其旁牛头鬼蒙灰丝蛛网而立。丁怜庙中之无僧也，以袖拂去其尘网。又行二里许，闻水声潺潺，中隔长河。一妇人临水洗菜，菜色甚紫，枝叶环结如芙蓉。谛视渐近，乃其亡妻。妻见丁，大惊曰："君何至此！此非人间。"丁告之故，问妻所居何处，所洗何菜，妻曰："妾亡后为阎罗王隶卒牛头鬼所娶，家住河西槐树下。所洗者即世上胞胎，俗名'紫河车'是也。洗十次者，儿生清秀而贵；洗两三次者，中常之人；不洗者，昏愚秽浊之人。阎王以此事分派诸牛头管领，故我代夫洗之。"丁问妻："可能使我还阳否？"妻曰："待吾夫归商之。但妾既为君妇，又为鬼妻，新夫旧夫，殊觉启齿为羞。"语毕，邀至其家，谈家常，讯亲故近状。少顷，外有敲门者，丁惧，伏床下。妻开门，牛头鬼入，取牛头掷于几上，一假面具也。既去面具，眉目言笑宛若平人，谓其妻曰："惫甚，今日侍阎王审大案数十，脚跟立久酸痛，须斟酒饮我。"徐惊曰："有生人气。"且嗅且寻。妻度不可隐，拉丁出叩头，告之故，代为哀求。牛头曰："是人非独为妻故将救之，是实于我有德。我在庙中，蒙灰满面，此人为我拭净，是一长者，但未知阳数何如。我明日往判官处，偷查其簿，便当了然。"命丁坐，三人共饮。有肴馔至，丁将举箸，牛头与妻急夺之，曰："鬼酒无妨，鬼肉不可食。食则常留此间矣。"次日，牛头出，及暮归，欣欣然贺曰："昨查阴司簿册，汝阳数未终；且喜我有出关之差，正可送汝出界。"手持肉一块，红色臭腐，曰："以赠汝，可发大财。"丁问故，曰："此河南富人张某之背上肉也。张有恶行，阎王擒而钩其背于铁锥山，半夜肉溃脱逃去。现在阳间，患发背疮，千医不愈。汝往，以此肉研碎敷之即愈，彼必重酬汝。"丁拜谢，以纸裹而藏之，遂与同出关，牛头即不见。丁至河南，果有张姓患背疮，医之痊，获五百金。

【译文】

四川酆都县衙门的差役丁恺，带着公文往夔州去投递。路过鬼门关时，看见关前树了一块石碑，上写"阴阳界"三字。丁恺走到石碑下，抚摩、观看了很久，不知不觉地越出了分界线。他想返回原路，却已迷了路，辨不清方向，没有办法，只得信步走着。丁恺走进一座古庙，见庙里神像漆色脱落，两旁站立的牛头鬼灰尘蒙面，蜘蛛丝网密布。他感叹这庙中竟没有当家和尚，便用衣袖拂拭掉神鬼像上的灰尘和蜘蛛丝网。丁恺又走了二里多路，忽听得水声潺潺，一条大河挡住了前面去路。他见有个妇人在河边洗菜，菜色深紫，枝叶环抱，像荷花形状。丁恺走近细看，这妇人竟是自己去世的妻子。丁妻见是丈夫到此，大吃一惊说："夫君为何到这里来？这里不是人间地界！"丁恺告诉妻子迷路的经过，问她现住哪里，手里洗的是什么菜。丁妻说："我死后，被阎罗王的差役牛头鬼娶去，家住大河西边的槐树下。刚才洗的就是人间的胎胞，俗名称作'紫河车'。这胎胞洗过十次，出生以后小孩面清目秀，长大后一定富贵荣华；洗两三次，长大后是个平常之辈；未洗的那些胞胎，出生后成了愚昧丑陋的人。阎王将这差使分派给了牛头鬼负责，我是在代丈夫洗胞胎。"丁恺问妻子说："有办法让我回阳间吗？"妻子说："让我回去和现在的丈夫商量一下。可是我曾是你的妻子，死后又成了鬼妻，一开口新夫、旧夫的，总觉得很难为情。"说完，就将丁恺邀请到家里，聊了家常，问起亲戚朋友的近况。不一会儿，外面有敲门声。丁恺怕了，钻到床底下躲着。妻子开了门，牛头鬼进了屋，将蒙在头上的牛头假面具取下来丢到茶几上。去掉面具以后的牛头鬼，外貌言谈与平常人一样，对妻子说："太累了，今天侍候阎王爷审了几十起大案，站的时间太久，脚跟酸痛，快去拿酒来倒给我喝。"牛头鬼渐渐地惊觉起来，说："怎么屋里有生人气？"一边嗅，一边寻。妻子估计这事瞒不过去了，索性将丁恺从床底下拉出来，叫他叩头，并告诉了牛头鬼是怎么回事，代前夫苦苦求情。牛头鬼见是丁恺，便说："这个人，不单贤妻你要救他，其实他对我也是有恩的。我站在庙中，满面灰尘，就是他替我揩抹干净，是个忠厚的长者。但不知他的阳寿是多少。我明天到判官那儿跑一趟，偷看他的生死簿，就会清楚了。"牛头鬼唤丁恺入座，三人一起喝酒。开始上菜，丁恺举起筷子要吃菜，牛头鬼和妻子急忙夺过他的筷子，说："鬼饮的酒你喝没关系，鬼用的肉食你不可吃。吃了就要永远留在阴间。"第二天，牛头鬼一早出去，直到晚上才回家，只见他很高兴地向丁恺贺喜，说："我已查过了阴司的生死簿，你的阳寿还未结束；好在我手上恰巧有一件差使要办，正好送你出鬼门关。"牛头鬼手里拿着一块肉，颜色发红，发出臭味，对丁恺说："这块肉送给你，你拿着可以发大财。"丁恺问是什么道理，牛头鬼说：“这是河南一个富人张某背脊上的一块肉。张某平时有劣迹，阎王捉拿了张某，用钩子钩住了他的背脊，将他吊在铁锥山上，不料半夜里张某背上肉烂钩脱，让他逃回到阳间。现在张某在阳间正在患着背疮的病，没有一个名医能治好这病。你去找张某，将这块肉研成碎末，敷在他背上就可治好这疮，他也一定会重重地谢你。”丁恺拜谢了牛头鬼，用纸把这块肉包好，藏在身上，与牛头鬼一起出了鬼门关，牛头鬼立刻消失了。丁恺到了河南，果然有个姓张的富翁生着背疮。丁恺将张某的病医好了，得到五百两银子的酬金。

石门尸怪

浙江石门县里书李念先，催租下乡，夜入荒村，无旅店。遥望远处，茅舍有灯，向光而行。稍近，见破篱拦门，中有呻吟声。李大呼里书某催粮求宿，可速开门，竟不应。李从篱外望，见遍地稻草，草中有人，枯瘠如用灰纸糊其面者，面长五寸许，阔三寸许，奄奄然卧而宛转。李知为病重人，再三呼，始低声应曰：“客自推门。”李如其言入，病人告以染疫垂危，举家死尽，言甚惨。强其外出买酒，辞不能，许谢钱二百，乃勉强爬起，持钱而行。壁间灯灭，李倦甚，倒卧草中。闻草中飒然有声，如人起立者。李疑之，取火石击火，照见一蓬发人，枯瘦更甚，面亦阔三寸许，眼闭血流，形同僵尸，倚草直立，问之不应。李惊，乃益击火石，每火光一亮，则僵尸之面一现。李思遁出，坐而倒退，退一步，则僵尸进一步。李愈骇，抉篱而奔，尸追之，践草上簌簌有声。狂奔里许，闯入酒店，大喊而仆，尸亦仆。酒家灌以姜汤，苏，具道其故，方知合村瘟疫。追人之尸，即病者之妻，死未棺殓，感阳气而走魄也。村人共往寻沽酒者，亦持钱倒于桥侧，离酒家尚五十余步。

【译文】

浙江石门县有个乡吏李念先，下乡催租。晚上，到了一个偏僻小村，找不到一家旅店，望见远处有间茅舍亮着灯，就朝这方向走去。走近一看，破竹篱笆扎的栅栏算是屋门，里面传出呻吟声。李念先向屋里大声自报家门说，乡吏李某下乡催租，不及赶回，要求进屋过一夜，请快开门。可是，里面无人应声。李念先隔着篱笆门看屋内，稻草满地，草中有个人，面孔枯瘦，脸色如灰纸糊的一般，面长五寸四，阔三寸左右，奄奄一息。那人在稻草丛里稍微翻动了一下身子。李念先估量这是个重病人，便站在栏栅门外再三呼叫，病人这才低声地应了一句："请客人自己推门进来。"李念先推门进屋，病人告诉他，自己被传染上了瘟疫，是个垂危之人，家里人全死了。听他说话的声音，十分悲惨。李念先仗着乡吏身份，一定要他起来外出打酒，病人连连推说不能，直到李念先答应用二百钱谢他，病人才勉强爬起，接过钱打酒去。这时，墙洞里的油灯灭了，李念先因太疲倦，倒在稻草堆里就睡。忽听见草丛里发出飒飒响声，像是有人从草丛里爬起来。李念先起了疑心，就取了火石打火，从火光中照见一个蓬头散发的人，比刚才的病人更枯瘦，面孔也有三寸来阔，闭着眼睛，淌着血泪，外貌跟僵尸鬼一样，直立在稻草地上。李与他说话，毫无反应。李念先暗自吃惊，就不停地击打火石，火石的光每亮一次，僵尸鬼的面孔也就露一次。李念先想逃出这屋，就坐在稻草地上倒着向门口方向退挪。他每退挪一步，僵尸鬼就进一步。李念先愈加害怕了，穿出篱门就跑，僵尸在后面追，脚上拖挂的稻草还发出簌簌响声。李念先奔了一里路光景，闯进一家酒店，大叫一声，扑倒在地，尾随在后的僵尸也扑倒在地上。酒店主人用姜汤将李念先灌醒，李将所经历的情况告诉了店主，店主才知道那村子里在闹瘟疫，追李念先的僵尸，就是病人的妻子，虽然她已经死了，因无人收殓，又受到阳气的感应，身子活动了起来。于是，村里人就去找那个打酒的病人，终于在桥边找到了。只见他倒在桥畔，手里还拿着钱，离开这酒店才五十多步路。

空心鬼

杭州周豹先，家住东青巷。屋之大厅上，每夜立一人，红袍乌纱，长髯方面；旁侍二人，琐小猥鄙，衣青衣，听其使唤。其胸以下至肚腹，皆空透如水晶，人视之，虽隔肚腹，犹望见厅上所挂画也。周氏郎年十四，卧病，见乌纱者呼从者谋曰："若何而害之?"从者曰："明日渠将服卢浩亭之药，我二人变作药渣伏碗中，俾渠吞入，便可抽其肺肠。"次日，卢浩亭来，诊脉毕，周氏郎不肯服药，告家人以鬼语如此。家人买一钟馗挂堂上，鬼笑曰："此近视眼钟先生，目昏昏然，人鬼不辨，何足惧哉!"盖画者戏为小鬼替钟馗取耳，钟馗忍痒，微合其目故也。居月余，鬼又言曰："是家气运未衰，闹之无益，不如他去。"乌纱者曰："若如此空过一家，将来成例，何以得血食乎?"抡其指曰："今已周年，可索一属猪者去。"未几，果一奴属猪者死，而主人愈。周氏家人至今呼为空心鬼。

【译文】

杭州人周豹先，家住东青巷。他家大厅里，每天夜里立着一个人，身穿红袍，头戴乌纱，留着长须，四方面孔，两旁有两个差役侍候。差役长得丑陋短小，穿青衣，随时听从乌纱官使唤。乌纱官从胸以下到腹部，空心透明，像水晶一般。从他腹部望过去，还可以望见厅堂上所挂的画幅。周豹先的儿子十四岁，病在床上。一天夜里，听见乌纱官招呼两个差役商量说："用什么办法可以害死他？"差役说："明天他将服用医生卢浩亭开的药方，我二人变作药渣伏藏在碗中。他服药时会将我等连同吞下，这时就可以抽掉他的肺和肠。"第二天，医生卢浩亭来，看完周家儿子病，要他服药。他无论怎样也不肯服药，并将昨夜听到的鬼话告诉家里人。家里人就买来一幅钟馗的画挂在厅堂上，鬼笑着说："这个钟馗先生是个近视眼，双目昏昏然，辨不清人与鬼，有什么可怕的呢？"原来是画画的人开玩笑地画了小鬼正在替钟馗挖耳朵，钟馗忍着耳痒，微微地闭起了双眼。过了一个月，鬼差役又对乌纱官说："周家运气还未败落，闹下去也没意思，不如到别的人家去。"乌纱官说："假如就这样，岂不是白白到周家一趟，一开这个先例，以后怎么能永保有祭祀的酒肉享用呢？"乌纱官扳着手指头说："今年正好是猪年，何不捉一个属猪的人替代一下。"不多几天，周家果然有个属猪的奴仆死了。周家儿子的病却好了。周家上下直到现在还把那个胸腹透明的鬼称为"空心鬼"。

画工画僵尸

杭州刘以贤，善写照。邻人有一子一父而居室者，其父死，子外出买棺，嘱邻人代请以贤为其父传形。以贤往，入其室，虚无人焉。意死者必居楼上，乃蹑梯登楼，就死人之床，坐而抽笔。尸忽蹶然起，以贤知为走尸，坐而不动，尸亦不动，但闭目张口翕翕然，眉撑肉皱而已。以贤念：身走则尸必追，不如竟画。乃取笔申纸，依尸样描摹，每臂动指运，尸亦如之。以贤大呼，无人答应。俄而其子上楼，见父尸起，惊而仆。又一邻上楼，见尸起，亦惊滚落楼下。以贤窘甚，强忍待之。

俄而抬棺者来，以贤徐记尸走畏苕帚，乃呼曰："汝等持苕帚来!"抬棺者心知有走尸之孽，持帚上楼，拂之，倒。乃取姜汤灌醒仆者，而纳尸入棺。

【译文】

杭州人刘以贤，善于画肖像。他隔壁住着父子二人。父亲死了，儿子去买棺材。临走时，他嘱咐邻居，代他去请刘以贤画张父亲的遗像。刘以贤到他家里，发现屋里空无一人。他想，死人一定在楼上，就轻轻地登梯上楼，走近死人的床，坐下来，取出笔，正准备画像，哪知死尸竟突然跃身起床。刘以贤知道这是死尸走魄，便索性坐着不动。那死尸也不动，只是闭着双眼，嘴巴微微地一张一合，眉斜肉皱。刘以贤想：如果这时我离开，死尸一定会追随，还不如索性画像。于是拿起画笔，摊开纸张，对着死尸描摹起来。他运一下臂、动一动指头，死尸也仿照动作。刘以贤叫喊了几声，也无人答应。不久，死者的儿子上楼，一看见他父亲的尸体站起，吓得当场倒地。一位邻居上楼来，一见站起身子的死尸，也吓得滚落到了楼下。刘以贤见此情景，又急又无奈，只得强忍着，等待脱身机会。一会儿，抬棺材的人到了。刘以贤这才想到死尸发作时怕笤帚扫，于是就叫道："楼下的人快拿扫帚上楼!"抬棺材的人听见这叫喊，便知楼上僵尸在作祟，于是拿起扫帚就上楼，朝着死尸一扫，尸体就倒了。接着用姜汤灌醒昏倒在地的人，然后把死尸装进了棺材。

莺　　娇

扬州妓莺娇，年二十四，矢志从良。有柴姓者，娶为妾，婚期已定。太学生朱某慕之，以十金求欢。妓受其金，绐曰："某夕来，当与郎同寝。"朱临期往，则花烛盈门，莺娇已登车矣。朱知为所诳，怅然反。逾年，莺娇病瘵卒。朱忽梦见莺娇披黑衫直入朱门，曰：“我来还债。”惊而醒。明日，家产一黑牛，向朱依依，若相识者。卖之，竟得十金。狎邪之费尚且不可苟得也如此。

【译文】

有个名叫莺娇的扬州妓女，二十四岁，下定决心要嫁人从良。一个姓柴的人，准备娶莺娇为小妾，婚期已定。太学生朱某慕莺娇的名，给她十两银子，要与她求欢。莺娇收下了银子，骗他说：“某天夜里你来这里，一定与郎同睡。”朱某到期去找莺娇，只见花烛盈门，莺娇本人却已登车出嫁了。朱某知道自己受了莺娇的骗，若有所失地回家了。过了一年，莺娇生痨病死了。朱某忽然梦见莺娇披着一件黑布衫径直走进朱家门内，说：“我来还债！”朱某被梦惊醒。第二天，朱家养的母牛生了一头小黑牛，见了朱某依依不舍，像是认识的一般。朱某卖了这头小黑牛，竟然卖得了十两银子。由此看来，即使不正经的钱也是不可以白拿的。

旁观因果

常州马秀才士麟自言：幼时从父读书北楼，窗开处与卖菊叟王某露台相近。一日早起，倚窗望，天色微明，见王叟登台，浇菊毕，将下台，有担粪者，荷二桶升台，意欲助浇。叟色不悦，拒之，而担粪者必欲上，遂相挤于台坡。天雨台滑，坡仄且高，叟以手推担粪者，上下势不敌，遂失足陨台下。叟急趋扶之，未起，而双桶压其胸，两足蹶然直矣。叟大骇，噤不发声，曳担粪者足，开后门，置之河干；复举其桶，置尸傍，归，闭门复卧。马时虽幼，念此关人命事，不可妄谈，掩窗而已。日渐高，闻外轰传河干有死人，里保报官。日午，武进知县鸣锣至，仵作跪启：尸无伤，系失足跌死。官询邻人，邻人齐称不知，乃命棺殓加封焉，出示招尸亲而去。事隔九年，马年二十一，入学为生员。父亡家贫，即于幼时读书所招徒授经。督学使者刘吴龙将临岁考，马早起温经，开窗，见远巷有人肩两桶冉冉来，谛视之，担粪者也。大骇，以为来报叟仇。俄而过叟门不入，别行数十步，入一李姓家。李颇富，亦近邻而居相望者也。马愈疑，起尾之。至李门，其家苍头踉跄出，曰："吾家娘子分娩甚急，将往招收生婆。"问有担桶者入乎，曰："无。"言未毕，门内又一婢出曰："不必招收生婆，娘子已产一官人矣。"马方悟担粪者来托生，非报仇也。但窃怪李家颇富，担粪者何修得此，自此留心访李家儿作何举止。又七年，李氏儿渐长，不喜读书，好畜禽鸟。而王叟康健如故，年八十余，爱菊之性，老而弥笃。一日者，马又早起倚窗。叟上台灌菊，李氏儿亦登楼放鸽。忽十余鸽飞集叟花台栏杆上，儿惧飞去，再三呼鸽，不动。儿不得已，寻取石子掷之，误中王叟。叟惊，失足陨于台下，良久不起，两足蹶然直矣。儿大骇，噤不发声，嘿嘿掩窗去。日渐高，叟之子孙咸来寻翁，知是失足跌死，哭殓而已。此事闻于刘绳庵相公，相公曰："一担粪人、一叟，报复之巧如此，公平如此。而在局中者，彼此不知，赖马姓人冷观历历。然则天下事吉凶祸福，各有来因，当无丝毫舛错，而惜乎从旁冷观者之无人也。"

【译文】

常州秀才马士麟说过一个亲身经历的故事：小时候他跟父亲在北楼读书，打开窗就可看见卖菊花王老头的露天花台。一天，马士麟很早就起了床，倚着窗口望下去。这时天色已渐渐亮了，看见王老头登上花台浇花。浇完花后，他正要下台，见有个挑粪的提着两只粪桶已上了花台，想帮助老头浇花。老头脸上露出不高兴的神色，不让那个挑粪的上台，可是挑粪的一定要上，于是两个人在花台的斜坡上挤来挨去。不巧，天下起雨来，露台上很滑，斜坡比较陡而且高，王老头用手推那个挑粪的，挑粪的受不住自上而下的推力，就从露台上失足摔下来。王老头赶忙上前扶他，却已经起不来了，两只粪桶压在胸口，双脚一蹬就断了气。王老头非常害怕，一声不吭，拖着那个挑粪人的脚，从后门一直拖到河岸边，又将粪桶放到死尸的旁边，自个儿回家，关门又睡起觉来。马士麟当时虽然年小，但想到这是事关人命的大事，不可随便谈论，忙把窗关好，离开了。天大亮，太阳高照，他听到外边正在盛传河边上死了一个人。村里的保长、里正报了官。中午，武进县的知县在一阵鸣锣开道声中亲临现场，验尸官跪报知县说，尸体无伤痕，是失足跌死。知县官询问周围邻居，邻居都说不知道，于是下令将尸入棺加封，贴出告示，招挑粪人的亲属来认尸。事隔九年，马士麟二十一岁，进学中了秀才。他父亲死了，家里开始贫困。马士麟就在当年读书的北楼收学生，教经书。当时，江苏督学是刘吴龙。马士麟为了迎考，很早就起来温习经书，他打开窗户，看见远处小巷有个人挑着两只桶正在慢慢走来。他仔细辨认，原来是死去的挑粪的。马士麟十分害怕，以为他是来找卖菊花的王老头报仇的。过了一会，见挑粪的经过王老头家不进去，朝着另一方向走了几十步，走进了一家姓李的人家。李家很有钱，与马士麟读书的北楼也靠得很近，隔窗可以相望。马士麟愈加觉得挑粪的这一举止可疑，就下楼跟在挑担的后面也进了李家。李家的老仆人慌里慌张迎出来，说："我家女主人马上要分娩，我去请个接生婆。"马士麟问老仆，是否看见有个挑两只桶的人进门，老仆说："没有。"他们的回答还未结束，从里边门内走出一个丫头，说："不要请接生婆了，我家娘子已生了个儿子。"马士麟这时才悟到，那个挑粪的是到李家托生，不是来报仇的。可是，他暗自觉得奇怪，李家是富贵人家，挑粪的怎么会修到这样的好运。从此以后，马士麟就留意观察李家儿子的一举一动。又过了七年，李家的儿子渐渐长大，不喜欢读书，好养鸟。再说那王老头，已八十多岁，仍像过去一样很健康，欢喜种菊花的劲头，愈老愈足。一天，马士麟又早起倚着窗口眺望。王老头走上花台浇菊花，李家的儿子则登上自家的楼上放鸽子。忽然，十几只鸽子都飞集到王老头花台的栏杆上。李家儿子怕鸽子飞去，再三呼叫鸽子，鸽子一动也不动。李家的儿子不得已，拾了块石子向鸽子掷过去，结果误中了王老头。王老头一惊，失足从花台上掉了下去，好长时间爬不起来，两脚一伸死了。李家儿子大惊失色，一声不响，悄悄地将窗子关上。天大亮时，王老头的儿子和孙子都来找他，一看是失足跌死，痛哭流涕，安葬了事。这件事我是听常州人刘绳庵先生说的，刘先生还说："一个挑粪的，一个王老头，因果报应得如此巧，报应又如此公正，而处在这局内的人，彼此自己并不知道，唯有冷眼旁观的马士麟看得一清二楚。其实，天下那些有关吉凶祸福种种的事件，都有个前因后果在，而且一定不会有丝毫差错，只可惜没有人能在旁边冷静观察啊。"

徐四葬女子

摆牙喇徐四，居京城金鱼胡同，家贫，屋内外五间，兄嫂二人同居。兄外出直宿，嫂素贤，谓徐四曰："北风甚大，室惟一暖炕，吾与叔俱畏寒，而又不便同炕宿。我今夜归宿母家，以炕让叔。"叔唯唯，嫂遂归宁。夜二鼓，月色微明，有叩门者；走入，美少年，貂帽狐裘，手挈一囊，坐炕上泣，曰："君救我。我非男子，君亦不必问我所由来，但许我一宿，我以貂裘为赠。"解其囊示徐，金珠首饰，约直万金。徐年少，见其貌美怀宝，意不能无动，然终不知何家女，留之惧祸，拒之不忍，乃曰："奶奶姑坐，我与邻人商量即归。"女曰："诺。"徐自外掩门，奔往善觉寺，告方丈僧圆智。圆智者，高年有道，徐素所敬也。圆智闻之，亦大骇曰："此必大家贵妾，有故奔出，留之有祸，拒之不忍，子不如在我庵中坐以待旦，俟天明归家未迟。"徐以为然。圆智之弟子某，素无赖，闻之，乃伪作徐还家状。开门灭灯入，遽上炕抱女子卧矣。是夜，其兄值宿苦寒，以取皮衣，故四更还家，持灯照炕下，有男子履，大怒，以为妻与叔奸，拔腰间刀，连断两头，奔告岳家。入门大呼，妻自内走出，其兄惊仆地，以为鬼也。正喧嚷间，而徐四与圆智亦来，方知误杀之。因相与报官，刑部以为杀奸，律本勿论，但悬女头招尸亲，竟无认者。徐四怜女子之送死，鬻其金珠为收葬焉。

【译文】

小旗兵营武器库的守卫徐四，家在京城金鱼胡同，很穷，与哥嫂住在一起。有一天，哥哥夜里去衙门值班，嫂嫂为人贤惠，就对徐四说："外面北风很大，房里只有一个暖炕，我和你都很怕冷，同炕就寝不妥当，我今夜索性住到娘家去，这暖炕让给你睡。"徐四连连答应。他嫂子就回娘家去了。到二更时分，月色微明。忽然有人敲门，徐四一开门，有位头戴貂皮帽，身穿狐皮外套，手里提着一个袋子的美少年，进了门，坐在炕上，哭着说："请先生救我。我不是男子，先生也不必问我从哪里来，只要答应我住一夜，我用貂皮帽回赠。"说着打开袋子给徐四看，里面尽是金银珠宝首饰，价值万两银子。徐四年纪轻，见是一个美貌女子，又带着金银珠宝，心里自然不会无动于衷，可是这女子来历不明，留她住下呢，怕惹出祸来；拒绝她呢，又不忍心，于是想了想，说："请少奶奶暂坐一会儿，让我去和邻居商量一下，马上回来。”女子说：“好的。”徐四从外面把门关好，奔到善觉寺，将此事告诉了圆智方丈。圆智和尚，年高有道，徐四一向很敬仰他。圆智和尚听了徐四的讲述，也大吃一惊，说：“这女子一定是有钱人家的爱妾，出了什么事才私逃出来。你既然留她惧惹祸，拒她不忍心，那你就不如留在我庙里坐等天亮吧，到清晨回家也不算晚。”徐四认为圆智说得对，就留在庙里。圆智有个弟子，一向无赖，他听了师父和徐四谈话，便伪装成徐四回家的样子，开了门，灭了灯，急忙上炕，抱了那女子一起睡觉。当夜在衙门值班的徐四哥哥，因为天气苦寒，就回家去拿件皮衣，此时已是四更时分。他拿着灯朝炕前一照，发现有双男人的鞋子，不禁大怒，误以为自己妻子与弟弟通奸，就拔出腰刀，把两个人的头都砍了，然后奔到丈人家报告。到了丈人家，便大声喊叫，他的妻子从屋里走了出来。他一见妻子，以为是白日见鬼，吓得昏倒在地。正在乱嚷嚷的时候，徐四和圆智也赶到现场，见此情景，便知道是他哥哥误伤了两条人命。于是，一起到衙门报官。经过审理，刑部认为误杀通奸男女，根据法律可以不再追究。只将那女子的头示众，目的是招她的亲人来认尸。可是，一直无人认领。徐四同情那女子白白地送了一命，就卖掉了她的珠宝首饰，为她买棺安葬。

羊践前缘

康熙五十九年，山东巡抚李公树德生日，司、道各具羊酒为寿。连日演戏，诸幕客互相娱宴，彻夜不卧。有刑名张先生，酒酣逃席，入房将就寝。闻纱帐内嗫嗫有声，若男女交媾状。怒，以为他幕客昵优童，借其床为淫所。大呼揭帐，则两白羊跪而人淫，即群官送礼之羊也。见人惊散，张笑以为奇，遍告同人。少顷，张昏迷仆地，以手自批其颊，骂曰：“老奴可恶，我与谢郎生死因缘，隔四百七十年方得一聚，谈何容易！又被汝惊散。破人婚姻，罪不可饶。”言毕，又自批颊。抚军闻之来视，笑慰之曰：“谢家娘子，何必如此。吾生日本意放生行善，今将尔等数百只尽行放生，听汝配偶，以了夙缘，何如?”张听毕，叩首曰：“谢大人。”跃然起矣。此事梁瑶峰相公言。

【译文】

康熙五十九年，山东巡抚李树德过生日。司、道官员纷纷送羊酒祝寿。李府连日演戏，幕僚和宾客互相欢宴，通宵达旦。李府中有个刑名师爷张先生，酒喝得太多了，便借故离开了宴席，回到房里准备睡觉。忽听床帐内发出嗫嗫响声，像是有男女在帐内交欢。张某大怒，以为是府中幕客在狎昵唱戏的孩子，将他的床用作淫乐处所。他一边大叫，一边揭开纱帐，见是两只白羊正跪着交配，这两只羊也是那些官员送的。白羊见有人揭帐，一惊逃散。这时张某酒被惊醒，便出去把这件奇事当作笑料告诉了所有的李府幕僚。隔不多时，张某忽然跌倒在地，昏迷不醒，不一会儿，他用手自打耳光，骂道：“这个老家伙真可恶，我与谢郎有着生死因缘，隔了四百七十年才有今天的一次团聚，这是多么不容易的机会，却被你惊散。你破坏人家的姻缘大事，罪不可饶恕。”说完，又打自己的耳光。李巡抚听说了这件事，亲自前来察看，笑着安慰说：“谢家娘子，何必在此吵吵嚷嚷。今天是我生日，我原来就准备做件放生的善事。现在我决定将你等在内的几百只羊统统放生，听凭你找配偶，以了结前世的缘分，怎么样?”张某听完，叩头说：“谢大人。”说完，张某从地上一跃而起，病也好了。这个故事是梁瑶峰先生讲的。

鬼神欺人以应劫数

本朝定鼎后，有顾姓者，妄欲纠常熟、无锡两邑民为乱。有黠者某，知其无益，而难于相禁，乃号于众曰：“某村关帝庙甚灵，盍祷于帝，取周将军铁刀重百二十斤者投河以卜之，沉则败，不可起兵；浮则胜，可以起兵。”其意以为铁刀必沉之物，故试之，以阻众也。先祷于神，聚众投刀，刀浮水面，如蕉叶一片。众惊喜，即日揭竿起者数万人。俄而王师至，剿绝无遗。

【译文】

本朝入关定江山后，有位姓顾的人，企图纠集常熟、无锡两地的民众造反。一个有点心计的人，认为这么闹事无益，而众人又很难劝阻，于是他对众人宣传说：“某村的关帝庙很灵验，大家何不去向关帝祈祷，将周仓扛的那柄重一百二十斤的铁刀投入河中，卜个吉凶：如果刀沉入水中，表示造反会失败，不可起事；相反，刀浮上水面，表示造反会胜利，可以起事。”他心里想，铁刀必定会沉入水中，所以要用这个办法阻止大家造反。众人在他鼓动下，先向关帝祈祷，然后围观铁刀投水，不料这铁刀竟浮上水面，好像一片芭蕉叶。众人又惊又喜，当天就揭竿起义，参加的人有好几万。不久，官兵赶到，将他们全部剿灭，一个也未放过。

楚　陶

乾隆丙寅夏，江阴县民徐甲家，患黑眚，火焚其突，矢盈于甑，啸嗥无宁夕，里人咸患苦之。时邑令刘君翰长，粤西名士也，祷于神，不应，延羽士赛祈，不应，乃托刘少司空星炜为文，祷于城隍，令斋沐投炉，宿神庑下听命。翌日，无所兆，但炉灰坟起，作“楚陶”二字。令谓曰：“汝岂与楚人陶姓有冤乎？”甲大惊，吐实云：甲幼年，访其宗人某，往武昌。路患恶疾，同行者委之于道，分转沟壑死矣。有一丐者，雄躯深目，分糗糒食之，携与同乞。月余，病良已，丐者以力凌其曹偶，所得独赢，因省啬为甲作归计，竟得归。甲素有心计，为人佣租，得婚娶，且小阜矣。亡何，丐忽至，挟巨橐，颜色窘甚。叩之，曰："曩别后，窜身绿林，浮沉湖湘间二十载。今事败捕急，请从子而庇焉。"甲唯唯，语其子，子谓功令匿盗者，与盗同罪，不如放之使逸。甲方嗫嚅未决，忽伍伯数人入，絷其人以去。甲大惊。有拍手笑于房者，其子妇也，曰："大恩不报。新妇知若父子不忍，故已通知捕快，召之入矣。获厚资且得赏，何惧为？"民无可奈何，顾常大恨，不意其祟至于此也。刘令曰："盗劫人而子杀盗，盗当其罪，何厉之能为？顾汝享其利，则汝亦盗也。神人乌能庇盗！"无何，祟益甚，毁其家殆尽，子若妇先后卒，祟乃绝。

【译文】

乾隆十一年夏天，江阴县平民徐甲家里，被妖气缠绕，烟囱失火，蒸锅溢粪，家中呼喊号叫，日夜不得安宁，四周邻里也被他们闹得叫苦不迭。当时的县令刘翰长，是广西名士。他为此亲自向神祈祷，没有效应；请道士作法，也无效应。于是刘翰长就转请刘星炜侍郎写了篇文状，向城隍祈求，又命徐甲斋戒沐浴，焚香膜拜，然后借宿在庙的走廊里，听候召唤。第二天，虽然没有什么征兆，但香炉中的炉灰上却凸起了波纹，现出"楚陶"二字。刘翰长便问徐甲："你难道与姓陶的楚地人有过什么冤仇吗？"徐甲听了大惊，便讲出了下面一段实情。原来徐甲年轻时，曾到武昌去，拜访一位亲戚。半路上徐甲得了暴病，与他同路的人，将他丢弃在道旁不管他了，他自忖一定会死在荒野无疑。这时，来了一个乞丐，身躯高大，双目深陷，拿出自备的干粮给他吃，带着他一起行乞。一个多月后，徐甲的病开始好转。那个高个儿乞丐靠着他力气大，众乞丐都要让他三分。因此，他得利最多。高个儿乞丐省吃俭用，积了些银子，好让徐甲回家。徐甲终于回到了家乡。徐甲本来就是一个有心计的人，租田耕作，精打细算，娶了老婆，日子一天天宽裕起来。没多久，那个乞丐忽然来到，他手里夹着个特大的袋子，神情很尴尬。徐甲问他出了什么事，乞丐便说："自从与你在武昌分别后，我就投奔了绿林好汉，混迹在湖南、湖北两地已有二十年。最近事情败露了，官府正在加紧搜捕，请求你能庇护我一下。"徐甲连连答应，就将此事与他儿子商量。徐甲的儿子告诉他，按照朝廷法令，凡藏匿强盗的人，与强盗同罪，倒不如放他出去，让他逃了。徐甲正在嘟嘟哝哝、犹豫不决的时候，突然闯进几名捕快，将乞丐捆绑着带走了。徐甲见此情景，不禁大惊。他的媳妇却在房间里拍手大笑，说："你大恩未报，我知道你们父子是不忍心这乞丐被官府抓去，所以还是由我通知了捕快将这乞丐拘捕归案。既得着了那乞丐留下的一大笔钱财，又获得了官府的奖赏。你还有什么可害怕的呢?"徐甲觉得，事到如今，实在也是无可奈何了。只是平日一想起这件事，徐甲很悔恨，可是没料到那乞丐竟作祟如此厉害。刘县令说："强盗抢人钱财，而你杀了强盗，那个强盗的罪行理当处死，哪有什么可以作祟的呢？只是你享用了他的不义之财，你也成了强盗，神人怎么可以庇护强盗呢!"没多久，鬼怪作祟得更凶了，把徐甲的家产全部败尽，徐甲的儿子媳妇先后死去，那鬼怪才停止了捣乱。

藏　魂　坛

云贵妖符邪术最盛。贵州臬使费元龙赴滇，家奴张姓，骑马上，忽大呼坠马，左腿失矣。费知妖人所为，张示云：能补张某腿者赏若干。随有老人至曰："是某所为。张在省时，倚主人势，威福太过，故与为恶戏。”张亦哀求，老人解荷包，出一腿，小若虾蟆，呵气持咒，向张掷之，两足如初，竟领赏去。或问费公，何不威以法，曰：“无益也。在黔时，有恶棍某，案如山积，官杖杀之，投尸于河。三日还魂，五日作恶。如是者数次，诉之抚军，抚军怒，请王命斩之，身首异处。三日后又活，身首交合，颈边隐隐然红丝一条，作恶如初。后殴其母，母来控官，手一坛，曰：‘此逆子藏魂坛也。逆子自知罪大恶极，故居家先将魂提出，炼藏坛内，官府所刑杀者，其血肉之体，非其魂也。以久炼之魂，治新伤之体，三日即能平复。今恶贯满盈，殴及老妇，老妇不能容，求官府先毁其坛，取风轮扇，扇散其魂，再加刑于其体，庶几恶子乃真死矣。’官如其言，杖毙之，而验其尸，不浃旬已臭腐。”

【译文】

云南、贵州地方，妖符邪术最为盛行。贵州按察使费元龙赴云南途中，他的一个随从家奴张某，正骑在马上，忽然大叫一声，从马上摔了下来，失去了一条左腿。费元龙明白，这一定是妖人所为，于是张贴告示说，谁能将张某腿补上，就赏钱若干。告示刚贴出，就有个老人前来，说：“这是我干的。张某在省里时，仗着主人的势力，作威作福太过分，所以故意跟他来个恶作剧。”张某苦苦哀求老人救治。老人解开荷包，取出一条腿，小得像虾蟆腿一般，他呵了一口气，念起符咒，将小腿朝着张投掷过去，张某的双脚又跟过去一样完好了。老人领了赏钱便走。有人问费元龙，为何不用刑法处置他，费说：“没有用的。我在贵州时，有个恶棍，所犯罪案，堆积如山，官府用棍棒将他活活打死，并将尸首投进河里。可是，第三天他就还魂过来，第五天上又开始干坏事了。接连几次都是这样，下边的官府只得报告巡抚，巡抚不禁大怒，请示朝廷后，将这恶棍斩首，并将身体与头分放两个地方。不料，三天后他又活过来了，只是在头与身体合拢的颈处隐隐约约可以看到一丝红痕，他仍旧和过去一样作恶。后来，这个恶棍打起自己的母亲来，他母亲就来官府控告，手里捧着一只坛罐，说：'这是我那逆子的藏魂坛。逆子自知罪大恶极，所以在家时将自己的灵魂捉出来，修炼后藏在坛内，官府棒打刀砍他的，仅是他的血肉之躯，不是他的灵魂。靠他那久经修炼的灵魂，治疗新伤的身体，三天就可以康复。现在他恶贯满盈，竟然打起我来，老妇我不能容忍他再这样胡作非为了。恳求官府先毁掉这个藏魂坛，用风轮转动的扇子，搧散他的灵魂，然后再对他身体用刑，这样，逆子差不多就可以真的被处死了。'官府照老妇的话做了，再用棍棒打死他，然后验他的尸体，不到十天就已经腐烂发臭了。"

老妪为妖

乾隆二十年，京师人家生儿辄患惊风，不周岁便亡。儿病时，有一黑物，如鸺鹠，盘旋灯下，飞愈疾，则小儿喘声愈急，待儿气绝，黑物乃去。未几，某家儿又惊风。有侍卫鄂某者，素勇，闻之怒，挟弓矢相待。见黑物至，射之，中弦而飞，有呼痛声，血涔涔洒地。追之，逾两重墙，至李大司马家之灶下乃灭。鄂挟矢之灶下，李府惊，争来问讯。鄂与李素有戚，道其故。大司马命往灶下觅之。见旁屋内一绿眼妪，插箭于腰，血犹淋漓，形若猕猴，乃大司马官云南时带归苗女，最笃老，自云不记年岁。疑其为妖，拷问之，云有咒语，念之便能身化异鸟，专待二更后出，食小儿脑，所伤者不下数百矣。李公大怒，捆缚置薪活焚之。嗣后，长安小儿病惊风者竟断。

【译文】

乾隆二十年，京城里凡新生的小儿几乎都染上了惊风症，养不满周岁就死了。据说，婴儿得病时，有只像猫头鹰一样的黑色怪物，在灯下盘旋。这怪物飞得愈快，小儿喘气的声音也愈急促，直到婴儿断气，黑色怪物才离去。隔不多几天，有一家的婴儿又得了惊风病。有个姓鄂的侍卫，向来勇敢，听说这事后大怒，挟弓带箭到患者家中等待怪物出现。那黑色怪物果然来了，鄂某射了一箭，那怪物带箭飞去，发出叫痛的声音。一滴滴血流洒在地。鄂某紧追不放，翻过两座墙头，那怪物钻到兵部尚书李家的灶头底下，便不见了踪迹。李府的人见鄂某挟着弓箭候在灶下，无不吃惊，纷纷讯问出了什么事。鄂某与李家有亲戚关系，鄂某就将这事告诉了他们。李尚书命人到灶下去寻找这黑色怪物。不料，在边上的一间屋内有个绿眼睛的老太婆，腰上中了一箭，血还在不断地淌，老太婆的外貌跟猕猴差不多，她是李尚书在云南做官时带来的，平日最是忠厚老实，她自己也记不清是多大年纪了。李公与众人都怀疑她是妖怪，经过拷打追问，她说自己会一种咒语，一念咒就能变成一种怪鸟，专门在半夜二更以后飞出去，吃婴儿的脑浆，伤害的婴儿已经不下几百个。李公大怒，命人将老妪捆缚后放在柴堆里活活烧死。从此以后，京城里小儿的惊风症就绝迹了。

署雷公

婺源董某，弱冠时，暑月昼卧，忽梦奇鬼数辈审视其面，相谓曰："雷公患病，此人嘴尖，可替代也。"授以斧，纳其袖中。引至一处，壮丽如王者居，立良久，召入。冠冕旒者坐殿上，谓曰："乐平某村妇朱氏，不孝于姑，合遭天殛，适雷部两将军俱为行雨过劳，现在患病，一时不得其人。功曹辈荐汝充此任，汝可领符前往。"董拜命出，自视足下云生，闪电环绕，公然一雷公矣。顷刻至乐平界，即有社公导往。董立空中，见妇方诟谇其姑，观者如堵。董取袖中斧一击，毙之，声轰然，万众骇跪。归复命，王者欲留供职，以母老辞，王亦不强。问董何业，曰："应童子试。"王顾左右，取郡县册阅之，曰："汝今岁可游庠。"遂醒，急语所亲，诣乐平县验之，果然震死一妇，时日悉合。方阅籍时，董窃睨邑试一名为程隽仙，二名为王佩葵，次年皆验。

【译文】

婺源有个姓董的人，二十岁那年夏天午睡时，忽然梦见几个奇鬼在端详他的面容，互相议论说："雷公正生着病，这个人嘴巴尖尖的，可替代雷公当班。"就把斧头交给董某，放在他的袖中。几个鬼把他带到一个地方，那地方宫殿壮丽，像是王者所住的处所，董某在殿外等了好一会儿，才被召进殿里。有穿戴着帝王服饰的人坐在殿中央，对董某说："乐平县有个姓朱的村妇，对婆婆不孝，理该遭到天诛，现在雷部的两位将军因为行雨过度劳累，正在生病，一时上找不到合适的人。雷公的部下推荐你充当此职，你现在可以领了信符前去执行命令。"董某接受命令，辞拜大王，走出宫殿。他觉得自己的脚下生出团团云朵，闪电环绕，与雷公没有什么两样。不一会儿到了乐平县地界，马上有土地公公做向导。董某站在空中，见村妇朱某正在大骂婆婆，围观的人挤得水泄不通。董某取出袖中的斧头一击，当场击毙了她，轰隆隆的雷声，吓得众人全都跪下。董某回去复命交差，大王想留他在雷部供职，董某借口母亲年迈谢绝，大王也不勉强他。大王问董某是干什么职业的，他说："将考秀才。"大王命侍候在旁的差役取来郡县的名册簿，亲自查阅，说："你明年可考中秀才。"董某梦醒，将梦中经历的事情告诉亲朋好友，有人到乐平县去查证了一下，果然有个妇人被雷击死，日子、时辰全都符合。当初大王在查阅名册簿时，董某偷看了一眼，次年考中第一名秀才的是程隽仙，第二名是王佩葵。梦中的事第二年全都应验了。

捉　鬼

婺源汪启明，迁居上河之进士第，其族汪进士波故宅也。乾隆甲午四月一日夜，梦魇，良久寤，见一鬼逼帷立，高与屋齐。汪素勇，突起搏之，鬼急夺门走，而误触墙，状甚狼狈。汪追及之，抱其腰，忽阴风起，残灯灭，不见鬼面目，但觉手甚冷，腰粗如瓮，欲喊集家人，而声噤不能出。久之，极力大叫，家人齐应，鬼形缩小如婴儿。各持炬来照，则所握者坏丝绵一团也。窗外瓦砾乱掷如雨，家人咸怖，劝释之。汪笑曰："鬼党虚吓人耳，奚能为？倘释之，将助为祟，不如杀一鬼以惩百鬼！"因左手握鬼，右手取家人火炬烧之，腷膊有声，鲜血迸射，臭气不可闻。迨晓，四邻惊集，闻其臭，无不掩鼻者。地上血厚寸许，腥腻如胶，竟不知何鬼也。王葑亭舍人为作《捉鬼行》纪其事。

【译文】

婺源人汪启明，搬进位于上河的一间原来进士住过的房子里，这是他同族中进士汪波的旧居。乾隆三十九年四月一日的夜里，汪启明作了一个可怕的梦，惊叫、呻吟了很长时间，才清醒过来。他一睁开眼，只见一个鬼紧逼着床帐站着，个子与屋子一样高。汪启明向来勇敢胆大，从床上跳起，与鬼搏斗，这鬼急忙寻找门口，企图逃走，结果误撞在墙上，狼狈不堪。汪启明追上了鬼，拦腰将鬼抱住。这时，忽然刮起一阵阴风，将残剩的一点灯光也扑灭了。汪启明看不清鬼的面目，只觉得鬼的手冰冷，腰围粗得像大瓮一般，心里想喊家里人齐来捉鬼，可嘴里像被什么东西塞住了，说不出一句话。过了好一会儿，汪启明尽力叫喊，全家上下闻声全都赶来，这时鬼的形貌缩小得像个初生婴儿一样。众人拿着灯来照看，汪启明手中所握的竟是一团破烂的丝绵。这时，窗外有人在乱掷瓦砾，密如雨下。汪家人感到十分害怕，劝汪启明放走鬼。汪启明笑着说："这是鬼的同党在虚张声势，搞不出什么名堂。如果放了手中的鬼，一定会助长群鬼兴风作浪的气焰，倒不如杀一儆百，惩治众鬼！"于是，汪启明左手握鬼，右手接过家里人递上的火炬烧这团烂丝棉，发出一阵阵噼啪声，鲜血四溅，臭不可闻。到了天亮，四周邻居闻讯惊奇地会集到汪家来。一闻到这鬼血的恶臭味，没有一个不掩鼻的。地上凝结的血块寸把厚，又腥又腻，像一团胶泥，谁也说不上这是什么鬼。中书舍人王葑亭专门写了首《捉鬼行》，记载此事。

某侍郎异梦

乾隆二十年，某侍郎督视黄河，驻扎陶庄。岁除夕矣，侍郎素勤，骑匹马，跟从者四人，持悬火巡河，行冰淖中。一望黄茅白苇，自觉凄然，见草中有支布帐而露烛光者，召问，则主簿某也。侍郎爱其勤，大加夸奖。主簿请曰："大人除夕至此，夜已三鼓，天寒风紧，回馆尚远。某有度岁酒肴，献上一醉何如？"侍郎笑而受之，饮数觞，仍归公馆。倦，解衣卧，梦中依旧骑马看河，觉所行处便非前境，最后黄沙茫茫。行二里许，有火光出庐舍间，就之，老妪迎门，细视，即其亡母太夫人也。见侍郎，惊曰："汝何至此？"侍郎告以奉命看河之故。太夫人曰："此非人间，汝既来，如何能归？"侍郎方悟太夫人已亡，己身已死，遂大哭。太夫人曰："河西有老和尚，法力甚大，吾带汝往求之。”侍郎随行，至一庙，庄严如王者居，南面坐一老僧，闭目无言。侍郎跪阶下，再拜，僧不为礼。侍郎问：“我奉天子命看河，因何至此？”僧又无言。侍郎怒曰：“我为天子大臣，纵有罪当死，亦须示我，使我心服，何嘿嘿如哑羊耶？”老僧笑曰：“汝杀人多矣，禄折尽矣，尚何问为？”侍郎曰：“我杀人虽多，皆国法应诛之人，非我罪也。”僧曰：“汝当日办案时，果只知有国法乎？抑贪图迎合、固宠迁官乎？”取案上如意，直指其心。侍郎觉冷气一条，直逼五脏，心�趚然跳不止，汗如雨下，惶悚不能言。良久，曰：“某知罪矣，嗣后改过，何如？”僧曰：“汝非改过之人，今日恰非汝寿尽之日。”顾左右沙弥云：“领他出，放他归！”沙弥同行，昏黑中开其拳，出一小珠，光照黄河，工次一段直至陶庄公馆，历历如白昼。太夫人迎来，泣曰：“儿虽归，不久即来，无多时别也。”遂依原路归，及门下马而醒，日已午矣。众河员贺节盈门，疑侍郎最勤，何以元旦不起。侍郎亦不肯明言其故。是年四月，病呕血，竟以不起。此事裘文达公为余言。

【译文】

乾隆二十年，某侍郎受命视察黄河，驻扎在陶庄。这时正是大年三十晚上。侍郎向来勤勉尽职，他骑着马，带了四个随从，手持火把、灯笼，在黄河边上巡视，走入了一片冰封的泥淖地带。一眼看去，尽是枯黄的茅草、灰白的芦苇，侍郎不觉感到有些凄凉。在不远处，他发现苇草中支着一架帐篷，还有烛光闪现，招来一问，原来是某主簿在守夜。侍郎很欣赏他的勤勉，对主簿大加夸奖。主簿也邀请侍郎说："大人在除夕之夜还到这里巡视，现在已是三更时分，天冷风紧，回公馆还要走远路。我这里正备有过年的酒菜，请大人痛饮一杯怎么样?"侍郎笑着答应了，饮了几杯酒，仍旧返回公馆。侍郎感到疲倦，解衣便睡。睡梦中他还在骑马巡河，只是所到之处不是原来的地方，前后都是苍苍茫茫的黄沙地。约走了二里路光景，前面有间草屋，还亮着烛光。侍郎向茅屋走去，有个老妇在门口迎接。侍郎仔细一认，竟是自己的亡母。她见了侍郎，惊奇地问道："你怎么会到这儿来?"侍郎说是奉命巡河而来。亡母说："这里不是人间，你已经到了阴间，怎么才能回到阳间去呢?"这时侍郎才明白，母亲已死，自己也死了，于是大哭起来。他母亲说："河西有个老和尚，法力高明，我带你去求他帮忙。"侍郎跟着母亲而行，走到一座庙前，庙宇庄严肃穆，像是帝王所住的地方。西南坐着一个老和尚，闭着双眼，一言不发。侍郎跪在台阶下，拜了又拜，老和尚不还礼。侍郎问："我奉天子的命令巡河，怎么会到阴间来的呢?"老和尚还是一言不发。侍郎忍不住发怒说："我是天子的大臣，即使罪该一死，也须让我知道自己所犯的罪，使我心服，为什么你一言不发像只哑巴羊呢?"此时，老和尚笑着对侍郎说："你杀的人太多了，应享用的利禄已被折算光了，你还有什么可问的呢?"侍郎说："我杀人虽多，都是按照国法量刑，全是应杀的人，不是我的罪过。"和尚说："你当初办案时，果真只知道有国法吗？是否还有迎合上司意图，草菅人命，为的是讨好上司、升官发财的私利呢?"老和尚拿起桌子上的一柄如意，直指着侍郎的心口。侍郎顿觉有一股冷气直逼进五脏，心咚咚地急跳不已，汗如雨下，惊怕得连一句话也说不出来。过了很长时间，侍郎才说："我知罪，以后改过，可来得及?"和尚说："你不是一个肯改过自新的人。只是今天不是你寿终正寝的日子。"老和尚示意两旁的小和尚说："领他出去，放他还阳!"侍郎与小和尚一起走，在黑夜中，小和尚摊开手掌，掌中有颗小珠，珠光照亮了黄河岸边，从工地直到陶庄公馆，亮得如同白天一样。他的亡母迎上前来，哭着说："儿虽然暂时回去，可是不久就会来，不会隔很长时间。"于是侍郎按原路回家，到门口下马时，梦醒了。这时已是大年初一中午光景。许多河道的下属官员都到侍郎公馆来贺年，见侍郎年初一一直睡到中午，不禁起了疑心，因为他平日一向勤勉。侍郎也不肯告诉大家迟起床的原因。当年四月，侍郎生病吐血，一病不起，死了。这个故事是裘日修讲给我听的。

奉行初次盘古成案

《北史》称毗骞国王头长三尺，至今不死。予尝疑其诞。康熙间，浙人方文木泛海，被风吹至一处，宫殿巍峨，上署“毗骞殿”三字。方大惊，俯伏殿外，两霞帔者引之入。有长头王上坐，冕如巨桶，珍珠四垂，须拂拂然相触有声，问文木曰：“汝浙人乎？”曰：“然。”王曰：“离此五十万里矣。”赐文木饭，米大如枣。文木知王神灵，跪拜求归。王顾谓侍臣曰：“取第一次盘古皇帝成案，替他一查！”文木大骇，叩头曰：“盘古皇帝有几个乎？”王曰：“天地无始无终，有十二万年，便有一盘古，今来朝天者，已有盘古万万余人，我安能记明数目。但元会运世之说，已被宋朝人邵尧夫说破。可惜历来开辟，总奉行第一次开辟之成案，尚无人说破，故风吹汝来，亦要说破此故，以晓世人耳。”文木不解所谓，王曰：“我且问汝：世间福善祸淫，何以有报有不报耶？天地鬼神，何以有灵有不灵耶？修仙学佛，何以有成有不成耶？红颜薄命，而何以不薄者亦有耶？才子命穷，而何以不穷者亦多耶？一饮一啄，何以有前定耶？日食山崩，何以有劫数耶？彼善推算者，何以能知而不能免耶？彼怨天尤天者，天胡不降之罚耶？”文木不能答。王曰："呜呼！今世上所行，皆成案也。当第一次世界开辟，十二万年之中，所有人物事宜，亦非造物者之有心造作，偶然随气化之推迁，半明半暗，忽是忽非，如泻水落地，偶成方圆；如孩童着棋，随手下子，既定之后，竟成一本板板帐簿，生铁铸成矣。乾坤将毁时，天帝将此册交代与第二次开辟之天帝，命其依样奉行，丝毫不许变动。以故人意与天心往往参差不齐，世上人终日忙忙急急，正如木偶傀儡，暗中有为之牵丝者，成败巧拙，久已前定，人自不知耳。"文木恍然，曰："然则今之所谓三皇五帝，即前此之三皇五帝乎？今之二十一史中之事，即前此之二十一史中之事乎？"王曰："然。"言未毕，侍臣捧一册至，上书"康熙三年，浙江方文木泛海至毗骞国，应将前定天机漏泄，俾世人共晓，仍送归浙江"云云。文木拜谢，临别泣下。王摇手曰："子胡然？十二万年之后，我与汝又会于此矣，何必泣为？"既而笑曰："我错我错，此一泣亦是十二万年中原有此两条眼泪，故照样誊录，我不必劝止也。"文木问王年寿，左右曰："王与第一次盘古同生，不与第千万次盘古同死。"文木曰："王不死，则乾坤毁时，王将安归？"王曰："我沙身也，历劫不坏。万物毁坏，变为泥沙而极矣，我先居于极坏之处，劫火不能烧，洪水不能淹，惟为恶风所吹荡，上至九天，下至九渊，殊觉劳顿。每每枯坐数万年，等盘古出世，觉日子太多，殊可厌耳。"言毕，口嘘气吹文木，文木乘空而起，仍至海船上。月余归浙，以此语毛西河先生。先生曰："人但知万事前定，而不知所以前定之故。今得是说，方始豁然。”

【译文】

《北史》里说，毗骞国的国王头有三尺长，至今还没有死。我曾怀疑这记载荒诞不实。康熙年间，浙江人方文木航海，船被风吹到一个地方，那里宫殿高大宏伟，题有“毗骞殿”三字。方文木大惊，跪在殿外。有两个系着五光十色披风的人引他入殿。殿中央坐着一个长头国王，头上戴的冠冕像一只大桶，珍珠四垂冠边，胡须飘拂时碰到珠上，不时发出响声。国王问：“你是浙江人吗?”文木答说：“是。”国王说；“浙江离这里有五十万里路啊。”国王请方文木吃饭，每粒米有枣子般大。他知道国王神通广大，于是跪拜在地，要求回家。国王对侍臣说：“拿第一次盘古皇帝的案卷来，替他查一查!”文木听了害怕极了，一边叩头一边问国王：“怎么盘古皇帝还有好几个吗?”国王说：“天地既没有开始、也没有终止的时候。隔十二万年，就有一个盘古皇帝出现。现在来朝拜天帝的盘古已有一亿余人，我怎么记得清其中的数目。只是时世轮回的秘密，已被宋朝人邵尧夫说破了。那么历代开天辟地的人，为什么总是要按照第一次开天辟地定的成案办，可惜这一点还没有人讲清楚其中的道理，大风将你吹来，就是要你懂得其中的道理，回去开导世上的人。”方文木听不懂国王说的话，国王说：“我要问你：人间的祸福善恶，为什么有的遭报应，有的却不报呢?求天地、拜鬼神，为什么有的灵验，有的不灵验呢?修仙道，学佛法，为什么有的成功，有的不成功呢?虽说红颜女子多薄命，可是为什么有的命却不薄呢?虽说才子命穷，可是为什么才子中不穷的也多着呢?有的生物喝饮，有的生物啄吃，为什么都是一生出就预定好了呢?日蚀、山崩，为什么都应着劫难才出现呢?那些善于算命的人，为什么能算出别人的命，自己却不能免于一死呢?那些怨恨上天、责怪上天的人，上天却为什么不惩罚他们呢?”方文木听了，一个问题也回答不上来。国王继续说道：“是呵！现在世上通行的法则，都是老早就定好的。当初在第一次开天辟地轮回的十二万年中，所有的人与事物，其实也不是造物主的有心安排，而是随着天地间的气化运动的偶然性，半明半暗，又像是、又像非地造成的。这好比水在地上流淌时，偶尔形成了方或圆的种种图形。又好比小孩子下棋，不过是随手落了一个子，但下定之后，竟像成了一本动不得、改不得的账簿，变为铁铸的局面。天地将要毁灭时，天帝就将第一次开天辟地的记录交给第二次进行开天辟地的盘古，命令他照样执行，丝毫不许变动。正因为如此，人意与天意往往不合拍、对不拢，世上的人一天到晚忙忙碌碌，其实像木偶戏中的傀儡，命运都操纵在暗中牵线者手里。成功和失败，聪明和愚蠢，早就预先订好了，只是人自己不知道而已。”方文木听到这里，才恍然有些觉悟，便问国王：“那么，今人所说的三皇五帝，就是前一轮的三皇五帝吗？现在的二十一史中所记的事，就是前一轮二十一史中所有的事吗？”国王说：“对。”国王的话音一落，侍臣捧着一本簿子到来，上写“康熙三年，浙江方文木泛舟海上，被风吹到毗骞国，应让他将前定天机传达出去，使世间的人都知道。仍送方文木回浙江去”等等。方文木拜谢了国王，临走时依依不舍，掉了泪。国王摇摇手说：“你这干什么？十二万年以后，我又要与你相会在这儿，又何必这么哭哭啼啼？”接着又笑着说：“我说错了，我说错了。你的这一哭，也是前一轮十二万年中本来就有的两条眼泪，这是在照样演示，我本不该劝阻你。”方文木问国王的年龄，国王左右的人说：“我们的国王与第一轮开天辟地的盘古同生，却不跟此后千万轮的盘古同死。”方文木又问：“国王长生不死，那么天地毁灭时，国王将到哪里去？”国王说：“我是泥沙身子，历尽浩劫也不会毁坏。世上万物毁坏，最后无非变成泥沙。我先达到了这个最坏的境界，所以火劫烧不死，洪水淹不死。只是暴风吹刮时，忽而上九天，忽而下九渊，倒是觉得特别劳累。平日常常独自一人，枯坐几万年，等待着新的盘古出世，感到日子太长，特别觉得乏味。”国王说完，向方文木嘘出一口气，方文木凌空飞起，仍旧落到那条海船上。一个多月后，他回到浙江，将这件事告诉了毛西河先生。毛先生说：“世上的人都知道万事都是前世预定好的，却不知道其中的道理。现在有了这个说法，我才豁然开朗了。”

（卷五译者　海明）

子不语卷六

猪道人即郑鄤

明季华山寺中养一猪，年代甚久，毛尽脱落，能持斋，不食秽物，闻诵经声则叩首作顶礼状，合寺僧以“道人”呼之。一夕，老病将死，寺中住持湛一和尚者，素有道行，将往他处说法，召其徒谓曰：“猪道人若死，必碎割之，分其肉啖寺邻。”众僧虽诺之，而心以为非。已而猪死，乃私埋之。湛一归，问猪死作何处分，众僧以实告，且曰：“佛法戒杀，故某等已埋葬之。”湛一大惊，即往埋猪处，以杖击地，哭曰：“吾负汝，吾负汝！”众僧问故，曰：“三十年后，某村有一清贵官，无辜而受极刑者，即此猪也。猪前生系宰官，有负心事，知恶劫难逃，托生为畜，来求超度。我故立意以刀解法厌胜之，不意为汝辈庸流所误。然此亦大数，无可挽回也。”崇祯间，某村翰林郑鄤，素行端方，在东林党籍中，为其舅吴某诬以杖母事，凌迟处死，天下冤之。其时湛一业已圆寂，众方服其通因果也。

【译文】

明末华山寺里养着一头猪，养的年份已很长了，猪毛全脱落光。它只吃素食，不吃不干净的东西，听到和尚念经的声音会叩头，还作出顶礼膜拜的样子，全寺的和尚都称这头猪为“道人”。一天晚上，这头猪老病将死。华山寺的当家和尚湛一，向来道行高明，准备动身到其他寺院去说法，临走前，湛一将他的徒弟召集起来，说：“假若猪道人死了，一定要把猪肉割成碎块，分给四周的邻居吃。”和尚们口上虽答应照办，心里却不赞成湛一的话。湛一走后不多时，和尚们偷偷地将猪埋掉了。湛一和尚回寺，问起猪死后处理情况，和尚们只得将实情告诉他，还说：“佛法不准杀生，所以我们将猪埋掉了。”湛一听后大吃一惊，立刻到埋葬猪的地方，一边用禅杖敲击地面，一边哭着说：“我辜负了你，我辜负了你！”和尚们问湛一，为何这么说。湛一说：“三十年以后，某村一个清正廉洁的大官，无辜地被朝廷处以极刑的，就是这头猪。这头猪前生是个县令，做了亏心事，知道难以逃脱惩罚，就托生为猪，企求超度前世恶行。所以我决定用刀割的办法，再加上念经咒超度这猪，想不到被你们这些平庸之辈坏了事。不过这也是命定的天数，无法挽回的。”崇祯年间，某村的翰林郑鄤，德行正直，参加了东林党，被他的姓吴的舅子诬告，说他用棍棒打母亲，结果被朝廷以不孝罪处以剐刑而死，天下人都替他鸣冤。这时湛一和尚已死，众和尚这才佩服他深通因果报应的事理。

徐先生

宿松石赞臣家饶于财，兄弟数人，资各数万。宿俗富饶之家，每日必设一家常饭，置外厅堂，不拘来客，皆就食焉，号曰“燕坐”。忽有徐姓者，清瘦微须，亦来就食，指门外青山曰：“君等曾见过山跳乎？”曰：“未也。”徐以手指三撮，山果三跃。众人大奇之，呼为先生。先生谓赞臣曰：“君等家资虽富，能炼丹，可加十倍。”群兄弟惑其言，置炉设灶，各出银母数千，以求子金。二房弟妇某氏，素黠，暗置铜于银母中，不与先生见。亡何炭炽，风雷起于屋上，劈碎瓦数片。先生骂曰：“此必有假银搀杂，至干鬼神怒。”询之果然，合家骇服。先生置铜盘于空中，呼曰：“丹来！”盘中铿然，一锭坠下，连呼之，铿铿之声不已，大锭小锭齐落于盘。先生曰：“炼大丹，在深山中人迹不到之所，可致千万。盍随我往江西庐山乎？”石氏兄弟愈喜，即载银数万，随先生往。未半途，先生上岸去矣。夜率大盗数十，明火执杖，来劫取银，曰：“毋怖！我虽盗魁，然颇有良心，念汝等供养我甚诚，当留下千金，俾汝等还乡。”于是石氏兄弟以全数与之，惘惘然归。十年后，安庆按察使衙门狱吏差人来召赞臣曰：“狱有大盗徐某请君相见。”赞臣不得已，往，果见先生。先生曰：“我劫数已尽，死亦何辞。但念我数年交谊，为葬其遗骸。”脱手上金钏四只，与赞臣为棺费，且曰：“我大限在七月一日未时，汝可来送。”至期，赞臣往市曹，见先生反接待斩。忽胯下出一小儿，作先生音曰：“看杀我，看杀我。”须臾头落，小儿亦不见。其时臬使为祖廷圭，满洲正蓝旗人。

【译文】

宿松县的石赞臣一家很有钱，兄弟几人，每人都有好几万家财。按宿松的风俗，凡有钱人家，每天要准备一份家常便饭，放在客厅上，不管是什么来客，都可以吃，这叫做“燕坐”。一天，忽然来了个姓徐的人，人很清瘦，稍微留着点胡须，也到石家“燕坐”。他指着门外的青山，对石家的人说：“你们见过会跳的山吗？”众人回答：“未见过。”徐某就用手指对门外青山撮了三次，那山果然跳了三跳。众人感到十分惊奇，称徐某为先生。徐先生对石赞臣说："你们石家虽然已很富有，如能炼丹，财富还可增加十倍。"石家兄弟听信了他的话，备炉砌灶，每个人各拿出几千两银子作为炼丹母银，以求十倍的子金。石家的二弟媳某氏，向来狡猾，暗地里在银子中夹了不少铜钱，不让徐先生看见。不一会儿，炭火通红，屋上响起风雷，屋顶上的瓦被劈碎了好几片。徐先生骂道："这炉中肯定有假银子掺杂着，以至触怒了鬼神。"经过仔细盘问，果然如此。这时石家上下因此惊骇折服。接着，徐先生将铜盘放在空中，口中呼道："丹来！"盘中铿锵一响，原来是一锭银子落到了盘中。他连呼几次，盘中铿锵之声不停，大锭小锭的银子一齐落入盘中。这时，徐先生说："如果在人迹不到的深山中炼大丹，更可炼得成千上万。你们何不跟我上江西庐山去呢？"石家的兄弟大喜，备船装载了几万两银子，跟徐先生前往。船行了不到一半的路程，徐先生上岸去了。当晚，徐先生率领几十个强盗，明火执仗地来劫走了银子，说："别怕！我虽是强盗头子，但还是有良心的，看在你们诚心诚意招待我的份上，一定留下几千两银子，好让你们回家。"于是，石家兄弟将全部银子交给了徐先生，失神落魄地回到家里。十年以后，安庆府的按察使衙门的监狱差役来传唤石赞臣说："监牢里有个大强盗徐某，要求与先生见一面。"石赞臣没有办法，跟差役去了，果然见到了徐先生。徐先生对石赞臣说："我的天数已尽，死也不算什么。请先生看在几年前交谊份上，替我买棺埋葬。"说完，从手上脱下金钏四只，交给赞臣作买棺材的钱，还说："我的死期在七月一日未时，到时请先生来送行。"到这一天，石赞臣来到法场，看见徐先生被反绑着等待斩首。突然间，从徐先生的胯下钻出一个小孩，操着徐先生的口音说："快来看杀我头，快来看杀我头。"片刻之间，徐先生的头被砍落，小孩儿也不见了。当时按察使是祖廷圭，满洲正蓝旗人。

秦毛人

湖广郧阳房县有房山，高险幽远，四面石洞如房。

多毛人，长丈余，遍体生毛，往往出山食人鸡犬，拒之者必遭攫搏。以枪炮击之，铅子皆落地，不能伤。相传制之之法，只须以手合拍，叫曰：“筑长城，筑长城。”则毛人仓皇逃去。余有世好张君名敔者，曾官其地，试之果然。土人曰：“秦时筑长城人，避入山中，岁久不死，遂成此怪，见人必问城修完否。以故知其所怯而吓之。”数千年后犹畏秦法，可想见始皇之威。

【译文】

湖北郧阳的房县，有座房山，高险深幽，四面山岩石洞像房屋，里面住着多毛人。毛人有一丈多高，遍身长着毛，常常从山洞中出来抢掠山民养的鸡犬。谁阻止他们，就会遭到抓打。山民用土枪土炮轰击，子弹会从他们身上滑落下来，不受伤害。相传制服毛人的方法很简单，只要拍着手掌，同时叫喊：“筑长城，筑长城！”毛人就会惊慌逃跑。我有个交情很深的老朋友张敔，曾在那里做官，试过这个办法，很灵验的。当地人说：“秦朝时候筑长城的人，逃进房山的山洞，年久不死，而成了毛人。他们碰见外人一定会问，长城是否修好了。山民由此发现了多毛人最害怕的事，于是就用‘筑长城’的话吓他们。”几千年后的毛人，竟然还如此害怕秦朝的律法，可以想见当年秦始皇的淫威了。

貘

房山有貘兽，好食铜铁，而不伤人。凡民间犁锄刀斧之类，见则涎流，食之如腐；城门上所包铁皮，尽为所啖。

【译文】

湖北房山有一种怪兽叫貘，喜欢吃铜和铁，却不伤害人。

凡是看见民间的犁、锄、刀、斧之类的铁制品，貘就会馋涎欲滴，吞食起来容易得像吃豆腐一般。城门上所包的铁皮，全被貘啃光了。

人同

喀尔喀有兽，似猴非猴，中国人呼为“人同”，番人呼为噶里。往往窥探穹庐，乞人饮食，或乞取小刀烟具之属，被人呼喝，即弃而走。有某将军畜养之，唤使莝豆樵汲等事，颇能服役。居一年，将军任满归，人同立马前，泪下如雨，相从十余里，麾之不去。将军曰：“汝之不能从我至中国，犹我之不能从汝居此土也，汝送我可止矣！”人同悲鸣而去，犹屡回头仰视云。

【译文】

内蒙喀尔喀有种野兽，似猴非猴，中原人把这种兽叫作“人同”，当地人称它为“噶里”。这种野兽常常到帐篷里探看，向人讨东西吃，或者求取小刀、烟具之类的东西，被人大喝一声，就会丢下东西逃跑。有个将军养了一头“人同”，使唤它做锄草、喂马、摘豆，打柴、汲水等杂活，它很能吃苦耐劳。一年后，将军任期已满，准备回故里，“人同”立在将军的马前，泪如雨下，跟从将军走了十多里路，将军赶它回去，“人同”硬是不肯。将军便对“人同”说：“你不能跟我到中原地方去，就好比我不能跟你久住在喀尔喀一样。你送我到这里可以留步了。”“人同”听完将军的话，悲啼而去，还不时回过头来仰看将军的背影。

人　　虾

国初，有前明逸老某，欲殉难，而不肯死于刀绳水火。念乐死莫如信陵君以醇酒妇人自戕，仿而为之。多娶姬妾，终日荒淫。如是数年，卒不得死。但督脉断矣，头弯背驼，伛偻如熟虾，匍匐而行。人戏呼之曰“人虾”。如是者二十余年，八十四岁方死。王子坚先生言幼时犹见此翁。

【译文】

本朝初年，有个前明遗老，想殉国尽忠，但不愿用自刎、上吊、投水、自焚等自杀方式死。他想，快乐死的方法，没有比信陵君在美酒、女色中沉沦自杀更理想的，于是就仿效进行。他娶了许多小老婆，一天到晚纵酒荒淫。这样过了好几年，结果还是不死。但是，他的阳脉已断，头曲背驼，萎缩得像只熟虾，走路只好爬行。人们寻他开心，嘲笑他，叫他“人虾”。如此又过了二十多年，直到八十四岁才死。王子坚先生说，他幼年时还见到过这个老头。

鸭　　嬖

江西高安县僮杨贵，年十九，微有姿，性柔和，有狎之者，都无所拒。一日夏间，浴于池中，忽一雄鸭飞起，啮其臀，而以尾扑之，作抽叠状，击之不去。须臾死矣，尾后拖下肉茎一缕，臊水涓涓然。合署人大笑，呼杨为“鸭嬖”。

【译文】

江西高安县衙有个年轻的仆役杨贵，十九岁，稍有几分姿色，脾气温顺，凡有人要求与他狎昵的，都不加拒绝。夏季的一个白天，杨贵在池塘里洗澡，忽然有一只雄鸭从水面上朝他飞扑过来，咬他的臀部，然后又用尾巴扑打他，作交欢的样子。杨贵打那鸭子，还是赶不走。过了一会儿，那只鸭子死了，鸭尾后面拖着一丝肉茎，腥臊的水还往下淌。衙门上下的人都哈哈大笑，从此称杨贵为“鸭嬖”。

屃赑精

无锡华生，美风姿，家居水沟头，密迩圣庙。庙前有桥甚阔，多为游人憩息。夏日，生上桥纳凉。日将夕，步入学宫，见间道侧一小门，有女徘徊户下。生心动，试前乞火，女笑而与之。亦以目相注。生更欲进词，而女已阖扉，遂记门径而出。次日再往，女已在门相待，生叩姓氏，知为学中门斗女。且曰：“妾舍逼隘，不避耳目；卿家咫尺，但得静僻一室，妾当夜分相就，卿明夕可待我于门。”生喜，急归，诳妇以畏暑宜独寝，洒扫外室，潜候于门。女果夜来，携手入室，生喜过望。自是每夕必至。数月后，生渐羸弱。父母潜窥寝处，见生与女并坐嬉笑，亟排闼入，寂然无人。乃严诘生，生备道始末，父母大骇，偕生赴学宫踪迹，绝无向时门径。遍访门斗中，亦并无有女者，共知为妖。乃广延僧道，请符箓，一无所效。其父研硃砂与生，曰：“俟其来时，潜印女身，便可踪迹。”生俟女睡，以硃砂散置发上，而女不知。次日，父母偕人入圣庙遍寻，绝无影响。忽闻邻妇诟小儿曰："甫换新裤，又染猩红，从何处染来耶？"其父闻而异之，往视，小儿裤上尽硃砂，因究儿所自，曰："适骑学宫前负碑龟首，不觉染此。"往视质赑之首，硃砂在焉。乃启学官，碎碑下龟首，石片片有血丝，腹中得小石如卵，坚光若镜，锤之不碎，远投太湖。自是女不复来。阅半月，女忽直入寝所，詈生曰："我何负卿，竟碎我身体！然我亦不恼也。卿父母所虑者，为卿病耳。今已乞得仙宫灵药，服之当无恙。"出草叶数茎，强生食，其味香甘，且云："前者居处相近，可朝夕往返，今稍远，便当长住此矣。"自是白昼见形，惟不饮食，家人大小咸得见之。生妻大骂，女笑而不答。每夕生妻拥生坐床，不令女上，女亦不强。但一就枕，妻即惛惛长睡，不知所为，而女独与生寝。生服灵药后，精神顿好，绝不似曩时孱弱，父母无奈，姑听之。如是年余，一日，生偶行街市。有一疥道人，熟视生曰："君妖气过重，不实言，死期近矣。"生以实告，疥道人邀入茶肆，取背上葫芦，倾酒饮之，出黄纸二符，授生曰："汝持归，一贴寝门，一贴床上，毋令女知。彼缘尚未绝，俟八月十五夜，吾当来相见。"时六月中旬也。生归，如约贴符。女至门惊却，大诟曰："何又薄情若此！然吾岂惧此哉！"词甚厉而终不敢入。良久，大笑曰："我有要语告君，凭君自择，君且启符。"如其言，乃入，告生曰："郎君貌美，妾爱君，道人亦爱君。妾爱君，想君为夫；道人爱君，想君为龙阳耳：二者郎君择焉。"生大悟，遂相爱如初。至中秋望夕，生方与女并坐看月，忽闻唤名声，见一人露半身于短墙外，迫视之，疥道人也。拉生告曰："妖缘将尽，特来为汝驱除。"生意不欲，道人曰："妖以秽言谤我，我亦知之。以此愈不饶他！"书二符曰："速去擒来！"生方逡巡，适家人出，遽将符送至妻所。妻大喜，持符向女，女战栗作噤，乃缚女手，拥之以行。女泣谓生曰："早知缘尽当去，因一点痴情，淹留受祸。但数年恩爱，卿所深知。今当永诀，乞置我于墙阴，勿令月光照我，或冀须臾缓死，卿能见怜否？"生固不忍绝之也，乃拥女至墙阴，手解其缚。女奋身跃起，化一片黑云，平地飞升。道人亦长啸一声，向东南腾空追去，不知所往。

【译文】

无锡有个姓华的青年，是个美男子，家住水沟头，紧挨着孔庙。孔庙前有座很阔的桥，游人多喜欢在桥上休息。有一年夏天，华生在桥上纳凉。天色将暗时，华某走进县学校舍，忽然看见小路边上有扇小门，门前有个女子在来回踱步。华生见了不禁心动，就上前向女子求取火种，那女子笑着给了他，还含情脉脉地看着他。他想再跟她搭讪，而她已将门关上了。于是华生记住了这条路的方位就回去了。第二天华生又来到那里，只见她已在门口等候。华生问她的姓名，知道了她是县学里看门人的女儿。她还跟华生说："我家太小，进进出出谁都看在眼里；你家就在隔壁，倘能有一静僻的房间，我可以夜里去看望你，你明天晚上就可以在门口等我。"华生心中暗喜，赶忙回家，骗妻子说，因为怕热要一个人睡。他将外面的小屋收拾干净，悄悄地守候在门口。当夜，她果然来了。两人手拉手进了小屋，华生喜出望外，与她同枕共寝。从此，那女子每夜必到。几个月以后，华生越来越瘦弱了。他父母躲在暗处察看华生小屋内究竟发生了什么事，只见华生与那女子并肩而坐，说说笑笑。他们迅即推门而入，可那女子却已无影无踪，于是就严厉地责问华生，华生详细地讲了事情的经过。华生的父母非常害怕，就和他一起到校舍去寻找女子的踪迹，结果连当时华生所见到女子的小路及边门也全消失了。他们四下打听，又问了每一位看门人，都没见过那个女子，由此大家知道这一定是个妖怪。华生父母又请和尚又请道士，烧符念咒，登坛作法，一点效果也没有。华生的父亲把研好的朱砂交给儿子，说："等她来时，偷偷地将朱砂印记在她身上，这样或许能找到她的行踪。"当天夜里，华生等那女子睡了，就将朱砂散抹在女子的头发上，那女子也未发觉。第二天，华生的父母约了一些人，找遍了孔庙的所有房舍，不见女子踪影。回家后，忽然听到邻居的主妇在骂小儿子说："才换的新裤子，又抹着了猩红颜色，你在哪儿玩时沾染上的？"华生的父亲听了觉得奇怪，就前察看，见小儿裤上都是朱砂染红的颜色，就追问小儿玩耍的地方，小儿说："刚才我到县学校舍前，骑在驮着石碑的石乌龟头上玩，我自己也不知道怎么就染上了。"于是去看那石乌龟的头，见上面有朱砂。华生的父亲就将事由报告了县学的学官，学官下令将碑下的石龟头砸碎，片片碎石都染着血丝的痕迹，在石龟的腹中还捡到了一块小小的卵石，坚洁光亮得像铜镜一般，用锤子砸不碎，后来，就将这卵石投到远离水沟头的太湖里。打此以后，女子就不再来了。过了个把月光景，那女子忽然又直闯华生的房里，责骂他说："我什么地方对不起你，竟砸碎我的身子！不过，我也不怪你，你父母所担心的，是你的病。现在我已从仙宫求到灵丹妙药，你服了这药就会康复。"说完，取出几根带叶的草，一定要他吃下去。华生吃时，觉得这草药味道又香又甜。那女子还对华生说："从前我就住在你的边上，现在可远了，所以我干脆长住在你这里，不回去了。"打这以后，这石龟精白天也露脸了，只是不吃不喝，华家上下都看得见她。华生的妻子对着她大骂，她笑而不答。每天夜里，华生的妻子抱着华生坐在床上，不让她上床。她也不硬要上床。但是华生的妻子刚一躺下，就昏昏熟睡，长时间不醒，什么也不知道，而那女子就单独与华生共眠。华生服了她的灵丹妙药后，精神顿时好了，绝不像过去那样瘦弱，华某的父母无可奈何，只得听之任之。就这样过了一年多。一天，华生偶尔上街，有个头上生着疥疮的道人，反复观察了华生后，对他说：“你脸上妖气很重，如不对我说实话，你的死期就要来临。”华生告诉了疥道人前前后后发生的事情，疥道人请华生到茶馆里，取下背着的葫芦，倒酒给华生饮，又取出两张用黄纸写的符，交给华生说：“你拿回去，一张贴在房门上，一张贴在床上，别让那女子知道。她与你的缘分还未尽，等到八月十五的夜里，我会来看你。”当时是六月中旬。华生回去，照疥道人的话将黄符贴好。那女子来到门口就吃了一惊，倒退了几步，大骂华生说：“又何必这样不讲情义！我难道怕这东西吗！”她嘴上说得很凶，可是始终不敢进入房里。隔了很长时间，那女子大笑说：“我有话要告诉你，随你自己选择，只是你快把黄符取掉。”华生听了她的话。女子进入房间，告诉华生说：“你是美男子，我喜欢你，那个疥道人也喜欢你。我喜欢你，是要你做我的丈夫；疥道人喜欢你，却是贪恋男色。二者之间，由你选择。”华生听后明白了，仍旧与那女子相爱如初。到了中秋节的晚上，华生正与她并肩坐着赏月，忽然听到有人叫自己的名字，又发现一人在矮墙外露出半个身子。华生走近一看，原来是疥道人。疥道人拉着华生说：“妖怪与你的缘分快尽了，我特地前来为你驱除这妖怪。”华生心里有点不愿意，疥道人说：“妖怪用秽言秽语毁谤我，我全知道。正因为如此，我愈加不轻饶她！”疥道人又写了两张黄符说：“快去把妖怪抓来！”华生正在犹豫，正好有家里人走来，道士立即叫来人将符送给华生的妻子。华生妻子得符大喜，拿符对准那女子，那女子战战兢兢一句话也说不出来，大家就用绳子将她绑住，推着她出去。那女子哭着对华生说：“早知道缘分一完就要离开，只是因为一点痴情，滞留在此而遭到灾祸。不过，这几年来的恩恩爱爱，你应该深有体会的。现在我要与你永别了，求你将我放在墙角阴处，别让月光照到我，这样或许我还有希望可以少许延缓死期，未知你能可怜我吗？”华生不忍心就这样与那女子绝情，就抱女子到墙角，给她松了绑。这时，女子突然纵身跃起，化成一片黑云，从平地飞升高空。疥道人也长啸一声，朝东南方向腾空追去，不知去向。

阴间中秋官不办事

罗之芳，湖北荆州府监利县举人。辛未会试，有福建浦城县李姓者来拜曰："足下今科必中，但恐未能馆选。"罗询其故，李不肯说，云俟验后再说。榜发，果中进士，竟未馆选。乃往问之，据云："前得一梦，梦足下将为浦城县老父台，故来相访。"罗还家，选期尚早，乃就馆某氏，自道将来选官必得浦城矣。不料处馆三年，一病而殁，家中亦不知李所说梦中事也。又一年后八月十五日，家中请仙，乩盘大书："我系罗之芳，今回来了。"合家不信，乩上书："你等若不信，有螺蛳湾田契一纸，我当年因殁于馆中，未得清付家中，尚记得夹在《礼记》某篇内，尔等现在与田邻构讼，可查出呈验，则四至分明，讼事可息。"家人当即检查，果得此契。于是合家痛哭，乩上亦写数十"哭"字，问："现在何处？"乩写："做浦城县城隍。"且云："阴间比阳间公事更忙，一刻不暇。惟中秋一日，例不办事，然必月朗风清，英魂方能行远。今适逢此夕，故得间回家一走，若平常日子，便不得暇回来了。"又吩付家人："庭外草木，不得摇动，我带回鬼吏、鬼卒，有十余人，皆依草附木而栖。鬼性畏风，若无所凭藉，被风一吹，便不知飘泊何处，岂不是我做城隍的反害了他们么？"乩盘书毕，又做长赋一篇乃去。

【译文】

罗之芳是湖北荆州府监利县举人。乾隆十六年会试前，福建浦城人李某来拜访他，说："您这次一定能考中，但恐怕未必能入翰林院。"罗之芳问是什么道理，李某不肯讲，只说等会试验证后再说。后来发榜，他果然中了进士，却未被选进翰林院。于是罗之芳就去问李某，李某说："会试时，我曾做了个梦，梦见您将来会做我们浦城县的父母官，所以来拜访您的。"罗之芳回到家乡，此时离选官的日子还早，就到一家富户当了学馆教师。自以为不多久必定会当浦城知县的。不料教了三年学馆，罗之芳竟一病而死了。他家里的人也不知道李某所说梦见罗之芳当浦城知县的事。一年以后的八月十五，罗家扶乩请仙，乩盘上写出几个大字："我是罗之芳，今天回来了。"罗家人都不相信，乩盘上又写出一段话："你们如果不相信，那就说件事给你们听，罗家有一张螺蛳湾田的地契，由于我死在学馆，所以未来得及交给家里人，我还记得这张地契夹在《礼记》这本书的某一篇里，你们现在正跟此田相邻的人家打官司，不妨将那地契找出来，去交给官府验证，那么田地的东西南北界限自然分明，这场官司就可以了结。"罗家人立刻去翻检《礼记》这本书，果真在书里找到了那张地契。于是罗家人全都痛哭起来，乩盘上也写出十多个"哭"字。罗家人问："你现在在什么地方?"乩盘上写道："在做浦城县的城隍老爷。"还写道："阴间的公事比阳间更忙，一刻也没有空。只有中秋节那一天，按例不办公。可是也必须是月圆风清，我的魂灵才能远行回来探亲。今夜正碰上好天气，所以抽空回家走一走。倘是平常的日子，便抽不出空回家。"又吩咐家里人说："庭园外面的草木，你们不要去随便踩踏、摇动，我这次回家带了十多个鬼官、鬼卒，都栖息在草丛树间。鬼最怕风，如果没有什么依附，被风一吹，鬼们就不知会飘落到什么地方去，岂不是我做城隍的反而害了他们么?"乩盘写完了这些话，又写了一篇长赋，这才告辞离去。

缚山魈

湖州孙叶飞先生，掌教云南，素豪于饮。中秋夕，招诸生饮于乐志堂，月色大明。忽几上有声，如大石崩压之状。正愕视间，门外有怪，头戴红纬帽，黑瘦如猴，颈下绿毛茸茸然，以一足跳跃而至。见诸客方饮，大笑去，声如裂竹。人皆指为山魈，不敢近前。伺其所往，则闯入右首厨房。厨者醉卧床上，山魈揭帐视之，又笑不止。众大呼，厨人惊醒，见怪，即持木棍殴击，山魈亦伸臂作攫搏状。厨夫素勇，手抱怪腰，同滚地上。众人各持刀棍来助，斫之不入，棍击良久，渐渐缩小，面目模糊，变一肉团。乃以绳捆于柱，拟天明将投之江。至鸡鸣时，又复几上有极大声响。急往视之，怪已不见。地上遗纬帽一顶，乃书院生徒朱某之物，方知院中秀才往往失帽，皆此怪所窃。而此怪好戴纬帽，亦不可解。

【译文】

湖州人孙叶飞先生，在云南做教官，平日酒量很大。中秋之夜，月色很好，他叫了一班学生在乐志堂喝酒赏月。忽然，众人听见近旁的茶几发出一阵响声，好像是巨大的石块在崩裂和倒塌时所发出的声音。众人正在奇怪和察看时，见门外有个妖怪，头上戴红草帽，又黑又瘦，像只猴子，头颈下长着绵密的绿毛，用一只脚跳跃进屋来。妖怪看见众人正在喝酒，就哈哈大笑着离去，那笑声好像是竹子裂开时发出的响声。众人都称这妖怪是山魈，没有一个人敢靠近它，暗地里跟踪观察妖怪的去处，看见它走进了右边的厨房间。厨师喝醉了酒睡在床上，山魈揭开帐子看着他，笑个不停。众人在房外大喊大叫，厨师被惊醒了，看见妖怪，拿起木棍就打，山魈也伸出双臂作出搏斗的样子。这厨师一向胆子很大，双手抱住怪物的腰，与它一起在地上滚斗。众人纷纷拿着刀和棍前来相助厨师，那怪物不怕刀砍。用棍棒打了很长时间，怪物的身子才渐渐缩小，面部五官也模糊不清，最后变成一个肉团。众人就用绳子将怪物捆在屋子的梁柱上，准备到天亮后将它投到河里去。到天亮鸡叫时，众人又听见茶几发出一声巨响，众人赶忙起床察看怪物动静，不料那怪物早已逃走了，地上仅仅留下一顶草帽，一问，这帽子原来是书院里学生朱某的。此时众人才明白，平日书院里常常听到有秀才丢失帽子，原来都是这个怪物偷的。山魈这种怪物，竟然爱戴草帽，也让人难以理解。

门夹鬼腿

尹月恒住杭州艮山门外，自沙河滩归，怀菱半斤。路经钵盂潭，人稀地旷，有义冢数堆，觉怀内轻松，探所买菱，已失去矣。因转身寻至义冢，见菱肉剖碎，并聚冢尖。尹复拾至怀内，踉跄归家，食未竟而病大作，喊云：“吾等不尝菱肉久矣，欲借以解宿馋，汝必尽数取回，何吝啬若是！今吾等至汝家，非饱食不去！”其家惧，即供饭，为主人赎罪。杭俗例：凡送鬼者，前人送出门，后人把门闭。其家循此例，闭门过急，尹复大声云：“汝请客当恭敬，今吾等犹未走，而汝门骤闭，夹坏我腿，痛苦难禁，非再大烹请我，则吾永不出汝门矣。”因复祈禳，尹病稍安。然旋好旋发不脱体，卒以此亡。

【译文】

尹月恒住在杭州艮山门外。一天，他从沙河滩回家，怀里揣着半斤菱角。半路上经过钵盂潭，这个地方人少地荒，有好几堆无主的坟头。尹月恒觉得怀里轻松，伸手去摸刚才买的菱角，已一个不剩。他转身寻到荒坟那里，看见被剥碎的菱角肉，被堆在坟头尖上。尹月恒捡起来兜在怀里，踉踉跄跄走回家中。菱肉还没吃完，他就发起病来，口中高声叫喊道："我们已很长时间不吃菱角肉了，本来想用你的菱解解馋，想不到全部被你取回去了，你这人这么吝啬！现在我们到你家来，不好好地饱食一餐决不离开！"尹家人怕了，立刻供上饭菜，替主人赎罪。按照杭州风俗习惯：凡是送鬼，前面的人将鬼送出门外，后面的人就把门关上。尹家人也照例进行，可是后面的人把门关得过急了，夹着了鬼腿，尹月恒大叫起来说："你们请客应该恭恭敬敬，现在我们还未走光，你家就突然把门关上，以致我的腿被你家的门夹伤了，疼痛难熬，倘若不好好地再请我吃一顿，我就永远不出你尹家的门了。"尹家人反复向鬼祈祷，尹月恒的病才稍稍稳定。此后，他的病时好时坏，一直不断根，最后不治而死。

祭雷文

黄湘舟云：渠田邻某有子，生十五岁，被雷震死。其父作文祭雷云："雷之神，谁敢侮。雷之击，谁敢阻。虽然，我有一言问雷祖：说是我儿今生孽，我儿今年才十五。说是我儿前世孽，何不使他今世不出土？雷公雷公作何语！"祭毕，写其文于黄纸焚之，忽又霹雳一声，其子活矣。

【译文】

黄湘舟说：与他家田地邻界的一户人家的儿子，才十五岁，被雷电劈死了。他的父亲写了一篇祭雷的文章。全文是："雷公的神威，谁敢轻视。雷公的劈击，谁敢阻拦。不过，我倒要问一声雷公：倘说是我儿子今世有罪，可我儿今年才十五岁。若说是我儿子前生作孽，那你为什么不让他永世留在黄泉？雷公雷公，你还有什么话可说！"祭完，将祭文写在黄纸上焚烧，忽然间听见霹雳一声震响，他儿子又活了过来。

王介眉侍读是习凿齿后身

吾乡孝廉王介眉，名延年，同荐博学鸿词。少尝梦至一室，秘书古器，盎然横陈。榻坐一叟，短身白须，见客不起亦不言。又有一人，颀而黑，揖介眉而言曰："余汉之陈寿也。作《三国志》，黜刘帝魏，实出无心，不料后人以为口实。"指榻上人曰："赖此彦威先生，以《汉晋春秋》正之。汝乃先生之后身，闻方撰《历代编年纪事》，夙根在此，须勉而成之！"言讫，手授一卷书，俾题六绝句而寤。寤后仅记二句曰："惭无《汉晋春秋》笔，敢道前身是彦威。"后介眉年八十余，进呈所撰《编年纪事》，得赐翰林侍读。

【译文】

我的同乡王介眉举人，名延年，与我同一年被推荐参加博学鸿词科的考试。他年轻时，曾梦见自己到一房间，里面摆满了珍贵图书，陈列着各式古董。房内榻上坐着一个老人，矮个子，白胡须，看见客人既不起身施礼，也不说话。边上还有一个人，高个子，皮肤黑黑的，向王介眉作了一个揖，说："我是汉代的陈寿，写了一部《三国志》，书中贬低刘备、颂扬曹丕称帝，实在不是故意的，没想到后人以此作为讥议我的把柄。"他指着病榻上的老人说："亏得这位彦威（习凿齿）先生，用他所撰的《汉晋春秋》，补正了我的不足。你就是习先生的后身，听说你正在编写《历代编年纪事》，前世渊源就在这里，请务必努力完成它！”说完，亲手给一卷书，让王介眉在书上题了六首绝句，接着梦就醒了，醒后仅记得其中两句是：“惭无《汉晋春秋》笔，敢道前身是彦威。”王介眉活到八十多岁，将所编撰的《历代编年纪事》进呈给皇上，皇上赐他翰林侍读的官职。

周若虚

慈溪周若虚，久困场屋，在城外谢家店教读四十余年，凡村内长幼靡不受业。一日晚膳后，在馆独坐。有学生冯某，向前作揖，邀若虚至家，有要事相恳。言毕告别，辞色之间，甚觉惨惋。若虚忆冯某已死，所见者系鬼，不觉大惊，即诣其家。冯某之父梦兰，在门外伫立，见即挽留小饮。若虚亦不道其所以，闲话家常，不觉漏下三鼓，不能回家。梦兰留宿楼上，在中间设榻，间壁即冯某之妻王氏住房，隐隐似有哭声。若虚秉烛不寐，见楼梯上有青衣妇人，屡屡伸头窥探，始露半面，继现全身。若虚呵问何人，其妇厉声曰：“周先生，此时应该睡矣！”若虚曰：“我睡与不睡，与汝何干！”妇曰：“我是何人，与先生何干！”即披发沥血，持绳奔犯。若虚惊骇欲倒，忽背后有人用手扶持曰：“先生休怕，学生在此保护。”谛视之，即已故之冯生也，随亦不见。若虚喊叫其父，梦兰持烛上楼，若虚具道所见，梦兰即叫媳妇王氏开门，杳无声息；抉门入，则身已悬梁上矣。若虚协同解救，逾时始苏。因午前王氏与小姑争闹，被翁责骂，短见轻生，恶鬼乘机而至；其夫在泉下知之，故求援于若虚。

【译文】

慈溪人周若虚，屡次参加乡试落榜。他在城外的谢家店教了四十多年的书，村子里无论是年长的，还是年少的，没有一个不是他的学生。有一天晚饭后，周若虚在学馆里独坐休息。有个姓冯的学生，进馆向他作了个揖，邀请他到自己家去，说有件要紧事恳求先生帮忙。说完就告别而去，他说话时的语气和神态，很悲惨凄凉。周若虚想起冯某已是死了的人，刚才他所看见的一定是鬼，不禁吃了一惊，马上到冯家去问个究竟。冯某的父亲冯梦兰，已立在门外等候，看见周若虚到来，就挽留他进屋饮酒。周若虚也不告诉冯梦兰刚才所发生的事，只是拉些家常话。不觉夜已三更，没法回馆去，冯梦兰就留周若虚在楼上过夜，房内放了一张床榻。这房间的隔壁就是冯某妻子王氏住的内室。周若虚似乎听见室内有隐隐约约的哭声。这一夜，周若虚亮着蜡烛不睡，忽然看见楼梯上有个穿青衣的女人，多次伸头向房门探看，一开始只露半张脸，接着就现出了全身。周若虚斥问她是什么人，那妇人用严厉的声调回说："周先生，这时分你应该睡觉了！"周若虚说："我睡觉不睡觉，与你有什么相干！"妇人说："我是什么人，与先生有什么相干！"说完，那妇人散乱头发，口鼻滴血，拿起绳子直向周若虚奔来。周若虚惊怕得快摔倒在地上时，忽然背后有个人用手托住了周若虚，说："先生别怕，学生在这儿保护你。"回头一看，原来就是死去的学生冯某。刹那间，冯某也消失不见。周若虚就喊冯某的父亲上楼，冯梦兰手持蜡烛上楼进房。周若虚将刚才所见的一切告诉了冯梦兰，冯梦兰立刻敲隔壁房门，叫媳妇王氏开门，房内却毫无反应。撬开门进去一看，王氏已上吊自杀了。周若虚协同冯家人一起抢救，过了一个时辰，王氏才渐渐苏醒过来。原来当天吃饭前，王氏与小姑争吵了一场，王氏因此而被冯梦兰责骂了一顿，王氏想不开，就轻生寻短见了。这时恶鬼得知后，便乘机前来勾魂，冯某在阴间知道后，就向周若虚求助，解救王氏。

葛道人以风洗手

葛道人者，杭州仁和人，家素小康，性好道，年五十外分家赀，半以与子，而挟其半以游。过钱唐江，将取道入天台山，路遇一叟，拱手曰："子有道骨，盍学道?"葛与谈甚悦。叟曰："某福建人也，明习天文，曾官于钦天监，辞官归二十年矣。子如不弃，明春当候子于家。"写居址与之。葛次年如期往访，不遇，怅怅欲回。晚入旅店，又见一道士，貌伟神清，终夕不发一语。葛就而与谈，自陈为访仙故来，道士曰："子果有志，吾荐子入庐山，见吾师兄云林先生，可以为子师。"葛求荐书而往，行深山中十余日，不见踪迹，心窃疑之。一日，见山洞中坐一老人，以手招风作盥沐状。葛异之，因陈道人书，拜于座下。老人曰："汝来太早矣，尚有人间未了缘三十年。吾且与汝经一卷、法宝一件，汝出山诵经守宝，以济世人。三十年后再入山，吾传汝道可也。"葛问以手招风何为，曰："修神仙术成者，食不用火，沐不用水，招风所以洗手也。"因导葛出山，行未半日，已至南昌大路矣。至家，葛道人学其术，能治鬼服妖。所谓法宝者，乃一鹅子石，有缝，颇似人眼，有光芒，能自动闪闪如交睫，然葛亦不轻以示人也。

【译文】

葛道人是杭州仁和人，素来家道小康。他爱好道术，五十开外时，把家中的一半财产给了儿子，自己带着另一半去作远游。他过了钱塘江，准备取道上天台山。半路上遇见一老翁，向葛道人拱手施礼，说：“你天生的一副道骨，何不学道呢？”葛道人与老翁谈得十分融洽。老翁说：“我是福建人，通晓天文，曾经在京城的钦天监做过官，我辞去官职已有二十年了。你如果不嫌弃，明年春天我一定在家里恭候你光临。”说完，将家里的地址给了葛道人。第二年春天，葛道人如期到福建某地拜访老翁，却没能相遇，只得扫兴而回。晚上，他住进一家旅店，又碰上一位道士，相貌堂堂，很有精神，整个晚上不发一言，葛道人主动去与他攀谈，说自己是为了访问神仙而到福建来的。那道士说：“你真有这个志向，我可以推荐你到庐山去，拜访我的师兄林先生，他可以做你的老师。”葛道人请道士写了推荐信，就上了庐山。葛道人在庐山行访十多天，就是不见林先生的踪影，心里不禁暗暗地怀疑起来。一天，他忽然看见有个山洞中坐着一位老人，正在用手招风，做出盥洗的动作。葛道人看着觉得奇怪，便递上道士的推荐信，跪拜在老人座下。老人说：“你来得太早了，你在人间还有三十年未了的因缘，我给你一卷经文，一件法宝，你离开庐山后，不要忘了诵读经文，守护好这件法宝，以救济世人。三十年后，你再进山来，那时我就可以传道给你了。”葛道人问老人，刚才为何用手招风。老人说：“大凡修炼神仙道术成功的人，烧东西不用火，沐浴不用水，刚才我招风，就是为了洗手。”老人带葛道人出山，走了不到半天，已上了去南昌的大道。到了家里，葛道人诵经守宝，修炼道术，能治鬼服妖。所谓法宝，是一块鹅蛋般大小的石头，石头上有条缝，颇像人的眼睛，有光芒射出，而且还能像人眼那样一开一合，但是葛道人平日不轻易给人看。

沈姓妻

杭城有沈姓者，住运司署前，与葛道人善。其长子旭初妻有娠，询道人说男女。道人命取水一碗来，沈与水，置几上。道人默念咒语数通，侧耳听片时，蹙额曰："奈何，奈何?"沈惊问故，曰："汝妻不久有难，恐伤性命，不暇问男女也。"沈虽素知道人灵异，然其妻甚健，疑信参半。未几，沈妻持灯上楼，忽大声呼痛，其翁姑与其夫急走视之，已卧床颠扑，面作笑容，曰："今日乃泄我恨。"其声若绍兴人。沈夫妻环叩之，答曰："我自报冤，不干汝事!"沈急命次子某往求道人。道人至，取米一碗，口作咒语，手撮米击病者，病者作畏惧状，曰："我奉符命报冤，道人勿打。"道人曰："汝有何冤?"病者答曰："予山阴人也，此女前生乃予邻家妇。予时四岁，偶戏其家，碎其碗，伊詈我母与私夫某往来，故生此恶儿。予诉之母，母恐我泄其事，挞予至死。是致予死者，此妇也。我仇之久矣，今始寻着。"道人告沈曰："报冤索命事都是东岳掌管，必须诉于岳帝。允救，方可以法治；否则难救。"沈清晨赴法华山岳帝庙，默诉其事，占得上上签，归告道人。其时妇胎已堕，道人嫌不洁，不肯入房。沈合家哭求，道人乃诣榻前，书召彩云符一纸，问："好看否?"病妇答曰："好!"道人曰："何不出观?"应曰："诺。"道人即捏诀向空一捉，曰："得矣!"驰下楼去。病人昏迷若醒，曰："我为何遍身痛极，腹甚饥!"左右与之食。安未半刻，又作哭声曰："汝擒我孙去，我在此亦能索汝命。"言毕，颠狂如故，口中作声甚杂，皆杭音。内有一鬼云："我辈皆张老头儿邀来，你家若肯斋荐，我等即去。"沈邀僧作道场，众声称谢不已。忽又作张老者声云："我是正客，如何反轻我？诸人馒头皆是菜心，我独豆沙多而菜心少。"沈视所设张老位前，果如所言。乃换与之，求其去，终不肯。复请道人来，道人授桃枝一束，曰："吵则打之。"沈持入，向病人作欲打势，妇哀鸣曰："勿打，我去，我去！"道人立门外，预设一瓮，向空骂曰："速入此中！"用符一纸封其口，携去，沈妇从此愈矣。半年后，有人遇道人于理安寺，见众僧扛道人行空室中，七昼夜不着土木，口吐黑汁数升，污沾衣，色如血，告人曰："我以童真之身，污产妇秽气，幸众长老超度，不然，几堕落矣。"

【译文】

杭州城里有个姓沈的人，住在运司衙门前面，与葛道人很要好。他大儿旭初的妻子怀了孕，旭初询问葛道人，妻子是生男，还是生女。葛道人叫沈旭初取来一碗水，放在茶几上。葛道人默默地念了好几遍咒语，又侧着耳朵听了好一会儿，皱起眉头说："怎么办，怎么办？"沈旭初吃惊地问是怎么回事，葛道人说："你的妻子不久将有灾难，恐怕连自己的命也保不住，别问肚里孩子是男是女了。"沈旭初一向知道葛道人的预测很神灵，可是一想到自己的妻子很健康，不禁对他的话有点将信将疑。过了几天，沈旭初的妻子拿着烛灯上楼准备睡觉，突然间，她大声叫喊起肚子痛来，公婆和丈夫急忙奔上楼探看，见沈妻已睡在床上翻来滚去，脸上露出笑容，说："今天才解了我的恨。"听沈妻说话的声音像绍兴人。公公婆婆问媳妇说的什么，媳妇回答说："我报自己的冤仇，与你们没关系！"公公急忙叫第二个儿子去请葛道人。葛道人来了，端着一碗米，口里念起咒语，用手抓起一把米朝媳妇身上投去，媳妇现出很怕的样子，说："我是奉着符命前来报仇的，请道人别打我。"葛道人问："你有什么冤？"媳妇说："我是绍兴人，这个女人的前生是我邻居家的一个妇人。我四岁时，偶尔到她家玩，打碎了她家的一只碗，她便骂我，说我是母亲与野男人来往生的坏小孩。我将此事告诉了母亲，母亲怕我将这件事声张出去，竟将我打死。真正害死我的，就是这个妇人。我早就要报这个仇了，只是今天才找到冤家。"葛道人告诉沈某说："报仇抵命的事都是东岳大帝掌管的，必须向东岳大帝投诉。东岳大帝答应肯救，才有办法救治；否则，很难救治。"第二天一早，沈某就上法华山的岳帝庙，向岳帝默默地诉说了家中媳妇的病情，结果占得一个上上签。沈某回家后，告诉了葛道人。这时，媳妇已早产，葛道人嫌产房不干净，不肯进去。沈家上下哭着求他，他才到产妇的床榻前，在一张纸上画了道彩色的云符，问媳妇："好看吗？"媳妇说："好看！"道人说："为什么不出来看呢？"媳妇应声说："是。"道人立刻用手向空中一抓，说："捉到了！"然后，道人奔下了楼。这时，媳妇还是半昏半醒，说："我为什么会全身发痛，肚子又饿极了。"身边侍候的丫头就给她吃了东西。安定不到半刻时光，媳妇又哭喊起来，说："你捉了我的孙子去，我在这里还是可以向你讨还人命。"说完，翻身打滚，癫狂起来，听她的口音很杂，但都是杭州人腔调。这声音中有一个鬼说："我等都是张老头请来的，你家如果肯超度、斋祭我等，我等马上离去。"沈某请和尚做道场，众鬼连声不停地称谢。其中忽有一个声音以张老头的口气说："我是主客，怎么反而冷落了我？别人都是菜心馒头，怎么只有我豆沙馒头多，菜心的少。"沈某看了一下张老头牌位前的馒头馅子，果然像他所说的那样。于是将馒头全都换了菜心，再求张老头快离开，不料他还是不肯离去。沈某只得又去请葛道人来，葛道人将一束桃树枝给沈某，说："那老头再闹就用这打他！"沈某拿了桃树枝进产房，向媳妇做出要打的姿势，媳妇伤心地呜咽起来，说："别打，我走，我走！"葛道人立在产房门外，预先放了一只空坛，对着空中喝骂了一声："快到这里面去！"接着立刻用一张符将坛口封闭，随即将坛带走，沈家的媳妇从此病就好了。半年以后，有人在理安寺看到葛道人，只见许多和尚将道人抬着，在一间空房子里走来走去，七天七夜不让道人着地和碰到梁柱，葛道人这才吐出几升黑水，这黑水污染到衣服上，颜色就跟血一样。葛道人对人说："我的童真身体，被产妇的血秽之气污染了，幸亏众和尚超度我，不然的话，我又要重新坠落到人世间。"

怪弄爆竹自焚

绍兴民家有楼，终年镭闭。一日，有远客来求宿，主人曰："宅东有楼，君敢居乎?"客问故，曰："此楼素积辎重，二仆居之，夜半闻叫号声，往视之，见二仆颜色如土，战栗不能言。少顷云：'我二人甫睡，尚未灭烛，见一物长尺许，如人间石敢当状，至榻前搴帏欲上，我等骇极，不觉大呼，狂奔而下。所见如此。'自是莫敢有楼居者。"客闻，笑曰："仆请身试之。"主人不能挽，为涤尘土、列几席而下榻焉。客登楼，燃烛佩剑以待。漏三下，有声索索，自室北隅起。凝睇窥之，见一怪如主人所言状，跳而登座，翻阅客之书卷。良久，复启其箧，陈物几上；一一审视。箧内有徽州炮竹数枚，怪持向灯前把玩。良久，烛花飞落药线上，轰然一声，响如霹雳。此怪唧唧滚地，遂殁不见。心大异之，虞其复来，待至漏尽，竟匿迹销声矣。晨起告主人，互相惊诧。至夜客仍宿楼上，杳无所见，此后楼中怪绝。

【译文】

绍兴某居民家里有幢楼，一年到头紧锁着。一天，有个远道而来的客人要求借宿，主人说："东边那幢楼，你敢住吗?"客人问是什么缘故，主人说："这幢楼一向堆积着常年不用的笨重杂物，原来住着两个仆人，有一天半夜里忽然从楼里发出叫喊声，上楼一看，见两个仆人惊怕得脸如土色，浑身发抖，连一句话也说不出来。过一会儿，他们才说：‘我俩刚睡下，还未吹灭烛火，就看见一个怪物，一尺多长，像压邪石雕武士“石敢当”的模样，走到床前揭开帐子想上床，我们害怕极了，禁不住大声呼叫，狂奔下楼。这些都是我俩亲眼所见。’从此以后，再没有人敢到这楼上住。”客人听完介绍，笑着说：“让我亲身试一试。”主人劝不住，替他扫抹了楼上房间里的尘土，摆设好了几席、床榻。客人登上小楼，亮着蜡烛，腰佩宝剑，静候怪物到来。三更时分，从楼的北边角上传来窣窣声。客人全神贯注朝那方向看，只见一个像主人所说模样的怪物跳上了椅子，坐着翻读客人的书卷。翻看了很长时间，又去将客人的箱子打开，将箱内的东西全都陈列在茶几上，一件一件地仔细观看。箱子里放着几枚徽州的炮竹，怪物拿着走到烛灯前玩弄。玩弄了好一会儿，烛花飞落到了炮竹的药线上，突然轰的一声炮竹爆了，像炸雷般响。这个怪物就咕咚滚倒地板上，消失不见了。客人感到十分奇怪，担心那怪物会卷土重来，就一直守候到天明，结果连那怪物的影子也见不到。早晨，客人出楼向主人讲述了昨夜所发生的事，主人感到很惊讶。到了夜里，客人仍旧住在小楼上，还是太平无事。从此以后，这楼中的怪物绝迹了。

喀　雄

喀雄者姓杨。父作守备，早亡。表叔周某作副将，镇河州。怜其孤，抚养之。周有女，年相若，见雄少年聪秀，颇爱之，时与饮食。周家法甚严，卒无他事。有务子者，亦周戚也。直宿书斋。夏月，雄苦热，徘徊月下，见周女冉冉而至，遂与成欢。次日入内，见女晓妆，雄目之而笑，女亦笑迎之。自后无日不至。务子闻其房中笑语，疑而窥之，见雄与周女相狎，而心大妒，密白周公。周入宅让其夫人，夫人曰："女儿夜夜与我同床，焉有此事！"周终以为疑，借他事杖雄而遣之。雄无所依，栖身兰州古寺中。一日者，女忽至，带来辎重甚富。雄惊且喜，问从何来，曰："与我叔父同来。"盖周公之弟名铻者，亦武官也，方升兰州守备。雄深信不疑，与女居半月，扬扬如富人。叔到任后，遇诸涂，喜曰："侄在此乎？"曰："然。"叔策马登其堂，侄妇出拜，乃周女也。大惊问故，雄具言之。铻曰："予来时不闻署中失女事，岂吾兄讳之耶？"居数日，借公事回河州，备述其事。周大骇曰："吾女宛然在室，顷且同饭，那有此事？或者其狐仙所冒托耶？"夫人曰："与其使狐狸冒托我女之名，玷我闺门；不如竟以真女妻之，看渠如何。"周兄弟二人大以为然，即招雄归成亲。合卺之夕，西宁之女先已在房，雄茫然不知所措。女笑而谓之曰："何事张皇？儿狐也，实为报德而来。令祖作将军时，尝猎于土门关，儿贯矢被擒，令祖拔矢纵之。屡欲报恩，无从下手。近知郎爱周女而不得，故来作冰人，以偿汝愿。亦因子与周女有夙缘；不然，儿亦不能为力也。今媒已成，儿去矣。"倏然不见。

【译文】

杨喀雄的父亲做过守备官，死得很早。他的表叔周某任副将的官职，镇守河州，对杨喀雄自幼孤苦伶仃很同情，便收留抚养了他。周某有个女儿，看到喀雄年轻聪明，很喜欢他，常常给他吃东西。周某家教很严，所以他女儿和喀雄并无出格的事。有个叫务子的年轻人，也是周某亲戚，一直在书斋寄宿。有一年夏夜，喀雄受不住酷热，就在月光下散步，看见周某的女儿慢慢地也来了，喀雄就与她交欢。第二天清晨，喀雄进屋向表叔请安，看见周女在梳妆，喀雄看着她笑，周女也笑着迎接他。从此以后，周女没有一天不与喀雄在花前月下幽会。一次，务子听见喀雄的房间里有男女说笑声，起了疑心，便去探视，看见喀雄与周女在亲昵拥抱，不由妒火中烧，到周副将那儿密告了这件事。周副将到内房指责夫人管教不严，夫人说："女儿每天夜里都和我同床睡，怎么会有像你说的那种事！"周副将到底还是放心不下，以其他事故为借口，将喀雄打了一顿，赶出周家门。喀雄失去了依靠，就在兰州的一座古寺里住下。一天，周女忽然来找他，还带来了很多值钱的珠宝首饰。喀雄又惊又喜，问她怎么会到兰州来的，周女说："是与我叔父一起来的。"周副将的弟弟周铻，也是一个武官，刚刚升任兰州的守备。喀雄对周女的话深信不疑，与周女同居了半个月，得意扬扬，像个有钱人。周铻到任后，在路上碰见了喀雄，高兴地说："侄儿，你也住在兰州吗？"喀雄回答说："是的。"周铻骑着马来到喀雄新居，叫侄媳妇出来拜见，一看，原来就是哥哥周副将的女儿。周铻大吃一惊，问喀雄是怎么回事，喀雄将前后经过的事情全告诉了周铻，周铻说："我来的时候，不曾听说我哥哥家里有女儿出走的事情，难道这是我兄长故意不告诉我吗？"周铻过了几天，借口有公事要办，赶到河州，把在兰州见到喀雄、侄女的事告诉了周副将。周副将吓了一跳，说："我女儿分明在房内，刚才还在一起吃饭，哪里会有这种事？莫非是狐狸精假冒我女儿不成！"周副将夫人说："与其让狐狸假冒我女儿名义，玷污我女儿名声，倒不如索性让女儿嫁给他做妻子，看狐狸精怎么办？"周氏两兄弟很赞同夫人的意见，立刻唤喀雄回到河州与周女成亲。洞房花烛的那夜，不料假冒的周女已预先守候在新房里，对此，喀雄束手无策，不知怎么办才好。假冒的周女对喀雄说："有什么可以惊慌失措的？我是狐狸精，我是为了报答你的恩德而来。你祖父当将军时，曾经在土门关打猎，我中箭被捉，你祖父拔掉了我身上箭，放了我。几次想报答你祖父的恩德，只是不知如何才好。前些时得知你爱上了周副将的女儿，难以如愿，所以特地来替你做媒人，好让你如愿以偿。这也是你与周女本来就有缘分，不然的话，我也无能为力。现在，媒已做好，我准备走了。”刹那间，狐仙已不见了。

常熟程生

乾隆甲子，江南乡试，常熟程生年四十许，头场已入号矣。夜忽惊叫，似得疯病者。同号生怜而问之，俯首不答。日未午，即收拾考篮，投白卷求出。同号生不解其意，牵裾强问之。曰：“我有亏心事发觉矣。我年未三十时，馆某搢绅家。弟子四人，皆主人之子侄也。有柳生者年十九，貌美，余心慕，欲私之不得其间。适清明节，诸生俱归家扫墓，惟柳生与余相对。余挑以诗曰：‘绣被凭谁寝，相逢自有因。亭亭临玉树，可许凤栖身？’柳见之脸红，团而嚼之。余以为可动矣，遂强以酒，俟其醉而私焉。五更，柳醒，知已被污，大恸。余劝慰之，沉沉睡去。天明，则柳已缢死床上矣。家人不知其故，余不敢言，饮泣而已。不料昨进号，见柳生先坐号中，旁一皂隶，将我与柳齐牵至阴司处。有官府坐堂上，柳诉良久，余亦认罪。神判曰：‘律载：鸡奸者，照以秽物入人口例，决杖一百。汝为人师而居心淫邪，应加一等治罪。汝命该两榜，且有禄籍，今尽削去。’柳生争曰：‘渠应抵命，杖太轻。’阴官笑曰：‘汝虽死，终非程所杀也。倘程因汝不从而竟杀汝，将何罪以抵之？且汝身为男子，上有老母，此身关系甚大，何得学妇女之见，羞忿轻生？《易》称“窥观女贞，亦可丑也”。从古朝廷旌烈女不旌贞童，圣人立法之意，汝独不三思耶?'柳闻之大悔，两手自搏，泪如雨下。神笑曰：'念汝迂拘，着罚往山西蒋善人家作节妇，替他谨守闺门，享受旌表。'判毕，将我杖三十放还魂，依然在号中。现在下身痛楚，不能作文，就作文亦终不中也，不去何为?"遂呻吟颓唐而去。

【译文】

乾隆九年，江南举行乡试。常熟有个姓程的考生，年龄约四十岁光景。第一场考试，他已经领了号进了号房。半夜里，忽然惊叫起来，像得了疯病似的。与他同号的考生们很可怜他，都来关心慰问，程某却低着头，一声不吭。第二天，连中午也未挨过，程某就将笔墨纸砚收进考篮，交了白卷，要求离开考场。与他一同考试的考生不懂程某的用意，硬拉住他，一定要他讲个明白。程某说："我曾经做过一件亏心事，现在要受到报应了。那时，我还不到三十岁，在一个官宦人家教书。有学生四人，都是主人的子侄辈。其中有个姓柳的学生，十九岁，长得很美，我心里很爱慕他，想单独跟他交欢，却得不到机会。正巧，清明节到了，其他三个学生请假回家跟父母一起扫墓去了，只有柳某一个人与我相对而坐。我写了一首诗挑逗他，说：'绣花被面给谁睡，相逢本来就有缘。你的美貌就像那临风而立的亭亭玉树，不知可答应让一只凤鸟栖息在你身边。'柳生见了我的诗，脸涨得通红，将写诗的那纸揉成一小团，放在嘴里嚼吃了。我以为此刻可以下手了，就强灌他酒，等他喝醉了，便与他交欢。五更时分，柳某醒来，知道自己已被玷污，大哭起来。我劝慰他，他又昏沉沉地睡觉了。到天大亮时，柳某已吊死在床柱上了。家里人不知道柳某是什么原因自尽的，我不敢实说，只是暗自悲伤。不料，昨天一进号房，看见柳某已经先坐在我的号房里，边上有一个差役，将我与柳某一起牵带到阴司。大堂上坐着一个官，柳某投诉了很久，我都一一认罪。官员最后判决说：'按照法律，鸡奸犯，参照将脏东西硬塞进人嘴里的案例定罪，判打一百大板。你身为教师却内心淫邪，应当加一等从严治罪。你的命里应该考中乡试、会试两榜，而且还可享用官禄，现在全部削除掉。’柳某与阴府的官争了起来，说：‘他应该抵命，只打板子，判得太轻了。’阴府的官笑着说：‘你虽然死了，但这并非是程某杀害你的。如果现在判程某死刑，那么程某因为你不肯从他鸡奸而将你杀了，又将用什么罪来治他呢？你身为一个堂堂男子，上有老娘，你的死活对家里有很大影响，你为什么竟与女子一般见识，受了一点羞辱就轻生自尽了呢？《周易·观卦》说：“窥观女贞，亦可丑也。”意思说，若是男子，对刚阳中正之九五只能窥观，狭隘片面，同女子之贞一般，那就是丑事了。从古以来的官府只旌表那些贞节的烈女，而不旌表贞节的童男，圣人立法的用意，难道你不应该反复思考吗？’柳某听后十分懊悔，两手捶胸，泪如雨下。阴间的官笑对柳某说：‘看你这个人如此迂执偏狭，下一世就罚你到山西一户姓蒋的善良人家去作节妇，替他家护守好闺门，好享受旌表的光荣。’判完，将我打了三十大板，放我还魂，我醒后发觉自己仍旧坐在考场的号房里。现在我下身被板子打得伤痛严重，也无法写文章，即使写了篇好文章，最后也不会考中，如今我不退出考场还待在这儿干什么呢？”程某呻吟着，垂头丧气地离开考场回去了。

怪　风

凉州大靖营有松山者，在沙碛中，古战场也。将军塔思哈因公领兵过其处，白草黄云，一望无际。忽见一山高千仞，中有火星万点，蔽日而来，声若雷霆，人马失色。哈大惊，谓是山移。俄而渐近，不及回避，乃同下马，闭目据地，互相抱持。顷之，天地如墨，人人滚地，马亦翻倒。良久始定。麾下三十六人，满面皆血，石子嵌入面皮，深者半寸。回望高山，已在数十里之外。日暮抵大靖营，告总兵马成龙。马笑曰：“此风怪，非山移也；若山移，公等死矣。此等风，塞外至冬常常有之，不伤性命。但公等为沙石所击，从此尽成麻面，年貌册又须另造矣。”

【译文】

在凉州的大靖营附近有座松山，四周全是沙碛地，是历史上有名的古战场。塔思哈将军因公率领部下经过松山。一眼望去，黄云密布，白草遍地，无边无际。正行军时，忽见前面有座万丈高山正在遮天蔽日地移动过来，山上溅出万点火星，移动时发出的响声好像是在打雷。见此情景，人与马都吓得不知如何才好。塔思哈大吃一惊，以为是山移地动。一会儿工夫，这座山愈来愈逼近部队，已来不及回避了。于是，全体都下了马，就地坐下，闭着眼睛，抱作一团。顷刻之间，天地黑暗得像墨一般，每个人滚翻在地上，马也是一样。过了很久，才重见天日，安定无事。塔思哈将军的部下三十六个人，个个满脸是血，有不少石子嵌进脸中，深的竟有半寸。回头再看那座高山，已在几十里以外。傍晚，塔思哈一行到达了大靖营。将军将途中所遇的事报告了总兵马成龙。马成龙听后，笑着说：“这是一阵怪风，不是山移地动。如果是高山移动，你等早就送命了。这种怪风，在塞外的冬天常常会遇到，但不至于伤害人的性命。不过，你们三十六人的脸被石子击破受伤，从此就成了麻脸，原来的年龄、外貌登记册又得重新填写一本了。”

孝　女

京师崇文门外花儿市居民皆以制通草花为业。有幼女奉老父居，亦以制花生活。父久病不起，女忘啜废寝，明慰暗忧。适有邻媪纠众妇女往丫髻山进香者，女因问：“进香可能疗父病否？”媪曰：“诚心祈祷，灵应如响。”

女曰：“此间去山，道里几何？”曰：“百余里。”曰：“一里几何？”媪曰：“二百五十步。”女谨记之。每夜静父寝，持香一炷，自计步数里数，绕院叩头，默祝身为女子不能朝山之故。如是者半月有余。向例，丫髻山奉祀碧霞元君，凡王公搢绅，每至四月，无不进香，以鸡鸣时即上殿拈香者为头香。头香必待大富贵家，庶人无敢僭越。时有太监张某往进头香，甫辟殿门，已有香在炉中。张怒，责庙主，庙主曰：“殿不曾开，不识此香何由得上。”张曰：“既往不咎。明日当来上头香，汝可待我，毋许别人先入。”庙主唯唯。次日，始四更，张已至，至则炉中香已宛然，一女子方礼拜伏地，闻人声，倏不见。张曰：“岂有神圣之前，鬼怪敢公然出现者？此必有因。”坐二山门外，聚香客而告之，并详述所见容态服饰。一媪听良久，曰：“据君所见，乃吾邻女某也。”因说其在家救父礼拜之事。张叹曰：“此孝女，神感也。”进香毕，即策马至女家，厚赐之，认为义女。父病旋愈。因太监周恤，故家渐温饱。女嫁大兴张氏，为富商妻。

【译文】

北京崇文门外花儿市的居民，以扎制灯草花为业。其中有户人家，住着一个女子和她的老父，也以扎制灯草花谋生。女子的父亲久病不起，她废寝忘食地照顾父亲。表面上她很平静地劝慰父亲好好养病，内心却非常担忧父亲的病情总不见好转。这时，有个邻居老太约了好几个妇女到丫髻山去进香，女子便问：“烧香可以治好我父亲的病吗？”老太说：“只要你诚心诚意祈祷，一定灵验，有求必应。”女子问：“从这里到丫髻山，有多少里路?”老太答道：“有一百多里。”女子又问：“一里路有多少远?”老太说：“有二百五十步路。”少女认真地记下了，每到夜深人静，父亲入睡时，她便手里敬持着一炷香，暗自记着所走的步数，绕着院子，边走边叩头，默默地祈祷，并说明自己不能朝山进香的原因。这样共坚持了有半个多月。照常例，上丫髻山进香，是去朝拜碧霞元君，每年四月，王公官宦，没有不上山进香的。凡在清晨鸡叫时赶上殿里第一个拈香的，就算是烧了头香。头香一定要留给大富大贵的人家进，普通百姓没有人敢抢先。当时有个姓张的太监上山准备上头香，推开殿门，竟发现香炉中已有香点着。张太监大怒，立刻责问庙主，庙主说：“我连殿门也没有打开过，不知这炷香是怎么点上的。”张太监说：“过去的也就算了。明天我一定要来上头香，你专候在殿里，不要让别人先进来。”庙主连连答应。第二天，才打过四更，张太监已到殿中，只见香炉中分明早有一炷香点着，并看见有个女子正在殿上叩头祈祷，听到有人来，立刻隐去了。张太监说：“在神人和圣人面前，难道鬼怪居然胆敢公开出现?这里边一定有原因。”张太监就走出庙门，坐在山门外，召集了香客，将所见到的事告诉他们，还详细地描述了进香女子的外貌、打扮。有个老太听了很长时间后，说：“你所看见的，正是我邻家的那个女子。”老太就告诉张某，她如何为了救父亲的病，在家里礼拜神仙的情况。张太监赞叹说：“这个孝女，已经感动了神。”张太监烧完香，立刻骑马赶到少女家里，重重地赏赐了她，认她为义女。她父亲的病不久也好了。由于张太监的接济，女子家里再不愁吃穿。这个女子后来嫁给了大兴的张家，做了富商的妻子。

老妪变狼

广东厓州农民孙姓者，家有母，年七十余。忽两臂生毛，渐至腹背，再至手掌，皆长寸余，身渐伛偻，尻后尾生。一日，仆地化作白狼，冲门而去。家人无奈何，听其所之。每隔一月或半月，必还家视其子孙，照常饮啖。邻里恶之，欲持刀箭杀之。其子妇乃买豚蹄，俟其再至，嘱曰："婆婆享此，以后不必再来，我辈儿孙深知婆婆思家，无恶意，彼邻居人那能知道，倘以刀箭相伤，则做儿媳者心上如何忍得？"言毕，狼哀号良久，环视各处，然后走出。自后竟不来矣。

【译文】

广东厓州地方，有个姓孙的农民，家里有个老母亲，已七十多岁。老母忽然两臂上长出了毛，渐渐连腹部、背部一直到手掌都长满了毛，有一寸多长，整个身子也弯曲起来，臀部生出一条尾巴。一天，她倒身在地，变成一只白狼，冲出门外，跑了。家里人没有办法，只得听之任之。每隔一个月或半个月，白狼总要回家来探看自己的子孙，与平常一样吃顿饭。邻居很恨这条白狼，想用刀箭射杀它。一天，媳妇买了猪蹄，专等白狼来。白狼一到，儿媳妇就对它说："婆婆好好享用这一顿，以后不要再来了。我等儿孙非常懂得婆婆很想念家的心思，没有什么坏意，可是那些邻居哪里会知道这一点，如果万一你受了刀箭伤害，叫我做儿媳妇的心里怎么舍得？"说完，白狼哀号了很长时间，看遍了家里的角角落落，然后就离开了。从此以后，白狼再也没有来过。

义犬附魂

京中常公子某，少年貌美，爱一犬，名花儿，出则相随。春日丰台看花，归迟人散，遇三恶少方坐地轰饮。见公子美，以邪语调之。初而牵衣，继而亲嘴。公子羞沮遮拦，力不能拒，花儿咆哮奋前咬噬，恶少怒，取巨石击之，中花儿之头，脑浆迸裂，死于树下。恶少无忌，遂解带缚公子手足，剥去下衣，两恶少踏其背，一恶少褪裤，按其臀将淫之。忽有癞狗从树林中突出背后，咬其肾囊，两子齐落，血流满地。两恶少大骇，拥伤者归。随后有行人过，解公子缚，以下衣与之，始得归家。心感花儿之义，次日往收其骨，为之立冢。夜梦花儿来，作人语曰："犬受主人恩，正欲图报，而被凶人打死。一灵不昧，附魂于豆腐店癞狗身上，终杀此贼。犬虽死，犬心安矣。"言毕，哀号而去。公子明日访至卖腐家，果有癞狗。店主云："此狗奄奄，既病且老，从不咬人。昨日归家，满口是血，不解何故。"遣人访之，恶少到家死矣。

【译文】

京城里有个常公子，年轻貌美，养着一只名叫花儿的宠犬，出门时，花儿总是跟随在后。春天，常公子到丰台去赏花。由于回归得晚，游人多已散去。半路他遇见三个恶少坐在地上狂饮，看见常公子长得好看，就用不三不四的话调戏他。起初，三个恶少还只是拉扯他衣裳，接着竟硬与他亲嘴。常公子又羞又恼，左遮右拦，终因力气太小，抗拒不了他们。花儿在旁见主人受欺侮，大声吼叫，奔上前来咬三个恶少。恶少们大怒，捡起一块大石头掷花儿，击中花儿头部，当场脑浆迸裂，死在树下。此刻，三个恶少更是肆无忌惮，就解开身上腰带，将常公子手缚住，又剥去他下衣，两个恶少踩在常公子背上，一个恶少脱下自己的裤子，按着常公子臀部准备进行鸡奸。这时，忽然有只癞皮狗从树林中突然窜出来，奔到一个恶少的背后，咬住了他的阴囊，两个睾丸被咬落，血流满地。另外两个恶少惊怕极了，扶着受伤的那个恶少回家了。后来，有路人走过，松开了常公子身上的绳索，给常公子下衣穿，他这才回了家。他对花儿的义举很感动，第二天，去丰台收了狗的尸骨，埋葬入土，还起了坟头。当夜，梦见花儿走来，用人话说："我受了主人恩德，正想图报，不料被坏人打死。可是我的狗魂灵尚未死去，就附在豆腐店的那只癞皮狗身上，咬杀了那个坏蛋。我虽死，却已放心了。"说完，哀号着离去了。常公子第二天到豆腐店去探看，果然有条癞皮狗。店主人说："这条狗已经气息奄奄，生着病快老死了，从不咬人。昨天回家，满嘴是血，不知是什么道理。"常公子又派人去察看被咬的恶少的情况，才知那恶少到家里就死了。

白虹精

浙江塘西镇丁水桥篙工马南箴，撑小舟夜行，有老妇携女呼渡，舟中客拒之。篙工曰："黑夜妇女无归，渡之亦阴德事。"老妇携女应声上，坐舱中，嘿无言。时当孟秋，斗柄西指，老妇指而顾其女笑曰："猪郎又手指西方矣。好趋风气若是乎？"女曰："非也，七郎君有所不得已也。若不随时为转移，虑世间人不识春秋耳。"舟客怪其语，瞪愕相顾。妇与女夷然绝不介意。舟近北关门，天已明，老妇出囊中黄豆升许谢篙工，并解麻布一方与之包豆，曰："我姓白，住西天门。汝他日欲见我，但以足踏麻布上，便升天而行，至我家矣。"言讫不见。篙工以为妖，撒豆于野。归至家，卷其袖，犹存数豆，皆黄金也。悔曰："得毋仙乎？"急奔至弃豆处迹之，豆不见而麻布犹存。以足蹑之，冉冉云生，便觉轻举，见人民村郭历历从脚下经过。至一处，琼宫绛宇，小青衣侍户外曰："郎果至矣。"入扶老妇人出，曰："吾与汝有宿缘，小女欲侍君子。"篙工谦让非耦。妇人曰："耦亦何常之有。缘之所在，即耦也。我呼渡时，缘从我生；汝肯渡时，缘从汝起。”言未毕，笙歌酒肴，婚礼已备。篙工居月余，虽恩好甚隆，而未免思家。谋之女，女教仍以足蹑布，可乘云归。篙工如其言，竟归丁水桥。乡里聚观，不信其从天而下也。嗣后屡往屡还，俱以一布为车马。篙工之父母恶之，私焚其布，异香累月不散。然往来从此绝矣。或曰姓白者，白虹精也。

【译文】

浙江塘西镇的丁水桥，有个撑船工马南箴，一天夜里，他撑着一只小船航行在江上。岸边有个老太，带着一个女儿，招呼小船，要求搭渡。小船里的几个客人，都说别理她，拒绝老太搭渡。马南箴说：“深更半夜，又是妇道人家，不便投宿，搭渡她们也算是积点阴德。”就招呼母女俩上船，老太带着女儿应声上船，坐在船舱里，一声不响。当时正是初秋时节，北斗星的斗柄正指向西方，老太指着星象笑着对她的女儿说：“猪郎又要用手向西方指了，他竟如此喜欢赶时髦？”女儿说：“不是的，七郎君也是不得已啊！如果不是随着时辰不停地指示方向，怕人世间连春夏秋冬都不知道了。”船舱里的客人听了她俩的谈论，你看我、我看你的，感到非常惊讶。她俩却一点也不介意。船行到北关门时，天已亮了。老太从布袋中倒出一升左右的黄豆酬谢马南箴，并且解下一方麻布为他将豆包好，说：“我姓白，住在西天门。以后有朝一日你要见我，只要脚踏在麻布上，就可以升飞到天上，找到我家。”说完，她俩就不见了。马南箴以为她俩是妖怪，就将送给他的豆撒在田野里。回到家，卷起衣袖，还存着几粒豆子，仔细一看，原来全是黄金，他后悔起来，心想：“莫不是遇上神仙了？”他急忙赶到撒豆子的田野小路，豆子已不见了，而麻布却还在。他就脚踏在麻布上，觉得身边飘过白云，全身轻举上升，俯瞰下面的居民和村落分明地都从自己脚下经过。他到了一个地方，玉楼琼宇，有个穿青衣的女子，已守候在门外，说：“郎君果然来了。”青衣女子就扶着老太出来，说：

"我与你有一段旧缘。我将小女儿许配给你。"马南箴很谦让，说自己配不上。老太说："配不配这话怎么说，只要有缘分，就是配。我在岸边招呼你渡江时，这缘分是从我这儿发生的；你肯让我搭渡，这缘分是从你那儿发生的。"话音刚落，已摆出酒肴，吹笙唱歌，举行了婚礼。马南箴住了一个多月，虽然夫妻恩爱、养尊处优，可还是想念起家乡来，就与妻子商量，妻子教他仍旧踏在麻布上，乘云而下。马南箴照她说的办法做，终于回到丁水桥。乡里的人都集聚到马家围观，不相信他是从天上回来的。此后，马南箴常来常往于天地之间，靠着一块麻布当作车马工具。他的父母却讨厌儿子这一举动，暗地里将麻布烧掉了，焚烧时留下的麻布异香，一个月还未散尽。但是，马南箴上天之路就此断绝了。有人说，老太自称姓白，大概就是天上的白虹精。

冷 秋 江

乾隆十年，镇江程姓者，抱布为业，夜从象山归，过山脚，荒冢累累，有小儿从草中出，牵其衣。程知为鬼，呵之不去。未几，又一小儿出，执其手。前小儿牵往西，西皆墙也，墙上簇簇然黑影成群，以泥掷之。后小儿牵往东，东亦墙也，墙上啾啾然鬼声成群，以沙撒之。程无可奈何，听其牵曳。东鬼西鬼，始而嘲笑，既而喧争。程不胜其苦，仆于泥中，自分必死。忽群鬼呼曰："冷相公至矣！此人读书，迂腐可憎，须避之。"果见一丈夫魋肩昂背，高步阔视，持大扇击手作拍板，口唱《大江东》，于于然来。群鬼尽散。其人俯视程，笑曰："汝为邪鬼弄耶？吾救汝，汝可随吾而行。"程起从之。其人高唱不绝，行数里，天渐明，谓程曰："近汝家矣，吾去矣。”程叩谢，问姓名，曰：“吾冷秋江也。住东门十字街。”程还家，口鼻窍青泥俱满，家人为熏沐毕，即往东门谢冷姓者，杳无其人。至十字街，问左右邻，曰：“冷姓有祠堂，其中供一木主，名嵋，乃顺治初年秀才；秋江者，其号也。”

【译文】

乾隆十年，镇江有个姓程的人，以贩卖布匹谋生。一天夜里，从象山回家。象山脚下，荒坟一个接着一个。程某正赶着夜路，忽然有个小儿从草丛里出来，牵扯他的衣裳。程某知道碰见了鬼，便大声呵斥，小鬼还是不离开。不多久，又出来一个小儿，拉着他的手。前一个小儿扯着他衣裳朝西走，西边都是墙，墙上一群一群黑影子摇摇晃晃，同时用泥块向程某投掷。后一小儿牵住他手向东走，东边也是高墙，墙上是成群结队的鬼，啾啾叫着，用沙撒向程某。程某毫无办法，听任两个小鬼牵来牵去。东西两边墙上的鬼，开始是幸灾乐祸地嘲笑程某，接着却相互喧闹、争论起来。程某受尽折磨，倒在泥中，心想这下必死无疑。忽然程某听见群鬼大声喊道：“冷相公来了！他是个读书人，又迂腐又可恶，不好惹，快回避他一下。”这时果然出现了一个阔肩厚背的高大男子，昂着头，跨着大步。他用一把大扇子，击着掌心打拍子，口里唱着苏东坡《大江东去》，一步一摇地走来。两个小鬼以及东西两堵墙上的鬼见冷相公来，全都逃散了。冷相公俯身看着程某，笑着说：“你被恶鬼捉弄了吗？我来救你，你可跟在我后面走。”程某从地上爬起来，紧随着冷相公走。冷相公一路上不停地高声唱着，走了几里路，天色渐渐亮了。冷相公对程某说：“你的家快到了，我走了。”程某叩谢了冷相公，同时问他姓名，冷相公说：“我叫冷秋江。住在东门十字街。”程某回到家里，嘴巴和鼻孔里全被青泥塞满了，家里人为他淋浴、熏香。然后程某立刻去东门拜谢冷秋江，结果根本没有这个人。走到十字街，问左邻右舍，说：“冷家有个祠堂，其中供着一个牌位，叫冷嵋，是顺治初年的秀才。秋江，是他的号。”

钉鬼脱逃

句容捕者殷乾，捕贼有名，每夜伺人于阴僻处。将往一村，有持绳索者贸贸然急奔，冲突其背。殷私忆此必盗也，尾之至一家，则逾垣入矣。殷又私忆捕之不如伺之：捕之不过献官，未必获赏；伺其出而劫之，必得重利。俄闻隐隐然有妇女哭声，殷疑之，亦逾垣入，见一妇梳妆对镜，梁上有蓬头者，以绳钩之。殷知此乃缢死鬼求代耳，大呼破窗入。邻右惊集，殷具道所以，果见妇悬于梁，乃救起之。妇之公姑咸来致谢，具酒为款。散后，从原路归，天犹未明。背簌簌有声，回顾则持绳鬼也，骂曰："我自取妇，干汝何事，而破我法！"以双手搏之。殷胆素壮，与之对搏，拳所著处，冷且腥。天渐明，持绳者力渐惫，殷愈奋勇，抱持不释。路有过者，见殷抱一朽木，口喃喃大骂，上前谛视，殷恍如梦醒，而朽木亦坠地矣。殷怒曰："鬼附此木，我不赦木。"取钉钉之庭柱，每夜闻哀泣声不胜痛楚。过数夕，有来共语者、慰唁者、代乞恩者，啾啾然声如小儿，殷皆不理。中有一鬼曰："幸主人以钉钉汝，若以绳缚汝，则汝愈苦矣。"群鬼噪曰："勿言，勿言！恐泄漏机关，被殷学乖。"次日，殷以绳易钉如其法。至夕，不闻鬼泣声。明旦视朽木，竟遁去。

【译文】

句容县有个捕快叫殷乾，是县里出名的捕盗贼能手。每到夜里，常常在冷僻少人的地方监视盗贼的动静。一天夜里，他到一个村子去，忽然看见有个手拿绳索的人，慌慌张张地从背后赶到他前面去。殷乾心想，此人一定是个盗贼，就紧随在他后面。那人走到一户人家，就跳墙进去了。殷乾又想，抓住他不如守着他：抓住他最多不过送到官府衙门，不一定能得到赏钱，守候着他出来再捉拿，人赃俱获，一定能得到大好处。不一会儿，殷乾隐隐约约地听见屋里有妇女的哭泣声，殷乾怀疑屋里出了事，就跳墙进去，只见一间房内有个妇女对着镜子在梳头，屋内梁上有个蓬头散发的人，用绳子钩吊她。殷乾知道，这是吊死鬼在讨替代，就大喝一声，破窗进房。左邻右舍听见殷乾的喊声，全都围集过来，殷乾将所见情况一一告诉他们。众人在房内果然发现那妇女已上吊在梁上，就将她救起。妇人的公婆都来谢殷乾，备了酒菜款待他。吃完饭，殷乾从原路回家，这时天还未大亮。殷乾正走着，忽听背后有簌簌的声响，回头一看，原来就是刚才手拿绳索的鬼。鬼骂殷乾说："我要取那个妇人来作替身，关你什么事，你坏了我的大事！"说着，那鬼伸出双手与殷乾格斗。殷乾向来胆大有勇，就与鬼对打。殷乾发觉，凡是拳头打到的地方，冷而且有股腥味。天色渐渐亮了，那鬼已疲劳乏力，而殷乾却愈斗愈勇，紧抱着鬼不放。有过路的人，看见殷乾抱着一段朽木，口中还在不停地大骂，便走到殷乾面前，细细地察看一番，他究竟在干什么。这时，殷乾才恍然大悟，如梦初醒，一松手，那段朽木坠落到地上。殷乾愤怒地说："鬼附在朽木上，我决不能饶恕这段朽木。"就用铁钉将朽木钉在庭柱上。每到夜里，就听见从庭柱传来的哭泣声，像是无比伤心痛苦。过了几夜以后，众鬼纷纷前来，有与鬼聊天的，有安慰那鬼的，也有代鬼向殷乾求情的。众鬼说话的啾啾声很像小儿说话的腔调，殷乾一概不理。其中有一个鬼对着庭柱的鬼说："幸而主人用铁钉钉你，如果用绳子捆绑你，那你就更苦了。"其他的鬼也七嘴八舌地说："别说，别说！这个机关一泄漏，又要被殷乾学到窍门了。"第二天，殷乾照鬼所说的用绳绑取代铁钉钉。当天夜里，就听不到鬼的哭声。天亮时，一看，那段朽木竟然已经不见了。

樱 桃 鬼

熊太史本僦居京师之半截胡同，与庄编修令舆居相邻。每夜置酒，互相过从。八月十二日夜，庄具酒饮熊，宾主共坐，忽桐城相公遣人来招庄去。熊知其即归，独酌待之。自斟一杯，置几上，未及饮，杯已空矣。初犹疑己之忘之也；又斟一杯，伺之，见有巨手蓝色从几下伸出探杯。熊起立，蓝手者亦起立。其人头目面发，无一不蓝。熊大呼，两家奴悉至，烛照无一物。庄归闻之，戏熊曰："君敢宿此乎？"熊年少气豪，即命僮取被枕置榻上，而麾僮出，独持一剑坐。剑者，大将军年羹尧所赠，平青海血人无算者也。时秋风怒号，斜月冷照，榻施绿纱帐，空明澄彻。街鼓鸣三更，心怯此怪，终不能寐。忽几上铿然掷一酒杯，再铿然掷一酒杯，熊笑曰："偷酒者来矣！"俄而一腿自东窗进，一目、一耳、一手、半鼻、半口；一腿自西窗进，一目、一耳、一手、半鼻、半口：似将人身当中分锯作两半者，皆作蓝色。俄合为一，睒睒然怒睨帐中，冷气渐逼，帐忽自开。熊起，拔剑斫之，中鬼臂，如着敝絮，了无声响，奔窗逃去。熊追至樱桃树下而灭。次早，主人起，见窗外有血痕，急来询问，熊告所以。乃斩樱桃树，焚之尚带酒气。窗外有司阍奴，老矣，既聋且瞽，所卧窗榻乃鬼出入经过处，杳无闻见，鼾声如雷。熊后年登八旬，长子巡抚浙江，次子监司湖北。常笑谓人曰：“余以胆气福气胜妖，终不如司阍奴之聋且瞽尤胜妖也。”

【译文】

翰林熊本借住在京城的半截胡同，与庄令舆编修的住宅相邻。俩人交往甚密，每到夜里，常常对酌共饮。八月十二日夜里，庄令舆准备好了酒肴，招呼熊本喝酒。宾主坐下正要喝酒，忽然桐城相公派人来请庄令舆去他家一次。熊想他很快就会回来，便独自饮酒等着。可是他刚给自己斟了一杯酒放在茶几上，还未喝上一口，杯子的酒却已空了。熊本怀疑自己忘了倒酒，便又斟上一杯放在茶几上，暗地里察看动静，只见有一只蓝色的巨手从茶几下伸出来，伸向杯子。这时熊本站了起来，蓝鬼也站起来现了形。这鬼的头脸须发，没有一处不是蓝的。熊本大喊起来，庄家两个家奴闻声赶来，用烛灯四处探照，什么也没有发现。庄令舆回来后，听熊本讲述了刚才发生的事情，就跟他开玩笑说：“你敢一个人住在这儿吗？”熊本当时正年轻气豪，马上命家僮取来被枕放在床榻上，又挥手叫家僮回去，独自一人，拿着剑坐着。这把剑是大将军年羹尧送给熊本的，在平定青海时，这把剑沾了无数人的血。当时，秋风怒号，一弯斜月冷冷地照着窗口，床榻上张着绿色的纱帐，借着月光，可以从帐中透见外面的一切。外边街巷已敲了三更，熊本此时心中才有点怕起那鬼怪来，虽然上了床榻，却怎么也睡不着。忽然听见茶几上有投掷酒杯的铿铿声，每投掷一杯，发出一次响声。熊本笑着说：“偷酒的鬼果然来了！”隔不久，那鬼怪的一条腿从东窗伸进来，同时进来一只眼睛，一只耳朵，一只手，半只鼻子，半张嘴巴；另一条腿从西窗伸进来，同时进来另一只眼睛，一只耳朵，一只手，半只鼻子，半张嘴巴。好像是一个人的身体从正中被分锯成两半似的，全是蓝色。蓝鬼的两半身子进屋后，立刻就合成为一体，目光灼灼，怒视着帐中的熊本。熊本觉得有股冷气渐渐逼近，见帐门自动掀开。熊本忽地站起，拔出宝剑，向蓝鬼砍去，砍中了蓝鬼的手臂，却像砍在旧棉絮上似的，一点声音也没有。蓝鬼从窗口逃了出去。熊本紧追不放，当追到院子的樱桃树下时，不见了蓝鬼的影踪。第二天早上，庄令舆起床看见窗外有血迹，急忙问熊本怎么回事，熊本告诉他这血迹的来由。庄令舆就命人砍倒了樱桃树，在焚烧这棵树时，闻到了树中散发出的一阵阵酒气。其实，窗口本来睡着一个守屋子的家奴，年纪大了，又聋又瞎，他所睡的床榻正是蓝鬼进出的必经之处，可是这个老家奴什么也不知道，打鼾声好像雷响。后来熊本活到八十多岁，他的大儿子是浙江巡抚，二儿子是湖北的监司。他常常对人笑谈起这件事，说："我虽然以自己的胆气和福气胜了那鬼怪，但终究不如庄家的那个老家奴又聋又瞎什么也不知道。"

鼠啮林西仲

福建耿藩之变，厦门司马林西仲不降，被缚入狱。西仲平素画一小像，忽被鼠啮断其头，环颈一线如刀截者。家人号哭，以为不祥。未几王师破耿，出西仲于狱，复其官，加迁三级。西仲还家，家人置酒庆再生。是夕，闻群鼠声啾啾甚忙，扛一物置几上去。视之，所衔去小像之头，共持来还西仲也。

【译文】

当年藩王耿精忠在福建发动兵变时，在厦门任司马的林西仲，因为坚决不投降耿精忠，被绑着投进牢中。林西仲入狱前，家里留着一幅请人画的肖像。他入狱后，这像的头被老鼠咬断衔走，而且被咬的头颈处的一条线整整齐齐，像被刀割断似的。林家人见此情景，个个痛哭，认为是不吉利的征兆。隔不多久，朝廷的部队打败了耿精忠，将林西仲从狱中救出，不但恢复了他的官位，而且还提升三级。林西仲回到家里，家人摆了酒席庆贺他再生。当天夜里，林西仲听见一群老鼠吱吱叫着，像是很忙碌的。只见老鼠正将一件东西扛到茶几上去。林西仲暗中观察，原来是老鼠将衔去的那幅肖像上的头，重新衔了回来，还给林西仲。

（卷六译者　海明）

子不语卷七

尹文端公说二事

乾隆十五年，尹文端公总督陕西。苏州顾某者，为绥德州知州，貌素丰。是年九月，顾赴西安求见，则尫羸已甚。尹公疑其病，问之，顾跪而请曰：“某平生读书，从不信鬼神事，况敢妄言于大人前耶？今旦暮将死，不敢不告，为身后计。本年五月初七日，清晨起坐书斋，见一人，青衣皂帽，持帖入曰：‘某官请公会讯，备骑在门。’视其帖，同寅汤栻也。某即上马出城，北行三十里，至公廨，有古衣冠者迎揖曰：‘所以屈公至者，为欲造姓名册送上帝，须与公会办。’某未答，旁一吏跪启：‘册草创未就，须八月二十四日方可誊清。’古衣冠者目皂衣人送某还，约至期勿爽。某复上马，行三十里入署，见己身僵卧床上，妻子号泣于旁。皂衣者推某身自其口入，格格然如不可复合，四肢筋骨五脏之间酸楚莫状。苏醒后始进米饮。自此部署公私，至八月二十四日晨起，即具衣冠，诀别幕友、妻子，泣嘱曰：‘尸勿寒，且缓殓。’至午，昏晕类中风者，果皂衣人来，引至前处。古衣冠者坐堂上，列两几于前，如世间会审状。吏逐名点唱，无相识者。至第三名，即本州之皂隶某也。第八十五名，本州之东房吏某也。其余人眼中虽甚熟悉，而不知姓名。呼二人到案前，问之，亦云不知何以到此。古衣冠者笑曰：‘公何问耶？公永当在此共事，自然具晓一切。’问来当何时，曰：‘今年十月初七日。公趁此时速归，部署家事可也。’复拱手别，苏醒如故，身之狼狈尤甚于前。未几，此县大疫，一吏一役俱染疫亡。今已九月，死期不远，故来诀别大人。”尹公慰之再三，泣拜去。明年正月，尹公巡边，过绥德州，内幕许孝章者，素知其事，方留心访顾，而顾仍无恙。来谒于辕，体充实如故。公戏之曰：“鬼言何以灵于吏役，而不灵于汝耶？”顾叩头谢恩，亦不解其何故。

公督陕时，接华阴县某禀启云：“为触犯妖神陈情禀死事：卑职三厅前有古槐一株，遮房甚黑，意欲伐之，而邑中吏役佥曰：‘是树有神，伐之不可。’某不信，伐之，并掘其根。根尽见鲜肉一方，肉下有画一幅，画赤身女子横卧。卑职心恶之，焚其画，以肉饲犬。是夜觉神魂不宁，无病而憔悴日甚，恶声汹汹，目无见而耳有闻。自知不久人世，乞大人别委署篆者来。”尹公得禀，袖之与幕客传观，曰：“此等禀帖，作何批发？”言未毕，华阴县报病故文书至矣。

【译文】

乾隆十五年，尹继善任陕西总督。苏州人顾某，是绥德州知州，容貌向来丰满，但这年九月，他到西安求见尹公时，却已经非常瘦弱了。尹公怀疑顾某有病，就问他是什么缘故。顾某跪拜在地，说：“我一生读书，从来不相信鬼神，怎么敢在大人面前胡说什么鬼神之事呢？可是，事到如今，我早晚将死，为了我死后的事考虑，我不敢不向大人禀告。今年五月初七清晨，我起床后坐在书房里，看见一个人穿戴黑色衣帽，手拿名帖进来，对我说：‘某官请先生前去会审，马已准备在门外。’我看了看名帖，是我同僚汤栻，就随即出门上马，出了城门，向北走了三十里，来到一所办公的衙门。一个穿戴古代衣帽的人迎了出来，作揖说：‘请先生屈驾来这儿的原因，是为了想编写花名册，呈送给上帝，必须与先生一起办理。’我还没有回答，旁边的一个官吏就跪下启禀：‘花名册刚刚起草，还没完成，要到八月二十四日才能誊写清楚。’于是穿戴古代衣帽的人就示意黑衣差役将我送回去，并叫我到那天再去，不要失约。我便重又骑上马，走了三十里，回到官衙。这时发现自己的身体僵卧在床上，我的妻子和儿女正在一旁号哭。黑衣差役将我一推，我就进了我那僵卧身体的嘴巴，但却感到格格不入，好像我不能与身体复合在一起，四肢筋骨和五脏之间，有一种说不出的酸痛。我渐渐苏醒过来，开始吃一些米汤。此后，我就安排公务和家事。“到了八月二十四日早晨，我醒来穿戴好衣帽，向同事朋友和妻子儿女诀别，哭着嘱咐他们说：‘我的尸体没有变冷之前，暂时不要入殓。’到中午，我昏昏沉沉的，头发晕，像是中了风。果然，那黑衣差役又来了。他将我领到上次去的地方，穿戴古代衣帽的人坐在大堂上，前面摆放着两张桌子，就好像人间官员会审的情形。官吏逐个点名，没有一个人是我认识的；叫到第三个人，则是我们绥德州的某差役；叫到第八十五名，则是我们绥德州的某东房吏；其余的人，我看上去很眼熟，却不知道他们的姓名。我把我们州的那两个人叫到桌前，问他们，他们也说不知道为什么来到这里。穿戴古代衣帽的人笑着说：‘先生，你问什么呢？你将永远在这里和我共事，自然会知道这里的一切。’我问他：‘应该什么时候来这里？’他说：‘今年十月初七日来。你趁这段时间，快回去安排一下家事吧。’说完，他又和我拱手分别。我又像上次一样醒过来，身体状况比上次更加糟糕。没多久，县里发生了严重的瘟疫，那个东房吏和差役，都因为染上瘟疫，死了。现在已经是九月份了，我的死期也不远了，所以来和大人诀别。”尹公再三安慰顾某，顾哭着拜谢，然后就走了。第二年正月，尹公巡视边境，路过绥德州。他的幕僚许孝章早就听说顾某这件事，就留心去拜访顾某，却见他平安无事。顾某到尹公总督府拜见，身体像以前一样壮实。尹公跟他开玩笑说：“鬼的话为什么在小吏和差役身上很灵验，而在你身上却不灵验了呢？”顾某叩头谢恩，也不知道其中的缘故。

尹公任陕西总督时，还接到过华阴县某官员呈上的禀告文书。文书上说：“因为我触犯了神灵，所以向大人陈述实情，禀告我的死事。在我官衙的三间大厅前，有一棵古老的槐树，浓荫遮住了房子，使房子里非常阴暗，我就想砍掉它。可是，城中的官吏和差役都说：‘这棵树下有神，不能砍它。’我不相信，就砍倒了它，并且挖出树根。树根挖完以后，我看见有一块鲜肉，肉下面有一幅画，画着一个赤身裸体的女子，横躺着。我心里十分厌恶，就烧了画，又将那块肉喂了狗。当夜，我觉得心神不定。从此，我没病没痛的，却一天比一天消瘦，还听到一阵阵气势汹汹的恶骂声，看不见任何形象，却能听得到它的声音。我知道自己活不长了，请求大人另外委派官员来。”尹公把这份文书放在衣袖里，给幕僚们传阅，说：“像这样的禀告，叫我怎么批示下发呢？”话还没说完，华阴县就有文书报来，说那个官员已经病死了。

霹雳脯

海州朱先生，康熙间人，貌三四十岁，或出或隐，不知寒暑，常曰：“海州气象好，惜读书者少耳。”出游数年，归语人曰：“吾家竹垞子殊博雅，可与谈；山阴阎百诗，亦后来之秀，惜其俱未闻道耳。”居亡何，又语人曰：“我何罪于天，而今日有雷击我！我不得不相抗，但恐惊诸君，诸君须避之。”至期，云雨晦冥，见大蜘蛛脚自空中下，雷乍响而哑矣。旷野有血肉一团，大如车轮，朱指示人曰：“此斗败霹雳脯也。”以酒烹之，独坐而啖。又一日，雷雨复集，朱张口空中，吐白丝数百丈，盘密如网，有火龙腾空而至，奋鬣舒爪于网外，终不能入，良久入云去。朱叹曰："海滨多怪物，不可久居，吾将逝矣。"竟去，不知所终，人疑为蜘蛛精也。

【译文】

海州的朱先生，生活在康熙年间。从外貌上看，似乎三四十岁。他有时出山，有时又隐居，竟不知道一年四季的变化。常常说："海州的气候很好，可惜读书的人太少了。"他到外面游历了几年，回来后告诉别人说："我们朱家的竹垞先生，知识渊博，人品高雅，和他有话可谈；山阳人阎百诗，也称得上后起之秀。可惜，他们都不知道真正的'道'。"住了没多久，他又对别人说："我什么地方得罪了老天爷，致使今天有雷要打我？我不得不抗争，只怕惊吓了各位，请各位躲避一下吧。"到了那个时间，乌云密布，大雨倾盆，天昏地暗，只见一只大蜘蛛的脚从空中下来，而雷声刚响却又突然哑了。这时，人们发现野地里有一团血糊糊的肉块，像车轮一般大。朱先生指着肉块，对大家说："这是被我打败的霹雳神的肉脯子。"说完，他就用酒把肉煮好，一个人独自坐下来，将肉吃了下去。后来有一天，又响起了雷声，下起了大雨，朱先生向空中张开嘴，吐出几百丈白色的丝，密密盘结，像一张网。这时，有一条火龙自空而降，振开嘴角上的胡须，在网外张着爪子，却始终进不到网里；过了很久，火龙只得钻进云层走了。朱先生叹息说："海边怪物太多，不能长期居住在这里，我要走了！"说完，他就这样走了，没人知道他的去向。人们怀疑这位朱先生是蜘蛛精。

瘟　鬼

乾隆丙子，湖州徐翼伸之叔岳刘民牧，作长洲主簿，居前宗伯孙公岳颁赐第，翼伸归湖之便访焉。天暑，浴于书斋，月色微明，觉窗外有气喷入，如晓行臭雾中，几上鸡毛帚盘旋不已。徐拍床喝之，见床上所挂浴布与茶杯飞出窗槅外。窗外有黄杨树，杯触树碎，声铿然。徐大骇，唤家奴出视，见黑影一团，绕瓦有声，良久始息。徐坐床上，片时帚又动，徐起以手握帚，非平时故物，湿软如妇人乱发，恶臭不可近，冷气自手贯臂，直达于肩，徐强忍持之。墙角有声，如出瓮中者，初似鹦鹉学语，继似小儿啼音，称："我姓吴名中，从洪泽湖来，被雷惊，故匿于此，求恩人放归。"徐问："现在吴门大瘟，汝得非瘟鬼否？"曰："是也。"徐曰："是瘟鬼则我愈不放汝，以免汝去害人。"鬼曰："避瘟有方，敢献方以乞恩。"徐令数药名而手录之。录毕，不胜其臭，且臂冷不可耐，欲放之又惧为祟。家奴在旁，各持坛罐，请纳帚而封焉。徐从之，封投太湖。所载方：雷丸四两，飞金三十张，硃砂三钱，明矾一两，大黄四两，水法为丸，每服三钱。苏州太守赵文山，求其方以济人，无不活者。

【译文】

乾隆二十一年，湖州人徐翼伸妻子的叔叔刘民牧做了长洲县主簿，住在前礼部侍郎孙岳颁受赐的府宅里。徐冀伸乘回乡之便，前往拜访。由于天气很热，他就在书房洗澡。那时，月色朦胧，他觉得窗外有一股气喷进了书房，好像早晨行路时遇到的臭雾，桌几上的鸡毛掸帚竟无缘无故地转个不停。徐翼伸拍着床，大声呵斥，却见床上挂着的浴巾与桌子上的茶杯都飞出了窗外。窗外有一棵黄杨树，茶杯碰到树干，砰地一声，茶杯就被撞碎了。徐翼伸大吃一惊，叫仆人出去看看，只见一团黑影，绕着屋瓦转来转去，发出很大的响声，好长时间才平息下来。徐翼伸洗完澡，坐在床上。一会儿，鸡毛掸帚又转动起来，徐翼伸就起身用手握住掸帚，感觉到这已不是平时的掸帚，握在手上，又湿又软，宛似妇女的一头乱发，而且还散发出一股令人恶心的臭味，让人不敢靠近；又有一股冷气从他手掌传到手臂，又直传到肩膀，徐翼伸强忍着，毫不松手。这时，墙角又传出一个声音，像是从罐子里传出来的，开始像是鹦鹉学语的声音，接着又像是小孩啼哭的声音。那声音说："我叫吴中，从洪泽湖来，被雷声惊吓了，所以躲在这里，请求恩人放我回去。"徐翼伸问："现在，吴地正遭受严重的瘟疫，你难道是瘟鬼吗？"那声音回答："是的。"徐翼伸又说："既然你是瘟鬼，我就更加不能放你，免得你去害人。"瘟鬼说："避开瘟疫，是有药方的。我把药方交给你，请你开开恩，放我回去吧。"徐翼伸就叫鬼说出药名，然后记录下来。写完后，他实在忍受不了这股臭味，而且手臂又冷得受不了，想放开掸帚，又担心瘟鬼作怪害人。这时，正好有几个仆人站在旁边，都拿着坛子和罐子，他们叫徐翼伸将掸帚放进去，封起来。徐翼伸就按他们的意见，把掸帚鬼塞进坛子，封好坛口，扔进太湖。徐翼伸所记录的药方是：雷丸四两，飞金三十张，朱砂三钱，明矾一两，大黄四两，掺水做成药丸，每次服用三钱。后来，苏州知府赵文山要去这个药方，用以治疗染上瘟疫的人，没有不救活的。

千年仙鹤

湖州菱湖镇王静岩，家饶于财，房室高敞，有"九思堂"，广可五六亩。宴客日暮，必闻厅柱下有声，如敲竹片。静岩恶之，对柱祝曰："汝鬼耶？则三响。"乃应四声。曰："若仙耶？则四响。"乃应五声。曰："若妖耶？则五响。"乃乱应无数。有道士某来设坛，用雷签插入柱下。忽家中婢头坟起，痛不可忍，道士撤签，婢痛止。间一日，婢忽狂呼，如伤寒发狂者。召医视之，按脉未毕，举足踢医，伤面血流，男子有力者四五人，抱持不能禁。王之女初笄，闻婢病，来视之，初入门，大惊仆地曰："非婢也，其面方如墙，白色，无眼、鼻、口、耳，吐舌赤如丹砂，长三四尺，向人噏张。"女惊不已，遂亡。女死而婢愈。王百计驱妖，有请乩仙者来，言仙人草衣翁甚灵，可以镇邪。王如其言，设香案，置盘，乩笔剨然有声，穿窗而出，于窗纸上大书曰："何苦何苦，土地受过。"主人问乩，乩言草衣翁因地邪未去，遽请仙驾，将当方土地神发城隍笞二十矣。自后此妖寂然。草衣翁与人酬酢甚和，所言多验。或请姓名，曰："我千年仙鹤也。偶乘白云过鄱阳湖，见大黑鱼吞人，予怒而啄之，鱼伤脑死。所吞人以姓名假我，以状貌付我，我今姓陈名芝田，草衣者，吾别字也。"或请见之，曰："可。"请期，曰："在某夜月明时。"至期，见一道士立空中，面白，微须，冠角巾，披晋唐服饰，良久如烟散矣。

【译文】

湖州菱湖镇上有个王静岩，家里非常富裕，房屋高大宽敞。王家有座"九思堂"，占地五六亩。每次他宴请宾客，到太阳落山时，就会听到大厅的柱子下面发出敲打竹片的声音。王静岩对此非常厌恶，对着柱子祷告："你是鬼吗？是鬼，就响三下。"结果，响了四下。王静岩又说："你是仙吗？是仙，就响四下。"结果，响了五下。王静岩又说："你是妖吗？是妖，就响五下。"结果，响起了一阵乱七八糟的声音。有个道士来王家设神坛，把雷签插进柱子下面，忽然，王家的一个婢女的头上，隆起一个包，疼得不能忍受。

道士拔出雷签，婢女就不疼了。隔了一天，婢女忽然狂叫起来，像得了伤寒病的人发疯一样。王家请来医生替她治疗，按脉还没结束，婢女就抬脚踢医生，医生的脸被踢伤了，血流满面。四五个力大的男子上去抱按，也不能制止她。王静岩的女儿刚刚成年，听说婢女病了，就出来看。她刚进门，就大吃一惊，倒在地上，说："那不是婢女，她的脸像墙壁一样，方方正正，还是白色的，没有眼、鼻、口、耳，她的舌头吐出来，像丹砂一样鲜红，有三四尺长，朝着人一伸一缩。"王静岩的女儿害怕极了，被吓死了，而那个婢女却康复了。于是，王静岩千方百计驱除妖怪，有个专门请乩仙问卜的人来到王家，对王静岩说："仙人草衣翁非常神灵，可以镇住邪气。"王静岩照他的话去做，设摆香案，放好乩盘，这时，乩笔发出像骨肉剥离一样的声音，然后，乩笔穿过窗户，飞了出去，在窗纸上写下很大的字："何苦呢，何苦呢，让土地神承担过失！"王静岩问乩仙是怎么回事，乩仙写道："草衣翁因为地上的邪气还没有除掉，就立即请来神仙，将当地的土地神押送到城隍庙，抽打了二十鞭。"从此以后，王家就没有妖怪了。草衣翁与人应酬十分和气，所讲的话往往很灵验。有人问他姓名，他说："我是千年仙鹤。我偶然驾乘白云，经过鄱阳湖，看见一条大黑鱼吞吃人，我很气愤，就去啄那条大黑鱼，大黑鱼被我啄伤脑袋，死了。那个被黑鱼吞吃的人就把他的姓名借给我，又将他的相貌外表给了我。如今，我名叫陈芝田，草衣，是我的字号。"有人请求见见草衣翁的真面目，草衣翁说："可以。"又请求草衣翁确定相见的日期，草衣翁说："在某天晚上月明时分。"到了那一夜，人们果然看见一个道士站在空中，脸很白，略微有一些胡须，头戴方巾，披着晋、唐时代的服装。过了很长时间，这个道士才像烟雾一样消散了。

夏太史说三事

高邮夏醴谷先生，督学湖南，舟过洞庭，值大风浪，诸船数千，泊岸未发。夏性急，欲赶到任日期，命舵工逆风而行，诸船随之。扬帆至湖心，风愈大，天地昏冥，白浪如山。见水面二短人，长尺许，面目微黑，掠舟指橹，似巡逻者，诸船中人俱见之。风定日出，渐隐去矣。

公居督学衙门，家丁子弟白日见怪，见者必病。公夫人扃闭子弟，午后不许至园，嘱公致祭。公不信，是夜阅卷灯下，闻哭声自西来，殷殷田田，群响杂沓，飞沙打窗，如雨而下。公厉声曰："吾已悉尔意，明日祭汝可也！"其声渐远而灭。公诘朝寻其声来之处，有破屋一间，木主数十，皆前任学臣阅卷幕友卒于署者。因为文，具牲牢祭之，此后怪绝。

公门生朱仕琇，从福建入都。至山东茌平道中，日暮投宿，风雨交至，遣家人先行觅店，停车于三叉路口待之。夜二更，天地昏黑，见远树中火光忽上忽下，疑为家人持火至矣。少顷，火光渐近，大如车轮，错落数十，高者至苍天，低者及马足。大骇，以为必非人灯。近视之，火光中有三人掠车而过，其中行者，当额闪闪有眼，朱衣博带，须眉伟然；旁侍儿锦衣玉貌，扶之而行；最前一白须老翁，伛偻先驱，背有穴孔如碗大，火光从此孔出，如灶突泄烟者然。见人了无惊异，徐步入远村而没。少顷，家人与店家至，云共见之，相与诧骇而已。

【译文】

高邮人夏醴谷先生，到湖南任学政，乘船经过洞庭湖，正巧遇上大风浪，几千只船都停泊在岸边，没法出发。夏先生性子急，想赶上到任的日期，就命令舵手逆风行船，别的船也随后起航。这些船行到湖中央，风越刮越大，天昏地暗，白色的浪涛像山一样巨大。这时，人们看见水面上有两个矮人，一尺多高，脸色微微发黑，从船旁擦身而过，用手指点着船桨，像是巡逻的。每只船上的人都看见了他们。不久，风停了，太阳出来了，那两个矮人才渐渐消失了。

夏先生住在学政衙门，家丁和学生常常在大白天看见妖怪，看到妖怪的人肯定会生病。夏夫人就把学生们锁在屋里，中午以后不许他们去后园，并嘱咐夏先生祭祀鬼怪，夏先生不相信。当夜，夏先生在灯下看卷子，听到西边传来一阵哭声，哭得非常伤心，声音也很大，一片嘈杂；沙石飞起来，打在窗户上，好像下雨一样。夏先生大声呵斥："我已经知道你的用意了，明天祭祀你就是了。"那声音才渐渐远去，消失了。第二天早晨，夏先生就到发出声音的地方去寻找，发现一间破旧的房屋，里面有几十个木牌位，都是前任学政聘来阅卷的幕僚中死在学政衙门里的。于是，夏先生就撰了祭文，备办了牲畜等物品，祭祀他们。从此以后，鬼怪就绝迹了。

夏先生的学生朱仕琇，从福建到京城去，经过山东茌平时，天色已晚，他就准备到旅店投宿。这时，天刮起大风，下起大雨。他叫仆人先去寻找旅店，自己将车子停在三岔路口，等待仆人回来。夜里二更时分，天昏地暗，漆黑一团，他看见远处树林中有一团火光，忽上忽下，猜想是仆人举着火把回来了。一会儿，火光渐渐靠近了，有车轮一般大，几十个火光交错辉映，高的到了天上，低的只有马蹄一样高。朱仕琇非常恐惧，认为这一定不是人间的灯火，等到靠近后观看，只见火光中有三个人，从他车子旁边擦身而过。其中，走在中间的那一位，额头中央有一只眼睛，闪闪发光，他穿着红色的衣服，系着宽大的腰带，长着很长的胡须和眉毛，身材十分魁梧；他身旁有一个侍僮，穿着锦绣衣服，相貌俊美，扶着他往前走；最前面的，是一个白胡子老头，弯着腰，走在前面，背上有碗大的一个洞，火光就是从这个洞里发出的，好比烟雾突然从炉灶里喷泻出来。他们看见人，一点也不觉得惊奇，慢慢地走到远处的村庄，然后就不见了。不久，仆人和店主赶来了，说他们也见到了那些怪人，大家都感到诧异和害怕。

石崇老奴才

康熙间，任雨林进士有诗名，宰河南巩县。昼卧书室，见簪花女郎持名纸，称石大夫招饮。舆夫盈门，俱来迎接，任不觉身随之行。良久，至一府，闬闳巍然。主人戴晋巾，锦襜褕，叉手出迎，谈论风发。坐定，席设水陆奇珍，皆目所未睹，女乐二八，舞傪傪然。酒酣，主人起握任手，行至后园，极亭台花木之胜。园后有井，水绿色，主人手黄金勺，呼左右酌水，为任公解酲。任初沾唇，觉有辛恶之味，唇为之焦，因辞谢，不举其勺。主人强之，众美人伏地劝请，任不得已，为尽之。俄而腹痛欲裂，呼号求归，主人拱手曰："客果醉矣！且暂别再会。"任仓皇登车，痛愈甚，从原路归。过城隍庙，城隍神趋出迎，啧曰："石季伦老奴才又毒人乎？昨做主饮君者，晋石崇也。崇生时，取精多，用物宏；诛死时，受孙秀屠割，血肉狼籍。强魂不散，为罗刹尊神，誓杀名士三千，以泄生平好名之忿。吾第十九人，君第二十九人也。吾以生平正直，诉冤上帝，帝不能救，封为城隍神，赐药二丸，曰：有真名士被害者，以此救之。君有文行，故在此相救。"言毕，取药塞任口中。任痛遽止，顷刻汗出而寤。其原卧之处，家人环泣，已迷懵二日矣。后修巩县故城，掘地得碑，镌"金谷"两大字，类索幼安笔法，始知石氏金谷不在今洛阳也。

【译文】

康熙年间，进士任雨林以作诗闻名，做了河南巩县知县。他白天躺在书房里，看见一个头上簪花的女子，递上名帖说："石大夫请你去喝酒。"只见车夫们已经到了门外，一起来迎接，任雨林不知不觉地，身子就随着她走了。过了很长时间，来到一座官府。府门巍峨，富丽堂皇。主人戴着晋朝时的头巾，穿着彩色的短衣，叉手施礼，出门迎接，彼此谈笑风生。二人进府坐下以后，席上摆满了山珍海味，都是任雨林没有见过的；两个舞女在下面翩翩起舞。喝到酒兴正浓的时候，主人起身，拉住任雨林的手，走到后园。园中的亭台楼阁、花草树木都精美到极点。园子后面有一口井，井水是绿色的，主人手拿黄金做的勺子，让左右两旁的侍从舀出一些井水，给任雨林解酒。任雨林的嘴唇刚刚沾到井水，就觉得有一股辛辣味，嘴唇也变得很干燥，于是他就推辞，不肯再举勺。主人硬要他喝下去，美人们也趴在地上，劝他喝。任雨林没办法，只得将勺中井水喝光。不一会，他肚子疼痛难忍，像要被撕裂一样，他大喊大叫着，要回去。主人拱手作揖，说："客人果然醉了，就暂时分别，以后再会吧！"任雨林慌忙上车，可是病痛却越来越厉害。任雨林从原路返回，经过城隍庙，城隍庙神跑出来迎接他，叹着气说："石季伦这老奴才，又在毒害人了！昨天做东请你喝酒的那个人，是晋朝的石崇。他在世时，搜刮了很多精品，挥霍无度；后来，他被处死的时候，被孙秀一刀一刀地割死，血肉模糊，七零八落。可是，他的恶魂不散，竟成为罗刹尊神，发誓要杀掉三千个名人，以此发泄他一生贪图名利的怨愤。我是遭他毒手的第十九个人，你是第二十九个人。我凭着一生正直，向上帝诉说冤情，上帝也不能救我，就封我为城隍神，并赐给我两粒药丸，说：'如果有真正的名人被害，就用这药丸救他。'你一向以文章德行出名，所以，我在这里救你。"说完，城隍神拿出药丸，塞进任雨林口中，任雨林的病痛立刻止住了，一下子又出了一身汗；而当他醒来时，发现他仍然躺在原来睡觉的地方，全家人正围着他哭泣，他已经昏迷两天了。后来，巩县修筑旧城，挖地时，得到一块石碑，上面刻着"金谷"两个大字，像是晋书法家索靖的笔法。任雨林这才明白，石崇的住地"金谷"，并不在现在的洛阳。

鬼差贪酒

杭州袁观澜，年四十未婚，邻人女有色，袁慕之，两情属矣。女之父嫌袁贫，拒之，女思慕成瘵，卒。袁愈悲悼，月夜无以自解，持酒尊独酌。见墙角有蓬首人手持绳，若有所牵，睨而微笑。袁疑为邻之差役，招曰："公欲饮乎？"其人点头，斟一杯与之，嗅而不饮。曰："嫌寒乎？"其人再点头，热一杯奉之，亦嗅而不饮，然屡嗅则面渐赤，口大张，不能复合。袁以酒浇入其口，每酒一滴，则面一缩，尽一壶而身面俱小，若婴儿然，痴迷不动。牵其绳，所缚者邻氏女也。袁大喜，具酒罂，取蓬首人投而封之，画八卦镇厌之。解女子缚，与入室为夫妇，夜有形交接，昼则闻声而已。逾年，女子喜告曰："吾可以生矣，且为君作美妻矣。明日某村女气数已尽，吾借其尸可活，君以为功，兼可得资财作奁费。"袁翌日往访某村，果有女气绝方殓，父母号哭。袁呼曰："许为吾妻，吾有药能使还魂。"其家大喜，许之。袁附女耳低语片时，女即跃起，合村惊以为神，遂为合卺。女所记忆，皆非本家之事，逾年渐能晓悉。貌较美于前女。

【译文】

杭州人袁观澜，四十岁还没有结婚。邻居家有个女儿，长得很美，袁观澜十分爱慕，两人互相钟情。可是，那女儿的父亲嫌袁观澜贫穷，就拒绝了这门婚事；女儿相思成疾，死了。袁观澜因此更加悲痛。在一个月光皎洁的夜晚，他无法摆脱悲伤，拿着酒杯，独自喝闷酒。这时，他看见墙角有一个蓬头散发的人，手拿绳子，像是牵着什么，斜着眼睛，微笑着。袁观澜以为是邻居家的仆人，就招呼说："你想喝酒吗?"那人点点头，袁观澜倒了一杯酒给他，可他只是闻了闻，并不喝。袁观澜问："你嫌酒太凉了吗?"那人又点了点头，袁观澜就热了一杯酒递给他，他还是闻一闻，没有喝。可是，他闻了几次，脸色却渐渐红起来，嘴巴也张开了，不能再闭上。袁观澜把酒灌到他嘴里，每灌一滴酒，那人的脸就缩小一次，灌完一壶酒，那人的身体和脸已缩得像个婴儿，神情痴呆呆的，站在那里不能动弹。袁观澜随手牵过那人的绳子，看见绳子上绑着的正是邻居的女儿。袁观澜喜出望外，拿来空酒瓶，将那个蓬头鬼塞了进去，将酒瓶口封死，画上八卦镇压。接着，袁观澜解开邻家女儿身上的绳子，与她进了屋，二人结成夫妻。夜里做爱时，她是实实在在的身体；白天，却不见她人形，只能听到她的声音。过了一年，邻家女高兴地告诉袁观澜说："我可以复生了，将真正成为你美丽的妻子！明天，某村有个女子阳寿已尽，我借她的尸体可以复活。你凭着让她复活的功劳，还可以得到她家的资财作为我的嫁妆呢?"第二天，袁观澜就去某村打听，果然有个女子断了气，正要入殓，她父母正在悲伤恸哭。袁观澜就对他们说："你们如果把她许配给我做妻子，我有药能使她复活！"那家人非常高兴，答应了。袁观澜附着这女子的耳朵，低声说了一阵话，女子就立即跃起身来。全村人都很惊讶，认为遇上了神仙。于是就给他们举行了婚礼。这个女子开始所记忆的，都不是她自己家的事，过了一年，也就渐渐熟悉了，她的相貌也比原来女子更加漂亮。

李倬

李倬者福建人，乾隆庚午贡生，赴京乡试，路过仪征。有并舟行者，自称姓王名经，河南洛阳县人，赴试京师，资费不足，求李挈带，李许之。同舟言笑甚欢，出所作制艺，亦颇清雅，惟篇幅稍短耳。与共食，必撒饭于地，每举碗，但嗅其气，无一粒纳喉者。李疑而憎之，王似解意，谢曰："某染膈症，致有此累，幸毋相恶！"既至京师，将赁寓所，王长跪请曰："公毋畏，我非人也，乃河南洛阳生员，有才学，当拔贡，为督学某受赃黜落，愤激而亡。今将报仇于京师，非公不能带往。入京城时，恐城门神阻我，需公低声三呼我名，方能入。"其所称督学某，即李之座师。李大骇，拒之。鬼曰："公党师拒我，我行且祟公。"李无奈何，如其言。舍馆定，既往谒座主，其家方环泣，声达户外。座主出曰："老夫有爱子，生十九年矣，聪明美貌，为吾宗之秀。前夜忽得疯疾，疾尤奇，持刀不杀他人，专杀老夫。医者莫名其病，奈何?"李心知其故，请曰："待门生入视郎君。"言未毕，其子在内笑曰："吾恩人至矣，吾当谢之，然亦不能解我事也。"李入室，握郎君手，语移时。旁人不解，更骇愕，都来问李，李告之故。于是举家跪李前，求为关说。李谓其子曰："君过矣！君以被黜之故，气忿身死，毕竟非吾师杀君也。今若杀其郎君，绝其血食，殊非以直报怨之道；况吾与君有香火情，独不为我地乎?"其子语塞，瞋目曰："公语诚是，然汝师当日得赃三千，岂能安享?吾败之而去足矣。"手指曰："某室有玉瓶，价值若干，为我取来！"至则掷而碎之。又手指曰："某箱内有貂裘数领，价值若干，为我取来！"至则举火焚之。事毕，大笑曰："吾无恨矣！为汝赦老奴。”拱手作去状，其子霍然病已。李是年登第，行至德州，见王君复至，则前驱巍峨，冠带尊严，曰：“上帝以我报仇甚直，命我为德州城隍。尚有求于吾子者，德州城隍为妖所凭，篡位血食垂二十年。我到任时，彼必抗拒，吾已选神兵三千，与妖决战。公今夜闻刀剑声，切勿谛视，恐有所伤。邪不胜正，彼自败去。但非公作一碑记晓谕居民，恐四方未必崇奉我也。公将来爵禄，亦自非凡，与公诀矣。”言毕拜谢，垂泪而去。是夜闻城内外兵马喧然，至五鼓始寂。李诘朝往城隍庙焚香作记，其道士已磨墨相待，云：“昨夜大王到任，托梦贫道，教相迎也。”李为镌石立碑，今犹存德州大东门外。

【译文】

李倬，福建人，是乾隆十五年的贡生。他赴京参加考试时，路过仪征。同行的另一条船上，有个人自称姓王名经，河南洛阳县人，也是往京城赶考的，由于路费不够，请求李倬带他同船进京。李倬答应了，二人就一路同船，又说又笑，很谈得来。王经拿出所写的文章，李倬看了，觉得这些文章写得很清雅，只是篇幅比较短小罢了。李倬与他一起吃饭，他总是把饭泼洒在地上，每次端起饭碗，只是闻一闻气味，一颗饭粒也不入口。李倬心中疑惑，就有点讨厌他。王经似乎有所察觉，道歉说，“我染上了膈膜病，所以才导致这样的麻烦，请你不要嫌弃我。”到了京城，李倬打算租一间住房，王经又跪下请求说：“你不要害怕，我不是人。我原是河南洛阳的秀才，有点才学，应当被选拔为贡生，由于督学受贿，使我落选，我又气又恨，就死了。如今，我将到京城报仇，没有你携带我，我就进不了京城。进京城时，我担心城门神会拦阻我，所以，需要你低声叫三次我的名字，那么，我就能够进去了。”王经所说的督学，正是李倬的老师。李倬非常害怕，想拒绝他。这时，鬼说：“你偏袒你的老师，拒绝我，即使这样，我也要去，而且还要收拾你！”李倬没办法，只得照他的话去做。李倬在客店住下后，就去拜访老师。老师家的人正围在一起哭泣，哭声一直传到门外。老师出来，对李倬说：“我有一个可爱的儿子，十九岁了，又聪明又漂亮，是我们家族中的佼佼者。前天晚上，他忽然得了疯病，病很奇特，他拿刀不杀别人，专要杀我。医生也说不出他的病因，这可怎么办？”李倬心里知道其中的缘故，请求说：“让我进去看看公子吧。”话还没说完，公子在里屋笑着说：“我的恩人到了！我应该感谢他，可是，他也不能处理好我的事。”李倬进了内室，握住公子的手，谈了很长时间，别人都不知道他们谈的什么，就更加害怕，都来问李倬。李倬就把事情的原原本本告诉了大家。于是，全家人都跪在李倬面前，求李倬说情。李倬对“公子”说：“你太过分了！你因为落选的缘故，气愤而死，这毕竟不是我老师杀死你的。如今，你却要杀害他的儿子，让他断子绝孙，没有后代；你这样做，并不是通过正直的手法来报怨，也太离谱了！况且，我与你有香火情谊，你怎么不替我设身处地想一想呢？”“公子”一时没话可讲，过了一会儿，才瞪着眼睛说：“你的话一点不错！可是，当初你的老师得到三千两贿赂银子，怎么能让他安安稳稳地享受呢？我要损坏一些东西，然后再离开，这就行了！”他用手指着说：“某个房间里有一只玉瓶，价值若干，为我取来！”家人拿来了玉瓶，他就将玉瓶摔碎在地。然后，他又用手指着说：“某只箱子里有几件貂皮大衣，价值若干，为我取来！”有人拿来貂皮大衣，他就点火将大衣烧了。做完这些事，“公子”大笑着说：“我没有怨恨了！因为你的缘故，我就饶了那老奴才！”说着，拱手作揖，作出辞行的样子；而公子的病立刻就好了。这一年，李倬考中了举人，路经德州，看见王经又来了。这一次，王经穿戴整齐，神情尊严，有随从在前面喝道，他对李倬说：“因为我公正地报仇，上帝任命我为德州城隍。我有一件事求你帮忙：德州城隍的位置被妖怪占据了，他篡夺神位，享受人间的祭祀，快有二十年了；我到任时，他一定会抗拒。我已经挑选了三千名神兵，准备与妖怪决战。你今夜听到刀剑格斗的声音，千万不要去看，恐怕会伤害你。邪恶胜不了正义，妖怪自然会败走。只是必须由你写一篇文章，刻在石碑上，让百姓们都知道这件事，否则，四方的百姓未必会敬奉我。你将来的地位和俸禄，也不同凡响。我要与你分别了！”说完，王经拜谢李倬，流着眼泪，走了。当夜，李倬听到城内城外有兵马厮杀的声音，十分喧闹，到五更时分，才平息下来。第二天清晨，李倬前往城隍庙烧香，打算写一篇碑文。庙里的道士早已磨好墨汁，正等着他，并且说：“昨天晚上，城隍神到任，托梦给我，叫我来迎接你。”李倬就为城隍立了一块石碑，刻上碑文。这块石碑至今还在德州城的大东门外。

王将军妾

苏州慕崇士宰河南汲县，未遇时，馆京师任姓家，寓半截胡同。晚间独宿，灯下见物黑而毛，攫其书簏，慕手剑逐之，无所得。次晚，月下如厕，有女子冉冉来，慕疑主人婢妾，蹲不敢起，女竟不去，而冷风凄然。慕始惊惧，投以瓦，了不复见。慕踉跄归至书斋，则女子在床矣，军妆持刀，容貌甚丽。呼之不应，驱之不去，召他人观之，皆不能见。慕遂病，呓语曰：“我明朝王将军妾也，久不得祭，故遣儿辈取食，汝以剑伤之，我亲来谢过，汝又蹲厕辱我，我故来索命。”同寓宾客俱为哀祈，女曰：“能以衣服车马送我归故乡，姑贷汝。”众如其言，慕苏醒。食粥未半晌，女又复来曰：“吾为汝辈所绐。衣服领袖并未裁缝，吾何以为衣耶？可速选缝人善治之！”众客愈骇，视所陈之衣，果未开摺也。整治再拜，慕竟病除。三年，慕登进士，选河南汲县知县，路过开封，宿客店。店之西偏，扃室甚固。慕疑之，窥窗隙，见朱棺一口，横于中堂，凝尘数寸，棺之前和题曰“王将军亡妾张氏”。慕大惊且悔，心郁郁不乐。薄暮，女果至，妆束如前，曰：“昔妾逼君，妾之罪也，今君窥妾，妾之缘也。妾在此数十年，非取人见代，不能自拔于幽冥，故今夜来伴君。”慕大惧，连夜呼驺入城，告开封同寅，将求道士驱之。开封守令留饮达旦。翌早与共至店中，一书僮自缢于床。守令怒，剖其棺，尸装束鲜浓，僵而不腐，焚之，竟无他怪。

【译文】

苏州人慕崇士，任河南汲县知县。他没做官时，在京城一户姓任的家里教书，住在半截胡同。有一天晚上，他一个人住在房内，看见灯下有一个怪物，身体黝黑，还长着毛，来拿他的书箱。慕崇士手提宝剑追赶，但什么也没得到。第二天晚上，月光很好，慕崇士去上厕所，看见一个女子慢慢走过来。他以为是主人家的女佣人，就仍然蹲着，不敢起身，而那个女子竟然不走开。这时，寒风呼啸，令人毛骨悚然，慕崇士这才开始惊恐起来，就用瓦片投击那女子，那女子才消失不见了。慕崇士跌跌撞撞回到书房，只见那个女子已经在他床上了，一身军士装束，手拿大刀，容貌十分美丽，叫她也不答应，赶她也不走。慕崇士叫别人来看，可别人都看不见。没多久，慕崇士就病了，嘴里胡言乱语，说道：“我是明朝王将军的小妾，长期以来得不到祭祀，所以，我派儿子来拿吃的东西，你却用剑刺伤了他。我亲自来赔礼道歉，你又蹲在厕所上污辱我。所以，我来要你的命！”与慕崇士住在一起的人，都来为他哀求祈祷。那女子说：“如果能够为我准备衣服和车马，送我回到故乡，我就饶了你。”大家按照她的话去做，慕崇士才苏醒过来，吃了一些粥。没过多久，那女子又来了，说：“我被你们欺骗了！衣服的领子和袖子并没有裁好、缝好，我怎么能穿呢？快叫裁缝好好处理一下。”大家更加害怕，看了看那些送去的衣服，果然没有剪裁过，就请人将衣服整理好，并且再次向那女子行礼致歉。慕崇士的病终于好了。三年以后，慕崇士考中进士，被任命为河南汲县知县。他路过开封时，住在一家客店，客店的西边有一间偏房，锁得严严实实。慕崇士感到奇怪，就从窗缝里偷看，只见一口红漆棺材，横放在房子中间，上面积了几寸厚的尘土，棺材的前板上写着“王将军亡妾张氏”。慕崇士非常害怕，又很后悔，心里闷闷不乐。黄昏时，那女子果然来了，打扮跟上次一样，说：“以前我逼迫你，是我的罪过；今天，你偷看我，是我的缘分。我在这里几十年了，除非用别人代替我，否则我就不能离开阴间。所以，今夜我来陪你。”慕崇士吓得要命，连夜叫赶马的人送他进城，并将这件事告诉了开封同僚，要求请道士来驱除这个女鬼。开封知府把慕崇士留下来喝酒，一直喝到天亮。第二天清晨，开封知府与慕崇士一起来到客店，只见一个书僮吊死在床上。开封知府非常愤怒，命令打开那口棺材，里面的尸体穿着色彩鲜艳的衣服，尸体虽然僵硬，却没有腐烂。知府下令烧掉尸体，竟然没有出现什么怪异的现象。

仙鹤扛车

方绮亭明府作令江西，其同僚郭姓者，四川人，言少时曾上峨嵋山，意欲弃世学道。见老翁，长髯秀貌，戴羽巾，飘飘然导之前行，至一处，宫殿巍峨，似王者居。翁指示曰：“汝欲学道，非王命不可。王外出未归，汝少待。”俄而仙乐嘹嘈，异香触鼻，两仙鹤扛水精车，车中坐王者，状如世上所画香孩儿，红衣文葆，洁白如玉，口嬉嬉微笑，长不满尺许，诸神俯伏迎入宫。老翁奏曰：“有真心学道人郭某求见。”王命传入，注视良久，曰：“非仙才，速送回人间！”老翁掖郭下。郭问曰：“王何以年少？”老翁笑曰：“为仙为圣为佛，及其成功，皆婴儿也。汝不闻孔子亦儒童菩萨？孟子云‘大人者，不失其赤子之心’乎？吾王已五万岁矣。”郭无奈何，仍自山下归家。犹记其殿门外朱书二对云：“胎生、卵生、湿生、化生，生生不已；天道、地道、人道、鬼道，道道无穷。”

【译文】

方绮亭知县在做江西某县知县时，他的同事郭某是四川人。郭某说他年轻时曾经上峨嵋山，想放弃世事，专学道术。在山上，他遇见一位老翁，须髯很长，相貌清秀，头戴羽巾，轻飘飘地领着他朝前走。来到一个地方，只见宫殿巍峨耸立，像是帝王的住处，老翁告诉他：“你想学道，必须要有大王的命令。大王外出，还没回来，你先等一会儿。”不久，仙乐响起，声音洪亮而又嘈杂，一阵奇特的香味扑鼻而来，这时，两只仙鹤扛着水晶做的车子，车中坐着的大王，很像世间所画的香孩儿，身穿红衣绣花兜肚，长得洁白如玉，张嘴嘻嘻微笑，身高不过一尺上下，众神都俯身伏在地上，把他迎进宫去。老翁向大王禀告：“有一个真心学道的郭某求见。”大王命令郭某进殿，将郭某打量了很长时间，然后说：“他不是做神仙的材料，赶紧将他送回人间！”于是，老翁挟持着郭某下殿，郭某问：“大王为什么年龄这么小？”老翁笑着说：“做神仙，做圣贤，做佛的人，当他修炼成功以后，都变成婴儿的样子。你没有听说过孔子就是儒童菩萨吗？孟子说过‘圣人就不会失掉他的赤子之心’吗？我们大王已经有五万岁了！”郭某没办法，只得依旧下山回家。他仍然记得那宫殿门外有一副对联，是用红字写的：“胎生卵生，湿生化生，生生不已；天道地道，人道鬼道，道道无穷。”

红花洞

溧水知县曹江，初官蜀时，夏日昼寝，见二隶卒牵马来，邀与俱行。约二十余里，复有一人乘骏马，约束如军官，持令箭呼云："奉上帝命，烦君点放洞犯，幸勿辞劳!"曹愕然，莫知其故。再行二三里，至深山，有穴榜曰"红花洞"，石门一双，封钥甚固。洞口胥吏七八人，具公案文册，跪迎道左。军官以令箭付曹，嘱云："照册点放。"言毕，乘马去。曹登座，一吏禀请启洞，向洞大呼开门者三，有阴气随呼而出，冷逼毛发。须臾，女鬼数千，蓬首垢面，纷然杂至，哀号困苦之声不可言状。吏按册唱名，开锁具，驱向南行。诸鬼逡巡若不得已而往者。最后三女鬼，向曹哀求免放，曹辞以奉帝命，不能为力。三鬼愤惋，骂曰："二十年后，会当相报!"放既毕，军官复来嘱隶云："曹公劳矣，须好送还家。"隶卒仍以马送至中途，经大河，马渡水，忽失前足而堕。惊寤，见家人环哭，方知已死一日。心秘其事，不敢言于人。后二十年，长男妇病产卒。未期年，次媳当产，亦病，忽作呓语，呼姑至前曰："红花洞事发矣！我房舍已定，当与李氏为邻。"笑指其小叔曰："继我者当在此君，可恨翁当时令箭在手，乐得作人情，何故不肯乎?"言毕，张目大呼，血流破面，腹溃肠出死。姑与小叔奔告于曹，曹大骇，自忆此梦实未尝语人，不知乃媳何从知也。殓后寄其柩于古寺，寺中旧有朱棺一口，询之，果为某家妻李氏棺也。曹后第三子娶妇，亦以产卒。三妇年岁虽各有大小，计其始生，皆与梦时相上下。后侧室生儿，皆无恙。

【译文】

溧水知县曹江最初在四川做官。有一年夏季，他大白天睡觉，梦见两个差役牵着马，来邀请他，曹江就与他们一起上路，走了二十多里，又有一个人骑着快马来了，一身军官打扮，手拿令箭，大叫道："奉上帝命令，麻烦先生清点、释放山洞里的囚犯，请你不要推辞！"曹江十分惊讶，不知道其中的缘故。又向前走了二三里，来到深山，有个山洞题名为"红花洞"，洞前两扇石门，锁得严严实实。洞口有七八个主管文书的小官，拿着案卷和花名册，跪在道路左边，迎接曹江。军官把令箭交给曹江，嘱咐说；"你按照花名册点名释放。"说完，军官就骑马走了。曹江登上座位，一个小吏上前禀告，请求打开洞门，曹江同意了。这个小官就向着山洞大叫了三声"开门"，随着叫声，一股阴气从洞里吹出来，冷得让人毛骨悚然。不久，有几千个女鬼披头散发，满脸灰尘，从山洞里乱纷纷地涌了出来，苦苦哀叫着，十分凄惨，情状难以形容。小吏按花名册点名，并打开她们身上的刑具，将她们赶向南方。众鬼在洞口转来转去，好像是不得已才离开的样子；走在最后面的三个女鬼，向曹江苦苦哀求，请他不要释放她们。曹江因为奉上帝的命令办事，无能为力，就拒绝了。三个女鬼又气又恼，骂道："二十年以后，我们一起再来报仇！"释放完囚犯，先前的军官又来嘱咐差役，说："曹先生辛苦了，你们必须好好地送他回家。"于是，差役仍然用马送曹江，走到途中，经过一条大河，渡水时，忽然马失前蹄，曹江就落下马来。曹江惊醒后，看见家人围着自己在哭泣，这才知道自己已经死了一天；但他心里隐藏着梦中的事，不敢告诉别人。过了二十年，他大儿媳因为难产，死了。没到一年，他二儿媳将要临产时也得了病，忽然说起梦话，把婆婆叫到跟前，说："红花洞的事情暴露了！我的房子已经定下来了，应该与一个姓李的人做邻居。"她又笑指着小叔子说："在我以后，就轮到你了。可恨公公当时手里有令箭，本来可以乐得做个人情，为什么不肯呢？"说完，她瞪着眼睛，大叫起来，血流满面，腹腔溃烂肠子流了出来，她死了。婆婆与三儿子急忙跑去告诉曹江，曹江听了，大吃一惊，回忆起以前的那个梦，他从来没有将这事告诉别人，不知二儿媳是从哪里知道的。曹家人将二儿媳收殓后，把棺材寄放在一座古庙里，庙里原来就有一口红漆棺材，一打听，果然是某家的妻子李氏的棺材。后来，曹江为三儿子娶了媳妇，三儿媳也因为生孩子而死了。曹家的三个媳妇虽然年龄各有大小，但算一算她们出生的时间，都与曹江做那个梦的时间差不多。以后曹江儿辈的小妾们生孩子，都安然无恙，没有出事。

大毛人攫女

西北妇女小便多不用溺器。陕西咸宁县乡间有赵氏妇，年二十余，洁白有姿，盛夏月夜，裸而野溺，久不返。其夫闻墙瓦飒拉声，疑而出视，见妇赤身爬据墙上，两脚在墙外，两手悬墙内，急前持之。妇不能声，启其口，出泥数块。始能言，曰："我出户溺，方解裤，见墙外有一大毛人，目光闪闪，以手招我。我急走，毛人自墙外伸巨手提我髻至墙头，以泥塞我口，将拖出墙，我两手据墙挣住，今力竭矣！幸速相救。"赵探头外视，果有大毛人，似猴非猴，蹲墙下，双手持妇脚不放。赵抱妇身，与之夺，力不胜，乃大呼村邻，邻远，无应者。急入室取刀，拟断毛人手救妇，刀至而妇已被毛人拉出墙矣。赵开户追之，众邻齐至，毛人挟妇去，走如风，妇呼救声尤惨。追二十余里，卒不能及。明早随巨迹而往，见妇死大树间，四肢皆巨藤穿缚，唇吻有巨齿啮痕，阴处溃裂，骨皆见，血裹白精，渍地斗余。合村大痛，鸣于官，官亦泪下，厚为殡殓。召猎户擒毛人，卒不得。

【译文】

西北地区妇女小便的时候，大多不用尿壶。陕西咸宁县的乡下，有个赵家媳妇，二十多岁，皮肤洁白，很有姿色。一个炎热夏天的晚上，月亮当空，赵妻光着上身到屋外去小便，好长时间过去了，她还没回屋。她丈夫赵某听到墙瓦发出嚓嚓的声音，心中疑惑起来，就出门察看，只见他妻子赤身裸体，爬在墙上，两脚在墙外，两手悬挂在墙里。赵某急忙上前抱住妻子，妻子却不能出声；赵某扒开她的嘴，取出几块泥巴，妻子才能讲话。她说："我出屋小便，刚解下裤子，看见墙外有一个大毛人，目光闪闪发亮，用手招我过去。我急忙逃走，毛人却从墙外伸出大手，抓住我的发髻，将我提到墙头，并用泥巴塞住我的嘴，准备将我拖出墙去。我两手紧紧抓住墙，现在力气已经用完了，幸亏你迅速赶来相救。"赵某探头朝墙外看，果然有个大毛人，似猴非猴，蹲在墙下，双手抓住赵妻的脚不放。赵某用力抱住妻子的身体，与大毛人争夺起来，但他的力气不如毛人大，就大声叫喊邻居帮忙，邻居们住得远，没有听见呼救声。赵某就急忙跑进屋，拿来一把刀，准备用刀砍断毛人的手，救出妻子。刀拿来了，而赵妻却被大毛人拖出墙去。赵某开门出来，紧紧追赶。这时，邻居们也一齐赶到。毛人挟持着赵妻，像风一样跑了，赵妻的呼救声十分凄惨。人们追了二十多里路，最终还是没追上。第二天早上，大家随着大毛人留下的脚印去寻找，看见赵妻死在大树中间。她的四肢都被很粗的藤条穿透，绑在那里，嘴唇上有巨齿咬过的痕迹，阴部溃烂撕裂，连骨头都能看见，血里面有白色的精液，大概有一斗左右，流了一地。全村人非常悲痛，报到官府。官员也流了泪，隆重地为赵妻举行了葬礼，并召集猎户去捉拿毛人，但始终没有捉到。

吴生不归

会稽县东四十里地名长溇，有吴生者，年十八，美丰仪，读书家中，忽失所在。越三日归，自言："某日坐书室，见美妇人降自屋上，招与偕行。随至大第中，陈设华美，往来者无一男子。室内更有一美，倚窗斜睇，具酒食共饮，饮毕两美迭就为欢。叩以姓名，俱笑不答，但云：‘此间乐，我二人惟郎是从，郎但安居可也。’居数日，我偶动乡思，一女曰：‘郎思家矣，当送归，无苦郎心。’遂送至里门，我才得归。”自此神思恍惚。当午，家人为具膳，则云此味恶，不似彼食美也。当夕，为拭床帐，则云此物恶，不如彼物华也。未几，又失去，数日复归，所言如前，但颜色渐焦，举体有腥气。家人延僧道醮祝，都无所济。俄而数月不返。生有弟某，行经白塔，见山洞口有遗带，认系兄物。持归，率人秉火入洞，见兄裸卧淤泥间，作行房状。扶至家，灌以药饵，苏，张目怒曰：“我云雨未毕，卧锦衾中，何夺我至此！”于是亲族皆来守护，以铁索锢之，厌以符箓。生稍知惧，不敢寐。夜间，众方环坐，忽闻响声琅然，有光若电，绕室数匝，失生所在，铁索斩然中断，门窗仍闭，竟不知何自出也。次晨，再寻白塔山洞，茫然无得矣。于是远近传播洞中有妖，聚观者日以千计。县令李公惧生事，亲来搜看，亦无所得，乃以石封洞门，观者止而生竟不归。

【译文】

会稽县东面四十里的地方，名叫长溇，那儿有一个姓吴的书生，十八岁，相貌堂堂，仪表出众。一天，他在家里读书的时候，却忽然间不见了。过了三天，他才回来，说道：“那天，我坐在书房里，看见一个美丽的女子从屋上下来，招呼我与她同行。我跟着她来到一所很大的府宅中，里面的陈设十分华丽精致，来来往往的人中，没有一个男子；房间里还有一个更加漂亮的美女，倚着窗户，斜着眼睛看我。她们准备了酒饭，与我一起喝酒，喝完以后，这两个美人就和我轮流寻欢作乐。我问她们的姓名，她们都笑着不回答，只说：'这里很快乐，我们二人只听从你的吩咐，你只管放心住下就是了。'过了几天，我偶然间动了思乡的念头，一个美人说：'既然你思念家乡了，我们应该送你回去，免得你心里难受。'于是，她们就将我送到村口，我这才回来！"从此，吴生神思恍惚，无精打采。当天中午，家人为吴生准备了午餐，他却说："这味道太差了，比不上她们的食物美味可口。"当天晚上，家人为他整理床帐被褥，他却说："这种用品太差了，比不上她们的用品华丽精美。"没过多久，吴生又不见了。几天以后，他又回来了，所讲的话与上次一样，只是他的脸色枯黄，神情憔悴，浑身有一股腥气。家人请来和尚与道士做法事，祷告神灵，都无济于事。没多久，吴生又不见了，竟然几个月没回来。吴生有个弟弟，一天路过白塔山，看见山洞口有一条被人丢掉的腰带。他认识这是他哥哥的东西，就拿回了家。然后，他领着人，举着火把，进了山洞，只见吴生赤身裸体地趴在稀烂的泥土里，像是做爱的样子。人们将吴生扶回家，给他灌了一些药，吴生才稍稍苏醒过来，瞪着眼睛，骂道："我做爱还没完，正躺在锦被中，为什么将我弄到这里来！"亲戚们都来守护他，用铁链子将他捆绑起来，并用符咒压邪，吴生这才略微知道害怕了，不敢再睡。晚上，大家正围成一圈坐着，忽然听到一个洪亮的响声，有一束闪电般的光线，围着房子绕了好几圈，最后，光线消失在吴生躺着的地方，只见铁链子像被刀砍一样，忽然间从中间断了；门窗仍然关闭着，而吴生却不见了，大家都不知道他是怎么出去的。第二天早晨，人们再到白塔山洞去寻找，什么也没找到。于是，四方的百姓都纷纷传说山洞里有妖怪，每天来围观的人有一千多。县令李某担心出事，亲自前来搜查，也是一无所获，于是下令用石块堵死山洞。从此，人们不来观看了，可是吴生也终于没有回来。

狐仙冒充观音三年

杭州周生，从张天师过保定旅店，见美妇人跪阶下，若有所祈。生问天师，天师曰："此狐也，向我求人间香火耳。"生曰："盍许之?"天师曰："彼修炼有年，颇得灵气，若与香火，恐恣威福，为人间祟。"生爱其美，代为祈请，天师曰："难却君情，但令受香火三年，毋得过期可也。"命法官批黄纸付之去。三年后，生下第出都，过苏州，闻上方山某庵观音极著灵异，将往祷焉。至山下，同祷者教以步行，曰："此山观音甚灵，凡肩舆上山者，中道必仆。"生不信，肩舆上山，未十数武，扛果折，生坠地，幸无所伤。遂下舆步行。入庙，见香烛极盛。所谓观音者，坐锦幔中，勿许人见。生问僧，僧曰："塑像太美，恐见者辄生邪念故也。"生必欲启视，果极妖冶，不类他处观音。谛视之，颇似曾相识者。良久，恍然是旅店中妇人。生大怒，指而数之曰："汝昔求我说情，故得此香火，汝乃不感我恩而坏我舆，何太没良心也！且天师只许汝受香火三年，今已过期，恋此不去，岂竟忘前约乎?"语未毕，像忽扑地碎。僧大骇，亦无可奈何，俟生去，为之纠金重塑，而灵响从此寂然。

【译文】

杭州有个姓周的书生，跟随张天师路过保定县的一家旅店，看见一个美貌的妇人跪在台阶下，好像在祈求什么。周生问天师，天师说："这是狐仙，请求我让她享受人间的香火祭祀。"周生说："你为什么不答应她的要求呢?"天师说："她修炼多年，很有灵气，如果让她享受人间的香火祭祀，我担心她会作威作福，在人间兴妖作怪。"周生喜爱这个妇人的美貌，就代她向天师求情，天师说："你的人情，我难以拒绝，但只能让她享受三年的人间祭祀，不得过期。"天师就命令手下的道士在一张黄纸上作了批示，交给狐仙，让她走了。三年以后，周生考试落榜，出了京城，一路下来，经过苏州，听说上方山有座庙，庙里的观音菩萨非常灵验，就打算前去祈祷。来到山下，同去祈祷的人叫周生下轿步行，说："这山上的观音非常灵验，凡是坐轿上山的人，半路上肯定会跌倒。"周生不相信，坐着轿子上山，还没走到几十步，轿杠果然就折断了。周生摔在地上，幸好没有受伤，他就下轿步行。进了庙，周生见这里的香火非常旺盛，那个被称为"观音"的，坐在锦帐中，不让人看。周生问庙里的和尚，和尚说："观音的塑像太美丽了！恐怕看到她的人会产生邪念，所以才用锦帐隔开。"周生硬要打开锦帐看一看，只见那观音十分妖艳，不同于其他地方的观音菩萨。周生仔细打量，觉得很眼熟。过了一会儿，他才明白：这个"观音"就是以前在旅店里遇到的那个妇人。周生大怒，指着塑像骂道："以前，你求我说情，所以才能够享受人间的香火祭祀，你却不感激我的恩德，竟敢毁坏我的轿子，也太没良心了！况且，张天师只允许你享受三年的祭祀，现在已经过期了，你却赖在这里，不肯离开，难道你竟忘了当初的约定吗?"周生还没讲完，那观音的塑像忽然摔倒在地上，碎了。和尚们害怕极了，却也无可奈何。等到周生离去，和尚们才募集金子，重新为观音塑像，但从此以后，就不再灵验了。

陈姓父幼子壮

扬州陈山农，世业骡马行，年五十余，病卧。见少年骑马自外入，掌其颈，遂昏迷，被少年提置马上，疾驰出门，陈号呼，莫有救者。至郊外，少年掷之于地曰：“速来，吾先行候汝！”复以掌击其股，乃驰去。陈心迟疑，而两足不觉前进。其行如飞，亦不甚倦，惟所穿履觉易败，败则道旁有织履者为易之，易毕即行，了不通问，问亦不答。腹馁甚，见市中肴馔，试取食之，亦无禁。约行三昼夜，见道旁去思碑题名，知已入陕西咸阳城矣。及郭门，少年在焉，叱曰：“来何迟，累人三日痛楚！”即导入城，止一家门外。少年入复出，曳其裾至户内。见妇人辗转床上，若甚痛迫者。少年挈其项足，投妇人身。陈昏昏若入深岩中，腥秽满鼻，目不见天光，心窘甚。逾时见小隙微明，并力踊跃，豁然而堕，闻耳边多作贺声，曰：“得一佳儿。”陈更骇异，亟欲言而口已噤，因大呼。男妇满前，都无所闻。徐自审其声若甚小者，更摩视其耳目四肢，无不小矣，悟曰：“吾其投胎复生乎？”乃张目四顾，有老妪曰：“是儿目光焰焰，岂妖耶？再视当杀之！”陈惧，即瞑其目。自是沉沉若愚，胸中一切哀愁愤惋之心，叫呼啼哭，旁人便抱乳之，全不解其意。渐久习惯，亦不复作前世想矣。至六岁，稍稍能言。其父行贾江南归，以绢给其母曰：“此物不易得，在江南值数十金。”母珍之，置枕函间。陈偶取玩视，母以父言禁之。陈笑曰：“父妄耳！此濮院䌷，不数金可得。”父大惊，固问之。陈垂涕，具道所以，且曰：“吾来时，生儿方十数岁，今当成人，名某，家住某里。父至江南可访也。”父颔之。明年至扬州，果得其子，语以故，子亦以贸易故，欣然偕来，相见之下，略不相识。

子鬑鬑有须，而父犹孩也。道家事如平生，且言某某欠债未还；某处有积金三百，存为汝婚，宜归取之，言讫欷歔。子不胜悲，归访之，其言皆验。后十余年，陈年壮，继父业，来江南访其故居。前生子已死，家事凋落，皤然老妻，抚孤孙独存。陈不胜感慨，留三百金为前生妻治后事，具杯酒浇其前世墓而去。

【译文】

扬州人陈山农世世代代以赶骡马为生，五十多岁了。他生病躺在床上，看见一个少年骑着马，从门外走进来，用手掌拍打他的脖子，他就昏迷过去，被少年提起来，放到马上，飞快地奔驰出门而去。陈山农大声呼喊，却没有人来救他。到了郊外，少年将他扔在地上，说："快来，我先走，在前面等你。"又用手掌打他的大腿，然后骑马走了。陈山农心中犹疑不定，但两只脚却不由自主地往前走，而且速度飞快，也不感到特别疲劳，只是觉得他所穿的鞋子很容易破，但破了以后，路边有织鞋的人给他替换；换完鞋，他又继续赶路，没有人问他干什么，他问别人，别人也不回答。他觉得肚子很饿，看见集市上有饭菜，就试着拿来吃，也没有人阻止他。大约走了三天三夜，他看见路边有一块歌颂官员政绩的石碑，他才知道已经到了陕西咸阳城了。到了城门口，少年正在那里，呵斥道："怎么来迟了？害得人家受了三天的苦！"随即领着陈山农进城，在一户人家的门外停了下来。少年进去以后又出来，拽着陈山农的衣角，将他拉进屋内，只见一个妇女在床上翻来滚去，好像非常痛苦的样子。少年抓住陈山农的脖子和脚，把他扔进那妇女的身体内，陈山农昏昏沉沉，好像进了一个很深的岩洞，满鼻子里全是污秽的腥味，眼睛看不到一点光亮，他心里非常紧张。过了一会儿，他看见一个小孔，稍微有点光亮，就用力向前移动，突然间，他落了下来，只听见耳边有许多祝贺的声音："得了一个好儿子！"陈山农又害怕又惊讶，很想说话，但嘴里却发不出声音，就大声叫喊，可是他面前的男男女女，谁也听不到他的声音。慢慢地，陈山农仔细分辨自己的声音，觉得仿佛是婴儿发出的；再摸一摸、看一看自己的耳朵、眼睛和四肢，没有一样不是细小的。他这才想道：“难道我是投胎转世了吗？”于是，他瞪大眼睛，四处张望。这时，有一个老太婆说：“这孩子目光像火焰一样，难道是妖怪吗？再这样看，就该杀掉他！”陈山农害怕了，立即闭上眼睛。从此，他昏昏沉沉，像个白痴；可他胸中充满了哀愁、愤激和惋惜，不由得大声叫喊着，啼哭起来，旁边的人就将他抱去喂奶，根本不理解他的意思。渐渐地，时间一长，他就习惯了，也不再想前世的事。他长到六岁，才稍微能够讲话了。他的父亲从江南做生意回家，将一匹绢交给他的母亲，骗她说：“这种东西不容易得到，在江南价值几十两银子呢。”陈母十分珍视，将绢藏在枕头套里。陈山农偶尔将绢取出来玩，陈母却因为陈父说过的话，不让陈山农玩。陈山农笑着说：“父亲是乱说的。这不过是桐乡濮院绸，用不了几两银子就能买到。”陈父大吃一惊，再三问陈山农怎么知道这样的事，陈山农便流着泪，详细地讲明了原因，又说：“我来投胎的时候，我的儿子已经十多岁了，现在他应当长大成人了！他名叫陈某，住在某某村。父亲到江南去的时候，可以去打听一下。”陈父点头答应了。第二年，陈父到扬州，果然找到了陈山农前一世的儿子，就将这些事告诉了陈某。陈某也因为做生意的缘故，就高兴地跟随他来到咸阳。陈山农与亲生儿子见了面，竟一点也不认识。儿子陈某已经有了胡须，而陈山农却还是个小孩子。陈山农叙述家事，历历如在眼前，并且说：“某某欠我的债还没有偿还，某个地方有我积存的三百两银子，我积存这些银子，是为了你的婚事，你回家后应该取出来。”说完，陈山农长吁短叹起来。陈山农的儿子非常悲伤，回去以后一一查访，陈山农的话果然都是真的。十多年以后，陈山农长大了，继承了父亲的家业，来到江南做生意，并去探访他本人前世的住地。他前世所生的儿子陈某已经死了，家境也十分衰败，只有他白发苍苍的老妻抚养着孤孙。陈山农不禁感慨万分，留下三百两银子，供他前世的妻子料理后事；又准备了一杯酒，洒在他本人前世的坟墓上。然后，他就走了。

吴生手软

乾隆二十四年五月，丰县宰卢世昌修邑志，聘苏州吴生为誊录，与同事者同住一楼。忽具衣冠揖同事友曰："吾死矣，以后事累公。"友问故，吴愀然云："我初赴丰时，至沛县道上，遇一妇人，求与共载；我以车小不许，妇随车行二十里。心窃讶之，问舆夫，皆不见，始知为鬼。晚投旅店，人静后，妇来坐榻上，语我曰：'君与我年俱廿九，合为夫妇。'我大骇，以枕投之，随响而没，自此不复见形。时闻耳边嚅嚅作语，求作夫妇，呼我为写字人，噪聒不已。问：'如何酬汝汝方去？'曰：'与我钱二百，置楼板上，我即去。'如其言，既而钱仍在，妇来缠扰如初。奈何奈何？"友人咸相解慰，令二僮守之。越数日，楼上大呼，众奔上，见吴倒地，腹右刀戳一洞，肠半溃出，喉下食颡已断。扶起之，绝无痛楚。卢公往视，吴手招之近前，作一"冤"字，卢曰："是何冤？"曰："欢喜冤家也。今早妇人来逼我死，以便作夫妻。我问作何死法，妇指案上刀曰：'此物佳。'余取刺右腹，痛不可忍。妇人亟以手按摩之，曰：'此无济也。'所摩处遂不觉痛。我问：'然则如何？'妇人自摩其颈作刎势，曰：'如此方可。'我复以刀断左喉，妇人跌足叹曰：'此亦无济，徒多痛苦耳。'又以手按摩之，亦不觉痛，指右喉下曰：'此处佳。'余曰：'我手软矣，无能为也，卿来刺之。'妇遂披发摇首，持刀直前，而楼下诸公已走上矣。彼闻人来，掷刀奔去。”卢公诧异，为延医纳其肠。吴始不能饮食，用药敷治，亦遂平复。妇人不复再至，吴生至今尚存。

【译文】

乾隆二十四年五月，丰县知县卢世昌编修县志，请苏州的一个书生吴某来抄写，吴生与同事们一起住在一幢楼上。一天，吴生忽然穿戴好衣帽，向同事朋友作揖，说：“我要死了，我的后事要麻烦诸位了。”朋友们问他怎么回事，吴生凄惨地说：“我当初来丰县的时候，路过沛县，遇到一个妇人，求我让她一起乘车子，因为车子小，我没有同意她的要求。那妇人就跟着车子，走了二十里，我心里暗暗吃惊，就问车夫，他们都说没看见什么妇人，我这才知道那妇人是鬼。晚上，我到旅店投宿，夜深人静以后，那妇人来了，坐在我床上，对我说：‘你和我都是二十九岁，我们应该结为夫妻。’我害怕极了，连忙用枕头投击她，随着一声响，那妇人就不见了。从此，我再也看不到她的形体，却时常听见耳边有细细的说话声，要求和我做夫妻，还把我叫作写字人，吵吵闹闹，讲个没完。我问：‘怎样酬谢你，你才能够离开呢？’她说：‘给我二百钱，放在楼板上，我马上就走。’我照她的话做了，但不久以后，钱仍在楼板上，那妇人依然像当初一样来纠缠我，我该怎么办呢？”朋友们都一起劝解、安慰吴生，还叫两个侍从守护他。过了几天，楼上传来大声呼救的声音，大家急忙奔上楼，只见吴生倒在地上，右腹被刀戳了一个洞，肠子溃烂，流出了一半，咽喉下面的食管也被割断了。大家把吴生扶起来，他一点也不觉得疼痛。卢县令前来探视，吴生用手招呼卢县令上前，并写了一个“冤”字，卢县令问：“有什么冤情？”吴生说：“是欢喜冤家。今天早晨，那个妇人来逼迫我，要我死，这样她才好与我做夫妻。我问她：‘怎么个死法？’她就指着桌上的刀，说：‘这东西最好。’我拿起刀，刺进我的右腹，疼痛难忍，妇人就用手替我按摩，说：‘这样做，是没有用的。’而她所按摩的地方就不觉得疼了。我又问：‘那我该怎么办呢？’妇人摸着她的脖子，作出自刎的样子，说：‘像这样。就可以了。’我又用刀割断左喉，妇人跺着脚长叹说：‘这样还是没有用，只能增加痛苦罢了。’她又用手替我按摩，我又不觉得疼了。然后，她指着我的右喉下面说：‘这里才是最好的部位。’我说：‘我手软了，无能为力，你来刺吧。’那妇人就披着头发，摇着脑袋，举刀直上前来。这时，你们从楼下上来了，她听到有人上楼，就扔掉刀，跑走了。”卢县令听了，十分惊讶，请来医生，将吴生的肠子放进腹中。起初，吴生还不能吃东西，敷上药以后，他的伤口才愈合，恢复了原状。那妇人再也不来了，而吴生至今还活着。

狐祖师

盐城村戴家有女，为妖所凭，厌以符咒，终莫能止，诉于村北圣帝祠，怪遂绝。已而有金甲神托梦于其家曰：“吾圣帝某部下邹将军也。前日汝家妖是狐精，吾已斩之。其党约明日来报仇，尔等于庙中击金鼓助我。”翌日，戴家集邻众往，闻空中甲马声，乃奋击金钲铙鼓，果有黑气坠于庭，村前后落狐狸头甚夥。越数日，其家又梦邹将军来曰：“我以灭狐太多，获罪于狐祖师，狐祖师诉于大帝。某日大帝来庙按其事，诸父老盍为我祈之!”众如期往，伏于廊下。至夜半，仙乐嘹嘈，有冕服乘辇者冉冉来，侍卫甚众。后随一道人，庞眉皓齿，两金字牌署曰“狐祖师”。圣帝迎谒甚恭，狐祖师曰：“小狐扰世罪当死，但部将歼我族类太酷，罪不可逭。”圣帝唯唯。村人自廊下出，跪而请命。有周秀才者骂曰：“老狐狸，须白如此，纵子孙淫人妇女，反来向圣帝说情!何物狐祖师，罪当万斩!”祖师笑不怒，从容问：“人间和奸何罪?”周曰:“杖也。”祖师曰:“可知奸非死罪矣。我子孙以非类奸人,罪当加等,要不过充军流配耳,何致被斩?况邹将军斩我一子,并斩我子孙数十,何耶?”周未及答,闻庙内传呼云:“大帝有命:邹将军嫉恶太严,杀戮太重,念其事属因公,为民除害,可罚俸一年,调管海州地方。”村人欢呼,合掌向空念佛而散。

【译文】

盐城某村的戴家有个女儿,被妖怪附了身,即使用符咒镇压,也始终不能制服妖怪。于是,戴家人就到村北的关圣帝庙告状,妖怪这才绝迹。没多久,有个穿金铠甲的神托梦给戴家,说:“我是圣帝手下某部的邹将军。前天,你家的妖怪是个狐精,我已经将它斩首;它的同伙约定明天来报仇,到时候,你们就去圣帝庙敲打金鼓,协助我拿妖!”第二天,戴家便召集了许多邻居一同前往圣帝庙,只听见空中有金铠甲和战马厮杀的声音,大家就奋力敲锣打鼓,果然有一股黑气落在庭院中,随即,村前村后掉下来许多狐狸的头。过了几天,戴家又梦见邹将军来说:“我由于杀狐太多,得罪了狐祖师,狐祖师又告诉了大帝。某天,大帝将到圣帝庙来处理这件事,到时候,请各位父老乡亲为我说情。”众人如期前去圣帝庙,跪伏在廊下。到了半夜,阵阵仙乐响亮。一个头戴王冠、身穿王袍的人,乘着车子,悠悠而来,侍卫众多。大帝身后跟着一个道士,粗粗的眉毛,白白的牙齿,两块金字牌上写着“狐祖师”。圣帝非常恭敬地出庙迎接。狐祖师说:“小狐们扰乱人间,应该是死罪,可是你的部将杀死我族类这么多,也太残忍了!他的罪过不能推脱!”圣帝连连称是。村里的人们都从廊下走出来,跪在地上,为邹将军求情。这时,有个姓周的秀才骂道:“老狐狸,你的胡子都白成这个样子了,还放纵你的子孙奸污人间妇女,却反过来让圣帝处理部将。狐祖师是什么东西,罪该千刀万剐!”狐祖师笑着,也不发怒,从容不迫地问:“人间犯下奸污罪的,怎样处罚?”周秀才说:“打板子。”狐祖师又说:“这就可以知道,奸污妇女并不是死罪。我的子孙与人不是同一类，却奸污人间妇女，应该加倍惩罚；但最大的处罚不过是充军发配罢了，为什么要被斩首呢？何况，邹将军不仅斩杀了我一个儿子，而且还斩杀了我几十个子孙，这又是为什么呢？”周秀才还没来得及回答，就听见庙里传出叫声，说：“大帝有令，邹将军憎恨罪恶过于严厉，杀戮也太多。但考虑到这件事属于公事，他也是为民除害，可以罚他一年的俸禄，将他调去管辖海州。”村里人齐声欢呼，合掌向空中念佛，然后散去。

纣之值殿将军

天台僧智果好游，山行迷路，至大石洞，坐一道者，萝衣薜裳。僧跪而请曰：“某幸遇仙人，愿受教！”道者曰：“予人也，非仙也。子来胡为？”僧曰：“某入山已数日，腹枵甚，敢有云浆之请！”道者曰：“子姑待，吾往后山觅之。”去有顷，携一物来，状轮囷而色鲜白，道者破之，自吸其浆，以其余授僧，曰：“此千年茯苓也。”因令僧坐，问：“岳飞将军安否？秦桧死否？”僧曰：“此宋朝事也。今易代数百年，为大清矣。”因告以《宋史》所载岳事颠末。道者惨然曰：“岳将军终不免乎？”遂大哭曰：“吾姓周名通，岳将军麾下小将也。当秦桧以金牌召岳时，我知有难，遂逃于此，食灵草得不死。我师教勿出洞，出洞即死。汝宜速出，迟恐无及。”僧惧，拜辞而行。路甚纡曲，备历险阻。忽望崖上坐一巨人，长丈余，遍体绿毛如翠锦。骇而奔，还告道者，道者曰：“此予师商高，纣王之值殿将军也。为飞廉、恶来所谮，避居此山。性好食野兽，故其状与人异，子往拜祈，兼可问商代事。”僧故蠢野，无所记忆，见巨人礼拜毕，便问纣宠妲己事，巨人曰：“汝误矣，妲者商宫女官之称，己、戊者，女官之行次，女官非止一人也，汝所问何妃？”僧不能答。又问文王受命事，曰：“吾不知文王为何人，或是西方诸侯姬昌耶？其人事纣甚恭，并无称王之事。”因问汝所问者何人告汝，曰书上云云。巨人问何物为书，僧手作书状示之。巨人笑曰：“我当时尚无此物。”言毕，以一臂搂僧行如飞，置之平地，拱手而别，已在天台郊外矣。

【译文】

天台山的智果和尚喜欢游山玩水，一次，他在山里迷了路，来到一个大石洞，见里面坐着一个道士，穿着女萝、薜荔做的衣裳。智果和尚跪在地上，请求说：“我有幸遇到了仙人，愿接受你的教诲！”道士说：“我是人，不是仙。你来干什么？”智果和尚说：“我进山已经好几天了，肚子很饿，想请你给我一些云母酒浆。”那人说：“你暂且等一会儿，我到后山去找一找。”他去了一会儿，带回来一个东西，形状屈曲，颜色鲜白，把它弄破了，自己先吮吸里面的浆汁，然后把剩下的交给智果和尚，说：“这是千年的茯苓。”于是他叫智果和尚坐下，问道：“岳飞将军还健在吗？秦桧死了吗？”智果和尚说：“这是宋朝的事啊！如今已经换了几个朝代，过了几百年，是大清朝了！”智果就详细说了《宋史》所载岳飞事情的始末。他听了悲伤地说：“岳将军终于没能免除灾祸呀！”就大哭起来，又接着说：“我叫周通，是岳将军手下的小将。当年，秦桧用金牌召回岳将军时，我就知道岳将军大难临头，就逃到这里，因为吃了仙草，所以才能不死。我师傅叫我不要出山洞，否则就会死。你最好赶快走，迟了，恐怕来不及。”智果和尚害怕了，拜谢了他，出了山洞。因为山路十分迂回曲折，他历尽了艰难险阻。忽然，他望见悬崖上坐着一个巨人，有一丈多高，浑身长满绿毛，像是绿色的锦缎。智果和尚吓得拔腿逃回，告诉了道士，道士说："他是我的师傅商高，是商纣王的值殿将军。因为他被飞廉和恶来二人诬陷，就躲到这座山上。他本性喜欢捕食野兽，所以他的模样与人不同。你前去拜见他，顺便还可以问一问商朝的事。"智果和尚本来就笨拙质朴，也不记得什么，看见那个巨人，就跪拜在地。行完礼，他就问起纣王宠爱妲己的事，巨人说："你错了。妲，是对商朝宫廷中女官的称呼；己、戊，则是女官的排列次序。女官不止一个人，你所问的，是指哪个妃子呢?"智果和尚不能回答，又问周文王接受天命、治理国家的事。巨人说："我不知道文王是什么人，你是指西方诸侯姬昌吧? 这个人对待纣王非常恭敬忠诚，并没有称王的事。"接着，巨人就问智果和尚："你所问的这些事，是什么人告诉你的?"智果说："是书上讲的。"巨人又问："什么叫书?"智果就用手比划出书的样子，给巨人看。巨人笑着说："我那个时代，还没有这种东西呢!"说完，巨人用一条手臂搂起智果就走，像飞一样，然后，将智果放在平地上，拱手告别。智果和尚一看，已经到了天台县的郊外了。

疟　鬼

上元令陈齐东，少时与张某寓太平府关帝庙中。张病疟，陈与同房，因午倦，对卧床上。见户外一童子，面白晰，衣帽鞋袜皆深青色，探头视张。陈初意为庙中人，不之问，俄而张疟作。童子去，张疟亦止。又一日寝，忽闻张狂叫，痰如涌泉，陈惊寤，见童子立张榻前，舞手蹈足，欢笑顾盼，若甚得意者。陈知为疟鬼，直前扑之，着手冷不可耐。童走出，飒飒有声，追至中庭而没。张疾愈，而陈手有黑气如烟熏色，数日始除。

【译文】

上元县知县陈齐东，年轻时曾与张某住在太平府的关帝庙中。当时，张某得了疟疾，陈齐东仍与他住在同一间房里，因为中午太疲倦，就躺在张某对面的床上休息。这时，陈齐东看见屋外有一个小孩，脸皮白皙，衣帽鞋袜都是深青色，正探头看张某。起初，陈齐东以为这小孩是庙里的人，也没问他；不一会儿，张某的疟疾就发作起来。那个小孩一走，张某的疟疾症状又消失了。又有一天，陈齐东睡觉了，忽然听见张某大喊大叫，痰如泉涌。陈齐东被惊醒了，他看见那个小孩站在张某的床前，手舞足蹈，欢笑着左顾右盼，样子非常得意。陈齐东知道小孩是疟鬼，就直扑上前；他一碰到那小孩，就觉得双手冷得受不了。小孩跑了出去，呼呼直响。陈齐东追到庭院中间，小孩却不见了。张某的疟疾痊愈了，可是陈齐东的手掌上却有一块黑斑，像被烟火熏过一样，几天后才褪尽。

误学武松

杭州马观澜家，每四时必祭其门。予问：“古礼门为五祀之一，今此礼久不行，君家独行之，何也？”马曰：“余家奴陈公祚好酒，每晚必醉，敲门归。一日，闻户外喧呶声，往视之，奴仆地，曰：‘奴归，见门外一男一妇俱无头，头持在手。妇呼曰：“吾汝嫂也。吾淫属实，吾夫杀我可也；汝为小叔，不当杀我。夫杀我时，心软手噤龂不下；汝夺刀代杀，此事岂汝所宜与耶？吾每来相寻，为汝主人家门神呵禁。今故伺汝于门外。”因大骂唾奴面。其男鬼掷头撞奴，奴倒地。闻人声，二鬼才散。’马氏众家人扶至床，自言少年曾有此事。当时看小说，慕武松之为人，不意遭此冤孽。或告之曰：‘小说都无实事，何得妄学？且武松杀嫂，为嫂杀兄故也；若寻常犯奸，王法只杖决耳。汝何得代兄杀嫂？’言未终，奴张目作女声曰：‘公道自在人心，何如，何如！’向言者三叩头而死。”马氏以鬼言故，祭门神甚敬，世其家。

【译文】

杭州人马观澜家，一年四季都要祭门神。我问他：“按照古代的礼仪，祭门神是五种祭祀之一，但现在这种祭礼已经好长时间不再施行了，独有你家举行，这是为什么呢？”马观澜说：“我家的仆人陈公祚喜欢喝酒，每天晚上，他必定喝得醉醺醺地回来敲门。一天，我们听见屋外有一片喧哗吵闹的声音，就出去看，只见陈公祚倒在地上，说：‘我回来的时候，看见门外有一男一女，都没有头，头被他们提在手上。女的叫道：“我是你的嫂子啊！我曾淫乱是事实，我丈夫要杀我，也是理所当然。你作为小叔子，不应该杀我！丈夫杀我的时候，心慈手软，下不了手，连牙齿也直打颤，嘴都合不上。你却夺过刀，替他将我杀死。这件事难道是你应该做的吗？我每次来找你，都被你主人家的门神喝止，所以，我今天就在门外等你。”于是，她大骂起来，把唾液吐在我脸上。那个男鬼趁机把头扔到我身上，将我撞倒在地。二鬼听到有人来了，这才离开。’马家人将陈公祚扶上床，陈又自言自语说：‘我年轻的时候，曾经做过这样的事。当时，我看小说，十分仰慕武松的为人，却没料到会遭受这样的冤孽。’有人告诉陈公祚：‘小说里写的，都不是真实的事情，怎么能够乱学呢？况且，武松杀嫂，是因为嫂子杀了他哥哥，如果只是普通的通奸，按照王法，只能判处杖刑。你又怎么能代替你哥哥杀嫂子呢？’这人话还没讲完，陈公祚就睁开眼睛，发出女人的声音来：‘公道自然在人们心里，怎么样，怎么样！’说着，陈公祚向说话的那个人叩了三个头，就死了。”马家因为鬼曾经说过这些话，就非常恭敬地祭祀门神，而且世代相传。

孛星女身

山东有施道士者，善祈晴雨。乾隆十二年，东省大旱，抚军准泰祈雨不得，锁道士而逼之。道士曰："雨非不可得也，但须某日孛星下降。公捐锦被一条，白金百两，某捐阳寿十年，方可得雨。"抚军如其言。至期，道士登坛呼一童子近前，令其伸手，画三符于掌中，嘱曰："至某处田中，见白衣妇人，便掷此符；彼必追汝，汝以次符掷之；彼再追汝，以第三符掷之；速归上坛避匿可也。"童子往，果见白衣妇。如其言掷一符，妇人怒，弃裙追童。童掷次符，妇人益怒，解上衣露两乳奔前。童掷三符，忽霹雳一声，妇人亵衣全解，赤身狂追。童急趋至坛，而妇人亦至。道人敲令牌喝曰："雨，雨，雨！"妇人仰卧坛下，云气自其阴中出，弥漫蔽天，雨五日不止。道士覆以锦被，妇渐苏，大恚耻，曰："我某家妇，何为赤身卧此？"抚军备衣服令着，遣老妪送归，以百金酬其家。事后问道士，道士曰："孛星女身而性淫，能为云雨，居天上亦赤体，惟朝北斗之期始着衣裳。是日下降田间，吾以符摄入某妇之身，使替代而来，又激怒之，使雷雨齐下。然用法太恶，必遭阴谴矣。"不数年，道士暴亡。

【译文】

山东有个姓施的道士，善于祈晴求雨。乾隆十二年，山东发生严重的旱灾，巡抚大人准泰求雨没有成功，就将道士抓起来，逼他求雨。道士说："雨不是不可以求，但必须等到孛星下降的那一天，你捐出一条锦被和一百两银子，我捐出阳寿十年，这样做了，才能求到雨。"巡抚按照道士的话做了。到了那一天，道士登上神坛，将一名童子叫到面前，让他伸出手，并在他手掌上画了三道符，嘱咐说："你到某处的田野中，看见一个穿白衣的妇人，就把这道符扔过去；她一定会追赶你；你就再扔第二道符，她仍会再追你，你就将第三道符扔过去。然后，你迅速回来，登上神坛，躲藏起来，就行了。"童子领命前往，果然看见一个白衣妇人。童子就依照道士的话，将第一道符扔过去。妇人大怒，丢弃裙子，追赶童子；童子又扔出第二道符，妇人更加愤怒，脱掉上衣，袒露双乳，追了上来；童子又扔出第三道符，忽然霹雳一声，那妇人将内衣全部解开，赤身裸体，发疯似的追赶童子。童子急忙跑回神坛，而那妇人也随后赶到了。道士见状，一敲令牌，大声喝道："雨，雨，雨!"随即，那妇人躺在神坛下面，只见一股云气从她的阴部散发出来，遮天蔽地；紧接着，雨下了五天，也没停住。道士用锦被盖在妇人身上，妇人渐渐苏醒过来，她又愤怒又害羞地说："我是某家的妇人，为什么赤身裸体躺在这里?"巡抚大人给她置备了衣服，让她穿上，又派一个老太送她回去，还送去一百两银子，酬谢她家。事后，巡抚问道士怎么回事，道士说："孛星是个女的，而且本性淫荡，能够布云降雨；住在天上，她也是赤身裸体，只有朝拜北斗神的那一天，她才穿上衣服。这天，她从天上降到田野里，我用符咒把她摄入那妇人身上，让她代替孛星来这里；又激怒她，才使雷和雨一齐下来。但是，用这种方法也太恶毒了，我必定会因此遭到报应。"没过几年，施道士果真突然死了。

九　夫　坟

句容南门外有九夫坟。相传昔有妇人甚美，夫死，止一幼子，家赀甚厚。乃招一夫，生一子，夫又死，即葬于前夫之侧。而又赘一夫，复死如前。凡嫁九夫，生九子，环列九坟。妇人死，葬于九坟之中。每日落时，其地即起阴风，夜有呼啸争斗之声，若相娼而夺此妇者。行路不敢过，邻村为之不安，相率诉于邑令赵天爵。随至其地，排衙呼皂隶，于各坟头持大杖重责三十，自此寂然。

【译文】

句容县的南门外，有一座九夫坟。据说，以前有个女人，长得十分漂亮。她丈夫死后，留下一个儿子，家里非常富足。于是她就招赘了一个丈夫，又生下一个儿子。第二个丈夫又死了，被安葬在第一个丈夫的坟墓旁边。后来，她又招赘了一个丈夫，结果，这第三个丈夫和以前的丈夫一样，也死了。就这样，她一共嫁给了九个丈夫，生下了九个儿子，九个丈夫的坟墓，围成了一圈。这个女人死后，被葬在九座坟墓的中间。每天太阳落山时，那墓地里就刮起阵阵阴风；到了夜里，则有呼喊争斗的声音，像是在互相妒忌，争风吃醋，抢夺这个女人。行路的人不敢从这里经过，邻近村子里的人也深感不安，就一起禀报了县令赵天爵。赵县令跟着这些人，来到九夫坟，他排开仪仗，审理此案，命令差役用大板子在每个坟头上重打了三十下。从此以后，这里就安静太平了。

土地奶奶索诈

虎踞关名医涂彻儒，与余交好，其子妇吴氏，孝廉讳镇者之妹也。乾隆丙申六月，吴氏夜梦街坊总甲李某持簿化缘，口称虎踞关将有火灾，纠费演戏以禳之，簿上姓名皆里中相识者。正徘徊间，有老妇人黄衫绛裙，从门外入，谓吴曰："今年此处火灾是九月初三日，君家首被其祸，数不可逃，须烧纸钱买牲牢还愿，庶不至烧伤人命。”吴氏梦醒，方悟总甲李某久已物故。乃往各邻家告以故，并问此间可有衣黄衫妇人否，皆曰无之。吴有戒心，往祷土地庙，见所塑土地奶奶，宛然梦中所见，惊惧异常。诸邻闻之，亦大骇，彼此演戏祭祷，费数百金。将至九月，涂氏一门衣箱器具尽搬移戚里家，自初一日起不复举炊矣。至期四邻寂然，并无焚如之患，涂氏至今安好。

【译文】

虎踞关有个名医，名叫涂彻儒，和我十分要好。他的儿媳吴氏，是举人吴镇的妹妹。乾隆四十一年六月间，吴氏晚上梦见街坊的总甲李某，拿着簿子来化缘，说：“虎踞关将有火灾，要募集资金演戏，才能消灾免祸。”看他簿册上的姓名，都是吴氏认识的本乡人。正当吴氏犹豫的时候，一个老妇人穿着黄衫红裙，从门外进来，对吴氏说：“今年这里有火灾，将发生在九月初三日，你家第一个遭灾，这是注定的，不可逃脱。必须焚烧纸钱，买牲口还愿，才不至于有人被烧伤或烧死。”吴氏梦醒后，才想到总甲李某早就死了。于是，吴氏就到每个邻居家，告诉他们其中的缘故，并且问他们：“这一带是否有个穿黄衫的妇人？”邻居们都说没有。吴氏心里有了戒备，当她到土地庙去祈祷时，发现土地奶奶的塑像，很像自己梦中见到的那个老妇人，吴氏恐慌极了。邻居们听说这件事，也非常害怕，就相互出资演戏，祭祀祈铸，花费了几百两银子。快到九月时，涂氏全家把所有的衣箱器物，都搬到了亲戚家里，并且从九月初一日起，就不再生火做饭。到了九月初三那一天，左邻右舍都毫无动静，并没有发生火灾，而涂家至今也平安无事。

（卷七译者　丛远东）

子不语卷八

鬼闻鸡鸣则缩

予门生司马骧，馆溧水林姓家，其所住地名横山乡，僻处也。天盛暑，以其西厅宏敞，乃与群弟子洒扫，为晚间乘凉之处，挈书籍行李移床就焉。秉烛而卧，至三鼓，门外啾啾有声，户枢拔矣。烛光渐小，阴风吹来，有矮鬼先入，脸似笑非笑，似哭非哭，绕地而趋。随后一纱帽红袍人，白须飘飘，摇摆而进，徐行数步，坐椅上，观司马所作诗文，屡点头，若领解者。俄顷起立，手携短鬼步至床前，司马亦起坐，与彼对视。忽鸡叫一声，两鬼缩短一尺，灯光为之一亮；鸡三四声，鬼三四缩，愈缩愈短，渐渐纱帽两翅擦地而没。次日问之，土人云："此屋是前明林御史父子同葬所也。"主人掘地，朱棺宛然，乃为文祭之，起棺迁葬。

【译文】

我的学生司马骧，在溧水县一个姓林的人家教书，他住的地方名叫横山乡，是很偏僻的地方。当时正好是盛夏，天气炎热，因为林家西厅很宽敞，他就与学生们洒水打扫，作为晚上乘凉的地方。他带着书籍和行李，将床搬到西厅住下了。这天晚上，他点着蜡烛，躺在床上。到三更时分，门外传来啾啾的声音，门栓被拔开了。这时，烛光渐渐微弱，一股阴风吹来，有个矮鬼先走了进来，脸上的表情似笑非笑，似哭非哭，在地上绕着圈，小跑着。随后，一个头戴纱帽、身穿红袍、白须飘飘的人，摇摇摆摆地走进来，慢慢向前走了几步，坐到椅子上，翻看司马骧所写的诗文，还连连点头，像是领会理解了其中的意思。一会儿，这人站起来，手拉着矮鬼，走到床前。司马骧也坐起身，与两鬼互相看着。忽然，鸡叫了一声，两个鬼的身子竟缩短了一尺，烛光也随着一亮。鸡叫了三四声，两个鬼也连着缩短了三四次，越缩越短，渐渐地，鬼纱帽上的两只帽翅，也擦着地面消失了。第二天，司马骧问当地人，当地人说："这间房子的地基是明朝监察御史林氏父子的葬地。"于是这家主人就挖地，果然发现了一口红漆棺材，完好如新，因此撰文祭吊，然后起出棺材迁葬到别的地方。

蜈蚣吐丹

余舅氏章升扶过温州雁荡山，日方午，独行涧中。忽东北有腥风扑鼻而至，一蟒蛇长数丈，腾空奔迅，其行如箭，若有所避者，后有五六尺长紫金色一蜈蚣逐之。蛇跃入溪中，蜈蚣不能入水，乃舞掉其群脚，飒飒作声，以须钳掉水，良久口吐一红丸如血色，落水中。少顷，水如沸汤，热气上冲，蛇在水中颠扑不已，未几死矣，横浮水面。蜈蚣乃飞上蛇头，啄其脑，仍向水吸取红丸，纳口中，腾空去。

【译文】

我的舅舅章升扶，路过温州雁荡山，那时正是中午，他一个人走在山谷间的小溪边。忽然，东北方向有一股腥风扑鼻吹来，一条蟒蛇有几丈长，腾空飞越，速度极快，好比离弦的箭，像是躲避着什么东西。在它后面，有一条长五六尺的紫金色蜈蚣，紧紧追赶上来。蟒蛇跳进溪水，蜈蚣却不能下水，就摆动它的那些脚，发出飒飒的声音，还用胡须和钳子扑打水面。过了很久，蜈蚣嘴里吐出一粒红丸，颜色像鲜血一样，红丸落在水中。不久，水沸腾起来，一阵阵热气直往上冲，蟒蛇在水里翻来覆去，很快就死了，浮在水面上。蜈蚣就飞到蛇头上，啄食蛇的脑髓，然后又从水中吸回那粒红丸，放进嘴里，腾空而去。

雷部三爷

杭州施姓者，家居忠清里。六月，雷雨后，小便树下。甫解裤，见有鸡爪尖面者蹲焉，大怖而返。夜即暴病，狂呼触犯雷神。家人环跪求赦，病者曰："沽酒饮我，杀羊食我，我贷其命！"如其言，三日而愈。适有天师法官过杭，施姓与有旧，以其事告之。法官笑曰："此雷部奴中奴也，小名阿三，惯倚势诈人酒食；如果雷神，其伎俩宁止此耶？"今长随中有称三爷、四爷者是矣。

【译文】

杭州有个姓施的人，家住在忠清里。六月的一天，雷雨过后，他到树下小便。刚解开裤子，就看见一个怪物，长着鸡爪，尖尖的脸，正蹲在树下。他被吓了一大跳，慌慌张张跑回家。当夜，施某就得了急病，大声狂叫："我触犯雷神爷了！"施家人围着他跪下，祈求雷神赦免。这时，病人说："赶快买酒给我喝，杀羊给我吃，我就饶他一条性命。"施家人照他的话去做了。三天后，施某就痊愈了。这天正巧有位道士路过杭州，施家原与他有交情，就将这件事告诉他。他说："这是雷神奴才手下的奴才，小名阿三，一贯仗势欺人，骗取酒食。如果是真雷神，怎么会只有这几招呢？如今，跟着长官当差的随从，被叫作三爷、四爷，就是这么来的呀。"

鬼乖乖

金陵葛某，嗜酒而豪，逢人必狎侮之。清明与友四五人游雨花台，台旁有败棺，露见红裙，同人戏曰："汝逢人必狎，敢狎此棺中物乎?"葛笑曰："何妨!"往棺前，以手招曰："乖乖吃酒!"如是者再，群客服其胆大，笑而散。葛暮归家，背有黑影尾之，声啾啾曰："乖乖来吃酒!"葛知为鬼，虑避之则气先馁，乃向后招呼曰："鬼乖乖随我来!"径往酒店，上楼，置一酒壶、两杯，向黑影酬劝。旁人无所见，疑有痴疾，听其所为。共饮良久，乃脱帽置几上，谓黑影曰："我下楼小便，即来奉陪。"黑影者首肯之，葛急趋出归家。酒保见客去遗帽，遂窃取之，是夕为鬼缠绕，口喃喃不绝，天明自缢。店主人笑曰："认帽不认貌，乖乖不乖。"

【译文】

金陵人葛某喜欢喝酒，为人豪放，不拘小节，见了人，就开玩笑，戏弄人家。清明节这天，他与四五个朋友游览雨花台，看见雨花台旁边有一口腐烂的棺材，里面露出红裙子。朋友们跟葛某开玩笑，说："你见人就开玩笑，敢不敢跟这棺材里的东西开玩笑?"葛某笑着说："这又有什么关系!"就走到棺材前，招手说道："乖乖，请喝酒。"这样说了好几遍，大家都佩服他的胆量，大笑着，各自散去。傍晚，葛某回家，发觉背后有黑影尾随，一个细细的声音说："乖乖来喝酒。"葛某知道这是鬼，考虑到如果躲开鬼，那么他自己就先输了勇气。于是，他朝后打招呼："鬼乖乖，随我来!"就径直来到一家酒店，上了楼，他要了一个酒壶，两只杯子，向着黑影劝酒。旁边的人什么也看不见，怀疑葛某有神经病，就任凭他的所作所为。喝了很长时间，葛某就脱下帽子，放在桌几上，对黑影说："我去楼下小便，马上就回来陪你。"黑影点头答应，葛某就急忙跑下楼，回了家。酒店的伙计见客人丢了帽子，就偷偷拿走了。当夜，这伙计被鬼纠缠，嘴里还嘟嘟哝哝，讲个没完，到天亮时，他就上吊死了。店主人笑着说："只认帽子不认人，鬼乖乖并不乖！"

凤凰山崩

同年沈永之任云南驿道时，奉制府璋公之命，开凤凰山八十里，通摆夷苗路。山径险峭，自汉唐来人迹未到处也。每斫一树，有白气自其根出，如匹练升天。虾蟆大如车轮，见人辄瞪目怒视，当之者，登时仆地。土人醉烧酒，以雄黄塞鼻，持巨斧斫杀之，烹食可疗三日饥。忽一日，有美女艳装从山洞奔出，役夫数千人皆出洞追而观之，老成者不动心，操作如故。俄而山崩，不出洞者压死矣。沈公为余述其事，且戏曰："人之不可不好色也有如是夫！"

【译文】

与我同科考中的沈永之，在任云南驿道时，奉制台大人璋公的命令，在凤凰山开一条八十里长通往傣族和苗族的路。那里，山路险峻，汉唐以来，人迹不到。每砍倒一棵树，就有白烟从树根里冒出来，好像一匹白绢升上天空；那里的蛤蟆有车轮一般大，看见人，就瞪起眼睛，恶狠狠地盯着，谁面对着它，谁就会倒在地上。当地人喝醉了烧酒，用雄黄塞住鼻子，手握大斧砍死蛤蟆，然后煮熟了吃，吃下以后，可以保证三天不饿。一天，忽然有个美女浓妆艳抹，从山洞里奔跑出来。几千名工人都出了石洞，追去观看，只有一些老成稳重的人没有动心，仍然像刚才一样干活。不一会儿，凤凰山崩倒了，没出洞的人，都被压死。沈永之给我讲了这件事，还开玩笑说："看来，人不可不好色啊！这就是例子。"

董金瓯

董金瓯者，湖州勇士，能负重走京师，十日可到。尝为人腰千金入都。过山东开成庙，有盗尾后，将取其金。董知之，挂金树上，下马与搏。盗抵敌不胜，问："足下拳法何人所授?"曰："僧耳。"盗曰："破僧耳拳，须我妹来，汝敢在此相待否?"董笑曰："避女子，非夫也！"坐以待之。少顷一美女来，年十八九，貌甚和，相见即格斗。良久曰："汝拳法非僧耳授也，当别有人。"董以实告曰："我初学于僧耳，后学于僧耳之师王征南。"女子曰："若然须至我家，彼此一饭，再斗方决，汝敢往乎?"董恃其勇，径随女子行。到其家，则其兄已先在家，张灯挂红，率妻欢迎，曰："妹夫来矣！"以红巾蒙其妹头，强之交拜。董骇然问故，曰："吾父某，亦为人保镖，路逢僧耳，与角斗，不胜而死。我与妹立志报仇，同习拳法，必须胜僧耳者，然后可以杀之。访得僧耳之师为王征南，苦相寻无路。汝是其弟子，则可以引见征南，再学拳法，报此仇矣！"董遂赘其家，别遣人赍腰间金赴京师，嗣后不知所终。

【译文】

董金瓯是湖州的勇士，能背着很重的东西往京城，十天就能到达。他曾经替别人带了一千两银子去京城，路过山东开城庙，有个强盗尾随着他，想抢夺他的银子。董金瓯发觉了，就把银子挂在树上，下了马，与强盗搏斗。强盗招架不住，就问："您的拳法是谁传授的?"董金瓯说："是僧耳。"强盗说："要打败僧耳的拳法，必须我妹妹来才行。你敢在这儿等她来吗?"董金瓯笑着说："躲避女子，不是大丈夫!"就坐下来等。一会儿，来了一个美丽的姑娘，十八九岁，相貌温和。她与董一见面，就格斗起来。打了好久，姑娘说："你的拳法不是僧耳传授的，一定是另外一个人!"董金瓯就把实情告诉了她，说："我最初向僧耳学拳，后来又向僧耳的师傅王征南学拳。"姑娘说："如果是这样，你必须到我家去，我们吃顿饭，再决一胜负。你敢去吗?"董金瓯倚仗自己勇猛，就径自跟着姑娘，到了她家。她哥哥早已在家了，张灯结彩，领着妻子出来迎接，说："妹夫来了!"说着，就用红头巾盖在他妹妹头上，一定要董金瓯和妹妹举行结婚交拜礼。董金瓯惊讶地询问其中的缘故。姑娘的哥哥说："我父亲也是替别人当保镖的。有一次，我父亲在半路上遇到僧耳，就与僧耳格斗，不能取胜，反而被僧耳打死了。我和妹妹立志替父报仇，一同练习拳法，只有拳法胜过了僧耳，才能杀死他。我们查访到僧耳的师傅就是王征南，却因为没处找他而烦恼。你是王征南的徒弟，就可以带我们去见他，跟他学拳法，然后就能报杀父之仇了。"于是，董金瓯就做了上门女婿，他另外派人带着那一千两银子，送往京城。以后，就不知道董金瓯的下落了。

蒋　厨

常州蒋用庵御史家厨李贵取水灶下，忽中恶仆地，召巫视之，曰："此人夜行冲犯城隍仪仗，故被鬼卒擒去。须用三牲纸钱祷求城隍庙中西廊之黑面皂隶，便可释放。"如其言，李果苏。家人问之，曰："我方汲水，忽被两个武进县黑面皂头来拿去，说我冲犯他老爷仪仗，缚我衙门外树上，听候发落。我实不知原委。今日听他二人私地说：‘李某业已尽孝敬之礼，可以放他回去，不必禀官。’将我解去索子，推入水中，我便惊醒。”御史公闻之，笑曰：“看此光景，拿时城隍不知，放时城隍不知，都是黑面皂隶诈钱作祟耳！谁谓阴间官清于阳间官乎？”

【译文】

监察御史蒋用庵是常州人，家里有个厨师叫李贵。这天，李贵正在灶下取水，忽然中了邪，倒在地上。蒋家人急忙叫巫师来看，巫师说：“这个人晚上出去的时候，冲撞了城隍神的仪仗队，因此被鬼差抓去。你们必须祭供猪、牛、羊，焚烧纸钱，去祈求城隍庙西走廊的黑脸鬼差，李贵就会被释放。”他们依照巫师的话去做，李贵果然苏醒过来。蒋家人问他，他说：“我正在打水，忽然被武进县的两个黑脸鬼差抓去，说我冲撞了他们老爷的仪仗队，将我绑在门外的树上，听候老爷发落。我实在不知道什么原因。今天，我听见那两个鬼差私下说：‘李某人已经孝敬过我们了，可以放他回去，不必禀告老爷了。’他们就解开绳子，将我推入水中，我就惊醒了。”蒋用庵听了，笑着说：“以这种情况看来，他们抓人时，城隍并不知道；他们放人时，城隍还是不知道。这都是黑脸鬼差敲诈钱财、从中作怪罢了。谁说阴间的官比阳间的官清廉呢？”

见曹操称晚生

江宁副榜王芾，梦古衣冠人召往一处，宫阙巍峨，兵卫甚严。有赤帻者从军门出曰：“汉丞相曹公奉屈。”王遂入。见一人皮弁上坐，须眉苍白。芾心知为操，一时心悸，无以自名，乃长揖称：“晚生王某奉谒！”操命旁坐，谓曰："闻汝好学书，可知楷书先乎，草书先乎？"曰："楷书先。"操摇头曰："不然，先有草书，后有楷书。所以召汝者，正为将此义告知，以便转语世人也。"语毕，仍遣赤帻人送出。甫及门，闻内有呼号声，赤帻者曰："相王又用五色棒箠人矣。"芾惊而醒。

【译文】

江宁人王芾考中了副榜，梦见一个穿着古代服装的人，将他叫到一个地方。那里，宫殿巍峨耸立，守卫非常森严。有一个戴红头巾的人，从军门中走出来，说："汉朝丞相曹公有请。"王芾就进去了。他看见一个人戴着皮帽，坐在上首，胡子和眉毛都白了。王芾知道这位就是曹操，心里一时紧张，不知如何自我介绍，就深深地作了一揖，说："晚生王某拜见。"曹操叫他坐在旁边，对他说："我听说你喜欢学习书法，你可知道是先有楷书，还是先有草书？"王芾说："先有楷书。"曹操摇摇头，说："不对。先有草书，后有楷书。我将你叫来的原因，正是为了把这个道理告诉你，好让你转告世上的人们。"说完，又派那个戴红头巾的人送他出来。刚到门口，王芾听到里面传来呼喊号叫的声音。红头巾说："相爷又在用五色棒打人了！"王芾吃了一惊，就醒了。

武后谢嵇先生

无锡嵇侍读受之，余授业弟子也。辛丑冬，过随园，余止而觞之。席间论史事，余极言《通鉴》载杨妃洗儿事之诬，嵇云："门生在史局时，派修《唐鉴》，立论颇合先生之意，将《旧唐书》所载武后淫秽事，大半删除，同局以为不然。亡何，夜卧书舍，有小黄门来，称则天皇太后请嵇先生。因随之行，望前面宫殿外有四金柱插空，高数十丈，上书‘天枢’二字。一宫女云鬟霞佩出，引向殿西角，云：‘先生少坐，待我奏闻。’语毕便去。殿上门槛甚高，跨殊费力，绣帘中坐冕旒者，相离远，仰视不甚分明，异香从殿上吹来，仿佛莲花气息。旁有虎皮交椅，坐白须人，手执牙笏，口奏事，琅琅数千言，亦不可辨。冕旒者似与驳诘良久，已而大笑，其齿皓然呈露，洁白如玉，面为旒珠所遮，终未见也。少顷，前宫女出，谓曰：‘今天已暮，太后不及相见，请先生且回。所以奉屈者，谢先生驳删《唐书》之功，先生当自知之。’语毕，袖中出一玉秤，曰：‘此我在长安以之称量天下才者，先生将往长安，敢以奉赠。’门生心知是上官婉儿，逡巡揖谢而醒。其年果有督学陕西之差。”

【译文】

侍读学士嵇受之是无锡人，他是我教授的学生。乾隆四十六年冬天，他路过我的随园，我留他喝酒。酒席上谈论史事，我极力说明，《资治通鉴》里记载的安禄山母事杨贵妃，“贵妃以锦绣为大襁褓，裹禄山”，玄宗“赐贵妃洗儿金银钱”的事情，是荒谬胡言。嵇受之说：“我在国史局时，被派去编写《唐鉴》，我的观点与先生的观点非常相合。当时，我将《旧唐书》中记载的武后淫乱的事，大都删去，同事们都不同意我的做法。没多久，我晚上睡在书房，梦见来了一个小太监，说：‘则天皇太后请嵇先生。’我就跟他走了。我望见前面有一座宫殿，外面有四根金柱子耸入天空，高几十丈，上面写着‘天枢’二字。又有一个宫女，梳着云朵般的发髻，戴着彩霞般的首饰，从宫里出来，将我领到宫殿的西角，说：‘请嵇先生稍坐，等我去禀报。’说完，就进了殿。宫殿的门槛很高，跨过去很费力。我看见绣帘里面坐着一个头戴王冠的人，因为相距较远，我抬头望也看不大清楚；还有一股奇异的香味从殿上飘来，仿佛是莲花的清香。绣帘的旁边有一张虎皮椅子，上面坐着一个白胡子老头，手拿牙笏，正在禀奏什么事情，声音洪亮，滔滔不绝，也听不清楚。戴王冠的人似乎正与这个老头争论，过了一会儿，才大笑起来，露出牙齿，洁白如玉；但她的脸却被王冠上的玉串遮住了，我始终没看清。不久，刚才的那个宫女出来了，对我说：'今天已经晚了，太后没有时间见你，请嵇先生暂且回去。请你屈驾来这儿的原因，是为了感谢你驳斥并修改了《旧唐书》的功劳，你自己肯定也知道这件事。'说完，她从衣袖中取出一杆玉秤，说：'这是我在长安时，用来称量天下人才的秤。你将到长安去，我就把它赠送给你吧。'我知道这个宫女是上官婉儿，就一边后退，一边作揖拜谢。然后，我也醒了。这一年，我果然接到了去陕西任督学的差使。"

冒失鬼

相法：瞳神青者能见妖，白者能见鬼。杭州三元坊石牌楼旁居老妪沈氏，素能见鬼，常言：十年前见一蓬头鬼，匿牌楼上石绣球中，手执纸钱为镖，长丈余，累累若贯珠。伺人过牌楼下，暗掷镖打其头，人辄作寒噤，毛孔森然，归家即病，必向空中祈祷或设野祭方愈。蓬头鬼藉此伎俩，往往醉饱。一日，有长大男子，气昂昂然，背负钱镪而过，蓬头鬼掷以镖，男子头上忽发火焰，冲烧其镖线，层层裂断，蓬头鬼自牌楼上颠仆，滚绣球而下，喷嚏不止，化为黑烟散去，负钱之男子全不知也。自此三元坊石牌楼无复作祟矣。吾友方子云闻之，笑曰："作鬼害人，亦须看风色；若蓬头鬼者，其即世所称之冒失鬼乎？"

【译文】

相书上说："瞳孔发青的人，能看见妖怪；瞳孔发白的人，能看见鬼魂。"杭州三元坊石牌楼旁边，住着一个姓沈的老太婆，平常能看见鬼，曾经说："十年前，我看见一个蓬头鬼，躲在牌楼上面的石绣球中，手拿纸钱，用作飞镖，纸镖串有一丈多长，密密麻麻，好像串着珠子一样。蓬头鬼看到有人从牌楼下经过，就暗中投掷纸镖，打行人的头；被打中的人就会打寒颤，毛发直竖，回家后就生病；这时，病人必须向空中祈祷，或者在野外祭祀，病才会好起来。蓬头鬼凭借这种把戏，常常吃得酒醉饭饱。一天，有个身材高大的男子，气势昂昂地背着成串的钱，从牌楼下走过。蓬头鬼用纸镖打他，这男子头上忽然喷射出一股火焰，向上直冲，将串着纸镖的线烧着了，纸镖就一层一层地剥落下来，蓬头鬼也从牌楼上摔了下来，随着石绣球滚到地上，蓬头鬼直打喷嚏，最后化作一股黑烟消散了。背钱的那个男子，一点儿也不知道发生的事。从此，三元坊石牌楼就不再有鬼作怪了。"我的朋友方子云听说这件事后，笑着说："做鬼害人，也必须看看风向。像蓬头鬼这样的，不就成了世人所说的冒失鬼吗？"

史宫詹改命

溧阳宫詹史胄斯未遇时，赴省乡试，遇南门外汤道士，谈命甚精，因以年庚求为推算。道士曰："照丑时算，你终身只一诸生，寿可八十三岁；若照寅时算，便可官登三品，今科便中。汝丑时乎？寅时乎？"曰："丑时也。"曰："若然则今科不中矣。"史怆然不乐。道人曰："命可改也，但阴司寿算最重，君如肯减寿三十年，当为君改作寅时。"史公欣然愿改。道士曰："果情愿者，明日早来。"次夜，史五鼓熏沐到寺，道士已启户待，曰：“子诚信人，但日后官尊寿短，毋自悔也！”史唯唯，具香烛对天自陈。道士披发仗剑，口中喃喃诵咒，良久，另书一庚帖与之。史公持归，置箧中，果于是年乡会联捷，官至宫詹。五十二岁，希图降级永年，而任内总无过失，商之吏部，笑而不信。至次年春，精神甚健，五月，偶染微疾，上命太医往视，为药所误，竟不起矣。此事公孙抑堂司马言，司马，余亲家也。

【译文】

詹事府詹事史胄斯是溧阳人，他没做官时，到省城参加乡试，在南门外，遇到了一个姓汤的道士，精通算命，史胄斯就将生辰八字告诉了道士，求道士为他推算。道士说：“如果按丑时出生来推算，你一生只是个普通的秀才，寿命可达八十三岁；如果按寅时出生来推算，你将会做到三品官，而且这次乡试就能考中。你是丑时出生的呢？还是寅时出生的？”史胄斯说：“我是丑时出生的。”道士说：“如果这样的话，那这一次乡试，你就考不中了。”史胄斯听了，闷闷不乐。道士说：“命运是可以改变的。但阴司对人的阳寿算得很精确，你如果愿意少活三十年，我就可以将你改作寅时出生。”史胄斯十分高兴，愿意改变命运。道士说：“如果你真的心甘情愿，那么就明天早晨来吧。”第二天凌晨五更时分，史胄斯就熏香沐浴，来到庙里，道士已经打开门，正等着他。道士说：“你真是讲信用的人，但以后你虽然官职尊贵，寿命却很短，你不要后悔。”史胄斯连连答应，就拿了香烛，朝着天，陈述了改变命运的事情。道士则披头散发，手提宝剑，口中念念有词，念着咒语。过了很久，道士又另外写了一个生辰八字，交给史胄斯，史胄斯拿回家，放在箱子里。这一年，他果然连连考中了乡试和会试，官至詹事，主管内宫事务。史詹事五十二岁时，想降低官职，延长寿命。然而他在任期内，从来没有犯过错误，他就去跟吏部商量，吏部的官员觉得好笑，不相信有这回事。到了第二年春天，史詹事精神健旺。五月间，史詹事偶然生了一点小病，皇上叫太医前去给他治病，不料太医用错了药，他就此一病不起。这件事是史詹事的孙子州同知史抑堂说的，他是我的亲家。

高相国种须

高文端公自言，年二十五作山东泗水县令时，吕道士为之相面，曰："君当贵极人臣，然须不生，官不迁。"相国自摩其颐曰："根且未有，何况于须?"吕曰："我能种之。"是夕伺公睡熟，以笔蘸墨画颐下如星点。三日而须出矣，然笔所画，缕缕百十茎，终身不能多也。是年迁邠州牧，擢迁至总督而入相。

【译文】

高文端公自己说，他二十五岁做山东泗水县令时，有个姓吕的道士给他相面，说："你本应荣华富贵，官居极品，但你没有长胡须，所以不能升官。"高文端公摸着下巴，说："根都没有，哪来的胡须呢?"道士说："我能种胡须。"当夜，道士等高文端公睡熟了，用笔蘸上墨汁，在他的下巴上画了一些小点点，像星星一样。三天后，高文端公就长出了胡须。但是，道士用笔点出的胡须，只有稀稀疏疏的一百多根，所以他的胡须，后来一直没有多起来。就在那一年，高文端公升为邠州知州，后来又提升为总督，最后当了宰相。

说官话鬼

河东运使吴云从，作刑部郎中。公馆外偶有社会，家人妇抱小公子出看，溺尿路旁。公子忽哭不止，家人抱归，不知何故。至夜，公子作北语云："怎么小孩子这般无礼，溺在我头上？我与你不得开交！"吵闹一夜。吴公怒，次晨作牒焚与本处城隍，云："我南方人也，无故小儿撞着说官话鬼，猖獗可恨，托为拿究。"是夜平定。至第三日晚，公子又病，仍作北语云："你不过是个官儿罢了，竟这样糟挞我们的老四，咱们兄弟今日来替他报仇，要些烧酒喝喝。"夫人不得已，曰："与你喝，不要闹。"于是一鬼喝毕，一鬼又要喝，兼讨前门外杨家血贯肠做下酒物，呶呶之声又复达旦。吴公上前批其颊，骂曰："狗奴强转舌根，学说官话，再说便打！"然打者自打，说者自说。吴又牒城隍，云："说官话鬼又来了，求神惩治。"是夕宅中闻鞭挞声，鬼云："你不要打，咱们去就是了。"公子病随愈。

【译文】

河东运使吴云从，他任刑部郎中时，公馆外有一次举行庙会，吴家佣人的老婆抱着小公子，出去看热闹。小公子在路边撒了一泡尿，忽然没完没了地哭起来，佣人只得把他抱回家，却不知道其中的原因。到了晚上，小公子讲起北方话来："怎么这个小孩子这样无礼，竟把尿撒在我头上！我与你决不罢休！"就这样吵闹了一整夜。吴公生气了，第二天早晨，就写了状子，烧给当地的城隍神。状文上写着："我是南方人，无缘无故地，我的小儿子撞上了一个说北方官话的鬼，这个鬼猖狂可恨，拜托城隍捉拿查办。"当夜，吴家平安无事。到第三天晚上，小公子又病了，仍然说着北方话："你不过是个官员而已，竟敢这样糟蹋我们老四，咱们兄弟今天来替他报仇，要些烧酒喝喝。"吴夫人不得已，说："给你们酒喝，不要吵闹了！"于是，一个鬼喝完，另一个鬼又要喝，还索讨前门外杨家的血贯肠做下酒菜，吵吵嚷嚷，一直闹到天亮。吴公上前打了小儿子一个巴掌，骂道："狗奴才，你硬着舌头，学说北方官话，再说就打！"但是，打归打，说归说。吴公只得又给城隍神写状子："说北方话的鬼又来了，请城隍神惩治他们。"这天晚上，吴家传出鞭打的声音，那些鬼叫道："你不要打，咱们走就是了。"小公子的病随即就好了。

偷雷锥

杭州孩儿巷有万姓，甚富，高房大厦。一日，雷击怪过产妇房，受污，不能上天，蹲于园中高树之顶，鸡爪尖嘴，手持一锥。人初见，不知为何物，久而不去，知是雷公。万戏谕家人曰："有能偷得雷公手中锥者，赏银十两。"众奴嘿然，俱称不敢。一瓦匠某，应声去，先取高梯置墙侧，日西落，乘黑而上，雷公方睡，匠竟取其锥下。主人视之，非铁非石，光可照人，重五两，长七寸，锋棱甚利，刺石如泥。苦无所用，乃唤铁工至，命改一刀，以便佩带。方下火，化一阵青烟杳然去矣。俗云天火得人火而化，信然。

【译文】

杭州孩儿巷有个姓万的，很富有，住着高楼大厦。一天，雷公追击妖怪，路过产妇住的房子，受到了污染，不能上天，就蹲在园子里的高树顶上。雷公长着像鸡一样的爪子，尖尖的嘴，手里拿着一个锥子。人们刚见到时，不知道它是什么；但看它久久不走，才知道是雷公。万某跟家里的仆人开玩笑，说："谁能偷到雷公手里的锥子，我就赏给他十两银子。"仆人们嘿嘿直笑，都说不敢，只有一个瓦匠应声而去。他先搬来一张高高的梯子，搭在墙边，等太阳下山，他就趁着天黑，爬了上去。雷公刚刚睡着，瓦匠竟偷了锥子，下了梯子。主人万某接过一看，那锥子既不是铁，也不是石头，但光芒照人，重五两，长七寸，锋口锐利，刺石如泥。万某派不上用场，就叫来一个铁匠，让铁匠将锥子改制成一把刀，好佩带在身上。锥子刚被放进火里，就化作一阵青烟，消失得无影无踪。俗话说："天火遇到人火，就化掉了。"的确是这样。

土地受饿

杭州钱塘邑生张望龄病疟，热重时，见已故同学顾某者踉跄而来，曰："兄寿算已绝，幸幼年曾救一女，益寿一纪。前兄所救之女，知兄病重，特来奉探，为地方鬼棍所诈，诬以平素有黯昧事。弟大加呵饬，方遣之去，特诣府奉贺。"张见故人为己事而来，衣裳蓝缕，面有菜色，因谢以金。顾辞不受，曰："我现为本处土地神，因官职小，地方清苦，我又素讲操守，不肯擅受鬼词，滥作威福，故终年无香火；虽作土地，往往受饿，然非分之财，虽故人见赠，我终不受。"张大笑，次日具牲牢祭之。又梦顾来谢曰："人得一饱，可耐三日；鬼得一饱，可耐一年。我受君恩，可挨到阴司大计，望荐卓异矣。"张问："汝如此清官，何以不即升城隍？"曰："解应酬者，可望格外超升；做清官者，只好大计卓荐。"

【译文】

杭州钱塘县秀才张望龄，生了疟疾，病重时发高烧，梦见早已去世的同学顾某，跌跌撞撞地走进来，说："仁兄的阳寿已经完了，幸亏你年轻的时候，曾经搭救过一位女子，因此你被增加了十二年寿命。当初，仁兄所救的那位女子，知道你病重，就特地前来探望你，却被当地的恶鬼欺诈，恶鬼污蔑她平时有不检点的事，我把恶鬼训斥了一顿，才送走这个女子。我特地到你家来祝贺。”张望龄看到老朋友为了自己的事而来，身上的衣服又破又烂，脸色又青又黄，就送银子给他，表示感谢。顾某推辞，不肯接受，说：“我现在是本地的土地神，因为官职小，地方艰苦，就过着清贫的生活。我平常又讲求德行，不肯随便听从鬼的怂恿，任意作威作福，所以一年到头，都没有人祭祀我。虽然我做了土地神，却常常挨饿，可是，不是我分内的钱财，即使是老朋友赠送的，我也不能接受！”张望龄听了，大笑起来。第二天，张望龄准备了牲口，去祭祀土地神，又梦见顾某前来答谢：“人吃饱一顿，可以维持三天；鬼吃饱一顿，可以维持一年。我受了你的恩惠，就可以熬到阴间考核官员，希望到那时，我能因品德出众而被提拔。”张望龄问：“你如此清正廉洁，为什么不立即提升你为城隍神呢？”顾某说：“懂得应酬的人，可以寄希望于破格提拔；而做清官的，就只好等到考核官员时，被推荐为品德出众的人，才有可能获得提升。”

批僵尸颊

桐城钱姓者，住仪凤门外。一夕回家，时已二鼓，同事劝以明日早行，钱不肯，提灯上马，乘醉而行。到扫家湾地方，荒坟丛密，见树林内有人跳跃而来，披发跣足，面如粉墙，马惊不前，灯色渐绿。钱倚醉胆壮，手批其颊，其头随披随转。少顷又回，如牵丝于木偶中。阴风袭人。幸后面人至，其物退走，仍至树林而灭。次日，钱手黑如墨，三四年后黑始退尽。询之土人，曰：“此初做僵尸，未成材料者也。”

【译文】

桐城县有个姓钱的，住在仪凤门外。一天晚上，他打算回家时，已经二更了，同事们劝他第二天早晨再走，他不肯，就提灯上马，醉醺醺地往回走。走到扫家湾这一带，只见荒坟杂乱，忽然树林里有个人跳着走出来，披头散发，光着脚丫，脸色跟粉墙一样白。钱某所骑的马受了惊吓，不敢往前走，他手里提着的灯，也渐渐发出绿光。钱某仗着喝醉了，胆子大，就用手打那人的脸。那人的头一边挨打，一边竟随着转动起来，不久，又转回原位，如同被丝线牵着的木偶。钱某觉得阴风袭人，幸亏后面有人来了，那人才走了，仍然退到树林里，不见了。第二天，钱某一看，自己的手掌很黑，像涂了墨汁一样；过了三四年，他手上的黑色才褪尽。他问当地人，当地人说："那人刚刚做了僵尸，还没有完全成材呢！"

簸箕龟

乾隆辛卯春，山阴刘际云舟过镇江，见风覆客船，漂没货物甚多。江边有素谙水性人，俗名"水鬼"，专以打捞货物为生。是日客舟有覆者，群水鬼皆至，言定价钱，一齐入水。及上岸，忽少一人，众疑其在水藏匿金银，复入水，遍寻不得。但见一龟，赤色，大过浴盆，形扁如簸箕，无头无尾无足。水鬼被其咬住，拉之不开，乃以大铁钩拽龟上岸。通体有小穴数百，皆其口也，人血已经吸尽，而口犹紧咬不放。刺以利刃，龟若不知。不得已，并人与龟烈火焚之，臭闻数里。或曰：此即锅盖鱼之极大者，严州江中尤多。

【译文】

乾隆三十六年春天，山阴人刘际云乘船经过镇江，看见一艘外来船只被风吹翻，漂浮和沉入水的货物很多。江边有熟悉水性的人，俗称“水鬼”，他们专门以打捞货物为生。这天，见有客船翻沉，水鬼们都赶来了，与船主讲好价钱后，一齐下水打捞。等到上岸时，他们发现少了一个人，大家就怀疑这人在水下藏金银，便又下水去找，但找遍了，也没找到。这时，他们看见一只红乌龟，比澡盆还大，扁扁的，像是簸箕一样，没头没尾也没脚。那个水鬼被乌龟咬住，拉也拉不开，大家就用大铁钩，把乌龟拽上岸。那乌龟全身有几百个小孔，都是它的嘴，人血已被它吸干了，它却仍然紧咬不放。大家用锋利的刀刺它，它也毫无知觉。不得已，大家只好连人带龟，用大火焚烧，那臭味传出了好几里。有人说：“这就是最大的锅盖鱼变的。严州的江水中，这种鱼尤其多。”

命该薄棺

台州富户张姓家，有老仆某，六十无子。自备一棺，嫌材料太薄，访有贫家治丧仓卒不能办棺者，借与用之，还时但索加厚一寸，以为利息。如是数年，居然棺厚九寸矣，藏主人厢房内。一夕，邻家火起，合室仓皇，看火者见张氏宅上立一黑衣人，手执红旗，逆风而挥，挥到处，火头便转。张氏正宅无恙，惟厢房烧毁，老仆急入扛取棺，业已焚及，忙投水塘中，俟扑灭余火后拖起刨之，依然可用，但尺寸之薄亦依然如前矣。

【译文】

台州有个姓张的富人，家里有一个老仆人，六十多岁了，还没有儿子。他为自己准备了一口棺材，因为嫌棺材的木料太单薄，每当打听哪户穷人家办丧事来不及打造棺材时，他就将自己的棺材借给他们使用，还棺材时，要他们将棺材板加厚一寸，以此作为利息。这样过了好几年，老仆人的棺材居然有了九寸厚，他就将棺材放在主人家的厢房里。一天晚上，邻居家失火，张家人都很慌张。跑来看火的人，发现张家屋顶上站着一个黑衣人，手拿红旗，逆风挥舞，挥到哪里，火头就跟到哪里。张家堂屋没有受到损坏，只有厢房被火烧掉了。老仆人急忙进屋扛出棺材，这时棺材已经被烧着，他就连忙将棺材丢进水塘。等扑灭余火后，把棺材拖上岸来，刨去烧焦的地方，仍然可以用，但棺木的尺寸却薄得与当初一样了。

向狐仙学道

云南监生俞寿宁，习仙家符箓之学，仗一古剑，替人驱妖，颇有灵应。一日，其友张某下田收租，遇大风雨，过其门，将借宿焉。俞不可，张忿然而行，必欲探其所以见拒之故，仍往其门，穴墙窥焉。见俞张设酒肴，有两席，宾客欢呼，男女杂沓。张愈怒，斧碎其门，排闼入，则酒席具存，而群宾不见。俞惊出，蹋足曰："君误我，君误我！我好学仙，难得真师传道，不得已，广请狐仙指示。半年以来，所遇男女狐仙甚多，有相约为兄弟者、为夫妇者、为兄妹者，不一而足。今日众仙会议，将授长生要诀，故隆其礼文，备馔相延。尚未谈及玄关要旨，而被汝撞破，泄漏天机，致诸仙散去，岂非天哉！前数日紫文真人原说今日是破日，必被凡人冲破，须改日作会；而瑶仙三妹以明日将嫁某郎，故权择今日，果然不利，亦数也。我明日行矣，将别择一洁净之所，聚会群仙，不使人知。"此后俞云游于外，不知所往。

【译文】

云南有个监生，名叫俞寿宁，他学习神仙家画符箓，又凭着一柄古剑，替人家驱除妖怪，居然很有灵验。一天，他的朋友张某到乡下收租，遇上大风大雨，路过俞家门口，就请求借宿，俞寿宁没答应。张某生气地跑了，却一定要弄清楚俞寿宁拒绝他的原因，于是又返回到俞家门口，挖了墙洞朝里偷看。只见俞寿宁摆了两桌酒席，宾客欢叫，男女混杂。张某更加气愤，用斧头把门砍碎，一推就闯了进去，只见酒席还在，而客人们却不见了。俞寿宁大吃一惊，慌忙跑出来，跺着脚，对张某说："你误了我的事！你误了我的事！我想学仙，难以得到真师传授道术，不得已，才请来四方的狐仙指导。半年以来，我遇到了很多男男女女的狐仙，他们有的和我约为兄弟，有的和我约为夫妇，还有的和我约为兄妹，我不能一一列举。今天，群仙聚会，将把长生不老的秘诀教给我，所以，我郑重其事，准备了酒席，隆重地招待他们，还没谈到关键的地方，就被你撞破，泄漏了天机，导致群仙散去。这难道不是天意吗？前几天，紫文真人就说，今天是破日，肯定会被凡人冲破好事，必须改天再聚会。可是，因为瑶仙的三妹明天要出嫁，所以只好选在今天，果然不吉利，也是命中注定！我明天就要走了，将另外选一个整洁清净的地方，与群仙聚会，不让别人知道。"从此以后，俞寿宁就在外面四处游历，人们也不知道他后来去了哪里。

五通神因人而施

江宁陈瑶芬之子某，素不良。游普济寺，见寺供五通神，坐关帝之上，怒其无礼，呼僧责之。命移五通于关帝之下，游人观者俱以为是，陈傲然自得。夕归，见五通神当门而立，遂仆地狂叫曰："我五通大王也，享人间血食久矣。偶然运气不好，撞着江苏巡抚老汤，两江总督小尹，将我诛逐。他两个都是贵人，又是正人，我无可奈何，只得甘受。汝乃市井小人，敢作威福，我不能饶汝矣！”其家环拜，具三牲纸锞，延僧祷祀，竟不能救而死。

【译文】

江宁人陈瑶芬的儿子陈某，一向品行不良。他游览普济寺，看见寺内供奉的五通神坐在关帝的上首，就责怪五通神不懂礼节，还把寺里的和尚叫来骂了一顿，并让他们将五通神移到关帝下首。围观的游人也认为陈某做得对，于是，陈某更加洋洋得意。晚上，陈某回到家里，看见五通神挡住门，站在那里。陈某当即倒在地上狂叫：“我是五通大王，享受人间的祭祀已经很长时间了。我偶尔运气不好，撞上了江苏巡抚老汤和两江总督小尹，他们惩罚我，将我驱逐了。不过，他们两人都是贵人，又是正人君子，我也无可奈何，只得甘心忍受。你只是一个市井小人，竟然也敢作威作福，我不能饶你！”陈家人跪了一圈，又准备了猪、牛、羊以及纸锭，请和尚来祷告祭祀，结果陈某仍然没有救活。

张奇神

湖南张奇神者，能以术摄人魂，崇奉甚众。江陵书生吴某独不信，于众辱之，知其夜必为祟，持《易经》坐灯下。闻瓦上飒飒作声，有金甲神排门入，持枪来刺，生以《易经》掷之，金甲神倒地，视之一纸人耳，拾置书卷内夹之。有顷，有青面二鬼持斧齐来，亦以《易经》掷之，倒如初，又夹于书卷内。夜半，其妇号泣叩门，曰：“妾夫张某，昨日遣两子作祟，不料俱为先生所擒，未知有何神术，乞放归性命。”吴曰：“来者三纸人，并非汝子。”妇曰：“妾夫及两儿皆附纸人来，此刻现有三尸在家，过鸡鸣则不能复生矣。”哀告再三。吴曰：“汝害人不少，当有此报。今吾怜汝，还汝一子可也。”妇持一纸人泣而去。明日访之，奇神及长子皆死，惟少子存。

【译文】

湖南人张奇神，能够用法术摄取别人的灵魂，所以，敬奉他的人很多。江陵有个读书人吴某，偏偏不信这一套，当众羞辱了张奇神。吴某料到张奇神当夜一定会作怪害他，就拿着《易经》，坐在灯下。他听见屋瓦上沙沙作响，有一个身穿金铠甲的神推门进来，举枪就刺吴某，吴某把《易经》扔过去，金甲神就倒在地上。他走过去一看，原来是个纸人，就将纸人捡起来，夹在书里。过了一会儿，又有两个青面鬼拿着斧头，一起进来，吴某又把《易经》扔过去，同刚才一样，两个青面鬼也倒在地上，变作纸人。吴某又将纸人夹进书里。半夜，张奇神的老婆号哭着来敲门，说：“我的丈夫张奇神，昨天让两个儿子作怪害人，没想到他们都被你捉住了，不知你有什么神术。请求你放回他们的性命吧。”吴某说：“我这里只来了三个纸人，并不是你的儿子。”张妻说：“我丈夫和两个儿子，都是附在纸人身上来的。现在，我家里就停放着他们三人的尸体，过了鸡叫的时间，他们就不能复活了。”说完，她再三哀求，吴某说：“你们害人不少，该有这样的报应。现在我可怜你，还给你一个儿子，可以了吧。”张妻拿了一个纸人，哭着走了。第二天，吴某去探访，张奇神和他的大儿子都死了，只有小儿子活着。

青阳江丫

青阳人江丫，处乡馆，教村童五人，长者不过十二三岁，幼者八九岁。一日，字课甫毕，江忽持木棍将五生排头打死，己亦触墙流血，昏晕倒地。各家父母闻之，奔赴喊哭，叩其故。据江云：“午间安坐，突见窗外奇鬼六七辈，绀发蓝面，著五色衣，前来搏噬诸生。我惶急，驱之不去，随取木棍，将鬼击打无踪，自幸诸生得免于难。亡何谛观，始知所打死者非鬼，即弟子五人，横尸在地，痛摧心肝，因自寻死，故触墙脑裂。”官验取供，以鬼语难成信谳，质之各家父母，皆云与江丫平日绝无仇隙，渠作先生，爱惜诸童颇好，亦无疯症，此举不知何故，想系前生冤孽。江脑破垂毙，现在收禁，俟医治痊时再行审抵云云。此乾隆二十一年五月间青阳知县申详总督尹公文书也，余亲见之。半月后，报江丫死于狱。

【译文】

青阳人江丫，在乡下教书，他教了村里的五个小孩，其中，最大的不过十二三岁，小的只有八九岁。一天，刚上完写字课，江丫忽然拿起木棍，打五个学生的脑袋，竟将学生打死了，他自己也撞在墙上，血流不止，昏倒在地。各家父母听说后，都急忙赶来，又喊又哭，询问其中的缘故。根据江丫说：“中午的时候，我正坐着，忽然看见窗子外面有六七个鬼，奇形怪状，头发深青带红，面孔是蓝色的，穿着五色衣，他们一进来，就抓住学生咬起来。我又惊又急，却赶不走他们，就随手拿了一根木棍，将鬼打得无影无踪。我正庆幸学生们躲过了一场灾难，没多久，我仔细一看，才发现被我打死的不是鬼，却是五个学生。看到学生的尸体倒在地上，我撕心裂肺，悲痛欲绝，就不想活了，所以才撞墙寻死，头破血流。”官府派人验尸取供，认为不能凭鬼话审判定案，就去问各家学生的父母，他们都说：“平常与江丫绝对没有怨仇，江丫做老师，很爱护学生，也没有疯病。他的这些所作所为，不知是什么原因造成了，想必是前世的冤孽。江丫撞破了脑袋，奄奄一息，还是先将他关押起来，等他治愈了，再审讯吧。”乾隆二十一年五月，青阳县知县呈报文书给总督尹公，文书上就写着这件事，我亲眼见过。半个月后，又报告江丫死在狱中。

梁武帝第四子

杭州汪慎仪家，园亭极佳，园在小粉墙北街。主人将有掘池之举，夜梦美少年，玉冠珠履，仪貌详华，自领以下悉翠丝环襭，袍衫上绣万枝梅花，自称：“我梁武皇帝第四子南康王萧绩也，都督江州，病薨，葬此千余年。闻主人将有池塘之掘，幸勿伤我窀穸。”言毕而逝。主人次日命锹锸试之，未丈许，得梁天监八年所造方砖数十块，遂止掘。今砖藏严侍读冬友家。

【译文】

杭州人汪慎仪家的园林亭台十分优美，这个园子位于小粉墙北街。汪慎仪想在园子里挖掘一个池塘。夜里他做梦，看到一个英俊的少年，头戴玉冠，脚穿珠鞋，相貌堂堂，仪表华贵，衣领以下，全是翠绿的丝绸扣成彩结，袍子上绣着千万朵梅花。这少年自己说：“我是梁武帝的第四个儿子南康王萧绩。当年，我在江州都督的任上，病死了，埋葬在这里已经一千多年。听说主人要挖掘池塘，请不要毁坏我的坟墓。”说完，这少年就消失了。第二天，汪慎仪命人用铁锹、铁锸试着挖了几下，还没挖到一丈深，就挖出了梁朝天监八年所制造的方砖，有几十块。于是，他就停止挖掘。目前，这些方砖放在侍读严冬友的家里。

吕城无关庙

吕城五十里内无关庙，相传城为吕蒙所筑，至今蒙为土地。一造关庙，每夜必有兵戈角斗声，以故相戒勿立关庙也。有以卜卦行道者，借宿土神庙中，夜间雷雨作闹，屋瓦皆飞，及旦，不解其故。里人来观，则卜者所肩一布旗上画帝君像也，乃逐之，不许其再宿吕侯庙中。

【译文】

吕城方圆五十里以内，没有关帝庙。据说，吕城是东吴的吕蒙修筑的，到现在，吕蒙做了这里的土地神，如果建造关帝庙，那么每天晚上，就肯定有兵器格斗的声音，所以，当地人互相告诫，不要建造关帝庙。有个占卜算命的人，在土地庙借宿。当夜，雷雨大作，屋上的瓦片全都飞了起来，一直闹到第二天早晨，他不明白其中的缘故。当地人赶来一看，原来，他的肩上挂着一面布旗，旗上画着关帝的像。于是，当地人将他赶走，不许他再住在吕侯庙里了。

姚剑仙

边桂岩为山盱通判，构屋洪泽堤畔，集宾客觞咏其中。一夕，觥筹正开，有客闯然入，冠履垢敝，辫发毵毵然披拂于耳，叉手揖坐诸客上，饮啖无怍。诸客问名姓，曰：“姓姚，号穆云，浙之萧山人。”问何能，笑曰：“能戏剑。”口吐铅子一丸，滚掌中，长寸许，火光自剑端出，熠熠如蛇吐舌。诸客悚息莫敢声，主人虑惊客，再三请收。客谓主人曰："剑不出则已，既出则杀气甚盛，必斩一生物而后能敛。"通判曰："除人外皆可。"姚顾阶下桃树，手指之，白光飞树下，环绕一匝，树仆地无声。口中复吐一丸，如前状，与桃树下白光相击，双虬攫挐，直上青天，满堂灯烛尽灭。姚且弄丸且视诸客，客愈惊惧，有长跪者。姚微笑起曰："毕矣。"以手招两光奔掌内，仍作双丸，吞口中，了无他物，引满大嚼。群客请受业为弟子，姚曰："太平之世，用此何为？吾有剑术，无点金术，故来。"通判赠以百金，居三日去。

【译文】

边桂岩是山盱县的通判，他在洪泽湖的堤岸旁，修建了一所房子，常常请来宾朋好友，喝酒作诗。一天晚上，客人们正交杯换盏，喝得起劲，忽然闯进一个人，帽子、鞋子又脏又破，辫子散开，头发披在耳边。他叉手作揖，就坐在客人们的上首，又吃又喝，一点也不难为情。众人问他姓名，他说："我姓姚，号穆云，浙江萧山人。"问他有什么本事，他说："我能玩剑。"说着，他从嘴里吐出一只铅丸，铅丸滚到手掌上，就变成了一把剑，一寸多长，火光从剑头喷出来，光芒闪耀，就像蛇在吐舌。客人们吓得屏住呼吸，不敢出声。边通判担心客人们受惊，就再三请姚某收起宝剑。姚某说："剑不出来，也就罢了，剑一旦出来，杀气就很旺，必须杀掉一个有性命的东西，才能把它收起来。"边通判说："除了不能杀人，别的东西都行！"姚某回头看到台阶下有一棵桃树，就用手指着树，随后一道白光飞到树下，绕树一周，桃树就倒在地上，一点声响也没有。接着，姚某像先前一样，又从嘴里吐出一只铅丸，铅丸发出的白光与桃树下的白光相互撞击，这时，只看见两条虬龙彼此扭抱着，直上青天，满屋子的灯烛全都熄灭了。姚某一边玩弄着丸子，一边看着客人们。客人们更加害怕，有的竟跪在地上，久久起不来。姚某微笑着说："完了！"就用手招引两道白光，两道白光迅速回到他手掌内，仍变作两粒铅丸，他将丸吞进嘴里，就什么东西也没有了。然后，他斟满酒，大吃起来。客人们请求姚某收他们做徒弟，姚某说："太平时代，用这些神术干什么！我有剑术，却没有点金术，所以才来这儿。"于是，边通判送给他三百两银子，姚某住了三天，才离开。

黑 煞 神

桐城农民汪廷佐，耕双冈圩，发一古墓，得古鼎铜镜等物。携归家，置镜几上，彻夜通明，以为宝也，与其妻加爱护焉。亡何，汪入街市，路见狰狞黑面者，长丈余，拳殴之，曰："我黑煞神也。汝盗陆小姐墓，当死。小姐乃元祐元年安徽太守陆公女，陆作官有善政，小姐夭亡，上帝怜之，属我营护其坟，命小姐往徽州司一路痘疫事。汝敢乘我与小姐外出而盗其所有耶？"言毕仆地昏迷。路人舁之至家，疽发于背。小姐亦附其妻身大骂。举家哀求，欲延高僧为设斋醮。小姐曰："不必。汝村农无知，既自知罪，但速将鼎镜等物送归原所，别买棺安葬我骨，可以恕汝。但我已为冥司痘神，应享香火。此段公案，须立一碑，晓示村民，永昭灵应。城中贡士姚先生翌佐，人品端方，人所敬信，须往求其作记，方免汝死。"汪叩头曰："前发墓时但见鼎镜等物，实不见有骸骨，此时虽买新棺，将从何处检小姐骨耶？"小姐曰："我年少女子，骨脆，岁又久远，故已化矣。然我骨所化之土，坚洁不污，有金色光，汝往坑中取土，映日视之，便有识别，可以改葬。"汪如其言，试之果然，即为礼葬。往告姚贡生，姚亦夜有所梦，乃作记立碑，而汪疽愈。此事江宁太守章公攀桂所言。章，桐城人也。

【译文】

桐城县农民汪廷佐，在双冈圩耕地时，挖到了一座古墓，得到古鼎、铜镜等物品，他带回家后，将铜镜放在桌几上，屋内竟整夜通明。他认为这是宝物，和妻子加倍珍惜爱护。没多久，汪廷佐上街，路上碰见一个黑脸的人，面目狰狞，一丈多高，挥拳殴打汪廷佐，说道："我是黑煞神！你盗窃了陆小姐的坟墓，罪该万死！陆小姐是宋朝元祐元年安徽陆太守的女儿，陆太守为官清正，政绩卓著。不幸的是陆小姐小小年纪就死了。上帝怜惜她，派我看护她的坟墓，派她到徽州，专管那一带的疽疫。你竟敢趁我和小姐外出的时候，偷她的东西！"说完，汪廷佐就倒在地上，昏迷不醒。行人把他抬回家，发现他背上生了一个毒疮。陆小姐也附在汪妻身上大骂。全家人苦苦哀求，准备请高僧来为陆小姐设斋坛做道场。陆小姐说："不必了！你们这些村民本来就无知，既然现在已经知罪，只要赶快将古鼎、铜镜等物品送回原处，另外再买棺材安葬我的尸骨，我就可以饶恕你们。但是，我已经做了阴司的疽神，应该享受人间的香火祭祀，这件事，必须刻在石碑上，让所有村民都知道，我将永远昭示神的灵应。城里有个贡生名叫姚翌佐，品行端正，众人敬仰，你去求姚先生做碑文，记下这件事，我就可以免你一死。"汪廷佐叩头说："先前，我挖墓时，只看见古鼎、铜镜等物品，实在没有看见骸骨。即使我现在买来新棺材，又从哪里寻找小姐的尸骨呢？"陆小姐说："我是个小女孩，骨头松脆，年代又久，所以已经化掉了。但我的骨头所化成的泥土，坚硬而且洁净，一点也不受污染，还有金色的光芒。你往坟坑中把泥土取出来，映着阳光看一看，就能识别，然后可以将我改葬。"汪廷佐照她的话去做，试了试，果然是这样，就为陆小姐举行了隆重的葬礼。接着，他又去告诉姚贡生。姚贡生夜里也已梦见此事，于是就写了碑文，立下石碑。此后，汪廷佐背上的毒疮也痊愈了。这件事是江宁知府章攀桂先生说的。他是桐城人。

吴子云

康熙初，桐城秀才吴子云，春夜玩月，闻空中有人声曰："今年乡试，吴子云当中四十九名。"诵其文，琅琅然，题是"君子之于天下也"一章。吴虽不甚记忆，而觉其文甚佳，因预作此题文以备试。未几入场，果此题，大喜，因书宿构。放榜，果中如其数。旋登进士，官翰林，督学湖南，满载而归。宿旅店中，夜取溺器，忽有人以手奉之，十指纤纤然。吴惊问，曰："我狐仙也，与公有前缘，故来相伺。"起烛之，嫣然美女，遂偕伉俪。嘱曰："妾有雷劫，曾匿君车中以免，故来报君。今君亦有大祸，不可不防。"吴问故，曰："前途君必宿吕姓店，吕有爱女，年九岁，君召而爱之抱之，继为干女，重赐珍宝，则免矣。"吴至吕家，果有此女，遂如其言。至三更时，店主拉吴手笑曰："我响马盗魁也。君出署时，辎重颇富，诸偻㑩儿相涎已久。今知君真长者，我不忍害君。"取壁上铃鞭，撞壁者三，诸盗齐入，曰："吴学院我干亲家也，诸君不得无礼，急为我护送到家。"吴竟得免。后吴无子，族人争以子来求继。吴私问狐应继何人，曰："牧牛儿好。"次日果有牧童过，亦本家也。吴拉入嗣为己子，族人皆笑之。吴亡后，儿颇恂谨，能守其业，家日以富，至今人呼为“吴牛”。尝索对联于方处士贞观，方戏书云：“对窗常玩月，独坐自弹琴。”吴甚喜，竟不知暗用牛事嘲之也。

【译文】

康熙初年，桐城县秀才吴子云春夜赏月时，听到空中有人讲话：“今年乡试，吴子云应当考中第四十九名。”还背诵吴子云的文章，声音清亮，题目是《君子之于天下也》那一章。吴子云虽然没记住多少，但觉得那篇文章很好，于是，他就预先按这个题目写了文章，准备考试。不久，他进考场，果然是这个题目，非常高兴，就写下了预先做好的文章，交了上去。发榜时，他果然考中了第四十九名。没多久，他又考中进士，做了翰林学士，到湖南任学政，后来满载而归。这天，他住在旅店中。夜里，他取尿壶，忽然有人双手捧着尿壶，送给他，那人十个手指又细又长。吴子云吓了一跳，问她是什么人，那人说：“我是狐仙，与先生有前缘，所以来侍奉你。”吴子云起身，点了蜡烛来看，竟是一个容貌姣美的女子，二人就做了夫妻。狐仙嘱咐说：“我曾经被雷公追击，躲在你的车中，才幸免于难，所以我来报答你。现在，你也有大祸临头，不可不防。”吴子云问是怎么回事，狐仙说：“到前面路途上，你肯定会住在吕家客店。姓吕的店主有个女儿，才九岁，你把她叫出来，做出喜欢她的样子，抱抱她，并认她做干女儿，赏给她许多珍宝，那么，你就可以避免灾祸了。”吴子云到了吕家，吕家果然有这么一个女儿，他就照着狐仙的话做了。到了当夜三更时分，店主拉着吴子云的手，笑着说：“我是强盗的首领。你出官衙时，装载了很多钱财，我手下的人早就想抢为己有。现在，我知道你是个真正的仁厚君子，不忍心害你。”于是，店主取下墙壁上挂着铃铛的鞭子，在墙上敲了三下，强盗们都进了屋。店主说：“吴学政是我的干亲家，你们不得无礼，赶快替我护送他回家。”吴子云终于免去了一场灾难。后来，吴子云没有儿子，同族的人争着要把儿子过继给他。吴子云私下问狐仙：“应该过继哪一个?”狐仙说：“放牛娃最合适。”第二天，果然有个放牛娃路过，也姓吴。吴子云将他拉进屋，让他做了自家的儿子，同族人都嘲笑吴子云。吴子云死后，儿子非常严谨恭谦，守住了吴家的家业，日子也一天天富裕起来，可别人至今仍叫他“吴牛”。他曾经向隐士方贞观要一副对联，方贞观寻他开心，写道：“对窗常玩月，独坐自弹琴。”吴牛很高兴，竟然不知道方贞观暗用吴牛喘月、对牛弹琴的故事嘲弄他。

秃 尾 龙

山东文登县毕氏妇，三月间沤衣池上，见树上有李，大如鸡卵。心异之，以为暮春时不应有李，采而食焉，甘美异常。自此腹中拳然，遂有孕，十四月，产一小龙，长二尺许，坠地即飞去，到清晨必来饮其母之乳。父恶而持刀逐之，断其尾，小龙从此不来。后数年，其母死，殡于村中。一夕雷电风雨，晦冥中若有物蟠旋者。次日视之，棺已葬矣，隆然成一大坟。又数年，其父死，邻人为合葬焉。其夕雷电又作。次日见其父棺从穴中掀出，若不容其合葬者。嗣后村人呼为秃尾龙母坟，祈晴祷雨无不应。此事陶悔轩方伯为余言之，且云：“偶阅《群芳谱》云：天罚乖龙，必割其耳，耳坠于地，辄化为李。毕妇所食之李，乃龙耳也，故感气化而生小龙。”

【译文】

山东文登县有个姓毕的人的妻子，三月间在池塘边洗衣服，看见树上有个李子，有鸡蛋般大。她感到奇怪，认为春天就要过去，不应再有李子，就采下来吃了，味道非常甜美。从此她肚子大了起来，怀孕了。十四个月以后，她生下一条小龙，二尺多长，一落地就飞走了；但是每天清晨，小龙肯定来吃母亲的乳汁。小龙的父亲讨厌它，就拿着刀追赶，砍断了小龙的尾巴。从此，小龙就不再来了。过了几年，小龙的母亲死了，入殓后，棺材停放在村子里。一天晚上，雷电大作，风雨交加，天昏地暗，空中好像有个东西在盘旋着。第二天，大家去看，那棺材已经下葬了，上面还耸起一座大坟墓。又过了几年，小龙的父亲死了，邻居们将他们夫妇合葬在一起。那天晚上，又是雷鸣电闪。第二天，人们看见小龙父亲的棺材从墓穴里掀了出来，像是有谁不准他们合葬。以后，村里人就把那里叫作秃尾龙母坟，无论求晴还是求雨，都非常灵验。这件事是陶悔轩布政使给我讲的，并且说，他偶然读《群芳谱》，见上面写道："上天惩罚不顺从的龙，就割下它的耳朵，龙耳朵掉在地上，就化作李子。"毕妻所吃的李子，原来是龙耳朵啊，所以，她感应了仙气，生下了小龙。

石灰窑雷

湘潭县西二十里地名石灰窑，某翁家颇小康，无子，有二女，赘婿相依。翁贩谷粤西，买妾归，腹有娠矣。其次女夫妇私议："若得男，吾辈岂能分翁家财?"乃阳与妾厚而阴设计害之。及分娩得男，落地死。翁大恨，以为命不宜子，不知乃其次女贿稳婆，握吭绝之也。翁痛不已，解衣裹死儿瘗之后圃。次女与稳婆心犹未安，往启视之，忽霹雳一声，女毙而死儿苏矣。稳婆亦焦烂，犹未死，众问得其故。翌日，稳婆亦亡，若天故迟死之取其供状以戒世者。某乃葬女逐婿，分给钱粟使归。舟抵中流，怪风起，婿亦溺死，前后才数日。

【译文】

湘潭县西边二十里的地方，名叫石灰窑。有个老头，家境小康，没有儿子，只有两个女儿，就招了两个上门女婿，相依为命。老头到广西贩谷子，买回一个小妾，小妾已经有了身孕。老头的二女儿和二女婿私下商议："如果小妾生下一个儿子，我们怎能分到父亲的财产呢？"于是，他们表面上与小妾很亲热，背地里却阴谋陷害她。等到小妾分娩，生下一个儿子，一落地就死了。老头非常痛惜，认为命中注定他没有儿子，却不知道他二女儿贿赂了接生婆，将婴儿掐死了。老头悲伤不已，脱下衣服，将死婴裹在里面，埋在后园。二女儿和接生婆心里不踏实，就去挖开来看。忽然，一声霹雳，二女儿被雷打死，而死去的婴儿却苏醒过来。接生婆也遭雷击，全身焦烂，但还没死。众人问接生婆，才知道其中的缘故。第二天，接生婆也死了。大概老天爷故意让她迟一点死，是为了取她的口供，来警诫世人。老头埋葬了二女儿，又驱逐二女婿，给了他一些钱粮，打发他回去。二女婿乘船刚到河中心，忽起了一股怪风，二女婿被淹死了。这些事相继发生，前后不过几天的时间。

徐巨源

南昌徐巨源，字世溥，崇祯进士，以善书名。其戚邹某，延之入馆。途遇怪风，摄入云中，见袍笏官吏迎曰："冥府造宫殿，请君题榜书联。"徐随至一所，如王者居，其扁对皆有成句，但未书耳。扁云"一切惟心造"，对云"作事未经成死案，入门犹可望生还"。徐书毕，冥王筹所以谢者。世溥请为母延寿一纪，王许之。徐见判官执簿，因求查己算，判官曰："此正命簿也，汝非正命死者，不在此簿。"乃别检一"火"字簿，上书云："某月某日，徐巨源被烧死。"徐大惧，白冥王祈改，冥王曰："此天定也，姑徇子请。但须记明时日，毋近火可耳。"徐辞谢而还。急至邹家，主人惊曰："先生期年何往？舆丁以失脱先生故，被控于官，久以疑案系县狱矣。”世溥具言其故，并为白于官，事得释。时同郡熊文纪号雪堂，以少宰家居，招徐饮。酒未阑，熊忽辞入，曰：“某以痔发，故不获陪侍。”徐戏曰：“古有太宰嚭，今又有少宰痞耶？”熊不怿。徐临去书唐人绝句“千山飞鸟绝”一首于壁，将四句逆书之，乃“雪、翁、灭、绝”四字也。熊怀恨于心。徐忆冥府言，惧火，故不近木器，作石室于西山，裹粮避灾。时劫盗横行，熊遣人流言徐进士窟重金于西山，群盗往劫，竟不得金，乃烙铁遍烧其体而死。

【译文】

南昌人徐巨源，字世溥，是明朝崇祯年间的进士，以书法闻名，他的亲戚邹某请他去开馆教书。途中，徐巨源遇到一股怪风，将他吹到云中，只见一个身穿长袍、手拿牙笏的官吏出来迎接，说：“冥府造宫殿，请先生题写榜额楹联。”徐巨源就随着这人，来到一个地方，像是帝王的住所，那些匾额对联的句子都已拟好，只是没有书写。横匾是：“一切惟心造。”联语是；“做事未经成死案，入门犹可望生还。”徐巨源写完后，阎王考虑用什么作为酬谢，他就请求给母亲增加十二年寿命，阎王答应了。这时，徐巨源看到判官拿着生死簿，就请求替他查一查，判官说：“这是正常死亡者的簿子，你将死于非命，不在这个簿子上。”就另外拿出一本火字簿，上面写着：“某月某日，徐巨源被烧死。”徐巨源害怕极了，请求阎王修改。阎王说：“这是天意。不过，我姑且答应你的要求，但你必须记住日期，到那时，不要靠近火就行了。”徐巨源辞谢了阎王，往回走，急忙赶到邹家。主人吃了一惊，问：“先生这一年到哪里去了？轿夫因为抬丢了先生，被人告到官府，由于他们有嫌疑，已经被关押在县城的监狱里好长时间了。”徐巨源就具体说明了其中的缘故，并且又去官府说了一番，事情解释清楚。那时，同县的熊文纪，号雪堂，以吏部侍郎退休，闲居在家。一天，他叫徐巨源去喝酒，还没喝完，熊文纪忽然不喝了，说："我肚子里痞块疼痛，所以不能奉陪了。"吏部侍郎古称少宰，徐巨源开玩笑说："古代有个太宰嚭，今天又有少宰痞吗?"熊文纪不高兴。徐巨源临走时，在墙壁上写了一首唐人柳宗元的"千山鸟飞绝"绝句，但他将四句诗反写了，这样，每句诗的最后一字就连成了"雪翁灭绝"。熊文纪看了这四个字，就对徐巨源怀恨在心。后来，徐巨源想起冥府中的话，特别怕火，所以不敢接近木制的物品，就在西山修筑了一间石室，带了粮食，住在石室里避灾。当时，强盗横行，熊文纪就派人散布流言，说徐巨源在西山的洞里藏了很多金子。强盗们听说后，就去西山抢劫，结果没得到金子，他们就用烙铁炙烧徐巨源的全身，将他活活烧死了。

九天玄女

周少司空青原未遇时，梦人召至一处，长松夹道，朱门径丈，金字榜云"九天玄女之府"。周入拜，见玄女霞帔珠冠，南面坐，以手平扶之曰："无他相属，因小女有小影，求先生题诗。"命侍者出一卷子，汉魏名人笔墨俱在焉。淮南王刘安隶书最工，自曹子建以下，稍近钟、王风格。周素敏捷，挥笔疾书，得五律四章。玄女喜，命女出拜，年甫及笄，神光照耀，周不敢仰视。女曰："周先生富贵中人，何以身带暗疾?我无以报，愿为君除此疾，作润笔之费。"解裙带授药一丸，命吞之。周幼时误食铁针，着肠胃间，时作隐痛，自此霍然。醒后诗不能记，惟记一联云："冰雪消无质，星辰系满头。"

【译文】

工部侍郎周青原没做官时，梦见被人叫到一个地方。那里，道路两旁是高大的松树，还有一扇红漆大门，有一丈多宽，门上面有块匾，写着“九天玄女之府”几个金字。周青原进去拜访，看到玄女身着云霞披肩，头戴珍珠凤冠，朝南而坐。她用手将周青原扶起来，说：“没有别的事，只是我女儿有一张小像，请先生在上面题诗。”于是，玄女叫侍从取出卷轴，汉魏时期名人的手迹都在里面：淮南王刘安的隶书写得最好；曹子建以后的人，书法风格比较接近于钟繇和王羲之。周青原平时才思敏捷，这时，他挥笔疾书，写了四首五言律诗。玄女很高兴，叫女儿出来拜谢。这女孩刚刚成年，神采照人，周青原不敢抬头看。玄女说：“周先生是个富贵的人，为什么身上还暗藏着疾病？我没有什么东西报答你，愿意为你根治这个病，作为题诗的酬谢。”说着，玄女解开裙带，拿出一粒药丸，叫他吞下。周青原小时候误吃了一枚铁针，留在肠胃里面，时常隐隐作痛。从此以后，他的病就迅速痊愈了。周青原醒来后，记不起梦中写的诗，只记得其中两句是：“冰雪消无质，星辰系满头。”

项王显灵

无锡张宏九者，贩布芜湖，路过乌江，天起暴风，舟冲石上破矣。水灌舟中，舟人泣呼项王求救。忽有银光如一匹布，斜塞船底，水竟停涌，而人得登岸。次早视之，舱底已穿，有大白鱼以身横塞其穿处，故水竟不得入。舟人举船摇橹，则洋洋然去矣。自此项王香火倍盛于往时。此乾隆四十年事。

【译文】

无锡人张宏九，到芜湖去贩布。路过乌江时，刮起一阵暴风，船触礁石，被撞破了，江水灌进船舱。船工哭着呼喊项王来救命。

忽然，一道银光，像布匹那样又长又宽，斜塞到船底下，江水竟然不再往船舱里涌，船上的人这才上了岸。第二天早晨，人们一看，舱底已经撞破了，有一条大白鱼横着身子，塞在船舱穿孔的地方，所以江水才进不了船舱。随后，船工摇橹开船，船就慢慢地走了。从此以后，项王的香火比以前更加旺盛了。这是乾隆四十年的事情。

医肺痈用白术

蒋秀君精医理，宿粤东古庙中，庙多停柩，蒋胆壮，即在柩前看书。夜灯忽绿，柩之前和橐然落地，一红袍者出，立蒋前曰："君是名医，敢问肺痈可治乎？不可治乎？"曰："可治。"曰："治用何药？"曰："白术。"红袍人大哭曰："然则我当初误死也。"伸手胸前，探出一肺如斗大，脓血淋漓。蒋大惊，持手扇击之。家僮齐来，鬼不见，而柩亦如故。

【译文】

蒋秀君精通医理，住在广东的一座古庙里。庙里停放着许多棺材，蒋秀君胆子很大，就在棺材旁边看书。晚上，烛火忽然发出绿光，一口棺材的前板，砰的一声，掉在地上，一个穿红袍的人从棺材里跑出来，站在蒋秀君面前说："你是名医，请问：肺痈有办法治疗呢，还是没法治疗？"蒋秀君说："可以治疗！"那人又问："用什么药治疗？"蒋秀君说："用白术。"穿红袍的人大哭起来，说："既然这样，我当初是错死了。"就伸手探进胸膛，取出一个斗般大的肺，脓血直淌。蒋秀君大吃一惊，用手中扇子去打那人。仆人也一齐跑过来，鬼这才不见了，而那棺材仍然跟先前一样完好。

朱十二

杭州望仙桥许姓住楼，相传有缢死鬼。屠户朱十二者，恃其勇，取杀猪刀登楼秉烛卧。三鼓后，烛光青色，果一老妪被发持绳而上。朱斫以刀，妪套以绳，刀斫绳，绳断复续，绳绕刀，刀亦如烟。格斗良久，老妪力渐衰，骂曰："朱十二！我非怕你，你福分内尚有十五千铜钱未得，故我且饶你；待你得后，试我金老亲娘手段!"言毕，拖绳走。朱下楼告知众人，视其刀有紫血，且臭。年余，朱卖屋，得价钱十五千，是夕果卒。

【译文】

杭州望仙桥住着一户姓许的人家，据说，许家楼上有吊死鬼。一个叫朱十二的屠户，仗着自己勇猛，就拿着杀猪刀上了楼，点着蜡烛睡下。三更以后，烛光变成青色，果然有一个老太婆披头散发，拿着绳子上来了。朱十二用刀砍她，老太婆就用绳子套他，刀砍在绳子上，绳子断了，可一会儿又接了起来，完好如初；绳子绕在刀上，刀也像烟雾一样，绕着绳子。二人格斗了很久，老太婆渐渐没了力气，骂道："朱十二，我不是怕你，只是因为你的福分以内，还有十五千铜钱没得到，所以，我暂且饶过你。等你得到这笔钱，再来试试我金老娘的手段!"说完，老太婆拖着绳子走了。朱十二下了楼，将这件事告诉了众人，众人看看他的刀，上面有紫色的血，而且很臭。一年多以后，朱十二卖掉房子，得了十五千铜钱。当夜，他果然死了。

鬼攀日线才能托生

乩仙娄子春，自言宋末进士，文丞相友也，修炼形之术，在九幽使者家处馆四百年。主人司人间生死事，降王爵一等。子春言人间祸福事甚验，有问轮回之说者，子春云："轮回非一言可尽。凡死法有数种，生法亦有数种。德大者成神佛；有来因而无业谪者，仍归原位；虽无德无来因，而气未散者，随投人身；其余散尽者生即死，死更死矣。然微魂小魄，如风炉炊烟，一时未能消化，往往团为一气，在氤氲鼓荡之中。有时被风吹至阴山下，寒冷异常，惟冬至日有阳光一线，流照阴山，群鬼蠕蠕然僵而复动，攀日线而行，得至中国，复投人身，投做一人之身，常合群魂而来，非止一人之魂也。其堕落于线外者，仍归阴山，再待来岁冬至矣。"或问："有初世为人者乎？"曰："此类甚多，譬如草木，其无旧根而生者，即是初世为草之草；犹之非投胎而来者，即是初世为人之人。"问："鬼有化物者乎？"曰："有。大凡娼优化虫蝶，恶人化蛇虎。"问："雷击之鬼何化？"曰："化蚯蚓。"谭子《化书》言："凡被雷击死者，捣蚯蚓汁覆其脐可活。"斯言盖有所本。

【译文】

有个乩仙叫娄子春，自称是宋朝末年的进士，而且是文天祥丞相的朋友。他专习炼形之术，在九幽使者家住了四百年。他说他的主人专门管理人间生死大事，地位比王爵低一等。娄子春预言人间的祸福，十分灵验。有人问他轮回是怎么回事，他说："轮回，不是一句话就能说清楚的。死的方式有好几种，生的方式也有好几种。功德大的人，能够成为神佛；有来历却无故遭贬的人，仍然可以回到原位，既没有功德，也没有来历，但气数还没有散掉的，随时可以投胎为人；其余气数散尽的人，生就等于死了，死就更是死了。可是，小魂小魄像风炉炊烟，一时还不能消散掉，往往聚集成一团气，飘来飘去，有时被风吹到阴间的山下，特别寒冷，只有冬至那天，才有一线阳光照在阴间的山峰上，这时，僵硬的群鬼就慢慢动起来，开始复苏，沿着光线向上走，这才来到世上，再投胎成为人身。虽然他们投胎成了一个人，但身上常常聚集了许多魂，并不仅仅是一个人的魂。那些落在光线以外的，只得仍旧回到阴间的山下，再等第二年冬至的到来。"有人问："有没有第一世就投胎为人的呢？"他回答："这种情况很多。比如草木，如果没有旧根而直接生长出来，就是第一世成为草；好比不是经过投胎而成的人，就是第一次做人的人。"又问："鬼也有化作物的吗？"他回答："有。大致说来，娼妓的鬼魂化为虫子、蝴蝶；恶人的鬼魂则化为毒蛇，猛虎。"又问："遭雷击而死的鬼，又怎么变化呢？"他回答："化为蚯蚓。"谭子《化书》上说："凡是被雷电打死的，用捣碎蚯蚓所得的汁液，放在他的肚脐上，他就能活过来了。"看来，这句话还是有根据的。

死夫卖活妻

杭州陶氏，家道小康，老主人绍元，曾为某州刺史，死已久矣。有仆人李福夫妻同役其家。福病死逾年。忽一日，福妻陈氏中风发狂，召集其家，大呼："我老太爷也！李福在阴间将妻陈氏卖与我为妾，汝等如何不放他来？"家人大骇，延医视之，陈氏手批医颊，医不敢近，亡何竟死。陈氏恰一粗婢耳，毫无姿色。

【译文】

杭州有个姓陶的人家，家境小康。老主人陶绍元，曾做过某州的知州，已经死去很长时间了。陶家有个仆人叫李福，夫妻二人都在陶家干活。李福病死一年以后，有一天，李福的妻子陈氏忽然中风发狂，把陶家人叫来，大声说："我是老太爷！李福在阴间已经将他妻子陈氏卖给我为妾，你们为什么不让她来？"陶家人大惊失色，连忙请来医生为陈氏治病。陈氏用手打医生的脸，医生不敢靠近她。不久，陈氏就死了。陈氏是个很粗俗的佣人，毫无姿色。

恶鬼吓诈不遂

仁和秀才陈鄘渠，性颇严正，生一女，幼而好道，日持斋诵经，闻人为议婚，便涕泣不食。鄘渠厌苦之，父女不相见。年三十余，忽病重呓语，口称："我江西布客张四，汝前世为船户。我雇汝船往四川，汝谋财杀我，并抉我目，剥我皮，沉我江中，故我来索命。"陈心念：谋财之盗容或有之，剥皮之事，盗未必为。问是何年事，曰："雍正十一年。"陈大笑曰："雍正十一年，我女已三岁矣，焉有尚为船户之事？"女忽自批其颊，曰："陈先生好利害！是我错寻你女儿了，与我钱三千我即去。"陈怒曰："恶鬼妄诈人，我方取桃枝打汝，焉得与汝钱！"女又自批其颊，曰："陈先生好利害！汝既说我是恶鬼，我将肆恶鬼手段，索汝女命去，毋悔！"陈曰："此女不孝，我甚厌之。汝同他去我甚喜，但汝并非冤家，敢如此吓诈，想吾女阳数已绝矣。汝能立索其命，方信汝手段；若三日后死，则是吾女之大数使然，非汝手段也。”言毕，女蹶然起，不复作鬼语。后两月余，女才死。

【译文】

仁和县秀才陈鄘渠，性格非常严肃正直，他生有一个女儿，从小就喜欢道术，每天吃斋念经，一听说人家为她议婚，她就大哭不止，不肯吃饭。陈秀才讨厌她，父女之间都不见面。陈女三十多岁时，忽然得了重病，说起梦话：“我是江西布商张四。你前世是船户，我雇了你的船，前往四川，你竟谋财害命，将我杀死，还挖出我的眼睛，剥了我的皮，将我沉入江中，所以，我来要你的命！”陈秀才心想：“谋财害命的盗贼也许有，但剥皮这样的事，盗贼未必会做。”于是，他就问：“这是哪一年的事？”陈女回答说：“是雍正十一年。”陈秀才大笑着说：“雍正十一年，我女儿已经三岁了，她怎么还会是船户呢？”这时，陈女忽然打起她自己的脸，说：“陈先生好厉害！是我错找了你女儿，你给我三千文钱，我就走。”陈秀才大怒，说：“恶鬼妄想敲诈人，我正要用桃树枝打你，怎么会给你钱？”陈女又自打脸颊，说：“陈先生好厉害！既然你说我是恶鬼，那我就将使用恶鬼的手段，要你女儿的性命，你不要后悔！”陈秀才说：“我这个女儿不孝顺，我本来就很讨厌她。你带她一起去，我非常高兴。但是，你并不是她的冤家，竟敢这样吓唬敲诈我，想必我女儿阳寿已尽。你能立刻要她的命，我才相信你的手段；如果她三天后才死，那就是我女儿命该如此，并不是你的手段。”说完，陈女一下子挺起身，不再说鬼话了。两个多月后，陈女才死了。

道士作祟自毙

杭州赵清尧好弈，闻落子声，必与对枰。偶游二圣庵，见道人貌陋，与客方弈，而棋甚劣，自称炼师。赵意薄之，不与交言，随即辞出。是夕上床就寝，有鬼火二团绕其帐上，赵不为动。俄有青面锯齿鬼持刀揭帐，赵厉声呵之，旋即消灭。次夕，满床作啾啾声，如童子学语，初不甚分明，细听之，乃云："我棋劣，自称炼师，与汝何干？而敢轻我！"赵方知是道士为祟，愈加不恐，旋又闻低声云："汝大胆，刀剑不畏，我将以勾魂法取汝性命。"遂咒云："天灵灵，地灵灵，当门顶心下一针。"赵闻之，觉满身肉趯趯然如欲颤者，乃强制其心，总不一动，兼以手自塞其耳，然临卧则咒声出于枕中。赵坚忍月余，忽见道士涕泣跪于床前曰："我以一念之嗔，来行法怖汝，要汝央求，好取些财帛。不料汝总不动心，我悔之无及。我法不行于人者，反殃其身，故我昨日已死，魂无所归，愿来服役，作君家樟柳神，以赎前愆。"赵卒不答。明日遣人往二圣庵视之，道士果自到。嗣后，赵君一日前之事必先知之。或云道士为服役也。

【译文】

杭州人赵清尧，喜欢下棋，一听到敲棋子的声音，他就要与别人对局。一次，他偶然到二圣庵游玩，看见一个相貌丑陋的道士，正和客人下棋，道士棋艺很差，还自称"炼师"。赵清尧心中看不起道士，不与他搭话，随即就走了。当夜，赵清尧上床睡觉，看见有两团鬼火，在帐子上方旋绕，他不动声色。一会儿，有个青面獠牙的鬼，手提鬼刀，揭开帐子，赵清尧大喝一声，这鬼立刻消失了。第二天晚上，整个床都发出吱吱呀呀的声音，好像有小孩在学讲话。赵清尧起初听不大清楚，仔细一听，原来是在说："我棋艺低劣，自称炼师，与你有什么关系？你竟敢轻视我！”赵清尧这才知道是道士作怪，就更加不害怕了。不久，他又听到一个低低的声音说：“你胆子大，不怕刀剑，我要用勾魂法，取你的性命！”就念起咒语：“天灵灵，地灵灵，当门顶心下一针。”赵清尧听了，觉得浑身的肉都在跳动，好像发抖一样。于是，他极力控制住自己的情绪，一动不动，并用手塞住耳朵；可是，当他躺下时，咒语声又从枕头里传出来。就这样，赵清尧坚持忍耐了一个多月，忽然看见道士哭着跪在床前，说：“我因为一时恼怒，才来作法吓你，本想让你哀求我，好骗取一些财物。不料，你总是不动心，我后悔不及。如果我的法术对人不灵，就会反过来使自己遭殃，所以，我昨天已经死了，魂魄无处依靠，我情愿来侍候你，做你家的樟柳神，来赎我前世的罪孽。”赵清尧听了，始终没有回答。隔天，他派人去二圣庵探听，果然道士已自刎而死。从此以后，赵清尧对于将发生的事，总早一天就知道了。有人说，这是道士在为他当差呢。

（卷八译者　从远东）

子不语卷九

木箍颈

庄怡园在关东，见猎户有以木板箍其颈者，怪而问之，曰："我兄弟二人，方驰马出猎，行大野中，忽见一人长三尺许，白须幅巾，揖于马前。兄问何人，摇手不语，但以口吹其马，马惊不行。兄怒，抽箭射之，其人奔窜，兄逐之，久而不返。我往寻兄，至一大树下，兄仆于地，颈长数尺，呼之不醒。我方惊惶，幅巾人从树中出，又张口吹我，我觉颈痒难耐，搔之，随手而长，蠕蠕然，若变作蛇颈者，急抱颈驰马逃归，始免于死，然颈已痿废，不能振起，故以木板箍之而加铁焉。"或曰：此三尺许人，乃水木之精，游光、毕方类也，能呼其名，则不为害，见《抱朴子》。

【译文】

庄怡园在关东时，看到一个猎人用木板箍住脖子，感到十分奇怪，就问他为什么这样。猎人回答："有一天，我们兄弟二人骑马去打猎，走到荒野中，忽然看见一个三尺多高、白胡子、戴着头巾的人，拦在马前作揖。我哥哥问他是什么人，那人摇摇手，一语不发，只是用嘴吹我哥哥的马，马受惊吓，不敢前进。哥哥大怒，抽箭射去，那人慌忙逃窜，哥哥紧追不舍，去了好久，也不见回来。

我去寻找哥哥，来到一棵大树下，发现哥哥倒在地上，脖子有几尺长，叫他也不醒。我正感到惊慌，那戴头巾的人从树林中走出，又张嘴向我吹气。顿时，我觉得脖子瘙痒难受，就用手抓挠，哪知脖子竟越抓越长，还慢慢转动起来，就像是蛇的长颈一样。我吓得慌忙抱着脖子，催马逃走，这才免于一死。可是我的脖子已经瘫软，不能再挺直，所以就用木板箍住脖子，并加铁支撑。”有人说，这三尺多高的人，是水木精，属于游光、毕方之类的鬼怪。如果你能叫出他的名字，那么他就不会加害你了。《抱朴子》中有这样的记载。

掘冢奇报

杭州朱某，以发冢起家，聚其徒六七人，每深夜昏黑，便持锄四出。嫌所掘者多枯骨，少金银，乃设乩盘，预卜其藏。一日，岳王降坛，曰：“汝发冢取死人财，罪浮于盗贼，再不悛改，吾将斩汝！”朱大骇，自此歇业。年余，其党无所归，乃诱其再祷于乩神以试之。如其言，又一神降曰：“我西湖水仙也，保俶塔下有石井，井西有富人坟，可掘得千金。”朱大喜，与其徒持锄往，遍觅石井不得。正徘徊间，若有耳语者曰：“塔西柳树下非井耶？”视之，已填枯井也。掘三四尺，得大石椁，长阔异常，与其党六七人共扛之，莫能起。相传净寺僧有能持飞杵咒者，诵咒百声，棺椁自开。乃共迎僧，许以得财烹分。僧亦妖匪，闻言踊跃而往，诵咒百余，石椁豁然开，中伸一青臂出，长丈许，攫僧入椁，裂而食之，血肉狼藉，骨坠地，琤琤有声。朱与群党惊奔四散。次日往视，并井不见。然净寺竟失一僧，皆知为朱唤去。徒众控官，朱以讼事破家，自缢于狱。朱尝言所见，棺中僵尸不一，有紫僵、白僵、绿僵、毛僵之类。最奇者，在六和塔西边掘坟，有圈门石户，广数丈，中有铁索，悬金饰朱棺。斧之，乃犀皮所为，非木也。中一尸，冕旒如王者，白须伟貌，见风悉化为灰。侍卫甲裳似层层茧纸所为，非丝非绢。又一陵中，朱棺甚大，非绋索所悬，有四铜人如宦官状，跪而以首承棺，双手捧之，土花青绿，不知何代陵寝。

【译文】

杭州人朱某，靠盗墓起家。他聚集了六七个同伙，每到夜深人静一片漆黑时，就扛着锄头四出活动。他们嫌所掘的墓大多是枯骨朽木，很少有金银财宝，就设乩盘问卜，想预先知道哪家的坟墓里有财宝。有一次，岳王降临神坛，发下话来："你掘墓盗窃死人财物，罪孽大于一般盗贼。如果再不改邪归正，我就将你斩首！"朱某吓得要死，从此洗手不干了。过了一年多，那帮掘墓的狐朋狗友整日无所事事，就来怂恿朱某再设乩求神试试。朱某听信他们，果然有一位神降临，说："我是西湖水仙。保俶塔下有一口石井，井西边有一座富贵人家的坟墓，到那儿去挖，准能捞到一大笔财宝。"朱某大喜，领着那帮人，扛着锄头来到保俶塔下，搜遍了都找不到石井。正在转来转去的时候，似乎听到有人在耳边指点："保俶塔西边的柳树下，不就是石井吗？"过去一看，真的有一口已被填的枯井。他们向下挖了三四尺，挖出一口石棺材，又长又宽，非同寻常。朱某与那六七人一起扛石棺，也没扛起来。他们听说净寺的和尚中有会飞杵咒的，咒语念到一百次，石棺材就会自动打开。于是他们到净寺迎请那和尚，许诺他一起分享棺材里的财物。那和尚也是个妖匪，听说有好处，就欣然前往。他念咒语一百多次，那石棺材"轰"的一声打开了。从棺材中伸出一条青色的手臂，一丈多长，将和尚抓进棺材中，撕成碎块，吃了起来，直吃得血肉模糊，骨头被扔在地上，发出“琤琤”的响声。朱某与同伙吓得魂不附体，夺路奔逃。第二天，他们又去看，那口枯井已经不在了。可是，净寺丢了一名和尚，都知道是被朱某叫走，就联名告到官府。朱某因此倾家荡产，后来在狱中上吊死了。朱某曾说过，棺材里的僵尸不一样，有紫僵、白僵、绿僵、毛僵等。最奇怪的一次，是他在六和塔西边挖到的一座坟墓。那座坟墓有石门石户，有好几丈宽。墓中，用铁链子悬吊着一口黄金装饰的大红棺材。朱某等人用斧头砍，却不见一点损伤。原来这棺材是用犀牛皮做的，并不是木头做的。打开棺材后，他看见一具尸体，头戴王冠，胡子、眉毛都是白的，相貌堂堂，被风一吹，全化成灰。随葬侍卫的铠甲、服装，像是一层层茧纸叠在一起做成的，既不是丝，也不是绢。在另一座坟墓中，特大的红漆棺材，没有用绳索悬吊，却有四个铜铸的宦官，跪在地上，用头顶着棺材，双手向上托着。墓壁上的花纹呈青绿色，不知这究竟是哪个朝代的坟墓。

一目五先生

浙中有五奇鬼，四鬼尽瞽，惟一鬼有一眼，群鬼恃以看物，号“一目五先生”。遇瘟疫之年，五鬼联袂而行，伺人熟睡，以鼻嗅之，一鬼嗅则其人病，五鬼共嗅则其人死。四鬼伥伥然，斜行踯躅，不敢做主，惟听一目先生之号令。有钱某宿旅店中，群客皆寐，己独未眠。灯忽缩小，见五鬼排跳而至，四鬼将嗅一客，先生曰：“此大善人也，不可。”又将嗅一客，先生曰：“此大有福人也，不可。”又将嗅一客，先生曰：“此大恶人也，更不可。”四鬼曰：“然则先生将何餐？”先生指二客曰：“此辈不善不恶，无福无禄，不啖何待？”四鬼即群嗅之。二客鼻声渐微，五鬼腹渐膨亨矣。

【译文】

浙中一带有五个很奇特的鬼，其中四个鬼都是瞎子，只有一个鬼有一只眼睛，群鬼就靠这只眼来看东西，这帮鬼被叫做“一目五先生”。遇上瘟疫流行年，五鬼约好一起出去，等到人们熟睡以后，他们就用鼻子去嗅。如果谁被其中的一个鬼嗅过，那么，这个人就肯定会生病；如果谁被五个鬼一起嗅过，那么，这个人就死定了。那四个瞎鬼，畏畏缩缩、歪歪斜斜往前摸索，因为看不见，所以不敢乱嗅人，只有听从“一只眼”的号令。这天夜里，有个姓钱的人，住在一家旅店，所有的旅客都已睡着了，只有他还没有睡。钱某看见烛光忽然暗了下去，有五个鬼列成一排，一蹦一跳地来了。四个瞎鬼正要围上去嗅一个旅客，独眼鬼说：“这是个大善人，不可以嗅他。”四鬼就准备嗅另一位旅客，独眼鬼说：“这是位有福气的人，也不可以嗅。”四鬼只得去嗅另一位旅客，独眼鬼又说：“这是个大恶人，更加不可以嗅了。”四鬼齐声抱怨：“这也不行，那也不行，那我们吃什么呢？”独眼鬼指着另外两位旅客说：“这些人不善不恶、无福无禄的，不吃他们还等什么？”四鬼立即围上去嗅，于是，那两人的呼吸渐渐微弱，而五个鬼的肚皮也渐渐鼓了起来。

梦乞儿煮狗

陈秀才清波，处馆绍兴。夜间梦游土地庙，庙后有数乞儿，状貌狞恶，拥土炉剥黄狗而烹之，狗似新受棍伤者，血犹淋漓。陈心恶之。忽门外有衣冠人来，骂曰：“我家狗被汝偷食，我将告官！”语未毕，群丐起而殴之，衣冠者倒地死。陈惊醒。越三日，梦青衣皂隶持城隍牌票示之，曰：“狗主人被恶丐打死，其鬼已控城隍，牒内写君作证，故来相招。”陈视票，果有己名，且有听审日期，觉而恶之。然自念此事与己无干，不过暂往阴司作证，因辞馆归。以二梦语其亲徐某，且托曰："我死当复生，诚恐阴阳隔路，一时灵魂迷失，乞君购白雄鸡，书我姓名，临期到城隍庙招呼，免我迷路。"徐以为梦幻难凭，笑允之，恰终不信也。至某月日，陈果无疾而逝。家人泣报于徐。徐急买白鸡，书陈姓名而往。适城隍庙搭台演戏，众人蜂拥。至日仄，方能到神座下，大呼招魂。及归家，六月盛暑，尸已腐矣。

【译文】

秀才陈清波，在绍兴馆塾授徒。一天夜里，他做梦来到土地庙，看到庙后有好几个乞丐，面目狰狞，正围着一个炉子，将一条黄狗剥了皮，放在火上烤。那条狗好像刚被棍子打死，血还流个不止。陈秀才感到恶心，忽然，门外有一个穿戴整齐的人走进来，骂道："我家的狗原来被你们偷来吃了，我要到官府去告你们。"话音未落，这群乞丐一起冲上去殴打，那人当场倒在地上，死了。陈秀才被梦惊醒后，过了三天，他又梦见一个黑衣鬼差，手拿城隍神的传票给他看，并说："黄狗的主人被一帮残忍的乞丐打死，他的鬼魂已告到城隍处。状纸上写明陈秀才可以作证，所以我奉命前来找你。"陈秀才看看传票，上面果然有自己的名字，而且还有听审的日期。醒来后，陈秀才心中十分厌恶，又一想，这事与他无关，不过暂时到阴间作证而已。于是，陈秀才就辞去了教书的事回家，并将两次梦中的情形告诉了亲戚徐某，嘱咐说："我死后肯定能复活，只是怕阴间阳间的道路阻隔，说不定灵魂会一时迷路，就麻烦你买一只白公鸡，上面写上我的姓名，到那天去城隍庙为我招魂，免得我迷路。"徐某认为梦中虚幻的事情不足为据，就笑着答应了，但他始终不相信会真有这种事。到了那一月那一天，陈秀才果然无病无痛地死了，陈家人哭着去给徐某报丧，徐某急忙去买白公鸡，写上陈秀才的姓名，然后提着鸡，急急忙忙赶去城隍庙，正遇上城隍庙前搭台演戏，人山人海，十分拥挤。直到太阳下山，徐某才挤到神座前面，大喊着，为陈秀才招魂。等到徐某去陈家，因为当时正是六月份，天气十分炎热，陈秀才的尸体已经腐烂了。

一棺藏十八人

乾隆四年，山西蒲州修城，掘河滩土，得一棺，方扁如箱。启之，中有九槅，一槅藏两人，各长尺许，老幼男妇如生，不知何怪。

【译文】

乾隆四年，山西蒲州修筑城墙，人们在河滩上挖土时，挖到一口棺材，形状方扁像只大箱子。打开一看，发现棺材里有九个隔层，每层藏两具尸体，各有一尺多长，男女老少，个个像活着一样，谁也不知道这是什么怪物。

真龙图变假龙图

嘉兴宋某为仙游令，平素峭洁，以包老自命。某村有王监生者，奸佃户之妻，两情相得。嫌其本夫在家，乃贿算命者，告其夫以在家流年不利，必远游他方才免于难。本夫信之，告王监生，王遂借本钱令贸易四川，三年不归。村人相传某佃户被王监生谋死矣。宋素闻此事，欲雪其冤。一日过某村，有旋风起于轿前，迹之，风从井中出。差人捞井，得男子腐尸，信为某佃，遂拘王监生与佃妻，严刑拷讯。俱自认谋害本夫，置之于法。邑人称为宋龙图，演成戏本，沿村弹唱。又一年，其夫从四川归，甫入城，见戏台上演王监生事，就观之，方知己妻业已冤死，登时大恸，号控于省城，臬司某为之申理。宋令以故勘平人致死抵罪。仙游人为之歌曰："瞎说奸夫害本夫，真龙图变假龙图。寄言人世司民者，莫恃官清胆气粗。"

【译文】

嘉兴人宋某，出任仙游县知县，他平常执法严峻，洁身自爱，以包公自居。某村有个王监生，和佃户的妻子通奸，两情相得。佃户的妻子嫌丈夫在家，碍手碍脚，就买通算命先生，对她丈夫说："如果你今年待在家里，那么，全年的运气一定不顺利；如果你跑到远远的地方，那你就可消灾免祸。"佃户相信了，就告诉了王监生。王监生就给他本钱，让他到四川去做生意。佃户这一去，就是三年，音信全无，也没有回家，人们都传说他被王监生害死了。宋某早就听说这件事，很想替佃户报仇。有一天，宋某路过这个村子，忽然一阵旋风从轿前卷过，追寻风源，原来出自一口井中。宋某派人在水井里打捞，发现一具腐烂的男尸。他断定这是佃户的尸体，就逮捕了王监生及佃户的妻子。严刑拷打之下，二人都招认谋杀了佃户，宋知县就按刑律将他们处死了，全县百姓称赞宋某是"宋龙图"，并将这事编成剧本，沿着村子到处演唱。过了一年，佃户从四川回来了。刚进城，看见戏台上正演着王监生的事，走近观看，才知道自己的妻子已经受冤死了，顿时悲痛万分，到省城哭诉冤情。有位按察使重新审理此案，宋某以无端推测判决，致使平民冤死的罪名，被治了罪。云游四方的人，将这件事编成民谣，说："瞎说奸夫害本夫，真龙图变作假龙图。寄言人世父母官，莫仗官清胆气粗。"

莆田冤狱

福建莆田王监生，素豪横，见田邻张妪田五亩，欲取成方，造伪契，贿县令某，断为己有。张妪无奈何，以田与之，然中心忿然，日骂其门。王不能堪，买嘱邻人殴杀妪，而召其子视之，即缚之，诬为子杀其母，擒以鸣官。众证确凿，子不胜毒刑，遂诬伏，将请王命，登时凌迟矣。总督苏昌，闻而疑之，以为子纵不孝，殴母当在其家，不当在田野间众人属目之地；且遍体鳞伤，子殴母必不至此，乃檄福、泉二知府，会鞫于省中城隍庙。两知府各有成见，仍照前拟定罪。其子受绑，将出庙门，大呼曰："城隍，城隍，我一家奇冤极枉，而神全无灵响，何以享人间血食哉！"语毕，庙之西厢突然倾倒，当事者犹以庙柱素朽，不甚介意。甫牵出庙，则两泥皂隶忽移而前，以两梃夹叉之，人不能过。于是观者大噪，两府亦悚然。重鞫，始白其子冤，而置王监生于法。从此城隍庙之香火亦较盛焉。

【译文】

福建莆田有个王监生，平常横行霸道，巧取豪夺。他看到自家的田地与邻居张老太的五亩地相接，就想把这五亩地弄到手，使自家的田地连成一片。于是他伪造了地契，贿赂了县令，县令就将五亩地判给了他。张老太没有办法，只得被迫把田割让给王家，但心中愤愤不平，每天就到王家门口叫骂。王监生不能容忍，就买通一个邻居，把张老太打死了，并把张老太的儿子骗去现场。等儿子一到现场，就被人捆绑起来，还被诬陷为杀母凶手，人们将他押送到官府。由于邻居们作了伪证，他受不了严刑拷问，屈打成招。随后，县令向上司报告，当下准备将张老太的儿子凌迟处死。总督苏昌听说这件事，心中怀疑起来："儿子即使不孝顺，也只会在家里毒打母亲，怎么会在众目睽睽的田野中做这种大逆不道的事呢？而且他母亲遍体鳞伤，儿子绝不会把母亲打到这种地步。"于是，苏总督就传令福州、泉州的二位知府，到省城的城隍庙重新会审此案。二知府由于心有成见，仍坚持原来的判决。这时，张老太的儿子已被五花大绑，将被推出庙门，他大叫道："城隍啊城隍，我一家遭受如此奇冤，而你却不闻不问，毫无灵验，你凭什么享受人间的供奉！"说完，城隍庙的西厢房突然倒塌。当事人认为这是庙里的柱子朽烂的缘故，也不介意。张老太的儿子刚被推出庙门，两个泥做的差役塑像，却忽然走上前，用两根夹棍交叉堵在门口，不让人通过。于是，围观的群众议论纷纷，人声嘈杂。二知府惊慌失措，又重新审问，终于洗清了张老太儿子的冤屈，并依法处置了王监生。从此，城隍庙的香火比以前更加旺盛了。

水鬼畏嚣字

赵衣吉云：鬼有气息，水死之鬼羊臊气，岸死之鬼纸灰气。凡人闻此二气，皆须避之。又云：河水鬼最畏"嚣"字，如人在舟中闻羊臊气，则急写一"嚣"字，可以远害。

【译文】

赵衣吉说过："凡是鬼，都有鬼的气息。淹死的人，他的鬼魂就有一股羊臊气；死在岸上的人，他的鬼魂就有一股纸灰味。人们闻到这两种气味，都必须赶快避开。"他又说："河里的鬼最怕见到'嚣'字，如果人在船上闻到羊臊气，赶紧写一个'嚣'字，放进河水里，那么就可以避免灾祸了。"

狐仙知科举

钱方伯琦、蔡观察应彪未第时，有友吴某招饮。其家素奉狐仙，二人与群客至其家，候至日晚，腹已枵矣，不见酒肴，心以为疑。少顷主出，有愧色，曰："今日饮诸公，肴已全备，忽为狐仙摄去，奈何？"众客疑吴惜费，以狐为推。蔡公曰："主人若果治具，必有水浆痕迹，盍往厨房视之？"往验则余火未熄，盘碗姜豉之物尚在，始知吴非诳言。众客欲散，独蔡公大呼曰："果狐仙在此，我有一言奉问：今年乙卯秋闱，我辈皆下场人，如有一个中者，狐仙还我酒肴；如无一人中者，狐仙竟全啖之，我等亦没兴在此饮酒。"言毕出。未久，主人大笑来曰："恭喜诸公，酒肴都全还在案矣。今年必有中者。"于是群客欢饮而罢。是年钱公登第，蔡迟一科。

【译文】

布政使钱琦、观察蔡应彪，当初他们还没有考取功名时，曾被朋友吴某请去喝酒。吴家一向供奉着狐仙。二人与众宾客来到吴家，等到天色已晚，肚子饿得直叫，仍不见酒菜上桌，个个心中觉得疑惑不解。一会儿，主人吴某出来，面有愧色，招呼说："今天请各位喝酒，本来酒菜都已准备好的，忽然全被狐仙拿走了，真不知怎么办才好。"众人怀疑吴某为了省钱，故意以狐仙拿走为借口。蔡公说："主人家如果真的备好酒菜，必定会有汤汤水水的痕迹，我们为什么不到厨房去看看呢？"前去一看，只见灶火还没熄，盘碟碗筷、生姜、豆豉等都还在，这才相信吴某不是扯谎。众人正准备散去，只听蔡公一人大声叫道："如果真有狐仙在此，我有一句话问一下。今年是乙卯年，秋天就要进行科举考试，我等都是考生，如果我们中间有一个人考中，狐仙你就还我酒菜；如果一个也不中，那就请狐仙你将酒菜全吃掉，我们也没有什么兴致在这里喝酒了。"说完就走出去。不一会儿，主人吴某大笑着走出来说："恭喜诸位，酒菜已全部退还在桌子上了。今年我们中间一定有考中的人啦！”于是，众宾客欢畅豪饮，尽兴而散。果然，这一年，钱公榜上有名，下一科，蔡公也考取了。

鬼争替身人因得脱

会稽王二，以缝衣为业。手挈女裙衫数件，夜过吼山。见水中跳出二人，倮身黑面，牵之入河。王不能自主，随行数步，忽山顶松树间飞下一人，垂眉吐舌，手持大绳套其腰曳之上山，与黑面鬼彼此争夺。黑面鬼曰：“王二是我替身，汝何得夺之？”持绳鬼曰：“王二是成衣师父，汝等河水鬼赤屁股在水中，并无衣服要做，何所用之？不如让我！”王亦昏迷，听其互拉，然心中略有微明，私念：倘遗失女裙衫，则力不能赔，因挂之树上。适其叔从他路归，月下望见树有红绿女衣，疑而近前视之，三鬼遂散。王二口耳中全是青泥填塞，扶之归，竟脱于死。

【译文】

会稽人王二以缝衣为业。有一次，他带着几件女人穿的裙衫，夜里路过吼山，看见水中跳出二人，赤身裸体，面色黝黑，抓住他就往河里跳。王二身不由己，被拽了好几步。突然，吼山顶上松树林中飞下一人，眉毛倒垂，吐着舌头，手拿大绳，套住王二的腰，朝山上拽去，与黑脸鬼互相争夺起来。黑脸鬼说：“王二是我的替身，你为什么来抢夺？”持绳鬼说：“王二是裁缝师傅，你等水鬼光着屁股在河里，又不需要做衣服遮体，把他抓去，有什么用场？不如让给我！”这时，王二昏昏沉沉，任凭他们拉来拉去。可他心中也有点明白，暗暗地想：“如果这些裙衫被我搞丢了，那我根本赔不起。”于是，他就将裙衫挂在树上。恰好这时王二的叔叔从另一条路回家，月光中望见远处的树上挂着女子的裙衫，心怀疑虑，就走近来看。三个鬼见有人赶来，这才慌张逃走。而王二的嘴巴里、耳朵里全被青泥塞满，他被叔叔扶回去，终于幸免一死。

城隍神酗酒

杭州沈丰玉，就幕武康。适上宪有公文饬捕江洋大盗，盗名沈玉丰。幕中同事袁某与沈戏，以硃笔倒标“沈丰玉”三字，曰：“现在各处拿你。”沈怒，夺而焚之。是夜，沈方就枕，梦鬼役突入，锁至城隍庙中。城隍神高坐，喝曰：“汝杀人大盗，可恶！”呼左右行刑，沈急辨是杭州秀才，非盗也。神大怒曰：“阴司大例，凡阳间公文到来，所拿之人，我阴司协同缉拿。今武康县文书现在，指汝姓名为盗，而汝妄想强赖耶？”沈具道同事袁某恶谑之故，神不听，命加大杖。沈号痛呼冤，左右鬼卒私谓沈曰：“城隍神与夫人饮酒醉矣，汝只好到别衙门申冤。”沈望见城隍神面红眼眯，知已沉醉，不得已忍痛受杖。杖毕，令鬼差押往某处收狱。路经关圣庙，沈高声叫屈，帝君唤入，面讯原委。帝君取黄纸硃笔判曰：“看尔吐属，实系秀才。城隍神何得酗酒妄刑？应提参治罪。袁某久在幕中，以人命为儿戏，宜夺其寿。某知县失察，亦有应得之罪，念其因公他出，罚俸三月。沈秀才受阴杖，五脏已伤，势不能复活，可送往山西某家为子，年二十登进士，以偿今世之冤。”判毕，鬼役惶恐，叩头而散。沈梦醒，觉腹内痛不可忍，呼同事告以故，三日后卒。袁闻之，急辞馆归，不久吐血而亡。城隍庙塑像无故自仆。知县因滥应驿马事，罚俸三月。

【译文】

杭州人沈丰玉在武康县衙做幕僚，正好这一年上司下达公文，缉拿一个名叫沈玉丰的江洋大盗。同事袁某跟沈丰玉开玩笑，用红笔在公文上将“沈玉丰”三字倒勾成“沈丰玉”，还说：“现在到处都在捉拿你！”沈丰玉生气了，把公文抢过来就烧了。这天夜里，沈丰玉刚睡着，就梦见鬼差突然闯进来，将他锁住，抓到城隍庙。城隍神高高坐在上面，喝道：“你这杀人大盗，可恶至极！”命令左右行刑。沈丰玉急忙辩解，说自己是杭州秀才，不是盗寇。城隍神大怒说：“阴间惯例，凡是有阳间公文到来，阴司就得协同捉拿所要缉捕的犯人。如今武康县公文在此，指名道姓，说你是盗寇，难道你还妄想抵赖吗？”沈丰玉就将同事袁某恶作剧的前后经过，详细地讲了一遍。城隍神哪里肯听，命令用大杖行刑。沈丰玉痛得直叫冤，旁边的鬼卒悄悄对他说：“城隍神与夫人饮酒，喝醉了，你只好到别的衙门去申冤。”沈丰玉向上望去，只见城隍神满脸通红，眯缝着眼，知道城隍神已沉醉不醒，只得忍痛受刑。打完后，城隍神命令鬼差将沈丰玉押往某监狱服刑。路经关帝庙，沈丰玉高声喊冤。关帝将他唤入，当面问明原委，然后拿起红笔在黄纸上判决：“看你言谈举止，的确是个秀才，城隍神怎能这样酒后乱判，妄加刑罚？应将城隍提交有关衙门治罪。袁某长期在县府办事，却把人命当儿戏，实在应该剥夺他的寿命。武康知县失职，用人不当，也该承担相应的责任，但念他因公外出，扣罚三个月的薪水。沈秀才惨遭阴间杖刑，五脏已受到损伤，看来已无法复活了，可将他送到山西某户人家投胎为子，二十岁时可让他考中进士，以补偿这一世所受的冤屈。”关帝判完，鬼差吓得连连叩头，就溜走了。沈丰玉一觉醒来，发现腹内疼痛难忍，叫来同事，将梦中的情形告诉了他们。三天后，沈丰玉就死了。袁某听说后，急忙辞职回家，不久吐血而死。城隍庙里的城隍神像，也无缘无故地倒塌了。而武康知县由于滥用驿马一事，被扣罚三个月的薪水。

地藏王接客

裘南湖者，吾乡沧晓先生之从子也。性狂傲，三中副车不第，发怒，焚黄于伍相国祠，自诉不平。越三日病，病三日死。魂出杭州清波门，行水草上，沙沙有声。天淡黄色，不见日光，前有短红墙，宛然庐舍，就之，乃老妪数人拥大锅烹物，启之，皆小儿头足，曰："此皆人间坠落僧也，功行未满，偷得人身，故煮之，使在阳世不得长成即夭亡耳。"裘惊曰："然则妪是鬼耶？"妪笑曰："汝自视以为尚是人耶？若人也，何能到此？"裘大哭，妪笑曰："汝焚黄求死，何哭之为？须知伍相国吴之忠臣，血食吴越，不管人间禄命事。今来唤汝者，伍公将汝状转牒地藏王，故王来唤汝。"裘曰："地藏王可得见乎？"曰："汝可自书名纸，往西角佛殿投递，见不见未可定。"指前街曰："此卖纸帖所也。"裘往买帖，见街上喧嚷扰扰，如人间唱台戏初散光景。有冠履者，有科头者，有老者、幼者、男者、女者，亦有生时相识者，招之绝不相顾，约略皆亡过之人，心愈悲。向前，果有纸店，坐一翁，白衫葛巾，以纸付裘。裘乞笔砚，翁与之，裘书"儒士裘某拜"，翁笑曰："儒字难居，汝当书某科副榜，转不惹地藏王呵责。"裘不以为然，睨壁上有诗笺，题"郑鸿撰书"，兼挂纸钱甚多。裘素轻郑，乃谓翁曰："郑君素无诗名，胡为挂彼诗笺？且此地已在冥间矣，要纸钱何用？"翁曰："郑虽举人，将来名位必显，阴司最势利，故吾挂之，以为光荣。纸钱正是阴间所需，汝当多备，贿地藏王侍卫之人，才肯通报。”裘又不以为然，径至西角佛殿，果有牛头夜叉辈，约数百人，胸前绣“勇”字补服，向裘狰狞呵詈。裘正窘急间，有抚其肩者，葛巾翁也，曰：“此刻可信我言否？阳间有门包，阴间独无门包乎？我已为汝带来。”即代裘将数千贯纳之，“勇”字军人方持帖进，闻东角门闯然开矣。唤裘入跪阶下，高堂峨峨，望不见王。纱窗内有人声曰：“狂生裘某，汝焚牒伍公庙，自称能文，不过作烂八股时文，看高头讲章，全不知古往今来多少事业学问，而自以为能文，何无耻之甚也！帖上自称儒士，汝现有祖母年八十余，受冻忍饥，致盲其目，不孝已甚，儒当若是耶？”裘曰：“时文之外，别有学问，某实不知；若祖母受苦，实某妻不贤，非某之罪。”王曰：“夫为妻纲，人间一切妇人罪过，阴司判者总先坐夫男，然后再罪妇人。汝既为儒士，如何卸责于妻？汝三中副车，以汝祖父阴德荫庇，并非仗汝之文才也。”言未毕，忽闻殿外有鸣锣呵殿声，甚远，内亦撞钟伐鼓应之。一“勇”字军人虎皮冠者报朱大人到，王下阁出迎，裘踉跄下殿，伏东厢窃视，乃刑部郎中朱履忠，亦裘戚也。裘愈不平，骂曰：“果然阴间势利，我虽读烂时文，毕竟是副榜；朱乃入粟得官，亦不过郎中，何至地藏王亲出迎接哉？”“勇”字军人大怒，以杖击其口，一痛而苏。见妻女环哭于前，方知死已二日，因胸中余气未绝，故不入殓。此后南湖自知命薄，不复下场，又三年卒。

【译文】

裘南湖是我同乡沧晓先生的侄子，他为人狂傲，三次发为副榜，却不被取中举人。他非常恼怒，就在伍相国祠堂里焚烧黄纸状文，诉说自己的不平遭遇。过了三天，他生了病，病了三天就死了。他的魂出了杭州城的清波门，走在水草上，发出沙沙的响声。淡黄色的天空，不见阳光。前面有一道矮矮的红墙，好像有人家居住。他上前去看，原来是几个老太，她们正围着一口大锅煮着什么，打开锅盖，里面全是小孩的头和脚，老太告诉裘生："这些都是人间坠落的和尚，功德道行还没修炼圆满，就偷得人的形状，所以把他们煮烂，使他们在人间不能长大，年纪小小就死掉。"裘南湖大吃一惊，问道："那么，你们是鬼啰?"老太笑着说："你还以为自己是人呀？如果是人，怎么会到这儿来呢?"裘南湖失声大哭，老太又笑着说："你烧黄纸求死，又哭什么呢？你应该知道，伍子胥相国是吴国的忠臣，在吴越一带受到百姓的敬奉，从来不管人间官运之类的事。如今，叫你来这儿的，是地藏王，因为伍相国已把你的状纸转交给地藏王了。"裘南湖问："我能见到地藏王吗?"老太告诉他："你可以写好名帖，送到西边的佛殿，至于见不见，我们就不知道了。"并指着前面的街市说："那里就是卖纸帖的地方。"裘南湖前往买纸帖，只见街上吵吵闹闹，人来人往，就像人间戏园刚刚散场一样。男女老少，有的衣冠楚楚，有的光着脑袋，其中也有他生前认识的人。裘南湖跟他们打招呼，也没人理睬他。他想，这些人大概都是死人吧，心中就更加悲伤。再向前走，果然有一家纸店，店堂内坐着一个老头，身穿白褂，头戴布巾，把纸帖交给裘南湖。他向老头借笔墨，老头借给他，他就在纸上写了"儒士裘某拜。"老头笑着说："这'儒'字恐怕你很难自居，你应该写上某科副榜，才不会惹地藏王生气。"裘南湖不以为然，斜眼看着店墙上贴的诗笺，上面落款是郑鸿书写的，墙上还挂着许多纸钱。裘南湖一向瞧不起郑鸿，就对老头说："郑鸿作诗一直不好，为什么挂他的诗笺？而且这里已在阴间，还要纸钱干什么?"老头说："郑鸿虽然是个举人，可他将来一定名位显赫。阴间是最势利的地方，所以我才挂这些诗笺，以此为荣。至于纸钱嘛，正是阴间所需要的，你最好多准备一些纸钱，贿赂地藏王的侍从，他们才肯为你通报。”裘南湖又不以为然。他径直走到西南边的佛殿，果然看见几百个牛头夜叉，身穿胸前绣着“勇”字的军服，凶神恶煞般地朝他喝骂。裘南湖正在紧张着急的时候，有人拍拍他的肩膀，回头一看，原来是纸店里戴头巾的老头。老头说：“现在你相信我了吧。阳间有门包，难道阴间就没有门包了吗？我已给你带来了。”当即就替裘南湖交上几千贯，穿“勇”字服的军人这才把名帖送了进去。一会儿，只听见东角的大门豁然大开，里面传呼裘南湖进去，让他跪在阶下。殿堂巍峨高耸，却看不见地藏王。这时，裘南湖听到纱窗内传来声音：“狂妄的裘南湖，你在伍相国祠堂焚烧状文，自吹会写文章，其实不过写些陈腐的八股文，看些高头讲章。你根本不知道古往今来的事业、学问，却自以为会写文章，真是不知羞耻！你的名帖上自称儒士，而你八十多岁的老祖母，却受冻挨饿，以致双目失明，你不孝顺到极点，难道儒士就是像你这样的吗？”裘南湖说：“八股文以外还有学问，我实在不懂。至于祖母受苦，实在是我老婆不贤惠，并不是我的过错。”地藏王说：“夫为妻纲，人间一切妇女的罪过，在阴间判罪时，都要先追究她丈夫的责任，然后再惩罚她本人。你既然是个儒士，怎么能把责任推卸到妻子身上呢？你三次考中副榜，是因为你祖父的阴德庇护，并不是靠你的文才啊！”话还没说完，忽然听到殿外远远地传来鸣锣开道的声音，殿内也撞钟击鼓，与之呼应。一个头戴虎皮帽的“勇”字号军人报告：“朱大人到！”地藏王走下殿阁出去迎接。裘南湖跌跌撞撞下了殿，躲在东厢房偷看，原来来的是刑部郎中朱履忠，也是裘南湖的亲戚。裘南湖更加气愤不平，骂道：“阴间果然势利！我虽然熟读八股文，毕竟还考中副榜，朱履忠却是靠捐钱买官，也不过是个郎中，他凭什么让地藏王亲自出去迎接呢？”“勇”字号军人大怒，用棍子打裘南湖的嘴巴。裘南湖痛极了，醒了过来。他看见妻子、女儿围着自己哭，才知道自己已经死了两天，只因为他胸口还有气息，所以家人没有将他入殓。从此以后，裘南湖自知命运不佳，就不再参加科举考试了；又过了三年，他真的死了。

治鬼二妙

娄真人劝人遇鬼勿惧，总以气吹之，以无形敌无形，鬼最畏气，转胜刀棍也。张岂石先生云："见鬼勿惧，但与之斗，斗胜固佳，斗败我不过同他一样。"

【译文】

娄真人奉劝世人遇鬼时不要害怕，只要不停地向鬼吹气，用无形的气抵挡无形的鬼。鬼最怕人气，用气抵挡鬼，胜似刀枪棍棒。张岂石先生也说："遇到鬼不要害怕，只管跟他斗。斗胜了，当然好；斗败了，也不过同他一样嘛。"

狐读时文

四川临邛县李生，年少家贫。偶闲坐，一老叟至，揖而言曰："小女与君有缘，知君未娶，愿偕秦晋之婚。"李曰："我贫，无以为娶。"叟曰："郎但许我，娶妻之费郎勿忧。"生方疑且惊。俄而香车拥一美人至，年十七八，妆奁甚华，几案椸椸之物，无不携来。叟具花烛，呼婿及女行交拜撒帐之礼，曰："婚事毕，吾去矣。"生挽女解衣就床，女不可，曰："我家无白衣女婿，须汝得科名，吾才与汝成婚。"生曰："考期尚远，卿何能待？"曰："非也，只须看君所作文章，可以决科，便可成婚，不必俟异日。"李大喜，尽出其平时所作《四书》文付女。女翻视良久，曰："郎君平日读袁太史稿乎？”曰：“然。”女曰：“袁太史文雄奇，原利科名，宜读；然其人天分高，非郎所能学也。”因取笔为改数句曰：“如我所作，像太史乎？”曰：“然。”曰：“汝此后为文，先向我问作意再落笔，勿草草也。”李从此文思日进，壬午举于乡。此女在其家事姑孝，理家务当，至今犹存，人亦忘其为狐矣。此事临邛知州杨潮观为予言。

【译文】

四川临邛县有个姓李的书生，年少家贫。有一天，他闲坐在家，只见一个老头进来，作揖说道：“我女儿与公子有缘，我知道公子尚夫娶妻，愿将小女许配给你，共结百年之好。”李生说：“我家贫寒，没有钱财迎娶小姐。”老头说：“你只需答应这门婚事就行，至于娶妻的费用，你就不用操心了。”李生正在惊疑的时候，忽然香车簇拥着一个美人来了，大约十七八岁，嫁妆、几案、衣架等物也都运来。老头摆起花烛，叫女婿与女儿互相行交拜、撒帐大礼，说：“现在，你们的婚事已经办成，我该走了。”随后，李生拉着这女子解衣上床，女子不从，说：“我家从来没有布衣女婿，你必须考取功名，我才与你成婚。”李生说：“考期还远，你怎么能等得了？”女子笑道：“不必等那么久，我只需看着你写的文章，就能推断你能否考中，然后就可与你成婚了，不必等到以后呀。”李生大喜，拿出他平时写的八股文给女子看。女子翻阅了很久，又问：“你平时读不读袁太史写的文章？”李生说：“读啊。”女子说：“袁太史的文章写得雄健奇伟，有气魄，对你求取功名有帮助，应该多读。但袁太史天赋很高，这是你学不来的。”于是，她拿笔在李生的文章上改了几句，问道：“我这样一改，像不像袁太史的文笔呢？”“像。”“今后，你写文章，要先问我如何立意，然后再动笔，不要草草了事。”从此以后，李生的文思一天比一天进步，终于在壬午年通过了乡试。这女子在李家孝顺婆婆，理家得当，至今还在，人们也忘记她是狐怪了。这件事是临邛知州杨潮观对我说的。

何翁倾家

通州何翁生三子，皆庸俗，长子尤陋。娶妇王氏，美，内薄其夫，郁郁不得志死。死后鬼常凭次妇史氏为厉，何翁苦之，具牒城隍庙。越数日，忽换一鬼凭次妇，言曰："请亲翁答话。"何错愕，问为谁，曰："我史某，尔次妇之父也。死后为郡神掌案吏，不复留心家事。昨见翁牒，方知我女为王氏鬼所苦，我恳本官，已将王氏发配云南，嗣后可无患。惟是我女适翁家时，我已去世，家业萧条，愧无妆奁，至今耿耿。兹在冥司积白金五百两，当送女室，翁可于本月十六日子时，备香烛锞帛，同次子祭厨房之西南隅，焚帛锄土，即得矣。"并戒是夕备素筵一席，"我将邀二三同辈来庆翁也。"翁如其言。及期锄土，竟得空罐，父子怏怏。至夕鬼又凭妇曰："翁运可谓蹇矣。我多年蓄积，一旦为犬子夺去，奈何？"先是，何翁有姐适徐氏，生一儿名犬子，姊夫及姊亡，犬子零丁，挈千金依舅氏，舅待之薄。未几，犬子亦亡，其赀尽为何有。犬子怨之，故先期来夺取五百金，盖鬼事鬼知也。越半载，次妇归宁，暮回家，进门忽倒地大哭，极口骂何翁不绝。举家惊，听其言，乃王氏自配所逃回。方谋舁入内室，而三媳房中婢奔出，告曰："三娘子在房晚妆，忽将妆台打碎，扑桌大呼，势甚凶猛，不解何故。"何翁夫妇入视，则又有鬼凭焉，乃王氏之解差鬼，骂曰："何老奴才，大没良心，自家儿媳全不顾恤，忍心控害，押赴远方，且倚仗尔亲翁史某作掌案吏势，叫我走此万里苦差，分文不给，如何得至云南？今王氏感我一路恩情，将身配我，我与伊回不得家乡，进不得衙门，只好借尔家作洞房花烛，快温酒来，与我解寒！”何氏次、三两媳本对房居，此后王凭次妇，则差凭三媳；王凭三媳，则差凭次妇，终日不安。翁奔告神庙，神不复灵。翁大费赀财，遍求方士，如此者二年。江西道士兰方九应招而来，先作符十数张，遍贴其宅之前后门，再入室仗剑步罡。两妇先于房作笑骂状，次作惊窜状，后作哀恳状。忽屋角响声如雷，两妇伏地。兰持小瓶曰："鬼入，鬼入。”旋封其口，而两妇醒。兰命起王氏墓，斧其棺，面目如生，尸僵出血。乃焚灰与小瓶合埋，用石镇之，其祟永绝，而何翁从此倾家。

【译文】

通州人何老汉生了三个儿子，都是平庸无能之辈。长子特别丑陋，娶了娇美的王氏为妻。王氏心中对丈夫十分不满，郁闷不快，得病死了。死后，王氏的鬼魂常常附在何家二媳妇史氏身上作怪，十分厉害。何老汉很苦恼，只得写了状文告到城隍庙。过了几天，忽然有一个鬼附在史氏身上讲：“请亲家翁说话。”何老汉大吃一惊，忙问是谁。那鬼说：“我是史公，你家二媳妇的父亲。我死后，做了城隍神手下掌管案卷的官吏，不再留心家事。昨天见到你写的状文，才知道我女儿被王氏的鬼魂搅扰不宁。我已恳求城隍，将王氏发配到云南，从此以后，就可以高枕无忧了。只是当初我女儿嫁到你家时，我已去世，家境衰落，实在惭愧没有替女儿置办嫁妆，至今仍然耿耿于怀。这是我在阴间积存的五百两银子，应该送给女儿。亲家翁，你可以在本月十六日子时，备好香烛纸锭，与你二儿子在厨房西南角祭奠，焚烧锡箔纸锭后，用锄头挖地，就能挖到银子了。”又告诫说：“到那天，请准备一桌素菜，我将邀请两三个同辈人前来为你庆贺。”何老汉照他的话做了，到那天夜里去挖地，竟然挖到一只空罐子。何氏父子闷闷不乐。这天晚上，鬼又附在史氏身上说：“亲家翁，你真是运气不佳。我多年的积蓄，一下子被犬子抢去，有什么办法呢！”原来，何老汉有个姐姐嫁到徐家，生了一个儿子，取名“犬子”，姐夫和姐姐死后，犬子一个人孤苦伶仃，就带了一千两银子来投奔舅舅何老汉。何老汉待外甥十分刻薄，不久，大子也死了，他的财产全部被何老汉占有。犬子抱怨舅舅，所以，这一次他抢先一步，夺走了五百两银子。大概鬼事是瞒不过鬼的。过了半年，史氏到金陵娘家探亲。这一天傍晚，她返回何家，刚进门，就忽然倒在地上大哭，指斥何老汉，骂声不绝。全家人听了她的话，个个大吃一惊。原来，王氏鬼魂已从云南逃回来了。正当众人准备把史氏抬进内室，三媳妇房中的丫鬟跑过来告诉大家：“三娘子在房中上晚妆，忽然将梳妆台打碎，扑到桌上大叫，看样子十分凶猛，不知是什么原因。”何老夫妇进去一看，原来有鬼附在三媳妇身上，一问，竟然是押解王氏发配云南的鬼差。鬼差骂道：“何老奴才，你太没良心！自家媳妇，一点儿也不照顾爱惜，竟忍心告状，加害于她，发配远方！而且还倚仗亲家翁史某作了掌管案卷的官吏的势力，叫我承担万里苦差，却分文不给，我们如何到得了云南？如今，王氏感激我一路上照顾她的恩情，已经许配给我。我与她回不了家乡，又进不得衙门，只好借你家作洞房完婚。快温酒来，为我解寒！”何老汉的二媳妇、三媳妇原来就门对门居住，自此以后，如果王氏附在二媳妇身上，鬼差就附在三媳妇身上；如果王氏附在三媳妇身上，鬼差就附在二媳妇身上，搞得何家终日不宁。何老汉奔走神庙，向城隍告状，城隍神不再灵验。他花费了很多钱财，到处寻找道士，这样过了两年。这一天，江西道士兰方九被何家请来，他先画了十多张符咒，把何家后门都贴满了，然后进屋，提剑施法。起初，两个媳妇在房里还是一副又笑又骂的样子，过了一会儿，却变作惊慌逃窜的样子，后来又变成苦苦哀求的样子。忽然房角响声如雷，两媳妇跪伏在地。兰方九手拿一只小瓶子，口中念念有词：“鬼进去，鬼进去。”然后就封上瓶口。两个媳妇这时也都清醒了过来。兰方九命令挖开王氏的坟墓，劈开棺材，只见王氏面目如生，尸体僵硬，还在流血。于是，兰方九就焚烧尸体，将骨灰与小瓶埋在一起，并用石头压在上面。从此，鬼怪绝迹，而何家也因此倾家荡产。

江 铁 林

江铁林，通州士人也，世居通之吕泗场。娶妻彭氏，情好甚笃。彭归江三年，铁林甫弱冠，未游庠。一夕，夫妇同梦铁林于其年某月日游庠，彭氏即于是日亡。学使临通州，吕泗场距通州百里，铁林以梦故，疑不欲往。彭促之曰："功名事重，梦不足凭。"铁林强行。及试果获售，案出，即梦中月日也。铁林大不怿，越二日，果闻彭讣。试毕急回家，彭死已二七矣。通俗，人死二七，夜设死者衣衾于柩侧，举家躲避，言魂来赴尸，名曰"回煞"。铁林痛彭之死，即于回煞夜舁床柩旁，潜处其中，以冀一遇。守至三更，闻屋角微响，彭自房檐冉冉下，步至柩前，向灯稽首，灯即灭。灭后室中自明如昼，铁林惟恐惊彭，不敢声。彭自灵前循柩走至床，揭帐低声呼曰："郎君归未?"铁林跃出，抱持大哭，哭罢各诉离情，解衣就寝，欢好无异生前。铁林从容问曰："闻说人死有鬼卒拘束，回煞有煞神与偕，尔何得独返?"彭曰："煞神即管束之鬼卒也，有罪则羁绁而从。冥司念妾无罪，且与君前缘未断，故纵令独回。"铁林曰："尔无罪，何故早死?"曰："修短，数也，不论有罪无罪。"铁林曰："卿与我前缘未断，今此之来，莫非将尽于此夕乎？”答曰：“尚早。前缘了后，犹有后缘。”言未毕，闻户外风起，彭大惧，以手持铁林曰：“紧抱我，护持我，凡作鬼最怕风，风倘着体，即来去不能自主，一失足，被他吹到远处去矣。”鸡鸣言别，铁林依依不舍。彭曰：“无庸，夜当再会。”言讫而去。由此每夜必来，来检阅生时奁物，为铁林补缀衣服。两月余，忽欷歔泣曰：“前缘了矣，此后当别十七年，始与君续后缘。”言讫去。铁林美少年，家丰于财，里中愿续婚者众，铁林概不允。待至十七年，以彭氏貌物色求婚，历通、泰、仪、扬，俱不得，仍归吕泗。吕泗故边海，有海舶自山东回者，载老翁夫妇来。言本士族，止生一女，依叔为活。其叔欲以其女结婚豪族，翁颇不愿，故来避地，女亦欲嫁一江南人。人为翁言铁林，翁甚欲之。言诸铁林，铁林必欲一见其女乃可。翁许之，见则宛然一彭也。问其年，曰：“十七矣。”其生时月日，即彭死之两月后也。铁林欣然订娶，欢好倍常，性情喜好，仿佛彭之生前。或叩以前生事，笑而不言，铁林字曰“蓬莱仙子”，隐喻彭仙再来也。子曰“彭儿”，女曰“彭媳”。欢聚者十七载，夫妇得疾先后卒。

【译文】

通州文人江铁林，世代居住在通州的吕泗场。他娶彭氏为妻，感情十分深厚。彭氏嫁给江铁林三年，江铁林才不过二十岁，还没有考中秀才。一天晚上，夫妇同时梦见江铁林将于这一年的某月某日中秀才，而彭氏也将在这一天死去。不久，学使来通州举行考试，吕泗场离通州有上百里，铁林因为做了这个不吉祥的梦，心中疑虑，不愿去通州。彭氏催他：“求取功名，事关重大，梦中的事，不足为凭。”铁林这才勉强上路，等到考完试，他果然得中，发榜日期正是梦中所说的那一天，他心里非常不舒服。过了两天，果然传来彭氏的死讯。铁林考完后，就急急忙忙回家，彭氏已死了十四天。按通州风俗，人死后第十四天的夜间，应将死者的衣物放在灵柩一侧，全家躲避，据说亡魂会回到尸身，叫做“回煞”。铁林痛惜彭氏死了，就在“回煞”这一夜，将床搬到灵柩旁，躲在床帐里，希望再见彭氏一面。守到三更时分，他听见屋角微微作响，彭氏从房檐处慢慢下来，走到灵柩前，朝蜡烛跪下叩头，烛火立刻就灭了，可室内仍然亮如白昼。铁林唯恐惊吓彭氏，不敢出声，彭氏从灵柩前走到床前，揭开帐子，低声喊道：“我的郎君回来了吗?”铁林跳出来，二人抱头痛哭，哭完，互相诉说离情别绪，然后解衣就寝，恩恩爱爱，一如既往。铁林从容地问：“听说人死后有鬼卒看管，回煞时，有煞神陪同，你为什么能独自回来?”彭氏说：“煞神就是阴间管事的鬼卒，有罪的鬼回煞时，才被绑起来，由煞神押回。阴司念我无罪，而且与郎君前缘未断，所以放我独自回来。”铁林又问：“你既然无罪，为何这么早就死了呢?”彭氏说：“阳寿短暂，命中注定，不管有罪无罪呀。”铁林说：“爱妻与我前缘未断，今晚来此，莫非就要了断前缘?”彭氏说：“还早。了断前缘，还有后缘。”没讲完，就听到外面刮起风来。彭氏害怕极了，用手抱住铁林，叫道：“抱紧我！保护我！鬼最怕风，一旦被风吹着，那么来去就不能自己做主了；万一跌一跤，就会被风吹到很远的地方。”等到鸡叫天亮，二人分别，铁林依依不舍，彭氏劝他：“别担心，夜里再会!”说完就走了。从此，彭氏每夜必来，查点生前的梳妆用品，还为铁林缝补衣服。两个多月后，彭氏忽然长吁短叹起来，哭着对铁林说：“我们二人前缘已经了结，从此要分别十七年，十七年后，我再来与郎君续后缘。”说完就走了。江铁林本来就是个英俊少年，家财丰厚，乡里愿意作为续弦嫁给他的女子很多，铁林一概不同意。等到十七年后，他按照彭氏生前的音容笑貌来择婚，跑遍通州、泰州、仪征、扬州，都未能物色到，仍旧一人回到了吕泗。吕泗原本靠海，这一年有一艘海船从山东返回，带来一对老夫妇，他们自称原来属于士族，只生了一个女儿，依靠叔叔生活。叔叔想把他们的女儿嫁给当地富豪，老翁很不愿意，所以躲避到这里，女儿也想嫁给一个江南人。于是有人向老翁提起江铁林，老翁非常愿意；这人又对江铁林讲，铁林认为应该先见一见这位女子，然后才能做决定，老翁答应了。一见到这位女子，江铁林就认为是彭氏再生。铁林问她年龄，她说："十七岁。"她的生辰月日，就在彭氏死后两个月。铁林高兴地同意了这门婚事，二人比以往更加亲敬欢娱。这女子的性情爱好，就跟彭氏生前一样。有时，铁林问她前世的事，她笑而不答。铁林叫她"蓬莱仙子"，暗指彭氏再生。后来，他们生下一子一女，分别取名"彭儿"、"彭媳"。这样，他们欢聚了十七年，夫妇二人得病先后去世。

裹足作俑之报

杭州陆梯霞先生，德行粹然，终身不二色。人或以戏旦、妓女劝酒，先生无喜无愠，随意应酬。有犯小罪求关说者，先生唯唯，当事者重先生，所言无不听。或訾先生自贬风骨，先生笑曰："见米饭落地，拾置几上心才安，何必定自家吃耶？凡人有心立风骨，便是私心。吾尝奉教于汤潜庵中丞矣。中丞抚苏时，苏州多娼妓，中丞但有劝戒，从无禁捉。语属吏曰：'世间之有娼优，犹世间之有僧尼也。僧尼欺人以求食，娼妓媚人以求食，皆非先王法。然而欧公《本论》一篇，既不能行，则饥寒怨旷之民作何安置？今之虐娼优者，犹北魏之灭沙门毁佛像也。徒为胥吏生财，不揣其本而齐其末，吾不为也。'"一日者，先生梦皂隶持帖相请，上书"年家眷弟杨继盛拜"，先生笑曰："吾正想见椒山公。"遂行。至一所，宫殿巍然，椒山公乌纱红袍，下阶迎曰："继盛蒙玉帝旨，任满将升，此坐需公。”先生辞曰：“我在世间，不屑为阳官，故隐居不仕，今安能为阴间官乎?”椒山笑曰：“先生真高人，薄城隍而不为。”语未毕，有判官向椒山耳语，椒山曰：“此案难判，须奏玉帝再定。”先生问何案，曰：“南唐李后主裹足案也。后主前世本嵩山净明和尚，转身为江南国主，宫中行乐，以帛裹其妃窈娘足，为新月之形，不过一时偶戏。不料相沿成风，世上争为弓鞋小脚，将父母遗体矫揉穿凿，以致量大校小，婆怒其媳，夫憎其妇，男女相贻，恣为淫亵。不但小女儿受无量苦，且有妇人为此事悬梁服卤者。上帝恶后主作俑，故令其生前受宋太宗牵机药之毒，足欲前，头欲后，比女子缠足更苦，苦尽方薨。近已七百年，忏悔满将还嵩山修道矣。不料又有数十万无足妇人，奔走天门喊冤，云：‘张献忠破四川时，截我等足，堆为一山，以足之至小者为山尖。虽我等劫运该死，然何以出乖露丑，一至于此，岂非李王裹足作俑之罪?求上帝严罚李王，我辈目才瞑。’上帝恻然，传谕四海都城隍议罪。文到我处，我判孽由献忠，李后主不能预知，难引重典。请罚李王在冥中织履一百万，偿诸无足妇人，数满才许还嵩山。奏草虽定，尚未与诸城隍会稿，先生以为何如?”先生曰：“习俗难医，愚民有焚其父母尸以为孝者，便有痛其女子之足以为慈者，事同一例也。”椒山公大笑。先生辞出，醒竟安然。嗣后椒山公不复来请。寿八十余卒。常笑谓夫人曰：“毋为吾女儿裹足，恐害李后主在阴司又多织一双履也。”

【译文】

杭州陆梯霞先生，德行修养十分高尚，一生除了妻子，从不接近其他女色。有人给他找来戏旦、妓女陪酒，他既不高兴，也不生气，只是随意应付一下。有人犯了小罪，求他关照说情，他总是答应帮忙。许多官员敬重陆先生，对他的话无不听从。也有人议论陆先生这样做，是贬低了自己的人格和骨气，陆先生笑着说："看见米饭掉在地上，就拾起来放到桌上，这样才心安，又何必定要自己吃下去呢？人们刻意标立自己的正直形象，却不知这就是私心。我曾经受教于汤潜庵巡抚。汤公任苏州巡抚时，苏州有很多娼妓。汤巡抚只是劝诫她们，却从不查禁捉拿。他曾对属下官员讲：'世间有娼妓和戏子，就跟世间有和尚和尼姑一样。和尚尼姑欺骗世人，求口饭吃；娼妓取媚于人，也是求口饭吃，这都不符合先王法度。可如今，既然欧阳修的《本论》一文不能流传于世，那么饥寒交迫、怨苦日久的百姓又如何安置呢？现在如果虐待娼妓和戏子，就跟北魏时剿灭沙门、摧毁佛像一样，只能让贪官污吏乘机大发横财，这种不治根本，只抓表面的事，我是不做的。'"一天，陆先生梦见鬼差拿着请帖，上面写着"年家眷弟杨继盛拜"的字样。陆先生笑着说："我正想见见椒山公。"就跟着鬼差走了。来到一个地方，只见宫殿巍峨耸立，非常壮观。椒山公头戴乌纱，身穿红袍，亲自走下台阶迎接，说道："继盛承蒙玉帝旨意，任期一满，即将调升，这个职位请你来担任。"陆先生推辞说："我在阳间就不屑做人间的官员，所以隐居起来，不做官。如今怎么会做阴间的官呢？"椒山公笑着说："先生真是超世脱俗的人，不屑做城隍神。"话没说完，有个判官向椒山公耳语，椒山公说："这件案子难以判决，还是奏请玉帝，再作定论吧。"陆先生问："什么案子？"椒山公说："是南唐李后主裹足一案。后主前世原是嵩山的净明和尚，转世做了江南国主。他在宫中玩乐，用丝缎将妃子窈娘的脚裹成新月形，这不过是一时的游戏罢了。没想到，后代沿袭成风，世间女子争相效法，做弓鞋，裹小脚，硬是将父母生下来的形体扭曲变形，以至比量脚大脚小，造成婆婆不满意媳妇，丈夫不满意妻子，男女以此调笑，放纵淫亵。裹足陋习，不但使小女孩遭受无尽的痛苦，而且还导致一些妇女为此而悬梁自尽或服毒自杀。玉帝气恼后主开了这个先例，所以，就让后主生前受宋太宗赵光义的牵机药之毒，脚要向前走，头想往后倒，比女子裹脚更加痛苦，受尽折磨，才死去。到现在已经七百年了，他忏悔期一结束，还要去嵩山修道呢。不料，又有几十万没脚的妇女，跑到天门喊冤：‘张献忠攻破四川后，砍掉我们的脚，堆成一座山，还把最小的脚放在最尖端。虽然我们命中注定要死，但为什么还要让我们出乖露丑到这种地步呢？这难道不是李后主最先倡导裹脚造成的吗？请求玉帝严惩李后主，我们才能瞑目呀！’玉帝很同情她们，就传下圣旨，要天下的城隍神讨论一下，这件事到底该判何罪。现在圣旨已到我这里，我认为这是张献忠犯下的罪行，李后主无法预知，很难判后主重罪，就请玉帝罚李后主在阴间织一百万双鞋，补偿那些没脚的妇女，等他如数织完鞋，再让他回嵩山修炼。奏章刚刚拟定，还没有跟其他城隍商议。陆先生，你认为应该怎么办呢？”陆先生说：“习俗难以根除。既然有百姓认为焚化父母的遗体，是尽了孝道；那么就有百姓以为，让女子受尽裹足的痛苦，才体现了仁慈与关怀。这种事情，道理是一样的。”椒山公大笑，陆先生告辞出门。梦醒后，陆先生竟安然无恙。此后，椒山公没有再来请陆先生，而陆先生后来活到八十多岁才死。生前，他常笑着对陆夫人说：“不要再为我女儿裹脚了，别害李后主在阴间又多织一双鞋哟！”

判官答问

谢鹏飞以仁和廪生为阴间判官，昼如平人，夜则赴冥司勾当公事。友朋多托查寿数，不肯。人疑其惧泄天机，曰：“非也。阳间有司衙门，惟犯罪涉讼者，才有文簿可查，否则百姓林林总总，谁有工夫为造保甲册？官府听其自来自去耳。阴间亦然。君辈不涉讼，不犯冥拘，气数来则生，气数尽则死，我实无册可查。”问：“瘟疫死者可查乎？”曰：“此阳九百六，阴阳小劫应死者，如府县考试，有点名簿，恰可以查，然皆庸庸小民方入此册；若有来历之人，便不在小劫数中来去，犹之阳间有官荫者，不考童生也。”问：“疫外尚有大劫数乎？”曰：“水、火、刀、兵，是大劫数，此则贵显者难逃矣。”问：“冥司神孰尊？”曰：“既曰冥司，何尊之有？尊者，上界仙官耳。若城隍、土地之职，如人间府县俗吏，风尘奔走甚劳苦，贤者不屑为。昔白石仙人终朝煮白石，不肯上天，人问故，曰：‘玉宇清严，符篆麻起，仙官司事者甚劳苦，故愿逍遥于山巅水涯，永为散仙。’亦此意也。”

【译文】

谢鹏飞以红和县廪生的身份，充任阴间判官。他白天和平常人一样，夜里就到阴间处理公务。不少朋友托他到阴间查一查寿数，他总不肯。人们怀疑他是害怕泄露天机。谢鹏飞说：“并非如此。在阳间的有关衙门里，只有犯罪牵涉到官司的人，才有案卷可查。否则，百姓千千万万，谁有工夫去编排保甲册子？官府只能听任百姓自来自去，阴间也是这样。你们没有牵涉到诉讼案件，也没有违犯阴司的法规，气数未尽就活着，气数已尽就死去。我实在没法查册子。”朋友问：“得了瘟疫而死的人，有没有册子可查？”他回答说：“这些人都是在阳九（合456年）与百六（合288年）之间的阴阳小劫难中该死的，好比县府考试，有点名簿，正好能查。但只有庸庸碌碌的人，才被记入这种小劫难的册子中。如果是有来历的人，就不在这些小灾难中生死，这就好比阳间世代做官的人家，后代子孙是不必考童生的。”朋友问：“除了瘟疫之外，有没有其他大灾难呢？”他说：“水灾、火灾、战争之类，就是大灾难。这种灾难，就连大贵人也难以逃脱。”朋友问：“在阴间，什么神最高贵？”他说：“既然叫阴司，还有什么高贵不高贵？高贵的，都是天上的神仙。像城隍神、土地神，就好比人间府县的一般官吏，风尘仆仆，日夜奔走，非常辛苦，贤明的人是不屑去做这种官的。以前，白石仙人整天在山中煮白石头，不肯上天做神仙。有人问他原因，他说：‘天界有清规戒律，符字丹书太多，也十分劳苦，所以我宁愿在山水间自由自在，永远做一名散仙。’他说的也就是这个意思呀。”

蒋太史

蒋太史士铨官中书时，居京师贾家胡同。十一月十五日，儿子病，与其妻张夫人在一室中分床卧，梦隶人持帖来请，不觉身随之行。至一神庙，入门小憩，见门内所塑泥马，手抚之，马竟动，扬其鬣。隶扶蒋骑上，腾空而行，下视田亩，如棋盘纵横。俄而雨濛濛然，心忧湿衣，仰见红油伞，有一隶擎而覆之。未几，马落一大殿阶下，宏敞如王者居。殿外二井，左扁曰天堂，右扁曰地狱。蒋望天堂上轩轩大明，地狱则黑深不可测，所随隶亦不复见。殿旁小屋有老妪拥镬炊火，问何所煮，曰：“煮恶人。”开锅盖视之，果皆人头。地狱井边有人，衣蓝缕，自往投入。妪曰：“此王爷将囚寄狱也。”蒋问：“此非人间乎？”曰：“何必问，见此光景，亦可知矣。”蒋问：“我欲一见王爷，可乎？”曰：“王请君来，自然接见，何必性急！君欲先窥之亦可。”因取一高足几登蒋，蒋从殿隙窥王。王年三十余，清瘦微须，冕旒盛服，执笏北向。妪曰：“此上玉帝表也。”王焚香俯伏叩首毕，随闻正门豁然开，召蒋入。蒋趋进见，王服饰尽变，著本朝衣冠，白布缠头，以两束布从两耳拖下，若《三礼图》所画古人冕服状。坐定，曰："冥司事繁，我任满当去，此坐乞公见代。"音似常州武进人。蒋曰："我母老子幼，事未了，不能来。"王有愠色，曰："公有才子之名，何不达乃尔！令堂太夫人，自有太夫人之寿命，与公何干！尊郎君自有尊郎君之寿命，与公何干！世上事要了就了，要不了便不了，我已将公姓名奏明上帝，无可挽回。"言毕，自掀其椅背蒋坐，若不屑相昵者。蒋亦怒发，取其几上木界尺，扑几厉声曰："不近人情，何动蛮也！"大喝而醒，觉一灯荧然，身在床上，四肢如冰，汗涔涔透重衾矣。喘息良久，始能起坐，呼夫人告之。夫人大哭，蒋曰："且住，勿惊太夫人。"因凭几坐，夫人伺焉。漏下四鼓，沉沉睡去，不觉又到冥间。殿宇恰非前处，殿上设五座位，案积如山，四座有人，专空第五座。一吏指告曰："此公座也。"蒋随行至第三座，视之，本房老师冯静山先生也。急前拱揖。冯披羊皮袍，卸眼镜，欣然曰："足下来，好，好。此间簿书忙极，非足下助我不可。"蒋曰："老师亦为此言乎？门生母老子幼，他人不知，老师深知，如何能来？"冯惨然曰："听足下言，触起我生前心事矣。我虽无父母，而妻少子幼，亦非可来之人。现在阳间妻子不知作何光景。"言且泣，涕如雨下。少顷，取巾拭泪曰："事已如此，不必多言。保奏汝者，常州老刘也，本属可笑。汝速归，料理身后事，今日已十五，到二十日是汝上任日也。"拱手作别而醒，窗外鸡已鸣。太夫人亦已闻知，抱持哭矣。蒋素与藩司王公兴吾交好，乃往诀别，且托以身后。王一见惊曰："汝满面涂锅煤，昨夜大病耶？何鬼气之袭人也！"蒋告以梦，王曰："勿怖，惟礼斗，诵《大悲咒》，可以禳之。汝归家如我言，或可免也。"蒋太夫人平时奉斗颇虔，乃重建坛，合家持斋祈祷，兼诵咒语。至期，是冬至节日，诸亲友来贺，环而守之。至三更，蒋见空中飞下轿一乘，旗数竿，舆夫数人，若来迎者；乃诵《大悲咒》逼之，渐近渐薄，若烟气之消释焉。逾三年，始中进士，入翰林。

【译文】

编修蒋士铨官中书时，住在京城贾家胡同。十一月十五日，他儿子生病，蒋士铨与妻子张氏同住一间房中，分别躺在两张床上。蒋士铨梦见鬼差拿着帖子来请他，不知不觉就跟着走了。来到一座神庙，进门休息片刻，看见庙里泥塑的马，就用手抚摸，那泥马竟然动起来，还竖起鬃毛。鬼差把蒋士铨扶上马，腾空而飞，向下俯视田野，就好像棋盘纵横交错。一会儿，下起蒙蒙细雨，他正担心淋湿衣服，抬头就看见一顶红油伞，由一个鬼差拿着，罩住他。不久，那泥马停在一座殿堂的台阶下。这殿堂宽敞宏伟，很像是帝王的宫殿。殿外有两口井，左边的叫"天堂"，右边的叫"地狱"。蒋士铨朝天堂望去，又宽敞又明亮；再看地狱，则是漆黑一团，深不可测，跟随着他的鬼差也不见了。这时，他看见殿旁小屋里有一个老太婆正烧着一口大锅，就上前问她在煮什么，回答说："煮恶人。"蒋士铨掀开锅盖一看，里面果然全是人头。这时，地狱井边有个穿着破破烂烂的人往井里跳，老太婆说："这是王爷把囚犯关进地狱。"蒋士铨问："这里不是人间吗？"老太婆说："何必问呢？你看见这些情景，也就该知道了。"蒋士铨又问："我想见见王爷，可以吗？"老太婆说："王爷既然请你来，自然会接见你，何必性急呢！你如果想先看看，也可以。"于是，她搬来一只高脚凳，让蒋士铨站上去。蒋士铨从殿门的缝隙偷看王爷。那王爷大概三十多岁，面目清瘦，略有几根胡须，头戴王冠，身着盛装，手握笏板，朝北站立。老太婆说："王爷正在向玉帝禀奏大事。"王爷焚完香，叩完头。随后，蒋士铨听见大殿正门豁然大开，里面召他进殿。蒋士铨急忙上殿，看见王爷的服饰已经全变了，穿着一套清朝官服，头缠白布，有两片布从耳后垂下，看上去，像是《三礼图》中所画的古人服饰。王爷坐下，对蒋士铨说："阴间公务繁忙，我任期已满，即将离职，这个职位希望你来替代。"听他的口音，像是常州武进人。蒋士铨说："我上有老母，下有幼子，家事还没办完，不能来这儿。"王爷有些不高兴，说："你有才子的美名，怎么还这样不豁达！你老母亲自有她的寿命，你儿子也自有他的寿命，这与你有什么关系？世上的事，要了就了，要不了就不了。我已经将你的姓名奏明玉帝，没法再挽回了。"说完，王爷转过椅子，背对着蒋士铨坐下，一副不屑一顾的样子。蒋士铨也发了火，拿起桌上的木界尺，敲着桌子，厉声说："你如此不通人情，怎能强人所难！"正喊着，他就醒了，发现一盏油灯忽明忽暗。而他躺在床上，四肢冰凉，大汗淋漓，湿透被褥，喘息了好一会儿，他才坐起，叫来夫人张氏，将梦中的情形告诉她，夫人大哭起来。蒋士铨说："别哭了，不要惊动母亲！"于是，他靠着桌子坐下，夫人在一旁伺候。到了四更，蒋士铨昏昏沉沉地睡着了，不觉又来到阴间。可是宫殿屋宇却不同于先前的模样，只见殿上摆了五个座位，案件堆积如山。其中四个座位上有人，专门空着第五个座位。一个官吏指着空座位对蒋士铨说："这是你的座位。"蒋士铨跟着官吏走到第三个座位时，一看，座位上的人竟是他的老师冯静山先生，蒋士铨急忙上前拱手作揖。冯静山身披羊皮袍，卸下眼镜，高兴地说："你来了，好啊，好啊！这里的文书簿册多得忙不过来，只有你能帮助我。"蒋士铨说："老师你怎么也这样讲？学生家有老母幼子，别人不知道，老师你知道得最清楚，我怎么能来呢？"冯静山悲伤地说："听了你这番话，我想起了生前的心事。虽然我上无父母，但下有少妻幼子，也是不能来阴间的人。现在人间的妻子，不知她怎样了。"说着说着，冯静山哭起来，泪如雨下。过了一会儿，他拿出手巾擦眼泪，说："事已如此，不必多说了。当初推举你的，是常州人老刘。这真是可笑！你快回去料理后事，今天已经十五日，二十日就是你上任的日子。”随后，二人拱手告别，蒋士铨就醒了。这时，窗外鸡叫了，蒋士铨的母亲也已经听说这件事，抱着儿子痛哭。蒋士铨一向与布政使王兴吾很要好，就去与王公诀别，想把身后事托付给他。王公一见到蒋士铨，大吃一惊，说：“你满脸像是涂了一层锅灰，是昨晚大病一场吗？怎么满身鬼气袭人呢？”蒋士铨把梦中事告诉了王公，王公说：“别怕！现在只能祭拜北斗，念《大悲咒》，才能消灾避祸。你回家后照我的话做，也许可以幸免于难。”蒋士铨的母亲平时敬奉北斗，十分虔诚，于是就重新建起神坛，全家斋戒祈祷，还念诵咒语。到了那一天，正好是冬至日，亲朋好友前来祝贺，团团把蒋士铨围住。等到夜里三更，蒋士铨看见空中飞下一乘轿子，几面旗帜，还有几个轿夫，好像要来迎接他。于是，他念诵《大悲咒》，想逼退鬼差。鬼差越靠近他，就变得越单薄，好像烟雾消散一样。过了三年，蒋士铨才考中进士，入了翰林院。

李敏达公扶乩

李敏达公卫未遇时，遇乩仙，自称零阳子，为判终身云：“气概文饶似，勋名卫国同。欣然还一笑，掷笔在秋红。”旁小注曰：“秋红，草名。”当其时，无人解者。后公为保定总督，劾总河朱藻而薨。后人方悟：朱者红也，藻者草也。

【译文】

李敏达公名卫，当初还没做官时，曾遇到一位自称“零阳子”的乩仙。这位仙人为他判定终身，说，“气概文饶似，勋名卫国同。欣然还一笑，掷笔在秋红。”旁边还有小注：“秋红，草名。”当时没有人知道其中的含义。后来，李公做了保定总督，因弹劾总河朱藻而死，谥号敏达。后人这才明白，“朱”就是“红”，“藻”就是“草”。

吕道人驱龙

河南归德府吕道人，年百余岁，鼻息雷鸣。或十余日不食，或一日食鸡子五百。吹气人身如火炙痛，或戏以生饼覆其背，须臾焦熟可食矣。冬夏一布袄，日行三百里。雍正间，王朝恩为北总河，筑张家口石坝不成，糜帑数万，忧懑不食。适吕至，曰："此下有毒龙为祟。"王问："汝能驱之否？"曰："此龙修炼二千年，魄力甚大。梁武帝筑浮山堰崩，伤生灵数万，此龙孽也。公欲坝成，须贫道亲下河与斗，庶几逐龙去而坝可成。然贫道福命薄，虑为所伤，必须仗圣天子威灵、大人福力护持之。"曰："若何而可？"曰："请王命牌油纸裹缚贫道背上，用河道总督印钤封，大人手书姓名加封之，乃可。"如其言，道士遂仗剑入水。顷刻黑风起，雷电大作，波浪掀天。至明日夜半，道士来署，提血剑，腥涎满身，背伛偻，曰："贫道胁骨为龙尾击断矣。然贫道亦斩龙一臂，臂坠水，仅留一爪献公。龙受伤奔东海去，明日坝可成也。"王大喜，呼酒劳之，欲延蒙古医为之接骨，曰："不必。贫道运真气养之，半年后可平复也。"次日，王公上工下扫，石坝果成。所藏龙爪，大如水牛角，嗅作龙涎香，悬之，蚊蝇远避。吕自言与李自成交好，曾为系草鞋带。又与贾士芳同受业于王先生某，先生常言："汝愿，故道可成。贾好利，又自作聪明，必不善终，然亦须名动天子。"嵇文敏公为总河，入都陛见。

家人不得家信，问吕，吕曰："汝家大人已被大木撑入眼矣。"举家惊，恐有目疾。已而授东阁大学士，方知目旁木，乃相字耳。乾隆四年，吕入都，诸王公延之治疾，脱手愈。徐文穆公第六子，虚阳不闭。吕一见曰："公子面上血不华色，不过梦遗耳。"令闭目卧地，袒胸，手一铁针，长尺余，直刺其心；拔之，血随针出，如一条红丝。取口唾拭其创处，旁人骇绝，而公子不知，是夕病痊。王太守孟亭，患腰痛，求道人。道人曰："俟天晴日来治。"至期，手撮日光揉之，热透五脏而愈。问导引之术，不肯言。乃引其僮私问之，曰："无他异也。每早至旷野，红日始出，见道人向日作虎跳状，手招日光纳口中，且吸且咽，如是者再。"

【译文】

河南归德府有个姓吕的道人，已有一百多岁，呼吸声好似打雷。他有时十几天不吃饭，有时一天能吃五百只鸡蛋。他往别人身上吹气，被吹的人就觉得像火烧一样疼痛。有人开玩笑，把生面饼贴在他背上，一会儿就烤得焦熟，能够吃了。无论冬夏，他只穿一件布袄，每天能走三百里路。雍正年间，王朝恩任北总河，修筑张家口的石坝，没能成功，却耗费了数万钱币，王公忧愁得吃不下饭。正好吕道士来到，说："石坝下有毒龙作怪。"王公问："你能不能驱除毒龙?"吕道士说："这条龙已修炼了二千年，法力很大。当年，梁武帝修筑的浮山堰崩塌，死伤好几万百姓，就是这条龙作孽。如果你想修成石坝，就必须由我亲自下河与毒龙搏斗，说不定能将毒龙赶走，那么石坝就修成了。但我福浅命薄，恐怕会被毒龙伤害，我必须仰仗皇帝陛下的威力，还要仰仗王大人的福气和力量来保护我。"王朝恩说："怎样做，才行呢?"吕道士说："先请求皇帝的令牌，用油纸包好，绑在我背上，并用河道总督的大印封好，再由大人你亲笔签名加封，这样才行。”王朝恩就照他的要求办妥了。于是，吕道士就提剑下水。片刻之间，一股黑风刮起，雷电大作，波浪涛天。第二天半夜，吕道士来到总河衙门，手提带血的剑，满身血腥味，弓着背，说：“我的肋骨被龙尾打断了，可我也斩掉恶龙的一条臂膀，臂膀掉进水中，只剩下一只爪子，现在呈献给王大人。恶龙负伤，逃到东海，明天石坝就可以修成了。”王朝恩大喜，当下敬酒慰劳吕道士，还准备请蒙古医生为他接骨头。吕道士说：“不必了，我运气疗养，半年之后，可以复原。”隔天，王朝恩来到工地，抛下了堵截的材料，终于使石坝合龙。那只龙爪有水牛角一般大，闻一闻，有龙涎香气；挂起来，还能够驱赶蚊蝇。吕道士自称与李自成要好，曾经为李自成系过草鞋带。他还与贾士芳一起拜王某为师。王先生常说：“你生性朴实，因此能够成道。贾士芳追逐名利，又自作聪明，肯定不会有好结果，但他的名声会惊动天子。”嵇文敏任总河时，进京晋见皇上。嵇家人一直得不到消息，就去问吕道士。吕道士说：“你家大人的眼睛已被扎进木头了。”全家人惊慌失措，以为嵇文敏患了眼病。不久，嵇公被授为东阁大学士，这才知道“目旁有木”，原来是“相”字。乾隆四年，吕道士进京，王公大臣争相请他治病，他手到病除。徐文穆公的第六个儿子，得了阳痿病。吕道士一看就说：“公子脸上血色不旺，不过是由于梦遗而已。”于是就让徐公子闭上双眼，躺在地上，袒开胸膛。他手拿一根铁针，有一尺多长，直刺公子的心脏，然后拔出铁针，血也随即流了出来，像一条红线。吕道士在徐公子的伤口抹了点唾沫。旁边的人全被吓坏了，而徐公子一点也不知道。这天夜里，徐公子的病就痊愈了。王孟亭知府得了腰痛病，求吕道士治疗。吕道士说：“等大晴天我来帮助你治病。”第二天，吕道士用手抓取阳光，揉了揉王知府的腰部。王知府觉得五脏热透，病也就好了。王知府问他导引之术，吕道士不肯说。于是，王知府就私下问吕道士的小僮，小僮回答说：“没有什么特别的。我每天一早随道人到旷野，当红日刚刚升起时，就见道人朝着太阳作出虎跳的样子，用手采集阳光，放进嘴里，一边吸一边咽，就这样反复地做下去。”

盘古以前天

相传阴沉木为开辟以前之树，沉沙浪中，过天地翻覆劫数，重出世上，以故再入土中，万年不坏。其色深绿，纹如织锦，置一片于地，百步以外，蝇蚋不飞。康熙三十年，天台山崩，沙中涌出一棺，形制诡异，头尖而尾阔，高六尺余。识者曰："此阴沉木棺也，必有异。"启其前和，中有人，眉目口鼻，与木同色，臂腿与木同纹理，恰不腐坏。忽开眼仰视空中，问曰："此青青者何物耶？"众曰："天也。"惊曰："我当初在世时，天不若是高也。"语毕，目仍瞑。人争扶起之，合邑男女，群来看盘古以前人。忽然风起，变为石人。棺为邑宰某所得，转献制府。予疑此人是前古天地将混沌时人也。纬书云："万年之后，天可倚杵。"此人言天不若今之高，信矣。

【译文】

相传天地开辟之前，有一种树，叫阴沉木。它埋在沙浪里，经过天翻地覆的变迁，又重新出现在世上。由于这个原因，阴沉木再被埋进土里时，一万年也不会腐烂。阴沉木颜色深绿，木纹就像织出的锦缎那样好看。如果在地上放一片阴沉木，百步以外，苍蝇、蚊子都飞不起来。康熙三十年，天台山崩裂，沙土中涌出一口棺材，形状十分神奇怪异，棺材的前部是尖的，尾部却宽大，有六尺多高。内行人说："这是阴沉木做的棺材，肯定有奇异的地方。"打开前盖，棺材里有一人，眉毛、眼睛、嘴巴、鼻子与木头的颜色相同，手臂和大腿也与木纹相同，一点没腐烂。忽然，棺材中的人睁开双眼，仰视天空，问："这青青的东西是什么？"众人说："是天。"那人惊异地说："当初我在世时，天没有现在这么高呀！"说完又闭上眼睛。众人争着将棺材中的人扶起来，全城男女老少涌过来，想看一看盘古开天以前的人。正在这时，忽然刮起大风，棺材中的人变成了石头人。那口阴沉木的棺材被知县得到，后来又献给了总督。我推测，棺材中的那个人，是远古时代天地混沌时期的人。纬书上说："万年之后，天可倚杵。"那人讲远古的天没有今天这样高，这是真的。

（卷九译者　从远东）

子不语卷十

禹王碑吞蛇

屠赤文任陕西两当县尉，有厨人张某者，善啖多力，身体修伟，面无左耳。询其故，自言：四川人，三世业猎，家传异书，能抓风嗅鼻，即知所来者为何兽，某幼亦业此。曾猎于邛徕山，其地号阴阳界，阳界尚平敞，阴界尤险峻，人迹罕至。一日，往猎阳界，无所得，遂裹粮入阴界。行五十里许，天已暮，远望十里外高山上有火光烧来，烛林谷如赤日，怪风狂吹而至。某不知何物，抓风再嗅，书所未载，心大惶恐，急登高树顶上觇之。俄而火光渐近，乃一大石碑，碑首凿猛虎形，光如万炬，燃照数里。碑能踯躅自行，至树下见有人，忽跃起三四丈，似欲吞啮者，几及我身。我屏息不敢动，碑亦缓缓向西南去。某方幸脱险。俟其去远，将下树矣，忽望见巨蛇千万条，大者身如车轮，小者亦粗如斗，蔽空而来。某自念此身必死于蛇腹，惊惶更甚。不料诸蛇皆腾空冲云而行，离树甚远，我蹲树上，竟无所损；惟一小蛇行少低，向我耳旁擦过，觉痛不可忍。摸之，耳已去矣，血涔涔流下。但见碑尚在前，蹲立火光中不动，凡蛇从碑旁过者，空中辄有脱壳堕下，乱落如万条白练，但闻呿吸噏然有声。少顷蛇尽不见，碑亦行远。某待至次日方敢下树，急觅归路，迷不可得。途遇一老人，自称："此山民也。子所见者，为禹王碑。当年禹王治水至邛徕山，毒蛇阻道，禹王大怒，命庚辰杀蛇，立二碑镇压，誓曰：'汝他日成神，世世杀蛇，为民除害。'今四千年矣，碑果成神。碑有一大一小，君幸遇其小者，得不死；其大者出，则火燃五里，林木皆灰。二碑俱以蛇为粮，所到处挈以随行。故蛇俯首待食，不暇伤人。子耳际已中蛇毒，出阳界见日则死。"因于衣襟下出药治之，示以归路而别。

【译文】

屠赤文任陕西两当县县尉时，手下有个姓张的厨师，非常能吃，力气很大，身材魁梧，只是没有左耳朵。屠赤文问他失耳的缘故，他说了自己的一段经历。我是四川人，三代打猎为生。家里有一部祖上传下来的奇书，书中教猎人学会一种奇功：抓把风放在鼻子上闻一闻，就能判断什么野兽来了。我小时候也学过。一次，我在邛徕山打猎。山里有个叫阴阳界的地方，阳界比较平坦宽阔，而阴界却十分险峻陡峭，人迹罕至。我在阳界打猎，一无所获，就带上干粮到阴界去。走了五十多里路，天色已晚，我远远望见十里外的高山燃起一片大火，火光冲天，把树林和山谷照得如同白天，随后，吹来一股怪风。我不知道眼前将出现什么情景，就抓风闻了又闻，却是奇书上没有记载的，不由得心中十分恐惧，急忙爬上树顶眺望。不一会儿，火光渐渐近了，大火中闪现出一座大石碑，石碑上端凿成虎形，光芒四射，好像是燃着成千上万的火炬，照遍方圆数里。石碑慢慢向前移动，移到树下时，发现了我，就忽然升高了三四丈，好像要张口吞咬我，几乎碰到我身上。我屏住呼吸，一动不动，那石碑也就缓缓向西南方移去。我正庆幸自己脱险，准备等石碑去远，好从树上下来。忽然，我又望见千万条巨蛇铺天盖地而来，大的有车轮般粗，小的也有米斗般粗。我想，这次一定会葬身蛇腹了，更加恐慌起来。不料这些蛇竟腾空而起，直冲云端。因为离树很远，我蹲在树上，竟毫无损伤。只有一条小蛇飞得较低，从我耳边擦过。顿时，我觉得疼痛难忍，一摸，左耳已没有了，鲜血直淌。这时，石碑还在前面，站立在火光中，纹丝不动。凡是从石碑旁边经过的蛇，都变成空壳，纷纷落地，仿佛万条白带飘下。我只听见一阵阵吸食蛇肉的声音。过了一会儿，蛇全不见了，石碑也去远了。我一直等到第二天才敢下树，然后急忙寻找归途，结果迷了路，这时恰好遇见一位老人，我把经历的事告诉他。老人说："我是这里的山民，你昨天见到的是禹王碑。当年大禹治水来到邛徕山，毒蛇挡道，不能前进。禹王大怒，命庚辰杀蛇，然后立下两座石碑镇压群蛇，并指示两石碑：'你们将来成神，要世世代代杀蛇，为民除害。'至今已经四千年了，石碑果然成了神。碑有一大一小，你幸亏遇到小碑，才免一死。如果是大碑出来，大火将烧遍方圆五里，树林将被烧为灰烬，你恐怕就难逃一死了。这两座石碑都以蛇为食，所到之处，带着蛇一起走，所以，蛇都低头等死，顾不上伤人。你的耳朵已中了蛇毒，到了阳界，一见到阳光就会死。"于是老人就从怀里取出药，为我疗伤，并给我指明了归路，我这才与他道别。

黑　柱

绍兴严姓，为王氏赘婿。严归家，岳翁遣人走报其妻急病，严奔视之，天已昏黑，秉烛行路。见黑气如庭柱一条，时遮其烛，烛东则黑柱亦东，烛西则黑柱亦西，拦截其路，不容前往。严大骇，乃到相识家借一奴，添二烛而行。黑柱渐隐不见。到妻家，岳翁迎出，曰："婿来已久，何以又从外入？"严曰："婿实未来。"举家大惊。奔入妻房，见一人坐床上，与其妻执手，若将同行者。严急向前握妻手，而其人始去，妻亦气绝。

【译文】

绍兴人严某，做了王家的上门女婿。这天，严某在父母家，岳父突然派人来叫他，说他妻子得了急病。严某赶忙回去探视。这时，天色已暗，他只好拿着点燃的蜡烛赶路。一路上，只见有柱子般大小的一股黑气，时时遮住烛光。烛光东向，黑柱也往东；烛光西向，黑柱也往西，企图拦阻严某，不让他向前赶路。严某十分害怕，就到熟人家里借了一个仆人，再添两支蜡烛前行，这股黑气才渐渐消失。回到家中，岳父迎出来，说："你不是早就回来了吗？怎么又从外面进来呢？"严某说："我实在没有回来过。"全家人大吃一惊。严某直奔内室，看见一个人坐在床边，拉着妻子的手，好像要一起走的样子。严某急忙上前握住妻子的手，而那个人才离去，妻子也气绝身亡了。

猴　怪

杭州周云衢孝廉有女，嫁盐商吴某之子。吴以住屋颇窄，使居园中书舍。婚三月矣，忽周女患奇疾，始而心痛，继而腹背痛，继而耳目口鼻无不痛者，哀号跳掷，人不忍见。遍召医士，莫名其病。但见白黑气二条缠女身，如绳带捆缚之状。云衢与吴翁斋醮无效，不得已，自为牒文投城隍神及关神处。半月未见灵应，又投文催之。果一日，云衢与其女及婿俱白昼偃卧，若死去者，两日而苏。家人问之，据云衢云："城隍神得我牒文，即拘此妖。妖抗不到，直至催牒再至关神处，神批发温元帅擒讯。讯得为祟者，乃一雌猴；其白黑二气，则黑白二蛇也。元至正七年，猴与其雄偷果于达鲁花赤余氏之园。其时女为余家小婢，撞见，以石掷之，雄走出；适遇猎户张信，以箭毙之。雌猴惊逸，修道于括苍山中。今猎户张托生为吴翁之子，婢托生为周氏之女，故来报仇。元帅问：'汝既有仇，何以不早报，而必待至四百年后耶？'猴云：'此女七世托生为文学侍从之官，或为方伯、中丞，故我不能相犯。因其前世居官无状，仍罚为女身，适值所嫁之人又即猎户，故我两仇齐发。'问：'黑白二气何来？'供称吴园中物，被猴牵帅而至者。元帅怒曰：'周女前生作婢，掷石驱猴，是其职分所当为。吴某前生为猎户，射杀一猴，亦人间常事。汝又不仇吴而仇其妻，甚为悖乱；且与园中两蛇何与，而助纣为虐耶？'掷剑喝曰：'先斩妖党！'随见皂衣人取二蛇头呈验。元帅谓猴曰：'汝罪亦宜斩，但念尔修炼多年，颇有神通，将成正果，斩汝可惜；速改过悔罪，治好周女之病，我便赦汝，一面详覆关帝。'猴狰狞不服，两目如电，奋爪向前，似欲扑犯元帅者。俄闻空中大声曰：'伏魔大帝有令：妖猴不服，即斩妖猴。'言毕，瓦上琅琅有刀环声响。猴始惧，叩头服罪。元帅呼周女到案下，令猴治病。猴抉其眼耳口鼻中所出横刺、铁针、竹篾十余条，女痛稍苏，惟心痛未解。猴不肯治，元帅又欲斩猴，猴云：'女心易治，但我有所求，须吴翁许我，我才替治。'问何求，曰：'我爱吴园清洁，欲打扫西首扫云楼三间，使我居住。'吴翁许之。猴伸手女口，直到胸前，探出小铜镜一方，犹带血丝缕缕，女病旋愈。元帅命吴氏父子领女回家，遂各苏醒。”此乾隆四十四年七月间事也。据吴翁云：“温元帅襆巾纱帽，如唐人服饰，貌温然儒者，白面微须，非若世间所画青面瞪目状也。猴在神前，妆束甚华，自称‘小仙’。”

【译文】

杭州举人周云衢有一个女儿，嫁给了盐商吴翁的儿子。因为住房拥挤，吴翁就让儿子和媳妇住在后园的书房里。结婚三个月后，周女忽然得了一种怪病。开始她觉得心痛，接着腹背痛，最后发展到耳、眼、口、鼻无不疼痛，哀号跳滚，惨不忍睹。家中遍召医士诊察，谁也说不清这是什么毛病。人们只看见周女被黑白两股烟气缠绕着，像用绳带捆绑一样。周云衢与亲家吴翁设坛祈禳，也毫无效果；不得已，就写了一张状纸，投往城隍庙和关帝庙。半个月过去了，还是没见灵验，于是又写状纸去催促。就在投诉的当日，周云衢与女儿、女婿大白天全都倒在床上，像死了一样。两天以后，他们才苏醒过来。家人问周云衢怎么回事，他回答说：“城隍神接到我的状纸，便立即下令拘捕妖怪，但妖怪却抗拒不来；直到我再次向关帝投诉，关帝就派温元帅前去捉拿、审讯妖怪。经过审讯，查出作怪的是一只雌猴，我女儿身上的黑白两股烟气，竟是黑白两条蛇。原来，元朝至正七年的某一天，雌猴与它的配偶在达鲁花赤余家的花园偷果子吃，当时我女儿正在余家做小丫鬟，她看见猴子偷果子，就向它们扔石块，想将它们赶走。雄猴逃出去，刚好碰到猎人张信，张信一箭射死了雄猴。雌猴惊觉地逃走了，在括苍山中修炼。如今，张信转世为吴翁的儿子，小丫鬟转世为周家的女儿，所以雌猴前来报仇。温元帅问猴怪：‘你既然跟他们有仇，为什么不早点报仇，一定要等到四百年后，才报仇呢？’猴怪说：‘这个女子托生七世，先后做了文学侍从官、布政使和巡抚，所以我不能冒犯。由于她前一世做官，没有德行，到这一世，她仍被罚作女子，而她所嫁的人，正巧是猎人张信转世，所以我两仇一起报。’温元帅又问：‘那么，黑白两股烟气从何而来？’猴怪供认是吴家后园中的两条蛇，它们是被猴怪带来的。温元帅发怒道：‘周女前世为婢女，投石驱赶贼猴，这是她的分内事；吴翁的儿子前世为猎人，射杀一只猴子，也是人间常事。你不对吴翁的儿子报仇，却报复到他妻子身上，实在不合情理。况且，这件事与园中两蛇毫无关系，为什么让它们也来助纣为虐呢?’于是，温元帅扔下宝剑，大声喝令：‘先斩蛇妖!’两个黑衣差役立刻斩下两蛇之头，呈上验证。温元帅对猴怪说：‘你罪当问斩，但念你修炼多年，颇有一些神通，又即将修成正果，杀了你有点可惜。你必须赶快改邪归正，治好周女的病，我就赦免你，再向关帝详细汇报。’猴怪不服，面目狰狞，两眼射出凶光，张牙舞爪，好像要扑向温元帅。这时，忽然听到空中有人大喊：‘伏魔大帝有令，如果猴妖不服，立刻斩首!’话音刚落，房顶上就传来叮叮当当刀环碰击的声音，猴怪开始害怕起来，叩头认罪。温元帅将小女叫到桌前，命令猴怪治疗。猴怪从小女的眼、耳、鼻、口中，挑出了十几根横刺、铁针和竹片，小女的疼痛稍微减轻，只是心痛依旧，猴怪却不肯医治。温元帅又要斩猴怪，猴怪说：‘她的心病容易治，但我有个条件，吴翁必须答应了，我才替周女医治。’温元帅问有什么条件，猴怪说：‘我喜欢吴家后园清洁，要把西边扫云楼的三间房子打扫干净，让我住下。’吴翁同意了。于是，猴怪将手伸进小女口中，一直探到胸膛，取出一面小铜镜，上面还有缕缕血丝，小女的病立刻痊愈。温元帅让吴氏父子领小女回家，这才醒来。”这件事发生在乾隆四十四年七月间。据吴翁讲：“温元帅戴着纱帽，内衬巾帕，仿佛是唐朝人的打扮。他相貌温和，白皙的面孔，略有几根胡须，完全是个读书人模样，根本不像世间所画的那样青面獠牙、瞪着眼睛。那个猴怪在神面前，穿着华丽，还自称‘小仙’呢。”

鞭　尸

桐城张、徐二友，贸易江西，行至广信，徐卒于店楼。张入市买棺为殓，棺店主人索价二千文，交易成矣。

柜旁坐一老人，遮拦之，必须四千。张忿然归。是夜，张上楼，尸起相扑。张大骇，急避下楼。次日清晨，又往买棺，加钱千文。棺主人并无一言，而作梗之老人先在柜上骂曰："我虽不是主人，然此地我号'坐山虎'，非送我二千钱，与主人一样，棺不可得。"张素贫，力有不能，无可奈何，旁皇于野。又一白须翁，著蓝色袍，笑而迎曰："汝买棺人耶?"曰："然。"曰："汝受坐山虎气耶?"曰："是也。"白须翁手一鞭曰："此伍子胥鞭楚平王尸鞭也。今晚尸起相扑，汝持此鞭之，则棺得而大难解矣。"言毕不见。张归上楼，尸又跃起；如其言，应鞭而倒。次日赴店买棺，店主人曰："昨夜坐山虎死矣，我一方之害除矣，汝仍以二千文原价来抬棺可也。"问其故，主人曰："此老姓洪，有妖法，能役使鬼魅，惯遣死尸扑人；人死买棺，彼又在我店居奇，强分半价。如是多年，受累者众。昨夜暴死，未知何病。"张乃告以白须翁赠鞭之事。二人急往视之，老人尸上果有鞭痕。或曰："白须而著蓝袍者，此方土地神也。"

【译文】

桐城人张某和徐某是好朋友，一起到江西做生意，走到广信，徐某死在旅店楼上的客房里，张某就到集市上，为徐某买口棺材收尸。棺材店老板要价二千文，张某同意，就达成交易。柜台旁边坐着一个老头，却出来阻挠，非要四千文不可。张某很气愤地回到旅店。当夜，张某上楼，徐某的尸体就朝他扑过来，张某大惊失色，慌慌张张逃下楼去。第二天清晨，张某又去买棺材，加了一千文钱给店老板，店老板一句话还没说，那个从中作梗的老头，却在柜台旁先骂开了："我虽然不是店老板，可是在这里，谁不知道我'坐山虎'！你必须送给我二千文钱，与老板所得的钱一样多，否则，你就买不成棺材。”张某一向贫穷，无力支付，实在想不出办法，就在荒郊野外踱来走去。这时，走来一位白胡子老翁，身穿蓝袍，笑着迎上前来，说：“你就是那个买棺材的人吗？”“是的。”“你受了坐山虎的气了吧？”“是的。”白胡子老头手拿一根鞭子，说：“这是当年伍子胥鞭打楚平王尸体的鞭子。今晚，如果那具尸体再扑向你，你就拿这鞭子抽打他，那么，棺材可以买来，大难也能解脱了。”说完，老翁不见了。张某回到客房楼上，那尸体果然又迎面扑来。张某遵照白胡子老翁的指点，挥鞭抽打，那尸体果然应声倒下。隔天，张某又去买棺材，店老板说：“昨天夜里，坐山虎死了！我们这儿终于除去一害。你拿二千文钱来，照原价抬棺材吧。”张某问其中的原因，店老板说：“这个老头姓洪，会妖法，能使唤鬼差，惯于弄死尸扑人。人家死了人，来买棺材，他就到我这里抬价，强行索要一倍的钱。他这样已经好几年了，大家都深受其害。昨夜，这老头突然死了，不知他生了什么急病？”张某就将白胡子老翁送鞭子的事告诉了店老板，然后，二人急忙跑到洪家，看见洪老头的尸体上果然有鞭痕。有人说：“那个穿蓝袍的白胡子老翁，就是这一带的土地神。”

梁朝古冢

淮徐道署在宿迁城中。宿故百战地，是处皆兵燹之余，署中多怪。康熙中，有某道升浙江臬司，临去留一朱姓幕友在署，俟后官交代。衙署旷荡，每夕人语哗然。又一夕，月下闻语者聚中庭槐树下。朱于窗隙窥之，见庭中人甚多，面目不甚了了，大率衣冠奇古。一少年乌巾白衣，倚柱凝思，不共诸人酬答。诸人呼曰：“陆郎，如此风月，何独惆怅！”少年答曰：“暴骸之事近矣，不能无愁。”语毕，诸人皆为咨嗟。有长髯高冠者出曰：

“郎勿虑，此厄我先当之，赖有平生故人在此，自能相庇。”朗吟云：“寂寞千余岁，高槐西复东。春风寒白骨，高义望朱公。”少年举手谢曰：“当年受德至深，不图枯朽之余，犹叨仁庇。”因复共谈，似皆北魏、齐、梁时事。既而邻鸡远唱，诸人倏然散矣。朱胆壮，安寝如故。阅数日，新官孙某来受交代。朱生匆匆出署，将觅船赴浙。忽差役寄东君札来，止之云：“某到金陵见督院后，接楚中讣音，已丁外艰，不赴浙西新任，竟归矣。先生行止，自定可也。”朱遂稍停，闻新任淮徐道孙公署中一友，得急疾殂，乃托宿迁令某荐扬，一说而就，随携行李入署。时将署中旧住之屋改作客座，另置诸友于他所。幕中公务甚繁，朱不复忆前事。孙公新来，大修衙署。一日，与朱闲坐，家人走报云：“适开前池，得一石碑，不知何代物。”孙公拉朱同往观之。见碑上书“梁散骑侍郎张公之墓”，正当两槐之间。朱恍忆前月下事，力为劝止，并述所见，云当更有一墓。言未终而荷锸者云：“又得骸骨一具。”孙始信其说非妄，命工人仍加土，掩平如旧，池不改作矣。盖前碑乃长髯高冠之墓，而后所得，乌巾少年之骨也。

【译文】

淮徐道衙门设在宿迁城内。宿迁原是历史上的古战场，处处都留下了战争遗迹，官署中常有怪事发生。康熙年间，有位道台升任浙江按察使，临行前，留下一位姓朱的幕僚在衙内，等待继任官员到任后交接公务。衙内空空荡荡，可每天夜里都有阵阵人语喧闹声。这一夜，月光下，朱某听到说话的人聚集在庭院中央的槐树下。他从窗缝向外窥视，只见院子里有许多人，却看不清他们的脸，只觉得这些人大多穿着古代的服装。其中有位少年，身穿白袍，头戴黑巾，正靠在柱子上凝神沉思，不与其他人应酬。众人叫道："陆郎，这样美好的清风明月夜，为何独自惆怅?"少年答道："尸骨暴露的日子快到了，没法不愁呀。"说完，众人都长吁短叹起来。这时，一位头戴高冠、胡子很长的老者出来说道："陆郎不必忧虑，这一厄运我首当其冲。幸好我有一个老朋友在这儿，到时可以庇护我们。"接着，便大声吟诵起来："寂寞千余岁，高槐西复东。春风寒白骨，高义望朱公。"那少年举手行礼，答谢道："当年蒙受恩德，没想到如今变成白骨，还要麻烦你庇护。"于是，众人又一同谈论起来，说的好像都是北魏、齐、梁时代的事。不久，邻家的鸡叫了，声音传得很远，这帮人一下子消失得无影无踪。朱某胆大，像平常一样，安稳地睡觉。过了几天，新任道台孙公到任，与朱某交接公务，然后，朱某急忙出府衙寻找船只，准备赶往浙江。忽有差役送来主公的书信，阻止他赴浙，信中说："我到金陵见过总督后，接到远在楚地家中的讣告，我父亲不幸去世，我也不再去浙西任职，要回家吊丧。朱先生的去留，请自行决定吧。"朱某只得稍作停留。这时，新任淮徐道台孙公的一位幕僚得急病死了。朱某就委托宿迁县令向孙公推荐自己，一说就成了，朱某随即带着行李，又搬进了道台衙门。当时，孙公正将衙中原来的住房改作客厅，将幕僚安置到另一处所。由于公务繁重，朱某忘了当初月下遇鬼的事，而孙公一上任，就大修衙署。一天，孙公正与朱某闲聊，家人跑来报告说："刚才我们挖掘前面池塘，挖出一块石碑，不知是哪个朝代的?"孙公拉着朱某跑去观看，见碑上写着"梁散骑侍郎张公之墓"，正好在两棵槐树之间。朱某这才模模糊糊地记起那天月下遇鬼的情形，就极力劝孙公停工，并将遇鬼的经过叙述了一遍，说："应当还有一座墓。"话音未落，一个扛着铁锸的人回报说："又挖出一具尸骨。"孙公这才相信朱某说的并不假，就命令工人重新填土掩平，恢复原状，不再改筑池塘了。大概先挖出的那座碑下，是高冠长须老者的墓，后挖出的，则是戴黑头巾的少年的尸骨。

狮子大王

贵州人尹廷洽，八月望日早起，行礼土地神前。上香讫，将启门，见二青衣排闼入，以手推尹扑地，套绳于颈而行。尹方惶遽间，见所祀土地神出而问故，青衣展牌示之，上有“尹廷洽”字样，土神笑不语，但尾尹而行。里许，道旁有酒饭店，土神呼青衣入饮。得间语尹曰：“是行有误，我当卫君前行。倘遇神佛，君可大声叫冤，我当为君脱祸。”尹颔之，仍随青衣前去。约行大半日，至一所，风波浩渺，一望无际。青衣曰：“此银海也，须深夜乃可渡，当少憩片时。”俄而土神亦曳杖来，青衣怪之。土神曰：“我与渠相处久，情不能已于一送，前路当分手耳。”正谈说间，忽天际有彩云旌旗，侍从纷然。土神附耳曰：“此朝天诸神回也。汝遇便可叫冤。”尹望见车中有神，貌狞狞然，目有金光，面阔二尺许，即大声喊冤。神召之前，并饬行者少停，问：“何冤？”尹诉为青衣所摄。神问：“有牌否？”曰：“有。”“有尔名乎？”曰：“有。”神曰：“既有牌，又有尔名，此应摄者，何冤为？”厉声叱之。尹词屈，不知所云。土神趋而前，跪奏：“此中有疑，是小神令其伸冤。”神问：“何疑？”曰：“某为渠家中霤，每一人始生，即准东岳文书知会其人应是何等人，应是何年月日死，共计在阳世几岁，历历不爽。尹廷洽初生时，东岳牒文中开应得年七十二岁；今未满五十，又未接到折算文书，何以忽尔勾到？故恐有冤。”神听说，亦迟疑久之，谓土神曰：“此事非我职司，但人命至重，尔小神尚肯如此用心，我何可漠视？惜此间至东岳府往还辽远，当从天府行文至彼方速。”乃唤一吏作牒，口授云：“文书上只须问民魂尹廷洽有勾取可疑之处，乞飞天符下东岳，到银海查办，急急勿迟。”尹从旁见吏取纸作书，封印不殊人世，但皆用黄纸。封讫，付一金甲神，持投天门。又呼召银海神，有绣袍者趋进，命看守尹某生魂，俟岳神查办，毋误。绣袍者叩头，领尹退，而神已倏忽入云雾中矣。此时尹憩一大柳树下，二青衣不知所往。尹问土神：“面阔二尺者，是何神耶？”曰：“此西天狮子大王也。”少倾，绣衣者谓土神曰：“尔可领尹某往暗处少坐，弗令夜风吹之；我往前途迎引天神，闻呼可即出答应。”尹随土神沿岸行，约半里许，有破舟侧卧滩上，乃伏其中。闻人号马嘶及鼓吹之音，络绎不绝，良久始静。土神曰：“可以出矣。”尹出，见绣衣人偕前持牒金甲人，引至岸上空阔处，云：“立此少待，岳司即到。”须臾，海上数十骑如飞而来，土神挟尹伏地上。数十骑皆下马，有衣团花袍，戴纱帽者上坐，余四人著吏服，又十余人武士装束，余悉狰狞，如庙中鬼面，环立而侍。上坐官呼海神，海神趋前，问答数语，趋而下，扶尹上。尹未及跪，土神上前叩头，一一对答如前。上坐官貌颇温良，闻土神语即怒，瞋目竖眉，厉声索二青衣。土神答久不知所往。上坐者曰：“妖行一周，不过千里；鬼行一周，不过五百里，四察神可即查拿！”有四鬼卒应声腾起，怀中各出一小镜，分照四方，随飞往东去。少顷，挟二青衣掷地上，云在三百里外枯槐树中拿得。上坐官诘问误勾缘由，二青衣出牌呈上，诉云：“牌自上行，役不过照牌行事；倘有舛误，须问官吏，与役无干。”上坐官诘云：“非尔舞弊，尔何故远飏？”青衣叩首云：“昨见狮子大王驾到，一行人众，皆是佛光；土神虽微员，尚有阳气；尹某虽死，未过阴界，尚系生魂，可以近得佛光；鬼役阴暗之气，如何近得佛光？所以远伏。及狮王过后，鬼役方一路追寻，又值朝天神圣接连行过，以故不敢走出，并未知牌中何弊。”上坐官曰：“如此，必亲赴森罗一决矣。”令力士先挟尹过海，即呼车骑排衙而行。尹怖甚，闭目不敢开视，但觉风雷击荡，心魂震骇。少顷，声渐远，力士行亦少徐。尹开目即已坠地，见官府衙署，有冕服者出迎，前官入，分两案对坐堂上。先闻密语声，次闻传呼声，青衣与土神皆趋入。土神叩见毕，立阶下；青衣问话毕，亦起出。有鬼卒从庑下缚一吏入，堂上厉声喝问，吏叩头辨，若有所待者然。又有数鬼从庑下擒一吏，抱文卷入，尹遥视之，颇似其族叔尹信。既入殿，冕服者取册查核。许久，即掷下一册，命前吏持示后吏，后吏惟叩首哀求而已。殿内神喝杖，数鬼将前吏曳阶下，杖四十。又见数鬼领朱单下，剥去后吏巾服，锁押牵出，过尹旁，的是其族叔。呼之不应，叩何往，鬼卒云：“发往烈火地狱去受罪矣。”尹正疑惧间，随呼尹入殿。前花袍官云：“尔此案已明。本司所勾系尹廷治，该吏未尝作弊。同房吏有尹姓者，系廷治亲叔，欲救其侄，知同族有尔名适相似，可以朦混，俟本司吏不在时，将牌添改‘治’字作‘洽’字，又将房册换易，以致出牌错误，今已按律治罪，尔可生还矣。”回头顾土神云：“尔此举极好，但只须赴本司详查，不合向狮子大王路诉，以致我辈均受失察处分。今本司一面造符申覆，一面差勾本犯，尔速引尹廷洽还阳。”土神与尹叩谢出，遇前金甲者于门迎贺曰：“尔等可喜，我辈尚须候回文，才得回去。”尹随土神出走，并非前来之路，城市一如人间，饥欲食，渴欲饮，土神力禁不许。城外行数里，上一高山，俯视其下，有一人僵卧，数人守其旁而哭。因叩土神此何处，土神喝曰：“尚不省耶！”以杖击之，一跌而寤，已死两昼夜矣。棺椁具陈，特心头微暖，故未殓耳。遂坐起，稍进茶水，急唤其子趋廷治家视之。归云其人病已愈二日，顷复死矣。

【译文】

贵州人尹廷洽，八月十五日一大早就起来，祭拜土地神。上完香，刚要开门，他看见两个黑衣差人闯了进来，将他一把推倒在地，用绳子套住他的脖子，拉着就走。尹正感到惊恐，只见刚才他祭拜的土地神出来，询问为何捉拿尹，黑衣差人拿出拘牌给土地神看，上面写着“尹廷治”三个字。土地神笑了笑，没作声，只是跟着尹一起走。走了大约一里多路，路边有个酒店，土地神便招呼黑衣差人进去喝酒，瞅个空，悄悄对尹说：“这次可能搞错了，我会保护你。前面路上，如果遇到神佛，你就大声喊冤，我可以为你消除灾祸。”尹点点头，仍然跟着黑衣差人往前走。走了有半天工夫，来到一个地方，只见风波浩渺，一望无际。黑衣差人说：“这里是银海，必须等到天黑才能渡水。我们先休息一会儿。”不久，土地神也拄着拐杖随后赶到，黑衣差人感到奇怪，土地神解释道：“我与他相处多年，感情深厚，即使相送千里，也不为过分。再往前，我们就要分手了。”正谈说间，突然，天边闪出一片彩云旌旗和众多的随从车马，声势浩大。土地神对尹耳语道：“这是到天庭朝拜的各路神仙回家，你遇到他们，就大声喊冤。”尹远远望见车队中有一位神君，相貌凶恶，眼射金光，脸有二尺多宽，尹立即大声喊冤。神君将尹召到面前，命令队伍稍停片刻，问尹有何冤情，尹便将自己被黑衣差人拘捕的情形告诉了神君。神君问：“有阴司的拘牌吗?”“有。”“牌上有你的姓名吗?”“有。”神君责问道：“既有捕你的拘牌，又有你的姓名，这就是说，你应该被押往阴间，有什么冤枉呢?”于是就将尹狠狠地训斥一顿。尹廷洽无言以对，不知该说什么好。这时，土地神急步上前跪奏：“这其中有可疑之处，是小神叫他拦驾喊冤的。”神君问有什么可疑，土地神答道：“我是他家供奉的神，他家每个人出生后，我就请东岳府文书查明此人应属哪等人，应在何年何月何日去世，共计在阳间生活多少年，每次都没有出错。尹廷洽刚刚出生时，东岳府的公文里，写明他阳寿应有七十二岁，现在他还不到五十岁，又没有折减他寿命的公文，为什么突然将他押往阴间呢？所以，我担心其中有冤情。”神君听后，迟疑了好久，对土地神说：“这件事不属于我管辖的范围，但人命关天，你身为小神，尚且如此用心尽力，我又怎能坐视不管呢？可惜这儿到东岳府，来回一趟很远，应该从天庭直接送去公文，这样才快些。”于是，神君命令小吏写一封文书，神君口授道：“文书只需写明，民魂尹廷洽被押往阴间，其中有可疑之处，请天庭赶快下一道命令给东岳府，到银海查办此事，千万别耽搁!”尹廷洽在一旁看见那小吏拿出纸笔写文书，然后盖上印鉴，与人间写信一样，但用的全是黄裱纸。小吏封好文书，交给一个身穿金铠甲的神，叫他投往天门。接着，神君吩咐召银海神，只见一个穿绣袍的神，当即走上前来。神君就命银海神好好守住尹某的生魂，等候东岳神查办，不得有误。银海神叩头领命，领着尹某退下。转眼间，神君已消失在一片云雾中。这时，尹廷洽在一棵大柳树下休息，两个黑衣差人却不知到哪里去了。尹问土地神：“那脸宽二尺的神君是谁呀?”土地神说：“那是西天的狮子大王。”过了一会儿，银海神对土地神说：“你可以领着尹某到隐蔽的地方稍坐片刻，别让夜风吹着。我到前面路上去迎接天神，听到我叫你们，就出来。”尹跟着土地神沿着海岸走了约半里路，看见一条破船横卧在沙滩上，就趴在破船里面。他听到人喊马叫，号角轰鸣，往来车马，络绎不绝，好久才静下来。土地神说：“可以出来了。”尹爬出破船，看见银海神与先前见过的金甲神，他们把尹领到岸边的宽阔地带，说：“你在这里等一会儿，东岳神马上就到。”转眼间，海上有几十人骑马急驰而来，土地神忙将尹按倒，跪拜于地。来的几十个人全都下了马，有一位穿花袍戴纱帽的神官，坐在上首；其中有四个神穿着官服，还有十几个神是武士打扮，剩下的都是面目狰狞，像庙里的鬼面金刚，他们围在四周，听候命令。上座的神官传召银海神，银海神赶紧上前，回答了几句问话，接着又跑下去，扶着尹来晋见。尹还没有跪下，土地神抢先一步上前叩拜，将情况一一说明。温和善良的神官听了土地神的叙述，立即大怒，瞪着眼睛，竖起眉毛，厉声寻找两个黑衣差人。土地神说：“这两个差人早就不见了。”神官说：“妖行一周，不过千里；鬼行一周，不过五百里。四位察神，你们速将二差捉来。”四名鬼卒应声腾空而起，各自从怀中取出一面小镜子，向四方照射，接着便一齐向东飞去。一会儿，他们提着两个黑衣差人回来，扔在地上，说：“二差是在三百里外的枯槐树中被抓到的。”神官责问二差，为何错将尹某押往阴间，黑衣差人呈上拘牌，解释道：“拘牌是上司发给我们的，我们不过遵命行事。如有什么差错，那得问问官吏，与我们无关。”神官反问：“既然不是你们从中作弊，又为什么逃得远远的?”黑衣差人叩头回答：“昨天狮子大王驾到，他们一行人马，身上都有佛光。土地神虽然官职微小，身上还有阳气；尹廷洽虽然已死，却没跨过阳界，还算是活人魂魄，可以靠近佛光。我俩鬼差，全是阴暗之气，怎敢靠近佛光？所以远远趴着。等狮子大王走后，我们才一路追寻，又恰逢各路神仙，从天庭朝拜归来，接连走过，所以我们不敢出来，并不知拘牌有什么差错。”神官说：“如此说来，我必须亲自去阎罗殿走一趟，再作结论。”于是，神官命令力士先挟持尹某过海，又命令车马列队而行。尹非常恐惧，紧闭双眼，不敢睁开，只觉得耳边风声大作，雷电轰鸣，惊心动魄。不久，轰隆隆的声音渐渐远去，力士也放慢了速度。等到尹廷洽睁开双眼，发现已落在地上，眼前是一座官衙，一位身着官袍、头戴王冠的神出来迎接。神官走进去，二神分两桌对坐在大殿上。起先，宾主一阵耳语，接着，黑衣差人和土地神被传召进殿。土地神行礼参拜后，站在阶下；黑衣差人被讯问后，起身退出。这时，鬼卒从廊房下绑来一名官员，上殿后，传来厉声喝问的声音，这官员叩头辩解，好像在等什么人。此时，又有几个鬼卒从廊房下捉来一名官吏，抱着一叠文书案卷，进了大殿。尹远远望去，这人很像他族叔尹信。入殿后，头戴王冠的神拿过案卷查看，随后扔下一本，命令先抓来的那个官员拿给后抓来的那位看，后者只是叩头哀求。大殿内命令行刑，鬼卒将先抓来的官拉到阶下，杖打四十大板。又见几个鬼卒拿着一张红笔勾名的单子下殿，剥去后者的官服头巾，戴上枷锁，将他押出殿去。这人从尹廷洽身边走过，尹一看，正是族叔尹信。尹廷洽喊他，没有应答，便问鬼卒押他到哪儿去。鬼卒说："押往烈火地狱去受罪。"尹廷洽正感到疑惑、害怕，有人喊他上殿。那位穿花袍的神官对他说："此案已经查明，本官要提的是尹廷治，挨打的官员并没作弊，与他同住一起的官员姓尹，是尹廷治的亲叔叔，尹某想救他侄子，知道同族中你的名字正好相似，可以蒙混作弊，就趁其他官员不在时，将拘牌上的'治'改为'洽'，又将案卷调换，所以发生错捕。现在，我已按刑律分别治罪，你可以还阳了。"神官回头又对土地神说："你这次做得很好，只是应该直接到我这儿来详细查问，不该拦住狮子大王告状，结果让我们都受到失职的处分。我这里一面派人向玉帝呈报，一面再派差人去拘捕尹廷治。你快领尹廷洽还阳去吧。"土地神与尹廷洽叩头拜谢退出，在门口遇到金甲神，金甲神祝贺道："恭喜你们！我们还要在此等候回文，才能回去。"尹随土地神一路走去，却不是来时的路了，城市跟人间一样。尹感到饥渴，想吃点东西，被土地神严厉禁止。离城后又走了几里，上了一座高山，朝下一看，见有一人僵卧在地，几个人正围着哭泣。尹问土地神："这是哪里?"土地神大喝一声："你还不知道呀!"便用拐杖一击，尹跌倒在地，苏醒过来。家里人告诉尹廷洽，他已死了两天两夜了，棺材等物都已准备妥当，只因他心口还有一丝余温，才迟迟没有入殓。尹廷洽随后坐起，喝了一点茶水，赶紧叫儿子去尹廷治家看看。儿子回家说：尹廷治本来病已好了两天，刚才却又死了。

绿 毛 怪

乾隆六年，湖州董畅庵就幕山西芮城县，县有庙，供关、张、刘三神像，庙门历年用铁锁锁之，逢春秋祭祀一启钥焉。传言中有怪物，供香火之僧亦不敢居。一日，有陕客贩羊千头，日暮无托足所，求宿庙中，居民启锁纳之，且告以故。贩羊者恃有膂力，曰："无妨。"乃开门入，散群羊于廊下，而已持羊鞭秉烛寝，心不能无恐。三鼓，眼未合，闻神座下豁然有声，一物跃出。贩羊者于烛光中视之，其物长七八尺，头面具人形，两眼深黑有光，若胡桃大，颈以下绿毛覆体，茸茸如蓑衣，向贩羊者睨且嗅，两手有尖爪，直前来攫。贩羊者击以鞭，竟若不知，夺鞭而口啮之，断如裂帛。贩羊者大惧，奔出庙外，怪追之，贩羊人缘古树而上，伏其梢之最高者。怪张眼望之，不能上。良久，东方明，路有行者，贩羊人下树觅怪，怪亦不见。乃告众人，共寻神座，了无他异，惟石缝一角，腾腾有黑气，众人不敢启，具牒告官。芮城令佟公，命移神座，掘之，深丈许，得朽棺，中有尸，衣服悉毁，遍体生绿毛，如贩羊人所见。乃积薪焚之，啧啧有声，血涌骨鸣，自此怪绝。

【译文】

乾隆六年，湖州人董畅庵在山西芮城县做幕僚。县城里有一座古庙，供奉着关、张、刘三神像，庙门成年累月地用铁锁锁着，每逢春秋二季祭神时才开门。传说，这座庙里有怪物，连供奉香火的和尚都不敢住在庙里。有一天，一个陕西客商，贩了一千多头羊，天晚没地方歇脚，就到庙中求宿。居民们打开铁锁，让他住在庙里，并将有怪物的事告诉了他。贩羊人自以为力气大，就说："没关系。"进了庙门，把羊群散在走廊里，然后，他握着羊鞭，点着蜡烛，躺在床上，其实心中还是有点忐忑不安。到了三更时分，贩羊人还没有合眼，只听见神座下轰的一声，跳出一个怪物。贩羊人借着烛光一看，只见这个怪物身长七八尺，头和脸都像人，两眼深黑发光，有胡桃那么大，脖子以下长满绿毛，茸茸的，如同蓑衣一样。怪物盯着贩羊人，嗅着鼻子，张开尖爪，向贩羊人扑来。贩羊人挥鞭猛打，怪物却毫无反应，竟然夺过鞭子，用嘴嚼，就像撕布一样容易。贩羊人惊恐万分，夺路奔逃出庙，怪物也紧追不舍。贩羊人爬上一棵老树，躲在最高的树梢上；怪物眼睁睁地望着，却上不去。过了很久，东方渐渐亮起来，大路上也有了行人。贩羊人这才下了树，寻找怪物，却不知怪物的去向。于是，他就将这事告诉了众人，并一起到神座下面去找，也没发现什么异常，只是神座下面石缝的一角，正在往外冒着一阵阵黑气。大家都不敢挖，连忙写了状纸，报告官府。芮城县知县佟公命人将神座移开，朝下挖去，挖了一丈多深，发现一口朽烂的棺材，里面有一具尸体，全身衣服已经毁烂，遍体长满绿毛，与贩羊人所见到的怪物一模一样。于是，众人堆上木柴，焚烧尸骨，只听见噼噼啪啪的声音，血流满地，骨头作响。从此以后，怪物就销声匿迹了。

张大帝

安溪相公坟在闽之某山，有道士季姓者，利其风水。其女病瘵将危，道士谓曰："汝为我所生，而病已无全理。今将取汝身一物，以利吾门。"女愕然曰："惟翁命。"曰："我欲占李氏风水久矣，必得亲生儿女之骨埋之，方能有应，但死者不甚灵，生者不忍杀，惟汝将死未死之人，才有用耳。”女未及答，道士即以刀划取其指骨，置羊角中，私埋李氏坟旁。自后李氏门中死一科甲，则道士族中增一科甲；李氏田中减收十斛，则道士田中增收十斛。人疑之，亦不解其故。值清明节，村人迎张大帝像，为赛神会，彩旗导从甚盛。行至李家坟，神像忽止，数十人舁之不可动。中一男子大呼曰：“速归庙，速归庙！”众从之，舁至庙中。男子上坐曰：“我大帝神也。李家坟有妖，须往擒治之。”命其徒某执锹，某执锄，某执绳索，部署定，又大呼曰：“速至李家坟，速至李家坟！”众如其言，神像疾趋如风，至坟所，命执锹锄者搜坟旁。良久，得一羊角，金色，中有小赤蛇，蜿蜿奋动，其角旁有字，皆道人合族姓名也。乃命持绳索者往缚道士，鸣之官，讯得其情，置之法。李氏自此大盛，而奉张大帝甚虔。

【译文】

李安溪相公的坟墓，在福建的某一座山上。山中有一个姓季的道士，看中了这块风水宝地。当时，道士的女儿生了肺痨，奄奄一息。道士对女儿说：“你是我亲生女儿，你的病已无法治好了。我想从你身上拿一样东西，来光大我们季家门庭。”女儿惊愕地望着父亲，说：“愿听从父亲的吩咐。”道士说：“我早就想占有李家的风水，但是必须把亲生子女的骨头埋在李家坟墓旁，才会有灵验。如果取下已死子女的骨头，就不太灵验；活着的子女我又不忍伤害。只有你这样将死未死的人，才能派上用途。”没等女儿回答，道士就用刀割下她的手指骨头，放在一只羊角里，偷偷埋在李家坟地的旁边。从此以后，李家死一个登科的进士，季家就多一个登科的进士；李家的收成减少十斛，季家的收成就增加十斛。人们都觉得奇怪，却不知其中的原因。这一年清明节，村里的百姓迎接张大帝神像，并举行赛神会，彩旗开路，观众云集，场面十分盛大。队伍走到李家坟地，神像忽然不走了，几十人也抬不动。抬神像的一位男子大声叫道："快回庙里去，快回庙里去！"大家就将神像抬回庙里。那男子坐在上首说："我是大帝神。李家坟地里有妖怪，必须前去将妖怪捉来治罪！"然后一一吩咐谁拿铁锹，谁拿锄头，谁拿绳子，安排妥当，又大声叫道："快去李家坟地，快去李家坟地！"众人听从他的吩咐，神像也快步如飞。来到李家坟地，大帝神命令那些拿锹拿锄的人，在坟边挖掘、寻找，好一会儿，挖出一只羊角，是金色的，里面有一条小红蛇，还在不停地蠕动，羊角外刻有文字，是所有季姓家族的人的名字。于是，大帝神命令拿绳子的人，把道士捆了来，随后又报到官府。县令审问后，获得了真实情况，就依法处置。李家从此家业大盛，并非常虔诚地供奉张大帝。

紫姑神

尤琛者，长沙人，少年韶秀，偶过湘溪，野庙塑紫姑神甚美，爱之，手摩其面，而题壁云："藐姑仙子落烟沙，玉作阑干冰作车，若畏夜深风露冷，槿篱茅舍是郎家。"是夜三鼓，闻有扣门者，启之曰："紫姑神也。妾本上清仙女，偶谪人间，司云雨之事。蒙郎见爱，故来相就。若不以鬼物见疑，愿荐枕席。"尤狂喜，携手入室，成伉俪焉。嗣后每夜必至，旁人不能见也。手一物与尤曰："此名紫丝囊，吾朝玉帝时织女所赐，佩之能助人文思。"生自佩后，即入泮，举于乡，成进士，选四川成都知县，女与同行，助其为政，发奸摘伏，有神明之称。忽一日谓尤曰："今日置酒与郎为别，妾将行矣。妾虽被谪谴，限满原可仍归仙籍，以私奔故，无颜重上天曹。地府又以妾本上界仙人，不敢收之鬼箓。自念此身飘荡，终非了计，虽托足君门，尚无形质，不能为君生育男女。昨将此情苦求泰山神君，神君许将妾名收置册上，照例托生。十五年后，可以重续爱缘，永为夫妇，未知君能勿娶专相待否？"尤唯唯，不觉涕下。女亦凄然，大恸而去。自此，尤作官不能如前时之明，因挂误革职。人有求婚者，毅然拒之。年四旬，犹只身也。如是者十五年，房师某学士愍其鳏居，为议婚，生又坚拒，并道所以。学士大骇曰："若果然，则吾堂兄女是矣。吾堂兄女生十五年，不能言，但能举笔作字，每闻人议婚，必书'待尤郎'三字，得毋即汝乎？"拉尤至兄家，请其女出见，女隔帘书"紫丝囊在否"，尤解囊呈验，女点首者三，遂择日成婚。合卺之夕，女仰天一笑，即便能言，然从此绝不记前生原委，如寻常夫妇。

【译文】

长沙人尤琛，年轻英俊，一表人才。一次，他偶然路过湘溪，看见荒野古庙内塑着一尊紫姑神，容貌非常美丽，尤琛十分喜爱，情不自禁地用手抚摸紫姑神的脸，并在墙上题诗："藐姑仙子落烟沙，玉作阑干冰作车。若畏夜深风露冷，槿篱茅舍是郎家。"当夜三更时分，尤琛听到有人敲门，便去开门。来人说："我是紫姑神，本是天上的仙女，因为偶尔犯了过错，被贬到人间，专管男女情事。白天承蒙郎君喜爱，所以前来相会。如果你不把我当作鬼物，我愿与郎君共枕同席。"尤琛欣喜若狂，二人携手入室，结成夫妇。从此以后，紫姑神每夜都来，旁人没法看见她。一天，她把一样东西交给尤琛，说："这叫紫丝囊，是我朝见玉帝时，织女送给我的。佩带它，能帮助你提高才学。"尤琛自从佩带了紫丝囊，先考进县学，接着又中举，中进士，不久被任命为四川成都知县。紫姑随夫赴任，帮助料理政务，锄灭奸贼，剪除祸患，当地百姓都称颂尤县令神明。有一天，紫姑忽然对尤琛说："今天备酒与郎君告别，我要走了。我被贬谪人间，期限已满，虽然仍可上天再做神仙，但因私奔的缘故，我已没脸再回天界。地府却又因为我本是上界仙人，不敢将我收留在鬼册上。我想：这样长久地飘荡下去，总不是办法。虽然我已把终身托付给郎君，但我没有形体，不能为你生儿育女。昨天，我已将内心苦衷告诉了泰山神君，请他帮忙，神君答应将我收入他的名册，按规矩送我到人间投胎转世。十五年后，我们可以重续情缘，永为夫妻。不知你能不能不娶别人，专心等我？"尤琛连连答应，不觉泪流满面。紫姑也十分难过，哭着走了。从此，尤琛做官再也不如以前那样神明，又因过失而被革职。有人为他议婚，他毅然拒绝；到了四十岁，仍然孤身一人。如此过了十五年。他的老师某学士，同情他伶仃鳏居，就为他提亲。尤琛又坚持不娶，并讲明了原委。学士听了，大吃一惊，说："照你这么讲，那就是我堂兄的女儿了！我堂兄的女儿今年十五岁，不能说话，却能提笔写字，每次有人给他提亲，她就写'待尤郎'三个字。她所等待的人，不就是你吗？"于是，学士拉着尤琛，来到堂兄家，请他的女儿出来相见。姑娘隔着帘子写道："紫丝囊还在吗？"尤琛就解下紫丝囊，交给她验证。她看过以后，连连点头。于是选了一个良辰吉日，二人完婚。洞房花烛之夜，姑娘仰天一笑，立刻开口讲起话来。但是，从此以后，她再也记不得前世的事了，二人如同平常夫妻一样。

魏象山

余窗友魏梦龙，字象山，后余四科进士，由部郎迁御史。己卯典试云南，殁于途，归柩于西湖昭庆寺。其年十月，沈辛田观察亦厝其先人之柩于此寺，见前屋厝柩旁列云南大主考金字牌，知为魏君，魏故辛田所善也。俄而吊客来，孝子当扶杖行礼，辛田弟清藻忽不见。觅之，昏昏然卧魏柩前，神色惨沮，扶归则寒热大作，病势沉重。医者下药，方开人参三钱，辛田心狐疑，未敢用参。至床前视弟，弟跃起坐如平时，拱手笑曰："沈五哥别久矣，佳否？"辛田怪而呵之。旁有二女眷视疾，清藻又手挥之曰："两嫂请回避，愿假纸笔，我有所言。"与之纸，熟视笑曰："纸小，不足书也。"为磨墨，而以长幅与之，乃凭几楷书曰："梦龙白：梦龙奉命典试云南，从豫章行至樊城，感冒暑热。奴子吴升不察病原，误投人参三钱，遂至不起。甚矣，人参之不可轻服也。樊城令某，经理丧事，颇尽心力，使灵柩得还家，而诸弟啧有烦言，诬其侵蚀衣箱银两，殊不识好歹。家中所存，只破书几卷，诸弟尚忍言分析乎？覆巢完卵，还望诸弟照应之。"书毕掷管而卧。须臾又起，提笔将"人参不可轻服"数字旁加密圈。辛田大惊，不敢为弟下人参。请魏家人来，以所书示之，皆骇叹，汗泪交下。寻弟病愈，问其索纸作书状，全不省记。但云病重时，见短身材多须而衣葛者入房，便昏然不晓事矣。沈年幼不及见魏君，所云者果魏君貌也。沈后中辛卯探花，卒不永年而亡。

【译文】

我的同学魏梦龙，字象山，比我晚四科考中进士，由部郎升任监察御史。乾隆二十四年，他被派往云南任主考官，死在半路上，灵柩被运回西湖昭庆寺。这年十月，道台沈辛田也把先人的灵柩停放到昭庆寺。他看见前屋停放着灵柩，旁边摆着“云南大主考”的金字牌位，就知道魏先生去世了。原来，魏象山生前与沈辛田十分要好。一会儿，为沈家吊唁的宾客陆续来到。按照礼节，孝子应该在灵柩旁向来客行礼。但是这时，沈辛田的弟弟沈清藻忽然不见了，四处寻找，结果发现他昏昏沉沉地躺在魏象山的灵柩前，脸色苍白，神情沮丧。人们扶他回房，见他发着高烧，病情相当严重。于是就请医生开药方，其中有三钱人参。沈辛田心中犹豫不定，不敢乱用人参。沈辛田到床前看望弟弟，沈清藻坐起来，就和病前一模一样。他向沈辛田拱手作揖，笑着说：“沈五哥，我们分别好久了，你还好吗?”沈辛田觉得奇怪，便呵斥弟弟。旁边有两个女眷照料沈清藻，这时，沈清藻对她们挥挥手，说：“两位嫂嫂，请暂时回避一下。请兄长给我纸笔，我有话要说。”于是，就给他纸，沈清藻仔细看了一下，笑着说：“纸太小了，不够写。”沈辛田又换来大幅纸，并替他磨好墨汁，他便倚着案几，用楷书写道：“梦龙说：梦龙奉命到云南主持考试，从豫章走到樊城，感冒发热。家奴吴升不知病因，在药中误放了三钱人参，导致我卧病不起。太厉害了，人参不可轻易服用啊！樊城县知县替我料理丧事，十分尽心尽力，使我的灵柩能够返回家乡。但是，我的各位兄弟却说些闲话，甚至还诬蔑他侵吞我的钱物，简直是不分好歹！我家中所积存的，不过是几卷破书，各位兄弟还好意思说剖分财产吗？覆巢之下，哪有完卵？还希望各位兄弟多照应。”沈清藻写完，扔笔倒下。片刻工夫，他又起身，提笔在“人参不可轻易服用”几个字旁边，画上密密麻麻的圆圈。沈辛田大惊失色，再也不敢为弟弟用人参了。然后，沈辛田请来魏家人，把那张纸拿给他们看；魏家人个个震惊，无不哀叹，汗泪交流。不久，清藻病愈，辛田问起他要纸要笔的情形，他一点也不记得了，只说病重时，他看见一个身材矮小，胡须很多，身穿布衣的人走进房，然后他就昏迷过去，不省人事。清藻年纪小，从来没见过魏象山，但他所说的正是象山的相貌。后来，沈清藻于乾隆三十六年考中了探花，岁数不大就死了。

王莽时蛇冤

临平沈昌谷，余戊午同年举人，年少英俊，忽路间遇僧，授药三丸，曰："汝将有大难，服此或可少瘳；临期吾再来视汝。"言毕去。沈素不信因果事，以药掷书厨上，勿服也。亡何，病大重，忽作四川人语曰："我峨嵋山蟒蛇，寻汝二千年，今方得汝。"自以手扼其吭，气将尽。家人忆路间僧语，即速觅书厨上药，只存一丸，以水吞下，恍然记历代前生事：沈在王莽时姓张，名敬，避莽乱，隐峨嵋山学仙，有同志人严昌为耦耕之友。刘歆谋起兵应汉，事败，裨将王均亦逃奔峨嵋，事二人为弟子。山洞有蟒，大如车轮，每出游，必有风雷，禾稼多伤。张欲除其害，命王削竹刺插地，以毒药傅之。蛇果出为竹所刺死。蛇修炼有年，将成龙者，其出穴自挟风雷而行，非有心害人。为王杀后，思报主谋者之冤。而王均闻莽死后，随出山佐光武中兴，拜骁骑将军，遣人迎张敬入洛，亦拜征虏将军，蛇不能报。再世为北魏高僧，三世为元将某，有战功，蛇又不能报。惟今世仅作孝廉，故蛇来，将甘心焉。其原委历历，口皆自言。家人问路僧为谁，曰："即严昌先生也。先生辞光武之聘，早登仙道，与吾有香火缘，故来相救。"言终，沐浴整衣冠卒。开吊日，前僧果来，泣拜毕，语其家人曰："毋苦，毋苦，了此一重公案，行当仍归仙道耳。"语毕忽不见。

【译文】

临平人沈昌谷，年轻英俊，他和我一起在乾隆三年考中举人。一天，他在路上忽然遇到一个和尚，交给他三粒药丸，说：“你将有大难，服下此药，或许可以很快治愈。到时候，我再来看你。”说完就走了。沈昌谷从来不相信因果报应，回家后，他把药丸随便扔在书橱上，没有服用。没多久，他得了大病，忽然讲起四川话：“我是峨嵋山的蟒蛇，找你找了两千年，今天总算找到了。”他自己掐住咽喉，眼看就要断气了。家人想起那天路上和尚的话，立即到书橱上找药丸，只剩下一粒，就让沈昌谷用水服下了。这时，沈昌谷竟恍恍惚惚，记起自己前世的历代事来。沈昌谷在王莽当政时名叫张敬，因为逃避王莽作乱，就隐居在峨嵋山学仙，有位志同道合、名叫严昌的人也在那里，二人便成为一起学仙、一起耕作的好朋友。当时，刘歆谋划起兵响应刘秀，结果事情败露，刘歆的副将王均也逃到峨嵋山，拜二人为师，峨嵋山有一山洞，洞中有一条蟒蛇，车轮般粗，蟒蛇每次出来，都会引起风雨雷电，庄稼也常被毁坏。张敬打算除掉蟒蛇，叫王均削好竹刺，插在地上，并用毒药敷在竹刺上。果然，蟒蛇出洞，被竹刺毒死。这蟒蛇在山中修炼多年，即将成龙，出入洞穴，自然挟带风雷，并非有意害人，它被王均杀死后，一直想向主谋者张敬报仇。以后，王均听说王莽死去，就立即出山，辅佐光武帝刘秀，重振汉朝，被拜为骁骑将军。王均派人将张敬接到洛阳，张敬也被拜为征虏将军，所以蟒蛇不能报仇。后来，张敬转世托生为北魏的一位得道高僧；第三世又成了元代的将军，立下战功，蟒蛇又没有机会报仇。只有这一世，张敬仅仅做了个举人，所以蟒蛇前来报仇，了却心愿。这些经过都是沈昌谷自己说出，一清二楚。家人问他路上碰到的和尚是谁，他回答说：“那就是严昌先生。严昌先生拒绝了光武帝的邀请，不愿为官，早已修炼成仙。因为他与我有交情，所以前来相救。”说完，沈昌谷沐浴整衣，就死了。吊唁日，那位和尚果然来了。他哭拜后，对沈家人说：“不要难过，不要难过！了结这桩公案，沈兄文将回归仙道了！”刚说完，和尚就忽然不见了。

牙　鬼

杭州朱亮工妻张氏，患伤寒甚剧，忽作山西人语，咆哮索命，击毁槃碗，且云："恩自恩，仇自仇，不能作抵。"亮工在家，索命者不至，出则瞀乱如前。亮工乃具牒诉本郡城隍神。张氏沉沉熟睡，如赴鞫者，良久苏曰："冤雪矣，冤去矣。"手摩其臀曰："被神杖甚痛。前生予与亮工俱山西贩布男子，官牙刘某，吞布价而花销之。予告官比追，刘不胜其苦，当予前作赴水状，欲予怜而救之。予怒曰：'汝虽死，吾仍索欠不饶。'刘赧于转身，竟溺水死。亮工前生姓俞，名容，闻之，劝予曰：'牙人死固当然，棺殓之费我二人当分给之。'予怒未息，竟不肯。俞乃捐囊中金三两，为棺殓焉。今此牙鬼来报予仇，而不料俞之为吾今生夫也，故不敢见之。昨蒙城隍神讯得刘牙侵蚀人银，自己寻死，本无冤抑，乃敢作闹于朱氏恩人之舍，责三十板，锁解酆都道。予前生以索债故，见死不救，见尸不殓，居心太忍，亦责十五板，然病势渐除矣。"亡何，其押解之鬼差附病者身，嚄唶曰："为汝家事，作八千里远行，须以纸钱酒饭享我。"家人惧，为大设斋醮，方始寂然。

【译文】

杭州人朱亮工的妻子张氏，得了严重的伤寒病。有一天，她忽然用山西人口音，号叫要索取性命，打碎碗盘，说："恩是恩，仇是仇，二者不可抵消！”朱亮工在家时，索命者从不来；等朱亮工一出门，张氏就会像先前一样，精神错乱。于是，朱亮工就写了状纸，投诉到本县城隍神。这天，张氏昏睡过去，大概是被叫去受审了。过了好长时间，她苏醒过来，说：“我的冤枉被洗尽了！我的冤枉被洗尽了！”她揉着屁股，说：“神棍打得好疼哟！前一世，我与朱亮工都是山西贩布男子。当时，官府里有一个经纪人刘某，侵吞布款，随意挥霍，被我告到官府，官府四处搜捕。刘某受不了东躲西藏的苦，就当着我的面，做出跳水自杀的样子，希望我怜悯他，救他一命，我气极了，说：‘你即使死了，我也要跟你要回布款，决不饶你！’刘某十分羞愧，下不了台，真的投水死了。朱亮工前世名叫俞容，听到刘某的死讯，就来劝我：‘刘某这个经纪人固然该死，但他的棺材钱应由我俩承担。’我当时余怒未消，没有同意。俞容就独自出了三两银子，买了棺材，将刘某收殓安葬。如今，刘某找我报仇，却没料到俞容转世做了我的丈夫。所以，我丈夫在家时，他不敢来。昨天，承蒙城隍神查审，才搞清楚刘某因为侵吞别人的银两，才自己寻死，本来就没有什么冤情，竟敢到恩人朱氏家寻衅闹事。城隍神责令将刘某杖打三十大板，并让他披枷带锁，押往阴曹地府。我因为前世要债，见死不救，见尸不收，心肠太狠，也被责打十五板。”于是，张氏的病情渐渐好转。没多久，押解刘某的鬼差又附在病人身上，大声嚷嚷：“为了你家的事情，我跑了八千里路，必须拿纸钱和酒饭祭供我！”朱家人担心再起风波，就为鬼差设斋祭祀，朱家这才安静下来。

妖梦三则

柘城李少司空子继迁成进士。司空及太夫人殁后，继迁患危疾，梦太夫人教服参。因以告医，医曰：“参与病相忌，不可服。”是夜，复梦太夫人云：“医言不可听，汝求生非参不可。我有参几许在某处，可用。”探之果得，服之，夜半发狂死。

陆射山征君梦尊人孝廉公云："吾窀穸内为水所浸，甚苦，皋亭山顶有地一区，系某姓，求售，曷往买而移葬，吾神所依也。"访之果合，因以重值得之。及改葬，旧穴了无水，且暖气如蒸，悔已无及。迁葬后，征君日就困踬，子孙流离。

江宁报恩寺僧房，每科场年，赁为举子寓所。六合张生员者，住某僧房有年，其寺主老僧悟西已死。张以不第心灰，数科不至。忽一岁，悟西托梦其徒曰："速买舟过江，延张相公来应试，张相公今岁登科。"其徒告张。张喜，渡江应试，发榜后，仍不第。张愠甚，因设祭怼之，夜梦悟西来，云："今年科场粥饭，冥司派老僧给散，一名不到，老僧无处开销。相公命中尚应吃三场十一碗冷粥饭，故令愚徒相延，以免我谴，非敢诳也。"

【译文】

工部侍郎李某是柘城人，他儿子李继迁中了进士。李某及其夫人死后，李继迁患了重病，梦见母亲让他服用人参。他将此事告诉了医生，医生说："人参与你的病疾相忌，不可服用！"夜里，他又梦见母亲说："医生的话不能相信，你想活，就得服用人参。我有一些人参放在某个地方，你可以取出服用。"他到母亲指点的地方找，果然找到人参，便服用了。到了半夜，李继迁就发狂死去。

征君陆射山，梦见死去的父亲对他说："我的墓穴被水浸透，我待在那里很苦。皋亭山山顶上有一块空地，是某某人家的，正要出售，你不如前去买下空地，将我迁葬，这样，我就有依靠了。"陆射山醒后就去打听，果然实情与梦中相合，就花了许多钱将空地买下。等到改葬时，原来的那个墓穴中根本没有水，而且地气温暖，一阵阵热气往上冲，但后悔已晚。改葬后，陆家越来越困顿不利，后代子孙也四处漂泊，不再兴旺了。

江宁报恩寺的僧房，每到科举考试时，就出租给应考的考生作为住所。六合县张秀才，住在一间僧房，已有些年头了。这时，报恩寺的当家老和尚悟西也已去世。张秀才因屡考不中，心灰意懒，已有好几届考试都不来参加了。忽然有一年，悟西和尚托梦给他的徒弟说："快乘船过江，请张秀才来应试，张秀才今年一定会考取。"悟西的徒弟将此梦告诉张秀才，张秀才大喜，渡江应试。发榜后，他仍然没考取。张秀才十分恼火，就设祭坛怒骂悟西。夜里，他梦见悟西和尚来说："今年，阴司派老僧到考场分发粥饭，如果缺一个考生，我这粥饭就无法开销。你命中注定还应吃三场十一碗冷粥饭，才能考中，所以，我叫徒弟请你参加考试，是为了让我免受责怪，我并不敢骗你啊！"

凯明府

全椒令凯公音布，能诗倜傥，与余交好。庚寅分校南闱，疽发背卒。公母怀孕时，将至期，祖某为内务府总管，晚见庭下有巨人，长过屋脊。叱之，渐缩小，每叱一声，辄短数尺，拔剑追之，化作短人，奔树下而灭。取火烛之，乃一土偶人，长尺许，面扁阔，耸右肩，左手少一小指。因拾置几上，而婢报某娘子房生一男矣。三日后，抱视之，左手少一小指，状貌酷肖土偶。举家大惊，乃取土偶供祖庙中，礼事甚虔。及凯卒后，送神主入庙，见土偶为屋漏故，雨滴其背，穿成三孔，仆于坐上。凯死时，背疮三孔皆穿。家人悔奉祀不虔，已无及矣。

【译文】

全椒县知县凯音布，精通诗文，风流豪爽，和我是好朋友。乾隆三十五年，他被派去做江南乡试同考官，背上生了毒疮，就死了。当初，凯公的母亲怀孕，即将临产。那时，凯公的祖父是内务府总管。一天晚上，他祖父看见院子里有一个巨人，比屋脊还高，就呵斥他，巨人随着骂声渐渐缩小，每骂一声，便矮几尺。他祖父拔剑追上去，那巨人却变成一个小矮人，跑到树下不见了。他祖父点起蜡烛一看，原来是个土偶，一尺多高，一张扁宽脸，右肩耸起，左手少了一个小指。于是，他祖父就将土偶拾回去，放在桌几上。正在这时，丫鬟来报告，说某房媳妇生下一名男婴。三天后，他祖父把孩子抱来一看，发现孩子的左手上也少一个小指，长相与土偶十分相似。全家人惊恐不已，就将土偶供奉在祖庙里，经常祭祀，十分恭敬。凯音布死后，家人把他的牌位送入祖庙。这时才发现由于屋漏，那土偶的背上已被雨水滴穿了三个孔，倒在神座上。而凯公死时，背上的三个疮也都穿孔了。全家人后悔当初供奉土偶不够虔诚，但后悔也来不及了。

羞　疾

湖州沈秀才，少年入泮，才思颇美。年三十余，忽得羞疾，每食，必举手搔其面曰：“羞羞！”如厕，必举手搔其臀曰：“羞羞！”见客亦然。家人以为癫，不甚经意。后渐尫羸，医治无效。有时清楚，问其故，曰：“疾发时，有黑衣女子，捉我手如此，迟则鞭扑交下，故不得不然。”家人以为妖，适张真人过杭州，乃具牒焉。张批：“仰归安县城隍查报。”后十余日，天师遣法官来曰：“昨据城隍详称沈秀才前世为双林镇叶生妻，黑衣女子者，其小姑也。叶饶于财，小姑许配李氏，家贫。叶生爱妹，延李郎在家读书，须李入泮方议婚期。一日者，小姑步月，见李郎方夜读，私遣婢送茶与郎，婢以告嫂。嫂次日向人前手戏小姑面曰：‘羞羞！’小姑忿，遂自缢，诉城隍神，求报仇索命。神批其牒云：‘闺门处女，步月送茶，本涉嫌疑，何得以戏谑微词，索人性命。’不准。小姑不肯已，又诉东岳。东岳批云：‘城隍批词甚明，汝须自省；但沈某前身既为长嫂，理宜含容，况姑娘小过，亦可暗中规戒，何得人前恶谑。今若勾取对质，势必伤其性命，罪不至此。姑准汝自行报仇，俾他烦恼可也。所查沈某冤业事，须至牒者。’天师曰：‘此业尚小，可延高僧替小姑超度，俾其早投人身，便可了案。’”如其言，沈病遂痊。

【译文】

湖州沈秀才，年轻时进学，颇有才气。他三十多岁时，忽然得了一种“羞疾”。每当吃饭时，他必定用手括脸皮，嘴里叫道：“羞！羞！”上厕所时，他必定用手搔屁股，也说：“羞！羞！”见了客人，也是这样。家里人以为他得了疯病，也不在意。后来，沈秀才越来越瘦弱，怎么医治都没用。沈秀才有时比较清醒，家人就趁他清醒时，问他其中的原因。他说：“发病时，有个黑衣女子抓住我的手，逼迫我那样做，动作慢一点，就被她鞭打，所以我不得不这样。”家人认为这是妖孽作怪，正好张真人路过杭州，便写明缘由，呈上状纸。张真人在状纸上批示道：“这件事要去问问归安县城隍神，请他查一查。”十多天后，张真人派法师告诉沈家人：“昨天到城隍处去查问，根据城隍所说，沈秀才前世是双林镇叶生的妻子，黑衣女子是小姑。叶生家境富裕，小姑许配李家，但李家非常贫穷。叶生爱护妹妹，请李郎在家中读书，要等到李郎考取秀才，才议婚事。有一天，小姑月下散步，看见李郎正在夜读，便悄悄派婢女给李郎送茶。婢女将这事告诉了嫂子。第二天，叶妻在众人面前，跟小姑开玩笑，点着她的脸，说：‘羞，羞！’小姑一气之下，就上吊自杀了。她到城隍神那里告状，要求报仇偿命。城隍神在她的状纸批示道：‘闺门处女，月下送茶，本来就容易引人怀疑，怎么能因为几句玩笑话，就要人偿命呢？’不准她上诉。小姑不肯罢休，又告到东岳。东岳神批示道：‘城隍神所说的，公正明了，你应该自省才对。但沈某前世既为长嫂，理应宽容，何况小姑只不过一点小错，暗中劝诫，也就算了。怎么能在大庭广众面前恶作剧呢？如果将他抓来对质，势必伤了他的性命，而且也罪不至此。我姑且准许你自行报复，让他烦恼烦恼，也就是了。所查沈某前世冤业，就是如此，现具文通报。’张真人说：‘这点罪过不算大，可以请高僧为小姑超度亡灵，让她早日投胎转世，便可了结这段恩怨。’”沈家照此办理，沈秀才的病就渐渐好了。

卖浆者儿

杭州汪成瑞家，延钱塘贡生方丹成为西席，数日不至馆。问之，云：“替人作状告东岳。”问何事，云：“其邻张姓者，妻病祈神。有卖浆叟往观，归，其子忽高坐呼其名，索水吃。叟怒责之，子曰：‘我非汝子，我是城隍司之勾神。今日与火伴数人，至张家勾取张氏妇魂。因其家延请五圣在堂，未便进内，久立檐下渴甚，是以附魂汝子，向汝求水。’叟与之水。其子年仅十四五，所饮水不下石余。少顷，闻音乐声，曰：‘张氏送神，吾去矣！叟赐我火炬数枝。’叟曰：‘夜静难觅。’曰：‘吾之火炬即纸索耳，非世上火炬也。’焚与之，乃起谢曰：‘受叟惠无以报，吾有一事相告，令郎自今日后，无使近水，否则将犯水厄。’语毕，其子即昏睡，而邻家张氏哭声举矣。叟虽异其事，尚秘之不宣。次日下午，其子忽狂叫云：‘甚热，我往浴于河。’叟不许，其子竟去。叟急拉回家，而狂躁愈甚，指地上石云：‘如此好水，何不令我浴!'叟见其光景甚怪，惧不能提防，遍告诸邻，相同看视。西邻唐姓者，向信鬼神之事，里中祀东岳帝，唐主其事，或代亲友祈禳，屡屡应验；闻浆叟言，又见其子之狂态，因告曰：'汝子为鬼所凭，何不求东岳神耶?'问作何求法，曰：'帝君圣诞日，各执事俱齐，汝具牒呈，焚香炉内。我鸣钟鼓相助，令有力者抱令郎在堂下，听候审讯发落，或可驱除恶鬼。'浆叟以为然。三月二十八日清晨，叟斋戒往，抱其子，从辕门外匍匐喊冤。唐在殿上，令会中执事者取其词状，大呼著速报司查拿。浆叟抱儿上殿，众环拥之。甫及门，儿已昏迷，满口流涎，众惶恐。少顷苏醒，叟挟之归，至夜始能言，云：'我在街戏，见一人甚蓝缕，相约往浴。日日相随不离，至东岳庙时，尚随在后。忽见殿前速报司神奔下擒他，方惧而逃，恰已为其所获，并将我带上殿。见帝君持呈状细阅，向一戴纱帽者语，缕缕不甚明，惟闻说我父母无罪，何得捉伊儿作替代，将跟我之鬼锁押枷责，放我还阳。'"嗣后浆叟子竟无恙。

【译文】

杭州汪瑞成家，请钱塘县贡生方丹成做家庭教师。一次，方丹成好几天没来教馆，汪家去问他，方丹成说："我在替人写状纸，到东岳府告状。"问他为什么事告状，方说，邻居张某，因为妻子生病而举行求神灵保佑仪式。有个卖酒的老翁去看热闹，回家后，看见儿子高坐在堂屋里，直呼其名，要水喝。卖酒翁气坏了，责问儿子，他儿子却说："我不是你的儿子，我是城隍神的差役，专门捉取人的灵魂。今天，我与几个伙伴，到张家去勾取张妻的魂。由于张家请了五圣在屋内。我不便进去，就等在屋檐下，站了好久，唇干舌燥，于是把魂附在你儿子身上，向你讨点水喝。”于是，卖酒翁拿水给他，儿子本来只有十四五岁，这会儿竟喝了一担多水。过了一会儿，外面传来音乐声，鬼差说：“张家送神了，我该走了。请你给我几枝火炬。”卖酒翁说：“夜深人静的，到哪里去找？”鬼差说：“我所说的火炬，就是纸绳，并不是人间的火炬。”卖酒翁就烧了纸绳给他。鬼差起身谢道：“我得了你的恩惠，无以报答，现在告诉你一件事吧。从今往后，不要让你儿子靠近水，否则，会遭灾难。”说完，卖酒翁的儿子就昏昏沉沉地睡了。此时，张家传出了哭声。卖酒翁虽然觉得这件事奇怪，却没有告诉别人。第二天下午，儿子忽然狂喊乱叫：“热死了，热死了！我要到河里去洗澡！”卖酒翁哪里肯许，儿子一头就往外跑。卖酒翁慌忙将儿子拖回家，可儿子却愈发狂躁，竟指着地上的石头说：“这是多好的水啊，怎么不让我洗澡！”卖酒翁见儿子行为古怪，担心自己一人看不住，就告诉了左邻右舍，请邻居们帮他一起看管儿子。卖酒翁家的西面，有个邻居姓唐，一向相信鬼神，村中祭祀东岳神，都由他主持。有时，他也替亲朋好友祈祷消灾，每次都很灵验。听了卖酒翁叙述的情形，又见那儿子癫狂的样子，他就对卖酒翁说：“你儿子被鬼附了身，为什么不去求求东岳神呢？”卖酒翁问：“怎样求神呢？”他说：“东岳神生日那天，各位执事全在神庙里。你写好状纸，在香炉里焚烧，我敲钟击鼓，从旁相助，并请一位大力士将你儿子抱到神庙前，听候东岳神发落，或许能够驱除恶鬼。”卖酒翁认为他说得对。三月二十八日清晨，卖酒翁斋戒后，前往神庙。他抱着儿子跪伏在辕门外喊冤。唐某在殿上，命令一名执事把卖酒翁的状纸接上来，大声叫道：“速报有关衙门，查办缉拿。”卖酒翁抱着儿子，被众人围着，一起拥上殿来。刚到门口，儿子已昏迷过去，满口流涎，众人吓坏了。过了不久，儿子才苏醒过来，卖酒翁将儿子抱回家。直到晚上，儿子才说出话来：“我在街上玩耍，看见一个衣衫褴褛的人约我一起去洗澡。他每天都跟着我，一刻也不离。白天到东岳庙时，那人还跟在我后面。他看到大殿上有神冲过来抓他，才吓得逃跑，却被神抓住了。神把我带到殿上，只见东岳神正拿着状纸，仔细审阅，然后跟一位戴纱帽的神说着什么，模模糊糊的，听不大清楚，只听得他们说我父母无罪，怎么能抓儿子来作替死鬼。接着，他们就将跟着我的那个恶鬼戴上枷锁，严刑拷问，而将我放回阳间。”从此以后，卖酒翁的儿子终于平安无事了。

谢经历

广州经历谢坤，绍兴人。甥陆某，选广东巡检，携母妻及子至粤，甥舅相聚甚欢。赴任后作书与舅氏，挽其转求上官，调一美缺。谢为转请于大府，得调澳门。其地虽所入胜昔，而逼近海隅，不无烟瘴。甥又作书与舅，复请再调，谢憎其贪妄，不答。不两月，又接札云：“甥病矣，乞舅速救之，迟则性命不保。”谢虽恶甥之渎，而念姊已年迈，或有不测，势将如何；又惮长官见恶，难以进言。正踌躇间，当午假寐，见甥忽至前，曰：“舅误我，我嘱舅至再，舅不一报。今甥受瘴死矣，母妻及子已在城外水次，舅速迎之。”言毕而号。谢惊寤，即见人踉跄入门，云陆甥于数日前已死，家眷扶柩至矣。谢始悟梦见者即甥魂也。迎其眷至署，厝甥柩于僧寺，为作佛事。僧人宣疏，请斋主拈香。忽见朝衣冠者，自屏后走出行礼。僧不知何人，其子拜佛，见其父在上，乃奔前相呼，随即杳然灭去。僧众皆惊。谢书室中素心兰开，外孙戏折一枝，谢挞之，忽见甥来，怒曰：“舅奈何以一花责我儿，我当尽坏之！”片刻间将兰叶均分为二。居月余，谢归其丧，解缆时，同里人附一柩于船尾，谢家人不知也。出粤界后，舟子欺其孤孀，与家人争殴。忽见陆甥跳舱中出，后随一少年助陆，将舟子五六人痛打。舟子哀求方已。家人惊疑，问舟子云：“吾主人素所识，其少者不知何来。”舟子惶愧曰：“船头内附装一小柩，前恐府上人不许，是以匿之。今助殴者，想即此鬼耶?”从此一路舟人倍小心矣。舟抵家，家人为开丧设主，从此寂然。

【译文】

广州布政司经历谢坤是绍兴人，他的外甥陆某，被任命为广东巡检，带着母亲、妻子和儿子到广东赴任。甥舅相见，十分高兴。陆某上任不久，就给舅舅写信，请舅舅转求上司，替他调换一个美差。谢坤便写信请求上级，将陆某调到澳门。陆某在澳门的薪水比原先多，但澳门靠海，常有一种致人生病的瘴气。陆某又写信给舅舅，请求帮忙再换个地方。谢坤恼恨外甥太贪心，就没再答复。不到两个月，谢坤又接到外甥的信，信中说：“我已病重，请舅舅快救我，再迟就没命了。”谢坤虽然讨厌外甥轻谩渎职的行为，但想到姐姐年纪大了，外甥如有不测，姐姐怎么办？可他又害怕上司怪罪，再去求情，也难以开口，搞得谢坤左右为难，犹豫不定。这天中午，谢坤正在打盹，梦见外甥忽然来到面前，说：“舅舅误了我！我再三恳求你，你不替我想办法，现在我已被瘴气害死了！母亲、妻子和儿子已乘船停泊在城外河边，舅舅快去迎接吧。”说完便大声号哭起来。谢坤被惊醒，看见一人跌跌撞撞跑进门来报告：“你外甥陆某已于几天前死去，现在他的家眷已运着灵柩，到了城外。”谢坤这才明白梦中所见到的，正是外甥的鬼魂。谢坤将外甥的家眷接进府衙，把灵柩放在一座寺庙里，为外甥作佛事，超度亡灵。和尚宣读祭文，请斋主上香。突然，屏风后走出一位穿着官服的人，并上前施礼，和尚不知这是什么人。陆某的儿子正在下面拜佛，看见父亲走出来，便叫喊着跑上去，但陆某却又消失得无影无踪。众和尚都惊呆了。后来有一次，谢坤书房里的素心兰花正含苞开放，却被外孙玩耍时折断了一枝，谢坤生气地打了外孙几下。忽然间，谢坤看见外甥陆某前来，怒气冲冲地责问：“舅舅怎么能因为一枝花，就这样责打我儿子呢？看我把兰花全部毁掉！”转眼的工夫，兰叶全被撕成两半。过了一个多月，谢坤送姐姐等人把陆某的灵柩运回家乡安葬。解开缆绳，正准备开船的时候，同村另一户人家抬上一口小棺材，放在船尾。谢家人不知道。船行出广东地界后，船家欺负陆家孤儿寡母，与陆家人争吵殴打起来。忽然，陆某从船舱中跳出来，身后还跟着一个少年，这少年帮助陆某将船家五六个人痛打一顿，直到他们求饶才罢手。陆家人觉得很奇怪，问船家：“我家主人是我们所认识的，不知那少年从什么地方来？”船家惊魂未定，羞愧地说：“船尾舱内放了一口小棺材，原先怕你们府上不答应，就将小棺材藏了起来。刚才帮你家主人打我们的，想必就是这个鬼了。”此后，船家一路上倍加小心，没敢惹事。回到家乡后，陆家为陆某设位祭奠。从此，家中安宁，再没出过什么事。

赵文华在阴司说情

杭人赵京，祖籍慈溪，有弟某，性方严。婚后，妇家婢颇慧，未尝假以颜色，京私与狎，弟妻不知。无何婢孕，妇翁疑婿，婢亦驾词诬婿。婿不能自明，恚，投缳死。越二年，京父寿辰，宾朋宴集，京与婢忽仆地呓语，经宿始苏，云：“摄至冥府，与婢械系大门外。俄闻发鼓升堂，鬼役捽其首掷阶下。有冕旒者上坐，引弟质讯，京与婢皆伏罪，不敢置辩。将定谳矣，忽报赵尚书至，红柬上书‘年家眷弟赵文华顿首拜’，冥官肃衣冠出迎，命带人犯械系故处。举头见柱上一联云：‘人鬼只一关，关节一丝不漏；阴阳无二理，理数二字难逃。’后署‘会稽陶望龄题’。正熟视间，报赵尚书出矣。冥官唤京与婢谕云：‘本案应照因奸致死罪减三等判，以赵尚书说情，姑放回阳。且赵某身为男子，通婢事有何承认不起，而竟至轻生，亦殊可鄙。故且宽汝，放回阳间。’”举家不知赵文华何故庇京。一日，询诸宗老，始知文华其七世祖也，因谄严相，子孙丑之，故皆讳言，无知者。

【译文】

杭州人赵京，祖籍慈溪。他的弟弟赵某，为人正直严肃，结婚后，妻子有一个丫鬟很聪慧，但他从不与这丫鬟嬉笑亲近。哪知赵京却与这丫鬟暗中调情，弟媳一点也不知道。没多久，丫鬟怀了孕，赵弟的岳父怀疑是女婿干的，丫鬟也捏造谎言，诬蔑赵弟。赵弟分辩不清，一气之下，竟上吊死了。过了两年，赵京的父亲过生日，宾朋满座。宴席上，赵京与那丫鬟忽然倒在地上，口中念念有词，过了一夜，才慢慢苏醒过来。赵京自叙昨夜经历说：“我被抓到阴曹地府，与丫鬟一起被套上枷锁，推到阶下。一位头戴王冠的神君坐在大堂上首，将我弟弟传唤上来讯问，并与我们对质。我和丫鬟都低头认罪，没敢分辩。正在量刑的时候，忽然有人报告：‘赵尚书到！’大红帖子上写着‘年家眷弟赵文华顿首拜’。那个神君便整整衣冠，出门迎接，命令将我和丫鬟戴上枷锁，押到原来的地方。我抬头一望，看见大堂的柱子上有一副对联：‘人鬼只一关，关节一丝不漏；阴阳无二理，理数二字难逃。’后面署名‘会稽陶望龄题’。我正在反复细看时，差役报告说赵尚书已经告辞离去了。然后，神君将我和丫鬟叫上堂，训示说：‘本案理应按“奸情致死罪”减刑三等来判决，由于赵尚书前来说情，姑且将你们放回阳间。另外，你弟弟身为男子汉大丈夫，即使承认与丫鬟通奸，也没什么了不起，又何必上吊轻生？也太没用了！暂且宽恕你们，放回阳间。’”全家人听了赵京的叙述，都不知道赵文华为什么来庇护赵京。后来有一天，他们向族中老前辈问起此事，才知道赵文华是赵家第七世祖宗，由于他当年巴结逢迎奸相严嵩，后辈子孙都认为他是宗族耻辱，所以都有意回避隐瞒，使得后代不知此事。

毁陈友谅庙

赵公锡礼，浙之兰溪人，初选竹山令，调繁监利。下车之日，例应谒文庙及城隍神。吏启有某庙者，当拈香，公往视。庙有神像，三人雁行坐，俱王者衣冠，状貌颇庄严。问何神，竟无知者。公欲毁其庙，吏不可，曰："神素号显赫，历任官参谒颇肃，毁之恐触神怒，祸且不测。"公归搜志乘，祀典不载此神。乃择日朝吏民于庙，手铁锁系神颈曳之。神像瑰伟，非掊击不能去。公曳之，应手而倒，三像碎于庭中。新其屋宇，改奉关帝，久之竟无他异。公心终不释，乃行文天师府查之。得报牒云："神系元末伪汉王陈友谅弟兄三人，兵败死鄱阳湖。部曲散去，为立庙荆州。建于元至正某年，毁于国朝雍正某年赵大夫之手，合享血食四百年。"

【译文】

赵锡礼是浙江兰溪人，最初被任命为竹山县知县，调任大县监利县知县。到任那天，他按照惯例，拜谒了文庙和城隍神。他手下的官员报告说，还有一座庙也应该前去焚香祭拜。赵公便前往察看，只见这庙里有三座神像，并排坐着，都是帝王装束，神态庄重严肃。赵公问这是什么神，竟然没人知道。赵公打算拆毁此庙，手下的官员劝阻道："这座庙里供奉的神，历来都非常显赫，每届官员到任，都来虔诚地参拜，十分严肃。拆毁此庙，恐怕会触怒神灵，祸患将不可预测啊。"赵公回到县衙，找来方志和祀典，一一查找，都没有记载这些神。于是，赵公挑了个日子，召集官员和百姓到庙里去。赵公手拿铁锁链，套住神像的脖子，拽了起来。一般来说，供奉的神像形体魁伟，必须砸碎，才能搬走。可是，赵公将铁锁链一拽，那神像顿时就倒塌了。不一会儿，三座神像全被拉倒，粉身碎骨，散在庭中。然后，赵公重修庙宇，改奉关帝。过了好长时间，并没有发生什么异常。赵公仍然放心不下，便写了文书，到天师府查问究竟，得到回文说："这些神是元朝末年伪汉王陈友谅兄弟三人，他们兵败以后，死在鄱阳湖。他们的部下也七零八落地逃跑了，在荆州为三人建造了庙宇，将他们供奉为神。庙建于元朝至正某年，毁于清朝雍正某年赵大夫之手，前后祭祀四百年。"

（卷十译者　丛远东）

子不语卷十一

通　判　妾

徽州府署之东，前半为司马署，后半为通判署，中间有土地祠，乃通判署之衙神也。乾隆四十年春，司马署后墙倒，遂与祠通。其夕，署中老妪忽倒地，若中风状。救之苏，呼饥，与之饭，啖量倍于常。左足微跛，语作北音，云："我哈什氏也，为前通判某妾，颇有宠，为大妻所苦，自缢桃树下。缢时，希图为厉鬼报仇，不料死后方知命当缢死；即生前受苦亦皆数定，无可为报。阴司例：凡死官署者，为衙神所拘，非墙屋倾颓，魂不得出。我向栖后楼中，昨日袁通判到任，来驱我入祠，此后饥馁尤甚。今又墙倾，伤我左腿，困顿不可耐，特凭汝身求食，不害汝也。"自是妪昼眠夜食，亦无所苦，往往言人已往事颇验。先是，司马有爱女，卒于家，赴任时，置女灵位某寺中，岁时遣祭，皆妪所不知。司马见其能言冥事，问："尔知我女何在?"答曰："尔女不在此，应俟我访明再告。"翌日，语司马云："尔女在某寺中甚乐，所得钱钞，大有赢余，不愿更生人间。惟今春所得衣裳太窄小，不堪穿著。"司马大骇，推问衣窄之故，因遣家人往祭时，所制衣途中为雨毁，家人潜买市上纸衣代之故也。未几，新通判莅任，方修衙署，动板筑。妪曰："墙成，我当复归原处。但一入又不知何年得出，敢向诸公多求冥钱，夜焚墙角下。我得之赂衙神，便可逍遥宇内。"司马如其言焚之。次日，妪有喜色，曰："主人甚贤，无以为别，我善琵琶，且能歌，能饮酒，当歌一曲谢主人。"司马为设醴置琵琶。妪弹且歌云："三更风雨五更鸦，落尽夭桃一树花。月下望乡台上立，断魂何处不天涯。"音调凄惋。歌毕，掷琵琶瞑目坐。众再扣之。蹶然起，语言笑貌，依然蠢老妪，足亦不跛矣。内幕崔先生常与问答，其言饥时，崔云："此与府厨近，何不赴厨求食？"答云："府署神尤严，不敢入。"其言袁通判见驱时，崔云："袁通判上任大病，尔何必避？"答云："他虽病，未至死，将来还要升官。我敢不避！"袁通判者，余弟香亭也。

【译文】

徽州府衙的东部，前半部是司马署，后半部是通判署，两署中间隔着一个土地庙，里面供奉着通判署的衙神。乾隆四十年春天，司马署的后墙倒塌，这样，司马署就与土地庙相通了。这天晚上，司马署内的一个老太婆忽然倒在地上，像中风一样。经过抢救，她苏醒过来，一直喊饿，给她饭吃，饭量竟是平时的一倍。她左脚有点跛，用北方口音说道："我是哈什氏，是前任通判的小妾，深得通判宠爱。由于大夫人虐待，我就吊死在桃树下。我上吊时，原想变作恶鬼报仇，不料死后才知道我命该如此。也就是说，我生前受尽折磨，原是命中注定，没什么可报仇的。按照阴间的惯例，凡是死在官府里的人，死后要被衙神拘押，除非墙倒屋塌，鬼魂不得出屋。我一直住在后楼。前些时，袁通判到任，将我赶进土地庙；此后，我就非常饥饿。墙倒时，砸伤我的左腿，更使我又痛又累，坚持不住，只好附在你身上求取食物，并非要害你。”从此，她白天睡觉，夜里吃饭，也没什么烦恼，还常常谈起人家的往事，十分灵验。在此以前，司马有一个女儿，死在家中。司马来这儿赴任时，将女儿的灵位放在某寺中，逢年过节，都派人前去祭祀。这些情况，老太婆都不知道。司马见她能说阴间的事，就问她：“你知道我女儿在哪里吗?”她说：“你女儿不在这里，等我搞清楚，再告诉你。”第二天，老太婆对司马说：“你女儿在一座寺中，非常快乐，得到阴间钱钞，而且有大量盈余，她不愿再转世到人间。只是今年春天，你们送去的衣服太窄小了，穿着不合体、不舒服。”司马大惊，回去追问家人衣裳为何窄小。原来，当初派人前往祭祀时，所做的衣服在途中被雨水淋坏了，家人就悄悄到集市上买了纸衣代替，所以才发生衣服太小的事。不久，新通判到任，开始整修官府，夯地筑墙。老太婆说：“墙快修好了，我又得回原来的地方去。这一进去，不知何年哪月才能出来，还请各位多给些冥钱，夜里在墙角下烧化，我拿这些钱买通衙神，就能在庙里自由自在了。”司马按她的话烧了纸钱。第二天，老太婆面露喜色，说：“主人啊，你真是贤良！分别时没有东西相赠，我擅长弹奏琵琶，能唱歌，能喝酒。我就唱一曲答谢你吧!”司马又按她的话摆设酒席，并奉上一把琵琶。老太婆边弹边唱：“三更风雨五更鸦，落尽夭桃一树花。月下望乡台上立，断魂何处不天涯。”音调凄凉哀婉。唱完，她就扔掉琵琶，闭目静坐。众人再叫她时，她一下子跳了起来，言语笑貌又恢复成原来那蠢老太婆的模样，脚也不跛了。当初，府衙里的崔先生经常与附在老太婆身上的鬼谈话。她喊饿时，崔先生就问：“这里离厨房这么近，你为什么不去要点吃的?”她说：“这儿的衙神十分厉害，我不敢私闯厨房。”当说到她被袁通判赶回庙里时，崔先生问：“袁通判刚刚上任，就大病一场，你又何必躲避他呢?”她说：“袁通判虽然生病，还不至于死，将来还要升官。我哪敢不躲着他呢?”他们所说的袁通判，就是我弟弟袁香亭。

刘贵孙凤

阜阳王尹，遣家人刘贵偕役孙凤至江宁公干。凤素强悍，好管世上不平事。正月二日，贵邀凤晨饮淮清桥，凤于稠人中戟手骂曰：“新岁非索债之时，酒店非肆殴之地，渠可欺，我不可欺！”为扯拽卫护之状。同伴不解其故，方欲问之。凤忽瞑目，云：“彼负我债，我迟至数十年，踪迹七千余里，今才获之，干汝何事，乃为放去？汝既放彼，汝当代偿！”语毕，自批其颊。众共持之。俄而口涎目瞪，颓然倒地。众舁之旋寓。少顷苏，云：“我入店，见市中一人，额有血痕，状类乞丐。手捽一儒生讨债，捶吐交下。儒生不胜痛，遍向市人求救，无一应者。我心不平，忿然大骂，其人惊，释手，儒生趋避我右，其人来夺，我拳挥之。格斗间，儒生遂走，不知所往。不料索债人遂为我祟，然彼时不备，故为所欺。今若再来，当痛捶之。”因以马鞭自卫。众见其无恙，稍稍散去，惟贵与同处。抵暮，凤语贵曰：“其人至门外矣。”方执鞭欲起，而手足皆若被缚，批颊詈骂如前。贵窘，揖凤而言曰：“汝为何人？渠负汝何债？我当代偿。”凤曰：“我名王保定，儒生名朱祥，前世负我身债，非钱债也。本与凤无干，凤不合强预他人事，故我怒而凌之。承汝代偿，果丰足我勾当，我即去；否则并将及汝。”贵大恐，广集同伴，买冥镪数万。烧毕，乃向贵拱手作谢状曰：“十年后再获儒生，还须拉凤作证。”

于是凤苏，起而神色散瘁，无复从前矫健矣。

【译文】

阜阳人王尹，派家人刘贵跟着差役孙凤一起到江宁去办公事。孙凤一向刚直强悍，好打抱不平。正月初二早晨，刘贵请孙凤去淮清桥喝酒。突然，孙凤在人群中指手划脚，大骂起来："新年不是要债的时候，酒店也不是你肆意逞凶的地方。他可欺，我不可欺!"一边说，一边做出拉扯、护卫的动作。同伴不明白孙凤为什么变成这样，正想问他，只见孙凤闭上眼睛，说："他欠我的债已经几十年了，我找他找了七千多里路，今天才找到，关你什么事，你却将他放走了。你既然放了他，就替他还债吧。"说完，他打起自己的耳光，众人急忙上前去拉。一会儿，孙凤口吐白沫，瞪着眼珠，瘫在地上，众人只得将他抬回旅店。不久，孙凤醒来，说："我进酒店后，看见集市上有个人，额头上带着血痕，像个乞丐，他拽着一个书生讨债，边打边唾口水。那书生疼痛难忍，向集市上的人求救，却没一个人管。我看不下去，心中不平，气得骂起来。那人吃了一惊，放了手，书生就躲到我身后。那人追过来拽，让我一顿拳脚给拦住了。我跟他格斗时，书生溜走了，不知去向。不料，要债的那家伙附在我身上作怪。上次我没准备，被他欺辱一番；如果他再来，我就狠狠教训他!"于是，孙凤准备了一根马鞭，用以自卫。众人见他没事，就走了，只剩下刘贵与孙凤在一起。到了傍晚，孙凤对刘贵说："那家伙已在门外了。"说完，拿起鞭子就想起身，但他的手脚好像受了束缚，一边自打耳光，一边大骂，跟上次一样。刘贵害怕极了，对"孙凤"作了个揖，问："你是什么人，他欠了你什么债? 让我替他偿还吧。""孙凤"说："我叫王保定，书生叫朱祥。上一世，朱祥欠了我身债，并不是钱债。本来，这件事与孙凤无关，他不该多管闲事，所以我恼恨他，揍了他。承蒙你代他还债，如果够数，我就走，否则连你一起收拾。"刘贵吓坏了，把同伴们全都找来，买了好几万冥钱。烧完后，"孙凤"向刘贵拱手作谢："十年后，我找到那书生，还得拉孙凤作证。"这时，孙凤醒来，站起身，神色沮丧疲惫，再也不像以前那样雄赳赳、气昂昂了。

狐　诗

汝宁府察院多狐，每岁修葺，则狐四出为闾阎害，工竣即息。学使至，多为所扰。卢公明楷到任，祭之乃安。从此成例，学使至，皆祭。署后小阁，相传狐所居，后学使至，有二仆不知，榻其上。晨起，人闻呼号声，往视，则二仆裸缚阁下，臂上各写诗二句，其一臂云："主人祭我汝安床，汝试思量妨不妨。"一臂云："前日享侬空酒果，今朝借尔代猪羊。"

【译文】

汝宁府察院里有许多狐精，每年逢到察院修整房屋，狐精们就四出活动，在大街小巷为害作怪。等到房屋修整完毕，狐精也就不再闹事了。每届学使上任后，大多受到干扰。卢明楷到任后，祭祀狐精，这才安静下来。从此，这种做法就成为惯例，每届学使到任，都要到府衙后面的小阁楼上祭狐。据说，这小阁楼正是狐精居住的地方。后来，有一位学使上任，他的两个仆人不知道这里的情况，就在小阁楼上放了床榻睡觉。早晨，人们起身后，听到呼喊声，就跑去察看，只见两个仆人赤身裸体，被捆绑在楼下，两人胳膊上分别写着两句诗。一人胳膊上写着："主人祭我汝安床，汝试思量妨不妨。"另一人胳膊上写着："前日享侬空酒果，今朝借尔代猪羊。"

大小绿人

乾隆辛卯，香亭与同年邵一联入都。四月二十一日至栾城东关，各店车马填集，惟一新开店无客，遂投宿焉。邵宿外间，香亭宿内间。漏初下，各就榻，燃灯隔壁遥相语。忽见长丈许人，绿面绿须，袍靴尽绿，自门入。其冠擦顶槅纸，捽捽有声。后又一小人，高不满三尺，头甚大，亦绿面绿衣冠，共至榻前，举袖上下作舞状。香亭欲呼而口噤，耳中闻邵语言，竟不能答。正惶惑间，见榻旁几上又倚一人，麻面长髯，头戴纱帽，腰束大带，指长人曰："此非鬼也。"指大头者曰："此鬼也。"又向二人挥手作语。二人点头，各向香亭拱手，每一拱手，则倒退一步。三拱三退出，纱帽者亦拱手而没。香亭遽起，方欲出户，邵亦狂呼突起，奔而入，口称怪事不绝。香亭谓邵："亦见大小绿人耶?"邵摇手曰："否，否，方就枕时，觉床侧小屋内阴风习习，冷侵毛发，不能成寐，因与公相语。继呼公不答，见屋内有大小人面若盂若盎者数十，来去无定。初疑眼花，不之怪。忽大小人面层叠堆门限中，上下皆满。又一巨面，大如磨盘，加于众面之上，皆视我而笑。乃投枕起，不知所谓绿人也。"香亭亦告以所见，遂彼此不秣马而行。及明，闻二仆夫啧啧私语云："昨宵所宿鬼店也，投宿者多死。否则病疯佯狂。县官疲于相验，禁闭已十余年。昨一宿无恙，岂怪绝耶?抑二客当贵耶?"

【译文】

乾隆三十六年，我弟弟袁香亭与邵一联同赴京城，他二人是同一年考中举人的。四月二十一日，他们到达栾城东门，那里的每个客店都已住满，只有一家新开的客店没人住，于是，他们就前去投宿。邵一联住在外间，袁香亭住在里间。初更时分，各自上床就寝，点着灯，隔着房间聊天。忽然，有个一丈多高，绿脸绿胡子、穿绿袍绿靴的人走进门，因为个子高，他戴的帽子碰到屋顶的隔纸，哗哗直响。他身后跟着一个小矮人，身高不足三尺，脑袋特大，也是绿脸、绿衣、绿帽。这二人一起来到床前，举起袖子，上下舞动。香亭想喊，却出不了声，听见邵一联讲话，他自己却说不出。正在恐慌疑惑时，香亭又看见床前桌旁倚着一人，麻脸，胡子很长，头戴纱帽，腰系大带，指着高个子说："这个不是鬼。"又指着大头说："这个才是鬼。"然后又向那二人招手说话，二人点头，向香亭拱手作揖，作一揖，退一步，作了三揖，就退出房去。那个戴纱帽的，也作揖告辞，一下子就不见了。香亭猛然跳起来，正想出门，邵一联也大喊着跳下床，跑了进来，连叫："怪事，怪事。"香亭问："你见到大小两个绿人吗?"邵一联摇摇手，说："没见到。我正要睡觉时，感到床边小屋里阴风习习，冷得让人毛骨悚然，不能入睡。我就与你讲话，喊你，你没答应。我看见屋内有几十个大大小小的人走来走去，飘忽不定，他们的脸像盆罐一样。我原以为自己眼花，也不在意，过一会儿，却见大大小小的人脸层层叠叠，堆在门框里，上上下下，到处都是。其中有一张脸，大得像磨盘，在所有脸的最前面，他们都朝着我笑。我只得扔掉枕头，连忙起身，并不知道什么绿人。"香亭就把自己见到的情形，告诉了邵一联。两人当即顾不得喂马，就赶紧上路了。天亮后，他们听到两个仆人在悄悄议论："昨夜我们住的店是鬼店，在那儿过夜的人，大多数都死了。即使活着，也是疯疯癫癫的。县令因为验尸断案，被搞得筋疲力尽，已将该店封闭了十几年。昨夜一宿，我们竟安然无恙，难道不是很奇怪吗? 说不定，这二位客官命中注定是大贵人呢!"

红　衣　娘

刘介石太守，少事乩仙。自言任泰州分司时，每日祈请来者，或称“仙女”，或称“司花女”，或称“海外瑶姬”，或称“瑶台侍者”，吟诗鄙俚，不成章句；说休咎，一无所应。署后藕花洲上有楼，相传为秦少游故迹。一夕登楼书符，乩忽判“红衣娘”三字，问以事，不答，但书云：“眼如鱼目彻宵悬，心似酒旗终日挂。月光照破十三楼，独自上来独自下。”太守见诗觉异，请退。次夕复请，又书“红衣娘来也”。太守问：“仙属何籍？诗似有怨，且十三楼非此地有也，何以见咏？”又书曰：“十三楼爱十三时，楼是楼非那得知，寄语藕花洲上客，今宵灯下是佳期。”书毕，乩动不止。太守惧，弃盘，奔就寝榻，见二婢持绿纱灯引红衣娘冉冉至矣。拔剑挥之，随手而灭。自是每夕必至，不能安寝。数月后迁居始绝。

【译文】

刘介石知府年轻时喜欢扶乩占卜。他说他当初任泰州分司时，每天都求神请仙。被请来的神仙，有的自称“仙女”，有的自称“司花女”，有的自称“海外瑶姬”，还有的自称“瑶台侍者”。这些神仙所吟诵的诗句十分粗俗，不成章法；所讲的善恶报应，一点不灵。当时，衙署后面的藕花洲上有座楼，相传秦少游曾经来过。一天晚上，刘知府上楼扶乩，乩盘上忽然出现“红衣娘”三字，刘知府问究竟指什么，却得不到回答，只见乩盘上写道：“眼如鱼目彻宵悬，心似酒旗终日挂。月光照破十三楼，独自上来独自下。”刘知府看了这首诗，觉得十分奇怪，就请神退位。第二天晚上，他又请神，乩盘上又出现“红衣娘来也”的字样。刘知府问：“你究竟是哪路神仙？从你昨天写的诗来看，你似乎有什么怨恨；而这儿也没有什么十三楼，为什么你在诗中吟咏呢？”这时，又见写道：“十三楼爱十三时，楼是楼非哪得知。寄语藕花洲上客，今宵灯下是佳期。”写完，乩动个不停。刘知府害怕极了，扔下乩盘，直奔卧室，却看见两个奴婢举着绿纱灯，引导着红衣娘飘然而来。刘知府拔剑砍去，红衣娘立刻消失。从此，红衣娘每夜必来，搞得刘知府不得安宁。几个月以后，刘知府搬家，才得以解脱。

秀民册

丹阳荆某，应童子试，梦至一庙，上坐王者，阶前诸吏捧册立，仪状甚伟。荆指册询吏何物，答曰："科甲册。"荆欣然曰："为我一查。"吏曰："可。"荆生平以鼎元自负，首请鼎甲册，遍阅无名。复查进士、孝廉册，皆无名，不觉变色。一吏云："或在明经秀才册乎?"遍查亦无。荆大笑曰："此妄耳。以某文学，可魁天下，何患不得一秀才!"欲碎其册。吏曰："勿怒，尚有秀民册可查。秀民者，皆有文而无禄者也。人间以鼎甲为第一，天上以秀民为第一。此册为宣明王所掌，君可向王请之。"如其言，王于案上出一册，黄金丝穿白玉牒，启第一页，第一名即丹阳荆某。荆大哭。王笑曰："汝何痴也！汝试数从古有几个名状元、名主试乎？韩文公孙衮中状元，人但知韩文公，不知有衮。罗隐终身不第，至今人知有罗隐。汝当归而求之实学可耳。"荆问："科第中皆无实学乎?"王曰："既有文才，又有文福，一代不过数人，如韩、白、欧、苏是也。此其姓名别在紫琼宫上，与汝尤无分也。"荆未对。王拂衣起，高吟曰："一第区区何足羡，贵人传者古无多。"荆惊醒，快快，卒不第以终。

【译文】

丹阳人荆某，参加秀才考试，晚上做梦见自己走进一座寺庙，殿上坐着王爷模样的人，台阶下众官吏捧着簿子，分立两旁，情形十分庄严。荆某指着簿子问："这是什么？"一个官吏回答说："是考中者的花名册。"荆某高兴地说："替我查一查吧。"那官吏说："可以。"荆某一直自负，认为准能考中前三名，就要求先看状元、榜眼、探花的花名册，可查遍了，也不见他的名字；再查进士、举人的花名册，还是没有他。荆某的脸色不知不觉地变了。另一官吏对他说："或许在贡生、秀才的花名册里吧。"再查，还是没有。荆某大笑道："这都是假的！凭我的文才，可以名冠天下，还怕考不上一个秀才吗？"说着，就要撕这些花名册。官吏劝道："不要发怒，还有秀民册可以查看。秀民，是指有文才却无官运的人。人间把状元作为第一，天上把秀民作为第一。秀民册由宣明王掌管，你可以去找宣明王查询。"荆某就去问坐在殿上的宣明王，宣明王从桌上拿起一本簿子，这簿子是用白玉做的书页，用黄金做的丝带。宣明王打开一看，第一页第一名就是丹阳县荆某。荆某不禁放声大哭，宣明王却笑着说："你怎么如此痴心呢？你不妨数数看，从古到今，有几个出名的状元？又有几个出名的主考官？韩愈的孙子韩衮考中了状元，但后人只知道有韩愈，不知道有韩衮。罗隐一生没考取，可今人都知道有个罗隐。你还是回去做踏踏实实的学问吧。"荆某问："难道中举及第的人，都没有真才实学吗？"宣明王说："既有文才，又有文福的，一代也不过几个人，像韩愈、白居易、欧阳修、苏轼就是。这些人的姓名，另外登记在紫琼宫，你就没有这份福气啰！"荆某无言以对，宣明王一甩袖子生气地站起来，高声念道："一第区区何足羡，贵人传者古无多。"荆某这才惊醒过来，闷闷不乐。果然，荆某到死也没考上。

妓　仙

苏州西碛山后有云隘峰，相传其上多仙迹，能舍身而上，不死即得仙。有王生者，屡试不第，乃抗志与家人别，裹粮登焉。再上，得平原，广百亩许。云树蓊郁中，隐隐见悬崖上有一女子，衣装如世人，徘徊树下。心异之，趋而前，女亦出林相望。迫视，乃六七年前所狎苏州名妓谢琼娘也。彼此素相识，女亦喜甚，携生至茅庵。庵无门，地铺松针，厚数尺，履之，绵软可爱。女云："自与君别后，为太守汪公访拿，褫衣受杖，臀肉尽脱。自念花玉之资，一朝至此，何颜再生人间，因决计舍身。辞别鸨母，以进香为词，至悬崖，奋身掷下，为萝蔓纠缠，得不死。有白发老妪，食我以松花，教我以服气，遂不知饥寒。初犹苦风日，一岁后，霜露风雨都觉无怖。老母居前山，时相过从。昨老母来，云：'今日汝当与故人相会。'以故出林闲步，不意获见君子。"因问汪太守死否，生曰："我不知。卿仙家，亦报怨乎？"女曰："我非汪公一激，何能至此，当感不当报。但老母向我云：'偶游天庭，见杖汝之汪太守，被神笞背数其罪。'故疑其死。"生曰："妓不当杖乎？"女曰："惜玉怜香而心不动者，圣也；惜玉怜香而心动者，人也；不知玉，不知香者，禽兽也。且天最诛人之心；汪公当日为抚军徐士林有理学名，故意杀风景以逢迎之，此意为天所恶。且他罪多，不止杖妾一事。"生曰："我闻仙流清洁，卿落平康久矣，能成道乎？"女曰："淫媟虽非礼，然男女相爱，不过天地生物之心。放下屠刀，立地成佛，不比人间他罪难忏悔也。"生具道来寻仙本意，且求宿庵中。女曰："君宿何妨，但恐仙未能成也。”因为生解衣置枕，情爱如昔，而语不及私。生摸视其臀，白腻如初，女亦不拒；然心稍动，则女色益庄。门外猿啼虎啸，或探首于窦，或进爪于门，若相窥者。生不觉息邪心，抱女端卧而已。夜半，闻门外呵咤声，舆马驺从、贵官显者，往来不绝。生怪之，女曰：“此各山神灵酬酢，每夕多有，慎勿触犯。”及天明，女谓生曰：“君诸亲友已在山下访寻，宜速返。”生不肯行，女曰：“仙缘有待，君再来未晚。”送至崖，一推而堕，生迴望，见女立云雾中，情殊依依，逾时影才灭。生踉跄奔归，见其兄与家人持楮镪，哭奠于山下，谓生死已二十七日矣，故来祭奠。访汪太守，果以中风亡。

【译文】

苏州西碛山后，有座云隘峰，相传这山上有许多仙人踪迹，如果谁能舍命攀登，不死就能成仙。有个姓王的书生，屡考不中，就放弃做官的志向，告别家人，带着干粮去登山。登上峰顶，只见一片平地，大约有一百多亩。透过一片蓊郁葱茏、耸入云端的树林，王生隐隐约约望见悬崖上有个女子，穿着和世人一样，在树下徘徊。王生诧异，赶忙走上前，那女子也走出树林来看。王生走近一瞧，原来是六七年前与他相好的苏州名妓谢琼娘，彼此早就相识，关系很亲密。那女子见到王生，十分欣喜，将他领到一间茅屋。茅屋没有门，地上铺着松针，有好几尺厚，踏上去，软绵绵的，非常舒适。谢琼娘说：“自从与你分别，我被汪知府抓去，扒了衣服，遭受杖刑，屁股被打得血肉模糊。想想这如花似玉的身子，竟被打成那副样子，我还有什么脸面活在人间，就决定舍生赴死。我告别鸨母，以进香为名，来到悬崖前，纵身跳下去，结果却被藤条缠住，没有摔死。后来，有位白发苍苍的老婆婆，用松花喂我，教我运气。从此，我就不知道什么叫饥饿，什么叫寒冷了。起初，我还受不了风吹日晒。一年后，我就觉得霜露风雨都不再可怕。那老婆婆住在前山，我们时常互相探望，关系很好。昨天，她来告诉我，说我今天会遇到老朋友。因此，刚才出树林走走，没想会是见到你。”接着她问起汪知府死没死，王生说：“我不知道。你现在已经得道成仙，还想报仇吗?”谢琼娘说：“如不是汪知府逼我，我怎么会来这儿呢？感谢还来不及，怎么会报仇呢？可那老婆婆对我说，她一次偶然到天庭，看见天神正在杖打汪知府，一边打他的背脊，一边数落他的罪行。所以，我怀疑汪知府已经死了。”王生问：“是不是妓女不该责打?”谢琼娘说：“怜香惜玉而不动心的人，是圣贤；怜香惜玉而又动心的人，是普通人；不懂得怜香惜玉的家伙，是禽兽！况且上天最要诛灭的就是人的坏心。当年，汪知府见巡抚徐士林有点理学名气，就故意责打妓女以迎合他，上天对此十分憎恨。况且他还有许多别的罪过，并不只是打我这件事。”王生说：“我听说神仙都是清净高洁的人，你流落烟花这么久，能成道成仙吗?”谢琼娘说：“淫欢作乐虽然不合礼数，但男女相爱，本是天地之间一切生物的本性。放下屠刀，立地成佛，这比起人间的其他罪过，是容易悔改的啊。”接着，王生向她说明登山的目的是想寻仙，求她允许住在茅屋中。谢琼娘说：“住这儿没问题，但恐怕你一时半会儿还成不了仙。”于是，她就为王生宽衣放枕，二人情意绵绵，如同往昔，只是不提云雨之事。王生抚摸她的臀部，仍然和当初一样，又白又细，谢琼娘也不抗拒。王生愈是动情，谢琼娘的神情就愈庄重。这时，门外猿啼虎啸，有的在小洞中探头探脑，有的把爪子伸进门，像是来窥视的。王生不知不觉息了邪念，拥抱着谢琼娘，规规矩矩地睡了。到半夜，王生听见门外有一阵阵呵斥声，还看见车马仆从，达官显贵来往不断。王生感到奇怪，谢琼娘告诉他：“这是各山神仙互相串门应酬，夜夜如此，你小心谨慎些，不要冒犯他们。”天亮后，谢琼娘对王生说：“你的亲友们已在山下找你很久了，你还是赶快回家吧。”王生不肯走，她又说：“仙缘还要等待，等你尘缘脱尽，再来不晚。”就将王生送到悬崖前，一把将他推下山。王生回头望去，只见谢琼娘站在烟雾缭绕之中，脉脉含情，依依不舍，过了好久，那人影才消失。王生跌跌撞撞往家跑去，只见他兄长正拿着纸钱，在山下痛哭着祭奠他，还说他已死了二十七天，所以才来祭奠。后来，王生去打听汪知府的情况，汪知府果然已经中风死了。

李百年

无锡张塘桥华协权者，与好事数人设乩盘于家，其降鸾者曰“仲山王问”，仲山，故明进士，锡之闻人也。众因与酬答，出语蹇涩，诗亦不甚韵，每召辄至。时华方构一楼，请仙题其扁。仙曰：“无锡秦园有扁曰‘聊逍遥兮容与’，此可用乎？”众疑此语出屈子，而必曰秦园，不似仲山语也。一日者，与众答问方欢，忽书：“吾欲去矣。”问何之，曰：“钱汝霖家见招赴席。”乩遂寂然。钱汝霖者，亦里中人，所居去张塘桥不二三里。众因怪而侦之，则是日以病故祷神也。明日，仙复至。华因问：“昨饮钱家乎？”曰：“然。”“盛馔乎？”曰：“颇佳。”众嘲之曰：“钱乃祷神，非请仙也，所请者城隍土地之属，岂有高人王仲山而往赴席乎？”仙语塞，乃曰：“吾非王仲山，乃山东李百年耳。”问：“百年何人？”曰：“吾于康熙年间在此贩棉花，死不得归，魂附张塘桥庵。庵有无主魂与我共十三人，皆无罪孽，无羁束，里中之祷者，皆吾辈享之。”华曰：“所祷城隍诸神，俱有主名；若既无名，何得参与其间？”曰：“城隍诸神，岂轻向人家饮食？所祷者都是虚设，故吾辈得而享焉。”华曰：“无名冒食，天帝知之，恐加罪，奈何？”曰：“天上岂知有祷乎？是皆愚民习俗之所为，即鬼祟索食，间或有之，究无关于生死也。况我非索之，而彼自设之，而我享之，何忤于天帝？即君家茶酒，亦非我索之也。”曰：“既如此，子何必托名于王仲山耶？”曰：“君家檐头神执符来请，彼不敢上请真仙，所请者皆我辈也。十三人中惟吾稍识几字，故聊以应命。使直书姓名曰李百年，君等肯尊奉我乎？我见此处人家扁额，多仲山王问书，知为名人，故托其名来耳。”问“‘聊逍遥兮容与’六字何出？”曰：“吾但于秦家园见之，不知所出，道听涂说，见笑大方矣。”华曰：“子既无羁束，何不归山东？”曰：“关津桥梁，是处有神，非钱不得辄过。”华曰：“吾今以一陌纸钱送汝归，何如？”曰：“唯唯，谢谢。既见惠，须更以一陌酹于桥神。不然，仍不获拜赐也。”时华之侄某在旁，曰：“吾早暮过桥上，汝得无祟我乎？”曰：“顷吾言之矣，鬼安能为祟？”于是焚楮锭送之，而毁其乩焉。

【译文】

无锡张塘桥有个叫华协权的人，经常与几个好热闹的朋友在家扶乩占卜。这一天，被请来的仙人自称“仲山王问”。王仲山是已故明朝进士，无锡这一带的名人。众人就与仙人互相问答起来，但仙人说出话来，文理不通，晦涩难懂，作诗也不怎么讲音韵。不过，他们每次设盘扶乩，这仙人一请就到。当时，华协权家正在修楼，就请仙人为楼题匾。仙人写道：“无锡秦园有块匾是‘聊逍遥兮容与’，这一句还行吗？”众人感到疑惑：这句话明明出自屈原，可他却说秦园，不像王仲山该说的话。有一天，扶乩问答正热闹时，这仙人忽然写道：“我要走了。”众人问他去哪儿，他写道：“钱汝霖家正在摆酒席请我呢！”乩盘随即停下来，不再动了。钱汝霖也是这一带的人，住地距张塘桥不过二三里。众人觉得奇怪，就悄悄到钱家探听虚实，原来这一天，钱家因为有人生病，正在祭神求福。第二天，这仙人又被请到华家，华协权就问："昨天去钱家喝酒了？""是啊。""菜肴丰盛吗？""相当不错。"众人嘲笑他："钱家是请神祈祷，又不是请仙。他家请的，都是城隍神、土地神，哪有高人王仲山前往赴宴的道理？"仙人一时被问得答不出话，过了一会儿，才说："我本不是王仲山，我是山东的李百年。"众人齐问："李百年是什么人？"他答道："我于康熙年间在此地贩卖棉花，死后没能回山东，灵魂就附在张塘桥的庵里。庵内有不少无主魂，加上我，一共十三个，都没有罪过，也没人管束。这一带人们祭祀的供品，都被我们享用了。"华协权问："各家祭献城隍等神的供品，都写明了神的名号。你们这帮无名的鬼魂，人家根本就没有祭献供品给你们，你们怎么能混在其中呢？"李百年说："城隍等神怎么会轻易接受世人的供品呢？那些祭祀祈祷所用的供品，不过是摆设而已，所以我们才能享用。"华协权又问："你们冒名顶替，享用世人祭神的供品，万一天帝知道，恐怕会治罪。到那时，你们又怎么办呢？"李百年说："天上怎会知道哪儿有求神祭祀的事呢？这都是百姓的习俗，即使鬼魂偶尔冒充神灵，吃些酒菜，也不过小事一桩，无关生死。况且，这酒菜又不是我们强行索要的，而是人们自己供献的，我享用一下，又怎会冒犯天帝？就拿你这里的茶酒来说，也不是我要来的呀。""既然如此，你又何必冒充王仲山呢？""你们家的檐头神，不敢上天去请真仙，就拿着乩符来找我们这类人。十三人中，只有我略识几个字，所以才勉强前来应付。要是我直接写出我的名字李百年，你们还会尊奉我吗？我看见这一带人家的匾额，大多是王仲山题写，知道他必是名人，因此就冒名前来。""那么'聊逍遥兮容与'六字又出自何处呢？""我只在秦家后园中见过，不知出自何处。道听途说，让你们见笑了。"华协权又问："既然无人管束，为何不回山东？"李百年答："各处关隘、渡口、桥梁，都有众神把守，没钱根本过不去。"华协权说："我现在给你一百纸钱，送你回山东，怎么样？""当然好，谢谢你！既然你对我这样恩惠，那就再请你拿一百纸钱祭祭桥神，否则，我就得不到你给的纸钱。"这时，华协权的侄子正在一旁，就问："我每天早晚过桥，你不会对我作怪吧？”李百年忙说：“我刚才说过，鬼怎么能作怪呢？”于是，华协权就焚烧纸锭送李百年。随后，他毁了乩盘，不再扶乩占卜了。

医　　妒

轩辕孝廉，常州人，年三十无子。妻张氏奇妒，孝廉畏如虎，不敢置妾。其座主马学士某怜之，赠以一姬。张氏怒，以为干我家事，我亦设计扰其家。会学士丧偶，张访得某村女，世以悍闻，乃贿媒妪，说马娶为夫人。马知其意，欣然往聘。婚之日，妆奁中有五色棒一条，上书“三世传家”，捣藁砧者也。合卺毕，群姬拜见。夫人问：“若辈何人？”曰：“妾也。”夫人叱曰：“安有堂堂学士家，而有礼当置妾者乎？”即棒群姬。马命群姬夺其棒，齐殴之。夫人力不胜，逃入房，骂且哭。群姬各击锣鼓乱其声，如无闻焉者。夫人不得已，扬言将自尽。则侍者备一刀、一绳，曰：“老爷久知夫人将有此举，故备此不堪之物奉赠。”已而群姬各敲木鱼，诵枉生咒，愿夫人早升仙界，声嘈嘈然。夫人寻死之说又如无闻焉者。夫人故女豪，自分虚疑恫喝，计已尽施，无益，乃转嗔作喜，请学士入，正色曰：“君真丈夫也，我服矣。我所行诸策，亦祖奶奶家传，吓世间妄庸男子，非所以待君。嗣后请改事君，君亦宜待我以礼。”学士曰：“能如是乎，夫复何言。”即重行交拜礼，命群姬谢罪叩头，并取田房账簿，一切金币珠翠，尽交夫人主裁。一月之间，马氏家政肃雍，内外无间言。张氏于学士成亲日，即使人往探，召而问之，闻见群妾矣，曰："何不棒之！"曰："斗败矣。"曰："何不骂且哭！"曰："锣鼓声喧，无所闻。"曰："何不寻死！"曰："早备刀绳，且诵枉生咒送行矣。""然则夫人如何？"曰；"已服礼投降。"张大怒，骂曰："天下有如此不中用妇人乎！殊误乃娘事。"初学士赠姬时，群门生具羊酒往贺轩辕生，有平素酗酒者与焉。饮方酣，张氏自屏后骂客，客皆隐忍。酗酒者直前握张氏发，批其颊，曰："汝敬轩辕兄，是我嫂也；汝不敬轩辕兄，是我仇也。门生无子，老师赠妾，为汝家祖宗三代计耳。我今为汝家祖宗三代治汝，敢多一言者，死我拳下！"群客争前攘劝，始得脱，然裙裂衣损，几露其私焉。张素号"母夜叉"，一旦凶威大损，愈恨马学士，计惟毒苦其所赠姬以抒愤。而姬阴受学士教，一味顺从，虽进门，不与轩辕生交一言。以故张虽笞骂屡加，未忍致之于死。居亡何，学士手百金赠轩辕生曰："明春将会试，生宜持此盘费早入都。"生以为然，归辞张氏。张氏虑其居家狎妾，喜而许之。生甫登舟，马遣人迎至家，扃后园中读书；而阴遣媒妪说张氏，趁轩辕生外出，盍卖其妾。张曰："此吾心也。然卖必远方，方无后患。"妪曰："易易。"俄而有陕西卖布客，丑且胡，背负三百金来，呼姬出见，喝采不已，即成交易。张氏余怒未消，褫其衫履，一簪不得着身。姬乘竹轿过北桥，大呼："我不远出！"跳身河中。学士早备小舟迎至园，与轩辕生同室矣。张氏闻姬投河死，方惊疑，而陕客已蹋门入曰："我买人，非买鬼。汝家卖妾，未曾说明，何得逼良为贱，欺我异方人！速还我银。"怒且骂。张氏无以答，畀原银三百两去。越一日，有白发蓝缕男妇两老人号哭来曰："马学士将我女赠汝家为妾，女今安在？生还我人，死还我尸。"张氏无以答。则撞头拚命，打碗掷盘，满屋无完物矣。张苦求邻佑，赠以财帛，劝解去。又一日，武进县捕役四五人狞狞然，持硃字牌来曰："事关人命，请犯妇张氏作速上堂。"投铁链几上，铿然有声。张问故，初犹不言，以银贿之，方曰："某姬之父母在县告身死不明事也。"张愈恐，私念："我丈夫在家，则一切事让他抵当，何至累我一妇人出乖露丑，堂上受讯耶？"方深悔从前待夫之薄，御妾之暴，行事之误，女身之无用。自怨自恨间，忽有戴白帽跟跄奔呼而至者曰："轩辕相公到芦沟桥，暴病死矣。我骡夫也，故来报信。"张氏大恸，不能言。诸捕役曰："他家有丧事，我辈且去。"张氏成服治丧。未数日，捕役又至。张氏乃招讼师，谋缓其狱，典妆奁卖屋，贿书差捺搁此案。讼事小停，家已荡然，日食不周矣。前媒妪又来曰："夫人一苦至此，又无公子可守，奈何？"张心动，取生年月日，命瞎姑算之。瞎姑曰："命犯重夫，穿金戴珠。"张氏语媒妪曰："改嫁，命也。我敢违命乎？但我自行主婚，必须我先一见所嫁者而后可。"妪引一美少年，盛饰与观曰："此某公子也，候选员外郎。"张大喜，摒挡衣饰，未满七七，即嫁少年。方合卺，忽房内一丑妇持大棒出骂曰："我正妻大奶奶也！汝何处贱婢，敢来我家为妾！我断不容。”直前痛殴之。张悔被媒给，又私念：“此是我当日待妾光景，何乃一旦身受此惨，报复之巧，殆天意耶?”饮泣不能声。诸宾朋上前劝丑妇去曰：“且让郎君今日成亲，有话明日再说。”于是诸少年秉花烛引张氏入卧室，甫揭帘，见轩辕生高坐床上，大惊，以为前夫显魂，晕绝于地，哭诉曰：“非我负君，实不得已也。”轩辕生笑摇手曰：“勿怕，勿怕！两嫁还是一嫁。”抱上床，告以自始至终中马老师之计。张初犹不信，继而大悟，且恨且惭。于是修德改行，卒与某村妇同为贤妻。

【译文】

轩辕举人是常州人，年已三十，膝下无子。他妻子张氏是个妒忌心很重的人，轩辕怕她如怕老虎，一直不敢纳妾。举人的老师马学士同情他，就送了一个妾给他。张氏气急败坏，心想：“你干涉我的家事，我也想法搅乱你家。”正巧，马学士的妻子死了，张氏打听到某村有个女子，以蛮横暴躁闻名乡里，就贿赂媒婆，让媒婆怂恿马学士娶这女子为妻。马学士知道这是张氏的诡计，装着很高兴的样子，前去求婚。结婚那天，这女子梳妆匣中有一根五色棒，上面写着“三世传家”，原来是专门打丈夫的棍子。婚礼结束，姬妾们前来拜见新夫人。夫人问：“你们是什么人?”回答说：“是妾。”夫人大声叱骂：“堂堂学士礼仪之家，哪有违礼纳妾的道理?”当即取出棒，责打姬妾。马学士命令姬妾们夺过棍子，一起狠狠揍夫人。夫人招架不住，慌忙逃入房中，又哭又骂。众姬妾却敲锣打鼓，比她的哭闹声还响，人们根本听不到她的叫骂。夫人无可奈何，扬言要自杀，马学士就让仆人送去一把刀，一条绳，说：“老爷早知夫人有这一招，所以准备好这些东西送给你。”立刻，众姬妾又敲起木鱼，念起往生咒，愿夫人早升仙界，一片嘈杂之声。众人根本不理会夫人寻死的事。夫人不愧是女中豪杰，暗自思量：

"我原不过是虚张声势，吓唬他们而已，现在计谋用尽，却毫无效果。"于是，她转怒为喜，请马学士进房，神情严肃地说："你真是个大丈夫，我佩服你！我刚才玩的这几招，是我祖奶奶家传的，用来吓唬世上的平庸男子，并不是用来对付你的。从今以后，请容许我改正，好好侍奉你，也请你能以礼待我。"马学士说："你能这样做，我还有什么可说的呢？"随即，二人重新行过交拜礼，马学士命姬妾叩头谢罪，并拿出田房账簿和所有金钱珠宝，交给夫人掌管。一月之间，马家家政严肃，井井有条，里里外外听不到闲言碎语。张氏在马学士成亲那天，派人前去打探，并叫来此人询问。张氏听说马夫人接见群妾，就问："为什么不打她们？"那人说："打不过。"又问："那为什么不哭不骂呢？"那人说："锣鼓喧天，没人听见。"又问："那为什么不寻死？"那人说："马学士早已备好刀绳，还让人念往生咒，为夫人送行呢。"张氏问："那马夫人现在怎么样？"那人说："马夫人已服了马学士，遵从礼仪，不再胡闹了。"张氏气得大骂："天下竟有如此不中用的女人，误了老娘的大事！"当初，马学士送妾给轩辕，马学士的学生都带着酒肉前来祝贺。其中有个学生，平常喜欢酗酒。客人喝得正畅快，张氏却在屏风后骂客人，大家都忍气吞声，没发作。那位好酗酒的老兄走上前去，一把抓住张氏的头发，给她一记耳光，气愤地说："你如果敬奉我轩辕兄，就是我嫂子；你如果不敬奉我轩辕兄，就是我的仇人！学生无子，老师赠妾，是为你家祖宗三代着想。我今天就替你家祖宗三代治治你，你再敢多说一句，就死在我的拳下！"大家急忙上前劝解，才使张氏脱身，但她裙子已破，衣服被撕，几乎露出肉来。张氏平常有"母夜叉"的恶名，这天威风扫地，就更加痛恨马学士，想来想去，只有拿马学士送来的小妾出气，千方百计虐待她。这小妾来之前，马学士曾指点她，叫她一味顺从张氏，虽然这小妾已成了轩辕家的人，却不跟轩辕讲话。因此，张氏虽然多次鞭打恶骂，变本加厉，但还没忍心置小妾于死地。没多久，马学士拿出一百两银子，送给轩辕，说："明年春天，就要举行会试了。你最好带上这些盘缠，早点到京城去吧！"轩辕认为老师说得对，回家向妻子辞行。张氏正担心轩辕在家与小妾相好，就非常高兴地答应了。轩辕刚要登船出发，马学士却派人将他接到自己家中，关在后园里读书。私下又派一个媒婆，去说服张氏，趁轩辕外出，将小妾卖掉。张氏说："正合我意！但是，要卖就卖得远远的，才没后患。"媒婆说："这好办。"不久，有个陕西卖布的商人，长相丑陋，满脸胡须，他带着三百两银子来买妾。张氏命小妾出来相看，卖布商不禁拍手喝彩，当即做成交易。张氏将小妾卖掉，还不解气，竟剥掉小妾身上的衣衫、鞋子，连一根簪子都不留。小妾乘竹轿过北桥，大喊一声："我不远走！"就翻身跳入河中。马学士早已备好小船，将小妾接回自家后园，与轩辕同居了。张氏听说小妾投河而死，正感到惊疑，那陕西卖布商已闯进门来："我来买人，不是来买鬼！你家卖妾，又不跟她讲清楚，何必逼良为贱，欺负我是外地人呢！快把银子还给我！"一边发火，一边大骂。张氏没话可说，只得将银子还给卖布商，打发他走。过了一天，一对衣衫褴褛的白发老人，痛哭流涕地前来责问张氏："马学士将我女儿送给你家为妾，如今她在哪里？活要见人，死要见尸呀！"张氏无话可说。那老夫妇俩撞头拼命，摔碗砸盘，直打得满屋乱七八糟，没有一件完好的东西。张氏苦苦央求左邻右舍出来说情，最后送给老夫妇钱物绸缎，才把他们打发走。又过一天，武进县衙来了四五个差役，气势汹汹地拿着红字令牌，大声喝道："人命关天，请犯妇张氏赶快上堂！"说完，把铁链子扔到桌上，哗啦啦一阵声响，张氏问什么抓她，差役起初不肯讲，张氏拿银子贿赂，差役这才告诉她实情："有个女子的父母在县衙告状，说他们的女儿生死不明，与你有关，所以奉命带你过堂。"张氏很害怕，心想："如果丈夫在家，这一切事都由他应付，又怎么会将我一个妇人家弄到抛头露面，对簿公堂的地步呢？"她这才深深后悔从前对丈夫太刻薄，待小妾太残忍，自己办事太专横，而作为一个女人，也太没用了。张氏正在自怨自恨，忽然，有一个头戴白帽的人跌跌撞撞跑进来，边跑边喊："轩辕相公刚到芦沟桥，就得急病死了。我是骡夫，赶回来给你报信。"张氏大哭，伤心得说不出话来。那些差役说："她家有丧事，我们先走吧。"于是，张氏身穿丧服，为丈夫治丧。没过几天，那些差役又来了。张氏便请专打官司的人，为她谋划怎样减缓此案。为此，她不惜卖掉嫁妆，卖掉房屋，又贿赂主管案卷的吏员压住此案。诉讼刚完，家中财物已荡然无存，连每天的饮食也不能保障了。这时，媒婆又来劝她："夫人现在一贫如洗，苦不堪言，相公又死了，还守什么呢？我给你说个人家吧，你看怎么样？"张氏动了心，拿了自己的出生年月日，去请瞎婆子算命。瞎婆子说："你命中注定，要嫁两个丈夫。再嫁后，才能穿金戴珠，荣华富贵。"于是，张氏对媒婆说："改嫁，是我命中注定，我怎敢违抗？但我现在自行主婚，总得先见见所嫁的人吧。"随后，媒婆领来一位翩翩少年，服饰十分华贵。媒婆介绍说："就是这位公子，他还是候选员外郎呢！"张氏心中大喜，收拾家财，为轩辕守丧不足七七四十九天，便嫁给了这个少年。张氏正在行婚礼，忽然从房里跑出一个丑妇，手拿大棒，厉声骂道："我才是正妻大奶奶，你是何处贱人，敢来我家为妾！我决不容你！"冲上来，就狠揍张氏。张氏后悔被媒婆欺骗，却又暗自想道："当初，我就是这样对待小妾的。怎么如今我也身遭此辱？报应得如此巧合，难道真是天意吗？"不禁失声痛哭。诸位宾朋好友上前劝止丑妇，让她离开，说："先让郎君今日成亲，有话明天再说。"于是，那些年轻人点燃花烛，将张氏引入洞房。刚揭开帘子，只见轩辕高坐在床上。张氏大惊失色，以为前夫显灵，立刻晕倒在地。醒来后，她哭着说："不是我辜负你，实在是迫不得已呀？"轩辕连连笑着摇手："别怕，别怕！两嫁还是一嫁。"便将张氏抱上床，把前后经过以及马学士的计划告诉了她。张氏起初还不相信，接着便恍然大悟，十分羞愧、后悔。从此，张氏行善积德，改过修身，终于与嫁给马学士的那个村妇，都成了贤惠的妻子。

风水客

袁文荣公父清崖先生，贫士也。家有高、曾未葬，诸叔伯兄弟无任其事者。先生积馆谷金买地营葬，叔伯兄弟又以地不佳、时日不合，将不利某房为辞，咸捉搦之。先生发愤，集房族百余人，祭家庙毕，持香祷于天曰："苟葬高、曾，有不利于子孙者，惟我一人是承，与诸房无碍。”众乃不敢言，听其葬。葬三年而生文荣公，公面纯黑，颈以下白如雪，相传乌龙转世，官至大学士。文荣公薨，子陛升将葬公，惑于风水之说。常州有黄某者，阴阳名家也，一时公卿大夫，奉之如神。黄性迂怪，又故意狂傲，自高其价，非千金不肯至相府。既至则掷碗碎盘，以为不屑食也；拆屋裂帐，以为不屑居也。陛升贪其术之神，不得已，曲意事之。慈溪某侍郎，坟在西山之阳，子孙衰弱。黄说袁买其明堂为葬地，立券勘度毕，从西山归，已二鼓矣。入相府，见堂上烛光大明，上坐文荣公，乌帽绛袍，旁二僮侍如平生时。陛升等大骇，皆俯伏。文荣公骂曰：“某侍郎，我翰林前辈，汝听黄奴指使，欲夺其地。昔汝祖葬高、曾，是何等存心；汝今葬我，是何等存心！”某不敢答。公又怒睨黄，叱曰：“贼奴！以富贵利达之说诱人财，坏人心术，比娼优媚人取财更为下流。”令左右唾其面，二人皆惕息不能声。文荣公立身起，满堂灯烛尽灭，了无所见。次日，陛升面色如土，焚所立券，还地于某侍郎家。黄受唾处，满身白虮，缘领啮襟，拂之不去；久乃悉变为虱，终黄之世，坐卧处虱皆成把。

【译文】

大学士袁文荣的父亲清崖先生，是位贫寒之士。他的高祖父、曾祖父死后未得安葬，叔伯兄弟们没有一个愿意承担此事，清崖先生就用教馆所积蓄的钱，买地营葬。叔伯兄弟中又有人以坟地不好、时日不合、将不利于某房后代为借口，勾结起来对他挑剔、作弄。清崖先生非常气愤，将家族中一百多人召集起来。祭完家庙，他握香向天祷告："假如高祖、曾祖之葬，有不利于后代子孙的，由我一人承担，与其他各房无关！"众人这才不敢胡说，听由他安排。落葬后三年，清崖先生便生下袁文荣公。文荣公面色纯黑，脖颈以下却纯白如雪，相传是乌龙转世，后来官至大学士。袁文荣公死后，儿子袁陛升准备葬父，又被那些风水之说迷惑了。常州有个风水先生姓黄，是有名的阴阳家。当时，公卿大夫，敬之如神。黄某性情古怪，陛升来请他，他却故意摆出狂放高傲的架子，抬高身价，不给足千两银子，就不到相府去。后来，黄某去了相府，又摔碗砸盘，拆屋撕帐，嫌吃得不好，住得不好。陛升迷恋神术，不敢得罪，就处处顺着他，委屈求全。慈溪有个侍郎，安葬在西山南坡，子孙衰弱不振。黄某劝说陛升买下这一块地气聚合的坟地，二人就前去勘察度量，并与人家写下字据，才从西山回来，这时已经二更了。进了相府，只见大堂上烛光明亮，文荣公头戴乌纱帽，身穿红官袍，高坐在堂上，身旁有两个小僮侍奉，这情形就跟他活着时一模一样。陛升等人见状，大吃一惊，慌忙俯伏在地。文荣公骂道："某某侍郎，是我翰林前辈。你听信黄奴才的指使，竟想抢夺侍郎的坟地。当年，你祖父葬高祖、曾祖时，是抱着怎样的心思？如今你葬我，又是什么居心？"陛升不敢回答。文荣公又怒视黄某，叱骂道："你这贱奴才，用荣华富贵的谎话骗取钱财，叫人行恶，比起那些娼妓、戏子献媚于人以获取钱财，更为下流！"文荣公命令左右侍从向黄某脸上吐唾沫。陛升与黄某二人屏住呼吸，不敢出声。随后，文荣公站起身，满堂烛火全都熄灭，什么也看不见了。第二天，陛升面如土色，焚烧了买地文契，将那块地还给某侍郎家。而黄某被吐唾沫的部位，都长满白蚁，遍布全身，从脖子咬到胸前，掸也掸不掉，时间长了，全都变成虱子。黄某直到死，凡他坐过、躺过的地方，虱子都成堆成把。

吕 兆 鬣

吕公兆鬣，绍兴人，以进士为陕西韩城令。严冬友侍读与交好，闲话间问：“公名兆鬣，义实何取？”吕曰：“我前生乃北通州陈氏家马也，花白色，鬣长三尺余。陈氏畜我有恩。一日者，我在厩中，闻陈氏妻生产，三日胎不得下。其戚某曰：‘此难产之胎，必得某稳婆，方能下之，可惜住某村，隔此三十里，一时难致，奈何？’又一戚曰：‘遣奴骑长鬣马去，立请可来。’言毕，果一苍头奴来骑我。我自念：平日食主人刍豆，今主母有急，是我报恩时，即奋鬣行。遇一涧绝险，两崖相隔丈许，纡其途，原可缓到，而一时救主心切，遂腾身跃起，跌入深崖中，骨折而死。苍头以抱我背，故不触峰崖，转得不死。我死后，登时见白须翁引我至一衙门，见乌纱神上坐，曰：‘此马有良心，在人且难得，而况畜乎？’差役书一牒，若古篆文，缚置我蹄上，曰：‘押送他一好处！’遂冉冉而升，不觉已入轮回，为绍兴吕氏家儿。周岁后，头上发犹分两处，如马鬣鬖鬖然，故名‘兆鬣’也。”

【译文】

绍兴人吕兆鬣考中进士后，被任命为陕西韩城县知县，侍读学士严冬友是他的好朋友。一天，闲谈中，严冬友问：“吕公名为兆鬣，是根据什么意思取的？”吕公说：“我前世是北边通州陈家的一匹马，花白色，鬃毛有三尺多长。陈家畜养我，对我有恩。有一天，我在马厩中，听说陈妻生孩子，痛了三天，还生不下来。一位亲戚说：‘这是难产啊，一定得去请某某接生婆，才能安全产下婴儿。可惜她住在三十里外的一个村子，一时半会儿也来不了，这可怎么办呢？’又有一位亲戚接着说：‘赶快派人骑长鬃马去，立刻就能请来。’说完，果然有个老仆人来骑我。我心想：‘平时吃主人家的豆子草料，如今女主人有危急，这正是我报恩的时候。’于是，我就奋力奔跑，途中碰到一条又深又险的山谷，两边悬崖相隔一丈多，如果绕道，必将延误时间。当时，我救主心切，便腾身跃起，竟一下子摔进山谷，折断骨头而死。老仆人因为抱着我的背，所以没有撞在山崖上，幸免一死。我死后，立即看见一位白胡子老头，将我带到一座衙门里。一位头戴乌纱帽的神坐在堂上。他说：‘这匹马很有良心。人有这种良心尚且难得，又何况牲畜呢？’就派人写了一份公文，上面写的像是古篆字。随后，那人将公文绑在我的蹄子上，乌纱神吩咐说：‘将他送到一个好去处！’于是，我就冉冉上升，不知不觉已进入轮回，转世为绍兴吕家的儿子。一周岁后，我的头发仍然分为两半，就像马鬃分开垂下的样子。所以，我的名字才叫‘兆鬣’呀。”

张又华

安庆生员陈庶宁，就馆于淮宁。重九登高，出南门，过一墓，若有青烟起者，谛视之，觉冷风吹来，毛骨作噤。归馆中，夜梦至僧舍，明窗净几，竹木萧然，东壁上松江笺一小幅，上有诗，题是《牡丹》，首句云：“东风吹出一枝红。”意不以为佳，视纸尾，署“张又华”三字。正把玩间，有推门入者，瞪眼而红鼻，身甚矮，年四十余，曰：“我即张又华也。汝在此读我诗，何以有轻我之意？”陈曰：“不敢。”解释良久，红鼻者自指其面曰：“汝道我人耶，鬼耶？”陈曰：“君来有冷气，殆鬼也。”曰：“汝以我为善鬼耶，恶鬼耶？”陈曰：“能咏诗，当是善鬼。”红鼻者曰：“不然，我恶鬼也。”即前攫之，冷气愈甚，如一团冰，沁入心坎中。陈避竹榻旁，鬼抱持之，以手掐其外肾，痛不可忍，大惊而醒，肾囊已肿如斗大矣。从此寒热往来，医不能治，遂卒馆中。淮宁令为之殡殓，义甚笃，然心终疑是何冤谴。偶问邑中老吏：“汝知此间有张又华乎？”曰：“此安庆府承发科吏书也，死已二年。平生罪恶多端，而好作歪诗。某曾认识之，赤红鼻，短身材，死葬在南门外。”即陈所吹冷风处也。

【译文】

安庆秀才陈庶宁，在淮宁县教书。重阳节那天，他去登高，出了南门，路过一座坟墓，好像有股青烟从里面冒出来。他正要仔细察看，只觉得一股冷气扑面而来，不禁毛骨悚然。回馆后，他在夜里梦见自己进了和尚的云房。室内窗明几净，屋外青竹绿树围绕，十分幽静。东墙上挂着一幅用松江笺纸写的诗，题是《牡丹》，第一句就是：“东风吹出一枝红”。陈庶宁觉得立意并不好，再看诗尾署名是“张又华”。正当他仔细琢磨这些诗句时，忽然有人推门进来。来者个子很矮，瞪着眼睛，红鼻子，四十多岁。这人说：“我就是张又华。你读我的诗，怎么又轻视我呢？”陈庶宁说：“不敢不敢。”就向红鼻子解释了好半天。红鼻子指着自己的脸，问：“你说我是人呢，还是鬼呢？”陈庶宁说：“你进来时有股冷气，大概是鬼吧。”又问：“你认为我是善鬼呢？还是恶鬼呢？”陈庶宁说：“你能吟诗，应该是善鬼。”红鼻子说：“你说错了，我是恶鬼！”说完，立即冲上前，抓住陈庶宁。那股冷气更加侵入毛骨，像一块冰，搁在陈庶宁的心坎上。陈庶宁慌忙躲避，退到竹床边，那红鼻鬼将他抱住，用手狠狠掐住他的睾丸。陈庶宁疼痛难忍，从梦中惊醒，发觉自己的阴囊已肿得有米斗那么大。从此，他长年累月卧病在床，医生也治不好，终于死在馆中。淮宁知县亲自为陈庶宁主持葬礼，情义十分深厚。但县令始终怀疑有什么冤孽。有一次，知县偶尔问城中老吏：“你知道这儿有个叫张又华的吗？”老吏答道：“这人是安庆府承发科的文书，已经死了两年。他一生作恶多端，好写歪诗。我认识他，红鼻子，矮个子，死后埋在南门外。”老吏所说的南门外，就是陈庶宁被冷气吹袭的地方。

官　癖

相传南阳府有明季太守某，殁于署中。自后其灵不散，每至黎明发点时，必乌纱束带，上堂南向坐。有吏役叩头，犹能颔之，作受拜状。日光大明，始不复见。雍正间，太守乔公到任，闻其事，笑曰：“此有官癖者也，身虽死，不自知其死故耳。我当有以晓之。”乃未黎明，即朝衣冠，先上堂南向坐。至发点时，乌纱者远远来，见堂上已有人占坐，不觉趑趄不前，长吁一声而逝，自此怪绝。

【译文】

相传在明朝末年，南阳府有一位太守死在官署中。从那以后，他的阴魂不散，每当黎明时候，他必定头戴乌纱，腰束官带，跑上大堂，向南端坐。有差役向他叩头行礼，他也点头称许，作出受拜的样子。等到天大亮，他才消失不见。到了雍正年间，新官乔太守上任，听说这件事，不禁笑道：“此人必有官瘾，虽然早就死了，却不知道自己已死的缘故。我会让他清楚的。”于是，第二天黎明之前，乔太守就穿戴好官服官帽，先上大堂，面朝南端坐。到升堂时分，只见一位头戴乌纱帽的官员远远而来，他看到大堂上已有人先占了座位，有些迟疑，不敢上前。随后，他长叹一声，就消失了。从此，鬼升堂的怪现象就再也没发生过。

铸 文 局

句容杨琼芳，康熙某科解元也。场中题是“譬如为山”一节。出场后，觉通篇得意，而中二股有数语未惬。夜梦至文昌殿中，帝君上坐，旁列炉灶甚多，火光赫然。杨问何为，旁判官长须者笑曰：“向例场屋文章，必在此用丹炉鼓铸；或不甚佳者，必加炭火锻炼之，使其完美，方进呈上帝。”杨急向炉中取观，则己所作场屋文也，所不惬意处，业已改铸好矣。字字皆有金光，乃苦记之。一惊而醒，意转不乐，以为此心切故耳，安得场中文如梦中文耶？未几，贡院中火起，烧试卷二十七本。监临官按字号命举子入场，重录原文。杨入场，照依梦中火炉上改铸文录之，遂中第一。

【译文】

句容县的杨琼芳，是康熙年间某科的解元。当初，他进考场，考题是“譬如为山”一节；出了考场，他觉得通篇都好，只是其中两段有几句话不大满意。这天夜里，他梦中来到文昌殿，帝君高坐殿上，旁边放着许多炉灶，火光熊熊。杨琼芳问：“这是干什么用的？”旁边一位长胡子判官笑着说：“按照惯例，考场里所写的文章，必须在这里用丹炉鼓风冶铸；有些文章不够好，还必须再加炭火，进一步锻炼，使它完美，然后才能进献给天帝看。”杨琼芳急忙从炉火中取出一篇文章，一看，正是他在考场里写的那篇，原先他不满意的地方，已被重新改铸，每个字都发着金光。杨琼芳随即将文章记住，却被惊醒了。他转而有点不高兴，觉得这恐怕是自己求取功名心太切的缘故，否则怎么考场里的文章会跟梦中的文章一样呢？不久，贡院失火，烧毁了二十七本试卷。监考官按号码命令考生重进考场，写下原文。杨琼芳入场后，依照梦中火炉铸炼的字句，一一写下来，于是就考中第一。

染坊椎

华亭民陈某，有一妻一妾。妻无子而妾生子，妻妒之，伺妾出外，暗投其子于河。邻有开染坊妇，在河中椎衣，见小儿泛泛然随流来，哀而救之，抱儿入室，哺以乳粥，忘其敲衣之椎尚在河也。陈妻虽沉儿，犹恐儿不死，复往河边察视，不见儿，但见椎浮在水，笑曰："吾洗衣正少此物。"遂取归悬之床侧。亡何，有偷儿夜入室，攫其被。陈妻惊喊，偷儿急取床边椎击之，正中脑门，浆溃而死。陈氏旦报官，取验凶器，乃天生号染坊椎也，拘染坊人讯之，其妻备述抱儿弃椎之原委。官乃取其儿还陈氏，而另缉正凶。

【译文】

华亭县百姓陈某，娶了一妻一妾，妻子没有生育，妾生下一个儿子。陈妻妒忌小妾，趁小妾外出的时候，偷偷地把小妾的儿子扔进河里。邻居中有个开染坊的妇人，这天，她正在河边用木棒敲洗衣服，看见河水中有一个小孩，随流飘荡。妇人觉得孩子可怜，就将他救起，抱回家，并用粥汤喂小孩。可她却忘了洗衣棒还在河边。陈妻虽然将婴儿扔进河里，但唯恐小孩不死，就跑到河边察看。她没见到婴儿，却看见一根洗衣棒漂在水面上，便笑着说："我洗衣，正缺这东西呢。"于是拿回家，挂在床头。没多久，有个盗贼夜里入室行窃，掀起陈妻的被子，吓得陈妻拼命喊叫，盗贼急忙拿起床头的洗衣棒，向陈妻砸去，正好击中脑门，陈妻脑浆迸溅，当场死亡。第二天清晨，陈某报官，县令验取凶器，原来是天生号染坊的洗衣棒，于是就将染坊里的人抓来审讯。染坊的那位妇人，详细叙述了河边救小孩、丢失洗衣棒的经过。随后，县令命令将婴儿归还陈某，又派人缉拿凶手。

血见愁

吴文学耀廷，少游京师，寓徽州会馆。馆中前厅三楹最宏敞；旁有东西厢，亦颇洁净；最后数椽，多栽树木。有李守备者，先占前厅，吴因所带人少，住东厢中。守备悬刀柱间，刀突然出鞘，吴惊起视刀，守备曰："我曾挂此刀出征西藏，血人甚多，颇有神灵，每出鞘，必有事，今宜祭之。"呼其仆杀鸡取血，买烧酒，洒刀而祭。日正午，吴望见后屋有蓝色衣者逾墙入，心疑白撞贼，往搜无人。吴惭眼花，笑曰："我年未四十，而视茫茫耶？"须臾，有乡试客范某，携行李及其奴从大门入，曰："我亦徽州人，到此觅栖息所。"吴引至后房曰："此处甚佳，但墙低，外即市街，虑有贼匪，夜宜慎之。"范视守备刀，笑曰："借公刀防贼。"守备解与之，秉烛而寝。未二鼓，范见墙外一蓝衣人开窗入，范呼奴起。奴所见同，遂拔刀斫之，似有格斗者。奴尽力挥刀，良久，觉背后有抱其腰而摇手者曰："是我也，勿斫，勿斫！"声似主人，奴急放刀回顾。烛光中，范已浑身血流，奄然仆地矣。吴与守备闻呼号声，往视之，得其故，大骇曰："奴杀主人，律应凌迟。范奴以救主之故，而为鬼所弄，奈何？盍趁其主人之未死，取亲笔为信，以宽奴罪。”急取纸笔与范，范忍痛书“奴误伤”三字未毕，而血流不止。吴之苍头某喈曰：“墙下有草，名血见愁，何不采傅之！”如其言，范血渐止，竟得不死。吴与守备念同乡之情，共捐费助其还乡。未半月，吴苍头溲于墙下，有大掌批其颊曰：“我自报冤，与汝何干，而卖弄血见愁耶？”视之，即蓝衣人也。

【译文】

教官吴耀廷，年轻时到京城求学，住在徽州会馆。馆内前厅有三间屋最宽敞，两旁是东西厢房，也很清洁，后面还有几间房屋，并栽了不少树。有一位李守备，先住在前厅；吴耀廷因为随从较少，就住在东厢房。李守备有一把刀，挂在厅内的柱子上。这一天，那把刀忽然出鞘，吴耀廷听说后，大吃一惊，急忙前去看刀。李守备说：“我曾经带这把刀出征西藏，杀人很多，所以这把刀很有灵气。每次这刀出鞘，一定会出事。今天，我们得祭一祭这把刀。”于是便叫他的仆人杀鸡取血，买来烧酒，洒在刀上，祭了一番。正午时分，吴耀廷看见后屋有蓝衣人跳墙，进入馆内，心中怀疑是盗贼，就过去查看，却不见人影。他自愧眼睛发花，笑道：“我还没到四十岁，难道眼就花了？”不一会儿，有参加乡试的范某携带行李和仆人，从大门进来，说：“我也是徽州人，到这儿找个歇脚的地方。”吴耀廷将他领到后房，说：“这里最好，但院墙低，外面就是集市，要提防盗贼，夜里更须小心谨慎！”范某看到李守备的刀，笑着说：“那就借李公的刀防贼吧！”李守备解下刀交给他。晚上，范某点着蜡烛就睡下了。不到二更，他看见墙外有一个蓝衣人开窗进屋，就赶紧把仆人叫起。仆人也看见了蓝衣人，随即拔刀就砍，两人好像格斗在一起。仆人使尽全力，拼命挥刀砍杀。过了好久，仆人觉得背后有人抱住他的腰，连连摇手喊道：“是我是我！别砍了，别砍了！”听起来，像是主人范某的声音。仆人急忙放下刀，回头一看，只见烛光中，范某浑身是血，气息奄奄，倒在地上。吴、李听到呼救声，赶来一看，才明白发生了什么事。二人大惊失色，说："仆人杀主人，按刑律应当凌迟处死。范某的仆人因为救主，被鬼捉弄，这可怎么办？不如趁范某没死，让他留下亲笔信作证，才好宽免仆人的罪过。"于是，就急忙拿来纸笔，范某忍痛写下"奴误伤"三字，还没写完，已血流不止。吴耀廷的一个老仆人说："墙下有一种草，名叫'血见愁'，为什么不赶快采一些，敷在他的伤口上呢？"众人急忙照着去做，范某流血才渐渐止住，终于保住了性命。吴、李念同乡之情，捐钱资助范某还乡。没过半个月，吴家那个老仆人到墙下小便，有人用大巴掌搧他耳光，说："我来寻仇报冤，与你有什么关系？你卖弄什么'血见愁'！"老仆人定睛一看，正是那个蓝衣人。

龙 阵 风

乾隆辛酉秋，海风拔木，海滨人见龙斗空中。广陵城内外，风过处，民间窗槅帘箔及所晒衣物，吹上半天。有宴客者，八盘十六碟，随风而去。少顷，落于数十里外李姓家，肴果摆设，丝毫不动。尤奇者，南街上"清白流芳"牌楼之左一妇人，沐浴后，簪花傅粉，抱一孩，移竹榻坐于门外，被风吹起，冉冉而升，万目观望，如虎丘泥偶一座。少顷，没入云中。明日，妇人至自邵伯镇，镇去城四十余里，安然无恙，云："初上时，耳听风响甚怕，愈上愈凉爽，俯视城市，但见云雾，不知高低；落地时，亦徐徐而坠，稳如乘舆，但心中茫然耳。"

【译文】

乾隆六年秋天，海风大作，将树木连根拔起。海边的老百姓，看到有龙在空中搏斗。广陵城内外，海风吹过的地方，家家户户的窗框、窗帘以及所晒的衣物，全被吹到半空。有户人家正在宴请宾客，桌上的八盘十六碟菜都随风而去。不久，这些菜肴果品，又原封不动地飘落到几十里以外的一户李姓人家。更为奇特的是，南街上“清白流芳”牌楼旁的一个妇女，洗澡后，头插簪花，脸搽香粉，抱着一个孩子，把竹床搬到门外，闲坐着。这阵大风将她吹起，冉冉上升，地上万人观望，见她如虎丘的泥孩子一样，不一会儿就消失在一片云雾之中。第二天，这妇人落到邵伯镇。邵伯镇离城四十多里，妇人落地时，竟安然无恙。人们问她有什么感觉，她说：“刚被吹上天时，狂风在耳边呼呼作响，十分害怕；愈往上，就愈感到凉爽。俯视城市，只见云雾笼罩，却不知有多高。落地时，慢慢而下，稳稳当当，就像乘着轿子一样，只是心中一片茫然。”

彭杨记异

彭兆麟，掖县人，同邑增广生杨继庵，其姑丈也。兆麟业儒，年二十余病卒。越数年，杨亦卒。后有高密人胡邦翰者，与彭、杨素未谋面，因其仲兄久客于辽，泛海往寻，游学至兆麟馆，留与同居，凡两月余。治装欲归，谓兆麟曰：“今归，将赴郡应试，可为君作寄书邮。”兆麟曰：“昨已将家书付便羽矣，如至掖县，第代传一口信可也。”及将行，又曰：“去此百余里，余姑丈杨继庵在彼设帐授徒，烦便道代为致候。”胡因往，又一见继庵焉。比赴郡试，至彭家，言其与兆麟及继庵相见颠末。其家人因二人死已二十年，以胡为妄。胡曰：“彼曾为予言巷口关帝庙壁有手迹遗书。”试往庙中发壁阅之，与辽馆所书笔迹不殊。复忆别时曾告以其妻及二女乳名。兆麟妻贾氏，年已四十余；二女已嫁，非亲党无知者。乃与胡言一一相符，其家方信；而胡亦始知其所遇之皆鬼也。胡是年入泮，未几亦亡。后数年，又有自辽东来者，兆麟寄一马，并其死时所服衣来。其家愈惊，绝之不受。先是，兆麟疾革，谓其家曰：“我死勿殓，可得复活。”既死，家人以为乱命，置不论，竟殓焉。葬三日，家人见其墓穿一孔，如有物自内出者。其年高密某姓，不知兆麟之已死，延兆麟于家，教其幼子。历八九载，从不言归。后某子将赴郡应试，强与之俱。抵郡城马邑地方，谓某子曰：“此处有葭莩亲，予就便往视之，汝先行至郭外候我。”某子至所约处，久待不至，日渐暮，投宿他所。旦至师家，口称弟子某。其家犹谓其生时曾拜门墙者，询之，方知事在死后，相与骇怪，莫知所以，其徒涕零而别。岂兆麟之客辽东，即从此而去耶？此乾隆二十八年事，贵池令林君梦鲤所言。林，掖人也。

【译文】

彭兆麟是掖县人，同县的增广生员杨继庵是他姑父。彭兆麟是个书生，二十多岁就病死了。过了几年，杨继庵也死了。后来，有个叫胡邦翰的高密人，从没见过彭、杨二人的面。因他的二哥长期客居辽东，他就渡海去找。一天，胡某游学来到兆麟的教馆，兆麟留他住下，一起住了两个多月。胡某打点行装，准备回家，对兆麟说：“我今天要回去了，不久将到郡城赶考，我可以为你做一回送信的邮差。”兆麟说：“昨天，我已将家信交给顺路人带走了。你如到掖县，替我带个口信给家里，就可以了。”胡某要走时，兆麟又说：“离这儿一百多里的地方，我姑父杨继庵在那里办学授徒，麻烦你顺道代我问候他。”胡某就前去，又见到了继庵。等到胡某赴郡城赶考，就到彭家拜访，说起他与兆麟、继庵见面的经过。彭家人认为胡某胡说八道，因为彭、杨二人已死了二十年。胡某说：

"兆麟曾对我说，巷口关帝庙的墙壁上，有他的手迹。"便去庙中观看，果然壁上有字，而且与兆麟在辽东教馆所写的字迹完全一样。胡某又想起，临行前，兆麟曾告知妻子和女儿的小名。彭妻贾氏，已四十多岁，两个女儿已经嫁人，她们的小名，只有亲人才知道。可胡某却一一说出，而且与事实相符。彭家人这才相信，而胡某也才知道，他先前遇到的，其实都是鬼。这一年，胡某考取秀才，不久也死了。几年以后，又有人从辽东回来，兆麟让他捎回一匹马，还有死时所穿的衣服。彭家人更加害怕，拒绝不收。当年，兆麟病重时，曾对家里人讲："我死后，你们不要将我收殓，我还能复活。"死后，家里人没理会他的遗言，认为不收尸就坏了规矩，还是将他盛殓安葬了。三天后，家里人见他坟墓上穿了一个洞，好像有东西从里面出来过。这一年，高密县一户人家，不知道兆麟已死，把他接到家中，教小儿子读书，一住就是八九年，从不提回家。后来，学生要赴郡城应试，他才勉强同行。刚到郡城马邑地界，兆麟对学生说："这儿有我远房亲戚，我顺便去看望一下。你先走，到城外等我。"学生到约好的地方，等了好久，也等不到老师，看看天色已晚，就找了一个地方住宿。第二天天一亮，这学生就到老师家，自称是兆麟弟子。彭家人起初还以为是兆麟生前的学生，仔细一问，才知道这是兆麟死后发生的事，都感到害怕、诧异，不知究竟。这学生只得挥泪告别了彭家人。大家者感到奇怪：难道兆麟是从那时起，就客居辽东的吗？这是乾隆二十八年的事，是贵池县知县林梦鲤对我讲的。林梦鲤也是掖县人。

冤鬼戏台告状

乾隆年间，广东三水县前搭台演戏。一日，演包孝肃断乌盆。净方扮孝肃上台坐，见有披发带伤人，跪台间作申冤状。净惊起避之，台下人相与哗然，其声达于县署。县令某着役查问，净以所见对。县令传净至，嘱净仍如前装上台，如再有所见，可引至县堂。净领命行事。其鬼果又现，净云：“我系伪作龙图，不若我带汝赴县堂，求官申冤。”鬼首肯之。净起，鬼随之至堂。令询净：“鬼何在?”净答：“鬼已跪墀下。”令大声唤之，毫无见闻。令怒，欲责净。净见鬼起立外走，以手作招势。净禀令，令即着净同皂役二名尾之，视往何处灭，即志其处。净随鬼野行数里，见入一冢中。冢乃邑中富室王监生葬母处。净与皂将竹枝插地志之，回县覆令。令乘舆往观，传王监生严讯。监生不认，请开墓以明己冤。令从之。至墓开未二三尺，即见一尸，颜色如生。令大喜，问监生。监生呼冤云：“其时送葬人数百，共观下土，并无此尸；即有此尸，必不能尽掩众口。数年来，何默默无闻，必待此净方白耶?”令韪其言，复问：“汝视封土毕归家否?”监生曰：“视母棺下土后即返家，以后事皆土工为之。”令笑曰：“得之矣。”速唤众土工来，见其状貌凶恶，喝曰：“汝等杀人事发觉矣，毋庸再隐!”众土工大骇，叩头曰：“王监生归家后，某等皆歇茅蓬下。有孤客负囊来乞火，一伙伴觉其囊中有银，与众共谋，杀而瓜分之，即举铁锄碎其首，埋王母棺上，加土填之，竟夜而成冢。王监生喜其速成，复厚赏之，并无知者。”令乃尽致之法。相传众工埋尸时，自夸云：“此事难明白，如要得申冤，除非龙图再世。”鬼闻此言，故借净扮龙图时便来申冤云。

【译文】

乾隆年间，广东三水县县衙前搭台演戏。有一天，上演《包公断乌盆》，一名花脸演员正扮演包公上台坐下，他看见一个披头散发、身上带伤的人，跪在台上喊冤。花脸大吃一惊，连忙起身躲开，台下一片哗然，直传到县衙内。知县派人查问，花脸将所见告知。知县把花脸叫到内堂，让他仍像刚才一样，装扮包公上台，如再看见这样的情形，就将鬼魂领到县衙来。花脸领命行事，果然，那鬼又出现了。花脸对鬼说："我是个假包公，不如我带你去县衙，报官申冤。"鬼点头同意了。花脸就起身带路，鬼跟着他来到大堂。知县问花脸："鬼在哪里？"花脸说："鬼已跪在阶下。"知县就大声喊鬼，那鬼却毫无动静。知县大怒，正要责备花脸，这时，花脸看见鬼站起来，往外就走，还做手势叫他一道去。花脸将此情禀告知县，知县就派了两名差役，与花脸一同尾随而去，看鬼究竟去哪里，在哪里消失，并做下标志。花脸等人跟着鬼，在野外走了好几里，看见鬼钻进一座坟墓。这坟墓是县城富豪王监生安葬母亲的地方。花脸与差役将竹枝插在坟边作标记，然后回县交差。知县随即乘轿前往察看，又传唤王监生，严加审讯。王监生不承认，请求打开坟墓，以此证明他的无辜。县令同意了。等到坟墓被挖开两三尺深，人们就看见有一具尸体，神态跟活人一样。知县大喜，接着审问王监生。王监生喊冤道："那时送葬的人有好几百，一起看着棺材下土埋葬，并没有这具尸体。即使有，我也不可能堵住所有人的嘴呀。况且，这几年来一直平安无事，为什么要等到这个花脸演戏，鬼才喊冤呢？"知县觉得有理，又问："你当时是不是看完封土后才回家的？"王监生说："我见到母亲的棺材入土后，就回家了。以后的事都是土工们干的。"知县笑了："这就差不多了。"随即命人将那些土工带到大堂。知县见土工相貌凶恶，厉声喝道："你们杀人的事已经败露，别想再隐瞒了！"土工们做贼心虚，大惊失色，连连叩头招供："那一天王监生回家后，我们都在茅棚下休息，有个过路客，独自一人，背着行李来借火。一个土工发现他背包里有银子，就与大家一起商议，将这人杀了，平分他的钱财。随后，我们就举起铁锄，砸碎他的头颅，将他的尸体放在王监生母亲的棺材上面，再加土掩埋。一夜工夫，我们就将坟墓筑好。王监生见我们干得又快又好，非常高兴，又重赏了我们。没人知道我们杀人的事。"于是，知县将他们依法治罪。据说，当时土工们埋尸时，自夸说："这事再也不会搞清楚了。这小子要想申冤，除非包公再世。"鬼当时听到这句话，所以直到那花脸扮演包公，才来申冤。

奇鬼眼生背上

费密字此度，四川布衣，有"大江流汉水，孤艇接残春"之句，为阮亭尚书所称，荐与杨将军名展者，从征四川，过成都，寓察院楼中。人相传此楼有怪，杨与李副将俱不信，拉费同宿。费不能无疑，张灯按剑，端坐帐中。三鼓后，楼下橐橐有声，一怪蹑梯而上。灯下视之，有头面，无眉目，如枯柴一段，直立帐前。费拔剑斫之，怪退缩数步，转身而走，有一眼竖生背上，长尺许，金光射人。渐行至杨将军卧所，揭其帐，转背放光射之。忽见将军两鼻孔中亦有白气二条，与怪所吐之光相为抵拒。白气愈大，则金光愈小，旋滚至楼下而灭。杨将军终不知也。未几，又闻梯响，怪仍上楼，趋李副将所。副将方熟睡，鼾声如雷。费以为彼更勇猛，尤可无虞。忽闻大叫一声，视之，七窍流血死矣。

【译文】

费密，字此度，四川平民。他写过"大江流汉水，孤艇接残春"的诗句，受到尚书王士禛的赏识，被推荐给将军杨展做幕僚。一次，费密跟随杨将军出征四川，路过成都，住在察院楼中。当地人都说这楼中有妖怪，杨展与李副将都不相信，拉着费密一同居住。费密心中一直有些疑惑，就点着灯，握着剑，端坐在帐子里。三更过后，楼下有窸窸窣窣的声音，只见一个怪物蹑手蹑脚，顺着楼梯上来了。费密借着灯光一看，只见这个怪物有头有脸，却无眉无眼，仿佛一段枯柴，直挺挺地站在帐子前。费密拔剑就砍，那怪物后退几步，转身就走了。费密这才发现，怪物的背上竖长着一只眼睛，有一尺多长，金光逼人。怪物又慢慢走到杨将军的卧房里，揭开帐子，转过身体，用金光照射杨将军。只见杨将军鼻子里忽然射出两道白气，与怪物射出的金光正好互相顶住。一会儿，白气越来越大，金光越来越小；转眼间，怪物就滚到楼下，不见了。而杨将军本人始终不知道发生过这样的事。不久，费密又听见楼梯响，那怪物又上了楼，直奔李副将的房间。李副将刚刚睡熟，鼾声如雷。费密本以为李副将一定更加勇猛，根本不用替他担心。哪知，费密忽然听到一声大叫，再去看李副将时，他已经七窍流血，死了。

（卷十一译者　丛远东）

子不语卷十二

挂周仓刀上

绍兴钱二相公，学神仙炼气之术，能顶门出元神。遍历十洲三岛，所遇诸魔，不一而足，或恶状狰狞，或妖娆艳冶，钱俱不为动，如是者十年。一日，诸魔聚而谋曰："再迟一月，逢甲子日，钱某大道成矣，我辈作速下手。"众以为然。趁其打坐时，牵抱手足，放大瓮中，压之云门山脚下。是夕，钱家失去二相公，遍寻无踪，以为真仙去矣。半年后，月明中见二相公坐花园高树上，大呼求救，乃取梯扶下，问其故，自言："为魔所窘，幸平生服气有术，故不致冻馁而死。"问何以得归，曰："某月日，我在瓮中，有红云一道，伏魔大帝从西南来，我大声呼冤，且诉诸魔恶状。帝君曰：'作祟诸魔，诚属可恶；然汝不顺天地阴阳自生自灭之理，妄想矫揉造作，希图不死，是逆天而行，亦有不合。'顾谓一将曰：'周仓，汝送他还家！'周将军唯唯。周长丈余，所持刀亦长丈余，取红绳缚我刀上，挂此树顶而去。我亦不料即我家园树也。"二相公自后随行逐队，饮酒御内，不敢复学神仙术矣。

【译文】

绍兴有个钱二相公，学神仙导引服气的工夫，他的灵魂能从头顶上跑出。他走遍了十洲三岛，遇到的妖魔鬼怪不计其数，有的狰狞凶恶，有的妩媚艳丽，钱二相公都不理睬。就这样过了十年。一天，魔怪们聚集到一起商量："再过一个月，正好是甲子日，钱某人就修炼成仙了。我们应该趁早下手！"众魔怪纷纷同意，于是，就趁钱二相公盘膝打坐的时候，牵手抱脚，把他放进一只大缸里，压在云门山脚下。当晚，钱家发现二相公不见了，四处寻找，毫无踪迹，便以为他真是得道成仙，上天去了。半年后的一个晚上，明月当空，钱家人发现二相公坐在花园的一棵高树上，大声呼救。家人连忙搬来梯子，把他扶下树来。众人感到奇怪，就问二相公是怎么回事。二相公说："我被魔怪们陷害，压在云门山脚下，幸亏我平常工夫练得好，才没有被冻死、饿死。"众人又问："那么，你又是怎么回来的呢？"二相公说："某月某日，我正被闷在大缸中，忽然眼前闪过一道红光，随后，伏魔大帝从西南方向飞来。我便大声喊冤，并向伏魔大帝诉说了被恶魔陷害的惨状。帝君说：'恶魔作怪，确实可恨！可是你不顺应大自然万物自生自灭的规律，妄想虚幻成仙，希图长生不死，这也是违背天理的。'然后，帝君回头对一位将军吩咐道：'周仓，你护送他回家去吧。'周将军连声答应。周将军一丈多高，所使的大刀也有一丈多长。他用红绳子将我绑在刀上，后来，就把我悬挂在这棵高树顶上，转身走了。我也没想到会在我家花园的树上。"从此以后，钱二相公就跟普通人一样饮食起居，再也不敢学什么神仙道术了。

驱云使者

宣化把总张仁奉，缉私盐，过一古庙，将投宿焉。僧不可，曰："此中有怪。"张恃其勇，竟往设帐，吹烛卧。至二鼓，满室尽明，张起怒喝，灯光外移；追之，见神灯万盏，投松下而灭。明早往探松下，有大石洞，张命里人持锄掘之，得大锦被，中裹一尸，口吐白烟，三目四臂，似僵非僵。张知为怪，聚薪焚之。后三日，白昼坐，有美少年盛服而至曰：“我天上驱云使者，以行雨太多，违上帝令，谪下凡间，藏形石洞中，待限满后，依旧上天。偶于某夜出游，略露神怪，是我不知韬晦，原有不是。然汝烧我原身，亦太狠矣。我现在栖神无所，不得已，借王子晋侍者形躯，来与汝索吵，汝作速召某道士，持诵《灵飞经》四十九日，我之原身，犹可从火中完聚。汝本命应做提督一品官，以此事不良，上帝削籍，只可终于把总矣。”张唯唯听命。少年腾空而去。后张果以把总终。

【译文】

宣化把总张仁，奉命侦查私盐贩子，路过一座古庙，想进去投宿。和尚不答应，说：“这里面有妖怪。”张仁自认为勇猛无比，硬在庙里铺床设帐，吹灭蜡烛就睡了。二更时分，他发现满屋子亮堂堂的，就起身厉声喝问，只见灯光向屋外移去。张仁赶紧追上去，眼前竟是万盏神灯，移到松树底下就熄灭了。第二天早晨，张仁到松树下查看，发现一个大石洞。张仁就叫当地百姓用锄头挖掘，挖出一条丝绸被子，被子里裹着一具尸体，口吐白烟，三只眼睛，四条臂膀，似僵非僵。张仁知道这一定是个妖怪，便下令堆上木柴，把尸体烧掉了。三天后，张仁大白天闲坐府中时，有位英俊少年穿着盛装，走了进来，对张仁说：“我是天上的驱云使者，因为降雨过多，违背了天帝的旨意，被贬到人间，将形体藏在石洞中，只等期限一到，依旧可以重返天庭。那天晚上，我偶尔出去走走，暴露了神怪的身份，这是我不知隐藏，确是不对。可你却命人烧掉我的形体，也太狠心了！我现在无处安身，迫不得已，只好附在王子晋家的仆人身上，来找你说理，要回形体。你赶快把某道士请来，诵念《灵飞经》四十九天，这样，我的形体还可以从灰烬中凝聚完整。你本来可以做到一品提督，由于这件事办得不好，天帝已撤销了你将来的提督之职。看来，你只能做把总到老了。”张仁连连应声，领命行事。那少年也腾空而去。果然，张仁到死，只做到把总。

吾头岂白斫者

蒋心余太史修《南昌府志》，夜梦段将军来拜。见一伟丈夫，兜牟戎服，叉手不揖，披其颈骂曰：“吾头岂白斫者！”蒋惊醒，知有冤抑，查新志，并无其人，查旧志，有段将军，乃史阁部麾下副将，死于扬州者。急为补入《忠义传》中。

【译文】

编修蒋士铨编写《南昌府志》。一天夜里，他梦见段将军前来拜会。段将军是个身材高大的汉子，顶盔铠甲，叉手胸前，见面不但不行礼，而且还拍打蒋心余的脖子，骂道：“难道我的头颅被白砍了吗?”蒋士铨被这梦惊醒，知道必有冤情。于是，他查阅了新志书，并无此人；又查旧志书，果然记载着段将军的事迹。原来，段将军是史可法手下的副将，当年战死扬州。蒋士铨赶紧把段将军的事迹补写进《忠义传》。

石　　言

吕著，建宁人，读书武夷山北麓古寺中。方昼阴晦，见阶砌上石尽人立，寒风一过，窗纸树叶飞脱，著石粘挂不下，檐瓦亦飞著石上。石皆旋转化为人，窗纸树叶化为衣服，瓦化冠帻，颀然丈夫十余人，坐踞佛殿间，清谈雅论，娓娓可听。吕怖骇，掩窗而睡。明日起视，毫无踪迹。午后，石又立如昨。数日以后，竟成泛常，了不为害。吕遂出与接谈，问其姓氏，多复姓。自言皆汉、魏人，有二老者则秦时人也。所谈事与汉、魏史书所载颇有异同，吕甚以为乐。午食后，静待其来，询以托物幻形之故，不答。问何以不常住寺中，亦不答；但答语曰："吕君雅士，今夕月明，我共来角武，以广君所未见。"是夜，各携刀剑来，有古兵器，不似戈戟，而不能强加名者。就月起舞，或只或双，飘瞥神妙。吕再拜而谢。又一日，告吕曰："我辈与君周旋日久，情不忍别，今夕我辈皆托生海外，完前生未了之事，当与君别矣。"吕送出户，从此阒寂。吕凄然如丧良友，取所谈古事，笔之于书，号曰《石言》；欲梓以传世，贫不能办，至今犹藏其子大延处。

【译文】

吕著是建宁人，在武夷山北坡下的古庙里读书。一个大白天，天空忽然黑了下来，吕著看见石阶上的石头全像人一样站立起来。这时，寒风凛冽，将窗纸、树叶吹得四处乱飞，全被牢牢地粘挂到石头上，屋檐的瓦片也飞落到石头上。不久，这些石头旋转着，变成了人形，窗纸和树叶化作衣裳，瓦片化作帽子和头巾，一下子变出十几个高大的汉子。他们有的坐着，有的蹲着，在佛殿前高谈阔论，娓娓动听。吕著吓坏了，关上窗子蒙头而睡。第二天，吕著起床后去看，一点踪影也没有。午后，石头又像昨天那样站立起来。几天下来，这竟成为常事，而那些石头变成的人也不为害骚扰。于是，吕著就出去与他们聊天，问他们姓名，大多是复姓，自称都是汉魏时期的人，其中二位老人更自称是秦朝人。他们所谈论的事情，跟汉魏史书上记载的不很一样，吕著觉得非常有趣。有一天，吕著吃完午饭，静静地等他们来。这些人来后，吕著问他们为何借助物体，现出原形，他们都不回答。又问他们为什么不常住在庙里，他们还是不回答。可他们对吕著说："吕先生是个文人，今晚月光皎洁，我们一起比武，让你开开眼界。"这天晚上，他们各自带着刀剑前来比武，其中有一种古代的兵器，不像刀戈、也不像剑戟，又不好给它起名。他们在月光下舞起刀剑，有独舞的，也有对舞的，飘忽不定，神奇得很。吕著看后，作揖拜谢。又有一天，他们对吕著说："我们和吕先生相处这么久，实在不忍分别。今晚，我们都要到海外投胎转世，去完成前世未了的事，不得不与你分别了。"吕著把他们送出门，从此庙里也安静下来，而吕著愈发感到寂寞，好像失去了好朋友。于是，他就将他们所说的故事写成书，书名为《石言》。他原想把这本书刊印传世，却因家境贫寒，始终没能了此心愿。这本书稿至今还保存在他儿子吕大延那里。

鬼借官衔嫁女

新建张雅成秀才，儿时戏以金箔纸制盔甲、鸾笄等物，藏小楼上，独制独玩，不以示人。忽有女子，年三十余，登楼求制钗、钏、步摇数十件，许以厚谢。秀才允之。问安用此，曰："嫁女奁中所需。"张以其戏，不之异也。明日，女来告张曰："我姓唐，东邻唐某为某官，我欲倩郎君求其门上官衔封条一纸，借同姓以光蓬荜。"张戏写一纸与之。次夕，钗钏数足，女携饼饵数十、钱数百来谢。及旦视之，饼皆土块，钱皆纸钱，方知女子是鬼。数日后，半夜山中烛光灿烂，鼓乐喧天，村人皆启户遥望，以为人家来卜葬者；近视之，人尽披红插花，是吉礼也。山间万冢，素无居人。好事者欲追视之，相去渐远，惟见灯笼题唐姓某官衔字样，方知鬼亦如人间爱体面而崇势利，异哉！

【译文】

秀才张雅成是新建人，小时候，他常常闹着玩，用金箔纸做成盔甲、头簪等东西，藏在小楼上，自己做自己玩，从来不拿给别人看。一天，忽然有个三十多岁的女子，上楼求他做头钗、手镯、耳环等首饰，要做几十件，并且许诺给他重谢。秀才答应了，问："你做这些纸首饰干什么？"那女子说："我女儿出嫁时，梳妆匣中用得着。"张秀才以为她开玩笑，也没觉得奇怪。第二天，这女子又来了，对张秀才说："我姓唐，东边邻居唐某是做官的。请你到他家，要一张他家门上的封条，上面写着唐某的官衔，我想借同姓人的荣耀，来装点门面。"张秀才就开玩笑似的，给她写了一张。隔天晚上，头钗、手镯等首饰已如数做好，那女子带着糕饼和几百两银子，来酬谢张秀才。等到白天一看，糕饼全是土块，银子全是纸钱，张秀才这才知道那女子原来是鬼。几天后的一个半夜，山路上烛光闪耀，鼓乐喧天，十分热闹。村里人都打开门窗，向外遥望，以为有人家到山里祭祀死者。等到走近一看，那些人都披红挂绿，头插鲜花，是办喜事的！可这山上全是成千上万的坟墓，一向没人居住。爱凑热闹的人一路尾随，想看个究竟，越走越远，只看见灯笼上写着唐某的官衔，人们这才明白，原来鬼也和人一样，爱虚荣，爱面子，爱趋炎附势。这真是太离奇了！

雷　祖

昔有陈姓猎户，畜一犬，有九耳，其犬一耳动，则得一兽；两耳动，则得两兽；不动则无所得。日以为验。

一日，犬九耳齐动。陈喜必大获，急入山，自晨至午，不得一兽。方怅怅间，犬至山凹中大叫，将足爬地，颠其头，若招引状。陈疑，掘之，得一卵，大如斗，取归置几上。次早雷雨大作，电光绕室，陈疑此卵有异，置之庭中。霹雳一声，卵豁然而开，中有一小儿，面目如画。陈大喜，抱归室中，抚之为子。长登进士第，即为本州太守，才干明敏，有善政。至五十七岁，忽肘下生翅，腾空仙去。至今雷州祀曰“雷祖”。

【译文】

从前，有个姓陈的猎人，养了一条狗，有九只耳朵。如果这狗的一只耳朵抖动，猎人就会捉到一只野兽；两只耳朵动，就得两只野兽；如果没有耳朵动，就毫无收获。一直很灵验。一天，这狗的九只耳朵一齐抖动起来。陈某大喜，以为今天肯定大有收获，就兴冲冲地进了山。从早晨到中午，他连一只野兽也没打到。正在心灰意懒的时候，只见狗跑到山坳中大叫起来，用爪子扒地，连连晃头，好像在喊陈某过去帮忙。陈某疑惑不解，便去挖地，挖出一只米斗般大的蛋。他拿回家，放在桌上。第二天早上，雷电交加，风雨大作，闪电一直盘着房子转。陈某怀疑这蛋里有妖怪，就把它搬放到院子里。只听一声霹雳，那只蛋豁然而开，里面有个小孩，可爱得像画儿一样。陈某欣喜万分，将小孩抱回房中，当作亲生儿子抚养。这小孩长大成人后，考中了进士，做了本州太守。他精明能干，政绩显著。到了五十七岁，他的肘弯处忽然长出两只翅膀，腾空飞去，成了神仙。雷州人至今还把他奉为“雷祖”。

镇江某仲

某仲镇江人，兄弟三人，伯无子，仲有子，七岁看上元灯失去，不知所往。仲闷甚，携资贸易山西，并冀访子耗。去数载未归，飞语谓仲已死，仲妻不之信，乞叔往寻。伯利仲妻年少可鬻，诡称仲凶耗已真，旅榇将归，劝仲妻改适。仲妻不可，蒙麻素于髻，为夫持服。伯知其志难夺，潜与江西贾人谋，得价百余金，令买仲妻去，戒曰："个娘子要强取，黑夜命舆来，见素髻者挽之去，速飞棹行也。"归语其妻，意甚自得，伯故避去。仲妻见伯状，知有变，甫黑即自经于梁，悬绝作声。伯妻闻之奔救，恐虚所卖金也。抱持间，仲妻素髻坠地，伯妻髻亦坠。适贾人轿至，伯妻急走出迎，摸地取髻，误带素者。贾人见素髻妇，不待分辨，径抢以行。伯归，悔无及，噤不能声。仲自晋归，途如厕，见布袱裹五百金在地，心计："此必先登厕者所遗，去应不远，盍俟诸?"未几，遗金者果至，遂与之。其人感德，分以金，不受，乃邀仲偕行。数日，抵其家，具鸡黍，命一子一女出拜。仲视其子，宛然己子也。问之良是。盖仲子失去时，为人所卖，遗金者无子，买为己子，十余年矣。仲持之泣下，遗金者曰："若携子去，我女即许汝子为媳妇。"仲归，将渡江，见一人落于水，呼救无应者，群攫其资，仲恻然，亟呼曰："孰肯救者，我募以金。"救起视之，是季弟也。季承嫂命寻仲，伯并利其死，曩之落水有挤之者，伯所使也。仲知其情，携弟与子归，入门，伯见之，亡去。

【译文】

镇江有一户人家，兄弟三个，老大没有子女，老二有个儿子，刚刚七岁。这年元宵节看花灯时，老二的儿子跑丢了，不知去向。老二非常苦恼，带着本钱到山西做生意，并希望能打听到儿子的下落。老二这一去，几年没回家，人们都传说他死了。老二的妻子不相信，央求老三去寻找丈夫。老大见弟媳还年轻，卖了能赚钱，就扯谎骗她，说老二的确死了，灵柩就要运回来了，并劝她改嫁。弟媳说什么也不答应，用白麻布裹在发髻上，为丈夫戴孝守丧。老大知道她已打定主意，决不嫁人，就暗地里和一个江西商人讨价还价，以一百多两银子的价钱，把弟媳卖给了他。老大提醒江西商人："这个女子非得强行迎娶不可。你趁夜深人静的时候，把轿子抬到我家，看到头戴白色发髻的人就抬走，然后立刻上船，离开此地！"回到家，老大把这件事告诉了老婆，还得意扬扬的，然后又故意离家回避。老二妻子发现老大鬼鬼祟祟的样子，知道自己有危险。天一黑，她就上吊自杀，快要断气时，她发出了声音。大嫂听到声音，奔进房来抢救，只怕到手的银子又丢了。正当二人拉拉扯扯的时候，弟媳蒙着白麻布的发髻掉在地上，大嫂的发髻也掉在地上。刚巧这时，商人的轿子已抬到门外，大嫂慌忙出去迎接，匆忙中，错拣了那只蒙有白麻布的发髻，戴在头上。商人看到戴白色发髻的女人从屋里出来，不由分说，抢了就跑。老大回家后，懊悔不已，却又不敢对别人讲。再说老二从山西返乡，途中去上厕所，发现地上有个包袱，打开一看，里面装着五百两银子。他心想："这一定是在我前面上厕所的人丢失的，恐怕失主还没走远，我为什么不在这里等一会儿呢？"不久，丢失银子的人果然返回，老二就将包袱还给了他。失主非常感激，要送银子给老二，老二不肯接受。于是，失主就与老二一同上路。路上走了几天，这一日来到失主家。主人杀鸡备酒，热情款待，还叫一子一女出来拜见。老二看出这家的男孩很像自己的儿子，一问，果然是他的儿子。原来，这个孩子丢失以后，被人拐卖；恰好这家主人没有儿子，就买下小孩，收养为自家的儿子，已经十年了。老二抱着儿子，泣不成声。主人说："你不如把儿子带回去，我把女儿许配给他为妻吧。"于是，老二继续赶路。这一天，他正在江边等候渡江，看见有人掉进水里，大喊救命，却没人理睬，竟然还有人去抢夺落水者的财物。老二顿起同情之心，急忙喊道："谁救此人，我赏他银子！"这才有人将落水者救上岸来。老二上前一看，落水者竟是三弟。原来，三弟受二嫂委托，前去寻兄。老大却认为老三死掉，对自己有利。刚才，老三被人推入水中，就是老大指使的。老二了解内情后，带着弟弟、儿子回到家中。刚进门，老大见他们都安然无恙地回来了，没脸呆在家里，只得逃之夭夭。

银隔世走归原主

夏镇属滕县，有蒋翁者，勤俭成家，生一子，失教，长而游荡，家渐落，蒋翁以为忧。有关帝庙陈道士，河南固始人，素与蒋翁善，乃私携五百金，嘱道士云："吾子不肖，谅不能守业，后日必为饿殍；今以此金付汝，我死后，俟其改悔，以此济之；倘终不悛，汝即以此金修庙。"道士应允，藏金瓦罐，上覆破磬，埋殿后，无有知者。后数月，翁死。子益无忌，家业尽废，妻归外家，至无栖身之地，交游绝迹，始萌悔念。道士时周恤之，蒋亦渐习操作。道士见其改过，乃告以其父遗金，将掘出畀之。及携镢至藏金处，遍觅，已失所在，相与大骇。蒋归告其匪类，因共哗然，嗾控于官。官讯之，道士不讳，官断赔偿。道士罄其蓄，犹不满十分之二，里人多不直道士，道士遂舍庙去。云游数年，过直隶莲池禅寺挂单，将行，值寺僧为某观察公诵《寿生经》，作佛事。有老仆抱公子戏于山门，公子遽牵道士衣，投怀不舍。家人不能解，因命道士抱送公子归。观察厚赠道士遣去，而公子啼哭追之，不得已，留道士于后园小庵，饮食之。一日，道士欲诵经为观察公子祈福，需木鱼钟磬。家人以破磬付之。道士惊云："此我之磬也。"家人白其主，诘之，道士云："磬覆瓦罐，内贮五百金。"问安所得金，乃具述蒋翁遗金之事。观察恍然，知其子为蒋翁转世，此金即翁所藏，而走归原主者也。告以生此子三日，掘地埋胞衣，因得此金，以无所用，付之布肆中取息，已五年矣。怜道士之无辜受赔，且与其儿有宿缘，因以此金子母赠道士，并遣使送归夏镇，致书于滕邑令，将此事镌石以纪之。

【译文】

夏镇隶属滕县管辖，镇上有位蒋老翁，靠勤俭节约发家致富。他生了一个儿子，没有教育好，长大后游手好闲，不务正业，家道便渐渐衰落。蒋老翁十分忧虑。当地有个关帝庙，庙里有个陈道士，是河南固始人，一向与蒋老翁很要好。蒋老翁就私下带着五百两银子，交给陈道士，嘱咐道："我儿子是个败家子，我料定他不能守住家业，以后一定会饿死。现在，我把这些银子托付给你，我死后，如果我儿子改过自新，你就用这些银子接济他；如果他始终执迷不悟，你就拿这些银子修庙吧。"陈道士答应了，把银子藏在瓦罐中，上面盖了个破铜磬，埋在殿后，无人知道。几个月后，蒋老翁去世了。儿子蒋某更加肆无忌惮，家业全被他花完了，妻子也回了娘家，他甚至连个安身的地方都没有。以前的那些狐朋狗友，也不再与他交往。他这才开始有点后悔。陈道士时常周济他，蒋某也渐渐学会了干活。陈道士见蒋某改邪归正，便把他父亲临终以前托付银子的事情，一五一十地告诉了蒋某，并准备把银子挖出来交给他。等到二人拿着镢头到藏银子的地方去挖，哪知挖遍了，也不见银子，二人骇得面面相觑。蒋某回去后，将此事告诉了一些不三不四的家伙。这些人顿时起哄，怂恿蒋某告官查办此事。县令传讯陈道士，陈道士毫不隐瞒，把实情说了一遍。于是县令判陈道士赔偿银子。他拿出所有积蓄，还不足十分之二。乡邻们都认为他心术不正，他受不了流言蜚语，就离庙出走了。陈道士在外云游多年，有一次路过直隶，在莲池禅寺暂住。这一日，他正准备上路，碰上和尚们为一位道台大人作佛事，诵念《寿生经》。一个老仆人抱着道台的小公子在寺门外玩耍。那小公子一见到陈道士，便抓住他的衣服，投入他怀中，怎么也不肯放手。家人不知何故，只好让陈道士抱着小公子回家，道台重重酬谢了陈道士，并送他出门，可小公子却哭叫着追上去；不得已，道台便将陈道士留在后园的一间小房住下，每日供应饮食。这一天，陈道士打算为小公子诵经求福，需要木鱼和钟磬，家人就拿出一个破磬给他，陈道士不由得一惊，叫道："这是我的钟磬呀！"家人忙将这话告诉了道台，道台前来询问。陈道士说："这磬被我盖在瓦罐上，瓦罐里藏着五百两银子。"道台问："这么多银子从何而来？"于是，陈道士就将蒋老翁留下银子的事说了一遍。道台使恍然大悟，这才明白他儿子就是蒋老翁投胎转世，这些银子本来属于蒋老翁，现在又物归原主了。道台告诉陈道士，儿子出生那天，他派人挖地埋胎衣，才挖出这些银子，因为暂时用不着，就借给布店做生意，从中获取利息，到如今已经五年了。听了陈道士的遭遇，道台同情陈道士无端赔钱，又因道士与他儿子有旧缘，就把五百两银子连本带息送给了陈道士，并派人护送陈道士回到夏镇。道台还给滕县县令写了一封信，要县令将这件事刻在石碑上，留作纪念。

人　熊

浙商某，贩洋为生，同伴二十余人，被风吹至一海岛，因结伴上岛闲步。走里许，遇一人熊，长丈余，以两手围其伴，愈围愈逼。至一大树下，熊取长藤将人耳逐个穿通，缚树上，乃跳去。诸人俟其去远，各解所佩小刀，割断其藤，趋奔回船。俄见四熊抬一大石板，板上又坐一熊，比前熊更大，前熊仍跳跃而来，状若甚乐者。至树侧，见空藤委地，怅然如有所失。石板上熊大怒，叱四熊群起殴之，立毙而去。众在舟中望之，各惊喜，以为再生。山阴吴某耳孔有一洞，沈君萍如戚也。问其故，历历言之如此。

【译文】

浙江有个商人，以海上贩运为业，同伙有二十多人。有一次，他们行船出海，被海风吹到一座海岛上，便结伴上岛散步。走了一里多路，遇到一头熊，有一丈多高。这熊伸开前掌拦住他们，步步紧逼，最后将他们逼到一棵大树底下。这熊找来藤条，将他们的耳朵逐个穿通，拴在树上，然后一蹦一跳地走了。他们等熊走远，各自拿出随身佩带的小刀，割断藤条，慌慌张张逃到船上。不一会儿，只见四头熊抬着一块大石板，石板上坐着一头更高更大的熊。刚才的那头熊仍然跳着步子跑来，一副乐呵呵的样子。它来到树旁，见一根根藤条扔在地上，难过得像是丢了什么。石板上的大熊见此情形，勃然大怒，命令抬石板的四头熊一起狠打它，顿时便将它打死，然后离去。众人在船中向岸上张望，又惊又喜，庆幸得以逃生。山阴人吴某，耳朵上就有一个洞。他是沈萍如的亲戚。我问他为什么耳朵上有洞，他就将以上这番话告诉了我。

绳拉云

山东济宁州有役王廷贞，术能求雨，常醉酒高坐本官案桌上，自称天师。刺史怒之，笞二十板。未几州大旱，祷雨不下，合州绅士都言其神，刺史不得已，召而谢之。良久许诺，令闭城南门，开城北门，选属龙者童子八名待差，使搓绳索五十二丈待用。己乃与童子斋戒三日，登坛持咒，自辰至午，云果从东起，重叠如铺绵。

王以绳掷空中，似上有持之者，竟不坠落。待绳掷尽，呼八童子曰："速拉，速拉!"八童子竭力拉之，若有千钧之重。云在西则拉之来东，云在南则拉之来北，使绳如使风然。已而大雨滂沱，水深一尺，乃牵绳而下。每雷击其首，辄以羽扇遮拦，雷亦远去。嗣后邻县苦旱，必来相延。王但索饮，不受币，且曰："一丝之受，法便不灵；每求雨一次，则家中亲丁必有损伤，故亦不乐为也。"刺史即蓝芷林亲家，芷林为余言。

【译文】

山东济宁州有个差役，名叫王廷贞，会一种求雨的法术，常常喝醉了酒，坐在知州的案桌上，自称天师。终于有一次，惹得知州大怒，命令属下把他拉出去，杖打二十大板。过了不久，济宁大旱，百姓求雨，总不见下。全州绅士都说王廷贞会求雨的法术，知州没办法，只得把他请来，向他道歉，请他求雨。王廷贞犹豫了好半天，才答应了。接着，王廷贞命令紧闭南城门，打开北城门，挑选属龙的八个小孩，听候调遣，并让小孩搓出五十二丈长的绳子备用。随后，他与八个小孩斋戒三天，登上神坛，诵念咒语。从辰时念到午时，果然，云从东边飘来，层层叠叠，像铺着锦缎一样。这时，王廷贞将那根长绳抛向空中，天上好像有人死死抓住绳子，绳子竟然落不下来。等绳子全部抛出后，王廷贞叫八个小孩："快拉绳子！快拉绳子!"小孩使出浑身力气去拉，上面却仿佛有上万斤重。云在西边，就向东拉；云在南边，就向北拉，拉着绳子的感觉，就像驾着风，飘飘悠悠的。不一会儿，倾盆大雨从天而降，积水一尺，于是，王廷贞抓着绳子走下神坛。每每有雷击打他的头，他就用羽毛扇拦挡，雷也就渐渐远去。此后，邻县如有大旱，必定来请王廷贞。王廷贞只要酒喝，不收银钱。他说："拿了一分一厘，这法术就不灵了。"他每求一次雨，家中必定有亲人受到损伤，所以，他也不愿做这种事。济宁州知州是蓝芷林的亲家翁，这故事就是蓝芷林对我讲的。

烧 狼 筋

蓝府有狼筋一条，凡家中失物，烧之则偷者手足皆颤。有女公子失金钗一只，不知谁偷，乃齐奴婢媪姆数十人，取筋烧之。数十人神气平善，了无他异，但见房门布帘闪颤不已，揭视之，钗挂其上，盖女公子走过时，钗为帘所勾留耳。

【译文】

蓝家有一条狼筋，凡是府里丢失东西，只要一烧狼筋，偷东西的人就会手脚发抖。一次，蓝家女儿的一只金钗丢了，不知是谁偷的。于是就召集了几十个奴婢佣人，拿出狼筋来烧。这些仆人个个神情镇静，没有什么反常的举动。这时，房门上的布帘子却抖个不停，掀起一看，金钗就挂在上面。原来，蓝家女儿走过时，金钗被门帘挂住了。

王 老 三

江西陶悔庵行五，妻某氏，偶与姑口角，忽腾身而坐屋瓦上，大笑不止，再三招之始下，口作北京男子音曰：“我天津卫王老三，谁人不知，年一百三十岁矣；从北迁南，住此已七十年。此屋是翰林蒋士铨故居，我犹见其初生时也。”家人闻之大骇，问：“汝鬼耶？狐耶？”曰：“我非鬼非狐，乃半仙也。我所住处，被汝家五爷拆毁，使我无安身之所。我权立瓦檐七日，既冻且饿，不得不借寓你家娘子身上，速买面来疗饥！”与之面，一啖五斤。五爷者，悔庵也。问：“五爷并未拆房，何得云尔？”曰：“所拆者，东厢庭柱下是也。”先是悔庵得古钱千文，欲其生青绿，故掘柱下埋之，不知即此怪所居。问：“既恼五爷，何以不附五爷身上？”曰：“彼手内有印，我畏之，故不敢。”悔庵因而自视其手，有纹正方，平素亦不自知也。陶太夫人责之曰：“汝既自称半仙，便当知男女有别，何以缠扰我家娘子！”某氏即作男子揖状，曰：“我自知非礼，但不附你家娘子身上，恐所求不遂。因知男女有别，故我夜间不许他睡，教他张着眼，所以避嫌疑也。且我高年修道，岂复再有邪念耶？”问：“何求？”曰：“送我迁居。”问：“作何送法？”曰：“请五爷用有印之手，用红纸写‘王三先生之神位’，贴向东湖水边松树上，则我去矣。”如其言。又曰：“我尚需衣冠才去。”乃向纸店买纸衣冠焚之。又大笑曰：“我布衣也，并未入学，又未捐官，何必用此金顶帽哉！速换，速换！”视店中纸冠，果有金顶，乃去之。悔庵亲持纸牌，送贴东湖松树上，闻空中呼谢者再，从此家中平安。问其妻，曰：“我与姑口角时，忽见空中有短而髯者，以手提我至瓦上，此后我不知矣。”怪在家作闹时，人问休咎，有中有不中，问多则不答，曰：“我答何难，但你辈亦须哀怜娘子，省费些中气。”间亦作诗数句，文理粗俗，末落款但云“王三先生高兴”六字而已。

【译文】

江西人陶悔庵排行老五。有一次，陶妻与小姑发生争吵，陶妻竟腾空一跃，坐到屋顶上去了，还笑个不停。人们再三叫她下来，她才下了屋顶，并用北京男子口音说：“我是天津卫的王老三，没人不知道，我已经一百三十岁啦！从北方迁居到南方，住在这儿也已经七十年了。这间房子是翰林编修蒋士铨的故居。当年，我还见过他出世时的样子呢。”陶家人听了，个个被吓坏了，忙问：“你是鬼？还是狐？”她回答说：“我既不是鬼，也不是狐，我是半仙。我住的这个地方，被你家五爷拆毁了，使我无处安身，我只好站在瓦檐上过了七天，又冷又饿，才不得不附在你家娘子身上。快买面来给我吃！”给她面，一吃就是五斤。她所说的“五爷”，就是陶悔庵。陶家人又问：“我家五爷并没有拆过房子，你怎么说是五爷拆你房子呢？”她答道：“五爷拆毁的地方，就在东厢房庭柱那儿。”原来在此之前，陶悔庵得到一千文古钱，他想让古钱变成青绿色，就把钱埋在庭柱下面，哪里知道这里竟是王半仙住的地方呢？陶家人又问：“你既然恼恨五爷，为什么不附在五爷身上呢？”她说：“五爷手掌上有官纹，我害怕，所以不敢附在他身上。”悔庵抬手一看，果然有个正方形的手纹，平常并不知道。陶老夫人责怪说：“你既然自称半仙，就应当知道男女有别，为什么缠扰我家媳妇！”陶妻立即做出男子作揖的样子，说：“我知道自己越礼了。但不附在你家媳妇身上，又恐怕你们不答应我的要求。正因为我知道男女有别，所以我夜里不许她睡着，让她睁着眼，就是为了避嫌疑。况且，我年事已高，又修炼多年，怎么还会有邪念呢？”陶家人问：“那你有什么要求？”她说：“送我回到老住处。”又问：“怎么个送法？”答道：“请五爷用有官纹的手，拿红纸写上‘王三先生之神位’，贴到东湖边的松树上，我就可以离开此地了。”悔庵按她的话去做。王老三又说：“我还需要衣帽，你们给我，我才走。”于是陶家又到纸店买了纸衣纸帽，烧了给他。可王老三又大笑起来，说：“我是平常百姓，没有上过学，也没有钱捐官，何必买这样的金顶帽呢？快换，快换！”悔庵跑到店里一看，果然纸帽都有金顶，便将金顶去掉烧给他。悔庵又亲自捧着纸牌位，把它贴到东湖边的松树上，只听见空中不断传来感谢的声音。从此以后，陶家平安无事。后来，悔庵问妻子，妻子说：“我和小姑争吵时，忽然发现空中有个矮个子、长胡须的人，用手把我提到屋顶上。以后的情形，我就不清楚了。”当初，王老三在陶家捣乱时，有人问他福与祸的事。他有时说得很准，有时说得不准。问得多了，他嫌烦，干脆就不回答，甚至还说：“我说说并不难，可我是借你家娘子的嘴说话，你们应该可怜可怜她，少让她耗费元气。”有时，这王老三还能写几句粗俗的诗，末了落款，只写“王三先生高兴”六个字而已。

择风水贾祸

湖南孝感县张息村明府，葬先人于九嵕山，事毕，别买隙地五亩许，将造宗祠。工人动土竖柱，得一朱棺，盖已朽坏，中露一尸，骷髅甚大，体骨长过中人，胸贯三铁钉，长五六寸，腰有铁索环绕数匝。工人不敢动，告知明府，一时宾客，尽劝掩埋，另择竖柱之所。张不可，曰：“我用价买地，本非强占；且风水所关，尺寸不可移，此古墓也，可以迁葬。”乃自作祭文，具牲牢祭之。祭毕，仍令迁棺。工人锹方下，遽仆地喷血，骂曰：“我唐朝节度使崔洪也，以用法过严，军人作乱，缚我钉死。国家衰乱，不能为我泄忿诛凶，葬此八百余年。张某何人，敢擅迁我墓，必不能相恕也！”言毕，工人起而张明府病矣。诸宾客群为祈请，病竟不减，舁归，数日而卒。

【译文】

湖南孝感县知县张息村，将他的祖先安葬在九嵕山上，又另外买了块空地，有五亩多，准备建造家祠。他找来工人们，破土安柱子，却挖出一口红漆棺材。棺材盖已经腐朽变烂，露出里面的一具尸体，骷髅长大，身材当比一般人高，尸体的胸部穿透三根铁钉，有五六寸长，腰部被铁链绕了好几圈。工人们谁也不敢动，就告诉了张息村。一时之间，亲朋好友都劝他将棺材掩埋好，另外再换个地方安柱子。张息村不答应，说："我用钱买地，又不是强占的，而且事关风水，原计划一点也不能改变。这不过是座古墓，可以迁葬嘛。"于是，张息村写了祭文，准备了祭品。祭完后，仍命令工人们将古墓迁葬。刚挖下去，有个工人突然倒在地上，口吐鲜血，骂道："我是唐朝节度使崔洪！因为执法严厉，士兵作乱，把我绑起来，用铁钉钉死。当时国家混乱衰败，不能为我报仇，诛杀凶手。我埋葬在这里，已有八百多年了！张某，你是何人，竟敢迁我坟墓，我绝不饶你！"说完，那个工人站了起来，而张息村却病倒了。亲朋好友一起为张息村祈祷，但他病势不减，抬回家没几天，就死了。

飞　僵

颍州蒋太守，在直隶安州遇一老翁，两手时时颤动，作摇铃状。扣其故，曰："余家住某村，村居仅数十户，山中出一僵尸，能飞行空中，食人小儿。每日未落，群相戒闭户匿儿，犹往往被攫。村人探其穴，深不可测，无敢犯者。闻城中某道士有法术，因纠积金帛，往求捉怪。道士许诺，择日至村中，设立法坛，谓众人曰：'我法能布天罗地网，使不得飞去，亦须尔辈持兵械相助，尤需一胆大人入其穴。'众人莫敢对，余应声而出，问何差遣，法师曰：'凡僵尸最怕铃铛声，尔到夜间，伺其飞出，即入穴中，持两大铃摇之，手不可住，若稍歇，则尸入穴，尔受伤矣。'漏将下，法师登坛作法，余因握双铃，候尸飞出，尽力乱摇，手如雨点，不敢小住。尸到穴门，果狰狞怒视，闻铃声琅琅，逡巡不敢入；前面被人围住，又无逃处，乃奋手张臂与村人格斗。至天将明，仆地而倒。众举火焚之。余时在穴中未知也，犹摇铃不敢停如故。至日中，众大呼，余始出，而两手动摇不止，遂至今成疾云。”

【译文】

颍州知府蒋某，曾在直隶安州遇到一位老翁，看见他两手不停地抖动，像在摇铃一样。蒋知府问他是什么原因，老翁说：我家住在某某村，村里只有几十户人家。山里出了一具僵尸，能在空中飞行，吃人家小孩。每天太阳落山前，家家户户都关闭门窗，把孩子藏起来。即使这样，小孩仍往往被抓去。村里人壮着胆子，查明僵尸的洞穴，见那洞穴深不可测，谁也不敢进去。后来，听说城里有位道士会法术，就凑齐了钱物，去求道士捉鬼。道士答应了，挑了个日子来到村里，设下神坛，对大家说：“我的法力能布下天罗地网，使僵尸无法飞起来，但也需要你们拿兵器帮助我，特别需要一个胆大的人，到那僵尸的洞穴里去。”众人没一个敢答应，我便挺身而出，问道士有何差遣。他说：“僵尸最怕铃声。到夜里，你等那怪物飞出，就进入洞中，手摇两只大铃，千万不能停下来。稍一停顿，那僵尸就会进洞，你就会受伤的。”当夜还不到一更天，道士登坛作法。我等僵尸飞出后，就进到洞中，手拿二铃，使劲乱摇，双手就像雨点一样，一刻也不敢停下来。僵尸回到洞口，恶狠狠地盯着我，却因铃声不断，只得在洞口转来转去，不敢进洞。这时，僵尸已被人们团团围住，无处可逃，就张牙舞爪，直扑上去，与人们格斗起来。快天亮时，僵尸扑通一声倒在地上。人们立即点火把僵尸焚烧了。我当时还在洞里，不知外面发生的一切，仍在里面一个劲地摇铃。等到中午，众人大声喊我，我才出了洞，可两只手依然摇个不停。于是落下了如今这种病症。

两僵尸野合

有壮士某，客于湖广，独居古寺。一夕，月色甚佳，散步门外，见树林中隐隐有戴唐巾飘然来者，疑其为鬼。旋至松林最密中，入一古墓，心知为僵尸。素闻僵尸失棺上盖，便不能作祟。次夜，先匿于树林中，伺尸出，将窃取其盖。二更后，尸果出，似有所往。尾之，至一大宅门外，其上楼窗中先有红衣妇人，掷下白练一条，牵引之，尸攀援而上，作絮语声，不甚了了。壮士先回，窃其棺盖藏之，仍伏于松深处。夜将阑，尸匆匆还，见棺失盖，窘甚，遍觅良久，仍从原路踉跄奔去。再尾之，至楼下，且跃且鸣，啫啫有声，楼上妇亦相对啫啫，以手摇拒，似讶其不应再至者。鸡忽鸣，尸倒于路侧。明早，行人尽至，各大骇，同往楼下访之，乃周姓祠堂，楼停一柩，有女僵尸，亦卧于棺外。众人知为僵尸野合之怪，乃合尸于一处而焚之。

【译文】

有一位壮士，客居在湖广一带，独自住在一座古庙里。一天晚上，月色很美，他到外面散步，看见松树林中隐隐约约有人在走动，轻飘飘的，好像还戴着唐朝时的头巾，他心中怀疑是遇鬼了。不一会儿，他见那影子走到树林的最深处，进了一座古墓。他心想，这必定是一具僵尸。平常，他听说如果僵尸没了棺材盖，就不能作怪。于是，第二天夜里，他先藏在树林中，打算等那僵尸出来后，把棺材盖拿走。二更过后，那僵尸果然又出来了，看样子要到什么地方去。他就悄悄地尾随着。到了一户人家的大门外，只见楼上窗子里有一个穿红衣的妇人，扔下一条白绸带，牵引僵尸，僵尸就顺着绸带爬进楼，喁喁私语，壮士在下面听不清楚。于是，他又悄悄返回树林，偷偷地把棺材盖藏了起来，然后趴在松林深处观望。夜深了，那僵尸匆匆回来，见棺材盖没了，非常紧张，就到处找了很久，没找到。僵尸随即又顺着原路，跌跌撞撞地往刚才去的那个地方跑，壮士又跟着。僵尸来到楼下，又跳又叫，还发出奇怪的声音；楼上那妇人也对僵尸唧唧喳喳说着什么，还一个劲地摇手，好像是怪僵尸不该再来。就在这时，鸡叫了，那僵尸立刻倒在路边。第二天早上，行人看到这具男僵尸，都害怕极了，便一同到楼下打听。原来，这楼是周姓家族的祠堂，楼上停放着一口棺材，棺材外边躺着一具女僵尸。众人这才明白，这两具僵尸趁着黑夜交合，所以才闹出怪事。于是，众人将两具尸体合在一起烧掉了。

鬼幕宾

毗陵王生，年四十余，游幕关中，时虚庵庄公知盩厔县事，延至幕中。是年秋，与署中友暨庄逵吉诸人同至城隍庙看菊，苦无佳者。王生偶拾一枝，遣仆送归。逵吉阻之，以为神前之物，不可轻动。王戏曰："某一生直道，神明必不见怪，如欲加谴责，我为之代办公事一二件，何如?"明年三月三日，王生无疾而终，各以为骇。更余，忽醒曰："予独坐，见一使者，持一名柬至邀余，即同步出门外登舆。行里许，至城隍庙，神降阶迎，行宾主礼，曰：'先生折我菊花，许我办案，兹有某县积案，迟延日久，尚未审结，奉邀先生一商。'少顷，吏捧积年案卷至，主人退出。余阅诸情节，皆属易办，惟有误勾某罪人一案，余批云：'骨肉未寒，犹可还阳；否则东岳行查檄至，城隍将受处分矣。’神出视，大喜云：‘先生所见，甚合我意。’茶罢仍送至丹墀，曰：‘尚有一事奉托，如晤包少府，渠承办工程木料，日内可到矣。’余唯唯，别出登舆而归，取床头青蚨三百，犒其从者而醒。”越三日，仙游大水，木料皆出黑口镇矣。包少府者，醴泉同知包某也。至今人呼王生为“鬼幕宾”。

【译文】

毗陵人王某，四十多岁了，在关中做幕僚。当时，庄虚庵是盩厔县知县，就请王某到县衙做事。这年秋天，王某与县衙里的朋友以及庄逵吉等人，一起到城隍庙观赏菊花，可惜没有见到好花。王某碰巧拾到一枝，就要派人送回县衙。庄逵吉上前阻拦，认为神灵面前的东西，不可轻易触动。王某不以为然，开玩笑说：“我一生正直厚道，神灵一定不会怪罪。如果真要怪罪，那我为神办一两件事就是了，你们说怎么样?”第二年三月三日，王某没病没痛的，却死了，大家都惊恐不已。当夜一更过后，王某又突然醒来，对大家说：“我正一个人坐着，看见一个使者，拿着请帖来找我，我就跟着他出门，坐轿走了。大约走了一里多路，来到城隍庙，城隍神亲自走下台阶迎接我，宾主互相行礼后，城隍神对我说：‘先生还记得摘我菊花时，许愿要替我办事吗？我这里有某县多年以来积压的案卷，时间耽搁了很久，一直没有结案。现请先生前来商量商量。’一会儿，便有官吏抱着多年积压的案卷来了，城隍神就退了出去。于是，我就一一仔细审阅，觉得这些案件大都好办，只有一宗错抓犯人的案子比较棘手。我在案卷上批道：‘尸骨未寒，还可还阳；否则东岳神追究起来，城隍神是要受处分的。’城隍神进来一看，十分高兴，说：‘先生之见，正合我意。’喝过茶后，城隍神将我送到台阶前，说：‘我还有一事拜托，如你见到包少府，请你转告他，他承办工程所需要的木料，几天后就送到。’我点头答应，告辞出门，坐轿回来，还从床头拿了三百纸钱，酬谢那些送我的人。后来，我就醒了。”过了三天，仙游寺门口的黑河发大水，看到木料已运出了黑口镇。那个“包少府”，就是醴泉同知包某。人们至今还叫王某是“鬼幕宾”。

雷震蟆妖

严陵宋淡山，于乾隆丁亥夏，见遂安县民家雷震其屋，须臾天霁，一无所损，惟室中恒有臭气。旬日后，诸亲友以樗蒲之戏，环聚于庭，天花板内，忽有血水下滴。启板视之，见一死虾蟆，长三尺许，头戴猔缨帽，脚穿乌缎靴，身著玄纱褙褡，宛如人形。方知雷击者，即此虾蟆也。

【译文】

严陵人宋淡山，曾于乾隆三十二年的夏季，看见遂安县一户百姓家遭到雷击。过了一会儿，天晴了，再看屋时，竟然完好无损，只是从此以后，房里总有一股臭味。十几天后，亲友们围在堂屋里，正用樗树、蒲叶相互游戏。忽然从天花板上淌下血水，众人打开天花板一看，只见一只死蛤蟆，三尺多长，头戴马鬃做的帽子，脚穿黑缎子做的靴子，身着黑纱做的背心，形状和人一样。大家这才知道，那天雷神击杀的，正是这只蛤蟆妖。

梦中破案

曹州刘姓，以典当为业，虞城张某，为经理其事已二载矣。少有蓄积，岁暮欲归，主人留至元旦，乘一青骡去，相订上元日返曹州。至期不至，刘因遣人促之来，至其家，则云：“未尝归也。”两家致讼，控至抚按，勒限饬县捕拿，延至六月矣。公差惶遽无措。一夕，访于城南，见有老人偕一年少相谓曰：“月色甚佳，何不向凉亭一行?”曹州南城十数里，旧有凉亭。公差私议：“二人于此时往，倘城门闭，何由而入?”心异之，遂先至彼相伺。未几，二人果至，听所言，皆邻里间琐事。有顷，少年忽云：“城内刘姓事，至今未明。余心窃计，乃西门外卖饼孙姓，利其财物，因而害之也。”翁问故，少年云：“饼店在此已数载，今春倏闭，是以疑之。”翁叱云：“此事大有干系，何得妄语!”意甚拂然。旋云：“夜深可归矣。”公差尾其后，行甚速，至南城，门已闭，见二人从门隙入。差亟呼司阍启钥，入城则两人尚在前行。至小弄，少年与翁别，入门，门亦未启也。复随翁行二十余家，亦未启扉而入。差大惊，扣其户，半晌翁出，持纸拈，披衣，极困惫之状。差曰：“适间与少年凉亭看月，何遽睡耶?”翁神色迟疑，曰：“看月有之，乃梦中事也。”差复胁之往诣少年，少年出亦如翁状，乃拘入县署，述梦中语。次早遣二人至某村，迹孙姓所居，则青骡宛系门首也。因锁拿到县，一讯而服。遂起赃，问抵偿焉。此乙巳夏间事。曹州守吴忠诰，向为绥德州牧，与严道甫善，告道甫也。

【译文】

曹州有个姓刘的人，以典当为业，请虞城人张某管理当铺的生意，已有两年了。张某有了一些积蓄，这年年底想回家探亲，被刘某留到春节，然后，张某骑着一头青骡子回家，约好正月十五返回曹州。到了期限，不见张某回来，刘某就派人前去催促。到张家后，张家人却说张某没回过家。于是两家打起官司，告到巡抚衙门，巡抚命令知县，限期捉拿案犯。一直拖延到六月份，差役们还是找不到人，便有些惊慌，不知怎么办才好。一天晚上，差役们到城南查访，看见有位老人正与一年轻人一起闲谈：“月色这么好，干嘛不到凉亭去走走呢?”原来，曹州城南门外十几里的地方有个凉亭。差役们私下商议：“这么晚了，他们二人却要去凉亭，如果回城时城门关了，他们怎么进城呢?”差役们心中诧异，就抢先到凉亭去等候。过了不久，老少二人果然来到凉亭，听他们所谈的，全都是邻里之间的琐事。许久，年轻人忽然说：“城里刘家的事，至今还没搞清楚。依我看，这事恐怕是西门外卖饼的孙某谋财害命。”老人问有什么可疑的迹象，年轻人说：“孙家饼店已开了好几年，今年一开春却突然关门了，所以我怀疑其中有问题。”老人斥责道：“这种事人命关天，怎么能胡乱猜测呢!”样子十分不满。接着，老人便说：“夜深了，我们回去吧。”于是，差役们又跟着他们往回走。那二人走得很快，一会儿就到了城南门。这时，城门已经关闭，差役们看见二人从门缝中进去了，就赶紧叫城门官开门。进城后，差役们见二人仍走在前面，来到一个小巷口，年轻人与老人告别，不开门就进了屋。差役们跟着老人又走过二十多户人家，到一门前，老人也没开门，就进去了。差役们大惊，就敲老人家的门。过了半天，老人才开门出来，点着纸拈，披着衣服，样子很疲倦。差役们问：“刚才你还与一个年轻人在凉亭观月，怎么睡得这么快?”老人神色惊疑，说：“的确有观月这件事，可那是梦中的情形呀。”于是，差役们又挟持着老人，去找年轻人。年轻人出来后，与老人讲的一模一样。差役们就将他们抓进县衙，二人向知县陈述了梦中的情景。第二天早晨，知县派老少二人带路来到某村，找到孙某的住处，一看，那头青骡子还在门口拴着呢。于是立即将孙某捉拿归案，只审问了一回，孙某就服罪了，随后就是起赃、赔偿、抵命。这是乾隆五十年夏天的事。曹州知府吴忠浩，原是绥德知州，与严道甫关系很好，这件事就是他告诉严道甫的。

马变鱼园地变鹅

雍正初年，伍相国为盛京将军，送马五百匹诣黑龙江。将至不数里，忽一马振鬣长嘶，众马随之，至江口，尽跃入水，化而为鱼。严道甫馆德州卢氏，时卢有戚罗姓，偶以二百钱买一鹅，带至济南应试。到时，鹅价甚贵，有以五百文售之者。罗忽动牟利之念，忆家有园地十五亩，若质钱买鹅，可获三倍之利。试毕回家，售地得价，四出买鹅，得三百余只，复驱以往。行二日，至齐河，过城外长桥，有头鹅带铃者，引颈长鸣，振翼而飞，众鹅相率以上。观者数十人，群相拍手。须臾之间，望之如白云一片，随风而灭。罗惭悔交集，无可奈何，搜索囊中，尚余前次买鹅钱数百文，作盘费以归。自叹祖遗园地，化鹅而去矣。

【译文】

雍正初年，伍弥泰相国任盛京将军时，送五百匹马往黑龙江。眼看还差几里就到了，忽然有一匹马鬃毛竖起，长嘶一声，群马就随它奔腾而去，到黑龙江边，全都跳入水中，变成了鱼。严道甫在德州人卢家设馆授徒，卢家有个亲戚姓罗。有一次，罗某偶然花了二百文钱买了一只鹅，赶考时将它带到济南。济南鹅价很贵，一只鹅能卖到五百文钱。罗某因此动了赚钱的念头，想起家中有园地十五亩，如果用地换钱买鹅，带到济南来卖，就可以赢利三倍。考试一结束，罗某就赶回家把地卖了，用所得的钱到处收购鹅，买得三百只，就赶着鹅群往济南去。走了两天，来到齐河，刚要过城外的长桥时，鹅群中有只戴着铃铛、领头的鹅，突然引颈长鸣，振翅而飞，群鹅也跟着飞走了。一旁观望的有几十人，个个拍手称奇。转眼之间，那远飞的鹅群宛似一片白云，随风消失了。罗某深感惭愧懊悔，无可奈何，摸摸钱袋，只剩下先前卖鹅的钱，还有几百文，就以此作路费回家。罗某哀叹道：“祖上留下来的园地，全化作鹅飞走了。”

聋　鬼

乾隆四十九年，杭州半山陆家牌楼河中淌一浮尸来。村民霍茂祥，素行善事，为殓钱买棺，殡诸市上。夜梦蓝衣人来曰：“我临平人张某，教馆为业，不幸失足落水，蒙君殡我，无以为报，我能预知休咎，替人禳解，倘有灵应，须以牲牢谢我，君可得香火钱。”霍醒告之里人，果有求必应。不数日，香火如云。霍夜又梦张来曰：“我左耳聋，有来通诚者，须向右耳告我。”于是次日人来祈祷者，听霍之言，多向棺右致祭叫呼，似有应声答者。村民奉之若狂，呼为“灵棺材”。霍家取香火钱，因以致富。未几，仁和令杨公路过，见烧香者汹汹蚁集。杨怒其惑众，命焚其棺，鬼遂绝。

【译文】

乾隆四十九年，杭州半山陆家牌楼河里漂来一具尸体。村民霍茂祥，一向乐于做好事，就出钱在街上买了棺材，将尸体放进棺内。晚上，霍茂祥梦见一个蓝衣人前来，对他说：“我是临平人，姓张，教书为生，不幸失足落水。承蒙你替我收尸，十分感谢。我没有什么东西来报答你，但我能预测祸福，替人消灾解难。如果灵验的话，人们一定会准备供品来谢我，到那时，你也可以收取香火钱了。”霍茂祥醒来后，把这些话告诉了乡亲们，果然大家都来算命，而且有求必应，十分灵验。没几天，这里就门庭若市、香火如云了。这天晚上，霍茂祥又梦见张某来说：“我左耳是聋的，如果有人来算命，得向我右耳说。”于是，第二天来求签祭拜的人，听霍茂祥这么一讲，便在棺材右边祭拜诉说，好像还有回答的声音。村民们信奉得发了狂，把这叫作“灵棺材”。霍家得了香火钱，也因此发了财。不久，仁和县知县杨公路过这里，见烧香的人多得像蚂蚁，十分生气，恼恨这个聋鬼妖言惑众，就命令手下焚烧棺材。从此，聋鬼也就销声匿迹了。

棺　床

陆秀才遐龄，赴闽中幕馆。路过江山县，天大雨，赶店不及，日已夕矣。望前村树木浓密，瓦屋数间，奔往叩门，求借一宿。主人出迎，颇清雅，自言沈姓，亦系江山秀才，家无余屋延宾。陆再三求，沈不得已，指东厢一间曰：“此可草榻也。”持烛送入。陆见左停一棺，意颇恶之，又自念平素胆壮，且舍此亦无他宿处，乃唯唯作谢。其房中原有木榻，即将行李铺上，辞主人出，而心不能无悸。取所带《易经》一部，灯下观至二鼓，不敢息烛，和衣而寝。少顷，闻棺中窸窣有声，注目视之，棺前盖已掀起矣。有翁白须朱履，伸两腿而出。陆大骇，紧扣其帐，而于帐缝窥之。翁至陆坐处，翻其《易经》，了无惧色，袖出烟袋，就烛上吃烟。陆更惊，以为鬼不畏《易经》，又能吃烟，真恶鬼矣。恐其走至榻前，愈益谛视，浑身冷颤，榻为之动。白须翁视榻微笑，竟不至前，仍袖烟袋入棺，自覆其盖。陆终夜不眠，迨早，主人出问客："昨夜安否？"强应曰："安，但不知屋左所停棺内何人？"曰："家父也。"陆曰："既系尊公，何以久不安葬？"主人曰："家君现存，壮健无恙，并未死也。家君平日一切达观，以为自古皆有死，何不先为演习，故庆七十后，即作寿棺，厚糊其里，置被褥焉。每晚必卧其中，当作床帐。"言毕，拉赴棺前，请老翁起，行宾主之礼。果灯下所见翁，笑曰："客受惊耶？"三人拍手大剧。视其棺，四围沙木，中空，其盖用黑漆绵纱为之，故能透气，且甚轻。

【译文】

秀才陆遐龄，去福建做幕僚，路过江山县。这天，忽然下起大雨，赶到旅店投宿已经来不及了，眼看天色已晚，陆遐龄远远望见前面有个村子，树木浓密，其中还有几间瓦房。于是，他就跑去敲门，请求住一个晚上。主人出来接待，看上去清秀文雅，自称姓沈，是江山县的秀才，说家里没有多余的空房让客人住。陆遐龄再三请求，沈秀才没办法，指着东厢房说："那就在这里铺个床位吧。"说完，拿着蜡烛，把陆遐龄领了进去。陆遐龄见房里左边停放着一口棺材，心中有点厌恶；又一想，自己一向胆大，而且现在除了这里，也没地方住宿，只好一再向主人道谢。这房里原有一张木床，他就将行李铺上。送走主人，陆遐龄心中不能不感到害怕，就拿了一本随身携带的《易经》，在灯下看起来。到了二更时分，他不敢吹灭蜡烛，连衣服也不敢脱，就睡下了。过了不久，陆遐龄听到棺材里有窸窸窣窣的声音，定睛一看，棺材盖已被掀开，一个白胡子老头，穿着红鞋，伸腿出了棺材。陆遐龄大惊失色，紧紧掩着帐子，从帐缝里向外偷看。老头走到陆遐龄原来坐的地方，翻看那本《易经》，而且毫无惧色；又从衣袖里掏出烟斗，就着烛火点烟。陆遐龄更加吃惊，认为这鬼不怕《易经》，又能抽烟，必是恶鬼！他唯恐老头走到床前，就目不转睛地盯着看，越看，就越是吓得浑身发抖，连床也跟着抖动起来。白胡子老头瞧瞧床，微笑着，也不往床这边来。随后他把烟斗放进袖中，钻进棺材，还把棺材盖盖好。整整一夜，陆遐龄没敢合眼。到了早晨，主人前来问道："你昨晚睡得好吗?"陆遐龄勉强说："还好，还好。不过，这房里左边停放的棺材里是什么人?"主人说："是我父亲。"陆遐龄说："既然是你父亲，为什么这么久了还不安葬呢?"主人说："我父亲没死，还活着，健康得很，一点儿病也没有。我父亲平常对一切事情都想得开，认为人自古都有一死，为什么不预先演习一下呢？所以贺完七十大寿，就做了棺材，里面厚厚地涂了一层生漆，放上铺盖。每天晚上，他都睡在里面，把棺材当作床用。"说完，就拉着陆遐龄走到棺材前，请老头起来。宾主互相见面，陆遐龄一看，果然是昨夜灯下的老头。老头笑道："你受惊了吧?"于是，三人拍手大笑。陆遐龄看看那口棺材，四边用的是杉木，中间是空的，棺材盖用黑漆涂过的棉纱做成，所以能透气，而且又很轻。

炮打蝗虫

崇祯甲申，河南飞蝗食民间小儿，每一阵来，如猛雨毒箭，环抱人而蚕食之，顷刻皮肉俱尽。方知《北史》载灵太后时，蚕蛾食人无算，真有其事也。开封府城门被蝗塞断，人不能出入。祥符令不得已，发火炮击之，冲开一洞，行人得通。未饭顷，又填塞矣。

【译文】

明朝崇祯甲申年间，河南蝗虫成灾，竟然吃起民间的小孩。每来一阵蝗虫，就好像猛雨毒箭，从四面八方把人围住，一点一点地噬食，转眼的工夫，就把皮肉吃得一干二净。人们这才知道《北史》上所载灵太后当政时蚕蛾吃了无数人的事是真的。这一次开封府城门被蝗虫堵塞，人们无法出入。祥符县知县急得没办法，就下令开火炮轰打蝗虫，这才冲开一个洞，行人得以通过。可还没一顿饭的工夫，城门又被蝗虫堵塞了。

僵尸手执元宝

雍正九年冬，西北地震，山西介休县某村，地陷里许。有未成坑者，居民掘视之。一家仇姓者，全家俱在，尸僵不腐；一切什物器皿完好如初。主人方持天平兑银，右手犹执一元宝，握把甚牢。

【译文】

雍正九年的冬天，西北地区发生地震。山西介休县的一个村子，地面向下塌陷了五百多米深。只有一块地方没陷下去，村民们就挖开来看。原来，这地下埋着一户姓仇的人家，仇家人都被埋在一块儿，尸体僵硬，没有腐烂；所有家具物品都完好无损。地震时，主人正拿着天平秤称银子，右手还拿着一只金元宝，抓得紧紧的。

张飞棺

萧松浦从四川归云：保宁府巴州旧刺史之厅东，有张飞墓，石穴至今未闭。朱棺悬空，长九尺，叩之，声铿铿然。乾隆三十年，有陈秀才某，梦金甲神，自称："我汉朝将军张翼德也。今世俗驿递公文，避家兄云长之讳，而反犯我之讳，何太不公道耶？"彼此大笑而寤。盖近日公文改"羽递"为"飞递"故也。

【译文】

萧松浦从四川回来说：在保宁府巴州原先的知州衙门大厅的东面，有个张飞墓，石头砌成的墓穴至今也没封死。一口红漆棺材悬空吊起，长有九尺，敲一敲，铿铿直响。乾隆三十年，有个陈秀才梦见穿金铠甲的神。神说："我是汉朝将军张翼德。现今世间由驿站用快马传送公文，为了避我兄长关云长的名讳，换了个说法，却又冒犯了我的名讳。这真是太不公道了！"彼此大笑起来，陈秀才也就醒了。原来，最近驿站用快马传递公文，由"羽递"改称为"飞递"。

误尝粪

常州蒋用庵御史，与四友同饮于徐兆璜家。徐精饮馔，烹河豚尤佳，因置酒，请六客同食河豚。六客虽贪河豚味美，各举箸大啖，而心不能无疑。忽一客张姓者，斗然倒地，口吐白沫，噤不能声。主人与群客皆以为中河豚毒矣，速购粪清灌之，张犹未醒。五人大惧，皆曰："宁可服药于毒未发之前。"乃各饮粪清一杯。良久，张竟苏醒，群客告以解救之事。张曰："小弟向有羊儿疯之疾，不时举发，非中河豚毒也。"于是五人深悔无故而尝粪，且嗽且呕，狂笑不止。

【译文】

监察御史蒋用庵是常州人，曾经与四个朋友到徐兆璜家喝酒。徐兆璜烧得一手好菜，尤其是烧的河豚鱼特别好吃。有一次，徐兆璜买了酒，请来六个客人，一起品尝河豚鱼。众人贪恋鲜美的河豚鱼，都举起筷子，想大吃一顿；可是，心里又不能不有所顾虑，担心中毒。忽然，一个姓张的客人倒在地上，口吐白沫，不能讲话。

主人与客人们都以为他是吃河豚鱼中了毒，就迅速弄来粪汁，给张某灌下去；张某还是不醒。这时，五个客人害怕极了，都说："我们不如在毒力发作之前，先服下解药吧。"于是，每人喝了一杯粪汁。过了好长时间，张某竟然苏醒过来，大家把用粪汁抢救他的情形告诉了他，哪知张某却说："小弟一向有羊角风的老毛病，时不时地发作，并不是中了河豚鱼的毒呀。"五个客人听了，都很后悔无缘无故地吃了一次粪，一边漱口，一边呕吐，然后是狂笑不止。

借尸延嗣

萧公文登，宰阳湖。伊邻施妪，其夫早卒，抚其遗腹子某，长大娶妻李氏，姑媳甚欢。年余，媳忽病亡。妪家贫，痛媳亡，不能再娶以延夫祀，呼天吁地。次日将殓，媳忽从炕上跃起，呼姑曰："我来做汝家媳妇，不要再哭！"妪方庆媳再生，喜不自胜。其子私语母曰："何声音之不似吾妻也！眼光又直视，恐非真李氏再生，得毋野鬼凭之为祟乎？"邻里皆惊，遂环守之。三四日中，闭目仰卧，给汤粥，饮啜如常。惟姑呼之则应，夫与之语则避而不答。至七日后方起，梳洗毕，敛衽告姑曰："我宁海州某村方氏女也，行二，年十九岁，待聘未字，因病死。至冥府，适汝家李氏媳妇在焉。随有矮鬼无数，长鬼一个，环跪阎君，乞诉求放李氏还阳。阎君怒叱，将众矮鬼逐出，长鬼责二十板。长鬼受责后，仍再四哀求，云：'小人父祖以来，皆守本分，不敢为恶，罪不至于绝嗣。妻辛苦万状，方得娶一媳妇，今又病亡，何能有力续娶，岂不令一家绝嗣乎？乞放媳还阳，得生子以延一脉。’阎君怒稍霁，命判官检簿细阅毕，向长鬼曰：‘尔媳李氏，阳寿已绝，不能放还；姑念尔世无过恶，尔妻又能守节抚孤，若令乏嗣，无以劝善。方氏女虽年命该尽，生前亦颇好善，可令借李尸复活，则尔无媳而得媳矣。’长鬼拜谢。阎君指长鬼告予曰：‘此尔翁也，着他领尔借尸还魂，生子延祀。’予遂随翁到此。翁指示予曰：‘此尔姑也。’将我推跌在地，开眼不见翁，只见婆婆立我身旁，我故只认得婆婆一人，余皆不识也。我家父母俱存，有一个兄弟，年十六岁，望遣人告知，以免父母啼哭。”姑遣子探访，果如所云。告以故，其父与弟同至妪家，方氏见即相抱而哭，父反退缩不敢向前，曰：“声音举止，虽与吾女相像，而面貌不同，何也？”女对父泣曰：“我假李氏体以生，非我本来面目，喜得再见生身之父与同胞之弟，母亲忍心不来看我。父与弟又疑而不肯相认，生不如死矣。”悲痛间，其母遣邻妪来探问，女见即呼：“某妈妈，汝从何处来？我母亦来看我乎？”父方抚而慰之，叩以往事，丝毫不爽，始真信其再生也。姑遂款留其父与弟在家。至晚，令子与媳同室而处，媳辞曰：“我处女也，虽冥数已定，乞俟吾母来，择吉日成夫妇礼，不可苟合。”亲邻群称善，父亦喜甚，遣其子归迎母来，始合卺焉。三年后举一子，子生百日，亲朋来贺。忽向姑曰：“已为汝家传后有人，我寿算久尽，要去矣。”瞑目而逝。人相传冥官破例办事，犹阳官之因公挪移云。

【译文】

萧文登在阳湖县做知县，他有个邻居施老太，丈夫早就死了，施老太把遗腹子抚养成人，并为儿子娶李氏为妻。婆媳相处得很好。结婚一年多，李氏突然病死。施老太家境贫寒，痛惜媳妇死了，没有能力再娶，后继无人，因此哭得呼天喊地。第二天正准备入殓，李氏突然从坑上跳起，呼喊婆婆："我来做你家媳妇，不要再哭了。"施老太庆幸媳妇又复活了，高兴得不得了。儿子悄悄对母亲说："怎么她说话不像我妻子的声音呀？眼光直勾勾的，恐怕不是李氏再生，不会是野鬼附在她身上作怪吧？"邻居们都感到奇怪，便围守着她。三四天内，她闭目仰卧，送来汤粥给她喝，她也像常人一样吃下去。但是只有婆婆叫她，才答应；丈夫跟她说话，她睬也不睬。直到七天后，她才起来，梳洗完毕，整整衣服，对婆婆说："我是宁海州某村方家的女儿，排行老二，今年十九岁，还没嫁人就得病死了。到阴曹地府后，看见你家媳妇李氏也在那儿，跟着她的，有许多矮鬼，还有一个高个子鬼，他们围着阎王跪下，乞求阎王放李氏还阳。阎王气得大声呵斥，命人赶走矮鬼，还打了高个子鬼二十大板。高个子鬼挨打后，仍然再三哀求，说：'自小人的祖父、父亲以来，一代代都很守本分，从不做坏事，即使有过错，也不至于绝后呀。我妻子辛苦操劳，好不容易才为我儿娶了一房媳妇，现在媳妇又病死了，哪有能力再娶？这不是让我家绝后吗？求求大王放我儿媳还阳，为我家生个儿子，传宗接代。'阎王听了，怒气消了些，就命令判官核查生死簿。判官仔细看过后，对高个子鬼说：'你儿媳李氏，阳寿已尽，不能放还。姑念你家世世代代没什么过错，你妻又能恪守名节，抚养孤儿，如果让你没有后代，就无法劝诫世人行善积德。方家有个女儿，虽然已死，但她生前也非常善良，可让她借李氏的尸体复活。这样，你不就又有儿媳了吗？'高个子鬼拜谢阎王，阎王指着高个子鬼对我说：'这是你的公公，让他领你去借尸还魂，替他家传宗接代吧。'于是，我随着公公来到这里，公公指着你对我说：'这是你的婆婆。'就将我一推，跌了下来。我睁眼一看，已不见公公，却见婆婆你站在身旁，所以，我只认得婆婆，其他人都不认识。我家父母都在，还有一个弟弟，今年十六岁，希望你们派人送个信，免得我父母伤心。"随后，施老太叫儿子前去探问，果然如方氏所言，找到一户姓方的人家，并告诉方家人前后经过。于是，方父带着方弟一起来到施老太家。方氏见父亲来了，便抱头痛哭。方父连连后退，不敢上前，说道："你的声音举止虽然像我女儿，但面貌不同，这是怎么回事？"方氏哭着对父亲说："我是借李氏的身体再生的，所以不是我原来的样子。今天再次与父亲大人和同胞弟弟相见，真叫我高兴！可我母亲却忍心不来看我，你和弟弟又怀疑我，不肯相认。我这样活着，还不如死了好！"正在悲痛时，方母派邻居老太赶来探问。方氏一见邻居老太，就叫道："大妈，你从哪里来？我母亲也来看我了吗？"方父上前拉住女儿，安慰劝解她，说起往事，全都不错，这才真的相信女儿再生了。施老太挽留方父和方弟在家。到了晚上，让儿子与方氏同室居住，方氏推辞说："我还是处女，虽然一切都是命中注定，但请求让我等母亲来，亲自为我选择良辰吉日，举行婚礼，不能随便苟合。"亲戚、邻居都十分赞赏，方父也很高兴，就叫自家儿子回去把母亲接来，这才成亲。三年后，方氏生了一个儿子，儿子生下一百天，亲朋好友前来祝贺，方氏忽然对婆婆说："我已为你家传宗接代，但我阳寿早就没了，今天我该走了！"说完，眼睛一闭就死了。人们互相传说：阴间的官员破例办事，就如同阳间的官员一样，办理公事也有灵活变通的时候。

（卷十二译者　丛远东）

子不语卷十三

关神下乩

明季关神下乩坛，批某士人终身云：“官至都堂，寿止六十。”后士人登第，官果至中丞。国朝定鼎后，其人乞降，官不加迁，而寿已八十矣。偶至坛所，适关帝复降，其人自以为必有阴德，故能延寿，跽而请曰：“弟子官爵验矣，今寿乃过之，岂修寿在人，虽神明亦有所不知耶?”关帝大书曰：“某平生以忠厚待人，甲申之变，汝自不死，与我何与!”屈指计之，崇祯殉难时，正此公年六十时也。

【译文】

明代末年，关圣帝君降临乩坛，批示某个读书人终身大事说：“官做到都堂，寿命只有六十。”后来这个读书人中了进士，果然做到执掌都察院的都御史。清兵南下，建立清朝后，那个读书人投降了清朝，官没有升，但年龄已经活到八十岁了。这一天，他偶然来到扶乩的地方，恰遇关帝又降乩坛，他以为自己一定是积了阴德，所以能延长寿命，就跪下叩问关帝说：“弟子我的官爵已经应验了，现在寿命却超过了，难道修行寿命的主动权在人自己，即使是神仙也不完全知道吗?”关公在乩盘上用大字写道：“我平生以忠厚来衡量人，甲申年明朝灭亡，你自己不肯以死殉国，关我什么事?”细细推算，崇祯帝死难时，这个人正好是六十岁。

遇太岁煞神祸福各异

徐坛长侍讲未遇时，赴都会试，如厕，见大肉块，遍身有眼，知为太岁。侍讲记某书云：“鞭太岁者脱祸。”因取大棍与家丁次第笞击，每击一处，则遍身之眼愈加闪烁。是年成进士。蒋文肃公家中开井，得肉一块，方如桌面，刀刺不入，火灼不焦，蜿蜒而动，徐化为水。是年文肃公卒。任香谷宗伯未遇时，走田埂上，遇一人，口含一刀，两手持两刀，披发赤面，伛身而过。宗伯行未半里，见赤面人入丧者之家，知是煞神。宗伯后登第。苏州唐姓者，立孝子坊，忽于衣帽中得白纸帖，书一“煞”字，如胡桃大。是年其家死者七人。

【译文】

徐坛长侍讲还没发迹时，到京城去参加会试。一次上厕所，见到一大块肉，浑身都是眼睛。徐坛长知道这是太岁，记得某本书上说：“鞭打太岁的人可以消灾免祸。”于是他拿了根粗棍子，与家丁轮流抽打那肉块，每次打到一个地方，那浑身的眼睛就闪烁得更加厉害。这年，徐坛长考取了进士。蒋文肃公的家里掘井，掘到一块肉，方方的如桌面，用刀刺刺不进去，用火烧烧不焦，弯弯曲曲地移动，慢慢地化成一汪水。这一年，文肃公去世了。任香谷礼部还没发迹时，在田埂上行走，碰到一个人，口中含着一把刀，两只手中各拿着一把刀，披着头发，脸色通红，弯着身子经过。任香谷随后走了不到半里路，见红脸人进入一户死了人的人家，他才知道这是煞神。任香谷后来中了进士。苏州有个姓唐的，树立孝子牌坊，忽然在衣帽中得到一张白纸条，上面写着个“煞”字，像胡桃那么大小。这年，唐家死了七口人。

归安鱼怪

俗传张天师不过归安县，云前朝归安知县某，到任半年，与妻同宿。夜半闻撞门声，知县起视之。少顷，登床谓妻曰："风扫门耳，无他异也。"其妻认为己夫，仍与同卧，而时觉其体有腥气，疑而未言。然自此归安大治，狱讼之事，判若神明。数年后，张天师过归安，知县不敢迎谒。天师曰："此县有妖气。"令人召知县妻，问曰："尔记某年月日有夜撞门之事乎?"曰："有之。"曰："现在之夫非尔夫也，乃黑鱼精也；尔之前夫，已于撞门时为所食矣。"妻大骇，即求天师报仇。天师登坛作法，得大黑鱼，长数丈，俯伏坛下。天师曰："尔罪当斩，姑念作令时，颇有善政，特免汝死。"乃取大瓮囚鱼，符封其口，埋之大堂，以土筑公案镇之。鱼乞哀，天师曰："待我再过此则释汝。"天师自此不复过归安云。

【译文】

民间有张天师不到归安县的说法，这里面有个故事。前朝归安知县某人，到任半年，有次与妻子一起睡觉，半夜里听到敲门声。知县起床去看，过了会儿回来，上床对妻子说："是风吹得门响，没什么事。"妻子以为是自己丈夫，仍然与他一起睡，只是常常觉察到他的身体有腥气，心中觉得奇怪，但没有说出来。从此以后，归安一县被治理得非常好，处理告状打官司，判决得异常准确公正。过了几年，张天师经过归安，知县不敢前去欢迎拜见他。天师说："这县里有妖气。"派人去把知县妻子叫来，问她："你还记得某年某月某日晚上有人敲门的事吗?”知县妻子回答说是有这么件事。天师说:“现在的丈夫不是你真的丈夫,是黑鱼精。你的丈夫已经在半夜敲门那天被它吃了。”妻子非常惊恐,请求天师为她报仇。天师登上法坛作法,拘来一条大黑鱼,有几丈长,伏在坛下。天师说:“你的罪应当斩首,姑且考虑你做县令时很有些善政,特此免你一死。”于是拿了只大瓮,把鱼装了进去,用符纸封了瓮口,埋在县大堂之下,上面用土筑成公案镇压它。鱼恳求饶恕,天师说:“等我下次经过这里时就释放你。”天师从此以后不再从归安经过。

张忆娘

苏州名妓张忆娘,色艺冠时,与蒋姓者素交好。蒋故巨室,花朝月夕,与忆娘游观音、灵岩等山,辄并辔而行。忆娘素明慧,欲托身于蒋,而蒋姬媵绝多,不甚属意。因与徽州陈通判者有终身之托,陈娶过门,蒋不得再通,大恚,百计离间之,诬控以奸拐。忆娘不得已,度为比丘,衣食犹资于陈。蒋更使人要而绝之。忆娘贫窘,自缢而亡。居亡何,蒋早起进粥,忽头晕气绝,至一官衙,二弓丁掖之前,旁有人呼曰:“蒋某!汝事须六年后始讯,何遽至此?”呼者之面貌,乃蒋平日门下奔走士也,曾遣以间忆娘者,死三年矣。蒋惊醒,自此精气恍惚,饮食少进。有玄妙观道士张某,精法律,为筑坛持咒,作禳解法。三日后,道士曰:“冤魄已到,我不审其姓氏,试取大镜,泼以明水,当有一女子现形。”召家人视之,宛然忆娘也。道士曰:“吾所能力制者,妖孽、狐狸之类,今男女冤谴,非吾所能驱除。”竟拂衣去。蒋

为忆娘作七昼夜道场，意欲超度之，卒不能遣。延苏州名医叶天士，赠以千金，药未至口，便见纤纤白手按覆之；或无故自泼于地。蒋病益增，六年而没。蒋氏从孙漪园，犹藏忆娘小照，戴乌妙髻，着天青罗裙，眉目秀媚，以左手簪花而笑，为当时杨子鹤笔也。

【译文】

苏州名妓张忆娘，美貌与伎艺在当时被推为顶尖，与一个姓蒋的一向要好。蒋是大户人家，每当花朝月夕，他与忆娘一起游览观音、灵岩等山，往往并排骑着马同行。忆娘聪明多智，想嫁给蒋，但是蒋家中侍妾很多，并不想娶忆娘。忆娘于是与徽州人陈通判订婚。陈通判把忆娘娶到家中后，蒋因为再也见不到忆娘，非常气愤，千方百计破坏他们的婚事，甚至于诬告陈通判奸淫妇女拐带人口。忆娘没有办法，离开了陈家，出家为尼，日常生活用度仍靠陈通判接济。蒋又派人威胁陈通判，断绝了忆娘的生活来源。忆娘穷得没法活下去，上吊而死。过了没多久，蒋早晨起来喝粥，忽然一阵头晕，断气身亡。只觉得来到了一所官府衙门，两个弓兵，挟着他上前，旁边有人大叫道："蒋某！你的事要六年以后才审讯。你干吗这么急着到这里来？"一看呼叫人的面貌，原来是平时奔走于自己家里的门客，蒋曾经派遣他离间忆娘与陈判官关系，他已经死了三年了。蒋听了后惊醒过来，从此以后，精神恍惚，饭也吃不进。有个玄妙观的道士张某，精通道法，为蒋建坛念咒，解脱他的冤孽。三天后，道士说："冤魂已拘到，我不知她姓什么，你试着拿一面大镜子来，泼上法水，会有一个女子现形。"这样做了，请家人去看，清清楚楚是忆娘的容貌。道士说："我的法力所能制服的，是妖孽、狐狸一类，现在你是男女之间的冤孽罪过，不是我能驱除得了的。"竟然生气地走了。蒋为忆娘作了七昼夜法事，想超度忆娘早日投胎，最终还是赶不走她。请苏州名医叶天士看病，送给叶天士千两银子，药还没到口边，就见有只纤细洁白的手把药倾倒了，或者无缘无故地药会自己泼在地上。蒋的病越来越重，过了六年，终于死了。蒋的从孙漪园，还收藏着忆娘小照，梳着乌纱髻，穿着天青色罗裙，眉目秀媚，在用左手往头上簪花，面带笑容，是当年杨子鹤所绘。

飞星入南斗

苏松道韩青岩，通天文，尝为予言：“宰宝山时，六月捕蝗。至野田中，四鼓起坐胡床，督率书役，见客星飞入南斗。私记占验书：‘见此灾者，一月之内当暴亡；法宜剪发寸许，东西禹步三匝，便可移祸他人。’尔时我即麾去书役，依法行之。居亡何，署中司书记者李某，无故以小刀剖腹而死，我竟无恙。李乃我荐卷门生，年少能文，不料为我替灾，心为怅然。”余戏谓韩曰：“公言占验之术固神矣，然如我辈，全不知天文，往往夜坐见飞星来往甚多，倘有入南斗者，竟不知厌胜法，为之奈何？”曰：“君辈不知天文者，虽见飞星入南斗，亦无害。”余曰：“然则公又何苦知天文，多此一事，而自祸祸人耶？”韩大笑不能答。

【译文】

苏松道道台韩青岩，精通天文，曾经对我说：“我做宝山县令时，六月里捕捉蝗虫，来到田野。那天四更起来坐在小交椅上，监督调度手下的书记衙役，忽见一颗流星飞入南斗星座。心里不由想起占卜星象书上所说的：‘见到这一灾异现象的人，会在一个月内突然死亡；解除的方法，应剪下一寸长的头发，从东向西仿道士作法时所行的步伐走三圈，就可以把灾祸转嫁给别人。’这时我连忙支开书记衙役，照这个方法做了。过了没多久，衙门里掌记录文书的李某，无缘无故地用小刀剖腹而死，我却安然无恙。李某是我主持考试时推荐的学生，年纪轻轻而擅长文章。没想到他竟代替我遭受灾祸，为此我心中很是过意不去。”我对韩青岩开玩笑说：“你说的占卜星象书中的法术确实很有神效。但是像我这样的人，一点也不懂天文，往往夜里坐着，多次看见流星飞来飞去。如果有飞入南斗的，又不知道解除祸害的方法，那该怎么办?”韩青岩说：“像你这样不懂天文的人们，即使看见流星飞入南斗，也没有祸害。”我说：“既然如此，你又何苦要懂天文，多了这一件事，害了自己又害别人呢?”韩青岩听了大笑，没法回答。

杨妃见梦

康熙间，苏州汪山樵先生讳俊，选陕西兴平县，宿马嵬驿中。梦一女子，容貌绝世，明珰翠羽，投牒而言曰：“妾有墓地，为人所侵，幸明府哀而察之。”汪惊醒，询土人，曰：“此间惟有杨娘娘墓道，唐时改葬后，基址原有数十亩宽，自宋、明以来，为樵牧所侵，渐无余地。”汪为清理，果有旧碑记存墓侧土中，题“大唐贵妃杨氏墓”。乃为别置界石，兼买树百株植其上，春秋设二祭焉。

【译文】

康熙年间，苏州汪山樵先生名俊，被任命为陕西兴平县知县，上任前夕，住宿马嵬驿中。晚上梦见一女子，容貌非常漂亮，首饰华美，递上状纸说：“我有块墓地被人侵占，希望知县大人哀怜我，为我做主。”汪惊醒过来，问当地人，回答说：“这里只有杨娘娘的墓道，唐时改葬后，墓园占地原有几十亩，自宋、明以来，被那些打柴的、放牧的侵占，渐渐一点空地也没有了。”汪山樵就清理墓地，果然在墓道一侧的土里发现一块古代墓碑，上题“大唐贵妃杨氏墓”。于是汪山樵另外设立了界石，又买了上百棵树种在墓地里，春天与秋天都祭祀一次。

曹能始记前生

明季曹能始先生，登进士后，过仙霞岭，山光水色，恍如前世所游。暮宿旅店，闻邻家有妇哭甚哀，问之，曰：“为其亡夫作三十周年耳。”询其死年月日，即先生之生年月日也。遂入其家，历举某屋、某径，毫发不爽。其家环惊，共来审视。曹亦凄然涕下，曰：“某书屋内有南向竹树数十株，我尚有文稿未终篇者，未知犹存否?”其家曰：“自主人捐馆后，恐夫人见书室而神伤，故至今犹关锁也。”曹命开之，则尘凝数寸，遗稿乱书，宛然具在；惟前妻已白发盈头，不可复认矣。曹以家财分半与之，俾终余年。余按《文苑英华》，白敏中书滑州太守崔彦武事，崔记前生为杜明福妻，骑马直抵杜家，而明福老矣，乃说旧事，取所藏金钗于垣中，施宅为寺，号明福寺，与此相类。

【译文】

明末曹能始先生，考取进士后，经过仙霞岭，见眼前的山光水色很眼熟，仿佛前生游览过一样。晚上住在旅店里，听到隔壁人家有个妇女哭得很伤心。曹能始问她为什么，她说是在为死去的丈夫作三十周年。问她丈夫死的年月日，就是曹能始生的年月日。曹能始于是进入她家，一一说出各间房屋及通道，丝毫不差。那家人家的人围在他身边，非常吃惊，人们也都聚集来看究竟是怎么一回事。曹能始也伤心地流下了眼泪，说："有间书房的南面有几十株竹子和树，我在那儿还有篇没写完的稿子，不知还在不在？"那家的人说："自从主人去世后，恐怕夫人见到书房伤心，所以到现在依然关闭锁着。"曹能始叫他们打开，见到屋里灰尘积了几寸厚，留下的稿子与乱堆着的书，还是清清楚楚地放在那儿。只是他的前妻已经满头白发，没办法再相认了。曹能始把自己家财的一半分给她，让她安度晚年。我考索《文苑英华》，有白敏中记载滑州太守崔彦武事。说崔彦武记得前生是杜明福的妻子，于是骑着马直达杜家。但这时杜明福已经老了，于是谈起往年的事，崔从墙中取出当年所藏的金钗，后来他又施舍房舍作为寺庙，名明福寺。这与曹能始事相仿。

江南客寓

涤斋先生为诸生时，在京师贾家胡同，有店号"江南客寓"，厅屋三间，中一间甚洁，住者绝少，先生居之，了无他异。一日外出，托所亲某管其衣物。夜睡至三鼓，忽室内尽明，时并无灯烛，所亲骇，揭帐视之。见一长人，黑色，手提其头，血淋漓，对面直立不动，呼曰："尔何得居此？"所亲狂奔，出告店主。主人曰："此屋素不安静，尔乃必欲居之，奈何？"次日先生归，告之故，先生曰："此必有鬼，欲申冤耳。我在此，何不现形耶？"大书一状，向空焚之，以为尔果有冤，当于今晚赴诉。是夕，先生复睡，未一更，所见果如所说，但持一血头，跪而不立。先生问："何人，何冤？"持头者以手指口，竟无一语，次日亦不复见。先生又常于园中月下，见黑物一团，大如浴盆。追奔树下，以脚踢之，随脚而灭。次日视其靴袜，黑如烟煤，并足皆黑。

【译文】

熊涤斋先生还是秀才的时候，北京城贾家胡同有爿店名江南客寓，厅堂及房舍共三间，中间一间很整洁，住的人很少，先生住了进去，没有什么异常的事发生。有一天，熊涤斋外出，托亲近的人看管他的衣物。那人睡到三更天，忽然房里通明，当时并没有点灯烛。他十分惊慌，揭开帐子一看，只见一个高个子，浑身黑色，手里提着血淋淋的头，面对着他站着，一动不动。黑高个子对他大声喝道："你怎么能够住在这里！"吓得他拼命往外逃，去告诉店主人。店主说："这间屋子一向不太平，你却一定要住，我有什么办法？"第二天，熊涤斋回来，他把昨晚的遭遇诉说了一遍。熊说："这一定是有鬼要诉说冤枉。但我住在这里时，它为什么不现形？"就用大字写了一张通知，对着空中焚烧了，大致说你如真有冤，可以在今天晚上来控诉。这一夜，熊涤斋又睡在这屋，不到一更天，果真见到了那个鬼，只是拿着颗血淋淋的头，跪着而不是站着。熊问："你是什么人？有什么冤？"拿头的鬼用手指口，最终不说一句话。第二天就不再出现。熊涤斋又曾经在园子里月光下，见到黑沉沉一团东西，像澡盆那么大。熊追了过去，追到树下，用脚去踩，随踩随灭。第二天看自己的靴子袜子，漆黑如烟煤，连脚都是黑的。

荆波宛在

本朝佟国相，巡抚甘肃，按站行至伏羌县，梦神呼云："速走，速走！"佟不以为意。次晚，梦如初，且云："欲报我恩，但记'荆波宛在'可耳。"佟惊起，亟走三日，而伏羌县沉为湖，卒不解救者为何神。后出巡，至建昌野渡，有关公庙，上书"荆波宛在"四字。佟入拜谒，大为修葺，今焕然犹存。

【译文】

本朝佟国相，巡抚甘肃，途经一个又一个驿站，到达了伏羌县。晚上梦见神仙大叫说：“快走！快走！”佟没把此事放在心上。第二天夜里，又做了同样的梦，神还说：“想要报答我的恩典，只要记住‘荆波宛在’就可以了。”佟惊醒后起床，急急行走了三天，这时伏羌县已下沉变成了湖泊。但他还是不知道救他的是什么神。后来出去巡察，到建昌乡村渡口，有座关帝庙，上写“荆波宛在”四字。佟入庙拜祝，花大钱把庙修整一番。这庙如今还存在，很壮丽。

冯侍御

冯侍御静山，居京师永光寺西街，改造书屋，掘地得黑漆棺，为改迁之。夜梦人投牒诉冤，冯时巡西城，梦中取牒阅之，告势宦掘棺事，即己之姓名也，惊醒得疾。疾革时，夫人闻房中笑语声，以为病有起色，往视之，见黑衣人素不相识者坐床上，一闪而灭。侍御谓夫人曰：“此人吾邻也，曾作运粮守备，运饷至京师卒，棺厝于永光寺前街僧寺中，迫近吾家，而吾不知。今闻我亦有行期，故来相约耳。可烧纸钱，助其冥资。”夫人遣人至前街踪迹，棺识宛然，知先生之终不起也。

【译文】

冯静山侍御，住在京城永光寺西街。他翻造书房，掘地掘出一具黑漆棺材，就把它迁葬到别处。晚上做梦，有人投状纸诉冤，那时他梦中正巡察西城，就把状纸接过来看，是告有权有势的官僚掘棺事，所告的人就是自己。他从梦中惊醒，从此得病。病得快死时，夫人听到房里有笑语声，以为他的病有了起色，前往察看，看见有个素不相识的黑衣人坐在床上，一闪就不见了。冯静山对夫人说："这个人是我的邻居，做过运粮守备的官，运饷到京城后去世了，棺材停放在永光寺前街庙里，离我们家很近，但我却不知道。如今听说我离开人世的日子已定，所以来相约一起走。可以烧些纸钱，资助他在阴间的花费。"夫人派人到前街去访查，棺材上所写的姓名官衔确实如此。因此知道冯静山的病没有救了。

药 师 父

昆山徐大司寇之子徐冠卿，幼时号"药师父"，以其曾鸩死一业师也。业师周姓，号云核，受司寇聘前一日，梦巨蟒以口吐红丸，逼令咽之，腹痛而醒。就聘于徐，督冠卿严，冠卿素佻达，笞责尤甚。冠卿与仆谋，置鸩于饭，食之而卒。后冠卿为翰林，不得志，诗文多怨诽，为人所构，就鞫刑部。见左司杨景震，大惊曰："吾死矣，吾初见时，俨然周先生也。"次日复讯，各官俱以司寇之子，稍加怜恤。杨独怒鞫，批其颊数十下，齿左右坠，定以斩决。狱上即刑，杨为监斩官。其家访之，杨景震之生年月日，即周先生之死年月日也。或告之杨，杨大笑曰："岂有是哉！使吾早知此语，转当屈法以救之矣。"此与《太平广记》载王武俊事同。

【译文】

昆山徐尚书的儿子徐冠卿，年幼时号"药师父"，因为他曾经毒死过一位教他的老师。老师姓周，号云核，接受徐尚书聘任的前一天，梦见一条巨大的蟒蛇口中吐出一红丸，逼迫他咽了下去，肚子痛而醒过来。接受聘任后，督促冠卿很严厉。冠卿一向调皮捣蛋，被鞭打得很厉害。冠卿与仆人商量，把毒药放在饭里，周云核吃了后死了。后来冠卿做了翰林，官运并不亨通，所作诗文多怨恨诽谤语，被人控告，到刑部受审。他一见刑部左司郎中杨景震，大惊，说："我肯定要死了。我一见到他，清清楚楚就是周先生。"第二天再次审讯，各位官员都因为他是尚书的儿子，手下留情，唯独杨景震怒气冲天地审问，令人打了他几十记耳光，左右的牙齿都掉了，最终定了立即斩首的罪。此案上报后被批准行刑，杨为监斩官。徐家的人打听到杨景震所生的年月日，正是周云核死的日子。有人把这事告诉杨景震，杨景震大笑说："有这种事吗！如果让我早些知道这事，我或许会不按照法令而救他一命。"这事与《太平广记》所载王武俊事相同。

庄秀才

通州庄孝廉成，戊午举人，少年貌美。其佃户有女悦之，竟以成疾。临卒，谓其父曰："吾为庄秀才死也。吾思嫁庄秀才，自念门户寒贱，事必不成，故郁郁成病。今虽死，此意当为致之秀才，则目瞑矣。"其父急告庄，庄往视而气已绝。庄赴秋闱，遇女子于淮新桥，宛然如生。入闱，一切炊饭烹茶之事，见女子身为执役。是年登第，每有远行，则女子必至。庄怖之，为置神主，祭于家，书"亡妾某氏"，见女子来拜谢，自此绝矣。

【译文】

通州庄举人名成，是戊午科举人，年轻貌美。他家的佃户有个女儿看上了他，以至于生了相思病，临死时，对父亲说："我是因为庄秀才而死的。我想嫁给庄秀才，自己想到出身贫贱，一定不会成功，所以心中抑郁成病。如今虽然死去，但希望能把这心意告诉庄秀才，我死也瞑目了。"她父亲急忙去告诉庄成，等庄成赶去看视，她已咽了气。庄成去参加举人考试，在淮新桥碰到了那女子，像活着时一样。入了试场，所有烧饭烹茶等事，都是那女子亲自操劳。这年中了举人。后来每次出远门，女子必然跟着一起去。庄成心里害怕，为女子设立神位，在家中祭祀，上写"亡妾某氏"，见女子前来拜谢，从此不再出现。

蔼蔼幽人

通州李臬司，讳玉鋐，丙戌进士，少时好炼笔录。忽一日，笔于空中书曰："敬我，我助汝功名。"李再拜，祀以牲牢。嗣后文社之事，题下则听笔之所为，尤能作擘窠大字，求者辄与。李敬奉甚至，家事外事，咨之而行。靡不如意。社中能文者，每读李作，叹其笔意大类钱吉士。钱吉士者，前朝翰林钱憙也。李私问笔神，答曰："是也。"自后里中人来扶乩者，多以"钱先生"呼之。笔神遇题跋落款，不书姓名，但书"蔼蔼幽人"四字。李举孝廉，成进士，笔神之力居多。后官臬司，神助之决狱，郡中以为神。李公乞归，神与俱。李他出，其子弟事神不敬，神怒，投书作别而去。余与李公之子方膺同官交好，绝不向余道只字。方膺卒后，臬司同年熊涤斋太史，为余言之，并云："方膺深讳其事，盖忤神者，即方膺也。"

【译文】

通州李按察使，名玉鋐，丙戌进士。他年轻时喜欢扶乩请神。忽然有一天，笔在空中自己写道："敬重我，我帮助你成就功名。"李玉鋐再次跪拜，用祭礼祭祀。从此后，凡是有结社会文，题目一出来，他就听任笔自己写，尤其擅长写碑文上的大字。有人求字，他就写给他。李玉鋐十分敬奉这神道，家里事与外面事，他都请教了然后实施，没有不如意的。文社中擅长与文章的人，每次读李的作品，都叹赏他的笔意与钱吉士十分相仿。钱吉士是前朝翰林钱禧。李私下叩问笔神，回答是肯定的。自此以后，里中有人来扶乩，多称呼为"钱先生"。笔神碰到写题跋，末尾总不写姓名，只是署上"蔼蔼幽人"四字。李玉鋐中举人，中进士，笔神所出的力占多数。后来做按察使，笔神又帮助他判断案子，百姓们把他看作神。李玉鋐辞官还乡，笔神陪伴着他。一天，李有事外出，李的晚辈对笔神不恭敬，笔神生气了，写了一封信告辞而去。我与李玉鋐的儿子李方膺一起做官，交情不错，但他从来没有和我谈起过笔神的事。李方膺去世后，李玉鋐的同科进士熊涤斋编修对我说了事情经过，还说："李方膺很不愿说这事，这是因为触犯笔神的就是他自己。"

僵尸求食

武林钱塘门内有更楼，雇更夫击柝，表里巡逻，大众殓资为之，由来旧矣。康熙五十六年夏，更夫任三者，巡巷外，路过小庙，每至二更闻柝声，则有一人从庙中出，踉跄捷走，漏五下，则先柝声入庙，如是者屡矣。任三疑庙中僧有邪约，将伺之，为诈酒肉计。次夕，月明如昼，见其人面枯黑如蜡，目眶深陷，两肩挂银锭而行，窸窣有声，出入如前。任三知为僵尸，因山门之内停有旧榇，积尘寸许。询诸僧人，云其师祖时，不知谁何氏所寄厝者也。与侪辈语及之，其中黠者曰："吾闻鬼畏赤豆、铁屑及米子，备此三物升许，伺其破棺出，潜取以绕棺之四周，则彼不能入矣。"任如其言，购买三物，待夜二更，尸复出。伺其去远，携灯入视，见棺后方板一块，俗语所谓和头者，已掀在地中，空空无所有。乃取三物，绕棺而密洒之。事毕径归，卧更楼上。至五更，有厉声呼"任三爷"者，任问为谁，曰："我山门内之长眠者，无子孙，久不得血食，故出外营求，以救腹馁。今为尔所魇，不能入棺，吾其死矣，可急起将赤豆铁屑拂去之。"任惧不敢答，又呼曰："我与尔何仇，何苦为此虐耶?"任念与彼解围之后，彼杀我而后入，何以御之？终不答。鸡初鸣，鬼哀恳，继以詈骂，久之寂然。明日过楼下者，见有尸僵卧，乃告众鸣官，以尸还诸棺而火焚之，一方得宁。

【译文】

杭州钱塘门内有更楼，雇更夫敲打木柝，里里外外巡逻，由大伙儿集资雇请，已经有好多年了。康熙五十六年夏天，更夫任三巡行巷外，每次路过小庙，敲响二更的柝声，总发现有个人从庙中出来，跌跌撞撞地走得很快；而到了五更，这个人总在敲更前进入庙中。这样已经有多次了。任三怀疑庙中的和尚与人偷情，想要捉奸，乘机敲诈一笔。第二天，月光很亮，照得大地如白天一般。任三看清楚了那人的面容，色枯黑如腊，眼眶深深凹陷，双肩挂着纸做的银锭，出现时窸窣有声，出庙与进庙的样子与时间与往常一样。任三知道这是僵尸，因为庙门内停放着一具旧棺材，上面积的灰尘有寸把厚。他去问庙里的和尚，和尚说这棺材还是他们师祖活着时不知哪家人家寄放在这里的。任三与同伴们谈到这件事，其中某人有些小聪明，说："我听说鬼怕赤豆、铁屑及米子，准备好这三样东西一升左右，等僵尸破棺而出时，偷偷地洒在棺材四围，僵尸就进不去了。”任三照他的话，买了这三样东西。到夜里二更天，僵尸又出了庙。任三见僵尸走远了，就举着灯进庙察看，见棺材后面的方板，就是俗称“和头”的那块，已被掀开，丢在地上，棺材里什么也没有。于是他把三样东西围绕棺材密密地洒了，洒完后就直接回到更楼去睡觉。到五更天，听到有人高声叫“任三爷”。任三问是谁，回答说：“我是庙门里长眠的人，因为没有子孙，长久得不到祭祀，所以出外寻找些吃的，以救饥饿。现在被你用东西堵住了路，不能进入棺材，我就要死了。你快点起来去把赤豆、铁屑扫掉。”任三听了很害怕，不敢答话。僵尸又叫道：“我与你有什么仇，你干吗这样虐待我？”任三想到如果为他解除禁物，他杀了自己以后才入棺，怎么防御他？最终没有答理。鸡叫了头遍，鬼苦苦哀求，接着就大声谩骂，过了好久，没有了声音。第二天有人经过更楼，见地上有尸体躺着，就纠集众人上报官府，把尸体装进原来的棺材里，用火烧了。这地方从此以后太平无事。

僵尸贪财受累

绍兴王生某，食饩有年。村中富家延之为师，因屋宇湫隘，适相距里许，有新室求售者，遂买使居，且曰：“家中摒挡未尽，学徒暨馆童辈明晨进馆，先生一夜独眠，能无惧乎？”王自负胆壮，且新室也，何畏之有。乃命童携茗具，引至书斋。王周视室内毕，复至门前徙倚。时已夜矣，月色大明，见山下爝火荧荧，趋往视之，光出一白木棺中。王念：“此鬼磷耶？色宜碧，而焰带微赤，得无为金银气乎？”忆《智囊》所载，有胡人数辈，凶服舆榇而藁葬城外者，捕人迹之，榇中皆黄白也；此棺毋乃类是？幸无人，可攫而取也。遂取石块，击去其钉，从棺后推卸其盖，则赫然一尸，面青紫而腹膨亨，麻冠草履。越俗，凡父母在堂，而子先亡者，例以此殓。王愕然退缩，每一缩则尸一跃，再缩而尸蹶然起。王尽力狂奔，尸自后追之。王入户登楼，闭门下键；喘息甫定，疑尸已去，开窗视之，窗启而尸昂首大喜，从外跃入。连扣门，不得入，忽大声悲呼，三呼而诸门洞开，若有启之者。遂登楼，王无奈何，持木棍待之。尸甫上，即击以棍，中其肩，所挂银锭，散落于地。尸俯而拾取，王趁其伛偻时，尽力推之，尸滚楼下。旋闻鸡啼，从此寂无声响矣。明日视之，尸跌伤腿骨，横卧于地。遂召众人，扛而焚之。王叹曰："我以贪故，招尸上楼；尸以贪故，被人烧毁。鬼尚不可贪，而况于人乎？"

【译文】

绍兴秀才王某，因考试优等，领取官府津贴已有多年。村中富户聘请他做教师，因为家中房舍太小，正巧离开里把路有座新房子出卖，富户就买了下来，让王某去住，并且说："我家中还没收拾好，学生及服侍你的馆童们明天再来，先生你一个人睡一晚，是否害怕？"王某自负胆子很大，再加上是新房子，觉得没有什么可怕的。富户于是命家童带着茶具，领王某到书房住下。王某打量了一下书房，又到门前闲看。这时天已晚了，月色皎皎，看见山下有烛光闪烁，走近前一看，光亮从一具白木棺材里透出来。王某想："如果是磷火，颜色应当是绿的。可这光焰带少许红色，莫不是金银气吧？"想起《智囊》中的一则记载：有几个胡人，穿着丧服，把所载棺材草草埋在城外，捕盗的人跟踪侦察，原来棺中都是黄金白银。他想这棺材莫非与胡人所埋的相同，幸好四周没人，正可把棺中金银攫为己有。于是他找了块石头，把棺材钉子敲掉，从棺材后面把盖子打开，只见棺中明明白白地躺着具尸体，面色青紫，肚子很大，戴着麻冠，穿着草鞋——越地风俗，凡是父母健在，儿子先死的，照例这样穿戴大殓。王某见状吓得怦怦心跳，慌忙向后退缩，可是每退一步尸体就往前一跃，再退时，尸体一下子竖立了起来。王某拔脚狂奔，尸体在后面紧紧追赶。王某逃回屋子，登上楼，把楼门关了，上了锁。喘息定了后，心想尸体应该走了，打开窗户朝外看。一开窗，见尸体仰起头十分得意的样子，从墙外跳进来，连连敲门，没法进入。忽然大声悲呼，连叫三次，所有的门都打开了，像是有人帮着开门一样。尸体于是登上了楼，王某没有办法，拿了根木棍等它挨进。尸体刚上楼，王某就举棍打去，打中了尸体的肩膀，肩上挂的纸元宝散落在地上。尸体弯下身子去捡，王某趁它弯腰时，用力一推，尸体滚下了楼。不久就听见鸡叫，此后一点声响也没有了。第二天去看，尸体跌伤了腿骨，横躺地上。王某就召集了众人，把尸体扛出去焚化了。王某感叹说："我因为贪财，招致僵尸上楼；僵尸因为贪财，导致被人焚毁。鬼尚且不可以贪心，何况人呢！"

宋荔裳受恶土地之累

宋荔裳为山东臬使，族子某，素不肖，与总兵于七饮博为奸。于七者，前明末年山东土寇，降本朝者也，虽为总戎，怙恶不悛。人以族子事告公，公怒曰；"如此必为家门之祸。"俟其归，将缚至祠堂杖杀之。某闻之，逃至德州，夜宿土地庙中，梦土地神谓曰："汝毋怖，大富贵至矣。现在于七谋反，汝可速往京师，赴提督处出首。"且曰："某地中埋有百金，可取为路费。"族子掘地，果得金，大喜，以怨其叔，故遂赴提督处，并诬其叔与于七通谋，以故荔裳被逮入狱。未十日，于七果反。族子以首报之功受赏，荔裳牵累入狱，旋亦超雪。

【译文】

宋荔裳出任山东按察使时，族中子弟某人，素来不长进，与总兵于七饮酒赌博做坏事。于七是明朝末年山东土匪，投降清朝，虽然做了总兵官，但恶习不改。有人把族子的情况告诉了宋荔裳，宋发怒说："像这样下去，一定会给家门带来灾祸。"族子回来后，宋荔裳准备把他绑起来押到祠堂里用棍子打死。族子听说了，逃到德州，晚上睡在土地庙里，梦见土地神对他说："你不用怕，有场大富贵就要落到你头上了。现在于七马上要谋反，你可以赶快到京城去，到提督那儿去出首。"又对他说："某处地下埋有一百两银子，你可以拿去做路费。"族子到那儿挖掘，果然得到银子，非常高兴。因为怨恨宋荔裳，所以他到提督那儿出首时，就诬蔑宋荔裳与于七共谋造反，因此宋荔裳被抓了起来，关进牢里。不到十天，于七果然造反，族子因出首报告消息的功劳受奖赏。被牵累入狱的宋荔裳，不久也得到平反。

陆夫人

某方伯夫人陆氏，尚书裘文达公之干女也。文达公薨后，夫人病，梦有大轿在屋瓦上行来，前立青衣者呼曰："裘大人命来相请！"夫人登轿，冉冉在云中行。至一大庙，正殿巍峨，旁有小屋甚洁，文达公科头衣茧绸袍，二童侍，几上卷案甚多，谓夫人曰："知汝病之所由来耶？此前生孽也。"夫人跽而请曰："干爷有力能为女儿解免否？"文达公曰："此处西厢房，有一妇人，现卧床上，汝往扶之，能扶起，则病可治；否则，我亦不能救汝命。"小童引夫人往西厢房，果有描金床，施大红绫帐，被褥甚华，中卧赤身女尸，两目瞪视无一言。夫人扶之，手力尽矣，卒不起。归告文达公，公曰："汝孽难消，可还家托张天师打醮，以解禳之。但天师近日心粗，禄亦将尽。某月日替苏州顾懋德家作斋文，错字甚多，上帝颇怒，奈何?”夫人惊醒，适天师在京，遂以此言告之。天师检顾家斋表，稿中果有误字，法官所写也，心为惊悸。未几，夫人亡，天师亦亡。天师名存义，顾懋德者，辛未进士，官礼部郎中。

【译文】

某布政使的夫人陆氏，是尚书裘文达公的干女儿。文达公去世后，陆夫人有次生病，梦见有抬大轿从屋顶上抬过来，前面立着个仆役，说：“裘大人命我们来请你。”夫人坐上轿子，轿子升上空中，在云里行走。到了一座大庙，庙的正殿很高大。旁边有间小屋，很整洁，裘文达公没戴帽子穿着丝绸袍子坐在里边，旁边有两个小童服侍，案几上堆着许多文卷。文达公对夫人说：“你知道你为什么生病吗？这是前世造的孽。”夫人下跪祈求说：“干爹有能力帮女儿解脱吗?”文达公说：“这儿西厢房有个女人，现在躺在床上，你去把她扶起来。能扶起，病就能治；扶不起来，我也没法救你的命。”小童领夫人去西厢房，果然见房里有一描金的床，床上张着大红色的绫帐，被褥很华丽，中间躺着具女尸，光着身子，两眼直瞪瞪地，一言不发。夫人上前扶她，用尽了力气，终于无法扶起。夫人回告文达公，文达公说：“你的冤孽难以消除，可回家托张天师设法坛打醮，用以禳解。但是天师近来很粗心，他的寿也不长了。那天他替苏州顾懋德家作斋文，错字很多，上帝很生气。怎么办呢?”夫人惊醒过来，正遇上张天师在京城，夫人就把裘文达公的话告诉了他。天师检查给顾家所写的斋文，稿中果然有错字，是手下的一个道士所写的，心中很紧张害怕。没多久，夫人去世了，张天师也去世了。天师名存义。顾懋德是辛未科进士，任礼部郎中。

牛头大王

溧阳村民庄光裕，梦一怪，头上生角，敲门而进，谓曰：“我牛头大王也。上帝命血食此方，汝塑像祀我，必有福应。”庄醒，告知村农。村方病疫，皆曰：“宁可信其有。”纠钱数十千，起三间草屋，塑牛头而人身者坐焉。嗣后疫病尽痊，求子者颇效，香火大盛。如是数年，村民周蛮子儿出痘，到庙先具牲牢祀神，再掷卦，大吉，周喜，许演戏为谢。未数日，儿竟死，周怒曰：“我靠儿子耕田养我，儿死不如我死。”率其妻，持锄钯，撞牛头，碎其身，毁其庙。合村大惊，以为必有奇祸。自此寂然，牛头神亦不知何往。

【译文】

溧阳县有个农民叫庄光裕，梦见一个怪物，头上生角，敲门进来，对他说：“我是牛头大王。上帝命令我享受这一方的祭祀，你为我造塑像祭祀我，我一定会保佑你。”庄光裕醒来，告诉同村的人。这时村里正病疫流行，大家都说：“宁可相信这事是真的。”聚拢了几十贯钱，造了三间草房，塑了个牛头人身的坐像供着。于是村里染病的人都痊愈了。此外，到庙里去求生儿子的也很灵验，因此庙中香火特别兴盛。这样过了几年，村里周蛮子的儿子出痘，准备了猪羊祭品到庙里去祭祀，再掷卦，得了个大吉，周蛮子很高兴，许愿说儿子病好后请人演戏谢神。没过几天，儿子却死了。周蛮子大怒说：“我靠儿子耕田养我，儿子死去还不如我死去。”他带着妻子，拿着锄头钉钯，把牛头撞了下来，砸碎了泥身，把庙也拆了。全村的人都很吃惊，以为一定有大祸降临。没想到一点什么动静也没有，牛头神也不知到什么地方去了。

水定庵牡丹

江宁二尹汪公易堂，访友古北口，路憩水定庵。庵中牡丹盛开，花大如斗，汪近前赏玩。庵僧戒勿折花，花有妖，能为祸。汪素刚，笑曰："我本不折花，既云有妖，当折而试之。"以手摘之，花左右旋转，坚如牛筋，竟不能断。取所佩刀截之，花未断而拇指伤，血涔涔下。汪惭且怒，以袍袖裹血，忍痛不言，乃左手捽花头，而右手以刀截其根，竟断一枝，归畜瓶中，夸于人曰："我今日获花妖矣。"将购药医手创，细视之，并无刀痕，袍袖上亦无血迹。

【译文】

江宁县丞汪易堂，到古北口去访问朋友，路过水定庵，稍作休息。庵中牡丹盛开，花大如斗。汪易堂走近花前赏玩，庵中的和尚告诫他不要摘花，说花有妖，会带给人祸害。汪易堂素来倔强，笑着说："我本来不想摘花，既然说是有妖，我偏要折一枝试一试。"伸手去摘，把花左旋右扭，花却像牛筋一样坚牢，怎么也折不断。汪抽出所佩的刀去斩花，花没割断，拇指却受了伤，血流不止。汪恼羞成怒，撕下袍袖裹住伤口，忍住痛不说话，左手抓住花头，右手用刀割花枝根部，终于断下了一枝，回家插在瓶中，向人们夸口说："我今天擒获花妖了！"他想去买药敷手上的伤，解开一看，根本没有伤痕，连裹伤的布上也没有血迹。

乌　台

粤东肇庆府，即古端州，包孝肃旧治也。大堂暖阁后，有黑井，覆以铁板，为出入所必经。相传包公纳妖于井，俗有“包收卢放马成湖”之谣，谓太守遇卢姓则妖出，遇马姓则井溢也。然千百年来，亦从无此二姓为守者。署东有高楼，号称乌台，俗谓包公听断妖鬼，皆坐此台。四面砖石封固，启则为祟，凡太守履任，必祀以少牢，无敢启视者。前任安守，有管厨人某，酒醉登楼巅，揭瓦窥之，见台中有三土堆，品字排列，如小坟状。中间小树一株，枝青叶绿，此外一无他物。方瞪视间，有黑气冲起，厨人自楼巅滚跌于地，颤汗交作，仅能言所见，至夕，狂叫而死。越日，安公暴染病狂，鞭扑其妻，竟至身死；又手刃其爱妾：以此落职获谴。越两任后，家弟香亭出守是郡，家信来为言若此。余闻而大怒，寄信云：“此说荒唐可也，若真有其事，则楼神不法甚矣，断非包公旧迹，弟何不拆而焚之！”

【译文】

广东肇庆府，就是古代的端州，宋包拯曾担任那里的地方官。府衙大堂的暖阁后面，有口黑井，上面用铁板盖着，是进出必经之处，相传包公把妖怪关在井里。民间有“包收卢放马成湖”的谣谚，说太守中如果有姓卢的，妖怪就会逃出；有姓马的，井水就会满溢出来。但是千百年来，从来没有姓卢或姓马的到肇庆做太守。衙门的东边有座高楼，号称乌台，民间说是包公审判妖魔鬼怪，都坐在这台上。台的四面都用砖石牢牢封住，如打开的话，就有妖孽作祟，凡是新知府上任，都用猪羊祭祀，没有一人敢打开楼看。前任官安知府，有个厨子，喝醉了酒，爬到高楼屋顶上，把瓦片揭开，朝里偷看。见台中央有三个土堆，呈品字形，像是一座座小坟墓。中间有棵小树，青青的枝条，绿色的树叶。此外什么也没有。他正瞪着眼细看，一股黑气直往上冲，使他从楼顶滚下来，跌在地上，浑身发抖，大汗淋漓，只能勉强说出自己所见到的情况，当天晚上就狂叫而死。过了一天，安知府忽然发疯，鞭打他妻子，把妻子打死，又用刀杀了爱妾，因此被罢官发配。又换了两任官，我的弟弟香亭任肇庆知府，写信回家，告诉我这件事。我知道后大怒，回信说："这件事如果是无稽之谈，那就算了。如果真有这样的事，那么楼神也太不讲理了，一定不是包公留下的故迹，弟弟为什么不把它拆了烧掉!"

见娘堡

顺治乙酉，王师破建昌，明益王遁去。长史刘某，吴下人也，逃山中，不知所往。其子蓼萧，从吴门赴考归，有志寻亲，时藩府荒圮，莫可踪迹，乃祷于盱江张令公祠。梦神书"石漈"二字与之，醒而徬徨，不知何地。遇一尼，告曰："石漈在闽、广之交，阻兵难行，幸有曲径，七日可达。"如其言，历尽危险，竟至其地。父母依村农姚氏居焉。母子相持而泣，父已死矣，乃持丧奉母而归。所居村名见娘堡，名已奇矣。尤奇者，长史避难时，携家谱一册自随。戊子岁，其母闻窸窣声出自箧中，以为鼠也；启视无有，闭则复然。一日见绯衣人数辈，冉冉从箧中走出，益大惊，逾时而孝子至此。事载姜西溟文集中，韩尚书菼为之表墓。

【译文】

顺治二年，清兵攻破建昌，明益王逃走了。王府属官刘某，是吴地人，逃到山里，下落不明。刘某的儿子蓼萧，从苏州考试回来，立志寻找父亲。这时候藩王府已经荒废倒塌，没法打听，就去盱江张令公祠堂祈祷。这天晚上，他做了个梦，梦见神写了“石潀”二字给他。第二天醒来，捉摸不定，不知道石潀是什么地方。后来碰到个尼姑，告诉他说：“石潀在福建、广东的交界处，那儿正在打仗，难于行走，幸亏有条小路，走七天可以到达。”刘蓼萧照尼姑的话，历尽艰险危难，终于到了石潀，果然他的父母寄住在当地姓姚的农民家里。这时，他父亲已死，母子相对痛哭，于是他带着母亲把父亲的棺木运回家乡。他父母所寄居的村子名叫见娘堡，这名字已经够奇了。更加奇异的是，蓼萧的父亲避难时，随身带了一册家谱。顺治五年，他母亲听到箱子里窸窸窣窣地有声音传出来，以为是老鼠钻了进去，打开箱子一看，什么也没有，关上箱子，又有声音。有天见到有几个穿红衣服的人慢慢地从箱子里走出来，她心中更加惊恐，过了几个小时，蓼萧就找来了。这件事记载在姜西溟的文集中，韩菼尚书为蓼萧作墓志铭。

鬼 糊 涂

乾隆三十九年，京师有无赖子韩六，殴伤其父，刑部审明下狱拟斩。侍郎某，以所殴非致命处，意欲减等发落。大司寇秦公，奏名分所关，理宜正法。奉旨依议，遣刑部司狱司李怀中监斩。后三日，鬼附李身，口称：“诸大人业已宽我，而汝来斩我，我死不甘，故来索命。”闻者骇然，以为此鬼糊涂；然而李竟不起。

【译文】

乾隆三十九年，京城里有个无赖名叫韩六，打伤了自己父亲，刑部审讯清楚后把他关入牢里，准备判死刑。有个侍郎，认为他所打的部位不是致命的地方，想减轻一等判决。刑部尚书秦公，上报皇帝，认为儿子打父亲大逆不道，应该重判。皇帝下旨依尚书所奏的办，派遣刑部司狱司李怀中监斩。三天以后，鬼魂附在李怀中身上，说："各位大人都已对我从宽，你却来杀我，我死不甘心，因此来讨命。"听见的人都很惊骇，觉得这鬼太糊涂了。但是李怀中居然因此一病不起。

鬼势利

张八郎有所欢婢，婚后弃之。婢幽怨成疾，临死曰："我不饶八郎。"语毕气绝。忽又张目曰："八郎运甚旺，不能报仇，我捉八奶奶也是一样。"未二年，八郎夫人竟以产亡。

【译文】

张八郎未婚时与一丫鬟私通，结婚后就把她抛弃了。那丫鬟因怨恨而生病，临死时说："我一定不放过八郎。"说完就断了气。过会儿忽然又张开眼睛说："八郎的气运很旺盛，我没法报仇，把八奶奶捉去也一样。"不到两年，八郎的妻子终因难产而死。

鬼相思

岳州张某，号鬼三爷，以其行三，为鬼所生故也。父某，府学廪生；妻陈氏有色，忽凭妖自称郧阳小神，白昼现形，与之交接。张虽同床，无故自离，若有梏其手足者。其家遍请符箓，毫无效验。三月后，陈氏受胎生子，空中群鬼啾啾，争来作贺，掷下纸钱无数。张忿甚，将到龙虎山求救于天师。忽一日，小神踉跄来，汗如雨下，语其妻曰："吾几闯祸，昨夜入汝邻毛家，偷其金盆，被他家所挂钟馗拔剑相逐。我惧为所伤，不得已急走，将金盆掷在巷西池塘中，脱逃来此，汝速具酒，替我压惊。"次日妻告张，张往毛府刺探，果失金盆，合家喧吵，将控官捉贼。张止之，曰："我有法替汝取来，作何谢我？"毛氏大喜曰："果得金盆，凭君取索。"张诡作念咒状，良久，唤毛氏家人，径往塘所，命善泅者入水取之，果得金盆。毛延张上座，问以何物作谢，张笑曰："我读书人，不受财帛，只须君家收藏书画，与我一二件足矣。"其家尽出所藏，张选取文徵明《芙蓉》一幅。其家觉谢礼太薄，心抱不安，张乃指壁上所挂钟馗像曰："赐此画，凑成两件，何如？"毛氏唯唯。张取归悬空中，小神从此永不再来，但闻园中树上鬼哀哭三日，人称鬼相思云。

【译文】

岳州有个姓张的，诨号鬼三爷，因为他排行第三，又是鬼所生的缘故。他父亲是府学的秀才，母亲陈氏，相貌美丽。有一天，忽然有个妖怪，自称郧阳小神，白天现形，与陈氏交合。张秀才虽然与陈氏同床，但妖来时就会无缘无故地离开，手脚仿佛被桎梏枷锁了似的。张家到处请道士画符施咒赶妖，毫无效验。三个月后，陈氏怀孕了，生产时，空中有许多鬼啾啾唧唧地叫着表示祝贺，纸钱洒得遍地都是。张秀才十分气愤，准备到龙虎山去求张天师来捉妖怪。忽然有一天，妖怪急匆匆地进了屋子，汗如雨下，对陈氏说："我几乎闯了大祸。我昨晚进入你们隔壁毛家，偷了他家的金盆，被他家所挂的钟馗拔剑追赶。我恐怕被他杀伤，没办法只得赶快逃跑，把金盆抛在巷子西面的池塘里，才逃到这里。你快去准备酒，给我压惊。”第二天，陈氏把这事告诉了丈夫。张秀才往毛家去探听，毛家果然丢失了金盆，一家人喧嚷吵闹，将要报官捉贼。张秀才劝阻了他们，说：“我有法术能替你们找回金盆，但你们怎么谢我？”毛家的人听了非常高兴，说：“真的能找到金盆，随你开口。”张秀才假装做出念咒语的样子，过了很长一段时间，叫毛家的仆人到水塘边，请会水的人下水塘捞，果然捞到了金盆。毛家的人恭恭敬敬地款待张秀才，问他要什么做谢礼。张秀才说：“我是个读书人，不接受钱财，只需把你们家收藏的书画送我一两件就足够了。”毛家把所有的收藏品都拿了出来。张秀才挑了幅文徵明画的芙蓉图。毛家觉得谢礼太薄，心中过意不去。于是张秀才指着墙上挂的钟馗像说：“再送我这一幅，凑成双数，怎么样？”毛家的人一口答应。张秀才把钟馗像拿回家中，悬挂起来，妖怪从此再也不敢进门，只听见后园的树上有鬼在伤心地哭，直哭了三天，人们说这是鬼在害相思病。

关神世法

康熙癸卯举人江闿，选某县令，丁忧归。将起复时，梦有甲士来，自称周仓，服饰如今庙中所塑，而少年无须，手持名帖，上写“治年家弟关某顿首拜”，惊醒大笑，以为关帝行此世法。未几，选山西解梁知县，往谒武庙，旁塑周仓，果少年无须者也，面貌恍如梦中，乃捐俸重修神庙，后竟卒于任所。江公即于九太守之叔，太守为余言。

【译文】

康熙癸卯科举人江闿，出任某县知县，不久守丧回乡。丧期将满时，梦见有个武士来，自称是周仓，所穿戴打扮与庙中所塑的周仓一样，只是年纪很轻，没有胡须，手中拿着名帖，上面写着“治下年家弟关某顿首拜”。他惊醒后忍不住大笑，心想关帝怎么可能学现在人做法。过了没多久，江闿被任命为关帝家乡山西解梁县知县。到任后去拜关帝庙，见关公像旁所塑的周仓，果然是个没有胡须的年轻人，面貌与梦中所见的一样。于是他拿出俸禄重新修建关帝庙。后来他死在任上。他是江于九知府的叔叔，这事就是江于九告诉我的。

乡试弥封

皖江程叔才，名思恭，学问博雅，注陈检讨四六得名。以平时好古不喜时文，其师唐赤子太史责之曰：“科名进身，非此不可，今岁入场之年，汝宜留意。”因强之诵读金、陈诸大家文，程唯唯，终非所好。《四书》体注等书，临场并不翻阅。康熙戊戌科，江南首题《举贤才曰焉知贤才而举之》，次题《大哉圣人之道》。程三场毕，自言首篇颇得意，唐太史读之，喜曰：“颇可望魁。”程急取案头《中庸》一看，愕然丧气，唶曰：“不中用了！我只道‘大哉圣人之道’在‘礼仪三百，威仪三千’之下，故领题出题俱承接此二句，今方知是开首第一句，则通身犯下矣。其不中尚复何言。”唐亦为之悼叹。已而榜发，竟中第五名。唐不解所以得售之故，往见主试，将探问之。主试某，故唐公同年。一见笑曰：“今年科场中有笑话，兄知否?”唐问故，曰：“皇上有密旨，谓诸生关节，都放在破承、领题、出题三处，今岁将此三处，尽行弥封，故有程某文字，领题、出题全行犯下，竟中五魁，将来磨勘，定受参罚，奈何?”唐笑而不言。后叔才先生果被吏部磨勘，罚停一科。

【译文】

皖江人程叔才，名思恭，学问广博深厚，以注释陈维崧的骈体文知名天下。因为他素来喜欢古文而不喜欢八股文，他的老师唐赤子翰林责备他说：“要从举人进士上谋进取，非学八股文不可。今年是举行考试的年份，你给我好好地留意八股。”因而强制他诵读金、陈等八股文大家的作品。程叔才口头上答应了，因为心里毕竟不喜欢八股，所以对《四书》的讲疏等书，在考试前并不翻阅。康熙戊午科举人考试，江南试场第一个题目是《举贤才曰焉知贤才而举之》，次题是《大哉圣人之道》。程叔才三场考完，自己认为第一篇写的比较好，唐赤子读了他的文稿，高兴地说：“很有希望取在前列。”程叔才急忙取案头的《中庸》一看，呆了半晌，垂头丧气地说：“没用了！我以为‘大哉圣人之道’是在‘礼仪三百，威仪三千’二句后，所以领题出题都承接这两句来写。现在一看，原来是开篇的第一句，这样通篇文章都乱了。考不中是不必说的了。”唐赤子也为他惋惜感叹。不久发榜，程叔才居然中了第五名。唐赤子搞不明白程叔才为什么会被取中，就去拜访主考官，想问个明白。主考官某，是唐赤子同榜进士。二人一见面，主考官就笑着说：“今年考场中有个笑话，你知道吗?”唐赤子问是什么笑话，主考官说：“皇上有秘密旨意，说秀才们做文章，着力点都放在破承、领题、出题三处，今年阅卷时，把这三个地方都贴掉。因此有个姓程的文章，领题、出题都把下文当了上文，居然中了第五名，将来复核，一定要受到参奏处罚，怎么办?”唐赤子笑笑，没有接口。后来程叔才果然被吏部复核，处罚他停止考试一次。

两汪士鋐

顺治间，徽州汪日衡先生，元旦梦行天榜，会元汪士鋐。先生乃改名应之，竟终身不第。直至康熙某科，汪退谷先生中会元，榜名士鋐，相隔四十余年，日衡先生死久矣。孙某记乃祖之言，相与叹造化弄人，亦觉无谓。

【译文】

顺治年间，徽州人汪日衡，新年第一天做了个梦，梦见天上挂出进士榜，第一名是汪士鋐。汪日衡就改名汪士鋐，以与梦境相应，但是毕生没考取进士。一直到康熙某年，汪退谷先生中了第一名，榜上用的名字正是士鋐，与汪日衡所梦时隔了四十多年，这时汪日衡去世已很久了。他的孙子记起祖父的话，一起感叹上天捉弄人，更感到追求功名没有什么意思。

雷击土地

康熙间，石埭令汪以炘，素与其友林某交好。后林死为石埭土地神，每夜间，阴阳虽隔，而两人来往如平生欢。土地私谓汪曰：“君家有难，我不敢不告。第告君后，恐我难逃天谴。”汪再三问，曰：“尊堂太夫人，分当雷击。”汪大惊，号泣求救。土地曰：“此是前生恶劫，我官卑职小，如何能救？”汪泣请不已，神曰：“只有一法可救，汝速尽孝养之道，凡太夫人平日一饮、一馔、一帐、一衣，务使十倍其数，浪费而暴餮之，庶几禄尽则亡，可以善终。雷虽来，无益也。”汪如其言，其母果不数年而卒。又三年，天雨，雷果至，绕棺照耀，满房硫磺气；卒不下，破屋而出，飞击土地庙塑像成泥。

【译文】

康熙年间，石埭知县汪以忻，与朋友林某一向关系很好。后来林某去世，成了石埭的土地神。每到夜里，汪、林二人，虽一在阳世，一在阴间，却来往亲密，与过去一样。一次，土地私下对汪以忻说：“你家将有劫难，我不敢不告诉称。只是告诉你后，恐怕我难以逃脱上天的惩罚。”汪以忻再三追问，土地才说：“你母亲将要受到雷打。”汪以忻大惊，哭叫着求土地救援。土地说：“这是前世造恶的报应，我的官职低微，怎么能救援?”汪以忻哭着不停地求他，土地说：“只有一个办法可以救，你赶快尽行孝养母的心意，凡你母亲平时的吃喝用度，你都准备十倍于平常的分量，大肆浪费作贱，这样也许可以因为享尽了该享的福禄而死去，得以善终。那时候雷神虽然来临，已经没有施展余地了。”汪以忻照土地的话做了，他母亲果然没活几年就去世了。又过了三年，天下雨，雷神果然来了，电光绕着棺木闪耀，满屋子硫磺气，最终没有下击，只是穿透了屋顶飞去，把土地庙的塑像打碎成一堆泥土。

张光熊

直隶张光熊，幼而聪俊，年十八，居西楼读书。家豪富，多婢妾，而父母范之甚严。七月七日，感牛郎织女事，望星而坐，妄想此夕可有家婢来窥读书者否。心乍动，见帘外一美女侧身立，唤之不应。少顷，冉冉至前，视之，非家中婢也。问：“何姓?”曰：“姓王。”

问："居何处？"曰："君之西邻，晨夕见郎出入，爱郎姿貌，故来相就。"张喜，即与同榻，此后每夕必至。有家僮伴宿，女谓张曰："小奴不宜在此，可麾令远宿，听唤再至。"张遣奴，奴不肯，曰："每夜闻郎君枕席间妮妮软语，疑有别故。老主人命奴调护郎君，不敢远离。"张无奈何，以其言告女。女曰："无庸，将自困。"是夕，奴未睡熟，被一物攫去，绳缚之，挂西园树上。奴哀号求郎主救命，女笑曰："伊果知罪远避，即赦之；如敢漏泄，被老主人知者，将倍令受苦。"奴唯唯，即时绳解，奴已在地矣。居年余，张渐羸瘦。其父问奴，奴称郎处无他故，而意色渐沮。父愈疑，自至张斋前伺察，闻帐中有妇女声，蹋窗直入，揭帐无人，惟枕角有金簪一枝，山查花一朵。父念此地从无山查花，此必妖魅所致，怒将笞张。张不得已，以实告。父为迎名僧、法官，设坛禁咒。女夜间来，哭谓张曰："天机已泄，请从此辞。"张亦哀恸。临别问曰："尚有相会期乎？"曰："二十年后，华州相见。"从此遂绝。张随娶陈氏，登进士第，授吴江知县，推升华州知州，而陈氏卒。其父在家，为续娶王某之女，送至华州官署成婚。却扇之夕，新人容貌，宛如书斋伴宿之人，问其年，刚二十岁。或曰此狐仙感情欲而托生也。语从前事，恰不记忆。

【译文】

直隶人张光熊，从小聪明英俊，如今已十八岁了，在家里的西楼读书。他家很富有，丫鬟小妾很多，但父母对他管辖很严，不让他与女子接触。七月七日，他想起了牛郎织女的事情，于是看着星星，闷闷地坐着，异想天开："今夜会不会有丫鬟来偷看我读书呢？"刚这样想，就看见帘子外面有个美女侧着身子站着。张光熊叫她，她不答应，过了会儿，才慢慢地走到跟前，一看，并不是家里的丫鬟。问她姓什么，她说姓王。问她住在哪儿，她说："住在你西邻。我早晚看见你进出，看上你的姿态容貌，所以来与你相会。"张光熊十分高兴，就与她同床而眠。从此以后，她每天晚上都来。张光熊有个伴宿家僮，女子对张光熊说："小奴在边上不方便，可令他到远一点的地方去睡，听到叫唤才可进房。"张光熊就叫家僮搬走，家僮不肯，说："我每天晚上听到你床上有人亲密地说情话，我怀疑是否有什么原因。老主人命奴才照顾保护郎君，不敢离开。"张光熊无可奈何，把家僮的话告诉女子，女子说："没关系，他这是自找麻烦。"这天晚上，家僮还没睡熟就被一个东西抓了去，用绳子绑了，吊在西园树上。家僮苦苦哀求叫喊郎君救命，那女子笑着说："你果真知罪远离这儿，我就放了你。如果胆敢讲出去，被老主人知道，就让你加倍吃苦头。"家僮连忙答应，绳子也就当即解开，家僮已经站在地上了。这样过了一年多，张光熊渐渐瘦弱下来。张光熊的父亲询问陪伴的家僮，家僮口里说郎君住的地方没有什么异常，但脸色很不自然，说话吞吞吐吐。张父更加怀疑，亲自到张光熊书房前去窥探，听见帐子中有女子说话声，他踢开窗户跳进去，揭开帐子一看，并没女人，只是枕头角边有枝金簪，一朵山楂花。张父想北方从来没有山楂花，一定是妖怪带来的，大怒，将要鞭打张光熊。张光熊没有办法，只好说了实话。张父因此延请了名僧、道士，建立法坛，设置禁咒。那女子晚上又来了，哭着对张光熊说："天机已经泄漏，从此告别。"张也很伤心，临别时问道："还有相见的日子吗？"女子说："二十年后，还可在华州相会。"从此以后，再也没来过。不久，张光熊娶妻陈氏，又考取了进士，授官吴江县知县，后来以资历升华州知州，这时陈氏去世了。张父在家中，为张光熊续娶王某的女儿，送她到华州成亲。成婚的晚上，张光熊看新娘子面貌与当年到书斋里来的女子完全一样；问她的年龄，正好二十岁。有人认为，这是狐仙不能忘记与张光熊的感情，所以托生为人，以续前缘。张光熊问她二十年前事，她一点也不知道。

赵氏再婚成怨偶

雍正间，布政司郑禅宝妻赵氏，有容德，与郑恩好甚隆，以瘵疾亡，临诀誓曰："愿生生世世为夫妇。"卒之日，旗下刘某家生一女，生而能言，曰："我郑家妻也。"刘父母大惊，以为怪，嗣后遂不复语。八岁过亲戚家，路遇郑家奴骑马冲其车，怒曰："汝郑四也，自幼卖身我家，何敢见我不下马！"郑奴愕然，因访至刘家，见女父母，具道生时之异。女归，见郑四，因问："汝主安否？"并询一切妯娌上下，奴婢田宅事，历历如绘，有奴所不知而女悉知者。奴归白之郑，郑亦至刘家，女谛视涕泣，絮语良久。时鄂西林相公以为两世婚姻，亦太平瑞事，劝郑续娶刘女，十四岁即行合卺之礼，时郑年六旬，白发飘萧，兼有继室女。嫁年余，郁郁不乐，竟缢死。袁子曰："情极而缘生，缘满而情又绝，异哉！"

【译文】

雍正年间，布政使郑禅宝娶妻赵氏，容貌美丽，遵循妇德，与郑禅宝感情很好。赵氏后来生病死了，临死时立誓说："愿生生世世与你做夫妻。"赵氏去世那天，旗人刘某家生了一个女儿，生下来就会讲话，说："我是郑禅宝的妻子。"她父母听了十分吃惊，认为怪异，但此后这孩子仍与别的初生孩子一样，不会说话了。八岁那年，刘女去亲戚家，途中见郑家的奴仆不给她的车子让道，就发怒说："你是郑四，从小卖到我家来，怎么敢见到我不下马！"郑奴听见后愣了，因此找寻到刘家，见了刘女的父母，她父母详细地说了刘女出生时的怪异。刘女回到家，见郑四在，就问他："你的主人安康吗?"又询问家中所有亲人情况，及奴婢田地房屋等事，一件件说得清清楚楚，其中有奴仆不知道而刘女知道得很详细的。奴仆回到家，把这件事告诉郑禅宝，郑禅宝也去刘家。刘女看着郑禅宝流下了眼泪，两人说了很多话。当时大学士鄂西林认为两世婚姻，也算是太平时代的盛事，劝郑禅宝续娶刘女。刘女十四岁那年，两人就成了亲。当时郑已六十岁了，满头白发，并有续弦女儿。刘女出嫁后一年多，心中沉闷不乐，竟然上吊死了。袁枚说："情到了顶点就产生了姻缘，姻缘满了情就断绝，真奇怪啊!"

童其澜

绍兴童其澜，乾隆元年进士，官户部员外。一日，值宿衙门，与同官数人夜饮，忽仰天咤曰："天使到矣。"披朝衣再拜俯伏。同官问何天使，童笑曰："人无二天，何问之有?天有敕书一卷，如中书阁诰封，云中金甲人捧头上而来，命我作东便门外花儿闸河神，将与诸公别矣。"言毕泣下。同官以为得狂易之疾，不甚介意。次早，大司农海望到户部，童具冠带长揖辞官，具白所以。海曰："君读书君子，办事明敏，如有病，不妨乞假，何必以神怪惑人?"童亦不辨，驾车归家，不饮不食，将家事料理三日，端坐而逝。东便门外居民闻连夜呼驺声，以为有贵官过，就视无有。花儿闸河神庙中道士叶某，梦新河神到任，白晰微须，长不逾中人，果童公貌也。

【译文】

绍兴童其澜，是乾隆元年进士，任户部员外。一天，童其澜在衙门里值夜班，与同僚数人一起饮酒。忽然他脸朝天惊异地说："天使来了！"披着上朝的官服，再次下拜，俯伏在地上。同僚们问他什么天使，童笑着说："世上还有两个天吗？有什么可问的！上天有敕书一卷，如人间中书阁发下的任命书，金甲神捧在头上，由云中降下，命我做东便门外花儿闸的河神，将要与各位永别了。"说完，流下了眼泪。同僚们都以为他一时精神错乱，不很放心上。第二天，尚书海望到户部，童其澜穿戴好官服行礼请求辞去官职，详细说明了原因。海望说："你是个读书人，办事清楚有效益，如果有病，不妨请假，何必要托神怪事来疑惑别人？"童其澜也不加辩论，坐车回家，不吃不喝，把家中的事都处理完毕。三日后，他端端正正地坐着去世了。东便门外居民连夜听到有喝道声，以为有大官经过，出门来看，什么人也没有。花儿闸河神庙中的叶道士，梦中见新河神到任，面白皙，略微有几根胡子，个子比中等人略矮些，果然就是童其澜的样子。

镜山寺僧

钱塘王孝廉鼎实，余戊午同年，少聪颖，年十六举于乡，三试春官不第。有至戚官都下，留之邸中。偶感微疾，即屏去饮食，日啜凉水数杯，语其戚曰："予前世镜山寺僧某也，修持数十年，几成大道。惟平生见少年登科者，辄心艳之；又华富之慕，未能尽绝，以此尚须两世堕落，今其一世也。不数日，当托生华富家，即顺治门外姚姓是也。君之留我不出都，想亦是定数耶？"其戚劝慰之。王曰："去来有定，难以久留，惟父母生我之恩，不能遽割。"乃索纸作别父书，大略云："儿不幸客死数千里外，又年寿短促，遗少妻弱息，为堂上累。然儿非父母真子，有弟某，乃父母之真子也。吾父曾忆某年在茶肆与镜山寺某僧饮茶事耶？儿即僧也。时与父谈甚洽，心念父忠诚谨厚，何造物者乃不与之后耶！一念之动，遂来为儿。儿妇亦是幼年时小有善缘，镜花水月，都是幻聚，何能久处？父幸勿以真儿视儿，速断爱牵，庶免儿之罪戾。”其戚问生姚家当以何日，王曰：“予此生无罪过，此灭则彼生。不须轮回。”越三日，巳刻，索水盥漱毕，趺坐胡床，召其戚，欢笑如平时，问：“日午未？”曰：“正午。”曰：“是其时也。”拱手作别而逝。其戚访之姚家，果于是日生一子，家业骡马行，有数万金。

【译文】

钱塘举人王鼎实，是乾隆三年与我一起考中举人的。他年轻聪敏，中举的时候才十六岁，后来连考三次进士都没中。有个近亲在京城做官，留他住在家里。一次，王鼎实偶尔生了点小病，就不再吃饭菜，每天喝几杯凉水，对他亲戚说：“我前世是镜山寺和尚某，修行了几十年，几乎功德圆满。只因为平生看见登第的青年人，心中就很羡慕；羡慕富贵的心，也没能断绝，因此还须堕落两世，现在是第一世。用不了多久，我就要托生有钱人家，就是顺治门外姓姚的那家。您留我住下，不放我回家，想来也是前世注定的。”他的亲戚劝解安慰他，他说：“一个人生死有定数，难以久留，只是父母生养的恩情，不能够一下子割舍。”于是王鼎实要了张纸，写信与父亲告别，大致说：“儿子不幸客死在数千里外，而且寿命又这么短，留下年轻的妻子与幼儿，给父母增加负担。但是儿子不是父母真正的儿子，弟弟才是父母真正的儿子。父亲你是否还记得某一年在茶馆与镜山寺某和尚一块儿喝茶的事吗？儿即那个和尚。当时与父亲交谈得很融洽，心中想父亲为人忠诚谨慎厚道，为什么造物主使他没有后代呢？动了这个念头，所以投胎做父亲的儿子。儿媳妇也是幼年时与我有些善缘。这些都如同镜中花、水中月，都是虚幻姻缘，怎么能长久？希望父亲不要把我真正当作儿子，快快割断对我爱的牵缠，如此才能免去儿子的罪过。”王鼎实的亲戚问他什么时候托生姚家，王说：“我这一生没有什么罪过，这里死了那里就出生，用不着再受轮回。”过了三天，巳刻时，王鼎实要了盆水盥洗漱口，完了后，两腿盘着坐在交椅上，把亲戚叫来，两人谈笑如同往常一样，高高兴兴的。忽然，他问道：“到了午时没有？”亲戚说：“是正午了。”王说：“时间到了。”拱手告别，就断了气。他亲戚到姚家去探听，果然这天生了一个儿子。姚家经营骡马行，有几万贯家财。

江秀才寄话

婺源江秀才，号慎修，名永，能制奇器：取猪尿胞置黄豆，以气吹满而缚其口，豆浮正中。益信地如鸡子黄之说。有愿为弟子者，便令先对此胞坐视七日，不厌不倦，方可教也。家中耕田，悉用木牛；行城外，骑一木驴，不食不鸣，人以为妖。笑曰：“此武侯成法，不过中用机关耳，非妖也。”置一竹筒，中用玻璃为盖，有钥开之，开则向筒说数千言，言毕即闭。传千里内，人开筒侧耳，其音宛在，如面谈也；过千里则音渐澌散不全矣。忽一日，自投于水，乡人惊救之，半溺而起，大恨曰：“吾今而知数之难逃也。吾二子外游于楚，今日未时三刻，理应同溺洞庭，吾欲以老身代之，今诸公救我，必无人救二子矣。”不半月，凶问果至。此其弟子戴震为余言。

【译文】

婺源江秀才，号慎修，名永。他能制作各式奇怪的器具。拿个猪尿泡，里面放粒黄豆，吹足了气后把口缚上，豆就浮在正中间。由此，他更相信大地像鸡蛋这个说法。有愿做他学生的，他先叫这人对着这个尿泡坐着看七天，不厌倦，他才认为可以教导。江永家耕田都用木牛；到城外去，就骑头木驴，不吃草料也不鸣叫，人们都把它当妖怪。江永笑着说："这是诸葛亮留下的制作方法，只不过中间装上了机关，不是妖怪。"江永又做了个竹筒，中间用玻璃做盖子，有钥匙开启。开启后对着筒说话，可讲几千个字，说完把它关了，传送千里之内，人打开盖子侧耳听，里边就会讲话，宛如面对面交谈；超过了千里，声音就渐渐模糊听不清楚了。有一天，江永自己跳入水中，乡里人大惊，忙把他救起来。他只是吃了几口水，没什么事，却十分气恼地说："我今天才知道大数难以逃脱。我的两个儿子在楚地游览，今天未时三刻，应当同时在洞庭湖被淹死，我想以自身代替他们。现在你们把我救起，一定没人救我儿子了。"不到半月，儿子的噩耗果然传到。这些是江永的学生戴震告诉我的。

（卷十三译者　李梦生）

子不语卷十四

勾魂卒

苏州余姓者，好斗蟋蟀，每秋暮携盆往葑门外搜取，薄夜方归。一日归晚，城门已闭，余惊骇无计，徘徊路侧。见二青衣远来，履橐橐有声，向余笑曰："君此时将安归乎？我家离此不远，盍宿我家?"余喜从之，至则双扉大启，室中置旧书数部，磁瓶铜炉各一。余手持蟋蟀十数盆，腹饿甚，映灯而坐。二青衣各持酒脯来，相与对啖，隐隐闻病者呻吟及众人喧杂声。余问故，二人曰："此邻家患病者，势甚迫故也。"未几，漏下五鼓，二人相与耳语曰："事宜办矣。"出靴中文书一道，谓余曰："请君呵气纸上。"余不解其故，笑而从之。呵毕，二青衣喜以脚跨屋上而舞，长丈余，皆鸡爪也。余大惊，正欲问之，二人不见。壁外哭声大作，余方知所遇非人，是勾魂鬼也。天明，启户欲出，则门外扃锁甚固，不得出，乃大呼。丧家人惊，开锁入，以为贼也，争殴之。余具道所以，且指蟋蟀盆为证曰："岂有行窃而携此累坠物者乎?"丧家人亦有相识者，始得免。所餐酒脯盘盒，俱丧家物也。竟不知从何处携入，己身亦不解从何而进。

【译文】

苏州有个姓余的，喜欢斗蟋蟀。每到秋天，晚上便带着蟋蟀盆到葑门外搜寻捕捉，黄昏才回家。有一天回来得晚了，城门已经关闭。余某惊慌害怕，没办法可想，在路旁焦急地走来走去。忽然看见有两个穿青衣的人远远走来，靴子踩在地上，橐橐作响，对余说："你这时候怎么回得去？我家离这里不远，不如到我家去住一晚吧！"余某高兴地跟着他们走。走到他们家，见门大开着，屋子里放着几部旧书，一个瓷瓶，一只铜香炉。余某拿着十几盆蟋蟀，坐在灯前，肚子饿极了。只见二人分别拿着酒菜来，大家一起吃。隐隐约约听见有生病人的呻吟，以及许多人喧嚷的声音，余某问是怎么回事，二人说："这是邻居家的病人，病情已很危急。"过了会儿，已经五更天了，二人咬着耳朵说："该办事了。"从靴筒里拿出一份文书，对余某说："请你对这纸呵口气。"余某不知道他们要干什么，笑着照办了。呵完气，二人很高兴，伸脚跨上屋顶跳跃起来，脚长丈余，像鸡爪一样。余某大惊，刚想开口问，二人不见了，只听隔壁哭声一下响了起来。余某才知道碰到的不是人，是勾魂鬼。到天亮，余某想开门出去，门却从外面牢牢地锁上了。他出不去，于是大声叫唤。这家人听见大惊，把锁打开，进了屋，以为余某是贼，争先恐后地殴打他。余某把经过详细交代了，且指着蟋蟀盆为证明说："难道有带着这累累赘赘东西去做贼的吗？"这家人中也有认识余某的，余某方得脱身。他所吃酒食的杯盘都是这家人家的，真不知从什么地方拿进来的，连自己的身子也想不通是如何进到这屋子里来的。

赵 西 席

山东按察司白映棠家延一西席，姓赵名康友，康熙丁卯孝廉，宾主师弟俱各相得。元宵张灯，彼此宴饮，散，孝廉就寝书斋。次日薄午不起，有小僮户外窥之，见孝廉头上插纸花双枝，两手反接，口微笑而目斜瞪，赤身僵立。僮大惊，唤主人踢户入，则已死矣。当胸一圆洞，通于背，大如碗，中无心肝，不知被何物探去。插花反缚剥衣者，像牲牢之形以戏之也。

【译文】

山东按察使白映棠家中请了位教师，姓赵名康友，是康熙二十六年举人，宾主及师生都相处很和睦。元宵节放灯，大家在一起喝酒，酒席散后，赵康友去书房睡觉。第二天快中午了，赵康友还没起来，有小僮从窗外朝里窥探，只见赵康友头上插着两枝纸花，双手反绑，嘴角微笑，两眼斜瞪，光着身子僵立在那里。小僮大惊，慌忙报告主人。众人踢开门入内，赵康友已经死了。他胸部正中有个圆洞，直透背后，大如碗，当中没有心肝，不知被什么东西挖去了。光着身子反绑插花，是模仿祭祀所用猪羊的样子戏弄他呀。

杨四佐领

杨四佐领者，性直而和，年四十余，忽谓家人曰："昨夜梦金甲人呼我姓名云：'第七殿阎罗王缺，无人补，南岳神已将汝奏上帝，不日随班引见，汝速作朝衣朝冠候召。'予再三辞，金甲神曰：'已经保奏，无可挽回，但喜所保者连汝共四人，或引见时，上帝不用，则阳寿尚未绝。'言毕去。梦兆如此，决非偶然。家中可速制朝衣冠以待。"家人闻之，在疑信之间，犹未唤缝人为制衣也。是夕，金甲神又来啃曰："命汝制新衣而缓懈何耶？昨玉旨已降，点汝作阎罗，不必引见矣。"杨惊醒，急语家人毕，昏晕而逝。俗例有接煞之说，至期，家人从俗行事。有百户胡姓者，晚来临奠，过杨所居巷口。

见高灯旗纛中，有蟒袍而盛服者，疑为巡城察院，侍立路侧。方谛视间，杨在车中大呼曰："胡某毋恐，我阴间到任，少一判官，将仗君助我。"胡惊惧，自道亲老不可即死。杨曰："我已奏上帝，事无可商。汝亲老，吾亦知之，当令我妹夫张某代汝养母。"言毕不见。胡奔至家，深悔临奠之行，与其母相对悒悒。有叩门者，持银一封曰："我杨四佐领之妹夫张某也。昨梦阎罗王召去，命以五十金助汝家养膳之费。阎罗所命，不敢有违，故来奉赠，且速驾也。"胡自知将死，出外辞亲友，越三日卒。

【译文】

佐领杨四，性情耿直和气，四十多岁了，忽然对家里人说："昨天晚上我梦见穿金甲的人叫我姓名，说'第一殿阎罗王出了缺，没人补，南岳神已把你的名字上报给上帝，马上要随班引见，你快些做好朝衣朝冠等候召见'。我再三推辞，金甲神说：'已经推荐上奏，没法挽回了。可喜的是推荐的人连你共四个，也许引见时，上帝不用你，那么你的阳寿还没终止。'说完，金甲神走了。梦中预兆这样，一定不是偶然的事，家中可快些制作朝衣朝冠等着。"家中人听了，半信半疑，未请裁缝给他做朝衣朝冠。这天晚上，金甲神又来了，质问他说："命你做新衣服而你拖拖拉拉的干什么？昨天玉帝的圣旨已下达，就派你做阎罗王，不必引见了。"杨四惊醒过来，急忙把话告诉家里人，就昏晕过去，断了气。世俗人死七天，有接回煞的说法。到了这日子，杨家人按照世俗作法，都回避了。有个百户姓胡，晚上到杨家来祭奠，走到杨家所居的巷口，看见有队人旗帜鲜明，高举灯笼，正中的官穿着蟒袍朝衣，怀疑为巡城御史，就站在路边让道。正在看，杨四在车中大声叫道："胡百户，不要怕！我在阴间已到任，但少一个判官，将请你担任这职务帮助我。"胡百户又惊又怕，说父母年老，现在自己还不能死。杨四说："我已上奏天帝，事情已经没有商量的余地。你父母年老，我也知道，我会叫我妹夫张某代你孝养。”说完就不见了。胡百户急忙跑回家，十分后悔去祭奠杨四，与母亲一起，心中闷乱，这时有人敲门，开门看，那人送上一封银子，说：“我是杨四佐领的妹夫张某。昨天梦中被阎罗王召去，命我拿五十两银子帮助你养家。阎罗王的命令，不敢违抗，所以现在送来了，他还传言请你马上上任。”胡百户知道自己快死了，便出门与亲友一一告辞，过了三天就去世了。

蓝顶妖人

扬州商人汪春山，家畜梨园。有苏人朱二官者，色伎俱佳，汪使居徐宁门外花园。一日，邻人失火，火及园，朱逃出巷。巷西有二美人倚门立，以手招之，朱遂入。二美自称亦姓汪，春山族妹也。语方浓，一豹裘而蓝顶者来，云是二美之父，年五十许，强朱为婿。朱虽心贪女美，而自诉家贫，无以为聘。蓝顶者云：“无妨，一切费用，我尽任之。”朱欲回苏告父母，蓝顶者云：“汝归苏可也，但吾女贪汝貌而为婚，自知非偶，切勿通知吾侄春山为嘱。”朱买舟同抵阊门，语其父，父故木匠，亦以娶媳无力为辞。蓝顶者助钱二十千，为婚费钱，皆康熙通宝，朱丝穿。二官携归，路遇数捕役尾之，曰：“此朱绳穿钱，乃某绅官家压箱钱，汝为盗验矣。”将擒送官，二官告以故。一市之人聚观，以为怪，且曰：“必见蓝顶者，才释汝。”二官云：“吾岳翁以钱与我，原约今日为婚，少顷，新人花轿至矣，君等伺之。”众以为然。果远远闻鼓乐声，四人皆红半臂，舁花轿至。众人哄而往，揭帘，一青面獠牙者坐焉。众大骇，并役亦奔散。二官得脱于祸，急归家，则蓝顶者高坐堂中，骂曰："吾戒汝勿泄，而汝竟告众人，且聚而捕我，何昧良若是！"呼杖杖之。二女为哀求免。成婚匝月，偕还扬州。又岁余，二女置酒，谓二官曰："缘尽矣，请郎还乡。"二官不肯，泣，二女亦泣。如是者数日，蓝顶者忽来，驱逼其女，二官攀衣不放。蓝顶者怒，以手撮二官，向空中掷之。冥然坠地，及醒，已在虎丘后山。

【译文】

扬州商人汪春山，家里养了一个戏班子。有个苏州人朱二官，姿色伎艺都很好，汪春山让他住在徐宁门外花园。有一天，邻居失火，火延烧到花园，朱二官从巷子里逃了出来。巷西有两个美女靠着门站着，招手叫他，朱二官就随她们进了门。二女自称也姓汪，是汪春山的族妹。三个人正谈得带劲，有个穿豹皮大衣戴着蓝顶戴的人进来了，说是二女的父亲。这个人年龄约五十来岁，硬要招朱二官做女婿。朱二官心中虽然贪图女子美貌，但口头上说家里贫穷，拿不出聘礼。戴蓝顶子的人说："没关系，一切费用全都由我负担。"朱二官想回苏州请示父母，戴蓝顶子的人说："你回苏州没关系，只是我女儿看上你的容貌才想嫁给你，自己知道不是门当户对，你千万不要告诉我侄子春山。"朱二官雇了船，同那人一起到了苏州阊门，把事情告诉了父亲。他父亲是个木匠，也以没钱娶媳妇为理由推辞。戴蓝顶子的人送给朱二官二十贯钱作为成亲费用，全是康熙通宝，用红丝穿着。朱二官拿了钱回家，路上碰到几个捕盗的差役，跟着他，对他说："这用红丝穿的钱是某官绅家的压箱钱，很显然你是个盗贼！"说着就要把他抓起来押到官府去。朱二官把钱的来历说了，满街的人围聚在一起看，都觉得很奇怪，且说："一定要见到那个戴蓝顶子的人，才放了你。"二官说："我岳父给我钱，原约定今天成亲，用不了多久，送亲的花轿就要到了，你们等着。”大家同意了他的话。不久，果然远远响起敲鼓奏乐声，有四个人穿着红马甲，抬着花轿来了。大家一哄而上，揭开轿帘看，一个青面獠牙的怪物坐在里面。众人非常害怕，连差役也一起逃散。二官因此没被抓去，急忙回到家中，一看，戴蓝顶的人已经高坐堂中，骂他说：“我叫你不要说出去，你却告诉了那么多人，而且聚集在一起要抓我，你怎么这样没良心！”叫人取杖来打，二女为他苦苦哀求，才免了打。成婚一个月，一起回到扬州。又过了一年多，二女安排酒席，对二官说：“我们的缘分到此为止了，请郎君还乡。”二官不肯回去，流下了眼泪，二女也哭了。这样过了几天，戴蓝顶人的忽然来了，逼二女离开，二官紧紧拉住她们的衣服不放。戴蓝顶的人发怒了，用手抓起二官，往空中一抛。二官昏昏沉沉地掉在地上，等到醒过来，自己已在苏州虎丘的后山。

蒙化太守

无锡曹五辑，为云南蒙化太守，其子某，庚午举人，江苏巡抚庄滋圃之门生。乾隆二十一年，无锡大疫，华剑光之子某，素好行善，出古画数幅，托孝廉售之，嘱曰：“得八百金，为本邑埋葬死人之费。”曹带往苏州，以画呈庄公。庄念曹本义举，画亦佳，竟与八百金。曹归，以八十金付华曰：“价只此。”华无奈何，勉力补凑，得数棺，为瘗其暴骨者；余棺犹有待也。未几，孝廉病卒，太守哀悼不已，焚牒于东岳神，自称居官清正，子无罪，不宜得此报。归而假寐，见青衣人持东岳神帖请往。至大殿外，神迎于阶下曰：“公见责良是，但尔子近为不肖之行，屯人之膏，令千百人骨暴原野。公不信，可归至尔子书斋启笥视之。”言毕，命人拥一囚至，枷锁银铛，即其子也。太守抱之哭，惊醒，急往其子书斋启笥，尚余七百余金；询其仆，方知鬻画匿价之事，其子媳亦未知也。太守自此哀子之思为之少衰。

【译文】

无锡人曹五辑，任云南蒙化知府。他有个儿子，是乾隆十五年举人，江苏巡抚庄滋圃的门生。乾隆二十一年，无锡流行瘟疫。华剑光有个儿子，素来喜欢做善事。他拿出几幅古画，托曹五辑的儿子出售，并嘱咐道："卖八百两银子，作为埋葬本城死人的费用。"曹把画带到苏州庄家，给庄滋圃看。庄滋圃看曹卖画是为了做善事，画也不错，就给了他八百两银子。曹回无锡后，拿了八十两银子给华家，说只能卖这些钱。华无可奈何，勉强拼凑，买了几具棺材，埋葬那些露骨荒野的死人，剩下的就没办法了。过了不久，曹五辑的儿子生病死了。曹五辑伤心悼念不止，写了篇状纸在东岳神前焚烧，自陈做官清正，儿子无罪，不应该得到现在这样的报应。他回到家后，趴在桌子上打盹，见有青衣人拿着东岳神的名帖来请。曹五辑跟着他到了大殿外，神下堂至阶前相迎，说："你所责怪的确实有理，但是你的儿子近来做了坏事，贪拿人家的钱财，致使千百人暴骨原野。你不信，可回家到你儿子的书房里打开箱子看看。"说完，命人押着一囚犯来，披枷戴锁，就是他儿子。曹五辑抱着儿子痛哭，一下惊醒过来，急忙到儿子书房去，打开箱子一看，还剩下七百多两银子。问仆人，方知儿子卖画贪污的事，这事连儿媳妇也不知道。从此以后，曹五辑对儿子哀悼的心情淡薄了许多。

店主还债

甘泉县役邹姓者，月夜过西门大街，夜已三鼓，路无行人。邹见槐树下小屋门开，一女倚门立。邹伪吃烟取火者，就之，女勿避。邹喜，携女入屋，坐凳上密谈，约以次日复往。明早伺之，槐树下并无居人，一厝棺小屋也。从窗外窥，条凳宛然，凳上灰痕，有两人并坐形迹。心知鬼迷，意忽忽不乐。一日早起，谓其妻曰："有人欠我银七两二钱，我将往索。"已而不反。次日，闻街前轰轰，云某茶馆有人饮茶暴卒，馆主人报官，验无他故，饬店主买棺殓之，招尸亲识认。妻闻往视，果其夫也，问主人棺价，适符七两二钱之数。

【译文】

甘泉县衙役邹某，月夜经过西门大街，已经是三更天了，路上没人行走。邹某见一棵槐树下有幢小房子，门开着，一个女子靠着门站着。邹某假装要抽烟想借个火，走近女子，那女子并不回避。邹某很高兴，就带着女子进了屋，坐在凳子上密谈，约好明日再来。第二天一早，邹某到那地方去找，槐树下并没有居民，只有一间安放棺材的小房子。他从窗外朝里看，那条凳子还在，凳子上积满灰尘，有两个人并坐的痕迹。他心里知道是被鬼迷住了，心中郁郁不乐。一天早晨起床，对妻子说："有人欠我七两二钱银子，我要去讨回来。"去后就再也没回来。第二天，听到前街沸沸扬扬地传说某茶馆有人在喝茶时突然死去，茶馆主人报官，官府派人验尸，没有伤，令店主买棺材安葬，请死人的家属来认领。邹某的妻子去看，果然是自己的丈夫。问茶馆主人棺材价格，正好是七两二钱。

许氏女报奶娘仇

杭州许某，业盐家，生女才四十日，忽遍身红肿而死。五日后，附魂于小婢，口称："我为你家女儿，命不该死。实因奶娘不好，自家贪睡，将我放在大厅阶檐下，全不照管，被左邻开丧人家煞神走过，触犯致死。我今要向奶娘讨命。”许氏爷娘闻之悲泣，告以：“奶娘乃海宁人，自汝死后，彼已去矣，从何处往报耶?”女云：“取身契看，便知住处。”如其言，乃注视良久，曰：“勿劳爷娘，我自会往报，但烧纸船一只与我。”许家烧与之，婢蹶然起矣。嗣后奶娘存亡，许亦不复往问。

【译文】

杭州人许某，是个盐商。女儿生下才四十天，忽然浑身红肿而死。五天以后，魂附在一个小丫头身上，口中说：“我做你家的女儿，命中不应该死去。实在是因为奶妈不好，自己贪睡，把我放在大厅屋檐阶下，一点不照管，因左邻人家发丧，煞神走过，我挡了路，触犯了他而死。我如今要向奶妈索命。”她父母听了，伤心地哭着告诉她：“奶妈是海宁人，自从你死后，她已经走了，你怎么找她报仇呢?”女儿说：“去把身契拿来看，就知道她的住处。”照她的话做了，她看了很久，说：“不敢劳动爹娘，我自己会去找她，只是请烧只纸船给我。”许家的人把船烧了，小丫头就恢复了正常。后来奶妈是生是死，许某也没派人去打听。

蛊

云南人家家畜蛊，蛊能粪金银以获利。每晚即放蛊出，火光如电，东西散流，聚众噪之，可令堕地，或蛇或虾蟆，类亦不一。人家争藏小儿，虑为所食。养蛊者别为密室，命妇人喂之，一见男子便败，盖纯阴所聚也。食男子者粪金，食女子者粪银。此云南总兵华封为予言之。

【译文】

云南地方家家都畜养蛊。蛊能屙金屙银，使人获利。养蛊的人每天晚上把蛊放出去，只见闪闪的火光像电闪一样东西分散，如果聚众叫喊，会使它堕落地上，形状有的像蛇，有的像虾蟆，并不一样。人们都谨慎地把小孩子藏起来，怕被蛊吃掉。养蛊的人另外准备一间密室，命妇女喂养，蛊一见男子便会死去，因为它是纯粹的阴气所聚合成的。又传，能吃男子的蛊屙金，吃女子的屙银。这是云南总兵华封对我说的。

鸩人取香火

杭州道士廖明，募钱立圣帝庙。塑像开光之日，乡城男妇蜂集拈香。忽一无赖来，昂然坐圣帝旁，指像侮慢之。众人苦禁，道士曰："不必，听其所为，当必有报。"须臾，无赖仆地，呼腹痛，盘滚不已，遂死，七窍血流。众大骇，以为圣帝威灵，香火大盛，道士以之致富。逾年，其党分财不匀，出首去年无赖之慢神，乃道士贿之，教其如此。其死乃道士先以毒酒饮之，而无赖不知也。有司掘验，其骨果青黑色，遂诛道士，而圣帝香火亦衰。

【译文】

杭州道士廖明募捐建造关帝庙，塑像开光的那天，城里及乡下的善男信女们蜂拥而来，烧香跪拜。忽然有个无赖到庙里来，雄赳赳地坐在关帝像旁，指着神像轻侮辱骂。众人苦苦劝阻他，道士说："用不着劝，让他去做，他一定会受到报应。"不一会儿，无赖倒在地上，大叫肚子疼，翻滚个不停，于是死去，七窍流血。众人十分惊怕，以为是关帝显灵，于是庙中香火非常旺盛，道士由此而发了财。过了一年，道士的同伙因为分财不均，有人去告状：去年无赖侮辱神是道士给他钱财，有意叫他干的。无赖之死，是道士先让他喝了毒酒而无赖并不知道。官府把无赖的尸骨挖出来检验，骨头果然是黑青色，于是依法杀了道士，关帝庙的香火就此也衰落了。

科场二则

江西周学士力堂，癸卯乡试，题是"学而优则仕"一节，文思幽奥。房考张某不能句读，怒而批抹之，置孙山外。晚间，各房考归寝。张忽呓语不止，自披其颊曰："如此佳文，而汝不知，尚忝然作房考乎？"自骂自击不止。家人以为中风，急请众房考来。检视之，得所抹周卷读之，俱不甚解，乃曰："试荐之，何如？"大主考为礼部侍郎任公兰枝，阅而惊曰："此奇文，通场所无，可以冠多士也。"会副主考德公，阅文倦，假寐几上。伺其醒，告之，德公问何字号，曰："男字第三号。"德曰："不必阅文，竟定解元可也。"任问故，曰："我寝方酣，忽见金甲神向我贺曰：'汝第三儿子中解元矣。'今得男字三号之卷，岂非其验耶？"言毕阅文，亦大加叹赏，遂定此科第一。榜填后，众问周本房某梦中呓语之故，茫然不知。周后为福建巡抚、总督南河。

雍正丙午，江南乡试，其时聘各近省甲科司分校事，皆少年英俊。有张垒者，科分既久，自居前辈，性尤迂滞，每晚必焚香祝天曰："垒年衰学荒，虑不称阅文之任，恐试卷中有佳文及其祖宗有阴德者，求神明暗中提撕。"众房考笑其痴，相与戏弄之。折一细竿，伺其灯下阅卷，有所弃掷，则于窗纸外穿入挑其冠，如是者三。张大惊，以为鬼神果相诏也。即具衣冠，向空拜，又祝曰："某卷文实不佳，而神明提我，想必有阴德之故。如果然者，求神明再如前指示我。"众房考愈笑之，俟其将弃此卷，复挑以竿。张不复再阅，直捧此卷上堂，而两主司已就寝矣。乃扣门求见，告以深夜神明提醒之故。大主考沈公近思，阅其卷曰："此文甚佳，取中有余，君何必神道设教耶？"众房考噤口不敢言。及榜发，见此卷已在榜中。各哗然笑，告张曰："我辈弄君。"张正色曰："此非我为君等所弄，乃君等为鬼神所弄耳。"众亦折服。

【译文】

江西周力堂学士，参加癸卯年乡试。这科试题是《学而优则仕》，周力堂的文章写得十分深奥。房考官张某读不懂他的文章，大怒，用红笔加批涂扛，放在不能录取的卷子里。晚上，各房的考官都去睡觉了，张某忽然不断地说起胡话来，自己打自己耳光说："这样好的文章，你却看不懂，还厚着脸皮做房考官！"自骂自打不停。家人以为他精神错乱，急忙请各位房考官来，翻检张某批的卷子，都不很理解，于是说："试着把这卷送上去，怎么样？"主考官是礼部侍郎任兰枝，他见了这卷子，惊异说："这真是奇文，所有的考卷中没有比它好的，可以放第一名。"正好副主考官德公看文看得倦了，趴在案上打瞌睡。任兰枝等他醒后，告诉他这卷情况，德公问编号是什么，任兰枝说是男字第三号。德公说："用不着看了，就确定为第一名吧。"任兰枝问他原因，他说："我刚才睡得正熟，忽然见有金甲神将向我祝贺说：'你第三个儿子中了第一名。'现在得男字第三号卷子，岂不是应验了吗?"说完，看周力堂的考卷，也大加叹赏，于是定为第一名。张榜公布后，大家问房考官张某为什么说胡话，张一点也不知道。周力堂后来官做到福建巡抚、南河总督。

雍正四年江南举人考试，当时聘为房考官的都是近省进士出身的官员，个个少年英俊。有个叫张垒的，中进士年份很久了，自以为是前辈，性格尤其迂腐迟滞。每天晚上，他必定焚香对天祷告说："张垒年纪大，学业荒疏，怕担当不起考官的事，若试卷中有好文章，或者他祖宗积有阴德的，恳求神明暗中提醒我。"各房考官都笑他痴傻，一起作弄他，折了一根细竹竿，等他在灯下阅卷把不取中的卷子放一边时，就把竹子穿过窗纸，挑他的帽子。这样挑了三次，张垒十分吃惊，以为鬼神果然显灵了，就整顿好衣冠向空中磕头，又祷告说："这张考卷文章确实不好，但神明提醒我，想来这个考生一定积有阴德。如果真是这样，求神明再像前面那样指示我一次。"房考官们听了更加笑他，等他再次把这张卷子撂在旁时，又用竹竿挑他的帽子。这次，张垒不再看卷子，把卷子一直捧到堂上，但两位主考官已经睡觉了。张垒于是去敲他们的房门，告诉他们因为深夜神明提醒他，他才来找主考。主考官沈近思读了这张卷子，说："这篇文章写得很好，完全可以取中，你何必借口神明指教呢?"房考官们听见了，都闭口不敢再说。等到张榜，大家见这张卷子也在取中的行列，都闹了起来，笑着告诉张垒说："这是我们戏弄你。"张垒正色说："这不是我被各位戏弄，而是各位被鬼神戏弄了!"大家听了，反倒觉得张垒很有道理。

狸称表兄

六合老梅庵多狸，夜出迷人，在窗外必呼人字，称曰“表兄”，人相戒不答，则彼自去。有夏姓少年，读书庵中，月夜闻呼，疑为人也，开窗答之。见一妇人招手，而貌颇粗恶。意欲相拒，竟被拥抱入室，扯脱下衣，大吸其势，精尽乃去。据云其力甚大，不能自主；且毛孔腥臊，所经之处，皆有余臭，经月始散。

【译文】

六合老梅庵常有狐狸精出没，晚上出来迷人，在窗外叫人的表字，以“表兄”称呼，人们互相告诫不要回答，它听不到答应声就会自己离去。有个少年人姓夏，在庵里读书。一个有月光的晚上，听见叫他，他当作是人了，就打开窗户答应了一声。只看见一个女子向他招手，面貌长得很丑陋。姓夏的少年想不理她，却被女子抱进房里，拉掉他的裤子，尽力吸他的阳物，精液吸干了才离去。据说这种怪力气很大，自己支配不了自己，而且毛孔里发出腥臭味，凡经过的地方，都留下臭味，要个把月才能消散。

陆大司马坟

杭州陆大司马家，方卜葬时，其子某，听形家言，以千金买清波门外地。初下窆时，启得一棺，形制甚伟。众戚友咸劝毋动旧棺，别穿一穴。陆不可，曰：“我以重价买地，彼何人，敢占我耶?”掘而弃之。是夕，陆得病，自批其颊，口称葛老太太云：“汝夺我安宅，以而父为尚书耶？我儿子亦前明侍郎也。”问为谁，曰：“葛寅亮，于谊为乡亲，于科名为前辈，葬汝父，抛我骨，汝父安乎?”陆大司马夫人率全家泣请延僧斋醮，烧纸钱十万。葛太太似有允意，忽又作侍郎公语云：“伤我母坟，不可逭也。”少顷，又作族祖梯霞先生口吻，从中说情。侍郎终不允，卒索其命去。当鬼祟时，陆有戚舒十九者，新馆选翰林归，在旁劝曰：“陆某以价买坟，何名为夺！”鬼在陆口骂曰：“后生小子，新得一官，敢来儳言，恐自身难保耳。”陆亡后月余，舒亦亡。

【译文】

杭州陆大司马家，在选择坟地时，他的一个儿子，听了风水先生的话，用一千两银子买了清波门外一块地。开始挖坟穴下葬时，挖出来一具棺材，十分巨大。亲友们都劝陆某不要动旧棺，在别处另外挖个墓穴。陆某不听，说：“我用重金买的地，他是什么人，胆敢占我的地？”把棺材挖出来丢了。这天晚上，陆某得了病，自己打自己耳光，口称是葛老太太，说：“你抢夺我地下宅居，是倚仗你父亲是尚书吗？我的儿子也是前明的侍郎啊！”人们问他儿子是谁，回答说：“是葛寅亮。在情谊上与你父亲是乡亲，在功名上是前辈，你安葬你父亲，却抛弃我的骨头，你父亲心中安吗？”陆大司马的夫人带着全家哭着求情，请求延请和尚设法会，烧纸钱十万，超度赔罪。葛太太听上去像要同意了，陆某忽然又作葛侍郎的口气说：“你弄坏了我母亲的坟墓，不可饶恕。”过了会儿，又作陆家族祖梯霞先生的口吻，替陆某说情。葛侍郎坚决不答应，追索了陆某的命后离去。当鬼作祟时，陆家有个亲戚叫舒十九，刚刚选进翰林院，回家探亲，在旁边劝说：“陆某花了钱买坟地，怎么称得上抢占呢！”鬼借陆某的口骂道：“后生小子，刚刚做官，就敢来胡言乱语，你只怕自身难保。”陆某死后一个多月，舒十九也死了。

鬼受禁

上虞令邢某，与妻素不睦，因角口，批其颊，妻怒自缢。三日后，见形为祟，伺邢与妾卧，便吹冷风揭帐，或灭其灯。邢怒，请道士持咒作法，摄鬼于东厢，而以符封之，加官印焉。鬼竟不至。亡何，邢调知钱塘，后任上虞者，来开厢房。鬼得出，遂附一小婢身作祟如故。后任官呼鬼语曰："夫人与邢公有仇，与小婢无涉，何故害之？"鬼曰："非敢害丫环，我借附他身，以便求公。"问何求，曰："送我到钱塘邢某处。"曰："夫人何不自行？"曰："我枉死之鬼，沿路有河神拦截，非公用印文关递不可，并求签两差押送。"问差何人，曰："陈贵、滕盛。"二人者，皆已故役也。后任官如其言，焚批文解送之。邢公方在寝室晚膳，其妾忽倒于地，大呼曰："汝太无良，汝逼我死，乃禁我于东厢受饥饿耶？我今已归来，不与汝干休。"自此钱塘署中，日夜不宁。邢不得已，再请道士作法，加符用印，封移钱塘狱中。鬼临去呼曰："汝太丧心！前封我于东厢，犹是房舍；今我何罪，而置我于狱乎！我有以报汝矣。"未逾月，狱有重犯自缢死，邢因此被劾罢官，大惧，誓将削发为僧，云游天下。同寅官有捐资助其衣钵者，未及行而病卒。

【译文】

上虞知县邢某，与妻子一向不和睦。有一次，他与妻子吵嘴，打了妻子几个嘴巴，妻子发怒，上吊自杀了。三天后，亡妻现形作祟，等邢某与妾一起睡觉时，就吹冷风，把帐子揭开，或者把灯吹灭。邢某大怒，请来了道士画符念咒，把鬼魂禁锢在东厢房，用符封住，上面还盖了官印。从此后，鬼再没出现。不久，邢某调任钱塘知县。后任上虞知县把厢房打开，鬼得以出来，于是附在一个小丫头身上，像以前一样作祟。后任官对鬼说："夫人与邢公有仇，与小丫头没关系，你为什么要害她？"鬼说："不是我敢害丫头，我只是附在她身上，以便有求于你。”问她有什么要求，鬼说：“送我到钱塘邢某处。”上虞知县说：“夫人你为什么不自己去?”鬼回答说：“我是枉死之鬼，沿路都有河神拦截，一定要你发文用印才能通过，再求你派两个差役押送。”问她派谁，鬼说派陈贵、滕盛。二人都是已去世的差役。后任上虞知县照她的话做了，把批文焚烧了送她走。

这天，邢某正在寝室里吃晚饭，他的妾忽然倒在地上，大叫说：“你太坏了，你把我逼死，又把我关闭在东厢房里挨饿。我如今已回来了，不与你干休。”从此钱塘县署中日夜不得安宁。邢某没办法，再次请道士作法，加符用印，把鬼关押在钱塘县监狱中。鬼临去时大叫说：“你太没良心了！先前把我关在东厢房，还是人住的地方。现在我有什么罪，却把我关在牢里！我一定要对你进行报复。”不到一个月，监狱里有重犯上吊而死，邢某因此受到弹劾而罢官。邢某十分害怕，决心剃去头发出家做和尚，云游天下。同僚中有人出钱资助他购置用具，还没走就生病死了。

狐鬼入腹

李鹤峰侍郎之子鹢，字医山，辛巳翰林，能诗文，兼好宋儒理学。灯下读书，忽两女子绝美，来与戏狎，李不为动。少顷，李晚膳毕，忽腹中呼曰：“我附魂茄子上，汝啖茄即啖我也，我已居汝腹中，汝复何逃?”即灯下女子声。李自此两目愕然，若迷若痴。或以手自批其颊；或大雨首顶一石跪雨中，衣裳淋漓，不敢入内；或对人膜拜，拉之不起，面色黄瘦，日渐不支。鬼常借李君手作字，与人酬答。其同年蒋君士铨往视之，问：“汝貌甚佳，何不来诱我，而必从李君耶?”李手书二字曰：“无缘。”蒋又问：“汝绝世佳人，何为居腹中污秽之地?”李手书二字骂曰:“下足。”时江西巡抚吴公，与侍郎善，乃招李往，为延张天师，设坛于滕王阁，斋三日，诵咒三日，其法官悬牌曰:“三月十五日拿妖。”临期观者如堵。天师上坐，法官旁坐，令李跪，张其口向法师，法师伸两指入其口，撮而掷之。一小狐如猫，从口中出，呼曰:“我为姊探信，不料被擒，姊慎毋出。”腹中应声曰:“唯。”方知腹中尚有一妖。天师封符于坛，投之大江。李微觉神清，而腹中叹息之声大作，曰:“我与汝有宿世冤，因寻汝不着，故拉仙姑同来。不料反为彼祸，使我心转不安，我愈不饶汝矣。”言毕，腹痛不止。天师问法官:“李翰林可救乎?”法官取镜，照其腹曰:“此是翰林前生冤鬼，非妖也，法箓不能治。”天师以告中丞，中丞亦无奈何，仍送李还家养病，遂卒。

【译文】

李鹤峰侍郎的儿子李鹉，字医山，乾隆二十六年进士，选入翰林院，擅长诗文，又喜欢程朱理学。有一天，李鹉在灯下读书，忽然有两个非常漂亮的女子来挑逗他，他不加理睬。过了会儿，李鹉吃完晚饭，忽然肚子里有人叫说:“我的魂附在茄子上，你吃了茄子就是吃了我，我已住在你肚子里，看你再往哪儿逃?”这声音就是方才在灯下所见的女子的声音。李鹉从此以后，双眼直定定的，像迷惘，又像是痴呆。有时用手自己打自己耳光;有时遇到下大雨，就头顶着石块跪在雨中，衣服都淋湿了，也不敢到屋里去;有时对人合掌下跪，拉也拉他不起来。于是面色又黄又瘦，一天天衰弱下去。鬼常常通过李鹉的手写字，与人酬和唱答。李鹉的同榜进士蒋士铨去看望他，问:“你的容貌很漂亮，为什么不来引诱我，却一定要缠住李鹉呢?”李鹉写了两个字“无缘”。蒋士铨又问:“你一个绝代佳人，为什么住在肚子中那么肮脏的地方?”李鹉又写了两个字骂道“下作”。当时任江西巡抚的吴公，与李鹤峰很要好，就请人把李鹞送到江西，为他邀请了张天师治病。张天师在滕王阁设立法坛，斋戒三天，诵咒语三天，他手下的道士说：“三月十五日捉拿妖怪。”到了那天，围观的人很多，张天师坐在上首，道士坐旁边，令李鹞跪下，对着道士张开嘴巴，道士伸出两个手指进入他口中，像撮出样东西似的，摔在地上。只见从他口里出来了一只像猫大小的狐狸，叫着说：“我为姐姐出来探听消息，没想到被抓住。姐姐小心，不要出来！”李鹞腹中答应说：“知道了！”大家才知道他肚子里还有个妖怪。天师把妖怪装进坛子，用符封了，丢进滔滔江水。李鹞觉得神志稍微清醒了些，但肚子里响起阵阵叹息声，说：“我与你有隔世冤仇，因为找不到你，所以拉仙姑一起来。没想到给仙姑带来了祸害，使我的心中十分不安，我更加不会饶恕你了！”说完，肚子剧烈地痛个不停。天师问道士：“李翰林还有救吗？”道士取出面镜子，照他的肚子，说：“这是李翰林前生的冤鬼，不是妖怪，法术符箓没法治。”天师把这情况告诉了吴巡抚，巡抚听了也无可奈何，仍然把李鹞送回家养病。不久李鹞就死了。

怪诈人父

李玉双孝廉家有婢，名春云，颇有姿，年十五，李欲纳为妾，与其妻有成说矣。春云白日见瓦上一男子下，拥其髻而嗅之，曰：“汝发甚香，当大贵，宜从我，勿从主人。主人处馆穷儒，虽中举，不过一教官终耳。你向主人言，命其让我，且供我酒馔，我便赘汝家。”玉双闻之大怒，然亦无如何。是夜，怪竟来与婢配合，婢求主人具酒馔。如其言，则日夜安宁，否则飞砖掷瓦之祸毕作。玉双不得已，与人谋，将此屋招人承买。玉双馆于望仙桥施氏，不常在家。一日者，商人孙耕文来看屋，敲门，有苍须老翁衣灰鼠袍出迎。摇手曰：“此屋是我祖遗，并未出卖，勿听小儿玉双妄语；私相授受，将来要受讼累。”孙大骇，走告玉双，责以父在子不得自专。玉双曰：“先君亡已十余年，家中并无此翁。”乃知为怪所揶揄，冒认为父，彼此大笑。自后人知屋有怪，屡卖不成。玉双乃命婢父母领女还家，勿索身价，婢剺面剪发，誓不肯归。其母虑为怪所害，以绳缚之，捆载还家，另嫁一士人，怪竟不来。

【译文】

举人李玉双家里有个丫鬟名叫春云，有些姿色，年龄十五岁了。李玉双想娶她为小妾，已经与妻子商量妥当了。这天，春云在白天见到屋顶瓦面上有个男子跳下来，拉住她的发髻嗅了嗅，说：“你的头发真香，你将来一定是个大贵人，应当跟随我，不要嫁给你主人。你主人是个穷教书的，虽然中了举，最终不过做个教官罢了。你去和主人说，叫他把你让给我，并且为我准备酒菜，我就入赘你们家。”玉双听后十分气愤，但也拿他没办法。这天晚上，妖怪竟然来与春云成亲，春云求主人准备酒菜，玉双照样做了，家中就日夜安宁，否则就飞砖掷瓦，极不太平。玉双没有办法，与人商量，把这房子托人出卖。玉双在望仙桥施家做教师，不经常在家。这天，商人孙耕文来看房子，敲了敲门，有个穿灰鼠袍的白胡子老头出来开门。他问明孙耕文来意后，摇摇手说：“这屋子是我祖上传下来的，并不出卖，不要听信我儿子玉双胡言乱语。你们私下做这买卖，将来是要吃官司的。”孙耕文很害怕，忙到玉双处去，告诉他刚才的遭遇，指责他父亲还在儿子不应该自做主张。玉双说：“我父亲已去世十多年，家里也没有这么个老头。”这才知道被妖怪所捉弄，是妖怪冒充父亲，二人都大笑起来。从此后，人们都知道这屋有妖怪，房子再也卖不掉。玉双于是命春云的父母把春云领回去，不问他们要身价。春云毁容剪发，发誓不肯回去。她母亲怕她被妖怪害死，用绳子绑着她放在车子上带回去，另外嫁了个读书人。妖怪最终没跟来。

皂荚下二鬼

丹阳南门外吕姓者，有皂荚园，取利甚大，每结实时，吕氏父子守之，防有偷者。一夕月下，其父坐石上看树。树下有蓬发鬖鬖然，从土中出，惧而不视，呼其子往曳之。有红衣女子闯然起，父惊仆地，其子狂奔入室。女追之，至大门，忽僵立不动，一足在门外，一足在门内。子大呼，家人持刀杖齐集，畏其冷气射人，俱不敢近。女子从容起行，伛身入床下，遂不见。其子持姜汤灌醒其父，扶以归；招邻人共掘床下，果一朱棺，中有红衣女尸，如夜所见，嗣后父子不敢看园守树矣。逾三日，皂荚树下又有仆于地者，吕氏子亦灌醒之，问其由来，曰："我西邻也，见君家皂荚甚多，无人看守，故来偷窃。不意见树下有无头人，以手招我，我故骇而仆地。"其子又集人掘之，得黑棺，埋一无头尸，皆僵不腐，聚而焚之，其怪遂绝。

【译文】

丹阳南门外有户姓吕的人家，家中有个皂荚园，每当皂荚结果实时，父子二人就去守园，防止有人偷盗。有一天晚上，月光很亮，吕父坐在石头上看守，见一棵树底下有团像乱头发一样的东西，从泥土中升起来。吕父心里害怕，不敢去看，叫儿子去拉那东西。儿子一拉，有个穿红衣服的女子突然出现，吕父惊吓得倒在地下，他儿子拼命跑进屋去。那女子在后面追赶，赶到大门口，忽然僵立不动，一只脚在门外，一只脚在门里。儿子大叫起来，家里人一起拿着刀棍赶出来，只觉得那女子身上冷气逼人，都不敢靠近她。那女子不慌不忙地迈步进屋，到了床前，弯下身子钻入床下，于是不见了。吕子用姜汤把父亲灌醒，扶回家中，召集邻居一起挖床下，果然挖到一具红色的棺材，中间躺着个红衣女子，与夜色中所见一样。从此，父子俩不敢再去看守园子里的树了。过了三天，皂荚树下又有人倒在地上，吕子也把他灌醒，问他从什么地方来的。他说："我就住在你们西边，见你家皂荚树很多，没人看守，所以来偷摘。不料看到树下有个没头的人，用手召唤我，我因此怕得昏倒在地。"吕子又纠集大家挖那树下，挖到具黑色的棺材，埋一具无头尸体，也是僵硬不腐烂。于是把两具尸体放一起烧了，怪物就再也没有出现过。

中山王

江宁布政司署，为徐中山王故府。中有宁安殿，供奉中山王像。一几一椅，灰高数寸，例不敢拭，拭者有灾。帐幕桌帏，俱以黄绫为之。乾隆四十年，方伯某上任之日，即往行香，心念中山王爵虽贵，亦人臣也，帷幔黄色，似乎太僭，命以红绫易之。是夕，火光照耀，急往视之，则一帐一帷俱已焚尽，而几案丝毫无伤，细查并无引火之物。于是悚然怖惧，仍以黄色绫易之。

【译文】

江宁布政司公署，原为明代中山王徐家的府第，中有宁安殿，供奉中山王的像。殿中有一张茶几一把椅子，灰积得厚达几寸，人们照例不敢拂拭，凡拂拭的，就会招灾惹祸。殿中的帐幕与桌帏，都用黄绫制作。乾隆四十年，某布政使上任的第一天，就去殿中烧香。他心里想，那中山王的爵位虽然贵，但毕竟还是臣子，帏幔用黄颜色似乎超越了本分，于是命人换上红绫。这天晚上，见殿中火光照耀，布政使急忙去看，只见一帐一帏都已烧成灰，而几案一点没烧坏，仔细检查，也没有火种，因此非常恐惧，于是仍用黄绫做了帏幔。

状元不能拔贡

状元黄轩自言作秀才时，屡试高等。乙酉年，上江学使梁瑶峰爱其才，以拔贡许之。临试之日，头晕目眩，握笔一字不能下。梁不得已，以休宁县生员吴鹤龄代之，及榜出后，病乃霍然。从此灰心于功名，自望得一县佐州判官心足矣。后三年，竟连捷以至廷试第一。而吴鹤龄远馆溧水，以伤寒病终，终于贡生。

【译文】

状元黄轩自己说，他在作秀才时，多次考试都名列前茅。乾隆三十年，上江学使梁瑶峰很赏识他的才华，答应选拔他作贡生。到了考试那天，黄轩头晕目眩，拿着笔一个字也写不出来。梁瑶峰没办法，只好选拔休宁县秀才吴鹤龄为贡生，等到榜公布后，黄轩的病一下子好了。黄轩从此对功名灰心丧气，自己觉得这一生能够做个县丞或州判就心满意足了。过了三年，黄轩竟然接连考中举人、进士，中了状元，而吴鹤龄却远在溧水做教官，生伤寒病死了，最终还是个贡生。

谨　權　量

方敏悫公署直隶按察使时，饶阳民妇侯萧氏拒奸被杀。有周秋者，迹可疑而狡诈不肯吐实，悬案二载。公阅案牍，尽三鼓，坐而假寐，梦一人持素纸，下宽上窄，缺左角，中有方孔，孔下有“谨权量”三字。寤后细思，“周”字下宽左缺，而“谨權量”三字皆“土”字在下，移“土”之文于方孔之上，则成“周”字，且月令“谨權量”三字乃秋政也，凶人为周秋无疑矣。一讯而服，此事载公行状中。

【译文】

方敏悫公代理直隶按察使时，饶阳有个老百姓的妻子因为反抗他人强奸而被杀。嫌疑犯周秋，十分狡猾奸诈，不肯承认，已经有两年了，还定不了案。方公读这份案卷，一直读到三更已尽，坐着打瞌睡，梦见一个人拿着张白纸，下端宽，上端窄，缺左角，中间有个方洞，洞下有“谨權量”三个字。方公醒后细细思想，“周”字下宽左缺，而“谨權量”三个字都是“土”字在下，把“土”字移在方洞之上，就成了个“周”字，且《月令》中“谨權量”三字是说秋天的政令，凶手是周秋毫无疑问了。于是审讯周秋，果然不错。这件事记载于方公的行状中。

拘　忌

塞侍郎某，性多拘忌，每遇人谈有“死”“丧”二字，必作喷嚏以啐散之。路逢殡柩，则急往亲友家，解下衣帽，扑散数次，以为将晦气撒在人家，与己无与矣。又薛生白，常往李侍郎家看病，清晨往待，至日午始出。侍郎以面向内，以背向外，两公子扶之而行。坐定胗脉，口答病源，终不回顾。薛大骇，疑其面有恶疾，故不向客。问其家人，家人云："主人貌甚丰满，并无恶疾，所以然者，以某日喜神方在东故，不肯背之而出；又是日辰巳有冲，故必正午方出耳。"

【译文】

有个塞侍郎，生性多所禁忌，每次听见有人说到"死"、"丧"二字，他一定要吐唾沫，以为这样可以冲散消除晦气。走路时碰上人家出丧，他就急忙跑到亲友家去，脱下衣帽，摔打好几次，认为这样就把晦气撒在别人家里，与自己没有关系了。名医薛生白还说过这么一件事。薛曾经到李侍郎家去给他看病。清晨到他家，直至中午李侍郎才出来。出来时面向里背向外，由两个儿子扶着倒退走。坐好后，薛生白给他诊脉，侍郎口中回答病的情况，始终没有回过头来。薛生白十分惊骇，以为李侍郎脸上生了什么怪东西，所以不肯面对客人。后来，他向李家的仆人打听，仆人说："我主人相貌很丰满，脸上什么也没生。他这样做，是那天喜神在东方，所以不肯背对喜神走出来；又因为那天辰时与巳时不吉利，所以一定要等到正午才出来。"

奇　术

康熙间，成其范善风角。三藩之变，成为中书，凡千里外用兵之事，日有所奏，皆奇验，以此官至理藩院侍郎。常赴席东华门张参领家，已坐定矣，忽脱冠带置几上，谓主人曰："我腹痛，将如厕。"出门呼其舆夫，飞奔而归。舆夫问故，摇手曰："我与汝三人皆此日劫数中人，我不敢不到，故留衣冠以厌之。"言未毕，东华门火药局火发，延烧数十家，张参领家已为灰烬。又有计小堂者，以妖言惑众，充发黑龙江。至旅店中，饭桌仄小，解差三人不能同坐，小堂以手扯之，顷刻桌长三尺。差役曰："汝以此得罪，尚不悛改，而作此狡狯乎？"小堂怒而起，拉其所乘马送入墙内，仅留一尾在外摇摆。差哀求，乃拔其尾而出之。至配所，与某将军交善。一日，忽来泣曰："缘尽矣，不知何时再见！"挥手作别，将军留之，不可。但见小堂冉冉升空而去，将军速到彼帐中访之，则已死矣。

【译文】

康熙年间，有个成其范，善于根据风的情况推测吉凶。三藩之乱时，成其范官中书，凡是千里以外战争的事，他每天上奏，都推测得非常准确，因此升官，做到理藩院侍郎。有次成其范到东华门张参领家去，已经坐定了，忽然把帽子及衣带放在案几上，对张参领说："我肚子痛，要上厕所。"出门叫来他的轿夫，飞也似地赶回去。轿夫问他发生了什么事，成其范摇摇手说："我与你们三个人都是今天该遭劫的人，我不敢不到，所以留下衣带帽子压制它。"话没说完，东华门火药局起火，延烧几十家人家，张参领家被烧成灰。又有个计小堂，因为妖言惑众，被判充军黑龙江。一天住宿在旅馆里，饭桌很窄小，三个解差不能同时坐下吃饭。小堂用手扯饭桌，顷刻间桌子长了三尺。有个解差说："你就因为这个犯了法，尚且不思悔改，还卖弄法术吗？"小堂大怒，站起身来，把解差所骑的马塞进到墙里，只留下一根马尾巴在墙外面摇摆。解差只好哀求他，他才拉着马尾巴把马拽了出来。小堂到了发配的地方，与某将军交情不错。有一天，小堂忽到将军那儿去，哭着说："我们的缘分已尽，不知道什么时候才能再见。"说完，挥手告别。将军挽留他，没能留住，只见他缓缓升上天空，渐渐远去。将军急忙到帐篷中去看，小堂他已经死了。

狐仙自缢

金陵评事街张姓屋西书楼三间，相传有缢死鬼，人不敢居，封锁甚密。一日，有少年书生盛衣冠而来，求寓其家，张辞以家无空屋，书生愠曰："汝不借我，我自来居，日后冒犯无悔。"张闻其言，知为狐仙，诡云："西边书房三间，可以奉借。"因此房有鬼，私心欲狐仙居，为之驱除，然口不言其故。书生喜，揖谢而去。次日闻楼中有笑语声，连日不断，张知狐仙已来，日具鸡酒供之。未半月，楼上寂然无声，张疑狐仙已去，将重封锁其门。上楼视之，有黄色狐，自缢于梁上。

【译文】

金陵评事街张家屋子西边有三间书房，相传里边有吊死鬼，没人敢住，牢牢关锁着。一天，有位少年书生，衣冠华丽，来到张家借宿。张家的人以家中没有空房为理由，拒绝了他。书生发怒说："你不借给我房子，我自己来住，今后有所冒犯，你不要后悔。"张听他这样说，知道他为狐仙，就欺骗他说："西边三间书房可以借给你。"因为那房中有鬼，张私下里想让狐仙去住，帮他驱除，但口中没说出来。书生很高兴，作揖道谢后告辞而去。第二天，听到楼上书房中有笑语声，接连几天都是如此。张知道狐仙已搬来了，每天准备了鸡与酒敬奉。不到半月，楼上忽然一点声音也没有了。张怀疑是狐仙已走了，想要重新关门上锁，到楼上一看，有只黄色的狐狸吊死在梁上。

高 白 云

四川高白云先生名辰，辛未翰林，长于天文占验之学。尝就馆于岳大将军家。宰娄县，观星象，知山东氛恶；已而，果有王伦之事。未遇时，请乩仙问终身，仙赠诗云："少时志业蛟潜壑，老去功名凤峙冈。"先生不解。后由祠部主事升凤阳府同知，未到任卒。其子扶榇来江宁，厝于仪凤门外，方悟乩仙第二句之应。

【译文】

四川人高辰，号白云，是辛未科进士，选入翰林院。他擅长天文占验之类的学问，曾经在岳大将军家做教师。后来任娄县知县，观察星象，知道山东一带不太平，不久果然有王伦起义事。高辰没考取进士时，曾经扶乩向乩仙询问终身，乩仙判了两句诗说："少时志业蛟潜壑，老去功名凤峙冈。"高辰不能理解。后来他由祠部主事升任凤阳府同知，还没到任就去世了。他儿子把灵柩运回去，经过南京，暂时停放在仪凤门外，这才明白乩仙第二句诗的涵义。

梁观察梦应

广东梁兆榜观察，其族某，素奉佛，妻有娠，梦观音大士谓曰："汝生子，可名兆榜，将来是三甲第八名进士。"惊醒，果生一男，夫妇甚喜，以兆榜名之，即为捐监以待入场。及年长，顽蠢异常，不能识字，留监照无用，乃以与族侄使下场，即观察也。果庚午辛未连捷，会试出侍郎双公门。将殿试时，双公欲为送表联于读卷官。观察辞曰："门生先有梦兆，已定为三甲第八名进士，殿试前列，似难以人谋也。"双公笑而不信，殿试榜发，竟得二甲六十八名，双公愈笑其诞，观察亦疑梦之不足凭矣。是科进呈十卷，第一名为某相国之子，上改拔杭州吴鸿为状元，嫌二甲八十名太多，命分二十卷置三甲，于是梁公仍为三甲第八名进士。双公叹曰："《易》称'圣人先天而天不违'，斯言信矣。"

【译文】

广东人梁兆榜，官道员。他同族某人，一向信奉佛教，妻子怀孕时，梦见观音大士说："你生了儿子可取名兆榜，将来会中第三甲第八名进士。"惊醒过来，果然生了个男孩，夫妇俩都很高兴，就给他取名兆榜，当时就为他捐了个监生，等他将来参加举人考试。这孩子长大后，非常愚顽粗蠢，不能识字，留着监生的凭证没用，他父亲就把它送给族侄去参加考试，族侄就是现在名兆榜的道员。梁兆榜果然乾隆十五年、十六年连中举人、进士，进士考试时出侍郎双公一房。将要殿试，双公想替他向读卷官某人疏通，梁兆榜拒绝了，说："门生早先有梦兆，已经定为三甲第八名进士，要想殿试在前列，靠人力是办不到的。"双公笑而不信。结果殿试榜发，竟得二甲六十八名。双公更加笑话他荒诞，梁兆榜也怀疑梦兆不足以相信。结果这一科进呈皇帝前的十张卷子，第一名是某丞相的儿子，皇帝改以杭州吴鸿为状元；又嫌二甲进士有八十名太多，命分二十名移入三甲，于是梁兆榜依然是三甲第八名进士。双公叹息说："《易经》称'圣人先天而天不违'，这句话真说得对极了。"

大胞人

壬辰二月间，余过江宁县前，见道旁爬一男子，年四十余，有须，身面缩小，背负一肉山，高过于顶，黄胀膨亨，不知何物。细视之，有小窍而阴毛围之，方知是肾囊也。囊高大两倍于其身，而拖曳以行，竟不死，乞食于途。

【译文】

乾隆三十七年二月间，我经过江宁县衙门前，看见路边有个男子在爬，年龄四十多岁，有胡子，身体与面部都很小，背上隆起一座肉山，高过头顶，黄黄的，胀鼓鼓的，不知是什么东西。我细细一看，这东西有个小洞，四周都是毛，才知道是阴囊。囊是他身体的两倍，他拖着走，居然不死。他就这样一路乞讨。

钱文敏公梦辛稼轩而生

钱文敏公维城，初名辛来，以其尊人梦辛稼轩而生公故也。改名后，乃字稼轩，以存梦谶。乙丑科前四月，梦行天榜，状元李某，己为探花，榜眼不著姓名。后榜发，公为状元，而李某竟在二甲，以知县用。亦不可解。

【译文】

文敏公钱维城，起初名叫辛来，是因为他父亲梦辛稼轩后生下他的缘故。改名维城后，以稼轩为表字，以与梦谶合符。乙丑科进士考试前四个月，钱维城梦见天上放榜，状元姓李，自己是探花，榜眼空着没写名字。后来考试榜发，钱维城中了状元，而那个姓李的却是二甲进士，外任知县，这事让人难以理解。

鬼入人腹

焦孝廉妻金氏，门有算命瞽者过，召而试之。瞽者为言往事甚验，乃赠以钱米而去。是夜，金氏腹中有人语曰："我师父去矣，我借娘子腹中且住几日。"金家疑是樟柳神，问："是灵哥儿否?"曰："我非灵哥，乃灵姐也。师父命我居汝腹中为祟，吓取财帛。"言毕，即捻其肠肺，痛不可忍。焦乃百计寻觅前瞽者，数日后遇诸途，拥而至室，许除患后谢以百金。瞽者允诺，呼曰："二姑速出!"如是者再，内应曰："二姑不出矣。二姑前生姓张，为某家妾，被其妻某凌虐死。某转生为金氏，我之所以投身师父作樟柳神者，正为报此仇故也。今既入其腹中，不取其命不出。"瞽者大惊，曰："既是宿孽，我不能救。"遂逃去。焦悬符拜斗，终于无益。每一医至，腹中人曰："此庸医也，药亦无益。且听入喉。"或曰："此良医也，药恐治我。"便扼其喉，药吐而后已。又曰："汝等软求我尚可，若用法律治我，我先啮其心肺。"嗣后每闻招僧延道，金氏便如万刃刺心，滚地哀号，且曰："汝受我如此煎熬，而不自寻一死，何看性命太重耶?"焦故彭芸楣侍郎门生，彭闻之，欲入奏诛瞽者，焦不欲声扬，求寝其事，金氏奄奄垂毙。此乾隆四十六年夏间事。

【译文】

举人焦某的妻子金氏，一次见门口有算命的盲人经过，就请他进来算命。盲人算出金氏以前的事都很准确，金氏就送了他些钱米打发他走了。这天晚上，金氏肚子里有人说话道："我师父走了，我借娘子的肚子姑且住几天。"焦家的人怀疑是算命的蓄养的鬼魂，就问他，"你是灵哥儿吗？"回答说："我不是灵哥，我是灵姐。师父命我住在你肚子里作怪，敲诈钱财。"说完，就捻动金氏的肠肺，金氏痛得无法忍受。焦举人于是千方百计去寻找那个算命的，过了几天才在路上碰上了。把他请回家，答应赶走鬼后送他一百两银子。算命的答应了，叫道："二姑快点出来！"这样叫了两遍，金氏肚子里应声说："二姑不出来了。二姑前生姓张，是某家人家的小妾，被正妻虐待凌辱而死。正妻转世后就是现在的金氏。我之所以投靠师父做供你驱使的小鬼，正是为了报这个仇。如今既然已进入她肚子里，不取她性命绝不出来。"算命的大惊，说："既然是前世冤孽，我没办法救。"于是逃走了。焦举人在家里悬挂符箓，祈拜北斗，鬼还是赶不走。请医生来看，有的医生来，腹中会说："这是个庸医，药也没有用，让它喝入喉内。"有的医生来，便说："这是个良医，药恐怕对我不利。"便扼紧金氏的喉咙，使她把药都吐完了才放手。又说："你们好好求我，我就放宽些。如果用法术等治我，我先咬她的心肺。"在这以后，每当听到要请僧道来，金氏便如同万刀刺心，痛得在地上打滚哀叫。鬼说："你受我这样折磨，却不自己寻个短见，为什么把性命看得这么重？"焦举人是侍郎彭芸楣的学生，彭听说这事后，想上奏朝廷杀算命的盲人，但焦举人不想声张，求他不要管这事，金氏气息奄奄几乎要死。这是乾隆四十六年夏天发生的事。

牛 僵 尸

江宁铜井村人畜一牝牛，十余年生犊凡二十八口，主人颇得其利。牛老不能耕，宰牛者咸请买之。主人不忍，遣童喂养，俟其自毙，乃掩埋土中。是夜，闻门外有击撞声，如是者连夕。初不意即此牛，月余，为祟更甚，闻吼声蹄响。于是一村之人皆疑此牛作怪，掘验之，牛尸不坏，两目闪闪如生，四蹄爪皆有稻芒，似夜间破土而出者。主人大怒，取刀断其四蹄，并剖其腹，以粪秽沃潴之，嗣后寂然。再启土视之，牛朽腐矣。

【译文】

江宁铜井村有户人家养了头母牛，十多年来生了二十八头小牛，这家人家靠它赚了不少钱。牛老了，不能耕地了，宰牛的见了都问牛主人买，可牛主人不忍心见它被杀，派小孩子喂养着，等它老死了，就把它埋在土里。这天晚上，牛主人听到家门外有什么东西在撞击，一连几晚都是如此。起初还没想到是这头牛作怪，这样过了一个多月，闹得更厉害了，还听到牛吼声与牛蹄子声。于是全村的人都怀疑是那牛作怪，挖出来看，牛尸体没有腐烂，两眼闪闪发光，像活着一样，四只蹄子上都有稻芒，像是夜间破土而出的。牛主人大怒，用刀斩断它四蹄，又剖开它肚子，把大粪等脏东西浇上去后埋了。从此村里就太平了。后来再次把土挖开看，牛已经烂掉了。

袁州府署大树

江西袁州府署后园有大树，高十余丈，每夜有两红灯悬其巅。或近视之，必有泥沙抛掷，春夏则蜈蚣蛇蝎下焉，人以故不敢狎亵。乾隆年间，有敏姓者来为太守，恶其为妖，召匠数人，持刀斧伐树，宾僚妻子，无不谏者。太守不为动，自坐胡床，督匠伐树。树上飞下白纸一张，上有字数行，坠太守怀中。太守视之，色变而起，趣挥匠散。至今大树犹存，然终不知纸上作何语，太守亦终不为人言。

【译文】

江西袁州府公署的后花园有棵大树，高十多丈。每到晚上，树顶上就悬挂着两盏红灯。如有人走前去看，就会有泥沙朝你抛来，春夏天就会掉蜈蚣蛇蝎一类毒虫，人们因此不敢轻慢它。乾隆年间，有个姓敏的来做知府，看不惯这妖异现象，找来了几个木匠，命他们用刀斧去把树砍了。他的幕僚与妻子，个个劝阻他，可他不听，亲自坐在交椅上，监督砍伐。忽然从树上飞下来一张白纸，上面有几行字，落入敏知府怀中。知府拿出来一看，脸色变了，马上站起来，挥手把木匠遣散了。到如今那棵大树还在，只是最终不知道那张纸上写些什么，知府也始终不肯告诉别人。

燧人钻火树

四川苗洞中人迹不到处，古木万株，有首尾阔数十围，高千丈者。邛州杨某，为采贡木故，亲诣其地，相度群树，有极大楠木一株，枝叶结成龙凤之形。将施斧锯，忽风雷大作，冰雹齐下，匠人惧而停工。其夜，刺史梦一古衣冠人来，拱手语曰："我燧人皇帝钻火树也。当天地开辟后，三皇递兴，一万余年，天下只有水，并无火，五行不全。我怜君民生食，故舍身度世，教燧人皇帝钻木出火，以作大烹，先从我根上起钻，至今灼痕犹可验也。有此大功，君其忍锯我乎？"刺史曰："神言甚是。但神有功，亦有过。"神问："何也？"曰："凡食生物者，肠胃无烟火气，故疾病不生，且有长年之寿。自水火既济之后，小则疮痔，大则痰壅，皆火气烝熏而成。然后神农皇帝尝百草，施医药以相救。可见燧人皇帝以前民皆无病可治，自火食后，从此生民年寿短矣。且下官奉文采办，不得大木，不能消差，奈何？”神曰：“君言亦有理。我与天地同生，让我与天地同尽。我有曾孙树三株，大蔽十牛，尽可合用消差。但两株性恭顺，祭之便可运斤；其一株，性崛强，须我谕之，才肯受伐。”次日如其言，设祭施锯，果都平顺；及运至川河，忽风浪大作，一木沉水中，万夫曳之，卒不起。

【译文】

四川苗族居住的区域，有个人迹不到的地方。那儿长着上万棵古树，大的粗数十围，高千丈。邛州知州杨某，因为要采办进贡皇上的木料，亲自到那儿的树林去察看选择，见其中有棵楠木特别大，枝叶结成龙凤的形状。杨某令木工砍伐这树，刚要动手，忽然刮起大风，雷声震耳，下了阵大冰雹。木工们都很害怕，因此没有动工。这天晚上，杨某梦见有个穿着上古衣冠的人来见他，对他拱手施礼说：“我是燧人皇帝钻了取火的树。天地开辟后，三皇接连统治天下，达一万多年。那时天下只有水，没有火，五行不全。我怜悯他们君王人民吃生东西，所以舍身帮助世人，教燧人皇帝钻木取火，以烧肉羹。他先从我的根上起钻，到现在我根上还留有烧焦的痕迹可以证明。我有这样大的功劳，您难道忍心锯我吗？”杨某说：“树神，您所说的很有道理。但您有功，也有过。”神问为什么，杨某说：“凡是吃生东西的人，肠胃没有烟火气，所以不生病，并且长寿。自从水火调和之后，小的生疮痔，大就被痰所壅，这都是火气熏烤的缘故。因此后来神农皇帝尝百草，制药用来医治疾病。可见，燧人皇帝以前的人民都没有病要治，自从吃了熟食后，人们的寿命就短了。而且下官我奉命采办，得不到大木料，我就无法交差，这又怎么办？”神说：“您说的也有道理。我与天地同生，让我与天地同尽。我有曾孙辈树三棵，大到树荫可以遮蔽十头牛，完全可以充抵让您交差。只是其中两棵性格恭敬温顺，你只要祭祀后就可砍伐；而另一棵性格倔强，必须我去对他说，他才肯被你砍伐。”第二天，杨某带人照着神所说，先祭祀了，然后砍伐，果然都很顺利地砍倒了。等把树运到川河，忽然掀起了大风浪，一棵树沉到了水中，成千上万的人一起拉，最终还是拉不出来。

鬼怕冷淡

扬州罗两峰自言能见鬼，每日落则满路皆鬼，富贵家尤多。大概比人短数尺，面目不甚可辨，但见黑气数段，旁行斜立，呢呢絮语。喜气暖，人旺处则聚而居，如逐水草者然。扬子云曰：“高明之家，鬼瞰其室。”言殊有理。鬼逢墙壁窗板，皆直穿而过，不觉有碍。与人两不相关，亦全无所妨。一见面目，则是报冤作祟者矣。贫苦寥落之家，鬼往来者甚少，以其气衰地寒，鬼亦不能甘此冷淡故也。谚云“穷得鬼不上门”，信矣。

【译文】

扬州人罗两峰说自己能看见鬼，每当太阳下山时，就满路都是鬼，富贵人家门口尤其多。鬼的身材大致比人矮了几尺，面目看得不很清楚，只看见黑气几段，在路旁走，或斜倚着站立，嘴里低声说着话。鬼喜欢暖和，在人多的地方他们就聚在一起居住，像牧民选择水草多的地方放牧一样。扬子云曾经说过：“地位尊贵的人家，鬼就会窥探他的屋子。”这句话很有道理。遇到墙壁窗板，都直接穿过去，不觉得有阻碍。鬼与人们各不相关，互相之间也完全没有妨碍。如果鬼显示出它的面目，就是报冤的鬼在作祟。贫穷破落的人家，鬼往来也很少，这是因为穷人家气衰地寒，鬼也不能习惯这样冷淡的环境。谚语说“穷得鬼不上门”，真是这样。

鬼避人如人避烟

两峰云：鬼避人如人之避烟，以其气可厌而避之，并不知其为人而避之也。然往往被急走之人横冲而过，则散为数段，须团凑一热茶时，方能完全一鬼。其光景似颇吃力。

【译文】

罗两峰说：鬼避人如人避烟，这是因为它们讨厌人的气味，所以躲避，并不是因为知道碰上的是人的缘故。但鬼往往被急匆匆走路的人横冲而过，便散成数段，需一杯热茶冷却的时间，才能重新聚成鬼形。看它那样子，似乎很吃力。

卖 蒜 叟

南阳县有杨二相公者，精于拳勇，能以两肩负粮船而起，旗丁数百以篙刺之，篙所触处，寸寸折裂，以此名重一时。率其徒行教常州，每至演武场，传授枪棒，观者如堵。忽一日，有卖蒜叟，龙钟伛偻，咳嗽不绝声，旁睨而揶揄之。众大骇，走告杨。杨大怒，招叟至前，以拳打砖墙，陷入尺许，傲之曰：“叟能如是乎？”叟曰：“君能打墙，不能打人。”杨愈怒，骂曰：“老奴能受我打乎？打死勿怨。”叟笑曰：“老人垂死之年，能以一死成君之名，死亦何怨！”乃广约众人，写立誓券，令杨养息三日，老人自缚于树，解衣露腹。杨故取势于十步外，奋拳击之，老人寂然无声。但见杨双膝跪地，叩头曰：“晚生知罪了。”拔其拳，已夹入老人腹中，坚不可出，哀求良久，老人鼓腹纵之，已跌出一石桥外矣。老人徐徐负蒜而归，卒不肯告人姓氏。

【译文】

南阳县有个杨二相公，精通武术，能够用双肩扛起运粮船。几百名押运粮船的绿旗兵，用竹篙刺他，刚刺中他身体时就一寸寸断裂。他因此而享有盛名。杨二相公带着他的徒弟到常州传授武艺，每次到演武场去传授枪棒，围观的人挤满了，像筑起了一道人墙。忽然有一天，杨二相公正在教人武艺。有个卖蒜的老头，老态龙钟，弯腰曲背，不断地咳嗽着，歪着身子看，嘴里嘲笑他。人们非常惊骇，去告诉杨二相公。杨大怒，把老头叫到面前，一拳对准砖墙打去，拳头陷进墙内有尺把深，傲慢地说：“老头儿，你能办到吗?”老头说：“你能够打墙，但不能打人。”杨更加生气了，骂道。“老匹夫，你能承受我打吗？打死了不要抱怨！”老头说：“我老人家已经是快死的人了，能够以一死成全你的名声，死又有什么可抱怨的！”于是约了很多人作证，写了誓书，叫杨二相公休息三天，老头儿自己叫人绑在树上，解开衣服，露出肚子，叫杨二相公打。杨二相公在十步外摆好架子，冲上前用力打去。只见老头儿一声不吭，而那杨二相公却双膝跪在地上，叩头说：“晚生知罪了。”拔他的拳头，哪知拳头夹在老头儿的腹中，怎么也拔不出来。杨哀求了很久，老头儿鼓起肚子放开他，他一下子跌到了一座石桥底下。老人慢慢地背起蒜回去了，最终没肯告诉人家他姓什么。

借棺为车

绍兴张元公，在阊门开布行，聘伙计孙某者，陕人也，性诚谨而勤，所经算无不利市三倍，以故宾主相得。三五年中，为张致家资十万。屡乞归家，张坚留不许。孙怒曰："假如我死，亦不放我归乎！"张笑曰："果死，必亲送君归，三四千里，我不辞劳。"又一年，孙果病笃，张至床前问身后事，曰："我家在陕西长安县钟楼之旁，有二子在家，如念我前情，可将我灵柩寄归付之。"随即气绝。张大哭，深悔从前苦留之虐，又自念十万家资皆出渠帮助之力，何可食言不送。乃具赙仪千金，亲送棺至长安，叩其门开，长子出见，告以尊翁病故原委，为之泣下。而其子夷然，但唤家人云："爷柩既归，可安置厅旁。"既无哀容，亦不易服。张骇绝无言。少顷，次子出见，向张致谢数语，亦阳阳如平常。张以为此二子殆非人类，岂以孙某如此好人，而生禽兽之二子乎？正惊叹间，闻其母在内呼曰："行主远来，得毋饥乎？我酒馔已备，惜无人陪，奈何？"两子曰："行主张先生，父执也，卑幼不敢陪侍。"其母曰；"然则非汝死父不可。"命二子肆筵设席，而己持大斧出劈棺，骂曰；"业已到家，何必装痴作态！"死者大笑，掀棺而起，向张拜谢曰："君真古人也，送我归，死不食言。"张问何作此狡狯，曰："我不死，君肯放我归乎？且车马劳顿，不如卧棺中之安逸耳。"张曰："君病既愈，盍再同往苏州？"

曰："君命中财止十万，我虽再来，不能有所增益。"留张宿三日而别，终不知孙为何许人也。

【译文】

绍兴人张元公在苏州阊门开了家布店，聘用一个伙计，姓孙，是陕西人，性格诚实谨慎，又很勤劳。孙伙计经手的生意总能获得三倍的利润，因此老板和他关系很融洽。这样过了三五年，孙某为张元公赚了十万贯家私，多次请求张元公放他回家，张元公坚决挽留，不肯放他。最后孙某生气了，说："假如我死了，你也不放我回去吗？"张元公笑着说："你如真的死了，我一定亲自送你回家。这三四千里路，我一定不辞辛劳。"又过了一年，孙某果然生重病，快要死了。张元公到他床前问他有什么要交代的，孙某说："我家在陕西长安县钟楼旁边，家里有两个儿子。你如果念我以前对你的情谊，就把我的灵柩运回家中，交给我儿子。"说完就咽了气。张元公大哭了一场，十分后悔以前那么坚决留住他太不讲道理，又想到自己这十万贯家财都是因为他的帮助才赚来的，不能够背弃诺言不送他回去。于是张元公带上一千两银子助丧费，亲自送孙某的棺材去长安。到了孙家，敲开了门。孙某的大儿子出来相见，张元公把孙某病故的经过告诉他，一头说，一头流下了眼泪，可他儿子一点也没有慌张的神态，只是叫来家人，说："爹的灵柩既然回来了，可把它放在大厅旁。"既不悲伤，也不换上孝服。张元公惊奇得话也说不出来。过了一会儿，孙某的小儿子出来相见，对张元公道谢了几句，意气自得，像什么事也没发生一样。张元公认为这两个儿子简直不是人，难道像孙某这样的好人竟然生了两个像禽兽一样的儿子吗？正在惊异感叹，听到两个儿子的母亲在里边叫唤说："店主从远方来，肚子该饿了。我已备好酒菜，可惜没人作陪，怎么办？"两个儿子说："店主张先生是父辈，儿子年幼辈分低，不敢做陪客。"他母亲说："这样看非要叫你死鬼父亲不可。"于是命儿子摆设酒席，自己却拿了把大斧头出来劈棺材，骂道："已经到家了，何必装痴作态！"孙某大笑，掀开棺盖出来，向张元公拜谢说："你真同古人一样讲究道义，说过送我回家，死不背弃！"张元公问他为什么要开这玩笑，孙某说："我不死，您肯放我回家吗？再加上路上坐车骑马太辛苦，不如躺在棺材中来得安逸。"张元公说："你病既然好了，再一起去苏州如何？"孙某说："你命中注定只能有十万家财，我即使再去苏州，也不能使你有所增多。"孙某留张元公住了三天，张元公就回苏州了。最终不知孙某到底是什么人。

孙伊仲

常州孙文介公玄孙伊仲，赴江阴应试，舟泊于野。天将夕矣，路见古衣冠者，问何去，曰："应试。"其人咤曰："功名富贵可袭取乎？水源木本可终绝乎？此之不知，应试何为！"言毕不见。伊仲恍惚如梦，归至舟中，欲不应试，同人劝行。不得已，仍至江阴。患疟甚剧，莽热时，见古衣冠者又来曰："尔无父，我无子，风雨霜露，哀哉伤心！"伊仲悚然，即买舟南归，以此言告本族，方知文介公本无子，嗣其宗人为子；后其家子孙，皆嗣子所出，而嗣子之墓久不可考矣。赵恭毅公孙刑部郎中某，代访得消息，墓为沈氏所占，乃为助钱，议赎还之。此乾隆四十三年事。

【译文】

常州孙文介公的玄孙孙伊仲，有次去江阴本籍应试，船停泊在郊野。天色渐渐暗了下来，他上岸散步。路旁有个穿戴古人衣冠的人，问他到哪里去，孙伊仲回答去应试。那人感叹说："功名富贵难道可以袭取吗？水的源、树的根难道可以断绝吗？这点也不知道，还去应试干什么！"说完就不见了。伊仲恍恍惚惚像做梦一样，回到船上，想不去参加考试了。同伴们都劝他去，他没办法，仍然到了江阴。在江阴，他患了疟疾，病得很厉害。发高热时，见到那个穿戴古人衣冠的人又来了，说："你没父亲，我没儿子，风雨霜露，哀哉伤心。"伊仲很惊恐，立即雇船回家，把那人的话告诉族里的人，这才知道文介公本来没有儿子，过继同族的人为儿子。后来他家的子孙，都是这过继的儿子所生，但这继子的墓迷失很久了。赵恭毅公的孙子任刑部郎中，他帮助孙伊仲寻访，得知墓被一家姓沈的占了，就资助孙伊仲钱，与沈家商量，赎了回来。这是乾隆四十三年的事。

（卷十四译者　李梦生）

子不语卷十五

姚端恪公遇剑仙

国初桐城姚端恪公为司寇时，有山西某，以谋杀案将定罪。某以十万金赂公弟文燕求宽，文燕允之，而惮公方正，不敢向公言，希冀得宽，将私取之。一夕者，公于灯下判案，忽梁上男子持匕首下，公问："汝刺客耶？来何为？"曰："为山西某来。"公曰："某法不当宽，如欲宽某，则国法大坏，我无颜立于朝矣，不如死。"指其颈曰："取！"客曰："公不可，何为公弟受金？"曰："我不知。"曰："某亦料公之不知也。"腾身而出，但闻屋瓦上如风扫叶之声。时文燕方出京赴知州任，公急遣人告之，到德州，已丧首于车中矣，据家人云："主人在店，早饭毕，上车行数里，忽大呼好冷风。我辈急送绵衣，往视，头不见，但血淋漓而已。"端恪题刑部白云亭云："常觉胸中生意满，须知世上苦人多。"

【译文】

清初桐城人姚端恪公做刑部尚书时，有个山西人，因为犯了谋杀罪，将要定刑。犯人家用十万两银子贿赂端恪公的弟弟文燕，求他说情，从宽处理。文燕答应了，但又畏惧端恪公方正，不敢去说，希图或许从宽处理，他就作为自己功劳。一天晚上，姚公在灯下判案，忽然有个男子手拿匕首从梁上跳下来。姚公问："你是刺客吗？你来干什么！"那人说："为了山西人某而来。"姚公说："这人依法不当从宽，如果宽赦了他，就大大违背了国家的法规，我没有脸站立在朝堂上了，不如一死。"用手指着头颈说："你杀吧！"刺客说："你不同意宽免，那么为什么你弟弟接受了钱？"姚公说："我不知道。"刺客说："我也料到你不知道这事。"说完，飞身而出，只听见屋顶瓦上有一阵风扫落叶般的响声。这时候，文燕正好离开京城，往外地去任知州。姚公急忙派人去告诉他这件事。哪知文燕刚到德州，就在车中失去了头颅。据家人报告："主人住在客店，吃完早饭，上了车，行了几里路，忽然大叫风很冷。我们急忙送上棉衣。一看，他的头不见了，满车鲜血淋漓。"姚公有题刑部白云亭的联语："常觉胸中生意满，须知世上苦人多。"

吴髯

扬州吴髯行九，盐贾子也，年二十，将往广东某藩司署中赘娶。舟至滕王阁下，白昼见一女，与公差来舟中云："寻君三世，今日得见面矣。"吴髯茫然不知所来，家人知为冤鬼，日以苕帚打其见处，无益也。从此吴髯言语与平时迥异。由江西以及广东，二鬼皆不去。入赘之日，女鬼忽入洞房，索其坐位，与新人争上下。惟新人与吴髯闻其声，云"我本汉阳孀妇，与吴狎昵，遂订婚姻。以所蓄万金与至苏州买屋，开张布字号，订明月日来汉阳迎娶。不意吴挟金去五年，竟无消息。我因自经死，到黄泉哭诉，汉阳城隍移查苏州城隍，回批云：'此人已生湖南。'寻至湖南诉城隍，又查明已生扬州，及至扬州，而吴又来广东。追至江西，始得相逢。

今日婚姻之事，我不能阻，但须同享荣华”等语，新人大骇，白之藩台。不得已，竟虚其位待之，始得安然。鬼差口索杯箸求食，乃另设席相待。阅一月，吴髯告归，买舟回扬，鬼亦索舆甚迫，欲随其舆以登舟。扬州士人早知此事而不信，于吴髯抵扬之日，填街塞巷，以待其归。见其四舆入城，前果二空舆，肩舆者亦觉其若有人坐。一时好事者，作《再生缘》传奇。阅半月，吴髯妻与女鬼约，修道场七日，焚冥镪于琼花观中，劝之去，女鬼欣然诺之。其时鬼差已去，道场中设女魂牌于殿之西侧。每日吴髯妻设席亲祭，至第七日大雨，遣家人往供，家人失足跌于路，即供以泥污之馔。鬼大嚷不止，吴髯责其家人；而髯妻又约以九日道场圆满之故，女鬼向髯妻称谢，谓吴髯曰：“后十年来，再索汝命，我且暂去。”髯惧，舍身为城隍役。至期则白日睡去。至今扬之人，皆知吴九胡子为活勾差。

【译文】

扬州吴髯，排行第九，是盐商的儿子。这年二十岁，将往广东某布政使家中做入赘女婿。船行到江西南昌，停在滕王阁下。光天化日下，吴髯见到一个女子，与一个公差一起来到船上，说：“我找寻你已有三世了，今天终于见了面。”吴髯茫然不知她从什么地方来。家人知道这是冤鬼，天天拿着笤帚击打，但一点没有效果。从此吴髯说话与往常完全两样。船从江西到广东，二鬼都没离去。吴髯成亲的那天，女鬼忽然进入洞房，问自己的位子在哪里，与新娘子争大小。满房人只有新娘子与吴髯听得见她说话声。她说：“我本是汉阳的一个寡妇，与吴偷情，于是订了婚。我把家中积蓄的上万两银子给他到苏州去买房子，开了家布店，约好时间来汉阳迎娶。没想到吴拿了钱去后，五年没有消息。我因此自杀，到阴司哭诉，汉阳城隍发文给苏州城隍查访，苏州城隍回文说这人已投生湖南。我找到湖南，向城隍投诉，又查明他已转生扬州。等我到了扬州，他又来广东。我追到江西，才得以相见。今天婚姻的事，我不能阻止，但必须共享荣华。”新娘子十分害怕，告诉了做布政使的父亲。布政使没办法，只好让女儿把妻子的位子空出来让给她，鬼才不吵闹了。鬼差开口索讨杯筷求酒食，于是也另外安设了一桌酒席款待他。过了一个月，吴髯告辞布政使回家，雇船向扬州进发，鬼也急忙催着准备轿子，要跟着他的轿一起上船。扬州的人早就听说了这件事，但是不相信是真的。在吴髯到达扬州那天，街巷中挤满了人等着。只见吴髯一行四乘轿子入城，前面二乘果是空的，但抬轿子的人却感觉到有人坐在里面。当时有好事者作了《再生缘》传奇，演这件事。过了半个月，吴髯的妻子与鬼商量，为他做七日道场，在琼花观为她焚冥钞，劝她走，女鬼高兴地答应了。这时鬼差已走了，就在道场中设置女鬼的牌位，安放在殿的西侧。每天吴髯的妻子安排酒席亲自祭祀。到第七天，下大雨，派家人去上供，家人在路上失足摔倒了，就把被泥污染了的食物供上。鬼不停地大声喧嚷，吴髯处罚了家人，而吴髯的妻子又许诺做九日道场，女鬼这才向吴髯的妻子道谢，对吴髯说：“再过十年来勾取你的命，现在我暂时去了。”吴髯很害怕，就舍身做城隍神的差役。每到奉差日，白天也是昏昏地睡。如今的扬州人，还都知道吴九胡子是活着的勾差。

麻　林

长随麻林与李二交好，李以贫死，而林家资颇厚。一夕梦李登其床，责之曰：“我与汝，平日两弟兄颇莫逆，今我死无子孙，汝不以一豚蹄见祭我坟，何忍心也!”林唯唯许诺。李起身出户，而林犹觉胸腹上有物相压者，疑李魂未散，急起视之，乃一小猪压被上，尿矢淋漓，方知李魂附猪而来也。心大省悟，即缚小猪卖之，得二千文，为备酒肉，亲至其坟祭之。

【译文】

跟班麻林与李二是好朋友，李二因贫穷而死，但麻林家中较富足。一天晚上，麻林梦见李二爬上他的床，责备他说：“我和你往常兄弟间交情极深，如今我死了没有子孙，你不拿只猪蹄来祭我的坟墓，怎么这么忍心啊！”麻林连连答应照办，李二起身出门去了。然而麻林仍然觉得胸腹间有东西压着，怀疑李二阴魂未散，急忙起身一看，原来是只小猪压在被上，撒了一床的屎尿。他这才知道李二的魂是附在这猪身上来的，心中省悟过来，就绑了小猪卖了，得了二千文钱，买了酒肉，亲自上李二的坟前祭祀。

鹤静先生

厉樊榭未第时，与周穆门诸人好请乩仙。一日，有仙人降盘，书曰：“我鹤静先生也，平生好吟，故来结吟社之欢。诸君小事问我，我有知必告；大事不必问我，虽知亦不敢告。”嗣后凡杭城祈晴祷雨、止疟断痢等事，问之必书日期开药方，皆验；其他休咎，则笔卧不动。每日祈请，但书“鹤静先生”四字，向空焚之，仙辄下降，有所唱和，诗尤清丽，和“雁”字至六十首。如是一年，樊榭、穆门请与相见，拒而不许。诸人再四恳求，曰：“明日下午在孤山放鹤亭相候。”诸公临期放舟伺之。至日昃，无所见，疑其相诳，各欲起行。忽空中长啸一声，阴风四起，见伟丈夫须长数尺，纱帽红袍，以长帛自挂于石牌楼上，一闪而逝，疑是前朝忠臣殉节者也。自此乩盘再请亦不至矣。惜未问其姓名。

【译文】

厉樊榭先生没中进士以前，与周穆门等人爱好扶乩请仙。有一天，有仙人下降，在沙盘上写道："我是鹤静先生，平生爱好作诗，所以来和诸位结诗社欢会。诸位如有小事问我，我凡是知道的一定回答；大事不必问我，我即使知道也不会说出来。"此后，大家问了杭州祈晴祷雨、止疟断痢等事，每次问，仙人必定写下具体日期或开示药方，都很灵验；凡问吉凶等，乩笔就躺着不动。每次祈请，只要写"鹤静先生"四个字，对空中焚化，仙就下降，与各位有唱和，诗写得特别清丽，和"雁"字诗达六十首。这样过了一年，樊榭、穆门请求与仙人见面，仙人拒绝了。大家再三恳求，仙人批说："明天下午在孤山放鹤亭等候。"大家到时候乘船去孤山等，等到太阳下山，一无所见，都怀疑仙人骗他们，想回去了。忽然听见空中一声长啸，阴风四起，见到有个身材魁梧的男子，胡须长数尺，戴着乌纱帽，穿着红袍子，用长长的布帛把自己悬吊在石牌楼上，一闪就不见了。大家猜测他是前明殉节的忠臣。从此以后，扶乩时再请他，他也不下降了。可惜没有问他的姓名。

门户无故自开

孙叶飞先生，掌教云南五华书院。正月十三夜，院门无故自开，枢限皆脱，以为大奇。次日，城中轰传家家门户昨晚皆无故自开，不知是何妖异。伺之月余，大小平安，了无他故。

【译文】

孙叶飞先生任云南五华书院山长，正月十三日，院门无缘无故地自己打开，门枢及门限都脱落了，他觉得很奇怪。第二天，城里纷纷传说家家户户的门，昨晚都无缘无故地自己打开，不知是什么妖异。等了一个多月，大人小孩个个平安，什么事也没发生。

黄陵玄鹤

陕西黄帝陵，向有两玄鹤，相传为上古之鸟，朔望飞鸣，居人可望不可即。乾隆初年，又有二小鹤同飞，羽色亦黑。一日，忽空中飞下大鵰，以翅扑小鹤，几为所伤。老鹤知之，双来啄鵰，格斗良久，云雷交至，鵰死崖石上，其大可覆数亩土。人取其翅，当作屋瓦，荫庇数百家。

【译文】

陕西黄帝陵，一向有两只玄鹤，相传是上古的鸟，每逢初一、十五便飞翔鸣叫。当地人能远远看见它们，但不能走近。乾隆初年，又多了两只小鹤一起飞，羽毛也是黑的。有一天，忽然空中飞下一只大雕，用翅膀扑打小鹤，小鹤几乎被它伤害。老鹤见了，一齐飞来啄雕，格斗了很久，天空中云涌雷鸣，雕死在崖石上，它大得能遮盖几亩土地。人们取雕羽当作屋瓦，足够数百户人家用的。

土地迎举人

休宁吴衡，浙江商籍生员。乾隆乙酉乡试，榜发前一日，其家老仆夜卧忽醒，喜曰："相公中矣。"问何以知之，曰："老仆夜梦过土地祠，见土地神驾车将出，自锁其门，告我曰：'向例省中有中式者，土地例当迎接，我现充此差，故将启行。汝主人即我所迎也。'"吴闻之，心虽喜，终不信。已而榜发，果中第十六名。

【译文】

休宁人吴衡，是隶属浙江商籍的秀才。乾隆三十年乡试，发榜的前一天，他家的老仆晚上睡着了忽然醒过来，高兴地说："相公中举了。"吴衡问他怎么知道，老仆说我做梦经过土地祠，见土地神驾着车子将要出去，正在锁门。他对我说："照惯例乡试有考中的，土地要去迎接。我现在做土地，所以要上路去迎。你主人就是我迎接的人。"吴衡听了，心里虽然高兴，但总是不能相信。不久张榜，吴衡果然中了第十六名举人。

孙烈妇

歙县绍村张长寿妻孙氏，父某，工武艺，孙自幼从父学。年及笄，归长寿。长寿家贫，娶妇弥月，即客浙西。有贼数人，窥妇年少，夜往撬其门，将行不良。妇左手执烛，右手持梃，与贼斗，贼被创仆地而逃。又一年，长寿病死，妇从容执丧事，既葬，闭户自缢。邻人以妇强死，惧其为祟，集僧作佛事超度之。夜将半，僧方诵经，见妇坐堂上，叱曰："我死于正命，并非不当死而死者，何须汝辈秃奴来此多事！"僧皆惊散。后村有妇某，与人有私，将谋弑夫者，忽病，狂呼曰："孙烈妇在此责我，不敢，不敢！"嗣后合村奉孙如神。

【译文】

歙县绍村张长寿的妻子孙氏，父亲精通武艺，孙氏自幼跟着父亲学，成年后，嫁给长寿。长寿家中很穷，成亲满月后，就到浙西去谋生。有伙贼人，见孙氏年轻，又一人在家，就晚上去撬她门，图谋不轨。孙氏左手拿着蜡烛，右手拿木棍，与贼人相斗，贼被打伤倒地后逃走了。过了一年，长寿病死，孙氏从容不迫地办丧事，下葬后，关上房门上吊死了。邻居因为孙氏不是正常死亡，怕她作怪，召集僧人作佛事超度她。快半夜，和尚正在念经，见孙氏坐在堂上，叱责说："我是光明正大殉夫而死，并不是不当死而死的人，何必要你们这些秃奴到这里来多事！"和尚们都害怕地逃散了。后村有个女人与人偷情，想谋杀丈夫，忽然发病，大叫说："孙烈妇在这里惩罚我，我不敢了，不敢了！"从此以后，全村的人敬奉孙氏如敬神明一般。

小　芙

黟北王氏妇，梦美女子认己为男子，而与之合，曰："我番禺陈家婢小芙也，子前身为仆，与我有约而事露，我忧郁死，爱缘未尽，故来续欢。"妇醒即病癫，屏夫独居，时自言笑，皆男子亵语，忘己之为女身也。久之，小芙白昼现形，家人百计驱之，莫能遣。会邻舍不戒于火，小芙呼告王氏，得免于难。王家德之，听其安居年余。一夕谓妇曰："我缘已尽，且得转生矣。"抱妇大哭，称与哥哥永诀。妇颠病即已，后竟无他。

【译文】

黟北女子王氏，梦见有个美貌的女子把自己当作男子，二人交合，那女子说："我是番禺陈家的丫鬟小芙。你前身是个仆人，与我有约会，但事情败露了，我忧郁而死，爱缘还没尽，所以来和你继续前欢。"王氏醒后，就生了癫狂病，把丈夫赶开一个人住，不时地自言自语或欢笑，所讲都是男子所说的床笫间话，忘了自己是女身了。过了一段时间，小芙白天也现形，家里人想尽了办法驱赶她，毫不奏效。一天邻居不小心失了火，小芙高声呼叫王氏，因此全家免于灾难。王氏家人感激她，就让她住着。过了一年多，小芙忽然对王氏说："我缘分已尽，并且得以转生了。"抱着王氏大哭，口中说与哥哥永远见不着了。于是王氏的疯病立刻好了，后来也没别的事。

鬼宝塔

杭人有邱老者，贩布营生，一日取账回，投宿店家。店中人满，前路荒凉，更无止所，与店主商量。主人云："老客胆大否？某后墙外有骰子房数间，日久无人歇宿，恐藏邪祟，未敢相邀。"邱老曰："吾计半生所行不下数万里，何惧鬼为？"于是主人执烛，偕邱老穿室内，行至后墙外。视之空地一方，约可四五亩，贴墙矮屋数间，颇洁净。邱老进内，见桌椅床帐俱全，甚喜。主人辞出，邱老以天热，坐户外算账。是夕淡月朦胧，恍惚间似前面有人影闪过。邱疑贼至，注目视之。忽又一影闪过；须臾连见十二影，往来无定，如蝴蝶穿花，不可捉摸。定睛熟视，皆美妇也。邱老曰："人之所以畏鬼者，鬼有恶状故也。今艳冶如斯，吾即以美人视鬼可矣。"遂端坐看其作何景状。未几，三鬼踞其足下，一鬼登其肩，九鬼接踵以登，而一鬼飘然据其顶，若戏场所谓搭宝塔者然。又未几，各执大圈，齐套颈上，头发俱披，舌长尺余。邱老笑曰："美则过于美，恶则过于恶，情形反覆，极像目下人情世态，看汝辈到底作何归结耳。"言毕，群鬼大笑，各还原形而散。

【译文】

杭州有个老人姓丘，是个贩卖布匹的商人。有一天，丘老去讨账回来，晚上住店，店住满了，而前程是一带荒凉地区，没有可以投宿的地方了。丘老与店主商量，店主说："老客人不知胆子大不大？我这后墙外有搭建的矮房，很久没人住了，怕有鬼怪，所以不敢答应给你住。"丘老说："我算来这半世所走的路何止几万里，还怕什么鬼！"于是店主拿了蜡烛领丘老穿过房舍，来到后墙外。一看，有块空地，大约有四五亩，贴墙建有几间矮房，很干净。丘老进房一看，房里桌椅床帐都齐全，非常高兴。店主告辞走了，丘老因为天热，就坐在门外算账。这天晚上，月色朦胧。丘老隐隐约约间觉得面前好像有人影闪过。他疑心有贼，仔细搜索。忽然又闪过一个人影，片刻间连见十二个人影，往来无定，好像是蝴蝶穿花，没有规律。他定睛一看，都是些美丽的女子。丘老说："人们之所以怕鬼，是因为鬼的样子太丑恶。现在鬼这么艳丽妖冶，我就把鬼看成美女吧。"于是端端正正地坐着，看鬼变化些什么。不一会儿，二鬼在他面前蹲下，一鬼爬到二鬼肩上，九个鬼一个接一个爬上去，一鬼飘飘然据顶上，像是戏场里叠宝塔一样。又过会儿，鬼都拿了个大圈子，一齐套在头颈上，头发都披散了，舌头拖出来一尺多长。丘老笑着说："美的时候过分美，丑恶的时候又过分丑恶，这样反复，太像目前人情世态，看你们到底作什么样子结束！"说完，群鬼大笑，都恢复了原形一哄而散。

棺　盖　飞

钱塘李甲素勇，夕赴友人宴，酒酣，座客云："离此间半里，有屋求售，价甚廉。闻藏厉鬼，故至今尚无售主。"李云："惜我无钱，说也徒然。"客云："君有胆，能在此中独饮一宵，仆当货此室奉君。”众客云：“我等作保。”即以明晚为订。次午作队进室，安放酒肴，李带剑升堂，众人阖户反锁去，借邻家聚谈候信。李环顾厅屋，其傍别开小门，转身入，有狭弄，荒草蒙茸，后有环洞门，半开半掩。李心计云：“我不必进去，且在外俟其动静。”乃烧烛饮酒，至三更，闻脚步声。见一鬼，高径尺，脸白如灰，两眼漆黑，披发，自小门出，直奔筵前。李怒，挺剑起，其鬼转身进弄，李逐至环洞门内。顷刻狂风陡作，空中棺盖一方，似风车儿飞来，向李头上盘旋。李取剑乱斫，无奈头上愈重，身子渐缩，有泰山压卵之危，不得已大叫。其友伴在邻家闻之，率众人，见李将被棺盖压倒，乃并力抢出，背负而逃。后面棺盖追来，李愈喊愈追，鸡叫一声，盖忽不见。于是救醒李甲，连夜抬归。次日共询房主，方知后园矮室停棺，时时作祟，专飞盖压人，死者甚众。于是鸣于官，焚以烈火，其怪乃灭。李病月余始愈。常告人曰：“人声不如鸡声，岂鬼不怕人，反怕鸡耶？”

【译文】

钱塘人李甲，以勇敢闻名。一天晚上到朋友家去赴宴，酒喝得差不多了，座上有个人说：“离这儿半里路，有幢房子要卖，价钱很便宜。听说里边有厉鬼，所以到现在还没人买。”李甲说：“可惜我没钱，说也是白说。”那人说：“你有胆量敢在那房中一个人喝一夜酒，我就买了它送给你。”大家都愿做中保，于是就约定明晚实施。第二天中午，大家集合进入那房子，安放酒菜。李甲带着剑进了堂屋，大家把门关上，反锁了。然后，借隔壁人家的屋子聚集，说着话，等候消息。李甲看看厅屋四周，见厅旁另外开了扇小门。

他转身进小门，见是一条狭窄的小弄，长满了荒草，后面还有个环洞门，半开半关着。李甲心里盘算："我不必进去，就在外边等候，看有什么动静。"于是他在厅里点上了蜡烛，喝着酒。到了三更，听到有脚步声，见有个小鬼，只有尺把高，脸色灰白，两眼漆黑，披着头发，从小门里出来，一直走到李甲的桌子前。李甲大怒，手持剑站了起来，鬼转身进入小弄里，李甲追了过去，进了环洞门。忽然间，狂风大作，空中有一块棺材盖，像风车一样转着飞过来，在李甲头上盘旋。李甲用剑乱砍，然而只觉得头上越来越沉重，他的身子渐渐受不住，越来越低，像泰山压向鸡蛋一样，十分危急。李甲没办法，只好大叫起来。他的朋友们在隔壁人家听到叫声，忙带人进屋，见李甲将被棺盖压倒，就合力把他抢出来，背着他逃。后面棺盖追赶过来，李甲叫得越急，棺盖压得越厉害。忽然传来一声鸡叫，棺盖就不见了。众人把李甲救醒，连夜把他抬回去。第二天，众人一起问房主，这才知道后园有间矮屋停放着一具棺材，经常作祟，专一飞盖压人，已压死好几个人了。于是向官府报告，把棺材火化了，怪物也就灭绝了。李甲病了一个多月才痊愈，后来常常告诉人们："人的声音不如鸡的声音。难道鬼不怕人，反而怕鸡？"

油瓶烹鬼

钱塘周轶韩孝廉，性豪迈。其年暑甚，偕七八人暮夜泛湖，行至丁家山下。一友曰："吾闻净慈寺长桥左侧多鬼，曷往寻之？或得见其真面，可供一笑。"众相怂恿，上岸同行。桥边见扳夜网者，挈鱼而走，孝廉熟视，是其管坟人也。乃云："此网借我一用，明早奉还。"管坟人允之，遂付仆从，肩驮此网而行。众友询故，孝廉云："余将把南屏山下鬼一网打尽。"各大笑，遂拣山僻小路步去。是夜月明如昼，见前林中有一妇，红衫白裙，举头看月。众友云："此时夜深，必无女娘在外，是鬼无疑。谁敢作先锋者?"孝廉愿往，大步前进，相去半箭许，冷风吹来，妇人回身，满面血流，两眼倒挂。孝廉战栗，僵立不行，连声呼："网来，网来!"众人向前一网打去，不见形迹，网中仅得枯木尺许。携归敲管坟者门，借利锯寸寸锯开，有鲜血淋漓。乃买主人点灯油一瓶，携上船尾，然火烹油，将锯断枯木送入瓶中，一时飞起青烟，竟成焦炭。众人达旦入城，告亲友云："昨夜油瓶烹鬼，大是奇事。"

【译文】

钱塘举人周轶韩，性格豪迈。有一年夏天，天特别热，他与七八个人在晚上泛舟游湖。船行到丁家山下，一位朋友说："我听说净慈寺长桥左侧多鬼，我们不如前去找一找，或许能见到鬼，可供一笑。"大家都很支持他的建议，于是上岸向净慈寺走去。到了长桥，见有个晚间扳网的人背网带着鱼在走路，周轶韩仔细一看，原来是替自己家看管坟地的人，就说："你这网借我用一下，明天早晨还你。"管坟人答应了。于是周轶韩接过网，交给随行的仆人，叫他扛着同行。众朋友问他要网干什么，他说："我要把南屏山下的鬼一网打尽。"众人都大笑起来，选择山间偏僻小路走去。这天晚上，月光明亮，照得山上像白天一样。大家忽然见到前面林子里有个女人，穿着红色衣衫白色裙子，抬着头在看月亮。众人说："现在已是深夜，必定不会有女子跑到野外来，这一定是鬼。谁敢做先锋上前?"周轶韩愿意前往，于是他大踏步走向前去。离那女子几十步路时，只觉冷风袭来。那女子转过了身子，只见她满脸流血，两眼倒挂。周轶韩吓得发抖，脚迈不出去，连连大叫："拿网来！拿网来!"众人向前，一网打去，那女子不见了，网里仅有尺把长一段烂木头。大家把木头带回，敲开管坟人的门，借了把锋利的锯子，把木头一寸寸锯开，木头里鲜血直淌。周轶韩又向管坟人买了一瓶灯油，带上船，在船尾烧火，把油烧滚，把锯断的烂木头放入油中，霎时青烟飞起，变成焦炭。大家天亮时入城，告诉亲友们说："我们昨夜在油瓶里烹鬼，是一件多么奇怪的事！"

无门国

吕恒者，常州人，贩洋货为业。乾隆四十年，为海风所吹，舟中人尽没，惟吕抱一木板，随波掀腾，飘入一国。人民皆楼居，楼有三层者，五层者。祖居第三层，父居第二层，子居第一层。其最高者，则曾高祖居之。有出入之户，无遮阑之门。国人甚富，无盗窃事。吕初到时，言语不通，以手指画。久之，亦渐领解。闻是中华人，颇知礼敬。其俗分一日为两日，鸡鸣而起，贸易往来，至日午，则举国安寝，日斜时起，照常行事；至戌时又睡矣。问其年，称十岁者，中国之五岁也；称二十者，中国之十岁也。吕所居处，离国王尚有千里，无由得见。官员甚少，有仪从者，呼为"巴罗"，亦不知是何职司。男女相悦为婚，好丑老少，各以类从，无搀越勉强致嗟怨者。刑法尤奇，断人足者，亦断其足；伤人面者，亦伤其面；分寸部位，丝毫不爽。奸人子女者，使人亦奸其子女；如犯人无子女，则削木作男子势状，椓其臀窍。吕居其国十有三月，因南风之便，附船还中国。据老洋客云："此岛号'无门国'，从古来未有通中国者。"

【译文】

吕恒，是常州人，做贩卖洋货的生意。乾隆四十年，他乘舟出洋，碰上海风，满船的人都淹死了，只有吕恒抱着一块木板，随波上下翻腾，漂到一个国家。这个国家人民都住在楼房里，楼房有三层的，有五层的。祖父住第三层，父亲居第二层，儿子居第一层。那四五层的，上面住的是曾祖、高祖。楼房有进出的门洞，但没有用来关闭的门。国内的居民都很富有，没有发生过偷盗的事。吕恒刚到这里时，言语不通，只好靠打手势表示意思。住久了，就慢慢地听得懂他们的话。国人听说是中华来的人，都对他很尊敬。国内风俗，把一天分为两天，鸡叫时起床，往来做生意，到中午，大家都睡觉，太阳下山时又起床，照常办事，到半夜又睡觉。问他们的年龄，说是十岁的，就是中国的五岁，说二十岁的，就是中国的十岁。吕恒所住的地方离国王的都城还有上千里，因而没见过国王。地方上官员很少，带有仪卫随从的，称为“巴罗”，也不知道管的是什么。男女之间相互喜欢的就结婚，美的丑的，老的少的，各自配合，没有不公平硬性结合导致不满怨恨的。国内的刑法尤其奇怪，把人脚打断的，判刑打断他的脚；打伤人的脸，就判打伤他的脸，伤的程度及部位，完全一致。强奸人家子女的，就让受害人强奸他的子女。碰上对方没子女的，就把木头削成男子阳物的样子，插入他的肛门。吕恒住在国中十三个月，碰上刮南风，就搭船回中国。据长年出洋的人说：“这岛名叫无门国，自古以来没有人和中国通信息相往来。”

宋　生

苏州宋观察宗元之族弟某，幼孤依叔，叔待之严。七岁时，赴塾师处读书，偷往戏场看戏，被人告知其叔，惧不敢归，逃于木渎乡作乞丐。有李姓者，怜而收留之，俾在钱铺佣工，颇勤慎，遂以婢郑氏配之。如是者九年，宋生颇积资财，到城内烧香，遇其叔于途，势不能瞒，遂以实告。叔知其有蓄，劝令还家，别为择配。生初意不肯，且告叔云：“婢已生女矣。”叔怒曰：“我家大族，岂可以婢为妻。”逼令离婚。李家闻之，情愿认婢为女，另备妆奁陪嫁。叔不许，命写离书寄郑，而别为娶于金氏。郑得书大哭，抱其女自沉于河。越三年，金氏亦生一女。其叔坐轿过王府基，忽旋风括帘而起，家人视之，痰涌气绝，颈有爪痕。是夜金氏梦一女子，披发沥血，诉曰：“我郑氏婢也。汝夫不良，听从恶叔之言，将我离异。我义不再嫁，投河死。今我先报其叔，当即来报汝夫，与汝无干，汝毋怖也。但汝所生之女，我不能饶，以女易女，亦是公道报法。”妻醒，告宋生，生大骇，谋之友。友曰：“玄妙观有施道士，能作符驱鬼，俾其作法，牒之酆都可也。”乃以重币赂施，施取女之生年月日，写黄纸上，加天师符，押解酆都，其家果平静。三年后，生方坐书窗，白日见此婢来骂曰：“我先拿汝叔，迟拿汝者，为恶意非从汝起，且犹恋从前夫妻之情故也。今汝反先下手，牒我酆都，何不良至此！今我牒限已满，将冤诉与城隍神，神嘉我贞烈，许我报仇，汝复何逃？”宋生从此痴迷，不省人事，家中器具，无故自碎，门撑棍棒，空中乱飞。举家大惧，延僧超度，终于无益。十日内宋生死，十日外其女死，金氏无恙。

【译文】

苏州人宋宗元，官道员。他有个族弟，幼年失去双亲，依叔叔而居，叔叔对他很严厉。宋生七岁时，到塾师处去读书，中途偷偷去戏场看戏，被人看见告诉了他叔叔。他吓得不敢回家，逃到木渎乡做乞丐。有个姓李的可怜他，收留了他，让他在钱铺做帮工。宋生工作很勤快谨慎，所以李某后来把丫鬟郑氏给他做妻子。这样过了九年，宋生积存了不少资财。有一次，他进城去烧香，在路上碰到了叔叔。他无法隐瞒，就把情况老老实实地告诉了叔叔。叔叔知道宋生有积蓄，就劝他回家，另外为他娶妻。宋生起初不答应，并告诉叔叔说郑氏已生了个女儿。叔叔发怒说："我们是大家族，怎么能娶丫鬟作妻子？"逼宋生离婚。李家听说这事，情愿把郑氏认为自己的女儿，另外准备嫁妆陪嫁，但宋生的叔叔不同意，命宋生写离婚文书给郑氏，另外为他娶了个妻子金氏。郑氏拿到离婚书后大哭，抱着女儿跳河而亡。过了三年，金氏也生了一个女儿。宋生的叔叔坐着轿子经过王府基，忽然起了阵旋风把轿帘吹起。家人看轿里人已经痰涌气绝，颈部有爪痕。这天晚上，金氏做梦，梦见有个女子，披着头发，身上滴血，对她说："我是郑氏。你丈夫不良，听从他恶叔的话，将我离异。我守大义不再嫁人，跳河死去。如今我先与他叔叔算账，马上就来和你丈夫算账。这事和你没有关系，你用不着害怕。但是你所生的女儿，我不能放过，用一女换一女，也是公平的报应方法。"金氏醒后，告诉了宋生。宋生十分害怕，与朋友商量怎么办。朋友说："玄妙观有个施道士，能画符驱鬼，请他作法，作文牒押到酆都地府去就没事了。"宋生于是花重金请来施道士。施道士问了郑氏的出生年月日，写在黄纸上，加上天师符，把鬼押往酆都，宋家果然太平无事。三年后，宋生大白天正坐在书房窗前。忽然见到郑氏，骂他说："我先捉你叔叔，后捉你，是因为做坏事不是你的主意，并且还记住从前夫妻情义的缘故。现在你反而先下手，用文碟押我到酆都去，你怎么坏到了这个地步！如今我的拘押期限已满，向城隍神诉说了我的冤屈，神赞赏我的贞烈，允许我报仇，你再往哪里逃？"宋生从此以后痴呆昏迷，不省人事。家中的用具，无缘无故自己破碎，顶门杠和棍棒，在空中乱飞。金家都非常害怕，请来僧人超度郑氏，还是没有效果。没出十天，宋生死了。过了十天，宋生的女儿又死了，只有金氏无恙。

尸香二则

杭州孙秀姑，年十六，为李氏养媳。李翁挈其子远出，家只一姑，年老矣。邻匪严虎，窥秀姑有色，借乞火为名，将语挑之，秀姑不从。乃遣所嬖某作饵，搔头弄姿为蛊惑计。秀姑告其姑，姑骂斥之。严虎大怒，詈曰："女奴不承抬举，我不淫汝不止。"朝夕飞砖撬门。李家素贫，板壁单薄，绝少亲友。严又无赖，邻人无敢撄其锋。于是婆媳相持而哭。一日者，秀姑晨起梳头，严与其嬖登屋上，各解裤挺其阳以示之。秀姑不胜忿，遂密缝内外衣，重重牢固，而私服盐卤死。其姑哀号，欲告官，无为具呈者。忽有异香从秀姑所卧处起，直达街巷，行路者皆愕眙相视。严虎知之，取死猫死狗诸秽物罗置李门外，以乱其气，而其香愈盛。适有总捕厅某路过，闻其香怪之，查问街邻，得其冤，乃告知府县，置严虎于法，而旌秀姑于朝，至今西湖上牌坊犹存。

荆州府范某，乡居，家甚富而早卒，子六岁，倚其姊以居。姊年十九，知书解算，料理家务甚有法。族匪范同，欺其弟幼，屡来借贷，姊初应之，继为无厌之求，姊不能应。范同大怒，与其党谋去其姊，为吞噬计。乃俟城隍赛会时，沉其姊于河，又缚沉一钱店少年，以两带束其尸，报官相验，云"平素有奸，惧人知觉，故相约同死"，县官信之，命棺殓掩埋而已。范氏家产，尽为族匪所占。逾年，荆州太守周钟宣到任，过范女坟，有异香从其坟起，问书役，中有知其冤者，为白其事。乃掘男女两坟，验之，尸各如生，手足颈项皆有捆缚伤痕。于是拘讯范同，则数日前已为厉鬼祟死矣。太守具酒食香纸，躬祭女坟，表一碣曰“贞女范氏之墓”。冤白后，两尸俱腐化。

【译文】

杭州人孙秀姑，今年十六岁，是李家的童养媳。李翁带着儿子去远方谋生，家里只有婆婆，年纪大了。邻居有个恶棍叫严虎，看见秀姑漂亮，以借火作借口接近她，用话挑逗秀姑，秀姑不理他。严虎又派自己的娈童去勾引秀姑，在她面前搔首弄姿的。秀姑告诉了婆婆，婆婆把严虎骂了一顿。严虎大怒，骂道：“女奴才不识抬举，我非把你弄到手不可！”早晚丢砖头撬门。李家向来贫穷，房子板壁单薄，又没有亲友，严虎又是个无赖，邻居们没人敢管他的事，秀姑只能与婆婆俩相对痛哭。有一天，秀姑早晨起来梳头，严虎和他的娈童爬上屋顶，解开裤子，把阳物给她看。秀姑气极了，于是把里外的衣服密密缝合在一起，偷偷喝盐卤死了。她的婆婆痛哭哀叫，想要到官府去告状，但没人为她写状子。忽然有股奇异的香气从秀姑所卧的地方发出来，一直传到街上巷里，过路人都惊异地互相对看，停下了脚步。严虎知道了，拿了死猫死狗等脏臭的东西堆在李家门外，以淆乱香气，但那香气更加浓郁了。正巧有总捕厅某人路过，闻到香气，很奇怪，向街邻打听。他知道了秀姑的冤情，就报告知府及知县，将严虎依法处决，又把秀姑的节义事上报朝廷请予表彰。她的牌坊，到现在还保留在西湖边上。

荆州府百姓范某，住在乡下，家里很富有。范某年纪轻轻的便死了，留下个儿子刚六岁，与姐姐一起过活。姐姐十九岁，读过点书，善于算术，管理家务井井有条。同族有个歹徒叫范同，欺负她弟弟年幼，多次来借钱，她开始时还借给他。后来范同的胃口越来越大，无法应付，她只好拒绝。范同大怒，与同党合谋要除去他姐姐，以便侵吞他们家产。于是在城隍庙赛会时，把他姐姐沉入河里，又绑了个钱店的年轻人一起沉入河中，而用两根带子把尸体绑在一起，报官验尸，说他们俩素有奸情，怕人知道，所以约好一起殉情。县官信了他的话，下令备棺材把他们埋了。范某家的财产，都被范同侵占了。过了一年，荆州知府周钟宣上任，经过范女坟，闻到一股浓香从坟墓里散发出来，就问随从书办衙役。其中有人知道范女事，说出了冤情。于是把男女两坟都挖开来检验，见尸体都像活着时一样，手脚及脖子上都有捆绑的伤痕，于是把范同传来审问。但是，范同已经在几天前被厉鬼缠身而死。周钟宣准备了酒食香纸，亲自到范女坟前祭祀，立了块碑，上写“贞女范氏之墓”。案子查清后，两具尸体就都腐烂了。

储梅夫府丞是云麾使者

储梅夫宗丞能养生，七十而有婴儿之色。乾隆庚辰正月，奉使祭告岳渎，宿搜敦邮亭。是夕，旅店灯花散采，倏忽变现，如莲花，如如意，如芝兰，喷烟高二三尺，有风雾回旋。急呼家童观之，共为诧异，相戒勿动，是夕梦见群仙五六人，招至一所，上书“赤云冈”三字，呼储为云麾使者。诸仙列坐松阴联句，有称海上神翁者首唱曰：“莲炬今宵献瑞芝。”次至五松丈人续曰：“群仙佳会飘吟髭。”又次至东方青童曰：“春风欲换杨柳枝。”旁一女仙笑曰：“此云麾使者过淩河句也，汝何故窃之?”相与一笑，忽灯花作爆竹声，惊醒。

【译文】

宗人府府丞储梅夫善于养生之道，七十岁了，容貌还像婴儿般嫩。乾隆二十五年正月，他奉朝廷之命，去祭祀岳渎。一天，住宿在搜敦邮亭。这天晚上，旅店里的灯变幻成各种颜色的花，一会儿改变一种模样，有的如同莲花，有的宛似如意，有的就像芝兰，烟喷射得高达二三尺，空中有风雾在回旋，储梅夫急忙叫家童来看，都感到很奇怪，互相告诫别去动那灯。这天晚上，储梅夫梦见一群仙人，大约有五六位，把他带到一个地方，上面写着“赤云冈”三字，他们称储梅夫为云麾使者。仙人们一起坐在松树树荫下联句，有个叫海上神奇翁的做首句说：“莲炬今宵献瑞芝。”轮到第二位的五松丈人说：“群仙佳会飘吟髭。”接下来轮到东方青童，说：“春风欲换杨柳枝。”旁边有个女仙笑道：“这是云魔使者过凌渡河诗句，你为什么偷他的？”二人相对一笑。忽然灯花发出爆竹般巨响，储梅夫惊醒了。

唐配沧

武昌司马唐配沧，杭人也，素有孝行，卒于官。后五年，其长子在亭，远馆四川。长媳郭氏，在杭病剧，忽作司马公语云：“冥司念我居官清正，敕为武昌府城隍，念尔等新作人家，我既无遗物与汝辈，斯妇颇勤俭，特来救护，但须至狮子桥觅刘老娘来，托他禳解。”伊次子字开武者往觅得，邀至家中，即杭俗所称活无常也。问：“此病汝能救否？”答云：“我奉冥司勾提，何敢私纵！今尔家太爷去向阎罗王说情，或得生，亦未可定。”因问：“你见太爷何在？”答云：“此刻现在向灶神说话。”少顷曰：“太爷出门，想至冥府去了。”病者静卧不言，逾时曰：“太爷来。”病者即大声曰：“汝已得生，无虑也。”是时视病者有亲友在座，郭氏作司马语，各道款洽，宛如生前。其次子因跪请云：“父既为神，应预知休咎，儿辈将来究作何结局？”司马厉声曰：“做好人，行好事，自有好日，何得预问！”又云：“我今日为自家私事勤劳庙中夫役，速焚纸钱，并给酒饭酬之。”语毕，病者仍复原音，病亦自愈。此乾隆二十四年五月事，至今郭氏尚存。

【译文】

武昌司马唐配沧，是杭州人，以孝顺著名，死在任上。过了五年，唐配沧的长子远远地跑到四川去教书。儿媳妇郭氏，在杭州生病，病危时，忽然用唐配沧的口气说：“阴司里因为我做官清正，命我为武昌府城隍。想你们刚刚成亲，我既然没有什么东西留给你们，这媳妇很勤俭，所以我特地来救护她。只是你们必须到狮子桥去把刘老娘找来，托她祈祷解除疾病。”唐配沧的第二个儿子名叫开武，赶快去找到刘老娘，请到家中。原来那刘老娘，就是杭州人俗称的活无常。唐家人问她：“这病你能救吗？”刘老娘说：“我奉阴司命令勾捉，怎么敢私下放了她？如今你家太爷去向阎王说情，也许能够不死也说不定。”唐家人因而问：“你见我家太爷在哪儿？”她回答说：“现在在和灶神说话。”过了会儿，又说：“太爷出门了，想来是到阴司去了。”生病的郭氏一直静静地躺着不说话。过了些时，刘老娘说：“太爷来了。”郭氏立即大声说：“你已经不会死了，用不着担心。”这时唐家一些亲友在看望病人，郭氏用唐配沧的口气，向他们一一问候，和他活着时一样。唐配沧次子因而跪下请求说：“父亲既然做了神，应该预先知道祸福，儿辈将来到底结局怎么样？”唐厉声说：“做好人，行好事，自然有好日子过，为什么要预先知道！”又说：“我今天为了自己的私事劳累庙中的夫役，快焚些纸钱，供些酒饭，谢谢他们。”说完，郭氏依然恢复了原来的口音，病也自己好了。这是乾隆二十四年五月间的事，郭氏到现在还活着。

裘文达公为水神

裘文达公临卒，语家人曰：“我是燕子矶水神，今将复位，死后汝等送灵柩还江西，必过此矶。有关帝庙。可往求签，如系上上第三签者，我仍为水神，否则或有谴谪，不能复位矣。”言终卒。家人闻之，疑信参半。苍头某信之，独坚曰：“公为王太夫人所生，太夫人本籍江宁，渡江时曾求子于燕子矶水神庙，夜梦袍笏者来曰：‘与汝儿，并与汝一好儿。’果逾年生公。”公妻熊夫人，挈柩归至燕子矶，如其言，卜于关帝庙，果得第三签，遂举家大哭，烧纸钱蔽江，立木主于庙旁，旁有尹文端公诗碣。予往苏州，阻风于此，乃揖其主而题壁曰：“燕子矶边泊，黄公垆下过。摩挲旧碑碣，惆怅此山阿。短鬓皤皤雪，长江渺渺波。江神如识我，应送好风多。”次日果大顺风。

【译文】

裘文达公临死时，对家里人说：“我是南京燕子矶的水神，如今要去归位。我死后，你们送灵柩回江西，一定要经过燕子矶。那儿有个关帝庙，你们可上庙里去求签。如果是上上第三签，我仍然是水神，不是的话，我也许已遭贬谪，不能复位了。”说完就死了。家里人听了这番话，半信半疑。一位老家人相信这话，唯有他很肯定说：“裘公是王太夫人所生。太夫人是南京人，当年渡江时曾在燕子矶水神庙求子。晚上梦见个穿官服持笏版的人来说：‘给你个儿子，而且给你个好儿子。’果然，一年后生了裘公。”裘公的妻子熊夫人，带着裘公的灵柩回乡，途经燕子矶，按照裘公临终遗言，到关帝庙去求签，果然得了上上第三签，全家大哭起来，烧了大量纸钱，浮满了江上，又在庙边立了裘公的神位，树立尹文端公为文达公撰书的诗碑。那年，我到苏州去，船在这里遇到顶头风不能走，于是向神位作揖，并在墙上题诗说："燕子矶边泊，黄公垆下过。摩挲旧碑碣，惆怅此山阿。短鬓皤皤雪，长江渺渺波。江神如识我，应送好风多。"第二天果然起了大顺风。

庄　　生

叶祥榴孝廉云，其友陈姓家，延西席庄生。八月间日暮，诸生课毕，陈姓弟兄弈于书斋。庄傍观之，倦，起身归家。庄家离陈姓里许，须过一桥。庄生上桥，失足跌地，急起趋家，扣门不应，仍返陈氏斋。陈弟兄弈局未终，乃闲步庭院，见轩后小门内有园亭，巨蕉无数，心叹主人有此雅室，不作书斋。再数步，见小亭中孕妇临褥，色颇美，心觉动，既而曰："此东人内室，见此不退，非礼也。"趋出，仍至斋中小坐，见主人棋为乃弟暗攻，主人他顾，若不觉者；代为通知，主人张皇似惊，仍复不睬。庄复大声呼曰："不依我，全盘输了！"且以手到局上指告。陈氏兄弟惊惶趋内，灯为之熄。庄不得已，仍回家，至桥复又一跌，起，赴家扣门，阍者纳焉。庄以前次扣门不应之事，罪其家人。家人曰："前未闻也。"庄次日赴馆，见灯盏在地，棋局尚存，恍然若梦。少顷，主人出曰："昨夜先生去后，鬼声大作，甚至灭火，真怪事。"庄骇然，告以曾来教棋。东人曰："吾弟兄并未见先生复至。"庄曰："且有一证，我到尊府花园，见有临褥妇人。”陈笑曰：“我家并无花园，何有此妇？”庄曰：“在轩后。”庄即拉陈同至轩后，有小土门，内仅菜园半亩。西角有一猪圈，育小猪六口，五生一毙。庄悚然大悟，盖过桥一跌，其魂已出；后一跌，则魂仍附体。倘不戒于淫，则堕入畜生道矣。

【译文】

叶祥榴举人说，他有个朋友，姓陈，家里请了个老师庄生。八月里的一个傍晚，庄生教完了学生，看陈氏兄弟在书房里下棋，看得疲倦了，就起身回家。庄生的家离陈家有里把路，要过一座小桥。这天庄生走上桥，一脚踏空，摔倒在地。他急忙爬了起来，跑回家去。敲门没有人答应，只好仍然回到陈家书房。这时候，陈氏兄弟一盘棋还没下完，他就在庭院里散步。见轩后有扇小门，门内有园亭，种着数不清的高大芭蕉，庄生感叹主人有这么优雅的屋子，却不做书房。又走了几步，见小亭中有个孕妇正在生产，容貌很美，他看了有些心动。转念一想：“这是东主的内房，见了这样的情况还不退出去，就是违反礼教了。”急忙退了出来，仍然回到书房，坐了会儿。见东主的棋暗中遭到他弟弟的攻击，东主却只看别的地方，似乎不知道危机，就给他指出来。只见东主不知所措，似乎很吃惊，然而仍旧不理。庄生又大叫说：“不听我的话，全盘输了！”并且用手指着棋盘中的棋子告诉他。东主兄弟俩吓得连忙跑进了内屋，把灯碰灭了。庄生没办法，仍然回家，到了小桥，又跌了一跤，爬起来后，走到家敲门。看门的仆人开门让他进去。庄生责备他前次敲门不答应，看门的说并没有听到有人敲门。第二天，庄生到陈家去，见书房里灯台倒在地上，棋盘还摆着，恍恍惚惚像是做梦一样。一会儿，东主出来，说：“昨天夜里先生走后，鬼声大作，甚至把灯都弄灭了，真是怪事！”庄生听了很惊骇，告诉他昨晚曾回来，指点过他下棋。东主说：“我兄弟俩并没看见先生再来过。”庄生说：“还有个证据。我到你们家花园里，见到有个妇人临产。”东主笑着说：“我们家并没有花园，又哪来产妇？”庄生说："在轩后。"就拉着东主一起到轩后，见有个小土门，里边只有半亩地大小的菜园子。园西角有个猪圈，有母猪生了六口小猪，五只活着，一只死了。庄生惊恐地明白，原来过桥时跌倒，他的魂灵已离开了身体；后来又跌倒时，魂灵重又回归身体。如果不是自己抑制了淫欲，就投胎变了畜生了。

褐道人

国初，德侍郎某，与褐道人善。道人精相术，言公某年升官，某年得红顶，某年当遭雷击，德公疑信参半。后升官一如其言，乃大惧，恳道人避雷击之法。道人故作难色，再四求之，始言："只有一法：公于是日，约朝中一二品官十余位，环坐前厅大炕上，公坐当中，过午时则免。"德公如其言，至是日，天气清朗，将午起，黑云风雨毕至，雷声轰轰，欲下复止。忽家人飞报："老太太被雷摄至院中！"德公大惊，与各官急趋往扶，则霹雳一声，将炕击碎。视其中，有一大蝎，长二尺许，太夫人故无恙也。寻褐道人已不见矣，始知道人即蝎精也。以术愚人，实以自卫，智亦巧矣。非雷更巧，则德公竟不知为其所用也。

【译文】

本朝初年有个德侍郎，与褐道人很要好。道人精通相术，说德侍郎哪一年会升官，哪一年会升列一、二品官戴红顶子，哪一年将遭雷打。德侍郎听了半信半疑。后来升官的年份果然和道人所说的完全相符，德侍郎十分害怕，恳求道人教他避免被雷打的办法。道人有意露出为难的样子，德侍郎反复央求，道人才说："只有一个办法，你在那天约请当朝十几位一、二品官环坐前厅的大炕上，你坐在当中，过了中午就能免除灾难。”德侍郎照他话做了。到了那天，天气晴朗，快到中午，天上起了乌云，风雨齐来，雷声轰隆，像要下击而又停止。忽然仆人飞快地跑来报告德侍郎，说他母亲被雷震到院子里。德侍郎大惊，与在座的各位官员赶忙跑去扶，只听一声雷响，把炕击得粉碎。大家一看，炕中有只大蝎子，长二尺左右。德侍郎的母亲安然无恙，再找褐道人却不见踪影。这才知道褐道人就是蝎子精，他以相术愚弄人，实际上是自卫，确实做得很巧妙，不是雷神更巧，那么德侍郎最终也不会知道是被他利用了。

佟觭角

京师傅九者，出正阳门，过一巷，路狭人众，挨肩而行。一人劈面来，急走如飞，势甚猛。傅不及避，两胸相撞，竟与己身合而为一，顿觉身如水淋，寒噤不止，急投一缎店坐定，忽大言曰：“你拦我去路，可恶已极。”于是自批其颊，自捋其须。家人迎归，彻夜吵闹。或言有活无常佟觭角者能治之。正将延请，而傅九已知之，骂曰：“我不怕铜觭角、铁觭角也。”未几佟至，瞋目视曰：“汝何处鬼，来此害人！速供来，不实供，叉汝下油锅。”傅瞪目不言，但切齿咋咋有声。其时男女观者如堵。佟倾油一锅，烧柴煎之，手持一铜叉，向傅脸上旋绕，作欲刺状。傅果战惧，自供：“我李四也，凤阳人，迫于饥寒，盗发人坟，被人捉着，一时仓猝，用铁锹拒捕，连伤二人，坐法当斩。今日绑赴菜市，我极力挣脱逃来，不料为此人拦住，心实忿忿，故与较论。”佟曰：“然则速去勿迟！”乃倚叉而坐。傅大哭曰：“小人在狱中，两脚冻烂，不能行走，求赐草鞋一双，且求秘密，不教官府知道，再来捉拿。”傅家人即烧草鞋与之，乃伏地叩头，伸脚作穿状，观者皆笑。佟问何往，曰：“逃祸须远，将奔云南。”佟曰：“云南万里，岂旦夕可至，半路必为差役所拿，不如跟我服役，可得一吃饭处也。”傅叩头情愿。佟出囊中黄纸小符焚之，傅仆地不动，良久苏醒，问之茫然。是日刑部秋审，访之，果有发墓之犯，已枭示矣。盖恶鬼犹不自知其已死也。佟年五十余，寡言爱睡，往往睡三四日不起。至其家者，重门以内无寸芥纤埃云。其平日所服役者，皆鬼也。

【译文】

北京人傅九，有次从正阳门出城，经过一条小巷子，路很狭，来往的人很多，大家挨肩擦背而过。忽然有个人如飞般地面对面朝傅九跑来，来势很猛，傅九来不及避开，两个人胸对胸撞上了，那人竟然与傅九合为一体。傅九只觉得身体像被水浇过一样，冷得不住地发抖，急忙跑到一家卖绸缎的铺子里坐一坐，刚坐定，忽然大声说：“你挡住我的去路，真是可恶到极点了。”于是自己打自己耳光，拉自己胡子。家里人把傅九带回家，只见他整夜吵吵闹闹的。有人说活无常佟觭角能够医治，正要去请，傅九已经知道，骂道：“我不怕什么铜觭角、铁觭角。”一会儿佟觭角请来了，瞪着眼说：“你是什么地方的鬼，到这里来害人！赶快招供，不老实说，把你叉下油锅。”傅九眼睛瞪着他不说话，恨得咬牙切齿咯咯有声。这时候男男女女围观的人像堵墙样挤满了。佟觭角倒了一锅油，点起柴烧油，手里拿着一把铜叉，对着傅九脸比划着，做出要刺的样子。傅九果然害怕了，自己招供说：“我叫李四，凤阳人，被饥寒所迫，去盗人坟墓，被人家抓住。我一时忙乱焦急，用铁锹拒捕，接连伤了两个人，照法律当斩首。今天被绑着押往菜市行刑，我尽力挣扎脱身逃出，没想到被这个人拦住。我心里实在气不过，所以和他算账。”佟觞角说：“这样，你赶快走吧！”于是拿着叉坐下。傅九大哭说：“小人在狱中，两脚冻烂了，不能行走，求你赐给我一双草鞋，并求你保守秘密，不要让官府知道，再来捉我。”傅家人立即烧了双草鞋给他，傅九于是伏在地上叩了个头，把脚伸出来做穿鞋的样子，旁观的人都笑了。佟觞角问他到哪里去，他说：“逃避祸害必须远一些，我想去云南。”佟觞角说：“这里到云南有万里之遥，不是一下子能走到的，半路上必定会被公差抓住，不如跟着我做事，可得到一个吃饭的地方。”傅九叩头，表示情愿。佟觞角从口袋里取出一小张黄纸符焚化了，傅九便倒在地上一动不动，过了很久才醒过来。问他刚才的事，他什么也不知道。这天正是刑部秋天处决犯人的日子，一打听，果然有个盗墓的犯人，已经斩首示众了。原来这恶鬼还不知道自己其实已经死了。佟觞角年龄五十多岁，很少说话，很喜欢睡觉，往往一睡就是三四天不起来。到他家里，进门后见不到一点灰尘，为他干活的都是鬼。

淘　气

永州守恩公之奴，年少狡黠，取名淘气。服事书房，见檐前流萤一点，光大如鸡卵，心异之。时天暑，赤卧床上，觉阴处蠕蠕有物动，摸视之，即萤火也，笑曰：“幺麽小虫，亦爱此物耶？”引被覆身而睡。夜半，有人伸手被中，扪其阴，且捋其棱角，按其马眼。其时身欲转折，竟不能动，似有人来交接者，良久精遗矣。次日身颇倦惫，然冥想其趣，欲其再至，不以告人。日暮浴身，裸以俟之。二更许，萤火先来，光愈大，照见一女甚美，冉冉而至。奴大喜，抱持之，遂与绸缪，叩其姓氏，曰：“妾姓姚，父某，为明季知府，曾居此衙。妾年十八，以所慕不遂，成瘵而死。生时酷爱梨花，断气时属老母即葬此园梨树下。爱卿年少，故来相就。”奴方知其为鬼，举枕投之，大呼而出，径叩宅门。宅中妇女疑为火起，争起开门，见其赤身，俱不敢前。主人自出，叱而问之，奴以实告，乃命服以朱砂，且为着裤。次日掘梨树下，果得一朱棺，剖而视之，女色如生，乃焚而葬之，奴自此悔悔，不复狡黠。伙伴笑曰：“人不可不遇鬼，淘气遇鬼，不复淘气矣。”

【译文】

永州知府恩公有个奴才，年纪轻轻，不安本分，所以被取名叫淘气。一天，淘气在书房里干活，看见屋檐前有一只萤火虫，散发出像鸡蛋那么大一团光，他心里觉得很奇怪。这时是大热天，淘气光着身子躺在床上，觉得下体有什么东西在爬，摸着它拿起来一看，原来就是那只萤火虫。他笑着说：“这么丁点大的虫子，也喜欢这玩意儿吗?”便扯过被子，盖着睡觉。到了半夜，有人把手伸进被子，摸他的阳物。这时淘气想翻身，居然动弹不了；接着，仿佛有人与他交合，过了会儿，他就遗精了。第二天，淘气觉得身子很疲倦，但是闭目想起昨晚的乐趣，还想再来一次，所以没有告诉别人。到了晚上，他洗好澡，又光着身子等着。快二更天，萤火先来，光越来越大，照见一个女子，十分漂亮，慢慢走过来。淘气非常高兴，抱着她，与她温存，问她姓名。她说：“我姓姚，父亲是明末知府，曾经住在这衙门里。我十八岁时，因为没法与所喜欢的人成亲，生病而死。我活着时特别喜欢梨花，断气时叮嘱母亲就把我埋葬在这花园的梨树下。我看上你年轻，所以来伴随你。”淘气这才知道她是鬼，举起枕头向她丢去，大叫着跑了出来，一直跑到内宅去敲门。宅中的妇女疑心是起火了，慌慌张张起来开门，看见淘气光着身子，都不敢上前。恩公自己出来，叱责他，问他干什么，淘气把事情经过如实讲了一遍。恩公命他服用了些丹砂定神，并为他穿上裤子。第二天，大家在梨树下挖掘，果然挖到一具朱漆棺材。打开一看，里面躺着的女子像活着一样，就把她火化后埋了。淘气从此以后变得很老实，再不做不安分的事。伙伴们笑道："人不可以不遇见鬼，淘气遇到鬼，就不再淘气了。"

白 莲 教

东山富人许翁，世居桑湖畔，娶新妇某，妆奁颇厚。有偷儿杨三者羡之，年余，闻翁送其子入京，新妇有孕，相伴惟二婢，乃夜入其室，伏暗处伺之。至三更后，灯光下见有一人，深目虬须，负黄布囊，爬窗而入。杨念吾道中无此人，屏息窥之。其人袖出香一枝，烧之于灯，置二婢所；随向妇寝处喃喃诵咒，妇忽跃起，向其人赤身长跪。其人开囊，出一小刀，剖腹取胎，放小磁罐中，背负而出，妇尸仆于床下。杨大惊，出户尾之，至村口一旅店抱持之，大呼曰："主人速来，吾捉得一妖贼。"众邻齐至，视其布囊，小儿胎血犹涔涔也。众大怒，持锹锄击之，其人大笑，了无所伤，乃沃以粪，始不能动，及旦，送官刑讯，曰："我白莲教也，伙伴甚多。"方知汉、湘一带胎妇身死者，皆受此害。狱成，凌迟其人，赏偷儿银五十两。

【译文】

东由有个富翁姓许，世世代代住在桑湖边。他新娶了个媳妇，陪嫁很丰厚。有个小偷名叫杨三，听说后便垂涎这笔财富。过了一年多，许翁送儿子去京城，新妇已怀孕，陪伴她的只有两个丫鬟。杨三就在晚上潜入新妇房中，藏在暗中窥探。到了三更天后，杨三忽见灯光下有个人，眼睛凹进去，络腮胡子，背着个黄布口袋，从窗口里爬进来。杨三想，自己同道中并没这么个人，屏住呼吸偷看。那人从袖子里拿出一枝香，在灯上点着了，放在两个丫鬟睡的地方。接着，那人向孕妇睡处喃喃念咒，孕妇忽然跃起，向那人光着身子跪着。那人打开口袋，拿出一把小刀，剖开孕妇的肚子，把胎儿拿出，放在一只小瓷罐里，背着出了屋子，孕妇的尸体倒在床下。杨三见了大惊，出门跟着那人。跟到村口一所旅店，杨三一把抱住了他，大叫："店主人快来，我捉住了个妖贼！"左右邻居一起到来，打开布口袋看，小儿的胎血还在滴落。众人大怒，抡起铁锹、锄头就打，那人大笑，竟一点也伤不了他。人们取来粪便浇他，他这才不能动弹了。到天亮，把那人送到官府用刑审讯，招供说："我是白莲教徒，我的伙伴很多。"官府这才知道湖北、湖南一带孕妇被害死的，凶手都是这伙人。审问清楚后，把那人凌迟处死，赏了杨三五十两银子。

服桂子长生

吕琪从其兄官岭南司马，署有古井，夏夜纳凉，见井中有声琤琤然，升起数红丸，大如弹棋。疑有宝，次早遣人缒下探焉，得隔年桂子数十粒，鲜赤可爱。琪戏以井水服焉，日七枚，七日而尽。顿觉精神强健，如服参者然，年九十余。

【译文】

吕琪的哥哥在岭南做官，他随哥哥赴任。官署中有口古井，吕琪夏天晚上乘凉，见井中琤琤有声，升起来好几颗红色的弹子，大小像棋子差不多。吕琪怀疑井中有宝贝，第二天派人用绳子吊到井下去探寻，只取上隔年的桂子数十粒，颜色鲜红，十分可爱。吕琪觉得好玩，用井水吞服，每天吞七颗，七天才吞完。吃了桂子后，他顿时觉得精神强健，就如同吃了人参一样。后来他活到九十多岁。

伊　五

披甲人伊五者，身矮而貌陋，不悦于军官。贫不能自活，独走出城，将自缢。忽见有老人飘然而来，问何故轻身，伊以实告。老人笑曰：“子神气不凡，可以学道，予有一书授子，够一生衣食矣。”伊乃随行数里，过一大溪，披芦苇而入，路甚曲折。进一矮屋，止息其中，从老人受学。七日而术成，老人与屋皆不见，伊自此小康。其同辈群思咀嚼之，伊无难色，同登酒楼。五六人恣情大饮，计费七千二百文。众方愁其难偿，忽见一黑脸汉登楼，拱立曰：“知伊五爷在此款客，主人遣奉酒金。”解腰缠出钱而去。数之，七千二百也，众大骇。与同步市中，见一人乘白马急驰而过，伊纵马追之，叱曰：“汝身上囊可急与我！”其人惶恐下马，怀中出一皮袋，形如半胀猪脬，授伊竟走。众不测何物，伊曰：“此中所贮，小儿魂也。彼乘马者，乃过往游神，偷攫人魂无算，倘不遇我，又死一小儿矣。”俄入一胡同，有向西人家，门内哭声嗷嗷。伊取小囊向门隙张之，出浓烟一缕，射此家门中。随闻其家人云：“儿苏矣。”转涕为笑，众由是神之。适某贵公有女为邪所凭，闻伊名，厚礼招致。女在室已知伊来，形色惨沮。伊入室，女匿屋隅，提熨斗自卫。伊周视上下，出曰：“此器物之妖也，今夕为公除之。”漏三下，伊囊中出一小剑，锋芒如雪，被发跣足，仗之而入。众家人伺于院外。寻闻室中叱咤声、击

扑声与物腾掷声、诟詈喧闹声，良久寂然。但闻女叩头哀恳，不甚了了。伊呼灯甚急，众率仆婢秉烛入。伊指地上一物相示曰："此即为祟者。"视之，一藤夹膝也，聚薪焚之，流血满地。

【译文】

当兵的伊五，身材矮小，相貌丑陋，军官很不喜欢他。他穷得没法活下去，独自一个走出城，想要上吊自杀。忽然看见有个老人飘飘然走过来，问他为什么要轻生。伊五把情况老实告诉了老人。老人笑着说："你看上去神气不凡，可以学道。我送给你一本书，够养活你一辈子了。"伊五跟着老人走了几里路，过了一条大溪，分开芦苇进去，有条曲折的小路。他们进了一所矮房子，住了下来。伊五便向老人学道。学了七天，道术学成了，老人与房子都不见了。伊五从此过着小康生活。伊五的同辈们都想叫伊五请客，伊五一口答应，与大伙儿去了酒楼。五六个人放量吃喝，结账时要七千二百文钱。众人正在发愁伊五怎么出得起，忽然见到一个黑脸膛的汉子上楼来，弯腰作揖说："知道伊五爷在这里请客，我家主人派我送来了酒钱。"解下腰包拿出钱来，然后告辞了。数那钱，正好是七千二百文。众人都十分惊异。有一次，伊五与众人在街市上逛，见到一个人骑匹白马快速跑过。伊五赶忙策马追上去，叱喝道："赶快把你身上的口袋给我！"那人惶恐地下了马，从怀里掏出一个皮口袋，形状如同吹了一半大的猪尿泡。那人把口袋交给伊五后，慌忙跑了。众人不知道是什么，伊五说："这里面所装的是小孩子的魂灵。那骑马的是过往游神，偷偷取了不知多少人的魂。假如不是遇上我，又有个小孩子要死了。"一会儿，走进一条胡同，有家朝西的人家，门里哭声响亮。伊五把皮口袋对着门缝打开，从里面喷出一缕浓烟，射进这家人家门里，随即听到有人说："小孩子醒过来了！"变哭为笑。众人因此都把伊五当作神明。正巧有个大官的女儿被妖邪附身，听说了伊五的名声，就用重金把他请来。女子在屋里已经知道伊五来了，神色举动很悲伤。伊五进屋，女子躲在屋角，拿着个熨斗自卫。伊五上上下下看了看，出来说："这是器物成妖，今天晚上为你除掉它。"到了三更，伊五从袋里取出一把小剑，锋芒如雪一样闪烁寒光。他披散头发，赤着脚，持剑而入。这户人家的人都在院外观看。不一会儿，听见屋子里有叱咤声、击打声、摔东西的声音，以及骂人吵闹声。过了很久，什么声音也没有了，只听到女子叩头哀求声，听不太清楚。伊五忽然叫人赶快拿灯来，大伙儿带着仆人、丫鬟拿着灯烛进去，伊五指着地上一样东西说："就是这东西作祟。"大家一看，原来是只藤夹膝，堆了柴把它烧了，血流满地。

诸 廷 槐

嘉定诸廷槐家，有再醮仆妇李姓者，忽鬼扼其喉，口称："是汝前夫，我病时呼茶索药，汝多不睬，以至气忿而亡。冥王以我阳数未尽，受糟塌死，与枉死者一般，不肯收留，游魂飘荡，受尽饥寒。汝在此饱食暖衣，我心不服，故扼汝喉，使汝陪我忍饥。"廷槐知为鬼所凭，上前手批其颊，鬼呼痛逃去。廷槐视其掌，黑如锅煤。少顷，鬼又作闹，廷槐再打，妇无惧色，手亦不黑矣。骂曰："你家主人初次打我，出我不意，故被他打痛。今我已躲入汝背脊骨窍中，虽用掌心雷打我，亦不怕也。"于是众家人代为请曰："汝妻不过妇道有亏，事汝不周，并非有心杀汝，无大仇可报。况汝所生子女，赖渠改嫁后夫，替你抚养，也算有良心，汝何不略放手松，俾其少进饮食？"鬼唯唯，妇觉咽喉一清，登时吃饭三碗。众人知其可动，乃曰："主人替你超度何如？"鬼又唯唯。遂设醮延僧，诵往生咒，鬼去而复至曰："和尚不付度牒，我仍不能托生也。”乃速焚之，鬼竟去而妇安矣。当作闹时，最畏主人之少子，曰：“此小相公头有红光，将来必贵，我不愿见之。”或问：“可是诸府祖宗功德修来乎？”曰：“非也。是他家阴宅风水所荫。”问：“何由知？”曰：“我与鬼朋友数人，常在坟间乞人祭扫之余，独不敢上诸府坟，因陇上有热气一条，如火冲出故也。”

【译文】

嘉定诸廷槐家有个仆人，他妻子李氏是二婚。有一天，忽然有鬼扼住李氏的喉咙，口称是她前夫，说：“我生病时要喝茶吃药，你常常不理不睬，以至于我气愤而死。阎王因为我阳数未尽，受糟蹋死，与受冤枉死是一样的，不肯收留我。我的游魂飘飘荡荡，受尽了饥寒。你在这里吃得饱穿得暖，我心里不服气，所以扼你的喉咙，让你陪我挨饿。”诸廷槐知道李氏是被鬼附身，走上前去给了她两记耳光，鬼叫痛逃走了。诸廷槐看自己手掌，黑得像锅底的煤烟一样。过了会儿，鬼又作怪吵闹。诸廷槐再打，李氏一点不害怕，他的手也不黑了。鬼骂道：“你家主人第一次打我，出我意外，所以被他打痛。如今我已躲到你背脊骨的缝隙里，就是用掌心雷打我，我也不怕。”于是家中人们代李氏求情说：“你妻子只不过没尽一个妻子的责任，侍奉你不周到，并不是有意杀你，你没有什么大仇可报。况且你所生的子女，靠他改嫁后夫，替你抚养，她也算是有良心的了。你何不略微把手放松一点，让她稍微吃点东西？”鬼答应了。李氏只觉得咽喉一清，登时吃了三碗饭。众人知道这鬼可以用话打动，就说：“主人为你作法事超度你，怎么样？”鬼又答应了。于是为鬼请了和尚设醮，念诵往生咒。鬼离开了李氏，不一会儿又来了，说；“和尚没有交付度牒，我仍然不能投生。”于是和尚赶快把度牒焚化了，鬼就此离去，李氏也康复了。当鬼作闹时，最怕诸廷槐的小儿子，说：“这位小相公头上有红光，将来一定是个贵人，我不愿见他。”有人问：“这是不是诸家祖宗建功立德修来的呢？”鬼说：“不是，是他家坟地风水所荫庇。”问他何以知道，他说："我和几个鬼朋友常在坟地里乞讨人家祭祀多下的东西，独不敢上诸家的坟，这是因为他家坟陇上有一条热气，像火一样冲出来啊！"

王都司

山东王某，作济宁都司。忽一日，梦南门外关帝庙周仓来曰："汝肯修帝庙，可获五千金。"王不信。次夜又梦关平将军来曰："我家周仓最诚实，非诳人者，所许五千金，现在帝君香案脚下，汝须黑夜秉烛来，五千金可得。"王喜且惊，心疑香案下地有藏金，分应我得者。乃率其子，持皮口袋往，以便装载。及至庙中，天已黎明，见香案下睡一狐，黑而毛，两目金光闪闪。王悟曰："得毋关神命我驱除此妖耶？"即与其子持绳索捆缚之，装放口袋中，负之归家。口袋中作人语曰："我狐仙也。昨日偶醉，呕唾圣帝庙中，触怒神明，故托梦于君，教来收拾我。我原有罪，但念我修炼千年，此罪尚小，君不如放我出袋，彼此有益。"王戏问："何以见谢？"曰："以五千金为寿。"王心记周仓、关平两将军之言验矣，即释放之。顷刻变成一白须翁，唐巾飘带，言词温雅，蔼然可亲。王乃置酒设席，与谈过去未来事，且问："都司穷官，如何能得五千金？"狐曰："济宁富户甚多，俱非行仁义者。我择其尤不肖者，竟往彼家，抛砖打瓦，使他头疼发热，心惊胆战，自然彼必寻求符箓，延请道士。君往说我能驱邪，但书花押一个，向空焚之，我即心照而去，又闹别家。如此一月，则君之五千金得矣。但君官爵止于都司，财量亦止五千金，过此以往，不必妄求。吾报君后，亦从此逝矣。”未几，济宁城内外疫厉大作，鸡犬不宁，但王都司一到，便即安宁。遂得五千金，舍二百金修圣庙，祭奠周、关两将军。乞病归里，至今小康。

【译文】

山东有个姓王的，官做到济宁都司。忽然有一天，梦见南门外关帝庙里的周仓来对自己说：“你肯修关帝庙，可得到五千两银子。”王都司不以为然，第二天夜里，他又梦见关平来说：“我家周仓最诚实，不是骗人的人，所许五千两银子，现在在帝君香案脚下。你必须黑夜点着蜡烛来，就可得五千两银子。”王都司又惊又喜，疑心香案下面埋有金银，注定该归自己，于是带领儿子，拿了个皮口袋前去，以便装银子。到了庙里，天已黎明，见香案下睡着一只狐狸，黑色，毛很长，两眼金光闪闪。王都司醒悟过来说：“难道关神命我来是要我驱除这狐妖的吗？”就与儿子一起用绳子把狐狸捆绑了，放进皮口袋，背回家去。口袋中的狐狸忽然说人话，说：“我是狐仙，昨天偶然喝醉了，呕吐睡卧在关帝庙中，触怒了关帝，所以托梦给你，叫你来收拾我。我原本有罪，但想想我已修炼千年，这罪只是小罪，你不如把我从口袋里放出来，彼此都有好处。”王都司戏问：“你用什么答谢我？”狐仙说：“以五千两银子作为礼物。”王都司心里想周仓、关平两将军的话应验了，就把狐狸放了。它转眼就变成一个白胡子老人，唐巾飘带，说话温雅，待人和蔼可亲，王都司于是安排酒席，与狐仙谈些过去未来的事，并且问他：“都司是个穷官，从哪儿弄五千两银子？”狐仙说：“济宁城里富人很多，都不是行仁义的人。我挑其中最坏的，直到他家去，抛砖打瓦，让他头疼发热，心惊胆战，他家自然要去请道士、求符箓驱除。你就去对他们说你就能驱除妖邪。到时你只要拿张纸写上名字，向空焚化，我就心照而去，再去闹别家。这样闹一个月，你就能得五千两银子了。只是你的官爵只能做到都司，财量也只有五千两银子，到了这个数字，用不着费心再求。我报答你后，也从此告辞了。”没几天，济宁城内外大闹瘟疫鬼怪，鸡犬不宁。但只要王都司一到，便就安宁。王都司因此而得到五千两银子，用二百两修关帝庙，祭奠周仓、关平两将军。于是告病辞官回乡，至今过着小康生活。

（卷十五译者　李梦生）

子不语卷十六

杭大宗为寄灵童子

万近蓬奉斗甚严，每秋七月，为盂兰之会，与施柳南刺史同设道场，施能见鬼，凡来受祭者，俱能指为何人，且与言语。方立坛时，先书列死者姓名，向坛焚化。万故杭大宗先生弟子，忘书先生名。施见是夕诸公俱集，有人短白须，披夹纱袍，不冠而至，骂曰："近蓬我弟子，今日设会，独不请我，何也?"施素不识杭，不觉目瞪。旁一人曰："此杭大宗先生也。"施向前揖问："先生何来?"曰："我前生是法华会上点香者，名寄灵童子，因侍香时，见烧香女美，偶动一念，谪生人间。在人间心直口快，有善无恶，原可仍归原位，惟以我好讥贬人，党同伐异；又贪财，为观音所薄，不许即归原位。"因自指其手与口曰："此二物累我。"问："先生在阴间乐乎?"曰："我在此无甚苦乐，颇散荡，游行自如。"问："先生何不仍投人身?"杭以手作拍势，笑曰："我七十七年人身，倏忽过去，回头想来，有何趣味?"曰："先生何不仍求观音收留?"曰："我坠落亦因小过，容易超度，可告知近蓬，替我念《秽迹金刚咒》二万遍，便可归原位。"问："陈星斋先生何以不来?"曰：

“我不及彼，彼已仍归桂宫矣。”语毕上座大啖，笑曰：“施柳南一日不出任，我辈田允兄大有吃处。”田允兄者，俗言“鬼”字也。

【译文】

万近蓬供奉斗君很认真，每年秋天七月，设盂兰会，与施柳南知州同设道场。施柳南能见鬼，凡是来受祭的，他都能指出是谁，并且能和鬼通话。一设立祭坛，万就先写出各死者姓名，在坛前焚化。万近蓬是杭大宗先生的弟子，有次忘了写杭大宗的名字。施柳南见这晚各位受祭的都到了，有个人蓄着短短的白胡子，披着夹纱袍，没戴帽子，来骂道：“近蓬是我弟子，今天设会，独不请我，这是为什么！”施柳南从没见过杭大宗，只好呆呆地看着他。旁边有人告诉说：“这是杭大宗先生。”施柳南上前作揖，问道：“先生从哪里来？”杭大宗说：“我前生是法华会上点香的，名寄灵童子，因侍奉香时，见烧香女美貌，偶然动了念头，被贬到人间。我在人间心直口快，有善无恶，原本可以仍然回原位，只是因为我喜欢讥贬人，党同伐异，又贪财，被观音菩萨鄙薄，不许我马上回归原位。”他又指着自己的手与口说：“这两样东西拖累了我。”施柳南问：“先生在阴间快乐吗？”杭大宗说：“我在这里没什么苦乐，很散荡，可以自由自在地随便游玩。”施柳南问：“先生为什么不再去投胎做人？”杭大宗作拍手的样子，笑着说：“我做了七十七年人，转眼就过去了，回过头来想，有什么趣味？”施问：“先生为什么不再去求观音收留？”杭说：“我堕落也只是因为小小过失，很容易超度。你可告知近蓬，叫他替我念两万遍《秽迹金刚咒》，我就可以回归原位。”施又问：“陈星斋先生为什么不来？”回答说：“我比不上他，他已仍旧回到桂宫了。”说完，上座去大吃，笑着说：“施柳南一天不出仕，我辈田允兄就有吃的地方。”田允兄，就是俗话说的“鬼”字。

西江水怪

徐汉甫在江西，见有咒取鱼鳖者，日至水滨，禹步持咒，波即腾沸，鱼鳖阵至，任择取以归。其法不得多取，约日需若干，仅给其值而已。一日，偶至大泽，方作法，忽水面涌一物，大如猕猴，金眼玉爪，露牙口外，势欲相攫。其人急以裩蒙首走，物奔来跃上肩，抓其额，人即仆地，流血晕绝。众咸奔救，物见众至，作声如鸦鸣，跃高丈许遁去。人不敢捕，伤者亦苏。其人云："此水怪也。以鱼鳖为子孙，吾食其子孙，故来复仇耳。其爪铦利，遇物破脑，非蒙首而得众力，则毙其爪下矣。"

【译文】

徐汉甫在江西，见到有人用咒语捕捉鱼鳖。那人天天到水边去，像道士那样走着矮步念着咒语，波浪马上沸腾起来，鱼鳖成群结队而来，听凭他选取。这法术规定不能多拿，每天日常开销需多少钱，就只能拿相当于这些钱的鱼鳖。有一天，那人偶然走到大湖边，刚作法，忽然水面上涌起一样东西，像猕猴那么大，金睛玉爪，牙齿露出口外，作出要扑上来的样子。那人急忙用内衣蒙头而逃。那东西奔来跳上他肩头，抓他的前额。他当即倒地，鲜血直流，昏了过去。众人连忙跑来救他，那东西见众人来，发出像乌鸦叫的声音，跳起来有丈把高，逃走了，人们不敢追捕。受伤的人苏醒了过来，说："这是水怪，以鱼鳖为子孙。我吃它的子孙，所以它来报仇。它的爪子十分锋利，喜欢抓人脑门，我不是蒙着头又得大家帮助，就死在它爪下了。"

仲　　能

唐再适先生观察川西时，有火夫陈某，粗悍嗜饮。一夕方醉卧，觉有物据其腹，视之，乃一老翁，髯发皆白，貌亦奇古，朦胧间不甚了了。陈以同伴戏己，不甚惊怖。时初秋，适覆单衾，因举以裹之，且挟以卧。晓曳衾，内有一白鼠，长三尺余，已压毙矣。始悟据腹老人即此怪。按此即《玉策记》所云“仲能”，善相卜者能生得之，可以预知休咎。

【译文】

唐再适先生做川西道台时，有个火夫陈某，生性粗悍，喜欢喝酒。有天晚上，他喝醉了躺着，觉得有什么东西爬在他肚子上，一看，是个老人，头发胡子全是白的，相貌也很古怪奇特，朦胧中看不清楚。陈某以为是同伴和自己开玩笑，不觉得害怕。当时是初秋，正盖着单被，陈某就用被把那人裹住，并且挟着他睡。到了天亮拉被子一看，中间有只白鼠，有三尺多长，已被压死了。他这才明白爬在他肚子上的老人就是这鼠怪。按，这东西就是《玉策记》中所说的“仲能”，善于看相占卜的人如能够活捉它，可以预先知道祸福。

雀　报　恩

周之庠好放生，尤爱雀，居恒置黍谷于檐下饲之。中年丧明，饲雀如故。忽病气绝，惟心头温，家人守之四昼夜，苏云：初出门，独行旷野，日色昏暗，寂不逢人，心惧，疾驰数十里，见城外寥寥无烟火。俄有老人杖策来，视之，乃亡父也。跪而哀泣，父曰："孰唤汝来?"答曰："迷路至此。"父曰："无伤。"导之入城，至一衙署前，又有老人纶巾道服自内出，乃亡祖也，相见大惊，责其父曰："尔亦糊涂，何导儿至此!"叱父退，手挽之庠行，有二隶卒，貌丑恶，大呼曰："既来此，安得便去?"与其祖相争夺。忽雀亿万自西来，啄二隶，隶骇走，祖父翼之出，群雀随之，争以翅覆之庠。约行数十里，祖以杖击其背曰："到家矣。"遂如梦觉，双目复明，至今无恙。

【译文】

周之庠爱好放生，尤其喜欢鸟雀，总是在家里的屋檐下放谷类喂它们。他中年时失明了，但还是照常喂鸟雀。有一天，周之庠忽然得急病断了气，只是心头还是暖的。家人在边上守了四昼夜，他醒了过来，说："当时我出了家门，独自一人走在旷野里，日色昏暗，静悄悄地碰不到一个人。我心里害怕，飞快地走了数十里，看到一座城市。城外空寂，没有烟火。一会儿有个老人拄着拐杖走来，一看，原来是去世了的父亲。我跪在他面前哀伤地流下了泪。父亲问：'谁叫你来的?'我说是迷了路跑到了这里。父亲说没关系，领我进城，到一所衙门前，又有个老人纶巾道服从里面出来，原来是死去的祖父。祖父见了我很吃惊，责怪父亲说：'你真糊涂，怎么把儿子带到这里来!'把父亲喝退，拉着我就走。有两个差役，相貌很丑恶，大叫说：'既然已经到了这里，怎能就走?'与祖父争夺。忽然有亿万只鸟雀从西方飞来，争啄差役。差役吓得逃走了。祖父保护我出城，鸟雀跟着，抢着用翅膀遮盖我。走了大约几十里路，祖父用杖击我的背说：'到家了!'因而就像从梦中醒来一样。"周之庠从此双目复明，到现在还安然无恙。

全　姑

荡山茶肆全姑，生而洁白婀娜。年十九，其邻陈生美少年，私与通，为匪人所捉。陈故富家，以百金贿匪。县役知之，思分其赃，相与牵扭到县。县令某，自负理学名，将陈决杖四十，女哀号涕泣，伏陈生臀上愿代，令以为无耻，愈怒，将女亦决杖四十。两隶拉女下，私相怜，以为此女通体娇柔如无骨者，又受陈生金，故杖轻扑地而已。令怒未息，剪其发，脱其弓鞋，置案上，传观之，以为合邑戒，且贮库焉，将女发官卖。案结矣，陈思女不已，贿他人买之，而己仍娶之。未一月，县役纷来索贿，道路喧嚷。令访闻大怒，重擒二人至案。女知不免，私以败絮草纸置裤中，护其臀。令望见曰："是下身累累者何物耶？"乃下堂扯去裤中物，亲自监临，裸而杖之。陈生抵拦，掌嘴数百后乃再决，满杖，归家月余死，女卖为某公子妾。有刘孝廉者，侠士也，直入署责令曰："我昨到县，闻公呼大杖，以为治强盗积贼，故至阶下观之。不料一美女，剥紫绫裤受杖，两臀隆然，如一团白雪；日炙之，犹虑其消，而君以满杖加之，一板下，便成烂桃子色。所犯风流小过，何必如是？"令曰："全姑美，不加杖，人道我好色；陈某富，不加杖，人道我得钱。"刘曰："为父母官，以他人皮肉博自己声名，可乎？行当有报矣。"奋衣出，与令绝交。未十年，令迁守松江。坐公馆，方午餐，其仆见一少年从窗外入，以手拍其背者三，遂呼背痛，不食，已而背肿尺许，中有界沟，如两臀然。召医视之，医曰："不救矣，成烂桃子色矣。"令闻，心恶之，未十日卒。

【译文】

荡山茶馆店的全姑，生来洁白，体态婀娜。十九岁时，与邻居美少年陈生私通，被无赖知道，捉住。陈家很富有，送了一百两银子给无赖私了。县里的捕役知道后，想与无赖分赃不成，就把无赖扭送县衙。县令某，一向自负是个理学家，判打陈生四十大板。全姑哀苦叫唤，流着泪伏在陈生臀上，愿代陈生受刑。县令认为全姑无耻，更加愤怒，也判打全姑四十大板。两个皂隶把全姑拉到堂下，心里爱怜她，因为这女子浑身上下娇柔像是没有骨头一样，打不下手，并且又得了陈生的贿赂，所以把板子轻轻地朝地上打。县令怒气未息，剪了全姑的头发，脱了她的鞋，放在案几上，令人传观，作为全城人的戒鉴，然后存放在库房里，将全姑由官方发卖。定案后，陈生一直记挂着全姑，出钱请别人把她买下来，自己仍然娶她为妻。不到一个月，县中的捕役们纷纷上门来敲诈钱财，路上闹哄哄的，都传说这件事。县令打听到了实情后大怒，再次把二人捉到衙门里。全姑知道这次免不了挨打，偷偷把破棉絮、草纸塞在裤子里，保护自己的臀部。县令看见了，说，"你下身胀鼓鼓的是什么玩意儿？"于是下堂把裤子里塞的东西都扯掉，亲自站在边上监督，令差人将全姑脱光了施刑。陈生上前阻拦，被打了几百个嘴巴后受刑，打完了，回家一个多月就死了。全姑被卖给某公子做妾。有个刘举人，是位豪侠。他闻听此事，直接进入县衙门，责备县令说；"前时我到县里，听见您吩咐用大板子，以为是您在拷问强盗或多年老贼，所以到阶下观看，没想到打的是一个美女，被剥了紫绫裤受杖，两臀高高耸起，像是一团白雪，太阳晒着还怕会融化，而你整整打了她上百板，一板子打下去，就成了烂桃子颜色。她犯的是风流小罪，何必这样做！"县令说："全姑美貌，不打她，人们会说我好色。陈某富有，不打他，人们会说我得了贿赂。"刘举人说：

“作为一个父母官，用他人的皮肉来博取自己声名，可以这样吗？不久就会报应临头了。”甩袖而出，与县令绝交。不到十年，县令升任松江知府。一天，知府正坐在公馆里吃午饭，仆人看见有个少年人从窗外进来，在知府的背上拍了三下。知府大声叫痛，吃不下饭，不久背肿起来尺把高，中间有条沟，那形状就像两臀一样。请医生来看，医生说：“没有救了，已经成了烂桃子颜色了。”他听了，心里很难受，不到十天就死了。

奇　勇

国初有二巴图鲁：一溺地，地陷一尺，能自抓其发，拔起身在空中高尺许，两足离地，移时不下；一在关外，被敌劫营，黑暗中已为敌断其首矣，刀过处，急以右手捺住头，左手挥刀犹杀数十人而后死。

【译文】

清初有两个巴图鲁（即勇士）。一个朝地下撒尿，地冲出尺把深的坑；能抓住自己的头发，拔离地面悬空尺把高；两脚都离开地面，很长时间不掉下来。还有一个在关外，敌人来劫营，黑暗中已经被敌人砍断了头，刀砍过后，他急忙用右手按住头，用左手挥刀还杀死了几十个敌人，然后才死去。

红毛国人吐妓

红毛国多妓，嫖客置酒召妓，剥其下衣，环聚而吐口沫于其阴，不与交媾也。吐毕放赏，号“众兜钱”。

【译文】

红毛国多妓女，嫖客设酒席召妓女，脱掉妓女的下衣，围着她把唾沫吐在她阴部，并不和妓女交媾。吐完后给赏钱，号“众兜钱”。

西贾认父

钱塘铨部主事吴名一骐者，初举孝廉，入都会试，僦居旅次。有西贾王某来，云其父临终言往生浙地某处，为吴氏子，其终年即铨部生年也。又云昨晚其母又复示梦云：“汝父已至都中，现寓某处，汝何不往？”以故到此访问，乞一睹颜色。铨部因事属怪异，不肯出见。王贾痛哭，遥拜而去。王贾甚富，并无所希冀而来者，以故人笑吴公之迂。吴作吏部主事数年死，死年二十八。

【译文】

吏部主事吴一骐，钱塘人。他刚中举时，到京城参加会试，住在旅店里。有个洋商王某来找他，说自己父亲临死时说将投生浙江某地，做吴家的儿子。王父去世的时间，正是吴一骐出生的时候。王某又说，昨天晚上母亲又托梦说：“你父亲已到京中，现在住在某地，你为什么不去？”因此到这里访问，请求能见一面。吴一骐因为这事过于怪异，不肯出来，王某痛哭了一场，对着吴一骐住处叩拜了后离去了。王某很富有，并不是因为有所图而来，因此人们都笑吴一骐迂腐。吴一骐任吏部主事不多几年就死了，死时才二十八岁。

徐步蟾宫

扬州吴竹屏臬使，丁卯秋闱，在金陵扶乩，问中否，乩批“徐步蟾宫”四字。吴大喜，以为馆选之征，及榜发不中。是年解元，乃徐步蟾也。

【译文】

扬州吴竹屏按察使，乾隆十二年参加乡试，在金陵扶乩，问自己是否能考取。乩盘上批了“徐步蟾宫”四个字，吴竹屏很高兴，认为是连捷成进士入翰林的预兆。结果榜发没有考中，这年第一名名叫徐步蟾。

歪嘴先生

湖州潘淑，聘妻未娶，以瘵疾亡。临终请岳翁李某来，要其未嫁之女守志，翁许之。潘卒后，翁忘前言，女竟改适。将婚之夕，鬼附女身作祟。有教读张先生者，闻之意不能平，竟上女楼，引古礼折之。以为女虽已嫁，而未庙见，尚归葬于女氏之党；况未嫁之女，有何守志之说？鬼不能答，但走至张前，张口呵之，一条冷气如冰，臭不可耐。从此女病愈，而张嘴歪矣。李德之，延请在家。合村呼“歪嘴先生”。

【译文】

湖州人潘淑，聘妻李氏，还没过门，潘淑就生病死了。他临死时把岳父叫来，要求未过门的妻子守节不再嫁，他岳父同意了。潘淑死后，李翁忘了前面的许诺，把女儿嫁给别人。在出嫁的前夕，鬼附在女儿身上作祟。有个教书的张先生，听说后心中很气愤，以至于跑到女子住的楼上，引用古代的礼节责怪鬼。他说女子虽然已经出嫁，但还没拜家庙就死了，尚且归葬于女子自己家；何况是还没出嫁的女子，那有守志的规定？鬼无法回答，只是走到张先生面前，张开口朝他呵气。张先生只觉得一条冷气像冰一样，臭不可耐。从此，女子的病好了，但张先生成了歪嘴。李家感谢张先生，把他请到家中养着。全村的人都叫他“歪嘴先生”。

鬼衣有补褂痕

常州蒋某，在甘肃作县丞，乾隆四十五年，甘肃回回作乱，蒋为所害，三年音耗断矣。其侄某，开参店于东城，忽一日午后，蒋竟直入，布裹其头，所穿衣有钉补褂旧痕，告其侄曰：“我于某月日为乱兵所害，尸在居延城下，汝可遣人至其处，棺殓载归。”指其仆曰：“此小儿亦是劫数中人，我现在阴间雇用之，每年给工食银三两。”其侄大惊，唯唯听命。鬼命小僮取火吃烟，旋即不见。侄即遣人载其棺归，启视之，头骨斫作数块，身着红青缎褂，隐隐有补褂一方痕迹。

【译文】

常州人蒋某，在甘肃作县丞。乾隆四十五年，甘肃回民起义，蒋某被杀，家人已经三年没有他的音信了。蒋某的侄子在东城开人参店。忽然有一天午后，蒋某径直进店，用布裹着头，所穿的衣服有补褂图案的痕迹，对侄子说：“我在某月某日被乱兵所杀，尸体在居延城下。你可派人到那儿，用棺材收殓了运回来。”又指着跟随的仆人说："这小孩子也是那次兵乱中死的，我现在在阴间雇用了他，每年给他工价三两银子。"蒋某的侄子大惊，连连答应。蒋某命仆人取火抽烟，一会儿就不见了。蒋某的侄子随即派人用棺材把蒋某尸体运回来，打开一看，头骨被砍成数块，身穿红青色缎褂，上面隐隐有一方钉过官服图案的痕迹。

孙 方 伯

孙涵中方伯为部郎时，居京师之樱桃斜街，房宇甚洁。忽有臭气一道，从窗外达于中庭，嗅而迹之，乃从后苑井中出。夜三鼓，众人睡尽，有连呼其老仆姓名者，听之，隐隐然亦出自井中。孙公怒而填之，怪亦竟绝。

【译文】

布政使孙涵中，官某部郎时，住京城中樱桃斜街，房屋非常整洁。忽然有一股臭气，从窗外传入，直达中庭。顺着气味来源找去，原来是从后苑井中发出来的。半夜三更，大家都睡了，有个声音接连呼叫老仆姓名，一听，隐隐约约也从那井里发出来。孙涵中大怒，把井填了，怪事也就再也没有发生。

卖 冬 瓜 人

杭州草桥门外，有卖冬瓜人某，能在头顶上出元神，每闭目坐床上，而出神在外酬应。一日出神买鲞数片，托邻人带归，交其妻。妻接之笑曰："汝又作狡狯耶？"将鲞挞其头，少顷，卖瓜者神归，以顶为鲞所污，徬徨床侧，神不能入，大哭去，尸亦渐僵。

【译文】

杭州草桥门外有个卖冬瓜的，能够从头顶上使元神出窍，常常闭着眼坐在床上，让元神在外应酬。有一天，他的元神出外买了几斤鱼鲞，托邻居带回来，交给妻子。妻子接了鱼鲞，回房对他说："你又在开玩笑了吗?"用鱼鲞敲他的头。过了会儿，卖冬瓜的元神回来，因为头顶被鱼鲞所污，在床边彷徨，元神无法入体，大哭了一场后走了，尸体就渐渐僵硬了。

柳如是为厉

苏州昭文县署，为前明钱尚书故宅，东厢三间，因柳如是缢死此处，历任封闭不开。乾隆庚子，直隶王公某莅任，家口多，内屋少，开此房居妾某氏，二婢作伴；又居一妾于西厢，老妪作伴。未三鼓，闻西厢老妪喊救命声，王公奔往，妾已不在床上。寻至床后，其人眼伤额碎，赤身流血，觳觫而立，云："我卧不吹灯，方就枕，便一阵阴风吹开帐幔，遍体作噤。有梳高髻披大红袄者，揭帐招我。随挽我发，强我起。我大惧，急逃至帐后，眼目为衣架触伤。老妪闻我喊声，随即奔至，鬼才放我，走窗外去。"合署大骇，虑东厢之妾新娶胆小，亦不往告。次日至午，东厢竟不开门；启入，则一姬二婢，俱用一条长带相连缢死矣。于是王公仍命封锁此房，后无他异。或谓柳氏为尚书殉节，死于正命，不应为厉。按《金史·蒲察琦传》，琦为御史，将死崔立之难，到家别母，母方昼寝，忽惊而醒。琦问："阿母何为?"母曰："适梦三人潜伏梁间，故惊醒。"琦跪曰："梁上人乃鬼也，儿欲殉节，意在悬梁，故彼鬼在上相候，母所见者即是也。”旋即缢死。可见忠义之鬼，用引路替代，亦所不免。

【译文】

苏州昭文县公署，是前明钱谦益故居。东厢房三间，因为是柳如是吊死的地方，历任县官都把它封闭不开。乾隆四十五年，直隶人王某任知县，因为家中人口多，内房少，开了东厢房给妾某氏住，安排两个婢女作伴；另外一妾住在西厢房，一个老婆子陪着。三更天不到，听到西厢房老婆子叫救命，王公急忙跑去，见妾已经不在床上。寻到妾后，见她眼睛伤了，额角碎了，光着身子流着血，站在那儿发抖，说：“我睡觉不熄灯，刚躺下，就有一阵阴风吹开帐幔，使我浑身寒毛竖起。见有个梳着高髻披大红袄的女人，揭开帐子叫我，随即拉住我头发，强迫我起床。我怕极了，急忙逃到帐子后面，眼睛被衣架碰伤。老婆子听到我叫喊，连忙跑来，鬼才放了我，从窗口出去了。”全署的人都很惊怕，想到住在东厢的妾胆小，就没去告诉她。第二天到中午，东厢房还没开门，大家把门弄开看，妾与二婢女用一根长带子相连都吊死了。于是王公仍然命人把东厢房封闭上锁，后来也就没发生什么事。有人说柳如是为钱谦益殉节，是正当死亡，不应该作厉鬼。按《金史·蒲察琦传》，蒲察琦为御史，崔立政变，他将殉节，到家与母亲告别。母亲正在睡午觉，忽然惊醒，蒲察琦问母亲为什么惊醒，母亲说：“我刚才梦见三个人偷偷躲在梁上，所以惊醒。”蒲察琦跪下说。“梁上人是鬼，儿子要殉节，想上吊死，所以鬼在梁上等候，母亲所见的正是等我的鬼。”接着他上吊死了。可见忠义的鬼也免不了要用引路及替代的鬼。

捧头司马

如皋高公岩，为陕西高陵令。其友某，往探之，去城十里许，日已薄暮，恐不能达。见道旁废寺，正室封扃，西偏屋二楹，内有小门，通正室门，亦封扃。某以屋尚整洁，遂借宿焉。沽酒少饮，解衣就寝，其仆出，与守寺道人同宿东边之耳房。时当既望，月明如昼。某久不成寐，忽闻正室履声橐橐，小门砉然顿开，见有补褂朝珠而无头者，就窗下坐，作玩月状。某方惊，其人转身向内，若有见于某者，旋即走还正室中。某急起开门遁，而门外锁已为其仆倒扣去。某大呼，喑不能声，其仆弗应。某无措，遂夺窗出，窗外有墙缭之，又不克越；近窗高树一株，乃缘之而上。俯视窗下，则其人已捧头而出，仍就前坐，以头置膝，徐伸两指，拭其眉目，还以手捧之，安置顶上，双眸炯炯，寒光射人。是时某已魂飞，不复省人事矣。次晨仆入，不见主人，遍寻之，得于树上，急拨其腕，交抱树柯，坚不可解，久之始苏，犹谓鬼之来攫己也。问之道人，云："二十年前，宁夏用兵，有楚人为同知者，解粮误期，为大帅所戮。柩行至此，资斧告绝，遂寄寺中。今或思归，见形于客乎?"某白高，高因捐俸为赍柩资，并寓书于楚，令其子领归。

【译文】

如皋人高岩，任陕西高陵知县。他的一个朋友去探望他，离城还有十里左右，天已黄昏，恐怕赶不进城，见路旁有座荒废的寺庙，正室封闭上锁了，西偏房二间，内有小门，通正室，门也封闭上锁。他见房子还算整洁，就借宿一夜。他买了些酒，喝了几杯，脱衣服睡觉。他的仆人出房，去与守庙的道人一起睡在东边耳房里。这天是农历十六，月光照耀得如同白天。高岩的朋友很久没睡着，忽然听见正室里有走路的声音，小门呼地打开了，见有个人穿着官服，挂着朝珠，但没有头，走到窗下坐着，像是在观赏月亮。高岩的朋友正在惊骇，那人转身朝里走，仿佛已见到他，随即走回正室。他赶快起床开门逃走，然而门外的锁被他的仆人倒扣住了。他大声叫喊，却发不出声音，仆人也没答应。他没办法，就从窗口爬出。窗外有道墙围着，他没法爬越，见靠窗有棵高大的树，就爬了上去，朝窗下看。只见那人已经捧着头来到外间，仍然坐在先前坐的地方，把头放在膝盖上，慢慢伸出两根手指，拂拭眉毛眼睛，然后用手捧着，安放在项上，双眼炯炯，寒光射人。这时候，高岩的朋友已吓得魂飞魄散，昏迷了过去。第二天仆人进屋，不见主人，到处寻找，最后在树上找到了，急忙拉他双腕，可他手紧紧抱住树干，怎么也拉不开。过了很久，他才苏醒过来，还以为是鬼来抓自己。问守庙的道人，道人说："二十年前，宁夏地方打仗，有个湖北人，官同知，押送粮草误了限期，被大帅斩首。他家人运棺木回乡，走到这里，盘费用完，于是把棺木寄放庙里。如今也许是鬼魂想家，所以在你面前现形。"后来高岩的朋友把这事告诉了高岩，高岩出钱作为运送棺木费，并写信给死者的儿子，叫他儿子来领父棺。

驱　鲎

吴兴卞山有白鲎洞，每春夏间，即见状如匹练起空中，游漾无定，所过之下，蚕茧一空，故养蚕时尤忌之，性独畏锣鼓声。明太常卿韩绍，曾命有司挟毒矢逐之，其《驱鲎文》载郡志。近年来作患尤甚。乾隆癸卯四月，有范姓者，具控于城隍，是夜梦有老人来曰："汝所控已准，某夜当命玄衣真人逐鲎，但鲎鱼司露有功，被害者亦有数。彼以贪故，当示之罚。尔等备硫磺烟草，在某山洞口相候可也。"范至期，集数十人往，夜二鼓，月色微明，空中风作。见前山有大蝙蝠丈许，飞至洞前，瞬息诸小蝠群集者，不下数十。每一蝙蝠至，必有灯一点如引导状。范悟曰："是得非所谓玄衣真人乎?"即引火纵烧烟草。俄而洞中声起如潮涌风发，有匹练飞出，蝙蝠围环，若布阵然，彼此搏击良久。乡民亦群打锣鼓，放爆竹助之。约一时许，匹练飘散如絮，有青气一道，向东北而去。蝙蝠亦散。次早往视，林莽间绵絮千余片，或青或白，触手腥秽不可近。自是鲎患竟息。

【译文】

吴兴卞山有个白鲎洞。每年春夏之间，有一道白气从洞里飘出，像是匹白色的绸缎，在空中飘来飘去没有规律。白气经过的地方，蚕茧全完。所以，养蚕时尤其怕那白气。然而，这气唯独怕锣鼓声。明代的太常卿韩绍，曾经命有关部门派人用毒箭驱逐，作有《驱鲎文》，收在《吴兴府志》里。这白气近年来危害更加厉害了。乾隆四十八年四月，有个姓范的写了状纸到城隍庙去控告。当晚梦见一位老人对他说："你告的状已经批准，我晚上会命玄衣真人驱逐鲎。但是鲎鱼管理露水有功，被害的人也不多。它因为贪心，应当受罚。你们备好硫磺烟草，可在那山洞口等候。"范某按时召集了几十个人前往。到了二更天，月光微明，空中刮起了风。只见前山有只一丈大的蝙蝠，飞到洞前；一会儿，又飞来了几十只小蝙蝠。每只蝙蝠飞来，前面都有一点灯火像是在引路。范某悟道："这莫非就是城隍所说的玄衣真人吗?"遂即点火焚烧烟草。不久，洞中响起了声音，仿佛潮水上涨、劲风吹刮，有道像匹白色绸缎般的光飞出，蝙蝠围了上去，像是作战布阵，彼此搏击了很长时间。乡民们也都敲锣打鼓、放爆竹助威。大约过了一个时辰，白光飘散如棉絮，有一道青气，向东北飞去。蝙蝠也散开飞走了。第二天早晨去看，林子里有棉絮千余斤，有的青有的自，腥臭难闻，不能去碰它。从此鲎害就断绝了。

海中毛人张口生风

雍正间，有海船飘至台湾之彰化界，船止二十余人，资货颇多，因家焉。逾年有同伙之子，广东人，投词于官，据云："某等泛海，开船后遇飓风，迷失海道，顺流而东。行数昼夜，舟得泊岸，回视水如山立，舟不可行，因遂登岸。地上破船、坏板、白骨，不可胜计，自分必死矣。不逾年，舟中人渐次病死，某等亦粮尽，余豆数斛，植之，竟得生豆，赖以充腹。一日者，有毛人长数丈，自东方徐步来，指海水而笑。某等向彼号呼叩首，长人以手指海，若挥之速去者。某等始不解，既而有悟，急驾帆试之，长人张口吹气，蓬蓬然东风大作，昼夜不息。因望见鹿仔港口，遂收泊焉。"彰化县官案验得实，移咨广省，以所有资物按二百余家均分之，遂定案焉。后有土人云："此名海闸，乃东海之极下处，船无回理，惟一百二十年，方有东风屈曲可上，此二十余人，恰好值之，亦奇矣；第不知毛而长者，又为何神也。"

【译文】

雍正年间，有只海船飘到台湾彰化县界，船上只有二十几个人，装了很多货，这些人就在彰化住了下来。过了一年，他们同伙的一个儿子，是广东人，向官府告他们。这些人交代说：我们出海航行后遇到了飓风，迷失了海道，顺海流向东，行了几昼夜，船靠上了岸，回观海水像山般直立，船不能走，因此登岸。见到地上破船坏板与死人骨头多得数不清，自以为是死路一条了。不到一年，同船的人逐渐病死，我们活着的也没有了粮食。剩下几斛豆，种在地下，居然发芽结豆，我们就靠此充饥。有一天，有个长数丈的毛人从东方慢慢走来，指着海水而笑。我们向他呼叫叩头，长人用手指海，像是叫我们赶快走的意思。我们起初不明白，后来明白了，急忙升起帆试航，长人张开口吹气，呼拉拉刮起了东风，日夜不停。于是望见了鹿仔港口，便收帆停泊下来。彰化县官调查下来确实如此，办公文发到广东，把船上所有财物，按原先出海时的二百多人平均分配到各家，于是结了案。后来，有土人说："那儿名海阑，是东海最边缘地方，船到那儿根本没法回来，只有每过一百二十年，才有东风刮起，屈曲可回，这二十几人正好碰上，真是奇事。只是不知道多毛的长人是什么神道。"

卞山地陷

乾隆乙巳，湖州大旱，西门外下塘地陷数丈，民居屋脊，与地相平，屋中人破瓦而出，什物一无损坏。河中忽亘起土埂，升出白光一道，望龙溪而去，怪风随之，溪中渔舟数十，俱为白光所迷。俄顷风定，舟俱聚一处，而白光亦不见矣。时有方老人者，年九十余，自云少年时见渔舟捕得白鳝一条，重五六斤，不敢匿，献之乌程令某。适令前一夕，梦见一白衣女子来告云："某苕上水神也，为陈皇后守宫门，明日有厄求救。"次日见鳝而悟，仍命放入河中。今土中白光，得毋即此物欤？考西门外与迎禧门相连，南朝陈武帝之后为其父母营葬于卞山，起民夫开地道而出，葬后仍行封闭。然则地之陷，亦有由矣。

【译文】

乾隆五十年，湖州大旱，西门外下塘地面下陷数丈，民房的屋脊与附近地面相平，屋里人掀开瓦片爬出来，家中的物品一点也没损坏。河中忽然隆起一道土埂，升起一道白光，向龙溪方向移动，紧随着一阵怪风，溪水中有几十只渔船，都被白光所遮蔽。一会儿风定了，船都聚集在一起，白光也就不见了。当时有个姓方的老人，九十多岁。他告诉人家说，少年时见有只渔船捉到了一条白鳝，重五六斤，不敢私藏，献给乌程知县。正巧知县在前一天梦见一个白衣女子对他说："我是苕溪水神，为陈皇后守宫门，明天有难，求你救我。"第二天见了白鳝，明白就是求救女子，命人仍然放入河中。现今见到的白光，莫非就是那白鳝？考西门外与迎禧门相连，南朝陈武帝的皇后为他父母在卞山营造坟墓，派民工开地道出殡，安葬后把地道封闭了。这样看来，土地下陷，也有缘由。

鬼逐鬼

桐城左秀才某，与其妻张氏伉俪甚笃，张病卒，左不忍相离，终日伴棺而寝。七月十五日，其家作盂兰之会，家人俱在外礼佛设醮，秀才独伴妻棺看书。忽阴风一阵，有缢死鬼披发流血拖绳而至，直犯秀才。秀才惶急，拍棺呼曰："妹妹救我！"其妻竟勃然掀棺而起，骂曰："恶鬼敢无礼犯我郎君耶！"挥臂打鬼，鬼踉跄逃出。妻谓秀才："汝痴矣，夫妇钟情，一至于是耶？缘汝福薄，故恶鬼敢于相犯，盍同我归去，投人身再作偕老计耶？"秀才唯唯，妻仍入棺卧矣。秀才呼家人视之，棺钉数重皆断，妻之裙犹夹半幅于棺缝中也。不逾年，秀才亦卒。

【译文】

桐城左秀才，与妻子张氏感情非常好。张氏得病死了，左秀才不忍心与她分离，天天陪伴着她的棺木睡。七月十五日，他家作盂兰会，家里人都在外拜佛设醮，只有左秀才独自一个伴着张氏的棺木读书。忽然刮起了一阵阴风，有个吊死鬼，披头散发，滴着血，拖着绳子，直向左秀才逼过来。左秀才心急慌忙，拍着棺材大叫："妹妹救我！"他妻子竟然一下子掀开棺盖起来，骂道："恶鬼胆敢无礼伤害我丈夫！"挥动手臂打鬼，鬼跌冲冲地逃出去了。妻子对他说："你太痴了，爱情专注，竟然到这个地步！因为你的福薄，所以恶鬼胆敢侵犯。还不如同我归去，再投胎做夫妇白头共老。"左秀才连声答应，张氏仍然进棺躺下。左秀才喊家人来看，棺盖上好几道钉子都断了，妻子的裙子有半幅还夹在棺缝中。不到一年，左秀才也死了。

柳 树 精

杭州周起昆，作龙泉县学教谕，每夜明伦堂上鼓无故自鸣，遣人伺之，见一人长丈余，以手击鼓。门斗俞龙，素有胆，暗张弓射之，长人狂奔而去，次夜寂然。后两月，学门外起大风，拔巨柳一株，周命锯之为薪，中有箭横贯树腹，方知击鼓者此怪也。龙泉素无科目，是年中一陈姓者。

【译文】

杭州人周起昆，任龙泉县县学教谕。学校明伦堂上的鼓，每天晚上无缘无故会响，他就派人去窥探，发现有个人长一丈开外，用手敲鼓。门斗俞龙，一向以胆大著称，偷偷拉弓射了他一箭，长人狂奔而去，第二天晚上就再也听不到鼓声了。过了两个月，学校门外刮了阵大风，拔起一株大柳树。周起昆命人把树锯开当柴烧，见中间有支箭横穿树干，方才知道敲鼓的就是柳树精。龙泉县从来没人中举人进士，这年有个姓陈的中了举人。

折 叠 仙

浒市关有陈一元者，弃家学道，购一精舍，独坐其间，内加锁钥，初辟粥饭，继辟果蔬，但饮石湖之水，命其子每一月饷水一壶。次月往视，则壶仍置门外，而水已干，乃再实其壶以进焉。孙敬斋秀才闻而慕之，书一纸条，贴壶盖上，问可见否，并请许见日期，心惴惴恐不许也。次月往探，壶上批纸尾云："二月初七日，可来相见。"孙大喜，临期与其子偕往，见一元年仅四十许，而其子则已老矣。孙问修道从何下手，曰："汝且静坐片时，自数其心所思想处。"孙坐良久，一元问："汝可起几许念头？"曰："起过七十二念。"一元笑曰："心无所寄，求静反动，理之常也。汝一个时辰起七十二念，不可谓多，根气可以学道。"遂教以饮水之法，曰："人生本自虚空而来，因食物过多，致身体坚重，腹中秽虫丛起，易生痰滞。学道者先清其口，再清其肠，饿死诸虫，以荡涤之。水为先天第一真气，天地开辟时，未有五行，先有水，故饮水为修仙要诀。但城市水浑，有累灵府，必取山中至清之水，徐徐而吞，使喉中喀喀有响；然后甘味才出。一勺水可度一昼夜。如是一百二十年，身渐轻清，并水可辟，便服气御风而行矣。"孙问一元何师，曰："余三十年前，往太山烧香，遇一少年，貌甚灵俊，能预知阴晴，因与一路偕行。少年背负一锦匣，每至下店，必向匣絮语片时，然后安寝。心大惊疑，凿壁窥之，见少年放匣几上，整冠再拜。一老人从匣中笑坐而起，双眸炯炯，白须飘然。两人相与密语，听不可解，但闻'有窃道者，有道窃者'八字而已。夜三更，少年请曰：'先生可安寝乎？'老人颔之。遂将老人折叠如纸绢人一般，装入匣中矣。次日，少年知余窥见，故告我来历，许我为弟子，而传以道也。"孙抱一元试之，连所坐椅，仅三十斤。孙以两女未嫁，故乞假而归，假满再往。余见之于震泽张明府署中，具道如此。时戊申二月初十日也。

【译文】

苏州浒市关有个陈一元，离家学道，造了一栋修炼用的房舍。他独自坐在房中，从里面加锁。起初不吃粥饭，接着不吃水果蔬菜，只饮石湖的水，命他的儿子每月送一壶水来。第二个月他儿子来探望，壶仍然放在门外，水已干了。他儿子就再把壶灌满给他。孙敬斋秀才听说后，很仰慕，就写了张纸条贴在壶盖上，问陈一元是否同意相见，并请他告诉相见的日期。贴好后心里很不安，怕陈一元拒绝。第二个月去看，见壶上的纸条仍在，下面批了一句说："二月初七日，可来相见。"孙敬斋大喜，到期与陈的儿子同去，见陈一元看上去只有四十来岁，而他儿子已是老人了。孙敬斋问他修行从什么地方入手，陈说："你且静坐一会儿，自己数一下心里所想的事。"孙敬斋坐了段时间，陈一元问："你起过多少个念头？"孙回答说："起过七十二个念头。"陈一元笑着说："心中没有寄托，求静反动，这是事物的规律。你一个时辰起七十二个念头，称不上多，根底与气质可以学道。"于是教他饮水的法门，说："人生本自虚空而来，因为吃东西太多，致使身体坚重，腹中秽虫越来越多，容易痰迷心窍。学道的人要先清他的口，再清肠子，让各种虫子都饿死，这样就荡涤了内腑。水为先天第一真气，天地开辟的时候，没有五行，先有水，所以饮水是修仙的要诀。但是城市里的水过于浑浊，使内脏受累，一定要取山中最清的水，慢慢吞下，使喉中发出喀喀的响声，然后甜味才辨别出来。一勺水可以度一昼夜。这样过一百二十年，身体渐渐轻清，就连饮水也不需要了，就可服气乘风而行了。"孙敬斋问陈一元是跟随谁学的。陈一元说："我在三十年前去泰山烧香，碰上个年轻人，相貌很灵俊，能预先知道天气阴晴，我与他一路同行。年轻人背着个锦盒子，每次住店，必定要对着盒子轻轻地说上一阵子话，然后睡觉。我心中非常惊疑，在壁上凿了个孔窥视，见年轻人把盒子放在小几上，整好衣冠，再次下拜。一个老人从盒子里笑着坐了起来，双目炯炯，白须飘然。两个人一起说着悄悄话，听不明白，只听见说'有窃道者，有道窃者'八个字而已。到半夜三更，年轻人请示说：'先生可要睡觉了？'老人点了点头，年轻人于是将老人折叠起来，像纸绢人一样，装入盒子里。第二天，年轻人知道我偷看了，因此告诉我他的来历，允许收我为弟子，传给我道术。"孙敬斋试着抱了一下陈一元，连他所坐的椅子，仅三十斤。孙敬斋因为两个女儿还没出嫁，就向陈一元请假回家，等假期满了再学道。我在震泽张知县公署中碰到孙敬斋，他对我说了以上一些事，当时是乾隆五十三年二月初十日。

仙人顶门无发

癸巳秋，张明府在毗陵遇杨道人者，童颜鹤发，惟顶门方寸，一毛不生。怪而问之，笑曰："汝不见街道上两边生草，而当中人所践踏之地不生草乎？"初不解所谓，既而思之，知脖门地方故是元神出入处，故不生发也。道人夜坐僧寺门外，僧招之内宿，决意不可。次早视之，见太阳东升，道人坐墙上吸日光。其顶门上有一小儿，圆满清秀，亦向日光舞蹈而吞吸之。

【译文】

乾隆三十八年秋天，张知县在常州遇见一位杨道人。道人童颜鹤发，只是顶门一寸见方的地方，一根头发也没有。张知县觉得很奇怪，问他什么原因。他笑着说："你没见到街道上两边长草，而中间行人践踏的地方寸草不长吗？"开始还不明白他说些什么，后来想了想，知道囟门是元神出入的地方，所以不长头发。杨道人每晚坐在庙门外过夜，和尚请他进庙睡，他执意不去。第二天清晨看他，只见太阳东升，他坐在墙上吸日光。他的顶门上有个小儿，圆满清秀，也对着日光手舞足蹈吞吸着。

香　虹

吴江姜某，一子一女。其子娶新妇刘氏，刘性柔婉，不能操作。有婢香虹者，素诡谲，因与其女日夜媒蘖其短。刘恨不能伸。来时嫁资颇丰，为其姑逼索且尽。未期年，染病床褥。姑谓其痨也，不许其子与见，刘抑郁死。忽一日，其女登床，自批其颊，历数其生平之恶，且云："姑使我不与郎见，亦是姻缘数尽，然尔辈用心何太酷耶！"如是数日，为设醮，亦不应。姜与其妻婉求之，乃曰："翁待吾厚，姑亦老悖，此皆香虹之过，我不饶他。"香虹在侧，忽瞪目大呼，两手架空而行，若有人提之者，坠下则已毙矣。其女依然无恙。此乾隆五十三年正月事。

【译文】

吴江县有个姓姜的，生了一子一女。他儿子新婚，媳妇刘氏，性格柔顺和婉，但不会干家务活。姜家丫鬟香虹，素来喜搬弄是非，因而与姜女常常指摘刘氏的短处。刘氏心中怀恨，却无法表白。刘氏嫁到姜家来时陪嫁很丰厚，都被婆婆勒索去了。不到一年，刘氏生病，在床上起不来。婆婆认为她得的是痨病，不许自己的儿子接近她，刘氏因而抑郁而死。忽然有一天，姜女上床，自己打自己耳光，数说生平所做的一件件坏事，并且说；“婆婆不让我与郎君相见，也是姻缘气数已尽。但是你们这些人用心干吗这么酷毒!”这样闹了好几天，为她设立醮坛超度，她也不答应。姜氏老夫妇用好话求她，她才说：“公公对我很好，婆婆只是老糊涂，这都是香虹的罪过，我不饶她!”香虹在旁边，忽然瞪着眼大叫，两手架空而走，像是有人提着她，摔在地上就已死了。姜女仍然恢复了常态。这是乾隆五十三年正月的事。

阎王升殿先吞铁丸

杭州闵玉苍先生，一生清正，任刑部郎中时，每夜署理阴间阎王之职。至二更时，有仪从轿马相迎，其殿有五，先生所莅第五殿也。每升殿，判官先进铁弹一丸，状如雀卵，重两许，教吞入腹中，然后理事，曰：“此上帝所铸，虑阎罗王阳官署事，有所瞻徇，故命吞铁丸以镇其心，此数千年老例也。”先生照例吞丸。审案毕，便吐出之，三涤三视，交与判官收管。所办事晨起辄忘，即记得者，亦不肯向人说，但劝人勿食牛肉，多诵《大悲咒》而已。到任三月，忽一日晨起，召诸亲友而告曰：“吾今而知小善之不足为也。昨晚吾表弟李某死，生魂解到，判官将其生平作官恶迹，请寄地狱审定拟罪，再详解东岳。余心恻然，将狱牌安放几上，再三目李，李自诉平生不食牛肉，作官时禁私宰尤严，似可以此功德抵销他罪。余未作声，判官驳云：‘此之谓“恩足以及禽兽，而功不至于百姓”也。子不食牛肉，何以独食人肉？’李云：‘某并未食人肉。’判官曰：‘民脂民膏，即人肉也。汝作贪官，食千万人之膏血，而不食一牛之肉，细想小善可抵得大罪否？’李不能答。余知李素诵《大悲咒》，为阴司所最重，因手书‘大悲咒’三字在掌上以示之，李竟茫然不能诵一字。余为代诵数句，满堂判官胥役，一齐跪听，西方赫然似有红云飞至者。然而铁丸已涌起于胸中，左冲右撞，肠痛欲裂矣。余不得已，急取狱牌加朱，放李狱中，肠内铁丸始定，方理别案而归。”诸亲友因问：“到底牛肉可食乎？”先生曰：“在可食不可食之间。”人问故，曰：“此事与敬惜字纸相同，圣所未戒，然不过推重农重文之心，充类至义之尽。故禁食之者，慈也。然‘天地不仁，以万物为刍狗。’此语久被老子说破。试想春蚕作丝，衣被天子以至于庶人，其功比牛更大，其性命比牛更多，而何以烹之煮之，抽其腹肠而炙食之，竟无一人为之鸣冤立禁者，何耶？盖天地之性，人为贵，贵人贱畜，理所当然，故食牛肉者，达也。”

【译文】

杭州闵玉苍先生，一生为官清正。他任刑部郎中时，每天晚上署理阴司阎王的职务。到了二更天时，就有仪从轿马来迎接他。阴司一共有五殿，闵玉苍所管的是第五殿。每次升殿前，判官总先送上一丸铁弹，形状像鸟蛋，重约一两，教他吞进腹中，然后审理事务。判官说："这是上帝所铸造，他怕阎罗王是阳间官管阴间事，有所瞻顾徇私，所以命吞铁丸来镇住他的心。这是沿用了几千年的惯例。"闵玉苍依例吞下了铁丸，等案子审完就吐出来，反复洗涤，交给判官收管。他所办的公事早晨起来就忘了，即使有记得的，他也从来不肯告诉别人，只是劝人们不要吃牛肉，多念诵《大悲咒》而已。到任三个月，忽然有一天清晨起床后，召集各位亲友，告诉他们说："我现在才知道做些小小的好事是没有用的。昨晚我的表弟李某死了，生魂解到阴司，判官把他生平做官的坏事上报，请示把他收进地狱，审讯定后拟出罪名，再发文给东岳大帝施行。我心里为他难过，把狱牌安放案几上，再三向李某使眼色。李某自诉生平不吃牛肉，做官时禁止私下宰牛尤其严格，似乎可以用这功德抵消自己的罪。我没有吭声，判官反驳他说：'这就是孟子所说的，恩泽被于禽兽而对老百姓毫无益处啊。你不吃牛肉，为什么却吃人肉？'李某说：'我并没有吃过人肉。'判官说：'民脂民膏就是人肉。你做贪官，吃千万人的膏血，而不吃区区牛的肉，你仔细想想，小小的好事可抵消大罪吗？'李某回答不上来。我知道李某素来念诵《大悲咒》，《大悲咒》是阴司最看重的，因此写了'大悲咒'三个字在手上让他看。李某竟然茫然念不出一个字。我为他代念几句，满堂判官役吏，一齐跪下听着，西方赫然似有红云飞来。然而铁丸已经在胸中涌起，左冲右撞，肠子痛得要裂开来一样。我没办法，急忙取狱牌用硃笔批点了，把李某收进地狱。这时候肠里的铁丸才安定下来，我又审理了别的案子才回来。"亲友们因此问道："到底牛肉可以吃吗？"闵玉苍说："在可吃与不可吃之间。"问他道理，他说："这件事和爱惜写过字的纸张相同，圣人并没把这款列入禁止范围，只不过是推广重农重文的心，把同类事物加以比较推论，揭示其共同的本质。所以禁吃牛肉是仁慈。然而'天地是无所谓仁慈的，对待万物如同对待祭祀时用草扎成的狗一样'，这句话早被老子讲破。试想一下，春蚕吐丝，让天子以至于百姓都有衣服穿，它的功劳比牛更大，性命比牛更重，为什么要烹它煮它，抽它的肚肠而炸它吃，居然没有一个人为它鸣冤、禁止杀它，这又是为什么呢？这是因为天地的原则是以人为贵，贵人贱畜，是情理上应该的事。因此吃牛肉的是达观。”

万佛崖

康熙五十年，肃州合黎山顶忽有人呼曰：“开不开，开不开。”如是数日，无人敢答。一日有牧童过，闻之，戏应声曰：“开！”顷刻砉然，风雷怒号，山石大开，中现一崖，有天生菩萨像数千，须眉宛然。至今人呼为万佛崖。章淮树观察过其地，亲见之。

【译文】

康熙五十年，肃州合黎山山顶上忽然有人呼叫说：“开不开？开不开？”这样叫了好几天，没有人敢答应。有一天，有个牧童经过，听见后，闹着玩答应了一声说：“开！”片刻间一声响亮，风雷怒号，山石裂开，中间现出一道悬崖，上面有几千尊天然生成的菩萨像，须眉毕现。这地方至今人们还称为万佛崖。章淮树道台经过那儿，亲眼见到菩萨群像。

大力河

孙某作打箭炉千总，其所辖地，阴雨两月，忽一日雨止，仰天见日光。孙喜，出舍视之。顷刻烟沙蔽天，风声怒号，孙立不牢，扑地乱滚，似有人提其辫发而颠掷之者，腿脸俱伤。孙心知是地动，忍而待之。食顷动止，起视人民与自家房屋，全已倾圮，有一弟逃出未死，彼此惶急。孙老于居边者，谓弟曰：“地动必有回潮，不止一次。我与汝须死在一处。”乃各以绳缚其身，两相拥抱。言未毕而怪风又起，两人卧地颠播如初，幸沙不眯眼，见地裂数丈，有冒出黑风者；有冒出火光如带紫绿二色者；有涌黑水臭而腥者；有现出人头大如车轮，目睒睒斜视四方者；有裂而仍合者；有永远成坑者。兄弟二人，竟得无恙。乃埋葬全家，掘出货物，各自谋生。先三月前，有疯僧持缘簿一册，上写募化人口一万。孙恶其妖言，将擒之送县，僧已立一杨柳小枝上，曰：“你勿送我到县，送我塞大力河水口可也。”言毕不见。是年地动日，四川大力河水冲决，溺死万余人。

【译文】

孙某担任打箭炉千总，他所管辖的地方，一连下了两个月的雨。忽然有一天雨停了，太阳出来了。孙某很高兴，出门看天。哪知顷刻间烟沙遮蔽了整个天空，风声怒号，孙某站立不住，倒地乱滚，仿佛有人提着他的辫子把他摔来摔去，腿和脸都受了伤。孙某心里明白，是发生了地震，忍着疼等着。约一顿饭时间，地震停止了，孙某爬起来一看，百姓与自己家的房屋全都倒塌了。有个弟弟逃出来免于一死，兄弟俩惶恐着急。孙某在边地生活了很久，熟悉情况，对弟弟说：“地震必定有回潮，不止一次，我和你要死就死在一块。”于是各自用绳子缠绑身子，互相抱在一起。话没说完，怪风又刮了起来。兄弟俩睡在地上，又像起初那样颠簸。幸亏沙子没有迷住眼睛，见到地裂开了几丈宽，有的地方冒出黑风；有的地方冒出带有紫绿二色的火光；有的地方涌出又臭又腥的黑水；有的地方出现了大如车轮的人头，目光闪闪斜视四方；有的地方裂开了又合上；有的地方成了坑不再变化。兄弟二人，最终安然无恙，于是埋葬了全家，把家里财物挖了出来，各自谋生。在地震前三个月，有个疯和尚拿着本化缘簿来，上写着“募化人口一万”，孙某讨厌他妖言惑众，要把他抓起来送到县里去。那和尚却站在一支杨柳的细枝上，说：“你不要把我送到县里去，可以送我去堵塞大力河的决口。”说完不见了。这年地震的当天，四川大力河决口，淹死一万多人。

（卷十六译者　李梦生）

子不语卷十七

白　骨　精

处州地多山，丽水县在仙都峰之南，土人耕种，多有开垦到半山者。山中多怪，人皆早作早休，不敢夜出。时值秋深，有田主李某到乡刈稻，独住庄房，土人恐其胆怯，不敢以实告，但戒昏夜勿出。一夕月色甚佳，主人闲步前山，忽见一白物，蹣踊而来，稜嶒有声，状甚怪。因急回寓，其物已追踪而至，幸庄房门有半截栅栏，可推而进，怪不能越。主人进栅，胆壮，月色甚明，从栅缝中细看，乃是一髑髅，咬撞栅门，腥臭不可当。少顷鸡鸣，见其物倒地，只白骨一堆，天明亦复不见。问之土人，曰："幸足下遇白骨精，故得无恙。若遇白发老妇，假开店面，必请足下吃烟，凡吃其烟者，从无生理。月白风清之夜，常出作祟，惟用苕帚可以击倒之。亦终不知何怪。"

【译文】

处州一带多山，丽水县处仙都峰之南。当地人耕种，多有开垦土地一直到半山腰的。山中多怪，人们都早出早归，晚上不敢出门。一年深秋，有个姓李的田主到乡下去割稻，独自一个住在农村的屋子里。当地人怕他胆小，不敢告诉他实话，只是叫他晚上不要出去。有天晚上月色很好，李某在前山散步，忽然见到一个白色的东西，跳动着过来，发出清脆的响声，形状很古怪。李某赶快往住处跑，那东西已经跟着追了过夹，幸亏李某的房门外有半截栅栏，可推而进，那怪物没法跳越。李某进了栅栏后，胆子大了。这时月光照得很明亮，他从栅栏缝中细看，原夹是一只髑髅，对着栅门又是咬又是撞，腥臭味让人受不住。过了会儿，鸡叫了，只见那怪物倒在地上，只是一堆白骨，到天明，那白骨也不见了。问当地人，说："幸亏你遇到的是白骨精，所以没受祸害。如遇上的是白发老妇，假开一店，一定会请你抽烟，凡是抽了她烟的，没有一个能活的。白发老妇每当月白风清之夜，往往出来作祟，只有用笤帚可以击倒她，也无法知道她是什么妖怪。"

鼋壳亭

乾隆二十年，川东道白公，以千金买一妾，挂帆回任，宠爱异常。舟过镇江，月夜泊舟，妾推窗取水，为巨鼋所吞。主人悲恨，誓必得鼋而后已。传谕各渔船，协力搜拿，有能得巨鼋者赏百金。船户争以猪肚、羊肝套五须钩为饵，上系空酒坛，浮于水面，昼夜不寐。两日后，果钓得大鼋，数十人拽之不能起；乃以船缆系巨石磨盘，用四水牛拖之，跃然上岸。头如车轮，群以利斧斫之，滚地成坑，喳碴有声，良久乃死。破其腹，妾腕间金镯尚在。于是碎其身，焚以火，臭闻数里。一壳大数丈，坚过于铁，苦无所用，乃构一亭以鼋壳作顶，亮如明瓦窗，至今在镇江朝阳门外大路旁。

【译文】

乾隆二十年，川东道道台白公，用一千两银子买了个小妾，乘船回任。他对这小妾非常宠爱。船航行经过镇江时，在月色中停泊下来，小妾推开窗门取水，被一只巨大的鼋吞了下去。白公又悲又恨，发誓一定要捉住那鼋才罢休。于是传令晓谕各船，齐心协力捕捉，谁捉住了鼋，赏银一百两。船民们争着用猪肚、羊肝套在五须钩上为诱饵，上面系空酒坛，浮在水面上，日夜不睡，钓那鼋。两天后，果然钓到一只大鼋，几十个人拉也拉不上来；最后用船缆绳系在巨大的磨盘上，用四头水牛绞动磨盘，才把大鼋拖到岸上。鼋头像车轮那么大，大伙儿用锋利的斧子砍它，它在地上打滚，滚出个大坑来，喳喳发声，过了很久才死去。把它肚子剖开，白公小妾手腕上戴的金镯子还在肚里。于是众人把鼋砍碎了，用火烧掉，臭气几里外还能闻到。鼋壳长宽好几丈，比铁还要坚硬，觉得很难派什么用处，于是就造了一座亭子，用这巨壳作顶，透光如同明瓦窗，到现在还在镇江朝阳门外的大路边。

怪怕讲理

苏州富翁黄老人者，年过八十，独处一楼。忽见女子倚门而望。老人壮年曾有爱女卒于此楼，疑是女魂，置之不问。次晚又见，则多一男子矣。至第三日，一男一女，跨身梁间，两目下注。老人故作不见，俯首看书。其男子乃下，直立老人旁。老人笑问曰："足下是鬼耶？此来甚差。我年已八十余，死乃旦夕事，不久与君为同类，何必先蒙过访。若是仙耶？何不请坐一谈？"怪不答，但长啸，四面楼窗齐开，阴风袭人。老人唤家人上楼，怪亦不见。后数月，二媳一孙皆死，仅存一小婢。老人恐此女身后无依，乃赠与西席华君为妾，生三子，现在浙江临海县华公署中。此事华秋槎明府为余言。

【译文】

苏州富翁黄老人，已经八十多岁了，独自住在一座楼房里。有一天，他忽然看到有个女子靠着门眺望。老人壮年时，他女儿就死在这楼里。他猜想是女儿的鬼魂，就让她在那儿，没有理会。第二天晚上，那女子又出现了，旁边还多了个男子。到第三天，一男一女，跨在梁上，两眼朝下看。老人装着没看见，低头看书。那男子从梁上下来，站在老人旁边。老人笑着问："你是鬼吗？你到这里来却打错了算盘。我已经八十多岁了，死是早晚的事，不多久就和你为同类，何必先来拜访我？你如果是神仙，为什么不请坐下来谈谈？"怪不回答，只是长啸一声，四面楼窗一齐打开，阴风袭人。老人叫家人上楼，怪也就不见了。过了几个月，老人的两个媳妇、一个孙子都死了，家里只剩个小丫鬟。老人恐怕自己死后这丫鬟没有依靠，就把她送给家里的教书先生华君做妾。她后来生了三个儿子，如今在浙江临海县知县的华君公署中，这件事就是华君告诉我的。

娄真人错捉妖

松江御史张忠震，甲辰进士。书房卧炕中每夜鼠斗，作闹不止，主人厌其烦，烧爆竹逐之不去，打以火枪亦若不知。张疑炕中有物，毁之，毫无所见。书室后为使女卧房，夜见方巾黑袍者来与求欢，女不允，旋即昏迷，不省人事。主人知之，以张真人玉印符放入被套，覆其胸。是夕鬼不至；次日又来作闹，剥女下衣，污秽其符。张公怒，延娄真人设坛作法。三日后，擒一物如狸，封入瓮中，合家皆以为可安。是夜，其怪大笑而来曰："我兄弟们不知进退，竟被道士哄去，可恨！谅不敢来拿我。”淫纵愈甚。主人再谋之娄，娄曰：“我法只可行一次，第二次便不灵。”张无奈何，每晚将此女送入城隍庙中，怪乃去；一回家，则又至矣。越半年，主人深夜与客弈棋，天大雪，偶推窗漱口，见窗外一物，大如驴，脸黑眼黄，蹲伏阶下。张吐水正浇其背，急跳出窗外逐之，怪忽不见。次早女告主人曰：“昨夜怪来，自言被主人看见，天机已露，请从今日去矣。”自此怪果绝。

【译文】

松江张忠震御史，是乾隆四十九年进士。忽然，在他书房的卧炕中，每夜都有老鼠在打架，吵闹不停。张忠震讨厌鼠斗烦人，就燃放爆竹驱赶，可是赶不了；用火枪打，鼠也无所谓。张忠震怀疑炕中有什么怪东西，把炕拆了，却什么也没有。书房后面是使女的卧房。一天晚上，有个戴方巾穿黑袍的人来向使女求欢，使女不同意，一会儿便昏迷过去，什么事也不知道了。张忠震得知此事后，就把张真人盖过玉印的符放在使女的被套里，盖在使女胸前。当天晚上，怪物没来。但第二天又来闹，脱了使女的下衣，用脏东西涂在符上。张忠震发怒了，请来娄真入设法坛作法。三天后，捉到了一只像狸猫一样的东西，装进瓮里，加了封条，全家都以为这下可以安宁了。当晚，那怪大笑着来到，说：“我兄弟不识进退，竟然被道士哄去，真正可恨！谅他不敢来捉拿我。”比以前闹得更厉害。张忠震再次请娄真人降妖，真人说：“我的法术只能施行一次，第二次就不灵了。”张忠震没办法，每到晚上就把使女送到城隍庙里，怪才离去；一回到家，怪就来了。这样过了半年。有一天，张忠震深夜与客人下棋。这时正下着大雪，他偶然推开窗户漱口，见窗外有个东西，像驴子那么大，黑脸膛，黄眼睛，蹲伏在阶下。张忠震吐出的水正浇在怪物背上，并迅速跳出窗口去赶那怪物，怪物忽然不见了。第二天早晨，使女告诉张忠震说："昨天夜里妖怪来，自己说被主人看见，天机已露，就从今天起告别了。"从此那妖怪果然再也没出现过。

陈姓妇啖石子

天台县西乡赛会迎神，神袍微皱，有妇人陈姓者，为扶熨之。晚归，见金甲神自称将军，拥众至，仪卫甚盛，云："汝替我整衣，有情于我，今娶汝为妻。"带点心与啖，皆河子石也。妇人啖时，甚觉软美。小者从大便出，大者仍从口内吐出，吐出则坚硬如常石子矣。父兄俟其来时，使有勇者与格斗。良久，妇人曰："伤其锤柄矣。"次日至野庙中，有五通神所执金锤有伤，乃毁其庙，神亦寂然。

【译文】

浙江天台县西乡赛会迎神，神像穿的袍子微有折皱，有个姓陈的妇人把它拉直熨平。陈氏晚上回到家里，见有个金甲神自称将军，带着很多人来，仪卫很有气派，说："你替我整理衣服，对我有情，我如今娶你为妻子。"他还带点心来给她吃，这点心其实都是河中的石子。陈吃时，觉得很柔软，味道很好。吃了石子，小的从大便里拉出来，大的仍然从口里吐出来，吐出后，石子又和普通的石子一样坚硬。陈氏的父亲、兄弟待那神来时，派有力量精于拳脚的人与神格斗。打了好些时间，陈氏说："把神的锤柄打坏了。"第二天大家到野庙里去看，发现五通神所拿的金锤坏了，于是毁了那庙，从此神就再没来过。

天台县缸

天台县署中，到任官空三堂而不居，让与一缸居之，相传为前朝故物。缸有神灵，能知人祸福，凡县尹到任，必行三跪九叩礼祭之，否则作祟。官当升迁，则缸先凭空而起，若有系之者；当降革，则缸先下陷，渐入土中。平时缸离地寸许，从不着土，余心疑焉。壬寅春，游天台山，地主钟公醴泉，邀饮署内，酒后言曰："署中二古物，盍往一观？"书室西有老桂参天，旁悬一扁，乃明天启四年邑宰陈命众题额，转过三堂，则缸神所居。其大如鼓，一黄沙粗缸耳。中有小穴，吏云："此神口也，牲血涔涔，皆历年来所享鸡豕。"余以扇击之，声铿然，以竹片试其底，毫不能入，并非离地者。钟公骇然，余笑曰："我击之，我试之，缸当祸我，不祸君也。"已而寂然。此缸载《天台县志》中。

【译文】

浙江天台县公署里，凡是到任的官员，总是空着三堂不住，而放置一只缸。这缸相传是明朝留下来的，有神灵，能够预知人的祸福，凡是知县到任，一定要行三跪九拜的大礼祭祀它，否则就要作祟。知县要升官了，缸就会事先凭空而起，仿佛有东西吊起它；知县要降职或革职了，缸就会下陷，渐渐沉入土中。平时缸总是离地一寸左右，从不着土。我听说这事，心中有些不信。乾隆四十七年，我游览天台山，知县钟醴泉邀请我到署内饮酒。酒后，我对知县说："公署中有两件古物，何不带我去看一看？"一是书房西面的老桂树，高耸入云，房边悬挂着一匾，是明天启四年知县陈命众所题。转过三堂，就是缸神住的地方。缸大如鼓，不过是一只黄沙粗缸。中间有个小孔，县吏说："这是神口。"上面牲畜的鲜血淌满了，都是历年来祭享鸡、猪留下的。我用扇子敲了敲，声音很清脆，用竹片试了试底部，一点也插不进去，并没有离开地面。钟公很害怕，我笑着说："我敲它，我试它，缸神应当降祸于我，不会降祸于你。"但事后什么事也没有。关于此缸的事载在《天台县志》中。

木姑娘坟

京师宝和班，演剧甚有名。一日者，有人骑马来相订云："海岱门外木府要唱戏，登时须去。"是日班中无事，遂随行至城外，天色已晚。过数里，荒野之处，果见前面大房屋，宾客甚多，灯火荧荧然，微带绿色。内有婢传呼云："姑娘吩咐：只要唱生旦戏；不许大花面上堂用大锣大鼓，扰乱取厌。"管班者如其言。自二更唱起，至漏尽不许休息，又无酒饭犒劳。帘内妇女，堂上宾客，语嘶嘶不可辨。于是班中人人惊疑。大花面顾姓者不耐烦，竟自涂脸，扮关公《借荆州》一出，单刀直上，锣鼓大作；顷刻堂上灯烛灭尽，宾客全无。取火照之，是一荒冢，乃急卷箱而归。明早询土人，曰："某府木姑娘坟也。"

【译文】

京城宝和班，是个有名的戏班子。有一天，有人骑着马来定戏，说："海岱门外木府要唱戏，请你们马上去。"这天班子正好没有演出任务，就跟着他走到城外，这时天已晚了。走了几里地，在荒野之中果然见到前面有所大房子，宾客很多，灯光闪烁，略微带点绿色。内房有婢女传言说："姑娘吩咐：只要唱生旦戏，不许大花脸上场用大锣大鼓，闹轰轰的惹人厌烦。"管班的照她话做了。众人唱戏，从二更唱起，到快天亮还不许停下休息，也没有酒饭犒劳。帘里的女眷与堂上的宾客说话声音嘶嘶的听不清楚。于是班子里的人个个又惊又疑。唱大花脸的顾某忍耐不住，自己涂了脸，扮关公《借荆州》一出戏，拿着单刀，一直登场，一时锣鼓喧天。片刻间堂上的灯烛都灭了，宾客一个也不见了。众人取火来照，只见处在一荒凉的坟前，急忙卷起戏箱回去。明天问当地人，说："那里是某府木姑娘的坟墓。"

雷诛王三

常州王三，积恶讼棍也。太守董怡曾到任，首名访拿，王三躲避。其弟名仔者，武进生员，正在娶亲。新人入门，而差役拘王三不得，遂拘其弟往，管押班房。王三知家属已去，则官事稍松，乃夜入弟室，冒充新郎，与弟妇成亲。次日差役带其弟上堂，太守见是柔弱书生，愍其无辜，且知其正值新婚，作速遣还，宽限一月，访拿王三。其弟入室，慰劳其妻，妻方知此是新郎，昨所共寝者，非也，羞忿缢死。其岳家要来吵闹，而赧于发扬，且明知非新郎之罪，乃曰："我家所赔赠衣饰，须尽入棺中，我才罢休。"新郎舅姑哀痛不已，一一从命。王三闻之，又动欲念，伺其攒殡之所，往发掘之。开棺，妇色如生，乃剥其下衣，又与淫污。污毕，取其珠翠首饰，藏裹满怀，将奔上路。忽空中霹雳一声，王三震死，其妇活矣。次早管坟人送信于其弟家，迎归完娶。太守闻之，命斫王三骨而扬其灰。

【译文】

常州王三，是个作恶多端，专门挑唆人打官司而从中谋利的棍徒。知府董怡曾到任，首先把他列入捉拿的名单，王三躲开了。王三的弟弟王仔，是武进县的秀才，正在成亲，新娘子刚进门。差役捉不到王三，就把王仔带到府里，关押在班房中。王三知道捉走了家属，就不会再像先前那样急着要抓他，便晚上进入弟弟家里，冒充弟弟，与新娘子成了亲。第二天，差役把王仔带上堂，知府见他是个柔弱书生，可怜他无辜，又知道他正新结婚，马上把他放了。放宽一个月限期，命他寻访捉拿王三。王仔回家，进入内屋，安慰妻子。妻子这才知道这是新郎，昨晚上一起睡的人是冒充的，又羞又气，上吊而死。王仔的岳父家想要来吵闹，又羞于丑事传播出去，并且知道不是新郎的过错，就说："我们家的陪嫁衣物首饰，必须都放入棺中，我才罢休。"王仔与父母都很悲伤，一一照办了。王三听说了，又动了贪心。他偷偷看好了他们埋棺材的地方，趁夜前往挖掘。打开棺材，见新娘子颜色如活着一样，就剥了她下衣，奸污尸体。干完了，把她的珠翠首饰藏在怀里，正要上路，忽然空中一声雷响，王三被打死，新娘子却活了过来。第二天清晨，管坟人送信给王仔，王仔把新娘子接回家，重新成亲。知府听说了，下令将王三锉骨扬灰。

铁匣壁虎

云南昆明池旁，农民掘地得铁匣，匣上符箓不可识，旁有楷书云"至正元年杨真人封"。农民不知何物，椎碎其匣，中有壁虎寸许，蠕蠕然，似死非死。童子以水沃之，顷刻寸许者渐伸渐长，鳞甲怒生，腾空而去，暴风烈雨，天地昏黑。见一角黑蛟与两黄龙空中攫斗，冰雹齐下，所损田禾民屋无算。

【译文】

云南昆明池旁，有个农民从地下挖到一只铁盒子，盒上书写有符箓，无法辨认，旁边有一行楷书，写着“至正元年杨真人封”（至正是元顺帝年号）。农民不知道是什么，就砸碎了盒子。只见盒中有只长一寸左右的壁虎，还在蠕动，似死非死的样子。有个小孩子用水浇，壁虎立刻从寸把长渐伸渐长，生出了鳞甲，腾空而去，刮起了暴风，下了大雨，天昏地暗。这时，空中一只有角的黑蛟与两条黄龙在争斗，降下冰雹来，砸坏的庄稼及民房多得数也数不清。

图公为神

乾隆己丑，两淮盐院图公思阿到任，清操卓然，每日用三百文，遇商人和平坦易，慈爱谆谆，人以为百余年来无此好盐政也。年七十三，殁前三日，遍召幕客戚友曰：“吾将归去，君等助我摒挡鹾务，以便交代后人。”众咸疑之，以为谰语。公笑曰：“吾岂欺人者哉！”临期自草遗本毕，沐浴冠带，趺坐而逝。三七之期，群商往哭。其妾某夫人遣人问曰：“诸位老爷可知道天下有思州府否？”曰：“有。此州在广西省，未知夫人何故问之？”曰：“妾昨夜梦老爷托梦云：‘我将往思州府作城隍，上帝所命。’”于是众商哗然，知图公果为神，又不知何缘宦此远方也。

【译文】

乾隆三十四年，两淮盐运使图思阿到任。他为官清廉，品德高尚，每天只花费三百文钱。他对商人和气坦率，慈爱可亲，诲人不倦，人们都认为开国一百多年来，没有一个盐运使比得上他。他活到七十三岁去世。死前三日，他把所有的幕客及亲戚朋友都找来，说：“我将要死了，你们帮助我清理盐务，以便交代后任的人。”众人都很疑惑，以为他说胡话。图公笑着说：“我难道是个会骗人的人吗！”到了临死那天，他自己起草了遗嘱奏章，洗澡后穿戴好，盘着腿死了。做三七的那天，商人们前去哭吊。图公的一位夫人派人问他们：“各位老爷可知道天下有个思州府吗？”商人回答说：“有。这地方在广西省。不知道夫人为什么问这个？”回答说：“我昨夜梦见老爷来说：‘我将往思州府做城隍，是上帝任命的。’”于是众商哗然，知道图公果然成了神，但又不明白为什么到边远地方去做城隍。

随园琐记

余姨母王氏，得疾将死，忽转身向里卧，笑吃吃不止。其女问之，曰：“我闻袁家甥将补廪，故喜。”时余犹附生也。姨卒之次年，竟以岁试第三补廪。先君子亡时，侍者朱氏亦病，呼曰：“我去，我去，太爷在屋瓦上唤我。”时先君虽卒，而朱氏病危，家人虑其哀伤，并未告知，俄而亦死。方信古人升屋复魂之说，非无因也。阍人朱明死矣。复苏，张目伸手，索纸钱曰：“我有应酬之用。”为烧之，日始瞑。甲戌秋，余病危，见白面小僮，戴缨帽，跪床下，持一单幅，上书“家政条条，人口寥寥”八字。余念此鬼戏我也，我亦戏之，是午饮胡椒汤，胸次稍宽，乃口号续云：“可怜小鬼，只怕胡椒。”僮一笑去矣。当热重时，觉床中有六七人，纵横杂卧。或我不欲呻吟，而彼教之；或我欲静卧，而彼摇之。热减则人渐少，热减尽仍然一我而已。方信三魂六魄之说，亦属有之。至于梦兆有不可解者。余祖旦釜公，好道术，梦至一山顶，有八人饮酒，如俗所画八仙状貌。余祖至，群仙不起，余祖戏曰："八个仙人十五只脚。"李跛大怒，持杖将击，群仙呼曰："速谢罪！"拉余祖跪谢，而杖已至腰，曰："与汝三年。"惊醒后，腰上凸起如鸡卵，群医罔效，溃裂三年，竟卒。余戏谓跛奴与我家不共戴天，每见跛像，必痛詈之，亦复不能作祟。姊夫王贡南，祈梦于少保坟，梦一僧，状狞恶，持棍追击。贡南狂奔，见前面群僧数十，团坐草上。贡南求救，众僧拉贡南入草中，而四围膜手向外。追僧至，索贡南不得，喝曰："无情种子，留他作甚！大众闪开，领吾一棍！"贡南惊醒，至今无验。余幼时，梦束数百万笔为大桴，身坐其上，浮于江，亦至今无验。又立春日，梦关帝绿袍长须立空中，以左手擒我，右手持雷从脐击入，如烈火钻灼，痛醒腹犹热也。或以为关帝戊午生，余亦戊午得科之故，终属强解。壬子乡试，将赴科考，是日五更，梦遇门斗李念先于路，摇手曰："勿去，勿去，相公科考不取，遗才不取，须大收方取耳。"是时科考遗才最宽，余自问必不至此，后一如其言。因念补廪录科事甚小，而机先动；及后登进士、入词林、改县令，杳无预兆，何也？

【译文】

我的姨妈王氏，染病将要去世时，忽然转过身子朝里睡，吃吃地笑个不停。她女儿问她笑什么，她说："我听说袁家外甥将要补为廪生，所以高兴。"那时我还是个附学生员。姨妈死的第二年，我居然真的因岁考第三名补为廪生。我的父亲去世时，侍候他的朱氏也得了病，叫道："我去了，我去了，太爷在屋瓦上叫我。"当时我父亲虽已去世，因朱氏病危，家人怕她哀伤，并没有告诉她。过了会儿，朱氏也死了。我这才相信古人爬上屋顶招魂的说法，并不是没有根据的。看门的朱明死后又苏醒过来，张开眼睛，伸手讨纸钱，说："我需用来应酬。"给他烧了，他才闭目死去。乾隆十九年，我得病生命垂危，见到一个白脸小僮，戴着一顶有缨的帽子，跪在床下，手中拿张纸，上面写着"家政条条，人口寥寥"八个字。我想这鬼是在戏弄我，我也要戏弄它一下。这天中午喝胡椒汤，喝完觉得胸口比往常舒畅，于是就随口说："可怜小鬼，只怕胡椒。"小僮一笑而去。当我发烧发得厉害时，觉得床上有六七个人，横七竖八地躺着。有时我不想呻吟，那些人教我呻吟；我想静静躺一会，那些人就摇动我。热度减低时，人就少了；热退尽时，就仍然只有我一个了。我这才相信，人有三魂六魄的说法，也是对的。至于一个人的梦兆，就有不可理解的。我的祖父旦釜公爱好道术，他梦见自己跑到一座山顶上，那儿有八个人在饮酒，外貌就像世间传说的八仙一样。我祖父走到他们面前，他们并不起身。我祖父开玩笑说："八个仙人十五只脚。"铁拐李听了大怒，要用拐杖打我祖父。群仙大叫："赶快认罪赔不是！"拉我祖父跪下认罪，然而拐杖已落在腰上，说："让你再活三年。"祖父惊醒后，见腰上凸起有鸡蛋大的块，医生们医治都没效，那东西溃烂裂开。三年后，祖父果然死了。我开玩笑说跛脚奴才与我们家不共戴天，每次见到铁拐李的像，必然要痛骂一顿，也从来没有遭到什么异常的事。姐夫王贡南，到于谦坟去祈梦。梦见一个和尚，相貌狰狞丑恶，拿着棍子追打他。贡南狂奔，见前面有几十个和尚，团团坐在草上。王贡南向他们求救，和尚们把他拉进草中，而四面围绕，合掌向外。追赶他的和尚到了那儿，抓不到王贡南，大声吆喝说："无情种子，留着他干什么！大众们闪开，让他受我一棍！"王贡南惊醒过来，到现在也没有应验。我小时候，梦中把数百万支笔捆起来做成一个筏子，自己坐在上面，漂浮江上。到现在也没有应验。又，有个立春日，我梦见关帝穿着绿袍，长须飘飘立空中，用左手抓我，右手持雷从我肚脐中打入，肚中仿佛被烈火钻烧，痛醒后肚子里还是热的。有人认为关帝是戊午年生，我也是戊午年中的举人，算应验了。不过这到底是牵强的。雍正十年乡试，我将赴科试。这天五更，梦见路上遇到县学的门斗，摇着手说："别去，别去，相公科考不会被取中，也不会录中遗才，一定要正规考试才能取中。"当时科考、遗才取中的人很多，我自己揣摸不会考不中，结果都像梦中门斗所说一样。我因此想到，补廪、科试取中都是小事，却先有梦兆。到后来登进士，入翰林、改任县令，竟一点预兆也没有，这又是什么缘故？

广西鬼师

广西信奉鬼师，有陈、赖二姓，能捉生替死，病家多延之。至则先取杯水，覆以纸，倒悬病者床上。翌日来视，其水周时不滴者云可救。或取雄鸡一只，贯白刃七八寸入鸡喉，提向病人身，运气诵咒，咒毕，鸡口不滴血者亦云可救。拔刃掷地，鸡飞如故。若滴下点水及鸡血者，辞去勿救。其可救者，设一坛，挂神鬼像数十幅，鬼师作妇人妆，步罡持咒，锣鼓齐作。至夜染油纸作灯，至野外呼魂，其声幽渺。邻人有熟睡者，魂即应声来，鬼师递火与之，接去后，鬼师向病家称贺，则病者愈而来接火之人死矣。解之之术，但夜闻锣鼓声，以两脚踏土上，便无所妨。陈、赖二家，以此致富，其堂宇层层阴黑，供鬼神像甚多。余婶母患病，呼赖鬼师视之。赖持剑捕鬼房中，有物如大蝙蝠，投入床下。赖用掌心雷击之，火倒出烧赖须。赖大怒，令煎一锅桐油，书符烧之，以手搅锅中油，闻床下鬼啾啾求饶，久之而绝，婶病果愈。一日者，陈鬼师为某家呼魂，见蓝衣女冉冉来，逼视之，即其所生女来接火。陈大惊，掷火于地，以掌击其背，急归视女，女方睡惊觉，云梦中闻爷呼，故来，所衣蓝布衫上，手掌油迹宛然。桂林魏太守女病危，夫人延陈鬼师视之，陈索百金为谢。太守素方严，拘而杖之，将置之狱，鬼师笑曰："杖我毋后悔。"方杖鬼师，女忽于床上呼曰："陈鬼师命二鬼杖我臀，拉我入狱。"夫人大恐，力劝放之，许以重谢。陈曰："业为祟鬼所惊，吾力不能。"女竟死。

【译文】

广西人信奉鬼师。有姓陈的与姓赖的，能够捉取生人代替该死的人，所以病人家都延请他们作法。他们到病人家，先取来一杯水，上面用张纸覆盖，倒挂在病人床上。第二天来看，水经过一天还不滴出来的，便说可以救。或者捉来一只雄鸡，用刀子刺进鸡喉大约七八寸，提着对着病人，运气诵咒，咒念完，鸡口不滴血的，也说可以救。刀子拔出来掷在地上，鸡仍然活蹦鲜跳，像原先一样。如果滴下一滴水或鸡血的，就拒绝施救，离开病人家。对那些可以救的人，鬼师就设立一坛，坛上挂几十幅神鬼像。鬼师装扮成女人，踩着七星步，念着咒语，敲锣打鼓。到晚上，把油纸点燃了作灯，到野外去呼魂，声音听上去传得很远。邻居中有人熟睡的话，魂一听到喊声就会来到，鬼师把灯火交给魂，魂便会接过去，然后鬼师就向病人家属贺喜，于是生病的人痊愈，而魂来接火的人就死去了。禳解祛除的方法是，凡夜间听见锣鼓声，把双脚踩在土上，也就没有关系了。陈、赖二家因此而致富，他们家堂宇深沉阴黑，供着许多鬼神像。我的婶母患病，请赖鬼师来看。赖鬼师拿着剑在房中捕鬼，有个东西像大蝙蝠那么大，钻进床下。赖鬼师用掌心雷打它，火倒卷回来烧焦了赖鬼师的胡子。赖鬼师大怒，令人烧了一锅桐油，画了道符烧了，用手搅锅中的油，听见床下的鬼啾啾求饶，很久声音才没有了，婢母的病果然痊愈了。有一天，陈鬼师为某家招魂，见到有个穿蓝衣服的女子慢慢走来。到面前一看，原来是自己的女儿来接火。陈鬼师大惊，把火丢在地上，用掌击她的背，急忙回家去看女儿，见女儿刚受惊醒来，说梦中听父亲叫她，所以到来，她所穿的蓝布衫上，清楚地留着个带油的手印。桂林魏知府的女儿病危，魏夫人请了陈鬼师来。陈开价要一百两银子作酬谢。魏知府素来方正严厉，把他抓起来，打了一顿，并要将他关进牢里。陈鬼师笑着说："你打我板子不要后悔。"这里在打鬼师，女儿在床上叫道："陈鬼师命两个鬼打我屁股，拉我到牢里去。"魏夫人十分恐慌，竭力劝丈夫放了陈鬼师，答应重重酬谢他。陈鬼师说："她已被作祟的鬼惊吓，我已无能为力了。"魏女最终还是死了。

马 家 坟

伊都拉年二十一入直羽林，假日猎芦沟桥之西，见群雀飞入林际，因驰马纵鹰攫之。雀惊散，少年将往收鹰，见深林内有人臂鹰而立，以右手刷其羽毛；谛视之，自手至足，皆枯骨也。骇而奔告诸仆从，弹以鸟枪，枯骨人不见。伊收鹰行里许，望见高楼大厦，以为贵人庄院，各下马。见老妇人冉冉来，戴大髻，衣杏黄袍，锦靴素袜，婢数人，向伊呼曰："汝非某家郎乎？余为汝中表姑，既至此，何不过我？"伊趋前问起居，曰："某以当差内府，不识大人居址，请往候安。"老妇先行，招诸仆从曰："汝辈俱来少息。"入第，堂宇深邃，老妇趺坐榻上，与语近事甚悉，呼其女出见，曰："汝妹也，年十八矣。"伊见其貌美，心为之动。老妇曰："郎君远猎，得毋渴乎？”食以瓜，大倍于常，并赐诸从者，皆叩头谢出。侍者引至左房，与女子坐语良久。俄而一靴服丈夫，冠珊瑚顶孔雀翎，昂然自外入。少年起，执手问讯，坐定，丈夫曰：“顷于树林内得鹰绝佳，甚爱之，忽有何人放火枪，几为所中，鹰逸去，可惜！”伊闻之，始悟为鬼，默不敢语，因诡请如厕，出门上马而驰，仆从六七人，各色若死灰。行数十步，回望之，松楸宿草而已。询之土人，曰：“此马家坟也。昔有马将军者，以阵亡，暨其夫人并一女，同葬于此。”

【译文】

伊都拉二十一岁那年，被选为羽林军。有一回放假，他在芦沟桥西面打猎，看见一群鸟飞进了树林。因此，他纵马放了猎鹰去捕鸟，鸟群惊散了。伊都拉进了树林，要去收回猎鹰。只见深林里站着个人，让鹰站在他臂上，他用右手梳理着鹰毛。伊都拉仔细一看，那人从手到脚，都是枯骨。他十分害怕，赶忙跑去告诉仆人随从们。大伙儿用鸟枪打过去，那个枯骨人不见了。伊都拉收了鹰，向前走了里把路，看见有幢高楼大厦，以为是某大官贵族的庄院，就与仆人们下了马，看见有个老妇人慢慢走过来。她梳拢着大发髻，穿着杏黄袍，脚上是素色袜子、锦靴，带着几个丫鬟。她对伊都拉叫道：“你不是某家的孩子吗？我是你中表姑妈，你既然到了这里，怎么不来看我？”伊都拉赶忙上前问安，说：“我因为在内府当差，不认识大人的家，请允许我前往府上问安。”老妇人在前领路，招呼各仆人随从说：“你们都来休息一会儿。”进入府第，房屋一层层的很幽深。老妇盘腿坐在榻上，与伊都拉说些最近的事，她知道得很详细。又把女儿叫出来相见，说：“这是你妹妹，十八岁了。”伊都拉见她长得很美，心中有爱慕之意。老妇说：“你到这么远的地方来打猎，该口渴了吧？”拿出瓜来给他吃，这瓜比通常的瓜要大一倍。老妇同时把瓜赏给伊都拉的仆人随从，他们领了瓜叩头道谢后出了屋子。服侍的人把伊都拉领到左边厢房，让他同那女子一起坐，二人说了许多话。过了会儿，有个穿着靴子官服的男子，头上戴的帽子上缀珊瑚顶孔雀翎，雄赳赳地从外面走进来。伊都拉站起身来，执手问讯，那人坐定后，说："刚才在树林子里得到一只鹰，很出色，我很喜欢，忽然不知谁放火枪，我差点被击中，鹰逃走了，真可惜！"伊都拉听了，这才醒悟过来，知道对方是鬼，默默然不敢再说什么，假装要上厕所，出了门上马飞奔，跟随的六七个仆人随从，个个面色如死灰。跑了几十步，回头望去，只见一片松树楸树和隔年的杂草。问当地人，说："这是马家坟。往年有个马将军，因为阵亡，与夫人和一个女儿一起葬在这里。"

天厨星

曹能始先生，饮馔极精，厨人董桃媚，尤善烹调。曹宴客，非董侍，则满坐为之不欢。曹同年某，督学蜀中，乏作馔者，乞董偕行。曹许之，遣董，董不往，曹怒逐之。董跪而言曰："桃媚天厨星也，因公本仙官，故来奉侍。督学凡人，岂能享天厨之福乎？尔来公禄将尽，某亦行矣。"言毕，升空向西去，良久影逝。不逾年，曹竟不禄。

【译文】

曹能始先生对饮食很讲究。他的厨子董桃媚，特别善于烹调。曹能始宴请宾客，如果不是董桃媚烧菜，满桌子的人就会因此而不高兴。曹能始的一位同榜进士，出任四川学政，缺少厨子，请求把董桃媚带去。曹能始同意了，派董桃媚去，董桃媚不肯去。曹能始发怒，赶他走，他跪下说："桃媚是天厨星，因为您本来是天官，所以我来侍候你。学政只是个普通人，怎么能享受天厨的口福？近来您的禄命将尽，我也告辞了。"说完，升上天空，向西而去，很久才望不到他身影。不到一年，曹能始就死了。

梦中联句

曹少时过太平书坊，得《椒山集》，归，夜阅之，倦，掩卷卧。闻叩门声，启视，则同学迟友山也。携手登台，仰见明月，友山赋诗云“冉冉乘风一望迷”，曹云“中天烟雨夕阳低。来时衣服多成雪”，迟云“去后皮毛尽属泥。但见白云侵月冷”，曹云“何曾黄鸟隔花啼。”迟云“行行不是人间象”，曹云“手挽蛟龙作杖藜”。吟罢，友山别去。学士归语其妻，妻不答，转呼仆，仆亦不应。复坐北窗，取《椒山集》，掀数页，回顾已身，卧竹床上，大惊，始知梦也。惊醒起视，《椒山集》宛然掀数页，而次日友山讣至。

【译文】

曹能始年轻时经过太平书坊，买到一部《椒山集》，回家后晚上阅读，读累了，合上书本躺下睡觉。听到有敲门声，开门一看，是同学迟友山。二人手拉手登上高台，抬头看明月，友山吟了一句诗：“冉冉乘风一望迷。”曹能始接上说：“中天烟雨夕阳低。来时衣服多成雪。”迟友山接云：“去后皮毛尽属泥。但见白云侵月冷。”曹说：“何曾黄鸟隔花啼。”迟说：“行行不是人间象。”曹说：“手挽蛟龙作杖藜。”作完诗，迟友山告辞走了。曹能始回到屋里，把刚才的事告诉妻子，妻子不理他；呼叫仆人，仆人也不答应。他又坐北窗前，拿过《椒山集》，看了数页，回头发现自己睡在竹床上，大惊，方才知道自己是在做梦。他惊醒起身，一看《椒山集》，明明白白地已被翻了好几页。第二天，迟友山的讣告送来了。

碧眼见鬼

河南巡抚胡公宝瑔，眼碧色，自幼能见鬼物，九岁犹不言，尚记前生事，能言后不复记矣。自言人间街衢堂屋，在在有鬼，惟朝廷午门内无之。菜市口刑人处，鬼尤丛集。遇人气盛，避之而行；衰弱则摩肩而过，或有所揶揄者，其人必病。午前犹不甚出，午后道路纷纷然。其举止率皆卑琐龌龊，无昂伟正大者。公一生不肯入庙，神佛见之，往往起立。尝述所经历者，尊莫尊于东岳大帝，卤簿繁盛；奇莫奇于金将军，遍体金色，毛孔闪闪，生万道金光；丑莫丑于狭面神，身长三尺，面长四尺，阔止五六寸，令人对之欲呕。他如如来、仙子、关公、蒋侯，皆未之见也。幼时过土地祠，旁塑牛头鬼，公践其角；鬼随归家，以角抵公卧床，震撼不已。随患疟，牛压其胸，太夫人祭之方去。人问："胡公官贵，何神佛见之尚起立，而牛头贱鬼乃敢揶揄之耶?"余答之曰："惟是神是佛，正直聪明，故知其为贵人、正人而敬之；牛则无知也，何敬之有?"

公抚河南时，朔日行香，未至庙，忽低头持扇遮面，司、道迎接打恭，岸然不答。公素谦，一旦改常，司、道大疑。越一日，乘间问曰："公某日行香，如有意拒绝我等者，得毋有所开罪乎?"公曰："非也。前日见庙前有天蓬神两位，被河神锁系，求我说情。我若允许，则彼原有罪；如不允，则天蓬神缠扰不清，故佯为不见而过之耳。”

【译文】

河南巡抚胡宝瑔，眼睛是碧色的，从小能见到鬼怪，九岁还不会说话，仍然记得前生事。后来会说话了，就什么也记不得了。他说人间街道上房屋里，到处都有鬼，只有朝廷的午门内没有。菜市口杀囚犯的地方，鬼聚集得特别多。碰到阳气盛的人，鬼就避开他们走；碰到衰弱的人就擦肩而过。如果鬼对着谁耍笑嘲弄，那人准会得病。鬼在中午以前不大出来，到午后路上就很多了。鬼的举止都卑劣猥琐，没有昂然雄伟正大的。胡宝瑔一生不肯进庙，因为神佛见了他，往往起立。他曾经叙述生平所见到的神。最尊贵的是东岳大帝，随从仪仗特别繁盛。最奇怪的是金华将军，浑身金色，毛孔闪闪，生出万道金光。最丑陋的是狭面神，身长三尺，面长四尺，阔只有五六寸，令人对着他就恶心。其他像如来、仙子、关公、蒋侯，都没见到过。年幼时经过土地庙，见旁边塑着的牛头鬼。他踩在鬼头上，鬼跟着他回家。用角顶他的卧床，床摇个不停。胡宝瑔因而患了疟疾，牛头鬼压在他胸口，他母亲祭祀了，鬼才离去。有人问：“胡公是个大官，为什么神佛见了他尚且起立，而一个卑贱的牛头鬼却胆敢捉弄他?”我回答说：“正因为神佛正直聪明，因而知道他是贵人、正人，所以敬重他；牛头鬼无知，怎么会敬重他呢?”胡宝瑔任河南巡抚时，初一行香，还没到庙中，忽然低下头来，用扇子遮住脸，司、道官员迎接他对他打恭作揖，他不予理睬。胡宝瑔素来谦恭，一下变成这样，司、道官都很奇怪。过了一天，司、道官找机会问他：“您那天行香时，像是有意不理睬我们，我们是否有得罪您的地方?”胡宝瑔说：“不是。前天见庙前有两位天蓬神被河神锁在那儿，他们会求我说情。我如答应了，而他们原是罪有应得；如果不答应，天蓬神就会纠缠不清，所以我假装没有看见走了过去。”

龙　母

常熟李氏妇，孕十四月，产一肉团，盘曲九折，莹若水晶。惧，弃之河，化为小龙，擘空而去。逾年，李妇卒，方殓，雷雨晦冥，龙来哀号，声若牛吼。里人奇之，为立庙虞山，号“龙母庙”。乾隆壬午夏大旱，牲玉斯罄，卒无灵。桂林中丞以为大戚，其门下士薛一瓢曰：“何不登堂拜母乎?”中丞遣官，以牲牢祷龙母庙，翌日雨降。

【译文】

常熟李家媳妇，怀孕十四个月，生下一个肉团，弯弯曲曲地盘着，像水晶一般晶莹。家人害怕，把肉团丢进河里，化为小龙，腾空而去。过了一年，李家媳妇死了，正要盛殓时，下起雷阵雨，天色阴暗，龙来哀号，声音像牛吼叫。乡邻感到神奇，就为李家媳妇在虞山建了座庙，称“龙母庙”。乾隆二十七年夏，大旱，祭祀献贡，一点灵验也没有。巡抚陈宏谋心中非常悲伤，他门下幕僚薛一瓢说：“为什么不登堂拜龙母试一下呢?”陈宏谋派官用牛羊作祭品，上龙母庙祈祷。第二天就下雨了。

清凉老人

五台山僧，号清凉老人，以禅理受知鄂相国。雍正四年，老人卒，西藏产一儿，八岁不言。一日剃发，呼曰：“我清凉老人也。速为我通知鄂相国。”乃召小儿入，所应对皆老人前世事无舛；指侍者、仆御，能呼其名，相识如旧。鄂公故欲试之，赐以老人念珠，小儿手握珠，叩头曰："不敢，此僧奴前世所献相国物也。"鄂公异之，命往五台山坐方丈。将至河间，书一纸与河间人袁某，道别绪甚款。袁故老人所善，大惊，即骑老人所赠黑马来迎。小儿中道望见，下车直前抱袁腰曰："别八年矣，犹相识否？"又摩马鬣，笑曰："汝亦无恙乎？"马为悲嘶不止。是时道旁观者万人，皆呼生佛罗拜。小儿渐长大，纤妍如美女。过琉璃厂，见画店鬻男女交媾状者，大喜，谛玩不已。归过柏乡，召妓与狎，到五台山，遍召山下淫姬与少年貌美阴巨者，终日淫媟。亲临观之，犹以为不足，更取香火钱，往苏州聘伶人歌舞。被人劾奏，疏章未上，老人已知，叹曰："无曲躬树而生色界天，误矣！"即端坐趺跏而逝，年二十四。吾友李竹溪，与其前世有旧，往访之。见老人方作女子妆，（删十八字）其旁鱼贯连环而淫者无数。李大怒，骂曰："活佛当如是乎？"老人夷然，应声作偈曰："男欢女爱，无遮无碍；一点生机，成此世界；俗士无知，大惊小怪。"

【译文】

五台山有个和尚，号清凉老人，因精通禅理而受鄂相国尊重。雍正四年，老人去世。这时西藏有人生了个孩子，到八岁还不会说话。有一天剃了头发，叫道："我是清凉老人，快点为我通知鄂相国。"鄂相国把这小孩请到家里，与他交谈，所说的与清凉老人前世事完全吻合。他指着鄂相国的侍者、仆人、车夫，都能叫出他们的名字，像老相识一样。鄂公有意想试他一下，赐给他清凉老人当年所用的念珠，小孩子手握念珠，磕头说："这珠我不敢接受，这是我前世献给相国的东西。"鄂公很惊异，命他去五台山做方丈。

小孩子将到河南时，写了封信给河间人袁某，道别离之情很感人。袁某是清凉老人的好朋友，得信大惊，立即骑着老人所赠的黑马来迎接。小孩子在半路上望见了，下车一直过去，抱着袁某的腰说："离别八年了，你还认得我吗？"又抚摸马鬃，笑着说："你也无恙吗！"马因此而悲嘶不止。这时候路旁围观的有上万人，都称他为活佛，团团下拜。小孩子渐渐长大，身材苗条像个美女。有次经过琉璃厂，见画店里卖的春宫画，非常高兴，看了又看。归途经过柏乡，召妓女相狎。到五台山，把山下的淫妇与年轻貌美阳物巨大的人都召上山来，让他们终日淫乱，他在一旁观看。他还觉得不满足，再用庙里的香火钱派人到苏州聘来伶人歌舞取乐。因此被人劾奏。奏章还没送上去，他已经知道了，叹道："笔直的树生在色界天，错了！"就端坐盘腿而逝世，这时二十四岁。我的朋友李竹溪，与清凉老人交好，去看他的转世后身。见他正打扮成女子，旁边一长串人在淫乱。李竹溪大怒，骂道："活佛能这样吗！"他一点不放心上，应声作偈语说："男欢女爱，无遮无碍。一点生机，成此世界。俗士无知，大惊小怪。"

徐崖客

湖州徐崖客者，孽子也。其父惑继母言，欲置之死。崖客逃，云游四方，凡名山大川、深岩绝涧，必攀援而上，以为本当死之人，无所畏。登雁荡山，不得上，晚无投宿处，旁一僧目之曰："子好游乎？"崖客曰："然。"僧曰："吾少时亦有此癖，遇异人授一皮囊，夜寝其中，风雨虎豹蛇虺，俱不能害。又与缠足布一匹，长五丈，或山过高，投以布，便攀援而上，即或倾跌，但手不释布，紧握之，坠亦无伤，以此游遍海内。今老矣，倦鸟知还，请以二物赠公。"徐拜谢别去。嗣后登高临深，颇得如意。入滇南，出青蛉河外千余里，迷道，砂砾渺茫，投囊野宿。月下闻有人溲于皮囊上者，声如潮涌，偷目之，则大毛人，方目钩鼻，两牙出颐外数尺，长倍数人；又闻沙上兽蹄杂沓，如万群獐兔被逐狂奔者。俄而大风自西南起，腥不可耐，乃蟒蛇从空中过，驱群兽而行，长数十丈，头若车轮。徐惕息噤声而伏。天明出囊，见蛇过处，两旁草木皆焦，己独无恙。饥无乞食处，望前村有若烟起者，奔往，见二毛人并坐，旁置镬，爇芋甚香。徐疑即月下遗溲者。跪而再拜，毛人不知；哀乞救饥，亦不知。然色态甚和，睨徐而笑。徐乃以手指口，又指其腹。毛人笑愈甚，哑哑有声，响震林谷，若解意者，赐以二芋。徐得果腹，留半芋归。视诸人，乃白石也。徐游遍四海，仍归湖州，尝告人曰："天地之性，人为贵，凡荒莽幽绝之所，人不到者，鬼神怪物亦不到；有鬼神怪物处，便有人矣。"

【译文】

湖州人徐崖客，是庶出之子。他的父亲误听崖客继母的话，想把他置于死地。他逃了出来，云游四方。凡是名山大川，深岩险洞，他必定要攀登上去，认为自己本来就是该死的人，所以什么也不怕。有一次，徐崖客登雁荡山，爬不上去。晚上没地方投宿，旁有一和尚见了，说："你喜欢游览吗？"徐崖客回答说是。和尚说："我年轻时也有这嗜好，碰到一位异人。他送我一只皮口袋，晚上睡在里面，风雨虎豹蛇虺都不能伤害。他又送给我一匹缠脚布，长五丈，碰到山过于高，把布扔上去，就能顺布爬上去。即使有时候跌下来，只要手不放开，紧紧拉着布，掉下来也不会受伤。因此我游遍了海内。如今老了，就像疲倦的鸟儿要回到巢里一样。我把这两样东西送给你。”徐崖客收下后拜谢了和尚，告别离去。此后登山过涧，都很如意。他到滇南去，走到青蛉河外千余里处，迷了路，满眼是沙石。晚上他在旷野钻进皮袋里睡觉。月光下听到有人把小便撒在皮袋上，声音像涨潮一样。偷偷一看，是个大毛人，眼方鼻钩，两牙伸出脸颊外好几尺，比一般人要高好几倍。他又听见沙上兽蹄声很混乱，像有上万獐兔被追赶狂奔。一会儿，从西南方刮起了大风，腥气使人忍受不了，原来是蟒蛇从空中经过，驱赶众兽而行。蛇长数十丈，头像车轮那么大。徐崖客屏着呼吸伏着不敢出声。天明出皮袋，见蛇经过的地方，两旁草木都焦了，自己却一点没受伤。他饿极了没地方讨吃的，望见前村仿佛有烟升起，赶忙跑去，见两个毛人并排坐着，旁边放着锅子，煮着芋头，非常香。徐崖客怀疑就是月下小便的人。他跪下再次叩头，毛人不知他要干什么。他哀求给他些吃的，毛人也不懂，但是面色举动很温和，看着徐崖客笑。徐崖客于是用手指口，又指着自己的肚子。毛人笑得更厉害，发出呀呀的声音，震动林谷，似乎明白了徐崖客的意思，给了他两个芋头。徐崖客吃了个饱，剩下半个芋头带回来给别人看，原来是白石。徐崖客游遍了天下，仍旧回到湖州。他常常告诉人们，“天地的本性，以人为贵。凡是荒野草莽幽深人迹不到的地方，鬼神怪物也不去；哪里有鬼神怪物，哪里就有人。”

虎衔文昌头

陕西兴安州民某，六月娶妻，天大暑，路远，新妇以红巾裹首，不胜闷热，暴死车中。其父母悲甚，买棺殓之，不便仍舁至家，乃厝之城外古庙后。棺不甚坚厚，会大雨，凉气浸入棺中，女复活，哼咛有声。庙中僧师徒二人闻而视之，启其棺，嫣然美妇也。扶起，以汤药灌苏，抱女入寺。其徒思独占此女，嘱师买酒，饮半醉，持斧斫杀之，即以女棺盛其师尸，置庙后，而负女逃，居别村文昌祠，蓄发为火居道士。逾年，夜忽有虎跳入祠中，将所塑文昌帝君头衔去，而遗下乳虎三只，村邻喧传，争来看虎。女之父母亦至，突见其女，以为鬼也，抱哭良久。女不能隐，具陈始末，且告以占妻杀僧事。其父母控官，讯鞫得实，掘验僧尸，置其徒于法，女交父母领归。此事严侍读冬友从陕西归，亲为予言。

【译文】

陕西兴安州有个百姓，六月里娶媳妇。天很热，路又远，新娘子用红巾蒙着头，受不了闷热，暴死车中。她父母很悲伤，买了棺木装殓了，不便抬回家去，就停放在城外古庙后面。棺木不很坚厚，正碰上下大雨，凉气渗入棺中，新娘子活了过来，在棺材里哼哼发出声音。庙里有师徒二个和尚，听见哼声去看，打开了棺木，见是一个美貌的女子，就把她扶起来，灌了些米汤药物。新娘子苏醒了，和尚把她抱进庙中。小和尚想独占这女子，就让师父去买酒，喝到半醉，用斧头把师父砍死，再用装新娘子的棺材装了尸体，放在庙后。于是他背起女子外逃，住到别村的文昌祠中，蓄发作了名火工道人。过了一年，晚上忽然有只老虎跳进祠中，把文昌帝君塑像的头给衔走了，却留下三只小老虎。此事在村里传了开来，人们争着来看老虎。新娘子的父母也来看，突然见到了女儿，以为是见了鬼了。明白过来后，抱着哭了多时。女儿无法隐瞒，把事情的经过说了一遍，并告诉父母小和尚为了独占她为妻而杀老和尚事。她父母告到官府，审讯后定案，把老和尚尸体挖出来检验了，把小和尚依法处置，女子交父母领回家去。这件事是严冬友侍读从陕西回来后，亲口对我说的。

采战之报

京师人杨某，习采战之术，（删三十六字）妓妾受其毒淫者众矣。忽自悔非长生之道，乃广求丹灶良师。相传阜城门外白云观，元时为丘真人所建，每年正月十九日，必有真仙下降，烧香者毕集。杨往伺焉，见一美尼，偕众烧香，衣褶能逆风而行，风吹不动，意必仙也。向前跪求，尼曰："汝非杨某学道者乎?"曰："然。"曰："我道须择人而传，不能传汝俗子。"杨愈惊，再拜不已。尼引至无人之所，与丹粒二丸，曰："二月望日，候我于某所。此二丹与汝，可先吞一丸，临期再吞一丸，便可传道。"杨如其言，归吞一粒，觉毛孔中作热，不复知寒，而淫欲之念，百倍平时，愈益求偶。坊妓避之，无敢与交者。至期，吞丹而往，尼果先在一静室，弛其下衣，曰："盗道无私，有翅不飞。汝亦知古人语乎？求传道者，先与我交。"杨大喜，且自恃采战之术，耸身而上。须臾，精溃不止，委顿于地。尼喝曰："传道，传道，恶报，恶报。"大笑而去。五更苏醒，乃身卧破屋内，闻门外有卖浆者，匍匐告以故，舁至家中，三日死矣。

【译文】

京师人杨某，学习采战的方法，妓女及小妾受到他毒害摧残的很多。忽然自己后悔这样做将影响寿命，就广泛寻找能供他修炼的"鼎炉"与良师。相传阜城门外白云观，是元代丘真人所建，每年正月十九日，必然有真仙下降，烧香的人云集。杨某前往寻访，见到个美丽的尼姑，与众人一起烧香，衣褶能顶风而行，风吹上去一动不动。杨某想这一定是仙人了，就向前下跪祈求。尼姑说："你不是学道的杨某吗?"杨某说是。尼姑说："我的道须选择人传授，不能够传给你这种俗人。"杨某更加惊奇，不停地拜求。尼姑把他带到没人的地方，给他两粒丹丸，说："二月十五日在某地等我。这两粒丹给你，可先吞一丸，届时再吞一丸，就可把道传授给你。"杨某照她的话，回家后吞了一粒丹丸，觉得毛孔中发热，再也不怕冷，而淫欲的念头，比平常大了百倍，因而更加大肆寻女子交合，妓院的女子见了他就躲避，没人敢和他性交。到了那天，杨某又吞了丹丸前往，见尼姑果然已先在一间静室里，脱了裤子，对他说："盗道无私，有翅不飞，你知道这句古话吗？求传道的，先和我交。"杨某很高兴，并且自恃有采战术，就与尼姑交合，不一会儿，精流不止，精神萎靡，倒在地上，尼姑大喝说："传道，传道，恶报，恶报！"大笑而去。杨某五更时醒了过来，见自己睡在破屋里，听见门外有卖浆的，爬过去告诉他情况，人们把他抬到家里，三天后就死了。

木皂隶

京师宝泉局有土地祠，旁塑木皂隶四人，垆头铜匠咸往祀焉。每夜众匠宿局中，年少者梦中辄被人鸡奸，如魇寐然。心恶之，而手足若有所缚，不能动，亦不能叫呼。旦起摸谷道中，皆有青泥。如是月余，群相揶揄，终不知何怪。后祀土地，见一隶貌如夜间来淫人者，乃诉之官，取铁钉钛其足，嗣后怪绝。

【译文】

京城宝泉局有个土地庙，两旁塑着木皂隶四人，局里的铸币匠人都到那庙里去祭祀。匠人们每夜都住在局里，年轻的往往梦中被人鸡奸，像梦魇一样，心里很恨，但手脚像被绑住一样不能动，也叫不出声音。清早起来摸肛门，里边都有青泥。这样过了一个多月，大家互相取笑，但终究不知是什么妖怪。后来祭祀土地，发现一个皂隶，面貌与晚上来的淫棍相同，就告诉官长，用铁钉固定他的脚。从此以后，怪就没再来过。

王清本

湖北巡抚陈公，葬其父文肃公于祖茔。卜有日矣，其弟绳祖，梦有持帖来拜者，上书“王清本”三字，入门则十三人也，坐无一语。俄而十二人辞去，独留一人，告公曰：“此十二人，皆河神也。”公惊醒。次日到坟，伐其树之碍路者，树文有“王清本”三字，数之十二枝也。大骇，遂命停斧。其木今尚存于家。此事严侍读为余言，并云：“偶阅《五色线》说部，果载河神名王清本。”

【译文】

湖北巡抚陈公，准备将亡父文肃公葬于祖坟。已经选好了日子，他弟弟绳祖梦见有人持名帖来拜，上面写着“王清本”三字，进门来的却有十三人。这些人坐着一言不发，一会儿，十二个人告辞走了，只留下一人，告诉绳祖说：“这十二人都是河神。”绳祖惊醒过来。第二天到坟地去，把碍路的树木砍掉，见一棵树上有“王清本”三字，数了一下，有十二根枝条。陈公兄弟很惊骇，于是命令不要再砍。那树至今还在陈家。这件事是严冬友侍读告诉我的，他还说：“偶然阅读《五色线》小说，果然记载着河神名叫王清本。”

女化男

耒阳薛姓女，名雪妹，许字黄姓子。嫁有日矣，忽病危，昏聩中有白须老人拊其身，至下体，女羞涩支拒。白须翁迫以物纳之而去。女大啼，父母惊视之，已转为男身矣，病亦霍然。邹令张锡组署耒阳篆，陶悔轩方伯以会审来，唤验之，果然。面貌声音，犹作女态，但肾囊微隙，宛然阴沟也。薛本二子，得此为三，改雪妹名为雪徕。

【译文】

莱阳县薛家有个女儿，名叫雪妹，许配给黄家儿子。将到出嫁的日子，雪妹忽然生病，病危时，昏昏沉沉地觉得有个白胡子老人摸她的身子，摸到下身，雪妹羞涩地抵挡他。白胡子老人强行把一样东西塞进去后走了。雪妹大声哭喊，父母吃惊地跑来看，她已变成了男子，病也完全好了。邹县知县张锡组当时兼理莱阳县事，布政使陶悔轩正因会审也在莱阳，把雪妹传来检验，果然是男子，但还是女子的面貌声音，阴囊微有缝，仍有点像女子的阴部。薛家本来有两个儿子，加上雪妹成了三个，改雪妹名为雪徕。

井泉童子

苏州缪孝廉涣，余年家子也。其儿喜官，年十二，性顽劣，与群儿戏，溲于井中。是夜得疾，呼为井泉童子所控，府城隍批责二十板。旦起视之，两臀青矣。疾小痊，越三日复剧，又呼曰：“井泉童子嫌城隍神徇同乡情，而罪大罚小，故又控于司路神。神云：‘此儿污人食井，罪与蛊毒同科，应取其命。’”是夕遂卒。问城隍何人，曰：“周公范莲，庚戌翰林，苏州人，为河南某郡太守，正直慈祥，每杖人不忍看，必以扇掩其面。”

【译文】

苏州举人缪涣，是我同榜进士的儿子。缪涣的儿子喜官，十二岁，性情顽劣，与儿童们一块儿玩，把尿撒在井里。当天晚上喜官得了病，说是被井泉童子控告，府城隍判打二十大板。清早起来看，他两臀都是青的，病稍微好了些。过了三天，喜官的病又加重，叫着说："井泉童子嫌城隍神讲究同乡情分，罪大罚小，所以又向司路神控诉。神说：'这小儿污秽人们饮水的井，罪与放蛊下毒相同，应该取他的性命。'"这夜，喜官就死了。人们曾问他城隍是谁，他说是周公范莲，雍正八年进士，苏州人，曾官河南某府知府。他正直慈祥，每当打人板子时，他都不忍心看，总是用扇子遮住脸。

射天箭

苏州陶夔典之弟某，年十六，好仰空发矢，号曰"天箭"。忽一日射毕，投弓大叫曰："我太湖水神，朝天过此，被汝射伤我臀，罪当万死。"举家跪求，卒不能救，病一日而死。夔典谓余曰："弟诚顽劣，然以鬼神之灵，而不能避儿童之箭，亦不可解。"

【译文】

苏州人陶夔典有个弟弟，十六岁，喜欢仰天射箭，号称为"天箭"。忽然有一天射完箭，把弓一扔，大叫说："我是太湖水神，朝拜上帝经过这里，被你射伤臀部，罪该万死！"全家人下跪哀求水神，最终还是不能挽救他的性命，病了一天就死了。夔典对我说："弟弟确实顽劣，但以鬼神之灵，却不能躲避儿童的箭，也难以理解。"

神　秤

张玉奇，武进县户房书吏也。解钱粮至苏州，过横林地方，白日仆地，越一日苏，自言被金甲人擒去，至大院落，呼曰："大师父，恶人来矣！"上坐青面獠牙者云："既是恶人，着即拘禁。"金甲人跪请曰："玉奇有朝廷公事在身，未便羁留，且放还阳，候其事毕，再行审讯未迟。"青面者许之，张遂活。解粮至苏，掣批归，仍过横林，宿旅店中，梦金甲人又来，将玉奇引见大师父，即青面者。大师父判曰："取玉奇生平功过簿来，称其轻重，再行治罪。"左右取一秤至，金星照耀，其权以紫金石为之，凡善事用红标签，恶事用黑标签，分投秤盘中。顷刻间，红轻黑重矣。张战栗不已。俄而有人取红签文书一卷投之，则秤盘中诸黑尽为所压，红签重不可量。青面者曰："有此大功德，可放还阳，增寿一纪。"玉奇惊醒，以此语人。人问可认得是何文书，曰："我所承办，岂有不认？此常州刘藩司名某者抄家案也。刘被抄时，所籍田产佃户陈欠甚多，县令某欲按数比追，玉奇阳承奉其言，而夜中故意不戒于火，尽焚之，以此被杖，其事遂已。想压秤者是此事也。"玉奇至今尚存。

【译文】

张玉奇是武进县户房的书吏。有一次，他解运钱粮到苏州，经过横林，白天倒在地上，过了一天方才苏醒过来。他自言被金甲人抓去，带到一所大院子里，叫道：“大师父，恶人来了！”上座有个青面獠牙的人说：“既然是恶人，就马上关押起来。”金甲人跪着请示说：“张玉奇有朝廷公事在身，不便关起来，暂且放他还阳，等他公事办完，再进行审讯不晚。”青面人同意了。张玉奇于是活了过来。他把钱粮押送到苏州，领了批文回武进，仍从横林经过，住在旅店里。梦见金甲人又来了，把他引见大师父，就是青面獠牙的人。大师父判说：“把张玉奇生平功过簿拿来，称它的轻重，再行治罪。”左右取来一杆秤，金星照耀，称锤用紫金石做成。凡是善事都用红标签，恶事用黑标签，分别投在秤盘里。一会儿，红轻黑重了，张玉奇吓得不停地发抖。一会儿，有人拿来标红签的文书一卷放入秤盘，盘中黑标签的文书都被压下去，红签的分量重得没法称。青面人说：“他有这件大功德，可放他还阳，延长十二年寿命。”张玉奇就惊醒了过来。张玉奇把梦中事告诉别人，有人问他是否认得那是卷什么文书。张玉奇说：“这是我承办的事，怎么会不认得。这是常州刘布政使抄家案。刘被抄家时，籍没田产的佃户旧欠很多，知县想按数追讨，我表面上听从知县的话，而在晚上故意不当心失火，把单据全烧了，因此被打了板子，这才停止了追讨。想来压秤的就是这卷文书。”张玉奇到现在还活着。

庄明府

庄明府炘未官时，馆广西横州刺史署中。昼卧书室，梦青衣人持帖云：“城隍神奉请。”庄随行，至一衙署。城隍神降阶迎，叙寒温毕，道：“为某案事，君作中证，故屈来质对，无干碍也。”庄唯唯，即告以当年作中原委。城隍笑颔之，呼僮置酒，神南向，庄西向，曰：“敝署有幕友四人，可许作陪否？”庄首肯，左右即请四先生来，皆非素相识者，彼此相揖，不交一言。四先生依城隍而坐，离庄甚远，阶下红灯四盏，光荧荧然。宴毕，庄知为阴府，因问终身之事可预知否，城隍神亦无难色，命左右取四簿至，上帖红签，有横死、夭死、老寿四柱名目。庄本身注在老寿簿上，有妻某，子某，妾某云云。庄其时尚无子无妾也。庄辞别，城隍神命青衣者，依原路送还。出衙，见街上搭台演戏，观者如堵。庄问何班，青衣者曰："郭三班也。"中有白须老人冯某，是庄旧邻，死久矣，一见便来握手，且托云："我葬某地，棺为地风所吹，现在倾仄，君归告我儿孙，改葬为安。"庄自粤归，如其言告知冯家。启坟视之，棺果斜朽。十余年来，庄之遭际，历历如梦；惟所云为某中证事，不肯向人言。

【译文】

知县庄炘未做官时，在广西横州知州家中做教师。一天，他白天在书房里睡觉，梦见一个穿青衣服的人拿着张请帖说："城隍神请你去。"庄炘跟着他，走到一处衙门。城隍神下阶相迎，互相问候完了，说："因为有个案子，你是中证，所以委屈你来对证一下，没什么大妨碍。"庄炘连连答应，立刻告诉他当年作中证的原因及经过。城隍笑着点了点头，叫僮儿安排酒席，城隍朝南坐，庄炘朝西坐。城隍说："我公署中有四个幕友，能请他们作陪吗。"庄炘点头同意。左右就把四人请来，都是庄炘不认识的人，彼此行了一礼，不说一句话。四人挨着城隍坐，离庄炘很远，阶下有四盏红灯，光芒闪烁。宴会结束，庄炘知道这里是阴司，就问自己终身的事可否预先知道。城隍神也没为难的神色，命左右取来四本簿子，上面贴着红色标签，有横死、夭死、老寿账目栏。庄炘名字列在老寿簿上，有妻某、子某、妾某等详注。庄炘当时还没有儿子及妾。庄炘告辞，城隍命穿青衣的人从原路送他回去。出了衙门，见街上搭了戏台在演戏，看的人围成了人墙。庄炘问是什么班子，青衣说是郭三班。班中有个白胡子老人冯某，是庄炘旧邻，死了多年了。他一见到庄炘，便过来握手问好，并托他说："我埋葬在某地，棺木被地风所吹，已经倾斜，请您回去告诉我的儿孙，将我改葬，让我安宁。"庄炘从广西回乡，把冯某的话一一转告冯家。把坟挖开来看，果然棺木倾斜腐朽。十多年来，庄炘的遭际，一一与梦中所说相符，只是所说为某人做中证事，他不肯告诉别人。

净香童子

桂林相国陈文恭公，幼时扶乩，仙判牒云："人原多道气，吏本是仙才。"后文恭历任封疆，位至宰相，似乩仙语未满其量。公卒后数年，苏州薛生白之子妇病，医治不效，乃扶乩求方，乩判云："薛中立可怜，有承气汤而不知用，尚得为名医之子乎?"服之果愈。问乩仙何人，曰："我叶天士也。"盖天士与生白在生时，各以医争名，而中立者，生白之子，故谑之。从此苏人求方者毕集，乩所判药，应手而痊。一夕告别，大书云："我为大公祖净香童子所召，不得不往。"众骇然，问净香童子何以有公祖之称，曰："陈文恭公，已复净香童子之位矣。"陈故苏州巡抚也。

【译文】

桂林人大学士陈宏谋，死后谥文恭。陈宏谋年幼时扶乩，乩仙判文说："人原多道气，吏本是仙才。"后来文恭公历任方面大员，官至大学士，似乎乩仙的话并没把他的官位说得那么大。文恭公死后数年，苏州薛生白的儿媳妇生病，医治无效。于是扶乩求仙人指示药方，乩仙判说："薛中立可怜，有承气汤而不知服用，还称得上是名医的儿子吗?”服用了承气汤,病人果然痊愈了。当时薛家人问乩仙姓名,乩仙说是叶天士。原来叶天士与薛生白活着时,各以医术相争,薛中立正是薛生白的儿子,所以乩仙与他开玩笑。从此,苏州人到那儿求药方的人很多,乩仙所开的药方,都药到病除。有一天忽然告别,在乩盘上大书:“我为大公祖净香童子所召,不得不去。”人们很惊骇,问净香童子怎么称为大公祖,而大公祖是当时官场对方面大员的尊称。乩仙说:“是陈文恭公,他已复位净香童子了。”陈以前做过苏州巡抚。

棺尸求祭

常州御史吴龙见,文端公之曾孙也。其弟某,馆于李氏,厅宇甚宽,旁有古棺,缌帷尘满,吴亦习见,不以为怪。一夕月明时,棺中橐然有声,则前和开矣。中伸一首出,纱帽白髯,手指其腹,自称饥渴求祭,吴许之。白髯者向棺中取淡黄色袍服相畀,曰:“此明朝万历皇帝所赐也,今以为谢。”吴不敢受,夜渐阑,棺合缝如故。吴次日告主人,为建斋醮。据云此棺乃李氏高祖,名杰,前明侍郎,以子孙甚多,惑于风水,故未葬耳。

【译文】

常州吴龙见御史,是吴文端公的曾孙。吴龙见的弟弟,在李家设馆教书。李家房舍很宽大,舍旁有古棺,穗帐帷幔上积满了灰尘,吴因为看惯了,不觉得有什么怪异。有天晚上月光很亮,棺木中响起了声音,一看,棺木前的和头打开了,中间伸出一个人头,戴着纱帽,白胡子,用手指着肚子,自称饥渴,求祭祀,吴答应了。白胡子老头从棺材里拿出一件淡黄色的袍子送给他,说:“这是明朝万历皇帝赐的,送给你作为谢礼。”吴不敢接受。夜渐深,棺木又合上了，像原先一样。第二天，吴把这事告诉了主人，为死者设立醮坛放斋。据说这棺中是李氏的高祖，名杰，做过明朝的某部侍郎，因为子孙众多，听信风水先生的话，没有下葬。

沈椒园为东岳部司

嘉兴盛百二，丙子孝廉，受业于沈椒园先生。沈殁数年，盛梦游一处，见椒园乘八轿，仪从甚盛。盛趋前拱揖，沈摇手止之，随入一衙门。盛往投帖求见，阍者传谕，此东岳府也，主人在此作部曹，未便进见。盛知公为神，乃踉跄出，见柳阴下有人，徬徨独立，谛视之，椒园表弟查某也。问何以在此，曰："椒园表兄招我入幕，我故来，及到此，又不相见，未知何故。我有大女明姑，冬月将出嫁，我要过此期才能来，而此意无由自达，奈何?"盛曰："若如此，我当再扣先生之门，如得见，则并达尊意，何如?"查曰："幸甚。"盛仍诣辕门，向阍者述所以又来求见故，阍为传入。顷之，阍者出曰："主人公事忙，万不能见，可代致意查相公，速来速来，不能待至冬月；即查大姑娘，亦随后要来，不待婚嫁也。"盛以此语覆查，相与歔欷而醒，是时春二月也。急往视查，彼此述梦皆合，查怃然不乐。其时查甚健无恙，至八月间，查以疟亡；九月间，查女亦以疟亡。椒园，余社友，同举鸿词科。

【译文】

嘉兴人盛百二，是乾隆二十一年举人，受业于沈椒园先生。沈椒园死后数年，盛百二梦游一处，见沈椒园坐着八人抬的大轿，仪仗随从很多。盛百二赶忙跑上前去行礼，沈摇摇手止住他，随后进入一衙门。盛前往投名帖求见，看门的传话说，这里是东岳府，主人在府里作部曹，不便请入相见。盛百二知沈已为神，于是跌跌冲冲地跑了出来。忽然看见柳荫下有个人，彷徨独立，仔细一看，是椒园的表弟查某。问他为什么站在这里，他说："椒园表兄请我来做幕僚，我因此到来。到了这儿，他又不见我，不知什么原因。我有个大女儿叫明姑，冬天将要出嫁，我要等她出嫁了才能来，但这意思又没法告诉他，怎么办呢？"盛百二说："如果是这样，我再去敲先生的门，如果能见到先生，就把你的意思转告他，怎么样？"查说："好极了。"于是盛百二又去辕门，向看门的说了所以再次来求见的缘故。看门人进去传话，一会儿，出来说："主人公事很忙，万万不能相见，可代致意查相公，请他急速前来，不能等到冬天；就是查大姑娘也随后就会来，等不到出嫁的日子。"盛百二把这话告诉查某，二人相对流泪感叹，盛百二醒了过来。这时是春天二月间。盛百二急忙去看望查某，二人说起梦境都相符合，查某闷闷不乐。这时查某很健康，什么病也没有。到了八月，查某生疟疾死了。九月，查某的女儿也生疟疾死去。沈椒园是我诗社朋友，我们一起参加过博学鸿词科考试。

（卷十七译者　李梦生）